कौन देस को वासी

वेणु की डायरी

[उपन्यास]

कौन देस को वासी

वेणु की डायरी

सूर्यबाला

राजकमल प्रकाशन

ISBN : 978-93-87462-64-9

मूल्य : ₹895

पहला संस्करण : 2018

प्रकाशक : राजकमल प्रकाशन प्रा. लि.
1-बी, नेताजी सुभाष मार्ग, दरियागंज
नई दिल्ली-110 002

शाखाएँ : अशोक राजपथ, साइंस कॉलेज के सामने, पटना-800 006
पहली मंजिल, दरबारी बिल्डिंग, महात्मा गांधी मार्ग, इलाहाबाद-211 001
36 ए, शेक्सपियर सरणी, कोलकाता-700 017

वेबसाइट : www.rajkamalprakashan.com
ई-मेल : info@rajkamalprakashan.com

मुद्रक : बी.के. ऑफसेट
नवीन शाहदरा, दिल्ली-110 032

KAUN DES KO VASI : Venu Ki Diary
Novel by Suryabala

राज को—
जिन्होंने
एक लेखिका को तो बिलकुल नहीं
लेकिन
एक *स्त्री की चाहना* को
इतना स्नेह और सम्मान दिया कि
सात जन्मों के साथ की कामना करने को जी चाहने लगे...

अपनी उधेड़बुन

क्या है मनुष्य की प्रगति और सभ्यताओं के
चरम विकास की नियति?
(जब हम खुद अपने आप पर शर्मिन्दा महसूस करने लगें!)

लालसाओं के चक्रवात में फँसे जब हम अपनी धरती छोड़ते हैं
तो कब तक और कितनी छूट पाती है वह हमसे?

अपने देश में रहते हुए हम क्यों नहीं करते उसे महिमा-मंडित?

यह अपनी संस्कृति पर गौरवभाव है या अपनी धरती छोड़कर
परायी जमीन पर बस जाने के अवचेतन पछतावे?

कहाँ, किस बिन्दु पर मिलती है सुख और सुविधाओं, सच और
झूठ, सफलता और असफलता की विभाजक रेखाएँ?

और कहाँ पहुँचकर, सब कुछ पाने, अघाने के बाद भी,
जीवन छूँछा नजर आने लगता है?

कहाँ पूरी होती है जीवन की असली तलाश?

कहीं 'सन्तोषम् परमसुखम्' का रट्टा लगाने वाले
अपने उसी बूढ़े हीरामन को पकड़ पाने में ही तो नहीं...

खंड–एक

अबोले संवाद

शुरुआत के बहाने...

माँ की मेमरी-चिप्स

वेणु! आज पापावाले रैकों की धूल झाड़ते-झाड़ते अचानक किसी पुराने लिफाफे से तुम्हारी कुछ तस्वीरें झिर-झिर बिखर गईं। (इस घर में अब तस्वीरों वाली एलबमों की कहाँ कमी... !) एक में जूनियर तैराकी टूर्नामेंट के बाद टुइंया-सा तू, चीफ गेस्ट के हाथों मेडल ले रहा है और दूसरी में स्वाधीनता-दिवस की परेड में सलामी दे रहा है...कुछेक अमेरिका जाने से ठीक पहले पासपोर्ट के लिए खिंचाई गई और कुछ विशाखा की शादी वाली... मंडप में दुलहन बनी विशाखा दीदी की लाल चुनरी वाले आँचल को धान की खीलों से भर रहा है तू...आगे-पीछे, ऊपर-नीचे तस्वीरें ही तस्वीरें...जिनके सहारे अक्सर मैं एक लम्बी यात्रा पर निकल पड़ती हूँ।

यात्रा तो यात्रा, आगे की हो या पीछे की। हम कितनी बार, कितनी जगहों पर बार-बार जाना चाहते हैं। रुकना, सुस्ताना चाहते हैं। कभी-कभी तो वहाँ से आगे बढ़ना ही नहीं चाहते। जैसे इस समय यहाँ, घर के सायबान में अकेली नहीं खड़ी हूँ मैं, तू भी बिलकुल मेरे सामने खड़ा है, बीच वाले खम्भे की शहतीर पकड़े—शायद लैम्प का बल्ब फ्यूज हो जाने पर नया बल्ब लाने के लिए पैसे चाहिए। या फिर कोठरी के उसी नीले लैम्प की दूधिया रोशनी में, सिर गाड़े, पढ़ते-पढ़ते मेज पर सिर रखे सो गया है।...और मैं मेज पर टिका तेरा सिर उठाकर, हथेलियों से सहलाती, खाट पर सो जाने की मीठी फटकार दे रही हूँ।

तो हम समय और स्थानों में अपने मन लायक उलट-फेर करते रहते हैं। अब जैसे अभी ही...समय है—मेरे जीवन की शाम...और स्थान है—पिछले आँगन वाले अमरूद का सायेदार कोना...और तू टूटकर गिरे कच्चे-पक्के अमरूद मुझे पकड़ाता, उन्हें काटकर नमक, मसाले लगाने की जिद करता खड़ा है। (यानी जब चाहो, घुमा दो समय की चर्खी—आगे-पीछे, बाएँ-दाएँ!)

जबकि असल में तो तू इस समय अमेरिका में अपनी खिड़कियों के शीशे से डेक पर लगाई स्ट्रॉबेरियों की झाड़ें देख रहा होगा—नन्ही-नन्ही अधपकी लाल गुलाबी स्ट्रॉबेरियाँ।...तो यह हुआ न समय और स्थानों के टुकड़े काट-काटकर मन लायक तैयार किया गया जिन्दगी का कोलाज! तुझे पता भी नहीं होता कि कब बॉस्टन के उस घर से जादूगरनी की तरह छूमन्तर कर, तेरी माँ तुझे यहाँ ला बिठाती है। तस्वीरों के बहाने जी भरकर बोलती-बतियाती है। बताया, दिखाया नहीं कभी तुझे कुछ। सारे संवाद अबोले ही चले। लेकिन कितने वाचाल होते हैं ये अबोले, अनकहे संवाद भी!...

ऐसे अगणित संवादों वाली, अनगिनत तस्वीरें सजी हैं मेरे अन्दर जो शायद कभी न दिखा पाऊँगी तुझे...(इनकी तो कोई अलबम भी नहीं...)

वेणु—तस्वीरें समेटने का वक्त

ये तस्वीरें अब बार-बार मत देखो माँ...और मुझे भी मत दिखाओ। बहुत धुंधली पड़ गई हैं ये तस्वीरें अब। पता नहीं, कैसे तुम अभी तक उसी उल्लसित, और सम्मोहित नजरों से देखती हो उन तस्वीरों को! शायद माँओं की दृष्टि में बेटों की तस्वीरें कभी धुँधलाती ही नहीं (आँखें भले धुंधला जाएँ...)। वे निरन्तर अपने अशक्त होते हाथों से भी रंग भरती चली जाती हैं उनमें। तो मेरी भी बात सुनो, बे-बात इन धुँधलाई तस्वीरों में रंग मत भरो, क्योंकि मैं बहुत दूर आ गया हूँ अब—अपनी उन सारी तस्वीरों से और (समझ लो) खुश भी हूँ। पलटकर देखना नहीं चाहता छूटी हुई तस्वीरों को बार-बार। एक जिन्दगी होती ही कितनी बड़ी है! आगे कदम बढ़ाने में ही कितनी मशक्कतें! फिर अगर बार-बार कदम पीछे की ओर भी पलटते चलें, तो जीना दुश्वार हो जाएगा।

कहा न, बहुत दूर आ गया है तुम्हारा वेणु। अब वापसी बहुत थकान भरी होगी उसके लिए। तुम मीलों की बात करती हो, लेकिन मैं जिन दूरियों की बात कर रहा हूँ, उन्हें मीलों में नहीं नापा जा सकता। उन्हें खाई की तरह पाटा भी नहीं जा सकता। वे अलंघ्य हैं। उन्हें लाँघने की बात भी सोचना एक हताश, हारी-सी स्थिति में ला देता है।...और यह महादेश हारे, थके और हताशों के लिए नहीं है। जांबाजों के लिए है। शहसवारों के लिए है, जिनके लिए अक्सर कहा जाता है कि 'गिरते हैं शहसवार ही मैदाने-जंग में'!

(मुझे लगता है, यह कहावत जंग के मैदान में बार-बार गिरने वाले किसी घायल सवार ने ही बनाई होगी—खट्टे अंगूर वाली लोमड़ी की तरह...)

लेकिन एक बात समझ में नहीं आती माँ! मैंने तो बचपन से जीवन को मैदाने-जंग के रूप में कभी देखा ही नहीं था। तुम, पापा, विशाखा दीदी, वृन्दा, वसु, ताई, मौसियाँ, चाचा—इन्हीं की घुड़की-झिड़की, लाड़-दुलार के बीच जीता चला गया। जो पाया सो खाया, जो मिला सो पहना। खेल के समय खेल लिए, पढ़ाई के समय पढ़ लिए—थोड़े नाटक, अन्त्याक्षरी, घुमक्कड़ी ही सही लेकिन यह रेस, शहसवार और जंग के मैदान वाला मिजाज अपने लोगों का कहाँ था... ? रेस में शामिल होने का तो मतलब ही बदहवास दौड़ना है। खड़े नहीं रह सकते आप रेस के मैदान में...तो फिर दौड़े। दौड़ना पड़ा। औंधे गिरे और खरोंचें आईं तो छुपा ले गए—ऐसी सतर्कता से कि एक भी निशान दिखने नहीं चाहिए। और अब तो अन्दरूनी तहों के 'स्कार' तक मिट चुके...(तो प्लीज, अपनी तस्वीरें समेटो अब फटाफट—माँ!)

कभी तुमसे बताया नहीं न, इन फासलों के बारे में। वह समय बताने का था भी नहीं। क्योंकि बताने जैसा, बाहर से ज्यादा, अन्दर घटता था और कभी-कभी, अन्दर जो कुछ घटता है, उसे बताने की कौन कहे, हम सोचने तक से कतराते हैं। तभी तो जी पाते हैं। और इस तरह अब तक की जिन्दगी की जोड़ बाकी करने बैठूँ तो 'टोटल' यही निकलता है कि सुखी रहने नहीं, 'सुखपूर्वक' रहने के सारे कारण इस महा देश में मौजूद हैं, इसलिए मैं सुखी होऊँगा ही। तुम भी यही सोचो।

अच्छा, कहीं यह कहकर मैं खुद अपने-आपको भी सोचने से रोक तो नहीं रहा? ...क्योंकि जानता हूँ, कहो चाहे कुछ नहीं, लेकिन मुझे लेकर हमेशा एक उन्मादी अवसाद में ही जीती आई हो तुम।

माँ—मेरी जादू की छड़ी...ढेर सारे वेणु ही वेणु

इस उन्मादी अवसाद में मेरे बहुत सारे सुख भी पलते हैं वेणु! इस तरह समझ ले तो मैं भी सुखी हूँ। और दूरियाँ तो पलक झपकते खत्म हो जाती हैं। बीती बातों का कोलाहल, चिल्ल-पों जारी है—मेरी जैसी माँओं के आसपास, चारों तरफ। सबसे दूर वाला ही सबसे पास हो जाता है। बल्कि एक तरह से कहूँ तो जब सचमुच तेरे पास रहे—मैं और पापा—तब के महा व्यस्त दिनों में तो तेरे पास होने को तरस जाते थे हम। और यहाँ भी, तू जब-जब आया, हमसे ज्यादा आयों-गयों से मिला। घर से ज्यादा पड़ोसियों का खाया-पिया। तो दूरियों की बात मत कर। मुझे कोई दूरी तेरे पास होने से रोक नहीं सकती। माँओं के पास जादू की छड़ी हुआ करती है—भगवान की सौंपी, प्रकृति प्रदत्त!...

लेकिन जानती हूँ, जिन दूरियों की बात 'तू' कर रहा है वेणु, वे तेरे लिए सचमुच अलंघ्य हैं... बाध्यताएँ बहुत सारी हैं तेरे पास।

लेकिन मेरी कौन-सी बाध्यता? जब चाहा, तुझमें से 'अपना वाला वेणु' निकालकर सहेज लिया।

पलक झपकते सारा अतीत वर्तमान हो जाता है, और मेरे सामने ढेर सारे वेणु ही वेणु... !

वेणु—जब हम घर नहीं, एक सपने में रहते थे

हाँ! 'वेणु' यानी, सपना—तुम्हारा, पापा का, विशाखा दीदी और बसु-वृन्दा का भी। तुम सब अपने-अपने तरीके से इस सपने की रखवाली करते रहते थे। अपने दोनों तरफ के नाते-रिश्तेदारों और शुभचिन्तकों के साथ, जैसे तुम्हारे छोटे अधकच्चे से आँगन में आकाश का कोई उदीप्त नक्षत्र उग आया हो! और तुम सब उसकी आभा से उल्लसित और उमंगित हो!

जबकि खुद मुझे इस सबका कोई स्पष्ट अहसास या अनुभूति नहीं थी। कहा न—जो मिला सो खाया, जो पाया सो पहना—बाकी समय किताबों में माथा गाड़े रहता था। कानों में, बड़े ताया जी के अनगिनत बार दुहराये गुरु मंत्र, जैसे—'खेलोगे, कूदोगे होगे खराब। पढ़ोगे, लिखोगे होगे नवाब।'...या फिर 'जब आवै सन्तोष धन, सब धन धूरि समान।' विशाखा दीदी चिढ़ाती—'अरे वेणु! रटंत विद्या, घटंत बुद्धि...' लेकिन मैं आँखें गड़ाए पढ़ता रहता। मुझे बस टीचरों से शाबाशी पाना अच्छा लगता था। साल के आखिर में 'बेस्ट स्टुडेंट ऑफ द इयर' की शील्ड पाना भी। लेकिन उस शील्ड को झाड़ती-पोंछती और करीने से सजाती वसु और वृन्दा ही थीं। और चार-छह महीनों पर बड़े प्रेम से 'पीताम्बरी' से चमकाने वाली तुम थीं। मैं तो लाल रिबनों से बँधे पैकेट्स जस के तस घर में डाल, मुहल्ले की क्रिकेट टीम की सीटियों पर भागने का मौका तलाशता रहता था।

मेरी गेंद भी बस सलूजा अंकल या दयाल अंकल की खिड़कियों तक ही उछाल मारती थी। आसमानी ऊँचाइयाँ नापती, 'सनसनाती बाउंड्री-पार जानेवाली गेंदों का' सपना पापा का ही रहा होगा, और तुम भी उसमें शामिल तो थीं ही।

शायद बचपन से हर क्लास में, समारोहों में लगातार मिलती रहनेवाली शाबाशियाँ, सफलताओं ने मुझे वहीं के वहीं ठहरे रहने और उतने बस से सन्तुष्ट होते रहने की आदत डाल दी थी। मैं रेलवे लाइन के पार बसी अपनी गली के उस अधबने से 'मकान' नहीं, 'घर' में खुश

और सन्तुष्ट था जिसे मेरे दादा ने अपनी जुटाई-पटाई पूँजी से दो कोठरियाँ और एक बरामदे किचेन के रूप में आधे पलस्तर, आधे बेपलस्तरी ढाँचे में खड़ा कर दिया था और जिसके पीछे छूटी चौकोर कच्ची जगह में लहसुन, धनियाँ, मूली की क्यारियाँ रोपकर हम पानी से सींचा करते थे और कभी चार-पाँच लहसुन-प्याज की हरी पत्तियाँ या पतली-सी मूली उखाड़कर हिसाब लगाया करते थे कि सब्जीवाला कितना जट्टू है। वृन्दा, वसु बीच-बीच में इसी प्याज की हरी पत्तियों के पकौड़े, चाय के प्याले के साथ मेरी मेज पर रख जाया करती थीं। ऊपर-ऊपर कुड़बुड़ाती हुई—बड़े पढ़ाकू बने हैं! हमी क्यों पहुँचाएँ चाय? लेकिन अन्दर-अन्दर मगन। मैं जानता था। पकौड़े मुँह में रखकर बहनों को चिढ़ाता, तो वे चिढ़ती हुई दुबारा मगन होतीं।

बस्ती की पतली गली के बीचोबीच वाला हमारा घर तब तो और अच्छा हो गया था जब नगरपालिका ने खुली नालियों को ढाँप दिया था और पिता ने पीछे छूटी जगह में दो क्यारियाँ छोड़ (जिसे हम पीछे वाला आँगन कहते थे) ईंटों से पलस्तर करा दिया था। वहाँ निवाड़ वाली इकलौती कुर्सी डालकर कभी पापा आराम से चाय पीते होते, कभी हम भाई-बहन चटाई डाल साँप-सीढ़ी खेलते होते।

इकहरी ईंट की दीवाल जुड़वाकर, मेरे लिए पीछे वाली कोठरी की योजना पापा की थी—'वेणु को पढ़ाई में डिस्टर्ब न हो।' फिर लकड़ी के फट्टों की एक छोटी-सी मेज और मेरे जन्मदिन पर खास तौर से मेरे लिए (यानी मेरी पढ़ाई के लिए) लाया गया नीले शेड और दूधिया बल्ब वाला लैम्प। मेरी परिधि, मेरी सीमा बाँधता। उस लैम्प के प्रकाश-वृत्त के बाहर मैं कभी गया ही नहीं।

शायद बारहवीं के रिजल्ट के बाद, इंजीनियरिंग में साल-दर-साल सुगबुगाहटें बढ़ती गईं। इस साल भी टॉप किया। 'वाह!'...लेक्चरर्स पीठ ठोंकते—'इनफॉरमेशंस इकट्ठे करते रहो। फलाँ यूनिवर्सिटी का सिलेबस मँगा लो।'

'जी.आर.ई. और 'टॉफेल' के स्कोर? बढ़िया। एप्लाई किया? कहाँ-कहाँ?...यहाँ भी करो।' पापा बाहर से आते तो यही एक सवाल—'क्या हुआ?...कहीं का जवाब आया? ...आएगा-आएगा...'

पूरा घर जैसे किसी सपनीली सतह पर तैरने लगा था—रंग-बिरंगे फूलों की तरह, हर कहीं खिला-खिला। एक आकाशदीप पर सबकी आँखें टिकी थीं। वे शायद हमारे परिवार के सबसे अच्छे दिन थे न माँ! जब हम सब एक घर की जगह, एक सपने में रहते थे।

मुझे मालूम है, तुम तो जैसे टोटके करतीं—उँह! पहले जवाब तो आए...उँह! पहले स्कॉलरशिप तो मिले!...पहले 'कनफरमेशन' तो आए!...पासपोर्ट, पुलिस इन्क्वायरी—वीसा...वह भी क्या आसानी से मिला था!

'कैंडी-फ्रॉस्ट' की अड़ंगी

सिहर जाता हूँ अभी तक उस अपमानित क्षण को याद कर। कानों की नसें वापस जलने लगती हैं, जब उसे कैंडी-फ्रॉस्ट जैसे चेहरे वाले अमेरिकन ने काउंटर खिड़की पर मेरे फॉर्म/कागज यूँ ही चूंइंग चबाते-चबाते मनमर्जी से पलटते हुए एक तरफ सरकाकर मुझसे बेहद लापरवाह लहजे में कहा था—'सॉरी! यू डोंट हैव एनफ फाइनैंशियल सपोर्ट इन इंडिया...'

सारे किये-कराये पर पानी फिर गया था। अपमानित, लज्जित-सा घर लौटा था। झुके सिर, नीची आँखें। हाँ, नहीं मिला वीसा यानी मेरे आर्थिक सपोर्टर पिता के पास इतना लिक्विड मनी नहीं है कि मेरे अमेरिका-प्रवास में वे मुझे जरूरत भर या जरूरत पड़ने पर कम-से-कम छह महीने तक सपोर्ट दे सकें। घर भर में सियापा पड़ गया। बहनें किसी से बात करने से कतरातीं। माँ तड़फड़ाई-सी कभी भी, कुछ भी, सबको सुनाकर प्रबोधती चली जाती (न जाने किसे...)। कभी एकदम चुप, गुमसुम ही रहती। और पिता विमूढ़ थे—बहुत शर्मिन्दा अपने-आपके सामने। यह अच्छा अपने-आपको खुद-ब-खुद बेइज्जत कर बैठे।

दो-चार दिनों में बात फैली। शुभचिन्तक जुटे। जानकारों, विशेषज्ञों की राय तलाशी जाने लगी। एकमत से राय बनी कि जितना लिखा है, उससे ज्यादा की लिक्विड मनी दिखाता, पूरी दूसरी अप्लीकेशन फॉर्म के साथ दूसरा आवेदन किया जाए। बहुतों के साथ ऐसा हुआ है।

लेकिन लिक्विड मनी ?

पच्चीस-पच्चीस हजार रुपए सुभाष मामा और ताऊ जी ने भेजे। भरपाई माँ ने की—चुपचाप अपने बाजूबन्द, पाजेब और चन्द्रहार वाली रेशमी पोटली पिता को थमाते हुए।

और इतने सब के बाद जिस आवेदन पर लिक्विड-मनी के कॉलम में ताऊ जी का ड्राफ्ट, सुभाष मामा का चेक और माँ के बाजूबन्द और चन्द्रहार बाकायदा दर्ज थे, उसे इस बार वाले वीसा-अफसर ने पलटकर देखा भी नहीं और सिर्फ यूँ ही मुस्कुराते हुए ओ.के. कह दिया।

हरी झंडी की गहमागहमियाँ

वीसा हो गया...तो धक्—दिल बैठता-सा लगा। जब तक चीजें असम्भव लगती हैं, हाथ में आनेवाली नहीं लगतीं तो बहुत अच्छी लगती हैं, लेकिन हाथ में आ जाने के बाद हम अपने-आपमें गुम से हो जाते हैं। अब क्या ? कैसे ?...

बीतते दिन क्रमशः ज्यादा उत्तेजना भरे होते गए। उदास भी। घर कभी अपना लगता, कभी बहुत बेगाना। लोग भी। समझ में नहीं आता, माँ, पापा और वसु, वृन्दा से कैसे बात करूँ। तुम सबके साथ भी शायद ऐसा ही था। सब सहज भाव से हँसने-बोलने की कोशिश में और भी असहज होते जाते थे। चेहरे पर आई हुई उदासियाँ ठेलते, खुद को समझाते कि यह भी भला कोई बात हुई उदास होने की!...कॉलोनी की तीनों गलियों के बीच किसी भी पार्सल बाबू, बुकिंग क्लर्क या टीचर, लेक्चरर के इतने सारे लड़कों में मैं अकेला अपनी पढ़ाई के बल पर विदेश जा रहा था। अगल-बगल की गलियों तक में उत्तेजना की सनसनी।

माँ अपने चेहरे पर आई हुई तड़फड़ाहट को ऐसे बुहार रही थीं, जैसे यह कोई अपशकुन हो! यानी सबके 'दुःख' 'खुशी' से सराबोर थे।

वेणु का सुख, वेणु की खुशी, वेणु की प्राप्ति, वेणु की उपलब्धि...!

तुम सबके लिए मेरा जाना सम्भावनाओं, आकांक्षाओं और उपलब्धियों का पर्याय था। सुख-समृद्धि के महाकाव्य की प्रस्तावना। किसी विराट परियोजना का शिलान्यास।

लेकिन एक तरह से देखो माँ, तो उदास तुम लोग अपने लिए। मेरा अभाव खलेगा तुम सबको, यही सोचकर न! मेरे अकेलेपन या इतनी दूर, वीराने देश में मुझे महसूस होने

वाले अंजनबीपन को लेकर नहीं। क्योंकि मेरे यहाँ के जीवन की तुम लोग कल्पना कर ही कहाँ सकते थे, जानना समझना तो दूर की बात है!

खुद मैं भी बौराया-सा था। दिखाने को जरूर कभी भी अपने पासपोर्ट सहित जरूरी पेपर्स सहेजने लगता था। दरअसल, वह सब अन्दर का निचाटपन छुपाने का अभिनय ज्यादा था।

दिन-ब-दिन गहमागहमी बढ़ी। तमाम सारी भूली-बिसरी चीजें भी ला-लाकर पैक की जाने लगीं। अपनी जान-पहचानों से तो कोई विदेश गया नहीं था इसलिए लोग, और-और लोगों से सलाह-मशविरे लेकर, हम तक पहुँचाते। आचार्य कॉलोनी वाले राय साहब मिले थे। उनका भतीजा फलोरिडा में है। बोले—सर्दी, बुखार की गोलियाँ जरूर रख दें। वहाँ डॉक्टर नहीं बैठे होते ऐसे। मलहम, साबुन, तेल, कंघी भी। मुझे बार-बार दिखाया जा रहा था—कहाँ क्या चीज रखी है। ढूँढ़ने में परेशानी न हो। यह सब क्या हो रहा था? किस महाअभियान पर जा रहा था मैं?...

माँ—अब वह टूटी बटनों, उधड़ी सीवनों की दुरुस्ती कराने कभी नहीं आएगा

हाँ, हम सब अभिनय ही कर रहे थे—बिना एक-दूसरे को जतलाए हुए। ज्यादा से ज्यादा सहज, बेफिक्र बने रहने का अभिनय। खुश होने का अभिनय। थे भी हम खुश ही।

पर न जाने क्या था जो अन्दर लगातार खुरचता जा रहा था। हम उस खरोंच को यत्न से छुपाते, सामने खुल, नये खरीदे हल्के सूटकेसों में 'उसके' साथ जानेवाले सामान जमा रहे थे। शर्ट, पैंट, जीन्स, पुलोवर, मफलर और कोट भी (कि वहाँ जबरदस्त ठंड पड़ती है, इतनी कि बर्फ जमी होती है महीनों), सोचा था, सब नया ही खरीदेंगे। आखिर अमेरिका जा रहा है! कोई मामूली बात है? लेकिन हर बार खरीदते समय पैसे कम पड़ जाते। दो-चार चीजें छूट ही जातीं। बिना लिये लौटते। पैसे जोड़-जुटा फिर से लाई जातीं। इसे भी हँसते-हँसते ही बताया जाता। कुशल अभिनय के साथ। और अन्ततः लाई ही कितनी गईं। एक-एक, दो-दो शर्टें, ब्लेजर, दो जोड़ी जूते, चप्पलें, दो मोजे। स्वेटर तो वसु, वृन्दा ने नये ऊन लाकर बुन दिये थे। वेणु एक-एक कर पुरानी शर्टें उठाकर कहता—'अरे, ये तो मेरी फेवरिट शर्ट है, यह तो जरूर जाएगी। नीचे वाला इंक का दाग पैंट के नीचे छुप जाता है। यह वाली पैंट भी...और जीन्स तो सभी फटी पहनते हैं...सारे हिप्पी अमेरिका से ही तो आते हैं।'

वसु छेद वाले मोजे में उँगली डालकर हँसती—'दादा! यह भी रख दूँ? इंडिया का सोविनियर!...'

बहुत सँभलकर रहता भी तो था वेणु। पापा के एक-एक पैसे का खयाल। जब देखो, छेद वाले मोजे लिये चुपके से वसु, वृन्दा के पास। वसु के उन्हें फेंक देने की बात पर कहता—क्यों, बुरा क्या है? जूते उतरवाकर देखने आ रहा है कोई? ऊपर से कहाँ दिखता है?'

'दिखता है, दिखता है। मन्दिर का पुजारी भी भाँप लेता है कि ये फटे मोजे वाला भक्त है। प्रसाद पहले सुनहरे पट्टे वाली घड़ी और साफ मोजे वालों को देता है। ऊपर से भले न दिखता हो, लेकिन मन के अन्दर का चोर हमेशा बिराता रहता है, समझे?'

वसु के ज्यादा चिढ़ाने पर पिनक जाता—'तुझे नहीं करना तो रहने दे, वृन्दा कर देगी।'

कुल डेढ़ बरस बड़ी वृन्दा। मौके-मौके के हिसाब से बड़ी-छोटी बहन का रोल अदा करती होती। लेकिन आज नहीं बोल पाई कुछ।

हमेशा ही घिसी शर्टों में प्रेस मारता जाता। जूतों में कीलें ठुँकवाता जाता। अभी भी इसी फिराक में था। वह तो दोस्तों ने फिंकवा दी, जूतों की वह जोड़ी। बाजार ले जाकर ठीक-ठाक जूते, कपड़े दिलवा लाए।

तीन ही चार शर्टों में धोते, आयरन करते साल गुजार देता। फिर भी हमेशा साफ-सुथरा-सँवरा दीखता। सब कुछ फबता भी था उस पर।

अन्ततः बजट ज्यादा लड़खड़ाया तो उसी की बात मान, पुराने कपड़ों की ही काज-बटन धुलाई-सफाई कर, तहें लगा दी गईं। खुश हो गया और क्या, ठीक तो है। सिर्फ वसु चिढ़ाने से बाज नहीं आती... । न चिढ़ाने के बाद, बाथरूम में जाकर आँखें धो-पोंछ आने से। वे तीन दिन सब जैसे चुप से हो गए थे। हम उसकी तरफ सीधी आँखों देख नहीं पा रहे थे। सिर्फ पैकिंग से जुड़ी बातें करते। क्या रखना है, कैसे रखना है। वेणु बौड़ा-सा कभी किताबें छाँटता, कभी फाइलें सरियाता। और कुछ नहीं तो होम्योपैथी की शीशियाँ पैक करते-करते खाँसी-बुखार, जुकाम के साथ डायरी में, बेलाडोना, इपिकाक, पलसेटिला नोट कर रहा होता। पुदीन हरा, अमृतांजन, बाम, आयोडेक्स भी... ।

अब वह मेहमान हो गया। आएगा भी तो पहले जैसी बातें नहीं होंगी। शायद वह भी यही सोच रहा है। तभी तो स्टोर के टैंक पर अपनी पुरानी किताबें लाकर रखते-रखते, चुपके से शर्ट की आस्तीन से आँखें पोंछ ली थीं।

'वेणु' बुलाने की कोशिश करो तो अपनी ही आवाज अन्दर रुँध जाती।

काम सब हो रहे थे। नमक, अजवाइन की मठरियाँ। फ्रैंकफुर्त में दो-ढाई घंटे रुकेगा हवाई जहाज। आलू के पराँठे सेंक दो। अचार, पापड़, मसालों के डिब्बे। पहचान और नाम बताए जा रहे थे उसे। और उसकी मनपसन्द मिठाई रसगुल्ले का एक टिन।...

यहाँ से जाने से पहले उसकी पसन्द का सब कुछ दिला दो।

लेकिन खाया कहाँ जा रहा है उससे!

किचेन में मठरियाँ तलती वृन्दा के पास जा कर खड़ा हो गया—कोशिश करके एक मठरी उठाई—'अरे वाह!' उसके आगे न बोल पाया, न खा ही सका। जल्दी से स्टोर की तरफ बढ़ गया—इस तरह, जैसे कुछ लेने जा रहा हो!

कड़ाही में तली जाती मठरियों के बीच, गर्म तेल में आँसू की एक नन्ही बूँद छनकी थी। वृन्दा पसीने के बहाने चुन्नी से आँखें पोंछ रही थी।

और...आखिरी दिन, छीना-झपटी बन्द हो चुकी थी। शरारतों में दमखम नहीं था। साँसें रुकी जा रही थीं जैसे। पिता सामानों की लिस्ट लिये, यूँ ही बीच-बीच में आ जाया करते। वेणु को देखते और लौट जाते। बातें ऐसे होतीं, इतनी कम, जैसे हम एक दूसरे से बच रहे हों! कहीं ऐसा न हो कि...

...अब वह टूटी बटनों, उधड़ी सीवनों की दुरुस्ती कराने कभी नहीं आएगा। (अरे बाबा, ईश्वर न करे!)

(अब खत्म भी हो यह टूटी बटनों और उधड़ी सीवनों वाला सिलसिला!)

जागिए रघुनाथ कुँवर!

पहला दिन—पहली लैंडिंग

भूल सकता हूँ भला! जिन्दगी की किताब के हर पृष्ठ पर दर्ज है वह।

जैसे अन्दर दुबककर बैठा कोई पंछी डैने फड़फड़ा कर अकबका उठा हो!

आँखें खोलिए वेणुमाधव शुक्ला! अनाउंसमेंट हो चुका। (आपको समझ में न आया हो, वह दूसरी बात है।) अमेरिका की एकदम टटकी धरती और आसमान आपके कदमों के नीचे ऊपर डोल रहे हैं। सो, अन्दर की भड़भड़ी छुपाते हुए उठा। ओवर हेड केबिन से हनुमान-चालीसा, लड्डू-गोपाल, पैराशूट तेल, आलू के पराठों वाला नाश्तेदान और स्वेटर-मफलर से ठुँसा हुआ शोल्डर-बैग उतारा। हाथ से ही जल्दी-जल्दी बाल सँवारे और शरीर पर ऊपर से नीचे तक इस तरह हाथ फिराया, जैसे सब कुछ अपनी जगह दुरुस्त तो है! काश, दिमाग पर भी फिरा पाता तो पता चलता कि वहीं सब कुछ डाँवाँडोल है और, निकल चले कारवाँ के पीछे-पीछे! उस समय भी, मेरे लिए सबसे ज्यादा हास्यास्पद थी—यहाँ-वहाँ खड़े गोरे एयरपोर्ट के अफसरों को देखकर मेरी बेवजह मुस्कुराने की कोशिश। अपनी समझ से ठीक-ठाक चुस्त कदमों से ही इमीग्रेशन काउंटर तक पहुँच गया, मुस्कुराने का सिलसिला भी चालू रखा, जैसे सब कुछ जाना-बूझा है। उसी चुस्ती से फोल्डर खोल पासपोर्ट, इमीगेशन फॉर्म वगैरह सब सामने कर दिये—अन्दर उछलती धड़कनों की बाहर हवा तक न लगने दी।

इमीग्रेशन अफसर ने पासपोर्ट, फार्म उलटे-पलटे, मुहर मारी और मेरी तरफ देखकर बोला, 'ऑल सेट...' मैं खड़ा रहा—इस अन्दाज में कि क्या कहा गया है। क्या और कुछ चाहिए—पार्डन? 'यूआर ऑल सेट...' और तत्क्षण मेरे चेहरे का भाव लक्ष्य कर अफसर ने मुस्कुरा कर समझाया, 'यू कैन गो...'

लाउंज में आने तक पेट में घबराहट के एक-दो नहीं, अनेक बगूले उठने ही वाले थे कि सामने से तेज-तेज दो हिन्दुस्तानी हाथ हिलते दिखाई दिये।

'वेणुमाधव शुक्ला! नो?'

मैंने जल्दी से अपना हाथ बढ़ाने के नाम पर उनके हाथों में थमा दिया।

'मैं, विशाल घाटे।'

'निलय बख्शी!'—ओह, कितना पहचाना स्पर्श था उन अजनबी हाथों का!

'इंडियन स्टूडेंट एसोसिएशन से।...कोई परेशानी नहीं होगी। रिलैक्स!'

(क्यों ऐसा कहा था उन्होंने, जबकि मैं तो लगातार मुस्कुरा ही रहा था!...)

'पहले क्या करना चाहोगे—घर पर फोन न? लेकिन इस समय वहाँ आधी रात होगी। क्यों परेशान करना सबको। ऐसा करते हैं, पहले कहीं कुछ खा लेते हैं—या फ्रेश होना चाहोगे?'

हर बात पर 'स्वीकार' की एक एकदम नई ईजाद की हुई मुस्कुराहट से थोड़े परेशान और थोड़े समझे हुए उन्होंने आपस में ही निर्णय लिया। जब तक मैं 'हैं-हैं, अरे' के साथ हाथ आगे बढ़ाता, उन्होंने मेरे दोनों सूटकेस डिक्की में डाल, गाड़ी हाँक दी। कार चली तो अचानक सूझा मुझे, 'मेरे पास आलू के पराँठे हैं...'

'अरे यार,' एक लाजवाब ठहाका, 'नेकी और पूछ-पूछ—लाओ, निकालो फटाफट!'

मैंने राहत से भरकर अपनी पीठ ठोंकी और शोल्डर बैग से वसु-वृन्दा के रखे पराँठों वाला डिब्बा निकालने लगा।

पहला फोन यानी पापा की पे के तीन सौ दस रुपए

इसके पहले माँ से कभी फोन पर बातें की ही नहीं थी।

'हलो! माँ! मैं वेणु...' कुछ पलों के सूने निचाट में, मेरा कहा 'वेणु' ही ध्वनित-प्रतिध्वनित होता रहा...

'हाँ, मैं पहुँच गया यहाँ...आज दोपहर।...इस समय यहाँ रात है। वहाँ, इंडिया में सुबह हो रही होगी। मैं इन्तजार कर रहा था कि तुम सब उठ जाओ तो फोन करूँ।'

माँ 'वेणु' के बाद नहीं बोल पाई थी। इसलिए अब पापा बात कर रहे थे। उनकी आवाज रुँधी होने के बावजूद आश्वस्त लगी। बता दिया कि 'एयरपोर्ट पर इंडियन एसोसिएशन के सीनियर लड़कों ने रिसीव किया। अभी फिलहाल एक सीनियर लड़के के अपार्टमेंट में हूँ। जल्दी ही अपार्टमेंट ढूँढ़ने में मदद कर देंगे ये लोग।' प्रकृतिस्थ हो लिये तो जल्दी-जल्दी यूनिर्वसिटी, प्रोफेसर, विभाग—सब पूछ गए। हिदायत भी (आदत से लाचार) कि प्रोफेसर से आज के आज ही मिल लो तो अच्छा प्रभाव पड़ेगा। बताया कि 'आज तो अभी रात हो जाएगी—कल बैंक, डिपार्टमेंट आदि की सारी फॉरमैलिटीज पूरी हो जाएँगी।'

फोन अब वसु, वृन्दा के हाथ में था। दोनों बहनें उतावली में रोती-हँसती साथ-साथ चालू थीं, 'दादाऽऽ! वेणु दादा! कैसे हो तुम? कैसा लग रहा है वहाँ? अच्छे से रहना दादा। हमें फोन करते रहना—जरूर से! समझे दादा?'

बीप आ गई। फोन कट। साढ़े पाँच डॉलर का बिल यानी पापा की 'पे' के तीन सौ रुपए। आज से दस गुने महँगे थे फोन कॉल।

और मोबाइल कहाँ था तब!

पहला सप्ताह : पहला तोहफा

यह देश, यह शहर एक रोमांच है मेरे लिए। घाटियाँ, जंगल, सड़कें, शहर की इमारतें—सब साथ-साथ। कब शहर घाटियों में समा जाता है और घाटियाँ शहर पर उतरने लगती हैं, समझ में नहीं आता।

कल सीनियर बैच का निलय बख्शी अपने साथ ले गया। पूरे 'डाउन टाउन' (मुख्य शहर) का चक्कर लगवा दिया। लाइब्रेरी, सिटी हॉल, ग्रोसरी-स्टोर—ब्रेड, मक्खन, चीज, ओट मील (दलिया) से लेकर झाड़ू, क्लीनर, लिक्विड-सोप, और टॉयलट-ब्रश मेरे हाथ में पकड़ा दिया, 'पहला तोहफा...! चलो, पहले टॉयलट क्लीन करो इस देश के। पीछे पढ़ने-पढ़ाने की बातें।'

विशाल घाटे ने दूसरे दिन बैंक में अकाउंट खुलवा दिया। पहला और सबसे जरूरी काम। साथ के साथ ट्यूब-स्टेशन (लोकल ट्रेन) से डिपार्टमेंट तक ले जाकर लौटा भी

लाए। लोकल स्टेशनों की तीन-तीन मंजिलों पर बने प्लेटफॉर्म, सभी पर हर पाँच-दस सेकेंड पर आ-आकर रुकतीं और भागतीं, चमचमाती ट्रेनें। टिकट पंच करने की मशीनें। तेजी से बदलती जाती सूचनाओं वाले मॉनीटर, तेज-तेज ही चलते लोग—लेकिन बेआवाज, जैसे बोलने की मनाही हो! अस्पताल की तरह। यह कोलाहलहीन चुप्पी सहमा-सी जाती है—मुझे। बहुत अलग है यह देश—और हम काफी पीछे भी, लेकिन यह टॉयलेट ब्रश?

पहला महीना यानी फॉल से शुरुआत

सेशन इन्हीं दिनों से शुरू होते हैं।

कॉस्ट आयरन के विशाल गेट वाली विभाग की खूबसूरत और शानदार इमारत से गुजरना मुझमें एक रोमांच पैदा करता है—सारी अजनबीयत और सहमियत के बावजूद। अगल-बगल से गुजरती तेज और नपे-तुले कदमों वाली जीन्स, हीलों वाली खटखटाती सैंडिलें, ऊँची-नीची स्कर्टों के बीच से आधी-पौने इंच खिंची मुस्कुराने की मद्धम-सी 'हाइ'—एक रुटीनी संगीत की तरह लगती है। तो क्या मैं भी अब जवाब देने लगा हूँ? कभी-कभी पहल भी करता हूँ। उस वक्त अपनी मुस्कान की वाजिबी और जेनुइनटी पर गर्व होता है। नहीं, खुशी...नहीं, गर्व...नहीं, गुरूर—पता नहीं, पर अपनी मुस्कान अब मुझे ज्यादा ऑथेंटिक और भरोसेमन्द लगती है। यही बात उस ढीले पुलोवर वाली सैन्ड्रा ने भी तो कहा था—'योर स्माइल हैज समथिंग डिफरेंट...'

तो कायम है मेरा भी अस्तित्व।

और यह 'फॉल' का मौसम तो रंगों का इन्द्रजाल-सा रचता है। कैम्पस में चारों तरफ सड़क-फुटपाथों से लेकर जंगल-बियाबानों तक सारे के सारे पेड़ों की पत्तियाँ लाल, गुलाबी, जोगिया, अबीरी, पीले, नारंगी और उनाबी जैसे हजारों हल्के गाढ़े शेड्स में बदल जाती हैं। सड़कों, घाटियों, जंगलों से मैदानों तक—हर तरफ रंगों का एक मायावी जलसा। फिल्मों की शूटिंग में जैसे रंगों के गुबार उड़ते हैं...वो क्या कहते हैं...वसन्तोत्सव! 'लेकिन जानते हो?' ड्राइव करते हुए विशाल ने बताया था—'दरअसल, यह ठंडे देशों में पत्तियों को लगा एक रोग जैसा ही होता है—क्लोरोफिल की कमी की तरह, जिसमें पत्तियाँ हरी से पीली, नारंगी, लाल, उनाबी होती क्रमशः सूखती चली जाती हैं।'

मैं सोचने लग जाता हूँ : समाप्ति से पहले इतना अभिराम महोत्सव, इतनी इन्द्रजाली सौगात! 'अन्त' को उत्सव में बदल देना! मुझे वह चिड़िया 'थॉर्न वर्ड' याद आती है जिसके बारे में कहा जाता है कि अपने अन्तिम क्षणों में वह किसी कँटीली डाल पर बैठी होती है। काँटा चुभता जाता है, और वह एक गीत-सा गाती जाती है और धीमे-धीमे समाप्त हो जाती है...।

फोन कर दिया आज पन्द्रह दिनों पर ही। पिछली बार माँ का कहा सिर्फ 'वेणु' भर, परिन्दे-सा फड़फड़ाता रहा था, इसलिए, 'हलो, हाँ, माँ!...तुम्हारे लिए ही फोन किया। अब तुम ठीक हो न?...हाँ, बहुत अलग हैं यहाँ लोग, जीवन, दुनिया। सड़कें, पार्क, दुकानें। चीजें भी। अब जैसे—सड़कें हैं पर सड़कों पर कोई चलता नहीं। कारों के सिवा। हाँ, रिक्शा, ऑटो कुछ नहीं। भारत वाले कहते हैं—यहाँ आकर आदमी दोपाये से चौपाया हो जाता है।

(आह, हम न जाने कब होंगे!) सड़कें एकदम चिकनी। कारें उन पर चलती नहीं, फिसलती जाती हैं जैसे। हाँ, बसें दिखीं—स्कूल बसें। पहली बार। उसी में बैठे बच्चे भी। वैसे सब बहुत अच्छा है। ओ.के. माँ...'

बीप आ गई। फोन कट गया। अगर पापा को पता चले कि इतनी देर फोन करने में इतने किलो चीनी, दाल, चावल जितने का बिल, तो?

बेचारगी की हँसी और लाचारी का सेलीब्रेशन—पहला ठिकाना

अपार्टमेंट के लिए कोशिश तो की गई, लेकिन आखिरी दौरे में लैंड लॉर्ड का मन बदल गया। अब जमाओ अपनी गृहस्थी वेणुमाधव शुक्ला इस बेसमेंट में! वैसे बात भी ठीक है। जमीन पर पैर रखकर चलने से भी ज्यादा अच्छा है कि एम.आई.जी. क्वार्टर की तीसरी गली से आए वेणुमाधव शुक्ला पहले अमेरिका के 'बेसमेंट' में 'बेस' मजबूत करे। नींव पक्की पड़ेगी। माँ, पापा, बहनों को बताता हूँ। उन्हें कुछ समझ में आता है, कुछ नहीं। मुझे ही कहाँ अभी कुछ ज्यादा समझ में आता है। अक्सर इस बेसमेंट में चावल उबालते, किचेन साफ करते या रात में सोने के लिए अपना 'स्लीपिंग बैग' खोलते हुए अपने-आपमें एक बौड़म, फ्लॉप जोकर-सा महसूस करता हूँ। मन करता है, दूसरों से पूछूँ—क्या वे भी मेरे जैसा ही महसूस करते हैं?...

माँ अब बातें करने लगी है, 'तू कैसा है?' मैं इसके सिवा और क्या कह सकता हूँ कि 'ठीक हूँ माँ!' फिर पूछती है, 'रह कहाँ रहा है?' मैंने बताया कि 'अभी बेसमेंट में हूँ... मेरे साथ ही ज्वॉयन करनेवाले एक लड़के के साथ...' 'बेसमेंट' समझ में नहीं आ रहा उन लोगों को और 'फर्निश्ड तहखाना' कहने में अपनी हेठी। यह भी नहीं कहा कि इसमें सीलन काफी है। और ठंड तो बहुत। बस, यही बताया कि 'फर्निश्ड छोटा कमरा समझो।'

'और खाना?'...माँ कितनी भी कोशिश कर लें, यहाँ की बेक्डबीन्स, बेगल, कैन का दूध और ओटमील का नाश्ता कभी नहीं सोच पाएँगी। ब्रेड, सब्जी, चावल, आलू को खाना ही नहीं कहेंगी। 'दही तो नहीं मिलता होगा...और तुझे तो चाहिए ही चाहिए।'...मिलता है न, योगर्ट...अनन्नास, स्ट्रॉबेरी, औरेंज, बनाना-फ्लेवर-योगर्ट। बहुत से शब्दों का सही अनुवाद भी तो नहीं हो सकता, व्यंजनों के स्वादों का भी। लेकिन अब उन्हें पूछना है और मुझे बताना है कि मैं ठीक हूँ, अच्छा हूँ!

नहीं बताया कि इस दूसरे हैदराबादी लड़के प्रसाद को भी खाना बनाना नहीं आँता। सीनियर लड़कों ने पूछा था—'खाना बनाना आता है?' मैं 'आटा' भर ही बोला था कि निलय ने टोका, 'आटा-वाटा भूल जाओ। चावल-बॉयल कर लिया करो, बस!' ...मेरी माँ, बहनों ने भी आने से पहले आटा मलना सिखाने की कोशिश की थी।...'छोड़ो!' फिर प्रसाद की तरफ मुड़े, 'सब्जी, साम्भर कुछ बना लेते हो?'

प्रसाद ने जिस तरह सिर हिलाया, उसका मतलब खुद प्रसाद भी नहीं समझ पा रहा था। वह 'हाँ' कहते हुए भी 'ना' ज्यादा लग रहा था। विशाल और निलय ने एक दूसरे को इस तरह देखा, जैसे कहाँ फँसे! फिर अपनी कमर कसी, 'डोंट वरी...दो दिनों में आ जाएगा। शुरू में प्रॉब्लम आती है थोड़ी—हमें कैसे आया?' और उन्होंने एक दूसरे की पीठ ठोंकी।

खाना न भी ठीक-ठाक बना तो यहाँ एक की हजार चीजें हैं। खाकर गुजारा करने लायक—बेगल, ब्रेड, माफिन, डोनट—कितने तरह की, ब्रांड की तो सीरियल और दूध ही समझो।

समझे ? इसलिए सुबह नाश्ते में गर्म पराँठे और आम के अचार की फाँकों के बदले फ्रिज से निकली ठंडी 'बन' और मगों भर दूध या कॉफी पीकर डिपार्टमेंट निकल जाता हूँ। लंच के समय कैफेटेरिया में हर व्यंजन के साथ डॉलरों में लिखी कीमतों को फटाफट रुपयों में तब्दील करता और डिनर में हुए असफल एक्सपेरिमेंट (कच्चे, जले, पनीले, गीले, चावल, दाल, सब्जियाँ) के बाद सपने में, सामने परसी थाली और गर्म रोटियाँ देखता हूँ। तब कुछ नहीं सुहाता—न यह देश, न उद्देश्य (यहाँ आने का पापा द्वारा हजार बार याद दिलाया गया), न भविष्य (जो आज मेरा वर्तमान है), न डॉलरों का आकर्षण—बस, यही मन होता है कि आँखें मूँदूँ, एक लम्बी छलाँग लगाऊँ और अपने घर।

आज तीन हफ्ते हो गए रोटियाँ खाए। एक दिन निलय वर्मा के कजिन के घर खाई थी। खाते हुए मन किया—दो-चार रोटियाँ पॉकेट में छुपाकर लेता चलूँ।

धीरे-धीरे बनाना और खाना, दोनों सीख गए थे। जैसे पनीली और बेस्वाद सब्जी बनाना और साथ लाए अचार मिलाकर खाना। एक दिन तय किया, आज चावल गीला नहीं होने देंगे। उपाय ? पानी कम डालेंगे, वही किया। चावल जल गया। 'वाउ ऽऽऽऽ ! ब्राउन राइस... !' अमेरिकन उच्चारण की नकल कर हम दोनों 'दे ताली' के साथ ठठाकर हँसे। बेचारगी की हँसी और लाचारी का सेलीब्रेशन। विदेश प्रवास का पहला लेसन कम्प्लीट।

यहाँ आने का उत्साह तेजी से निस्तेज होता चला जा रहा है। उसकी जगह एक यांत्रिक चुस्ती। और अपने आत्मविश्वास को तो हर सुबह, दिहाड़ी की मजदूरी की तरह चिरौरी-विनती कर, दिन भर के लिए साथ ले लिया करता हूँ। अगली सुबह फिर वही क्रम...। दिन भर की थकान और उकताहत के बाद रात में प्रसाद के साथ बर्तन धुलवा, किचेन साफ कर फर्श पर स्लीपिंग बैग डालकर सोने जाना। यूँ तो हर सुबह चाभी वाले खिलौने की तरह अपने अन्दर चाभी भर दौड़ पड़ता हूँ, पर कल रात अचानक स्लीपिंग बैग में बच्चों की तरह रो पड़ा।

बाक़ी सब खैरियत है

तो, माँ पूछती है, 'कैसा है वेणु ?' मैं कहता हूँ, 'ठीक हूँ माँ।' पापा पूछते हैं, 'थीसिस का काम कैसा चल रहा है ?...ट्यूटरिंग (आर्थिक मदद) कब से मिलने की उम्मीद है ? उससे कितने डॉलरों की मदद मिल जाएगी ?...प्रोफेसर कैसे हैं... ? उनसे मिलते रहा करो...समय का पूरा सदुपयोग करो।...हमेशा याद रखो, तुम वहाँ किस उद्देश्य से गए हो। तुम्हारा भविष्य इन्हीं दिनों पर निर्भर है। अभी मेहनत कर लोगे तो जिन्दगी बन जाएगी। हमारी सारी उम्मीदें तुम्हीं पर टिकी हैं बेटे, वरना सच पूछो तो हमारी हैसियत कहाँ थी तुम्हें अमेरिका भेजकर एम.एस. कराने की !'

पापा जब हैसियत की बात करते तो मुझे शंका हो आती : कहीं इसीलिए तो यहाँ की चकाचौंध भरी दुकानों, मॉल और स्टोरों के झलमलाते काउंटरों के पास से गुजरते हुए मैं घबराता हूँ ? लेकिन अन्दाजना भी इसलिए चाहता हूँ, क्योंकि वसु और वृन्दा ने कहा था,

'दादा! जब तुम्हें ट्यूटरिंग मिल जाए तो हमें एक अच्छा-सा परफ्यूम भेजना एक शीशी में। हम दोनों शेयर कर लेंगे।'

इसलिए मैं तुम लोगों को अच्छी ही बातें बताता और तुम लोग उतने ही सच को हकीकत समझते। बर्तन धोने, किचेन की सफाई करने और कचरा फेंकने के बाद फर्श पर गद्दा बिछाकर सोने और रोनेवाले वेणु की कल्पना तुम नहीं कर सकती थीं न माँ!...

इसी से नहीं कहा। तुम सबकी शान था मैं। तुम्हारी (और अपनी भी) उस शान में बट्टा लगाता? तुम लोगों के उस विश्वास की भी तो रक्षा करनी थी जिसके अनुसार अमेरिका पहुँचने का मतलब ही समृद्धि और सफलता की पिटारी का हाथ लग जाना है। लोगों को क्या पता, इंडिया में इंजीनियरिंग के परिणाम निकलने के बाद अचानक अपने को कहीं ज्यादा परिपक्व और जिम्मेदार महसूस करनेवाला मैं, यहाँ रात में फर्श पर सोते हुए, चेहरे तक लिहाफ ढाँप कर रोता हूँ!

शायद यह मेरा ही सच रहा हो। बाकी सब तो मस्त और खुश भी दिखाई देते हैं। शायद वे रात में मुँह ढाँपकर मेरी तरह न रोते हों, क्या मालूम? मैंने ही क्या किसी को कभी बताया?

किस्सा साढ़े चार यार : उर्फ आती क्या खंडाला?

अपार्टमेंट मिला तो 'यूरेका...यूरेका' कहकर दौड़ लगाने का मन हो आया—साथ में चार यार भी यानी भरा-पूरा परिवार! बचपन में दादी को थपोड़ी पीटकर गाते सुना था : 'मेरा बना रहे परिवार प्रभु जी, मुझे चाकर राखो जी!'

एक तो वही, अपने बेसमेंट वाले सीले फ्लोर और ब्राउन राइस वाले दिनों का साथी—हैदराबादी प्रसाद। दूसरा लुधियाना का प्रशान्त—एलियास 'प्रशान्त प्राजी'...(ऐसा कहकर उसने खुद ही इंट्रोड्यूज किया था।) तीसरा अपने बेसमेंट और इस ग्राउंड फ्लोर से काफी ऊँची हैसियत वाला, ऊँटी के किसी टी-गार्डेन के मालिक सर निरंजन मानसिंह का बेटा—सौमित्र मानसिंह और चौथा यह नाचीज वेणुमाधव शुक्ला, जिसके लिए, प्रशान्त ने सुनते ही तपाक से कहा था, 'अरे वाह, आप तो टू-इन-वन निकले प्राजी—'वेणु' और 'माधव'! दो पूरे नामों के ओनर! है कि नहीं? इस तरैं से तो हम चार की जगह पाँच हुए यानी अपनी ज्वाइंट फैमिली हो गई भटिंडे वाली...हैं जी?'

हमने साथ-साथ खाना खाया और सब कुछ वैसा का वैसा छोड़—थके, धुत्त सो गए!

मिसेस फ्रॉस्ट—वीर, तुम बढ़े चलो

सुबह तो डिपार्टमेंट जाने की हड़बड़ी थी, लेकिन शाम लौटने पर किचेन में खुले जूठे बर्तनों का ढेर देखकर सबका माथा एक साथ ठनका। हवा बन्द। छोटा अपार्टमेंट मसालों और उबले चावल की गन्ध से गमक रहा था।

अपार्टमेंट की चाभी देने से पहले लैंड-लेडी मिसेस फ्रॉस्ट ने शायद इसीलिए संकेतों के माध्यम से जतला दिया था कि उन्हें पूरा विश्वास है कि बैचलर्स होने के बावजूद हम लोग अपने पड़ोसियों के लिए किसी तरह की आपत्तिजनक स्थिति नहीं पैदा होने देंगे। 'यू नो, व्यवस्थित परिवारी लोगों और बैचलर्स की लिविंग में थोड़ा फर्क तो होता है, है न?' कहकर

मिसेस फ्रॉस्ट अर्थपूर्ण ढंग से मुस्कुराई थीं। फिर पहले भारतीय रहनेवाले लड़कों की हैबिट्स के बारे में बड़ी नरमाई से बता गईं कि यूँ तो वे बड़े अच्छे लड़के थे, वेरी लविंग, बट...

उसके कहे इस 'बट' के तमाम सारे ध्वन्यार्थ 'बटवृक्ष' की लम्बी जटाओं की तरह हमारे दिल-दिमाग पर हावी रहते। रात का डिनर खाकर निढाल होने से पहले ही प्लेटें, बर्तन उठाने, धोने, किचेन की सफाई, गारबेज-बैग हटाने की हड़बड़ी शुरू हो जाती। एक दूसरे की दबी-घुटी खुचर और हड़कने-भड़कने के सिलसिले भी...।

तब फिर 'घर' बहुत याद आता। कैसे भी, कहीं भी खा-पीकर माँ-बहनों के सहारे बेफिक्री से छोड़ दी गई तश्तरियाँ, प्याले, उठकर चल देनेवाली बेफिक्र अलमस्ती—अब कभी का देखा एक स्वप्न भर थी।

मिसेस फ्रॉस्ट के ओझल होते ही प्रशान्त तैश खा गया था, 'यानी हमारा अपार्टमेंट न हुआ, पड़ोसियों का आउट हाउस हो गया? जैसे हम अपने आराम और सुविधा के लिए नहीं बल्कि पड़ोसियों का जीवन अधिकाधिक सुविधापूर्ण बनाने के लिए रखे जा रहे हैं? किराया हमसे ले रही हैं मोहतरमा, और फिक्रमन्दी गोरे पड़ोसियों की, वाह...!'

'क्योंकि हम इंडियन हैं न!' प्रसाद पहले से ही भन्नाया बैठा था।

समझदारी सिर्फ सौमित्र में थी, खीझकर बोला, 'अपनी भी देखो। बात बिना बात, हमारे 'इगो' हर्ट होते रहते हैं। अपने देश में, कुँआरों, कुँआरियों, विधुरों, मुसलमानों, वेजों, नॉनवेजों (मकान मालिकों की पसन्द के हिसाब से) को लेकर दसियों नुक्स नहीं निकाले जाते क्या? कितनी पूछा-पेखी होती है और वह भी एकदम लट्ठमार लहजे में...लेकिन वहाँ आप उसका बुरा नहीं मानते—उल्टे आरजू-मिन्नत कर समझा लिया करते हो।'

'वही तो...लेकिन उसकी गुंजाइश यहाँ कहाँ होती है! तुमने देखा, वह अकेली बुदबुदाती भाषण झाड़ती रही...हमारी कुछ सुनी ही नहीं। कायदे से उसे हमें भी तो यह कहने का मौका देना था कि हम अपने प्रॉब्लम्स लेकर उनके पास आ सकते हैं...'

'इतना तो मानोगे कि इनके पास बात करने के एटीकेट्स तो हैं, हमारी तरह नहीं कि आव देखा न ताव, सामने वाले को...'

'तुम इनके बेहद सर्द, इम्पर्सनल रवैये को एटीकेट्स का नाम दे रहे हो...? और हमारे अपने एटीकेट्स, शिष्टाचारों और तहजीब से कम्पेयर कर रहे हो? अरे, सारी दुनिया जानती है कि...'

'जो सारी दुनिया जानती है, उसे हम-तुम पूरी तरह गँवा चुके हैं अब, समझे? अब तो बस बात-बात में मुट्ठियाँ तानकर अपनी पावन परम्पराओं की हेकड़ी जताना आता है हमें। अतीत को हम इस तरह सहेजते हैं जैसे यहाँ के लोग अपने कुत्तों की पैडिग्री...वर्ना सोचो तो, वर्तमान क्या है हमारा...?'

'अमेरिका...!' इस बार यह मैं था वेणुमाधव शुक्ला। सब ठठाकर हँस पड़े।

'ओय, तुस्सी ग्रेट हो प्राजी! की गल्ल ठोकी ऐ!' प्रशान्त मुझे गले लगाते हुए बोला, 'लेकिन प्राजी, ऐसे कोई सुरखाब के पर नहीं लगे हैं इस देश में!'

'फिर भी अगर हम इस देश में अपने मतलब से आए हैं तो हमारा पहला फर्ज इस देश के एटीकेट्स के अनुसार चलना है। हम मानें या नहीं, यहाँ का अनुशासन हमारे लिए बिलकुल नया है। मुश्किल तब होती है जब हमारा नौसिखियापन उजागर हो जाता है, तो

कुछ न कर पाने पर हम जातीय अभिमान के नाम पर तैश खाने लगते हैं। हमारा इगो आहत हो जाता है। हम आवाज ऊँची कर उन्हें अपने से नीचा साबित करने लगते हैं।'

'सच बात तो ये है प्राजी कि सिवा ऊपरी तड़क-भड़क के हम उनसे किसी मायने में उन्नीस नहीं। और अपने आत्मसम्मान का हम किसी शर्त पर...'

'वह हमारा आत्मसम्मान नहीं, आत्मदम्भ होता है प्रशान्त।'

'आत्मदम्भ इनमें नहीं होता क्या? अपने-आपको लेकर ये कितना सुपीरियर महसूस करते हैं, हमसे छुपा है क्या? कड़ी से कड़ी बात को सर्द जुमलों के रैपर में थमाते हुए निकल जाना इनका एटीकेट है।'

प्रसाद हुमका था, 'बिलकुल ठीक कह रहा है प्रशान्त। वो क्या कहते हैं, बर्फ के चाकू वाला वार होता है इनका। कौन-सी पिक्चर में था?...हाँ, कमल हासन वाली 'पुष्पक'।

'मेरा कहना है कि सुपीरियोरिटी इनके अन्दर उतनी नहीं जितनी हमारे अन्दर इनफीरियोरिटी है। और इस कुंठा को हम अपने गुस्से और आक्रोश में छुपाते फिरते हैं। अपने दिलों में हम भी महसूस करते हैं कि हाँ, ये सुपीरियर हैं...तो मान क्यों न लें! बेकार क्यों अपनी सभ्यता-संस्कृति की एन्टीक-वैल्यू दुहराते फिरें? अपने देश में, क्रिकेट के टेस्ट मैचों में जब पाकिस्तान के जीतने और भारत के हारने पर लड्डू बँटते हैं तो हमें कैसा लगता है?'

'सौ फीसदी गद्दारी, इसलिए कि लड्डू बाँटनेवाले हिन्दुस्तान के नागरिक होते हैं—उनकी वफादारी तो इंडिया के नाम ही दर्ज होनी चाहिए। पाकिस्तानी लड्डू बाँटे न, हमारा क्या जाता है! लेकिन हम इस देश का पट्टा लिखाकर थोड़े आए हैं।'

'तैश की तौबा कर! अभी तो हमारे 'स्टुडेंट-वीसा' का स्टेटस ही 'शिशुवत्' है...पट्टे वाली मंजिल दूर है बन्धु!'

'बिलकुल इतनी जल्दी हमें भारत वापसी की फ्लाइट नहीं पकड़नी। बेहतर है, हम अपने इस अपार्टमेंट में लौट आएँ।'

सौमित्र की बात पर हम तीनों स्प्रिंग की तरह ही उछले और फटाफट सफाई अभियान में जुट गए।

जरा ऊपर-नीचे की कोर-कसर के बावजूद ये सभी अपने मध्यवर्गीय परिवारों के नौनिहाल थे। काम किसी के माँ-बाप ने नहीं लिया था अपने लाडलों से। उन्हें कैरियर्स एंड कोर्सेस की प्रतियाँ ही मुहैया कराते रहे थे। सारे घरेलू काम माँ-बहनों की राजी-खुशी से ही होते आए थे। इसलिए हम अनाड़ी कभी उन्हें कोसते थे, कभी अमेरिका को, कभी एक दूसरे को।

बीच-बीच में कभी-कभी परेड ग्राउंड के उद्बोधन गीत अनायास सूझ जाया करते :

'वीर तुम बढ़े चलो, धीर तुम बढ़े चलो,
प्रशस्त पुण्य पन्थ है, दृढ़प्रतिज्ञ सोच लो,
वीर तुम बढ़े चलो, धीर तुम बढ़े चलो!'

'ओय प्रसादऽ! चावल बनाने का ये मतलब थोड़े है कि भगोना दूसरे दिन चावल बनने लायक रहे ही नहीं? तूने भगोने को डिस्पोजेबुल समझ लिया क्या? अब से जो चावल बनाएगा, वही भगोना भी साफ करेगा?' प्रशान्त भगोना घिसते हुए बड़बड़ाया।

'ठीक है, फिर तो तू ही बनाना।' प्रसाद ने कुढ़कर कहा, 'एक तो बनाकर खिलाओ, ऊपर से अहसानमन्द होने के बदले...'

अचानक सौमित्र जोर से हँसा, 'मेरे घर के महराज (कुक) और बर्तन माँजनेवाली विमला में ठीक इसी तरह की लड़ाइयाँ हर दिन होती थीं कि बर्तन बहुत ज्यादा भी होते हैं और बहुत जले भी...'

'बात कम, काम ज्यादा! प्रशान्त, मुझे ब्रश देना जरा, सिंक भी साफ कर दूँ...'

'और ये डस्टबिन भी...खटो भइये, खटो। हम तो थर्ड वर्ड से आए थर्ड-रेट सिटिजन हो गए यहाँ आकर। क्या मस्ती थी अपने घर में, अपने देश में! इन नकचढ़ों के देश में आकर तो नाक में दम...'

'फिर...फिर वही बात! तेरी इगो को बिना बात करंट लगा करता है। एक बात बताओ, वे हमसे अलग हैं तो इसमें उनका क्या दोष? अपने घरों में वे भी ये सारे काम करते हैं, और अपने को थर्ड-रेट समझकर नहीं, अपना काम समझकर। हमने कामों को भी उच्चवर्गीय-निम्नवर्गीय श्रेणियों में बाँट रखा है। रेसिस्म यानी पार्थक्य। भेदभाव हम और वे अलग-अलग हैं, इससे नहीं बल्कि हममें और उनमें एक नीचा है, एक ऊँचा है, इससे आता है। हमारे अवचेतन का स्थायी भाव है यह। दूर क्यों जाना, कालों को देखकर हमारे अन्दर एक उच्चताबोध नहीं उपजता क्या? सारी विश्वबन्धुता और समानता वाली बातें हमारी बौद्धिक कवायदों की कृत्रिम परिणतियाँ मात्र हैं—अन्दर से तो हम वही सख्त गुट्ठल हैं।'

'यानी घूम-फिरकर तुम हमारी ही बात पर आ गए न! जिसे कहते हैं—ईटिंग योर ऑन वर्ड या मियाँ की जूती मियाँ के ही सिर! सीधी-सी बात है, कालों को देखकर जैसा हमें लगता है, वैसा ही हमें देखकर उन्हें भी महसूस होता होगा...।'

'नहीं, सिद्धान्तों में हम चाहे जितने उच्च विचार वाले हों, व्यवहार में ये हमसे कहीं ज्यादा मैच्योर हैं! यह विस्मित करनेवाली बात है, लेकिन सच है। शायद इसलिए कि इनके पास वर्णाश्रमों का उतना पुराना इतिहास ही नहीं रहा...हर व्यवस्था की अच्छी-बुरी परिणतियाँ होती हैं। एक तरह से 'डिग्निटी ऑफ लेबर' तो सही मायने में इनकी जीवन-शैली में ही है...'

'सच्च बात! अपनी मिसेस फ्रॉस्ट बाहर काम करनेवाले वर्कर से ऐसे बात कर रही थीं जैसे उनके एकदम बराबरी का हो! हम-तुम अपने देश में मजदूरों से उस तरह बात करते हैं?'

'तो मजदूर भी तो वैसे ही सलीकेदार होने चाहिए। हमारे तो जाहिल जपट्ट गँवार—ढंग से बात करने की कोशिश करो तो सिर पे चढ़ बैठेंगे।'

'तो वह व्यवस्था भी तो हमारी ही बनाई हुई है। अच्छा, यही मान लो। कम-से-कम हममें और अमेरिकन छात्रों में तो भेदभाव कर ही सकते थे। अभी तक तो उतना विजिबल पक्षपात नहीं ही दिखा मुझे।'

'दिखाने की गुंजाइश भी है क्या? ठहरता कहाँ है उनका स्टैंडर्ड हमारे सामने? हायर एजूकेशन तक आते-आते इनकी सारी शिक्षा-प्रणाली का फ्यूज उड़ जाता है। यह रगड़ाई इनके वश की कहाँ! खाए-पिए-अघाए लोग! पढ़ाई के लिए जैसा एड़ी-चोटी का पसीना हिन्दुस्तानी बच्चों का बहाया जाता है न...'

'तो उसकी वाजिब कीमत भी यहाँ इस देश में लगाई जाती है। मानना होगा, प्रोफेसर की नीयत में खोट नहीं—प्रतिभा की कद्र होती है यहाँ; जाति, वर्ण और सभ्यताओं की नहीं।'

'सच्च बात है।' प्रशान्त पतीला घिसते-घिसते बोला था, 'चाहे अमर्त्य सेन हों, चाहे कल्पना चावला—बेशक जब वो नाम कमा लेते हैं तो हम उन पर 'इंडियन' का टैग लगाने दौड़ पड़ते हैं—बेशर्मी की हद ही हुई न!'

'वाह, प्राजी! अपोजिशन में जा मिले? एकदम पाला बदल लिया, क्यों?'

'पंजाबी यार किसके?'

प्रसाद ने कुढ़कर जोड़ा ही था कि मैंने आँखें तरेरीं, 'वापस रेसिस्म?' वह आधे पर रुक गया। 'मेरा खयाल है, हम तालियाँ बजा दें प्रशान्त के सन्धि-प्रस्ताव पर।'

'सन्धि-प्रस्ताव नहीं, मध्यस्थ के रोल पर...'

मध्यस्थता पर अचानक मुझे सातवीं क्लास में पढ़ी 'हिमालय' शीर्शक कविता की वे पंक्तियाँ याद हो आईं जो हम अन्त्याक्षरी के दौरान 'ई' से गिरने पर बोला करते थे। मैं सस्वर बोल गया :

'इस पार हमारा भारत है
उस पार चीन जापान देश
मध्यस्थ खड़ा है दोनों के
एशिया खंड का यह नगेश।'

'वेणु प्राजी! तुस्सी हम्मेशा नॉस्टेल्जिया के मारे हुए ही हो और उस फेर में तुका-बेतुका कुछ भी चालू कर देते हो। कहाँ चीन, जापान देश, कहाँ यह अमेरिका में पतीला घिसने की बेगारी!' कहते-कहते अचानक प्रशान्त अपनी बहन का नाम लेकर चीख पड़ा, 'ओय शन्नो की बच्ची! वहाँ भटिंडे में खड़ी-खड़ी मुँह चिढ़ा रही है वीर जी को...यह नहीं कि पतीला मेरे हाथ से लेकर घिस्स दे...'

प्रसाद उसके हाथ से कुकर लेता हुआ हँस दिया, 'मेरी माँ से भी पूछ ले, बीन्स में टमाटर पड़ते हैं या नहीं...'

'ये अच्छी रही! मैं क्यों पूछूँ भला सबकी माँ-बहनों से? तू खुद पुच्छ न!...बोल, क्या कह रहा था...?'

प्रसाद चुप। हमने अन्दाजा, गैस पर कुकर चढ़ाता प्रसाद आस्तीन से आँखें पोंछ रहा था।

अचानक प्रशान्त खतरा भाँप, बीचोबीच कूद पड़ा, 'ओय रुक्क! आवाज ही लगानी है तो खंडाले वाली को लगाओ प्राजी, माँ-बहन को कब तक टेरोगे...?'

हम एक साथ दम लगाकर हँसते हुए गाने लगे, 'ओय, आती क्या खंडाला...'

तुम्हारा उद्देश्य डॉलर कमाई : तुम्हारा त्योहार राखी बँधवाई

सीनियर छात्रों ने हम समझदारों को इशारा कर दिया था—एटीकेटों से जुड़ी सावधानियाँ ही एक नहीं, कितनी! जैसे—पॉकेट में हाथ डालकर नहीं चलते। रास्ते चलतों से आई-कॉन्टैक्ट नहीं करते—हाल-चाल के नाम पर। 'व्यक्तिगत' जानकारियाँ भूले से भी नहीं लेने की कोशिश करते।...यूँ ये भी अच्छे, हेल्पफुल लोग हैं, सिर्फ 'अलग' हैं।

अभी ठंड ज्यादा नहीं थी। गुनगुनी हवाओं और घानी हरी पहाड़ियों के बीच से गुजरती सड़क के किनारे, तुर्श हरी घास के बीच बने फुटपाथों से गुजरना इतना भला लगता कि डिपार्टमेंट कब आ जाता, पता ही न चलता।

पता चलेगा बच्चू, जब बर्फ की हाड़कँपाती छुरियाँ चलेंगी! हड्डियाँ तक कड़कड़ाकर गलती महसूस होंगी। कोई नहीं चल सकता तब पैदल। भले ही लेदर-ग्लव्स, जैकेट और 'मंकी कैप' से लैस रहो, तो भी... ! (जो शायद सौमित्र को छोड़कर हम तीनों में से किसी के पास नहीं थी।)

किसी के पास होती भी नहीं। बस, यहीं आकर मौसम के हिसाब से खरीदते हैं। शुरू में तो पहले वालों की एक्स्ट्रा पड़ी जोड़ियों से माँग-मूँगकर काम चलाया जाता है। बहुतेरे सीनियर, जरूरत पड़ने से पहले ही, अपने 'एक्स्ट्रा वुलेन्स' लाकर नयों को थमा जाया करते हैं। नया नौसिखुआ पहले तो हिचकता है, अजूबी निगाहों से देखता है, लेकिन बहुत जल्दी उन्हें अपनी जरूरतमन्दी समझ में आ जाती है।

सप्ताहांत खासे घमासान भरे होते। काम बँटे होने पर भी जमकर हो-हल्ला मचता। पहले तो इस पर ही बखेड़ा कि आज किसका टर्न है। चखचख बढ़ी तो हर किसी का टाइम-टेबल लिखकर टाँग दिया गया। जिस दिन खाना बनाने का मेरा टर्म होता, उसे 'फास्ट-डे' कहा जाता यानी ऐसे खाने से न खाना बेहतर। परेशानी इतनी बढ़ी कि मुझे खाने के काम से परमानेंटली हटाकर मदद और सफाई के काम पर लगा दिया गया। इसलिए ज्यादातर सब खाना खाकर मटरगश्ती करते, जबकि मैं पूरे किचेन की सफाई। प्रसाद का फंडा क्लियर था। अपने रसम, साम्भर के पाउडर छिड़ककर सब्जी, दाल में कुछ-कुछ स्वाद ला ही देता। प्रशान्त प्राजी प्याज का छौंक मारकर थोड़ा रौब-गालिब कर लेते। फिर भी कभी सब्जी में साम्भर वाला मसाला ज्यादा पड़ जाता, या कभी दोनों रसोइयों ने बारी-बारी नमक डाल दिया तो कहकहों के बीच, बाकी बचे दोनों को बारी-बारी पानी मिलाने का आदेश दिया जाता।

चार में दो—प्रशान्त और सौमित्र—नॉनवेज अवश्य थे, लेकिन इन शौकीनों ने भी पीने की तौबा कर रखी थी। इसलिए बियर भी सिर्फ बड़ी पार्टियों में पीने के नाम पर चखी-सी ही जाती थी। और हर बार ऐसी पार्टियों से लौटने पर यह 'गुडी-गुडी ग्रुप' यानी 'थ्री-जीज' यानी 'जी-जी ग्रुप' अमेरिका आने से पहले अपने-अपनों के घरों में ली गई प्रतिज्ञाएँ दुहराता था, 'हमें शैम्पेन, स्कॉच वाले महँगे शौकों से दूर रहना है।...हमें हमेशा अपने यहाँ आने का उद्‌देश्य याद रखना है...' यानी ? बाकी तीन एक स्वर में नारा लगाते :

'मन लगा कर पढ़ना है।
डिग्री हासिल करनी है।
सिगरेट-शराब नहीं पीनी है।
गोरी मेमों को नहीं छूना है।
अबे उल्लू! छूने का सवाल ही नहीं—
उनसे दूर रहना है।'

ताजे-ताजे फ्लैश बैक में सब अपने-अपने डैडियों-मम्मियों के बहाने-बहाने से दिये गए निर्देशों का जिक्र करते। महानगर के हों या बड़े छोटे शहरों के, अपनी सोच और शंकाओं में वे एकदम एक जैसे हिन्दुस्तानी माता-पिता होते। वे बार-बार अपने बड़े हो गए बेटों को सीखों, नसीहतों से इस तरह सावधान करते, जैसे वह अमेरिका नहीं, आदमखोर वनैले पशुओं वाले जंगल में जा रहे हैं—जहाँ उनके चिरसंचित रीति-रिवाज, नीतियों और संस्कारों की पूँजी देर-सबेर लुटने वाली हो! और उसे सहेज-सँभालकर रखने की चेतावनी देनी आवश्यक हो! उनके जाने के उद्देश्य, उनके पुरुषार्थ के लक्ष्य के रास्ते में प्रलोभनों की लूट मची है! उसे बचाकर रखना है और हम सबको घर-परिवार का खयाल में रखना है...!

लेकिन सिर्फ कुछ महीनों में हममें इतना बदलाव कि अब हम जुट-मिलकर चार-छह माह पहले वाली स्थिति पर हँसी-ठट्ठा कर लेते हैं—जुलूस के नारों की तरह :

'तुम्हारा कर्म—एम.एस. पढ़ाई; तुम्हारी कोशिश—जमकर रगड़ाई।

तुम्हारा उद्देश्य—डॉलर कमाई; तुम्हारी दुनिया—माता-पिता, बहन-भाई।

तुम्हारा त्योहार—राखी बँधवाई; नो शादी, नो सगाई...!'

कात्यायनी उर्फ काली कलकत्ते वाली

हाँ, फर्क आया है मुझमें। डिपार्टमेंट से चलते हुए अब पहले की तरह सकपकाता नहीं। ऊपर-ऊपर सहज दिखने की कोशिश में, अन्दर-अन्दर जरूरत से ज्यादा चौकन्ना भी नहीं होता।

अब रोज डिपार्टमेंट की सीढ़ियाँ चढ़ते वक्त मेरे साथ प्रशान्त, सौमित्र हैं या रॉबर्ट, मर्लिन या मेलिंडा, कोई फर्क नहीं पड़ता।

वे तो वैसे भी, क्लास रूम और कॉरीडोर के आर-पार, साथ होकर भी सब अकेले हैं यहाँ।

नहीं, अकेले नहीं! उनकी अपनी चाही हुई 'स्पेस' के साथ बल्कि यूँ कहें कि जैसे यहाँ हर बंगलों, अपार्टमेंट के साथ गैरेज होते हैं—एक, दो, तीन उसकी कारें पार्क होने के लिए, उसी तरह हर आदमी को अपना 'व्यक्तिगत' पार्क करने के लिए जरूरी 'स्पेस' चाहिए होता है।

इधर, हम भारतीय इस मामले में पूरे विपन्न! हमारी सामूहिकता की भगदड़ में कहाँ का व्यक्तिगत और कहाँ की स्पेस—हा-हा-हा...!

जाने कितने देश, जाति, वर्ण, वेशभूषा...ऊँची-नीची, लिसड़ती पैंटें, बैगीज़, जीन्स... कहीं छोटी शर्ट, कहीं ढीले-ढाले टॉप्स...अपनी-अपनी तरह की अनूठी हेयर-स्टाइलें चले जा रहे हैं—अपनी रौ में, दीन-दुनिया से बेखबर!...या बेखबर दिखने की अदा, अभिनय!

लेकिन इनमें 'कुछ' तो हद ही कर देते हैं : अमेरिका में रहकर खुद को अमेरिका का 'कंट्रास्ट' बनकर जीने की जिद! वही-वही जीन्स, वही दो-तीन बैगी टॉप्स कि लोग दूर से देखते ही उँगली उठा दें कि वह रही कात्यायनी दत्ता उर्फ साक्षात् बंगाल की कामरूप कामाख्या उर्फ काली कलकत्ते वाली...पास जाकर देखो न! आँखों में काजल लगाया नहीं, औंधाया गया है। (वैसे पास जाकर देखने की जुर्रत करेगा कौन?) बाल भी एकदम पुराने जमाने की चेरी-ब्लॉसम वाली बूट पॉलिश से चमकाए और बिना कंघी किये ही काले हेयर बैन्ड में समेट लिये गये...बस, पुराना शोल्डर बैग उठाया और पहुँच गए कॉलेज! इसे कहते

हैं केयर-टू-हूट—यानी ठेंगे पे दुनिया...! वाह रे तेवर! इसी से तो काले-गोरे, किसी को भी उसके पास फटकते नहीं देखा। सच कहा जाए तो हिम्मत भी नहीं। ऊँह, जरूरत भी क्या है काजल की कोठरी की कुंडी खटखटाने की! अव्वल तो उर्वशी, मेनका जैसी अप्सराओं वाली पैडिग्री नहीं, ऊपर से अपने देसी भाइयों पर तो विदेशी धवलांगियों का जुनून ज्यादा ही सवार रहता है। कैंटीन में एक-एक कॉफी भी हो गई तो पूछना ही क्या—दिल बाग-बाग! गोरी त्वचा के प्रति ऐसा दुर्निवार आकर्षण हमारा सबसे वीक पाइंट जो ठहरा! यूरोपियन को तो खैर नहीं, लेकिन कम्बोडियन, चायनीज, वियतनामीज में भी कहाँ उतना अन्तर! रह गए एफ्रो-अमेरिकन, तो वे अब तक इस देश के साथ अपनी शर्तों पर जीना सीख गए हैं। मौज-मस्ती, खेलकूद और टॉक-शो—सबमें बराबरी का दखल। मुहम्मद अली से लेकर माइकल जैक्सन और ऑपरा के टॉक-शो तक अमेरिकी संस्कृति से साझेदारी है उनकी। एक किस्म का इत्मीनानी वर्चस्व।

हर देश के छात्रों के अपने संगठन, ग्रुप एक्टीविटीज...!

इतने सारे फैलाव में किसी कात्यायनी दत्ता को जाँचने-समझने की फुर्सत किसी को क्यों होगी भला? जबकि सीधे शब्दों में न वहाँ सुन्दरता, न सज्जनता, न कमनीयता, न कोमलता, बल्कि इसके तमाम सारे विलोमार्थक, जैसे—अक्खड़ता, अनगढ़ता और रुक्षता का आतंक...!

आश्चर्य, किसी लड़की के साथ ये कैसे विचित्र विशेषण जुड़ते चले जा रहे हैं? यानी है अवश्य उसमें कुछ विशेष हुँह—यही अनगढ़ता का आतंक! जैसे कजरौटी आँखें भले काली बदलियों को मात करती हों, लेकिन कौंधती हैं बिजलियों की तरह ही।

आज सुबह ही तो कॉरीडोर की सीढ़ियों पर सकपकाया खड़ा रह गया था मैं। शायद इसलिए कि गलती मेरी ही थी। सामने से चली आ रही थी वह तेज-तेज और सामने पड़ गया मैं। भारत की आदतवश पहले बाएँ हुआ, फिर अमेरिकी नियम याद आया तो झट दाएँ यानी बाएँ-दाएँ के बीच अकबकाया हुआ मैं उसे रास्ता देने के बदले बीच में अटका खड़ा था। 'सॉरी' तक गले में फँसी रह गई। उसने त्योरियाँ चढ़ाईं, लेकिन मेरी सकपकी मुद्रा पर 'इट्स ओ.के.' कहती, फौरन त्योरियाँ उतारती खुद भी सीढ़ियाँ उतर गई।

थैंऽऽऽऽऽऽऽ क...गॉऽऽऽऽऽड...!—जबरदस्त ऐंटी क्लाइमेक्स...आकर्षित होने की जगह आतंकित!

मैं झेंप कर झुँझलाया। अब ऐसी भी क्या आँधी-तूफान-सी जल्दबाजी! जब देखो, जैसे गाड़ी छूटी जा रही है! न रुकने की फुर्सत, न किसी (की) तरफ देखने की। (देखने की तो भगवान न करे...जितना न देखे, उतना अच्छा।...एक ही उठी पलक आर-पार कर देने के लिए काफी थी।) जैसे यही एक अनोखी एम.एस. करने के लिए आई है! मुझे तो लगता है कि किसी बीहड़ गाँव-कस्बे का 'नमूना' है जिसे तोता-रटन्त के बूते पर यहाँ एडमिशन मिल गया। इस नमूने की घिसाई, पॉलिशिंग में कितना वक्त लगेगा, कौन बता सकता है!

अचानक मैं अपने ऊपर नाज कर उठा। कहाँ वह अनगढ़ अक्खड़ता का तेज-तर्रार नमूना, कहाँ मैं कायदे-कानूनों में बँधा शिष्ट, विनम्र, शालीन और संस्कारी युवक!

लेकिन ठहरो, यह मुझे अपनी और कात्यायनी की तुलना करने की अचानक क्या सूझी?

'बस-बॉय...हीरो'

टीचिंग असिस्टेंटशिप! वह भी अपने प्रोफेसर कॉलिंस के अंडर में! उफ्, कितनी बड़ी राहत! अन्दर की खुशी छुपाने में सचमुच मेहनत पड़ रही थी। यूँ सीनियर्स ने समझाया था, कुछ-न-कुछ व्यवस्था सभी की हो ही जाएगी—चाहे रिसर्च असिस्टेंट के तौर पर, चाहे ट्यूटरिंग, चाहे लैब या लाइब्रेरी में। यह सब भी न हो पाया तो कैफेटेरिया में ही सरविंग लाइन में, नहीं तो 'बस-बॉय...' यानी? यानी खाली, जूठे ट्रे उठा-उठाकर एक पर एक पाइल कर ट्राली से अन्दर लेते जाना। बस, दो-चार घंटे का पार्ट-टाइम जॉब और हफ्ते भर का इत्मीनान।

लेकिन मेरे अन्दर इन तमाम आश्वासनों के बावजूद घबराहट और असुरक्षा का स्थायी भय बना रहा था। हिन्दुस्तानी हिसाब से मैं यहाँ के खर्चों का जो बजट बनाकर चला था, ग्राफिक्स पर खर्च हुए पैसों और बाकी बचे पैसों से कभी ढंग से तालमेल बैठा ही नहीं। ऊपर से, लाख कोशिशों के बावजूद, डॉलरों को रुपयों में कन्वर्ट करते ही लगनेवाले झटके अपनी जगह थे।

सौमित्र, प्रशान्त और प्रसाद ने एक साथ बधाई दी थी—'हम जानते थे, तुझे तो असिस्टेंटशिप मिलनी ही मिलनी...'

'अरे, हफ्ते-दो हफ्ते के अन्दर-अन्दर तुम सबका भी कुछ-न-कुछ होना ही होना।'

'कितने घंटों की मिली है असिस्टेंटशिप?'

'हफ्ते में दस घंटों की लेकिन अभी अपने लेक्चर्स के साथ एडजस्ट भी तो करना होगा...'

'फिर भी—तेरा तो काम बन गया!' प्रसाद था।

'तेरा भी बनना ही बनना। तू कह रहा था न, अगले हफ्ते सेंट्रल-लाइब्रेरी में स्टैकिंग के लिए चार-छह वेकेन्सीज होंगी—विश्वास ने कहा है, कम्प्यूटर लैब में भी ज्यादातर इन्हीं दिनों लैब एसिस्टेंट रखते हैं—पूरे टर्म के लिए।'

प्रसाद कृतज्ञ लगा।

प्रशान्त हमेशा का फाकेमस्त और सौमित्र हमेशा का संजीदा। बिना वजह न बोलने वाला और बात का सिर पकड़ा तो पूरी मजबूती से—न छोड़ने वाला।

उसे कोई जरूरत नहीं है फिर भी वह अन्य लड़कों की तरह ही पार्ट टाइम जॉब तलाश रहा है जबकि उसके पिता सर मानसिंह की तरफ से स्पष्ट निर्देश है कि वह सिर्फ पढ़ाई पर ध्यान एकाग्र करे और जल्दी से जल्दी थीसिस सबमिट करे। लेकिन सौमित्र में एक भिन्न किस्म की जिद है। सबके बीच, सबकी तरह होकर रहने की, जीने की। इसलिए वह बिना पिता की खिलाफत किए, चुपचाप अपने हठ पालता रहता है।

मुझे सौमित्र का यह हठ विचित्र लगता है। क्योंकि मैंने तो अब तक, सामान्य से विशिष्ट बनकर दिखने का हठ ही देखा है। और एक ये हमारे सौमित्र मानसिंह—क्या कहा जाए इनको?...तभी तो प्रशान्त कभी-कभी उसे 'खोते' (गधा) कह दिया करता है, तो क्या गलत हुआ?

अगले हफ्ते प्रशान्त प्राजी भी बेहद खुश नजर आए। हचक के इस तरह गले से मिले, जैसे असिस्टेंटशिप नहीं, लेक्चररशिप मिल गई हो! पूछने पर मस्तमौला लहजे में बोले,

'वही अपनी कैफेटेरिया की साफ-सफाई का टेंडर अपने नाम करा लिया बाश्शाओ!' हम सब ने 'दे ताली' से उसे कॉग्रेचुलेट किया।

पता चला, लाइब्रेरी में स्टैकिंग वाला काम जावा-क्लास से क्लैश कर रहा था और कैफेटेरिया में 'बस-बॉय' वाला तुरन्त-फुरन्त मिल रहा था, जावा के बाद के दो खाली लेक्चर्स में कर लिया करेगा। उसी समय कैफे में ज्यादा भीड़ भी रहती है, ज्यादा बस-बॉय चाहिए होते हैं। 'और करना भी क्या, सिरफ लोगों के खा चुकने के बाद टेबलों से खाली ट्रेज, प्लेटें उठा-उठाकर ट्रॉली में पाइल करते जाना और भर जाने पर अन्दर धुलाई की जगह तक पहुँचा देना! सबसे अच्छी बात, हिसाब-किताब की कोई मगजमारी नहीं प्राजी!'

और ये लो, प्रशान्त प्राजी तो देखते-देखते कैफेटेरिया के पाप्युलर 'प्रेशेन्ट बॉय' (भाई) हो लिए! पता चला, वे ट्रॉली पर जूठी ट्रेज का पाइल जमाते हुए जब ठेठ देशी अन्दाज 'बारा बरसीं खटन गया ते खट के ले आया...' गुनगुनाते हैं तो बहुत-सी टेबलों पर 'आलू' की थाप पड़ती है और बहुत-सी फरमाइशें गाने का मतलब पूछती हैं—मैं अपनी कल्पना में कई बार हट्ठे-कट्ठे गोरे प्रशान्त को अलमस्त फुर्तीले अन्दाज में तेज-तेज ट्रॉली पाइल अप करते और अन्दर-बाहर जाते-आते देखता हूँ और अन्दर-अन्दर एक सर्द रश्क से भर उठता हूँ।

एक खुशहाल रात, यानी प्री-पेड कार्ड

ठिठुरती सुबह प्रशान्त मुझे झकझोरकर जगा रहा था, 'प्राजी, उठ। उठ वेणु प्राजी! जल्दी! जरूरी काम है, उठ जा...!'

गई रात तक कम्प्यूटर ग्राफिक्स का असाइनमेंट पूरा करता रहा था। मैं प्रोफेसर कॉलिंस का काम प्रेमिका को लिखे जानेवाले पत्र की तरह करता था। पलकें अभी भी चिपकी थीं और प्रशान्त लगभग फुसफुसाते हुए डपट रहा था, 'तेरे ही भले का काम...मैं कहता हूँ, उठ भी जा!'

'तू कब से मेरा इतना भला चाहने लगा?...प्लीज, सोने दे मुझे...!'

'सो, मेरी बला से! लेकिन बाद में झींकना नहीं कि बताया नहीं...'

'क्याऽऽ?'

'हम जा रहे हैं इंडिया फोन करने—पूरे मुफ्त में...'

'क्याऽऽ...?' मैं कम्फर्टर फेंककर उठ बैठा, 'मतलब?'

'मतलब—तेरा सिर! तेरे साथ सिर खपाने तक, मुफ्त के हाथ लगे कार्ड के पैसे खतम हो जाएँगे। समझ तू, यारों के हाथ कोई प्री-पेड कार्ड लग गया है—फोन में डालकर एक के बाद एक दनादन घुमाए जा रहे हैं। जो सुन रहा है, जिसे भनक लग रही है, पाजामे, पुलोवरों में भागे आ रहे हैं। प्रसाद चतुर था। जल्दी से निकल गया। तुझे जगाने में मेरा चांस भी गया हाथ से...'

'नहींऽऽ, प्लीऽऽज!' सीढ़ियों से उतरकर कम्यूनिटी हॉल में पहुँचकर आँखों पर विश्वास नहीं हुआ। गुपचुप, खुसफुस भी हमारे पहुँचने तक, चार-छह क्यू में लग गए थे! जो भी फोन लेता, इत्मीनान से हँसते-मुस्कुराते बातें करने लगता—बाकी खड़े बोर होने लगते। सबको उतनी ही उतावली। कहाँ डेढ़ डॉलर पर मिनट का रेट (मोबाइल विहीन) और कहाँ यह खुला खजाना!

प्रशान्त के बताने के साथ ही भाग लिया होता तो अपने से पहले खड़े तीन-चार लड़के हमसे पीछे होते।

'तेरी आँखें लाल हो रही हैं। पिछली बार ऐसे ही बुखार में पड़ गया था—ठहर, मैं अगले वाले सोमेश बरुआ से कहता हूँ—तू पहले बात करके जा वापस। आधे पौने घंटे सो रह...'

सचमुच प्रशान्त के कहते ही सोमेश ने मुझे आगे कर दिया, प्रशान्त ने खुद को पीछे कर लिया। प्रशान्त ऐसी छोटी कुरबानियाँ देने का अभ्यस्त था।

यह समय भारत के लिए पूरी तरह उपयुक्त था, 'हलोऽऽ, माँ!'

'क्याऽऽ, कौन?' माँ मेरी आवाज पहचानकर भी विश्वास नहीं कर पा रही थी।

'वेणुऽऽ, माँ...' स्वयं मैं फोन पर अपनी इतनी इत्मीनान भरी आवाज की कल्पना नहीं कर सकता था।

'क्याऽऽ? वेणुऽऽ?' माँ खुशी से किलकी नहीं, घबराहट और आशंका से लगभग चीखी थीं, 'वेणु बोल रहा है तू? क्या हुआ बेटे? सब ठीक तो है? क्या हुआ तुझे? कैसा है तू, जल्दी बता?'

'ठीक हूँ माँ—बिलकुल ठीक।'

'तब फोन क्यों कर रहा है?'

जोर की आई हँसी लेकिन दबाकर बोला, 'क्योंकि मन कर रहा था, तुम लोगों को फोन करने का...'

'हाँ-हाँ, बेटे...' माँ ने झट अपने को सँभाल लिया था, 'वो तो ठीक है...। बहुत अच्छा किया...लेकिन जल्दी बता, कैसा है तू...?'

'ओहो...वही तो बता रहा हूँ न...' माँ को छकाने का मन हो आया, 'असल में हमेशा हर बार बात आधे में छूट जाती है। न उधर की सुन पाता हूँ, न अपनी पूरी तरह कह पाता हूँ—तो सोचा, आज...'

साफ-साफ समझ में आ रहा था कि घर में हड़बड़ी मची हुई थी, 'क्या? वेणु का फोन? कैसे? (पिता सशंकित, कहीं पैसों की जरूरत)...दादा का फोन? मैं कहती न थी, बहुत मिस करता होगा हम सबको—बताता नहीं, इसी से फोन...' वृन्दा थी।

'नहीं, पहले मैं...' वसु अड़ी थी।

बहुत दिनों बाद घर वालों ने मेरी हँसी सुनी। दबी हुई नहीं, खुली हुई हँसी। मजा तो तब आया जब सब एक-एक बार जल्दी-जल्दी बातें कर, दूसरे को देते गए और अन्तिम यानी वृन्दा से बातें करते हुए जब मैंने बताया कि किसी और के खोए, पाये, प्री-पेड नम्बर से यह मुफ्तखोरी हासिल हुई है—मेरे आगे-पीछे कई लड़कों की लाइन लगी है और वृन्दा महीन-महीन खिलखिलाने लगी तो पूरे घर में दुबारा रिसीवर खींचने का हड़कंप मच गया। सबसे ज्यादा पागल वसु। मजा भी वसु और वृन्दा से बात करने में ज्यादा आ रहा था। सलेटी क्वार्टरों की तीनों गलियों वाली चटपटी खबरों से लेकर वसु के रोहित सर, वृन्दा की मार्गरेट मैडम और नई आई प्रिंसिपल के कमांडमेंट से खुलकर हाहा-हीही होती रही, जैसे मैं फिर से वापस सबके बीच पहुँच गया होऊँ!'

पापा सन्तुष्ट कि 'शंका' निर्मूल निकली। बेटा पैसे नहीं बरबाद कर रहा। तीन बजे रात तक प्रोफेसर कॉलिंस के दिये असाइनमेंट पूरे कर रहा था, फिर भी यह हिदायत देना नहीं भूले कि 'ठीक है, ठीक है...लेकिन यह सब ज्यादा ठीक नहीं...हाँ, सबसे की है तो माँ से भी दुबारा बात कर लो...'

अब माँ के हाथ में रिसीवर नहीं, जैसे कोई वरदान था। भरी-पूरी तृप्त वह, रिसीवर इस तरह पकड़े थीं, जैसे सोये में मेरा माथा सहला रही हों! जगते में तो उन्होंने कभी कोई लाड़-प्यार दर्शाया नहीं। अक्सर थोड़े जगे होने पर भी, वह मुझे सोया समझकर धीमे से माथा सहलातीं, तो मैं यही जतलाता कि गाढ़ी नींद में सोया हूँ।

माँ बातों के सिरे तलाश रही थीं। बहुत तृप्त, बहुत अवरुद्ध थी। तमाम बातें आ-आकर छूटी जा रही थीं, लेकिन बहुत खुश थीं वह।

बोल मैं ही लगातार रहा था, 'आज समय की कोई पाबन्दी नहीं है माँ! मनचाहे जितनी बातें कर लो। हाँ, यह गलत तो है लेकिन कभी-कभी ऐसा गलत बहुत सारी चीजों को सही कर जाता है। जिसके भी कार्ड के पैसे बैंक अकाउंट से गए होंगे, उसे उसकी चौगुनी दुआ इन अपार्टमेंट के लड़कों और उनकी माँओं की लगी होगी।...तुम भी अच्छी तरह सोच लो, और कुछ बताने, पूछने को तो नहीं रह गया?'

पापा ने थीसिस की बात पूछी थी। मैंने बताया कि दो चैप्टर्स का काम पूरा हो चुका है। फिनिशिंग टच और टाइप का काम रह गया है। फौरन उनका कैलकुलेटर एक्शन में आ गया—टाइप कहाँ करता हूँ? भावार्थ कितने डॉलर? मैं बेझिझक मुस्कुराया, 'कोई प्रॉब्लम नहीं।...यहाँ आए दो-तीन 'देसी' लड़के जाकर कम्प्यूटर का कोई मॉडल खरीद लाते हैं—दिन-रात लगकर अपने-अपने चैप्टर्स टाइप कर अगले हफ्ते लौटा आते हैं कि हमें नहीं चाहिए ये। कोई पूछताछ या बखेड़ा नहीं होता—इंडिया की तरह...' कहते-कहते रुक गया।

खुद पर शर्म आई। पापा के लिए यह सनाका खा जानेवाली बात थी। लेकिन आश्चर्य, उन्होंने कोई प्रतिवादी बवाल नहीं खड़ा किया। चुपचाप सुनते रहे कि किस तरह खरीदी हुई चीजें कुछेक हफ्तों के अन्दर (काम निकल जाने पर) ठीक-ठाक हालत में, पैकिंग और रसीद के साथ, बिना किसी तकरार के वापस ले ली जाती है। कस्टमर की इज्जत की जाती है। उपभोक्ता की धुरी पर ही तो यहाँ के बाजार की दुनिया घूमती है।

'यूँ ज्यादातर हमारे जैसे कस्टमरों से उनका साबका पड़ता भी नहीं। हजार में एक-दो ऐसे ग्राहक निकले भी तो वे उन्हें जेनुइन केस ही मानते हैं।

'इन टुटपुँजिया चीजों की ओर ध्यान देने के लिए न उनके पास समय है, न दिलचस्पी ही। लेकिन हमें तो ये छोटी-मोटी गुंजाइशें निकालनी पड़ती हैं। ये हमारी जरूरतें भी हैं, मजबूरियाँ भी।'

मुझे खुद पर आश्चर्य हुआ, कितनी आसानी से, इस छोटी ही सही, बेईमानी वाली बात को मैं 'गुंजाइश' और 'जरूरत' के खाते में डाल रहा था—'सादा जीवन उच्च विचार' वाले उसूलों की दुहाई देनेवाले अपने पिता के सामने!

और पिता भी इसे एक कुतूहल कथा की तरह चुपचाप सुने जा रहे थे, 'और...तुम्हारे गाइड?...'

‘कौन, मिस्टर कॉलिंस? खुश रहते हैं मेरे काम से। लोग कहते हैं, इस मायने में मैं लकी निकला। अगले टर्म के लिए भी ट्यूटरिंग के लिए मेरा नाम सजेस्ट कर दिया है। यूँ भी यहाँ के प्रोफेसर्स, गाइड, स्टूडेंट्स के काम में दिलचस्पी लेते हैं। कर्न्सन ‘शो’ करते हैं (‘इंडिया की तरह नहीं’...फिर से दबा गया)। उन्हें पता है, मेरे जैसे ‘स्टूडेंट वीसा’ वाले छात्रों के पास वर्क-परमिट नहीं होती, उन्हें कहीं-न-कहीं अर्थिक दृष्टि से आत्मनिर्भर होना होता है। इसलिए यूनिवर्सिटीज-कॉलेजों में भी ऐसी तमाम सुविधाएँ उपलब्ध हैं।’

पापा अतिरिक्त सन्तुष्ट हुए, ‘तो तुम्हारा काम वहाँ चल जाता है न?’

मेरे अन्दर का कुतुबनुमा चौकन्ना हुआ, ‘जी-जी, हाँ, काफी कुछ...’ मुझे अपना ही लहजा अटपटा लगा। अपने-आपको ही जैसे कैफियत दे रहा था!

पापा को सब कुछ बताने में भी तो खतरा है। उन्हें गलतफहमियाँ पालते और हवाई किले बनाते देर नहीं लगती।

ठीक इसी समय घड़ी पर नजर गई और पूरे पैंतीस मिनट तक फोन पर इंडिया से बातें—अकल्पनीय, अविश्वसनीय!

कैम्पस लाइफ

थैंक्यू सौमित्र...

उऽऽऽफ्फ...गजब...कमाल हो गया! हाँ, वेणु! दे दो शाबाशियाँ—खुद से खुद को। क्यों नहीं दे सकता? जब कोस सकता है, बार-बार धिक्कार सकता है, तो शाबाशियाँ क्यों नहीं दे सकता?

बाहर एकदम चुप्पा, शान्त-सा, मैं प्रोफेसर फिलिप की क्लास में प्रॉब्लम सॉल्व कर रहा हूँ। पूरी क्लास शान्त, लेकिन आज की शान्ति अलग है। सब जैसे दम साधे मेरी तरफ देख रहे हैं। जल्दी-जल्दी बोर्ड पर चलती मेरी उँगलियाँ, प्रोफेसर की आँखों में पहले हल्की-सी जिज्ञासा, फिर कुतूहल, फिर धीरे-धीरे बढ़ती आश्वस्ति, ‘एक्सेलेंट! वेल डन ‘वेन’!’ उन्होंने पूरी क्लास को दिखाया है, ‘यह बहुत इम्पोर्टेंट प्रॉब्लम था, बेसिक भी, जो पिछले हफ्ते मैंने आप सबको दिया था—दिस इज द मॉडल प्रॉसेस वे, थैंक्यू वेऽऽन!’

मैं अपनी सीट पर आ गया हूँ। शिराओं में अभी भी झनझनाहट है। क्या प्रॉब्लम सॉल्व करते हुए मेरे हाथों में होता कम्पन प्रोफेसर फिलिप ने पहचाना था?...

‘कम डाउन वेणु! शान्त होओ बच्चे! यह इतनी कुछ नई बात है भी नहीं। एक बेसिक प्रॉब्लम था, लगे हाथों तुमने सॉल्व कर दिया।’ प्रोफेसर ने थोड़ी शाबाशी ठोंकी, बस।

उनकी नजर में तुम्हारी कद्र बढ़ी। ऐसा हर क्लास, हर लेक्चर में होता ही रहता है—हफ्ते दो हफ्ते पर...।

पूरे हफ्ते इस प्रॉब्लम को लेकर जुटा रहा था मैं। आधी रात के बाद बाकी तीनों लुढ़क गए। प्रसाद ने थोड़ी कोशिशों के बाद छोड़ दिया—प्रशान्त ने हाथ भी नहीं लगाया, 'प्राजी! इस गड्डी का स्टीयरिंग मेरे वश की नई जी। आप उस्ताद लोग हो।'

सौमित्र रात में बाथरूम जाने के लिए उठता, कभी-कभार रुककर मेरे कन्धे पर हल्का-सा धौल लगा देता—शायद रश्क से, शायद फख्र से। सिर्फ उसी से मैंने अपना सॉल्यूशन डिस्कस भी किया था। तब सिर्फ 'हाँ-हूँ' कहकर रह गया था वह।

लेकिन आज क्लास में मेलिंडा के ट्राइ करने के बाद जब प्रोफेसर ने पूछा था, 'एनी बडी एल्स?' तो मेरे अन्दर उत्तेजनाओं का कुहराम मचा था—उठो, बोलो! हाथ उठाओ! कहो तो कम-से-कम कि एक कोशिश मैंने भी की है..., एक नतीजे पर पहुँचा भी हूँ! उफ्, चाहते हुए भी क्यों नहीं उठ पा रहे हो तुम वेणु?

प्रोफेसर मुड़ने ही वाले थे कि क्लास में सौमित्र की आवाज गूँजी थी। उसने खड़े होकर मेरी तरफ इशारा करते हुए कहा था, 'वेणु लगातार इस प्राब्लम को सॉल्व करने की कोशिश करता रहा है। उसके मैथेड, सोल्यूशन, को भी पूछा-जाना जा सकता है।'

तो थैंक्यू सौमित्र! मुझे इतना जोर लगाकर खींचने के लिए! और थैंक्यू मिलिंडा! क्लास के बाहर आते समय, दरवाजे के पास, यह कहने के लिए कि 'वेल डन-वेऽऽन! कॉन्ग्रैट्स...यू सॉल्व्ड द मोस्ट डिफिकल्ट प्रॉब्लम...'

पहली गोरी लड़की...!

'थैंक्यू' कहकर एक तरफ हो लिया। कितनी बातें पूछी-कही जा सकती थीं! पर अन्दर की सकपकाहट अनुमति दे तब तो! 'इट्स ओ.के.' में ही पसीने छूट गए।

इंडिया वाली इंजीनियरिंग की सहपाठिनें आपस में ही ज्यादा हिलती-मिलती थीं। यूँ ही कभी क्लास नोट्स की अदला-बदली। 'शराफत से तुम, शराफत से हम' वाली बात। फिर भी, चैन-वैन छीनने की कोई कोशिश ही न हुई हो, ऐसा भी नहीं। लाख अबोला, संकोची भी रहा होऊँ—लेकिन ऐसा थोड़े ही न कि मन का पंछी चहचहाया नहीं! शायद अबोले लड़कों के शिकार में लड़कियाँ ज्यादा रुचि लेती हैं लेकिन वहाँ तो मैं 'वेणु दादा' के कवच में इस कदर कैद था कि वृन्दा, वसु की सहेलियों के लिए मेरे पास कोई गुंजाइश ही नहीं रही थी। इतने आतंक के बीचोबीच कहीं कोई प्रेम-कहानी उपजती है?

तो? बढ़ गया तुम्हारा कद? या दीवारें और सीलिंग नीची हो आई डिपार्टमेंट की?

याद है, तीन महीने पहले के प्रोफेसर फिलिप के पहले लेक्चर के बाद किस तरह तिलिमिलाए थे तुम? जबकि हुआ कुछ भी न था, सिर्फ इसके कि तुम्हारा पूछा प्रश्न प्रोफेसर की समझ में बिलकुल नहीं आया था—तुम्हारे उच्चारण की वजह से, और दो-तिहाई क्लास धीमे से मुस्कुराई थी। प्रोफेसर भी पूरी शिष्टता से ही लेकिन मुस्कुराए तो थे।...और तब पुराने गीतों के कार्यक्रम वाला 'प्यासा' फिल्म का वह गाना अचानक याद हो आया था :

'ये दुनिया अगर मिल भी जाए तो क्या है...'

तुम तिलमिलाकर बुदबुदाए थे—शिट्! और इस इमारत पर कटाक्ष करते हुए कहा था, बिल्डिंगें आखिरकार इतनी ऊँची, इतनी आलीशान क्यों बनाई जाती हैं, कि एक अच्छा

खासा आदमी 'बेचारा' और बौना हो जाए? हर आदमी को अपने कद के हिसाब वाली इमारत में प्रवेश करना चाहिए वरना यह क्या कि प्रोफेसर बोले जा रहे हैं और सब कुछ अजाना और जाना-सूझा भी सर के ऊपर के निकलता जा रहा है? मालूम चीजें भी असमझी-सी...लैंग्वेज (अंग्रेजी) नहीं, एक्सेंट, उच्चारण...एक शब्द समझने की कोशिश करो तो दूसरा फिसलता जाता है...आगे-पीछे के शब्दों की जगह अधूरी उलझी अस्पष्ट ध्वनियों की आवाजाही...! मैंने असहाय-सा बगल वाले अमेरिकन लड़के की तरफ देखा था। किसी से कहने-पूछने में भी ग्लानि, हीनभाव—जन्म का संकोच...!

बद्दुआ की तरह वह एम्ब्रेसमेंट मेरे अन्दर चक्कर काटता रहा था—जब तक अचानक प्रसाद मेरे पास आकर रो नहीं पड़ा था—उन्हीं सर फिलिप के लेक्चर से निकलते हुए कि पिछले दोनों हफ्तों के उनके लेक्चर का एक शब्द भी वह नहीं समझ पाया। जितना समझने की कोशिश करता है उतना बदहवास हुआ जाता है। ऐसा कैसे चलेगा? पता चला—प्रशान्त, शान्तनु, सुहास, नमिता, श्यामली—सबका यही प्रॉब्लम। तब सीनियर्स ने हँसकर कहा था—'नो प्रॉब्लम। वेट फॉर थ्री फॉर मोर लेक्चर्स—सब समझ में आने लगेगा, बल्कि तुम खुद उसी तरह बोलने लग जाओगे।'

काबा मेरे आगे है और ईमां मेरे पीछे : बीच में कात्यायनी

गीदड़ की मौत आती है तो वह शहर की तरफ भागता है...और वेणु शुक्ला पर आफत आने वाली होती है तो वह कम्प्यूटर लैब की तरफ, जहाँ उसे घिसे चमड़े का एक बदरंग बटुआ दिखता है और दस कदम आगे ही उससे बेखबर तेज भागती हुई कात्यायनी दत्ता। मैंने पहले खुद को हड़का—खबरदार, छूना मत। जैसे बटुआ नहीं, बम हो! हे भगवान! दूँ तो मुश्किल, न दूँ तो मुश्किल! सोच लो, पिछली बार वाली तुम्हारी हुलिया दर्ज होगी जरूर उसके दिमाग में। बख्शेगी नहीं। उल्टा-पल्टा ही सोचेगी। लेकिन...लेकिन यह बटुआ? अगल-बगल एकाध लड़के थे भी तो उनसे यह कहना कि लो, यह बटुआ उस दौड़ती जाती लड़की को थमा दो। (यानी बिल्ली के गले में घंटी बाँध दो!) कितना अशिष्ट लगता है!

तुम सोचते रह जाओगे और लो, वह गेट पार गई...! लपको, नहीं तो क्या मालूम, कहाँ जा रही है...बाद में ढूँढ़ेगी...। तमाम सारी हिन्दी फिल्मों के दृश्य घूम गए। लेकिन यहाँ सारे दृश्यों का समापन हीरोइन द्वारा खलनायक के गाल पर लगाए गए चाँटे से ही होता लग रहा था। बाज आओ वेणु शुक्ला, यहाँ नायक से खलनायक बनने के चांसेज ही ज्यादा हैं। भरी महफिल में अपनी फजीहत करानी है क्या?

लेकिन काबा मेरे आगे है और ईमां मेरे पीछे। रामलीला में गुरु विश्वामित्र आदेश दे रहे हैं रामचन्द्र को कि 'उठहु राम! भँजहु भव चापा...।'

'एक्सक्यूज मी' कहते हुए भी वेणु शुक्ला, तुम खासे हास्यास्पद लग रहे थे, जैसे बटुआ उठाकर नहीं बल्कि चुराकर लिये जा रहे थे! इस समय तुम्हारे सामने कोई आइना होता तो तुम समझ पाते कि बटुआ पकड़ाते हुए तुम देख किसी और तरफ रहे थे, हाथ किसी और तरफ बढ़ रहे थे तुम्हारे।

'योर वॉलेट...'

'ओह गॉड!' उसने लगभग झपटकर ले लिया था, 'थैंक्यूऽऽ। कहाँ, किधर मिला आपको?'

'व...वो कम्प्यूटर लैब की सीढ़ियों पर...'

'थैंक्स अगेन!' और निकल गई दूनी तेजी से।

मेरा मन किया, उसकी दस गुनी तेजी से चीखकर आसमान की तरफ हाथ उठाकर कहूँ, 'थैंक्यू सो मच्च' और अपने गालों पर अपनी हथेलियों से शाबाशी ठोंकूँ—बच गए बच्चे!

यार लोग ठट्ठा मारकर हँसे, 'शाबाश! तूने सचमुच शेरनी की माँद में हाथ डाला था और साबूत वन पीस में हमारे सामने है—शेर बच्चा!' कहकर पीठ ठोंकी।

मैं खासे नाटकीय अन्दाज में बोला था, 'नहींऽऽऽ अपन गीदड़ ही भले...'

'बिलकुल-बिलकुल...' एक नहीं, कइयों ने कहा था। एकदम काटो-खाँव, यानी कटखनी लड़की। गोरा-काला कुछ नहीं देखती। अब उस दिन ट्यूटोरियल में ही सान्याल को महीन छुरी-सा काट दिया। एकदम भला-सा लड़का। ईमानदारी से ही सोचा होगा—बंगाली लड़का बंगाली लड़की की मदद नहीं करेगा तो कौन करेगा? लेकिन उधर तो टाइट लिप्स और काजल-मढ़ी आँखों के बीच से 'नो...थैंक्स...' के दो-टूक तुर्श लहजे का भावार्थ था—मेरे पास किसी के लिए कोई डिस्काउंट कूपन नहीं।

बात कुछ भी नहीं, फिर भी उस क्षण का कटु सच। यूँ भी अक्सर देखा है, कोई बात करनी भी पड़ी तो छोटे से छोटे औपचारिक शब्दों में। यक-ब-यक कब पारी समाप्ति की घोषणा कर देगी, कहा नहीं जा सकता। ऐसे सचों की एकाध मिसालें हर किसी के पास हैं।

'इतनी भी क्या तुर्शी! पूछना चाहिए—कोई कुत्ता पाल रखा है क्या?'

'तभी तो हम कहते हैं—सचमुच तू बचा यार...'

'या फँसा...' सौमित्र इतने धीमे से बुदबुदाया था कि मैं ही मुश्किल से सुन पाया।

'कुछ चीजें ऐसे गुमनाम रास्तों से चुपचाप आती हैं कि हिसाब रखना मुश्किल!'

तश्तरी में बिल

हफ्ते भर के एक सौ पन्द्रह डॉलर। देर तक हाथों में थमे उन डॉलर बिलो (यहाँ यही कहते हैं) की सिहरन महसूस करता रहा। इस महादेश से मिली पहली सौगात। सुख का पहला स्वाद। अब हर हफ्ते मिलेंगे। हाथ में आए, अपने कमाए इन डॉलरों और पहले के डॉलरों में कितना फर्क महसूस होता है न!

इसलिए क्या किया जाए? घर पर फोन लगाया जाए? डिसप्ले बॉक्स पर तेजी से बढ़ते सेंट, क्वार्टरों की चिन्ता किए बिना, पूरे इत्मीनान से—हलो माँऽऽ...वृन्दाऽऽ...हलो वसुऽऽ... मालूम है, आज मुझे एक हफ्ते के ट्यूटरिंग के पैसे मिले—गेस? कितने?...

नहीं, छोड़ो। अभी पिछले के पिछले हफ्ते ही तो वह धमाकेदार फोन कॉल हुई थी—छह फोन कॉलों के बराबर, कम-से-कम पैंतीस डॉलर, यानी दो-ढाई हजार रुपए...!

मैंने कल्पना में ही फोन को रिसीवर पर वापस रख दिया है। एक हतोत्साह-सा व्यापा तो उससे उबरने के लिए अनायास पॉकेट में पड़े डॉलरों को सहला गया। डॉलरों ने मुझे ताकत दी। अपने अन्दर बचपन से रोपे गए सारे नीति-निदेशक तत्त्वों को फटकारने की मुद्रा में अचानक तनकर खड़ा था मैं। डपटा था अपने अन्दर वाले वेणु को—शर्म नहीं आती?

कभी तो मुझे खुली हवा में साँस लेने दिया करो! छोटी-छोटी खुशियों के बीच भी छुपे लुटेरों से झपट पड़ते हो। विधि-निषेधों और आदर्शों के चन्दोवे तानकर पंडे-महंतों की तरह टीका-त्रिपुंड लगा मंत्रोच्चार को तैयार। स्वतंत्र नहीं हूँ मैं यहाँ भी।—हम हैं न तुम्हें विधि-विधानों के बाँधने के लिए...फूल खिला नहीं कि नोच कर फेंकने को तैयार...या फिर चढ़ा दिया गूँथ-गाँथ कर किसी प्रतिमा के पैरों पर...बूँद गिरी नहीं कि सुखा दी वहीं की वहीं गरमाती रेत में...जन्म से मरण तक, जीवनपर्यन्त आदमी के पीछे हरकारों से दौड़ते संस्कार...संहिताएँ...लेकिन आश्चर्य, मेरी फटकार स्वयं में टूटती-सी लगी। जैसे एक निरीह सी आवाज पूछ रही है—क्या इतने तंग आ चुके हो? क्या करें, भला-बुरा समझाने की पुरानी आदत जो ठहरी! वैसे तुम स्वतंत्र हो। जब चाहो, मुक्त हो लो।

झेंपकर लज्जित था मैं। चन्द मिनटों में ही दिमागी फितूर गायब था। खुशी, उत्तेजना तथा थ्रिल के साथ सबसे बड़ी राहत यही कि तंग हाथ अब थोड़ा खुल सकेगा।

कॉरीडोर की सीढ़ियाँ उतर ही रहा था कि सामने से सौमित्र आता दिखा, जैसे मुझे सिर्फ उसका ही इन्तजार था! याद आया, कम्प्यूटर ग्राफिक्स के बाद हम दोनों के दो लैक्चर्स फ्री थे।

'कैफेटेरिया चलता है?'

'तुझे पैसे मिले—ट्यूटरिंग के? चलूँगा न! क्यों नहीं...'

सौमित्र की खुशी हमेशा बेहद शालीन होती थी। आवाज भी धीमी।

मैं शायद पहली बार इतने आत्मविश्वास से अपनी कैफेटेरिया में घुसा था। सही अर्थों में अपने उपार्जन की पहली घूँट वाली कोल्ड कॉफी मेरे कंठ से उतरने वाली थी।

अचानक स्तब्ध। हमारी टेबल पर कॉफी और सैंडविच की ट्रे लाकर रखने वाला, सरविंग-ब्वॉय, 'प्रसाद' था। देखा उसने भी होगा ट्रे लेकर आते-जाते लेकिन तब तक पीछे मुड़ने का कोई सवाल ही नहीं था। पल भर को अटका खड़ा रह गया प्रसाद, फिर आगे बढ़ आया और अब ट्रे रखकर मुस्कुरा रहा था।

मैं अपना चौंकना सँभाल ले गया। तीन अलग-अलग मुस्कुराहटें कौंधी थीं उस एक क्षणांश में। (मैं आज तक अपनी उस मुस्कुराहट पर लज्जित हूँ) मुस्कुराते हुए मैंने महसूस किया कि मैं अपनी असहजता छुपा नहीं पा रहा था। मेरा मुस्कुराने का अभिनय असफल था—वही अपनी मध्यवर्गीय कुंठा, खिसियाहट!

प्रसाद का भी सच शायद यही था। लेकिन मुझे उबारना चाहिए था न प्रसाद को उसकी निरीहता से! उसके लिए पहले खुद की निरीहता से निजात पानी होती है न! काश! मैं सहज भाव से उससे कह पाया होता कि अरे वाह, वेरी गुड! तेरा भी हो गया?—लेकिन मेरे मन में शायद लगातार यही गूँज रहा था कि उसने बताया नहीं हमें—शायद बताना चाहा नहीं। जरूर जान-बूझकर उसने इस सेंट्रल ऑफिस के पीछे वाली कैफेटेरिया के लिए कोशिश की होगी। डिपार्टमेंट के लड़के बहुत कम आते हैं यहाँ। यह जॉब उसकी 'चॉयस' नहीं है, लाचारी है। जबकि उसकी तरह ही कितने गोरे लड़के भी पूरी मुस्तैदी से 'बस-बॉय' (वेटर) का काम करते हुए खुश-खुश ट्रॉली पर जूठे ट्रे पाइल अप करने के बाद तेज-तेज अन्दर ले जा रहे हैं। लेकिन प्रसाद की प्रतिस्पर्धा यहाँ उनसे नहीं, सिर्फ मुझसे है।...

लेकिन अगले ही क्षण मैं यह देखकर दंग रह गया कि मेरे सामने बैठा सौमित्र बगैर उठे, आराम से बैठे ही बैठे सहज भाव से प्रसाद को ग्रीट कर रहा था, जैसे वे दोनों डिपार्टमेंट की सीढ़ियों पर मिले हों, और अभी-अभी अटैंड किए लेक्चर की तरह, इस कैफेटेरिया की टाइमिंग्स, रेट्स, प्लस-पॉइंट्स वगैरह डिस्कस कर रहा था। वैसे यहाँ दूसरी कैफेटेरियाज की तरह पीक-आवर्स की मारा-मारी नहीं रहती। भीड़-भाड़ कम होती है और यह रात देर तक खुली रहती है, सो...गुड। जब जहाँ जो ऑपरचुनिटी मिले, ग्रैब कर लेना है—अवसर खोने के लिए नहीं होते।

आश्चर्य, अब प्रसाद भी उसी सहजता से बता रहा था कि यह टाइमिंग क्लैश भी नहीं करती वरना मिल तो रहा था लाइब्रेरी में बुक स्टैकिंग का भी...।

आधे से भी कम मिनट में इतनी बातें हो गईं। इससे ज्यादा की गुंजाइश भी नहीं थी। प्रसाद दूसरी टेबलों के ऑर्डर सर्व करने जा चुका था। फिर भी मैं अनजाने बाकी टेबलों की तरफ देखने से अपने को रोकता रहा। नहीं पता, वह कहाँ-कहाँ, क्या-क्या सर्व करता रहा!

अनायास एक 'एब्सर्ड'-सा विचार कौंधा—अच्छा, प्रसाद के माता-पिता या भाई-बहन क्या जान रहे होंगे कि हजारों मील दूर उनका बेटा इस समय अमेरिका के कैफेटेरिया में सैंडविच, कॉफी के ऑर्डर सर्व कर रहा है?

आश्चर्य! यह विचार प्रशान्त के लिए नहीं आया था, जबकि उससे रोज उन्हीं जोक-ठहाकों के बीच सामना होता है; बल्कि वह तो कैफेटेरिया में आनेवाली लड़कियों के इतिहास, भूगोल बता-बताकर हँसने-हँसाने की कोई कसर छोड़ता ही नहीं। ...यहाँ तक कि 'ओय पापे, विश्वास नहीं करोगे, तीन दिनों से वह ब्लांड-पटाखा मेरी सर्व करनेवाली टेबल पर ही बैठती है और क्या 'तरीके' से मुस्कुराती है...!'

मैं प्रशान्त के ठहाके में नहीं शामिल हो पाता, वापस प्रसाद के साथ हो लेता हूँ; या शायद मैं प्रसाद के बहाने खुद अपना पीछा कर रहा हूँ। असहज, प्रसाद नहीं, मैं महसूस कर रहा हूँ। और जो महसूस कर रहा हूँ, उसका ठीक उल्टा दिखने की कोशिश कर रहा हूँ। क्या है यह सब जीवन का उल्टा-पुल्टा? कितने स्तरों पर जी रहे होते हैं हम एक साथ? कितने लोगों में उभयनिष्ठ होते हुए?

यहाँ आए सारे भारतीयों का रास्ता इन्हीं कॉफी-टेबलों पर सर्व करते हुए ही समृद्धि के लकदक शैंडोलियरों तक जाता है न!

तो चोर मेरे अन्दर है जो बार-बार प्रसाद की आड़ में छुपना चाह रहा है। वरना सामने बैठा सौमित्र सहज भाव से बातें कर रहा और धीमे बजते म्यूजिक पर पैरों से थाप भी देता जा रहा है, जबकि मेरे अन्दर का चोर चुपचाप फुसफुसा रहा है—कितना अच्छा हुआ, जो मुझे टीचिंग असिस्टेंटशिप मिल गई वरना प्रसाद की तरह... ?

चौंककर सिर उठाया तो प्रसाद था—तश्तरी में रखे बिल के साथ।

मैंने जल्दी-जल्दी बिना आँखें ऊपर उठाए पाँच-पाँच के चार डॉलर बिल रख दिये थे। प्रसाद भी उसी तेजी से उठाकर गायब हो गया था। अचानक मुझे याद आया, प्रसाद ने दूसरी टेबलों की तरह हमसे यह पूछा नहीं था कि क्या हम कुछ और लेंगे या वह सीधे बिल ले आए?

अचानक सौमित्र ने मेरी बेचैनी भाँपी थी और जल्दी से कहा, 'टिप रखना न भूल जाना। हर पेशे के अपने उसूल होते हैं। दोस्ती अलग, पेशा अलग, समझे?'

सौमित्र मानसिंह! तुम, प्लीज, सुलझ जाओ

सौमित्र मानसिंह! तुम, प्लीज, सुलझ जाओ, मेरी खातिर! क्योंकि इतने सीधे, संजीदे और स्पष्टवादी दीखने वाले तुम अपने अन्दर पहेलियों की एक पूरी दुनिया बसाए हुए हो।

एक तरफ इंडियन रेस्ट्रां में खाने के बाद आए बिल पेमेंट से पहले पूरी सावधानी से चेक करना, डिशेज के बढ़े रेट पर मुस्कुराकर ही सही टोकना लेकिन वेटर्स को टिप देते हुए अतिरिक्त उदार हो जाना...और फिर वेटर के चेहरे पर आए कृतज्ञ भाव को देखे बिना पूरी निस्संगता से बाहर निकल जाना, कॉफी या डोनट शॉप पर 'क्वार्टर', 'सेन्ट' तक का हिसाब बराबर चेक करना...लेकिन ट्यूब ट्रेनों के प्लेटफॉर्म पर 'ओड-टू-जॉय' बजानेवाले बायलिनवादक के सामने रखे बोल में (हम सबकी नजरें बचाकर) जरा पीछे हो एक-दो डॉलर डाल देना—तुम्हें जरा नहीं अखरता। इन चीजों पर कमेंट्स सुनना भी तुम नहीं पसन्द करते वरना मैं कहने वाला हूँ कि इस देश में गुजारे के लिए तो एक वॉयलिन ही काफी है, बशर्ते सौमित्र मानसिंह जैसे समृद्ध और सनकी भारतीयों की आवक बनी रहे।

सनक की मिसाल दूँ तो रेस्ट्रां में, वेज-पास्ता में 'ओवर राइप टोमेटो' पर गम्भीर आपत्ति जताते हुए लौटा देना, लेकिन अपार्टमेंट में मेरी बनाई बेस्वाद पनीली सब्जी को 'क्लियर-कॉन्टीनेंटल वेज-सूप' कहते हुए कई बोल पी जाना—जबकि प्रसाद और प्रशान्त के कुढ़े हुए कमेंट थे—'प्राजी, एक ही जनम की दुश्मनी निकालनी थी, आपने तो बाकी सात जन्मों की भी निकाल डाली!'

और पिछले हफ्ते तो तुमने कमाल कर दिया। बातों-बातों में प्रसाद को सूचित कर दिया कि लाइब्रेरी में शायद कोई स्टैकिंग का जॉब खाली होने वाला है। अच्छा हो, वह लाइब्रेरियन स्टेला जोसेफ से पर्सनली मिलकर अपना इन्टरेस्ट जतला दे कि जब भी जगह हो, उसे सूचित कर दिया जाए।

प्रसाद उसी दिन मिल आया और अगले हफ्ते ही स्टेला जोसेफ ने उसे बुला भी लिया। और अब प्रसाद प्रसन्न मन, लाइब्रेरी में किताबें उठा-उठाकर नम्बर और कोड, डिजिट्स, मिला-मिलाकर रैकों पर सजा रहा था जबकि सौमित्र मानसिंह, दो-तीन हफ्ते बाद, सेंट्रल हॉल वाली कैफेटेरिया में कस्टमर्स को कोल्ड कॉफी और सैंडविच सर्व कर रहे थे। और 'टिप्स' से मिले पैसे इकट्ठे कर ट्यूब प्लेटफॉर्म वाले वायलिनवादक के बीथोवेन के 'सोनाटा' पर वार रहे थे या फिर यूनिवर्सिटी गेट के पास वाले इलाके में, छोटी, शैबी-कॉटेजों से निकलकर मैले गाउन और टूटी हैटों में कचरे के बड़े-बड़े ड्रमों से इस्तेमाल लायक जूते, ड्रेसेस या बर्तन तलाशती मिसेस एंड्रयूज के लिए ब्रेड या बेगल खरीद रहे होते।

तुम समझते हो, यह सब कोई नहीं जानता न सौमित्र मानसिंह? लेकिन मैं जान गया और जान गया तो तुमने एकदम भावहीन बल्कि सख्त-सी मुद्रा बनाते हुए मुझे ताकीद कर दी कि 'यह ऐसी कोई महत्त्वपूर्ण बात नहीं है जो 'प्रसाद' को बताई जाए—यू नो, वेरी वेल...' येस, आइ नो वेरी वेल कि यह तुमने मुझे चेतावनी दी थी। प्रसाद को तुम्हारा अहसान महसूस

नहीं होना चाहिए, यही न? और तो और, मेरी नजरों में भी तुम्हारा कोई रंगारंग मानचित्र नहीं बनना चाहिए।

तो, तुम जैसे बेताब रहते हो—अपने किए को रबर से मिटाने के लिए, उसके लिएं अपने-आपको 'जेनेटिकली' सनकी बताने से भी बाज नहीं आए। यहाँ तक कि 'देख यार! तुझे पैसा कमाना है और मुझे पैसा बहाना है। सर निरंजन मानसिंह की अकेली औलाद जो ठहरा!'

एनी वे, खुशियाँ तलाशने के तुम्हारे तरीके मुझे पसन्द आए सौमित्र! जैसे खुलेआम खुशियों के स्टॉल लगा रखे हैं तुमने—औने-पौने दामों में लुटाने के लिए। एक बात कहूँ, चाहे जो कहो, पर इस तरह का व्यवहार स्वाभाविक, प्राकृतिक तो बिलकुल नहीं लगता। सामान्य भी नहीं। स्वाभाविक तो यही है कि हम चुटकी भर करें, टोकरे भर बिखेरें...

तुम जाने कौन-सी खुशियाँ तलाश रहे हो, जाने कौन-कौन से दाँव आजमा रहे हो!

प्राजी, तुसी ग्रेट ओ...

प्रशान्त प्राजी बाजी मार ले गए। शाम को डेढ़ घंटे देर से लौट रहे हैं, जबकि डिनर खाना बनाने का टर्न आज उसी का—जिसमें वह बीन्स में अमृतसरी मसाले डालकर प्याज के लच्छों का छौंक देनेवाला था। भूख से हम सबका बुरा हाल। चिन्ता भी। कुछ कह-बोल भी नहीं गया था किसी से! (वही, मोबाइल तब कहाँ थे!)

हार-कुढ़कर प्रसाद ने कुकर में चावल चढ़ाया। सौमित्र प्याज काटता बैठा ही था कि हजरत नमूदार हुए। हमने साफ देखा—बहुत सँभालते-सँभालते भी कदम जमीन से ऊपर उठ-गिर रहे थे। अपार्टमेंट की फिजा में पहली बार उबलते चावल और कटते प्याज के साथ चिल्ड बियर और सिगरेट के कशों वाली हवा घुलती महसूस हुई। हालाँकि 'प्राजी' बार-बार कसम खाते रहे। डेटाबेस से प्रोग्रामिंग, प्रोग्रामिंग से ग्राफिक्स की परेशानियाँ बखानते रहे। इतना तो फिर भी ठीक था, लेकिन असली समस्या तो तब शुरू हुई जब बढ़ते सुरूर के साथ उन्होंने एक-एक प्रोफेसर की सातों पुश्तें तारनी शुरू कर दीं।

सौमित्र तो चुप रहा, लेकिन कुढ़े बैठे प्रसाद ने जब होश में आने की फटकार लगाई तो हवा में उठती-गिरती मुट्ठियाँ लहराते उसी से गुत्थमगुत्था हो गए। हम लाख इशारा करते प्रसाद से कि उससे होश-हवास वालों की तरह न अड़े, भिड़े—लेकिन प्रसाद इसे 'लाइटली' लेने के मूड में बिलकुल नहीं था।

सौमित्र का समझदारी से काम लेने वाला फंडा फिर काम आया। प्रशान्त से दोस्ताना और संजीदे ढंग से पूछ रहा था, 'अच्छा? वेरी गुड!' ...फिर बीच में, 'कैफेटेरिया न?...फिर क्या हुआ? कौन-कौन मिला आज?'

और अचानक प्राजी सीना ठोंककर गरजा, 'मिला नहीं, मिली। एक्चुअली आऽऽय वेन्ट आउट विद हर...इडियेट्स! तो क्या बुरा किया? कोई पाप थोड़े न किया...'

हमने इशारों में आँखें मारी—बिलकुल नहीं...बॉय हो या गर्ल...फ्रेंड्स के साथ जाना कौन-सी बुरी या बड़ी बात हुई? यह तो शर्म की नहीं, फख्र की बात है...!

'अरे, लेकिन जब उसने अपनी सिगरेट मेरे मुँह से लगाई...'

'इसमें भी कुछ बड़ी बात नहीं...' सौमित्र वैसा ही संजीदा था।

'बड़ी बात नहीं, लेकिन शर्म की बात थी न! दो ही कश में मुझे जोर की खाँसी आ गई न...तो बुरा लगेगा न मुझे...शर्म आएगी न!'

'हाँ ऽऽ, वो तो आती है शुरुआत में...' अब तक सौमित्र उसका राजदार बन चुका था।

'क्या आती है—शर्म कि खाँसी?'

इसी के साथ प्रसाद के कुकर ने सीटी मारी और हम दोनों मुँह दबाकर हँस पड़े।

'बेहद मामूली बातें हैं ये प्रशान्त! असल में हमें पता नहीं था न, इसलिए फिक्र हो रही थी! और फिर सबको भूख लग रही थी...ग्रोसरी भी खत्म थी। सुबह कह के जाना था, डिनर हममें से कोई बना लेता...'

'और लौटने पर सीधी बात बताने के बदले तुम कब से जलेबियाँ छान रहे हो...' प्रसाद कुकर उतारते-उतारते बड़बड़ाया।

'कौन, मैं? मैं कहाँ पापे! तुम्हीं लोग पीछे पड़े हो—तुम्हें जेलसी तो होगी ही न खोतो! व्हाइट गर्ल से फ्रेंडशिप जो हो गई मेरी—हें-हें!'

'हुँह, फ्रेंडशिप की दुम!' प्रसाद की कुढ़न रह-रहकर बाहर आ रही थी, 'लड़की फँसाने को फ्रेंडशिप कह रहे हैं हजरत! कौन-सी बड़ी बात हुई? हिन्दुस्तान में ही इंजीनियरिंग तक पहुँचते-पहुँचते दूध-पीते बच्चे तो रह नहीं गए थे हम...तुमने ऐसा कौन-सा तीर मार दिया...?'

हमें प्रसाद की कमअक्ली पर तरस आया। इशारा किया कि इसे बोलने दो, तभी तो बात खुलेगी, वह तो खुद शेयर करना चाह रहा है।

सौमित्र के साथ काउच पर गलबहियाँ डाले बता रहा है।

निष्कर्ष यह निकला कि दरअसल प्रशान्त प्राजी ने लड़की (व्हाइट) नहीं फँसाई बल्कि लड़की ने प्रशान्त को फँसाया और हफ्ते भर ट्रे उठाने-धरने की कमाई उसके 'ऑर्डर' की बियर, सैंडविच और सिगरेट के बिल के पेमेंट में खर्च हो गई।

'और बदले में तुम उसे 'किस' कर पाए, यही न?'

'न, नहीं—मैंने कहाँ? रादर शी किस्ड मी...' (उलटे उसने मुझे किस किया)।

हमने उसके नौसिखुए स्टेटमेंट पर जोरदार ठहाका लगाया। प्रसाद के कुकर ने फिर सीटी मारी।

इस बार सौमित्र ने बड़े-बूढ़ों की तरह उसकी पीठ थपथपाई, 'चलो, सौदा बुरा नहीं रहा।'

प्रशान्त नॉर्मल होने की हठी कोशिशों में और ज्यादा हास्यास्पद हुआ जा रहा था। हम जो कुछ सोच रहे हैं, वैसा कुछ नहीं, यह साबित करने के लिए वह अपने हिस्से का काम करने की कोशिश में प्लेटों वाले रैक की जगह शक्कर, चाय के डिब्बे और अचार की जगह जैम की शीशी निकालता बुदबुदाता जा रहा था, 'नॉट मी, बट इट वाज शी...शी किस्ड मी फर्स्ट—इमैजिन! द फर्स्ट किस सोमू...(बहुत निकटता महसूस होने पर वह सौमित्र को सोमू कह पड़ता था...) मैं तो...आई डिडन्ट नो, व्हाट टु डू।'

'यू डिड आल राइट इडियट...पर एक बात बता, तुझे पहले किसी हिन्दुस्तानी लड़की को 'किस' करना था न! बौड़म, बेवकूफ, आशिक का बच्चा...'

प्रसाद धीमे ही भभका था पर प्रशान्त इतने होशो-हवास में तो था ही। प्रसाद के कन्धे झकझोरकर बोला, 'क्या कहा? हिन्दुस्तानी लड़की? यानी कि हिन्दुस्तान में...फिर तो 'बेबे'

मुझे अगले हफ्ते 'घोड़ी' पे न चढ़ा देती? अमेरिका क्या मेरी जूती आती? और तुझे मालूम नहीं, मैं बेबे की, अपनी माँ की, अरे मदर...मदर की कितनी इज्जत करता हूँ? मुझे वह कितनी याद आती है—मेरा पूरा घर ही...' फिर एकाएक नशे में भड़का, 'तुम सब्ब स्साले क्या खाकर 'घर' बनोगे...लेकिन घर में, हिन्दुस्तान में, अमीलिया ब्राउन मुझे 'किस' करती न, तो बेबे, दम-के-दम कपड़े छाँटने की मुगरी चला देती—क्या जानते हो? खबरदार, बात उन तक पहुँचने न पाये...'

बड़बड़ाता हुआ वह कब सोया, मुझे याद नहीं।

लेकिन आधी रात को अचानक मेरी नींद खुली। खट्टी दुर्गन्ध का भभका-सा आया और देखा तो सौमित्र बाथरूम का वाइप और पेपर टॉवल लिये प्रशान्त की उल्टी साफ कर रहा था।...

दावतनामा

'हे गाइज! तुम लोग इनवाइटेड हो—मेरे लोकल गार्जियन चन्द्राज के यहाँ।'

सुनते ही प्रशान्त प्राजी भंगड़े के मूड में आ गए। मैं और प्रसाद भी उसके पीछे ताली मारकर 'ओ यॉऊँ-यॉऊँ' करने लगे। सौमित्र सिर पर हाथ रखकर बैठ गया, 'देखता हूँ, काफी ट्रेंड करना पड़ेगा तुम लोगों को उनके यहाँ ले जाने से पहले...अरे जाहिलो! ऐसी हरकतें करोगे तो चन्द्रा अंकल समझेंगे—पूरी वाइल्ड लाइफ सेंक्चुरी उठा लाया हूँ मैं उनके घर...'

'लुक ऐट हिम...स्साला 'सर सौमित्र मानसिंह' की तरह बोल रहा है...'

सौमित्र जब बहुत खुश, हल्के मूड में होता तो उसका फेवरिट शब्द 'जाहिल' होता था और हमें जब उसे सबसे बड़ी गाली देनी होती थी तो हम उसे 'सर सौमित्र मानसिंह' कह देते थे।

असल में खुद का बनाया खाना खा-खाकर हम इतने आजिज आ चुके थे कि भूले-भटके कहीं भी बेहतर खाने की उम्मीद हमें आपादमस्तक प्रफुल्लित कर जाती। भूले-भटके इसलिए कि यहाँ था ही कौन—कभी-कभार स्टुडेंट्स-डे, इंडिपेंडेंट-डे, या फिर किसी सीनियर के घर कोई त्योहार, जिससे 'घर' को सोचकर रोना न आए उस दिन।

और सौमित्र के कजिन को लेकर तो हम खासे उत्कंठित थे। अक्सर बताता था कि वे अमेरिका आए, या इस शहर में आए, भारतीयों को अपने यहाँ अवश्य निमंत्रित करते हैं। (हमें कब से अपनी बारी का इन्तजार था...) यथासम्भव मदद के लिए भी तैयार रहते हैं। कोई प्रॉब्लम हो तो दो-चार दिन उनके यहाँ रहा भी जा सकता है...।

'इंडिया की बहुत बातें करते हैं अंकल-आंटी, बहुत मिस करते हैं।'

'तो वापस क्यों नहीं चले जाते?'

यह ब्लंट सवाल प्रसाद की तरफ से आया था, लेकिन मेरा वीटो उसमें शामिल था। 'यह अच्छी रही! देश का रोना भी रोते हों, वापस आने का नाम भी नहीं लेते!'

लेकिन सौमित्र बात-बात में हत्थे से उखड़ जानेवालों में नहीं था। बड़े सुस्थिर भाव से बोला, 'कुछ सवाल जितने सीधे और आसान लगते हैं, उनके उत्तर उतने आसान नहीं हुआ करते...चन्द्रा अंकल की वजहें कुछ और हो सकती हैं। शायद उनकी बेटी के लिए इंडिया अमेरिका से कहीं ज्यादा अजनबी और न रहने योग्य हो!'

'क्या उनकी बेटी बहुत वेस्टर्नाइज है ? भारत से इतना मोह है उन्हें और अपनी बेटी को अपने संस्कारों में नहीं ढाल सके ?'

'कहा न, कुछ प्रश्नों के उत्तर आसान नहीं हुआ करते। जैसे हम लोग अपने अभिभावकों से उनके गाँव, खेत, नहर, मोड़-कुएँ, बावड़ी, मचान की बातें चाहे जितनी रुचि और ललक से सुन लें, लेकिन तमाम तरह के ऊबड़-खाबड़ रास्तों, झुलसाती लू और कँपकँपाती सर्दी में बिना बिजली, शुद्ध पानी और लैट्रिन के हमारे लिए गाँवों में रहने की कल्पना कठिन है—ऐसे ही कुछ बल्कि इससे कहीं ज्यादा उनकी बेटी के लिए भी होगा। वह यहीं पैदा हुई तो उसका स्वदेश तो अमेरिका ही हुआ न! भारत तो उसके अन्दर ठूँस-ठूँस कर भरा जानेवाला विदेश है। वे जो कुछ करते हैं, सिर्फ लाचारी में। वह भी चार-छह वर्ष की आयु तक। कैनेडा वाले मेरे अंकल के बच्चे तो छुट्टियों में भी आना नहीं चाहते। अंकल-आंटी का भी बच्चों के बिना, बच्चों से दूर रहने का प्रश्न ही नहीं—बस, देश छूटता गया, बच्चों की खातिर—बाद में बच्चे भी।

'ये सब बातें शायद हम-तुम अभी समझेंगे भी नहीं। वैसे भी, वापसी कहीं से भी आसान नहीं हुआ करती। पर जहाँ तक इस देश की बात है, मैंने अपने अंकल को पापा से कहते सुना था—भाई साहब! यह देश यहाँ रहने की इतनी लाभदायक शर्तें मुहैया करता है कि वापस जाने का कोई वाजिब और तार्किक कारण आप तलाश ही नहीं पाते...।

'जानते हो, पापा ने हँसते हुए व्यंग्य में अंकल की बात कैसे सपोर्ट की थी ? यह कि अपने देश में रह पाने की शर्तें इतनी मुश्किल होती जा रही हैं कि सारी प्रतिभाओं को अपनी एक मात्र मंजिल पासपोर्ट ऑफिस के रूप में नजर आने लगी है।'

शहंशाही डिनर

अगले सप्ताह, अपनी सबसे अच्छी शर्टों और ग्लैडोलिया के बुके के साथ हम उनके दरवाजे पर थे। अब तक हमने सड़क, फुटपाथ से आते-जाते या ट्यूब ट्रेनों, बसों से ही हरेभरे फैले मॉलों के बीच खड़े करीब-करीब एक जैसी आई मेहराबों और खिड़कियों वाले कलोनियल बँगले देखे थे, अन्दर सिर्फ विशाल भारद्वाज और निलय बख्शी के अपार्टमेंट में ही गए थे (जो कमोबेश हमारे जैसे ही थे। सिर्फ थोड़े ज्यादा व्यवस्थित।) लेकिन इस मकान के अन्दर पैर रखते ही हम जैसे किसी क्लासिकल इंग्लिश मूवी के सेट पर थे। (सौमित्र को छोड़, हम तीनों के चेहरे) हक्के-बक्के, मंत्र-मुग्ध! यंत्रचालित से हम, सौमित्र के निर्देशों का पालन करते, मुख्य द्वार के एक तरफ बने क्लॉजेट के हैंगर में जैकेट टाँगते, जूते सरकाते, सी ग्रीन कॉरपेट पर पाँव रखते अन्दर आ गए।

प्रवेश-द्वार से, क्रमश: चौड़ा होता, फैलता घर अपने विस्तार और भव्यता से हमें हत्प्रभ करता गया। फॉरमल ड्राइंगरूम, उससे भी बड़ा चौकोर लिविंग रूम, बड़ी-सी आयताकार चमचमाती पॉलिश वाली डाइनिंग टेबल, लेसदार टेबल-क्लाथ और सुनहले जरी प्रिंट वाले झूलते पर्दे। बड़े-बड़े क्रिस्टल वाजों में अरेंज किये फूल। ऊपर सीलिंग से झूलते शैंडीलियर, मुगल और काँगड़ा शैली की पेंटिंग्स और फर्श पर नीचे हर कमरे की रंग-योजना से मेल खाती कॉरपेट।

हम मन-ही-मन भारत के बड़े जागीरदार, उद्योगपति, रईसों के घरों की सजावट की कल्पना भर कर सकते थे। देखें तो हमने वह भी नहीं थे। हाँ, अपने स्कूल, कॉलेज की फीस माफ कराने के फॉर्म की संस्तुति के लिए सिविल लाइन वाले इंजीनियर दत्ता साहब की बैठक में जरूर गए थे और अटेस्टेड की मुहर लगवाने डिप्टी डायरेक्टर महिवाल जी के ऑफिस—लेकिन इतना तो अनुमान लगा ही सकते हैं कि भारत के कम-से-कम एक सामान्यत: उच्चवर्गीय घर की सजावट भी इतनी शानदार नहीं हो सकती।

रहने-बसने वाले घर ऐसे भी हो सकते हैं, यह हमारे विचार, स्वप्न और कल्पना से पूरी तरह बाहर था। उस 'अकल्पनीय' में बैठते हुए पहला खयाल यही आया—तो अमेरिका आने का असल मकसद एक ऐसे स्वप्न-संसार की प्रतिष्ठापना है? दो दिनों पहले ही सौमित्र का कहा सर मान सिंह का वाक्य कौंध गया, 'यह देश यहाँ रहने की इतनी सहूलियतें मुहैया कर देता है कि वापसी आसान नहीं होती...'

सौमित्र ने ठीक कहा था। हमारे मेजबान-द्वय—विपिन चन्द्रा और उनकी पत्नी शोभा जी—कुल आधे घंटे में 'सर' से अंकल और 'मैडम' से आंटी होकर रह गए।

शोभा आंटी। चेहरा सलोना और नैसर्गिक ममता से भरपूर। सबसे बड़ी बात—घर की बेशकीमती साज-सज्जा से एकदम अलग, अति सामान्यों-सा व्यवहार। (जैसे हमारी ही तरह सिर्फ पौनेक साल पहले ही अमेरिका आई हों!) हमारा 'लेवल' भाँपा और झट उतर आईं अपने स्तर से नीचे। अधेड़ होने के बावजूद, उम्र और स्तर दोनों दृष्टियों से हमारे करीबी होने का अहसास पैदा करने का उनका कौशल औपचारिकता ही सही, हमें अभिभूत कर गया।

शुरुआती बातों के दौरान ही समझ में आ गया कि चूँकि वे लगभग सत्रह-अठारह वर्ष पहले भारत छोड़ आए हैं, अत: अभी तक उसी भारत में रहते आए हैं। इतने वर्षों में भारतीय समाज में आए क्रान्तिकारी परिवर्तन इनकी जानकारी में तो है, लेकिन अहसासों में नहीं; या शायद ये उन्हीं स्मृतियों के साथ जीना चाहते हैं।

पता सब है उन्हें कि उनके माइग्रेट करने के बाद से इंडिया ऊँची छलाँग लगा चुका है। भारत सिकुड़ता जा रहा है, 'इंडिया' फैलता जा रहा है—जहाँ मिस वर्ल्ड, मिस युनिवर्स के ताज होते हैं, शहनाज हुसैन होती है। बेस्ट सेलर मैनेजमेंट गुरु होते हैं। मुम्बई की मन्दा से लेकर कानपुर की कंचन तक, भांडी घिसने और झाड़ू-पोंछे के बाद ब्यूटी-पार्लर से आईब्रो कराती हुई घर लौटती हैं। दूध अब बोतलों के बदले पैकेटों में आने लगा है। लड़कियाँ धड़ल्ले से एम.ए., बी.एड. के अतिरिक्त मेडिकल और इंजीनियरिंग का रुख करने लगी हैं। लड़कों में क्रेज बेशक सॉफ्टवेयर का बढ़ रहा है पर तख्त पर एम.बी.ए. विराजमान है।

लेकिन विवाह योग्य, एलीजिबुल बैचलर्स के माता-पिता इन सारे सामाजिक परिवर्तनों और चेतना की पुकार की पूरी तरह अनदेखी और अनसुनी करते, दहेजगीरी के नये से नये फॉर्मूले ईजाद करने में लगे हैं।

घरों में कामकाजी माताओं की संख्या तेजी से बढ़ी है और देश की आर्थिक बेहतरी के समानान्तर, परिवार में भी, सम्पन्नता को बरकत लाने वाली बहू-बेटियों को मान्यता मिलने लगी है। शिक्षिता माताएँ खुली हवा में साँस लेने के एवज में बच्चों के होमवर्क के साथ-साथ बिजली, पानी, गैस के बिलों को भी भुगतान को लेकर खासी हलकान हैं। और

चूँकि अपने सारे गृह-प्रापंचिक कार्य भी, कामकाजी गृहिणी, सुबह घर से निकलने से पहले और शाम, रात लौटने के बाद पूरी तत्परता से निपटाती ही है, इसलिए परिवार के सदस्यों ने इस परिवर्तन को सहर्ष स्वीकृति दे रखी है।

वैवाहिक विज्ञापनों में सुशील, सुन्दर, शिक्षित और गृहकार्य में निपुण कन्या के साथ अब 'कॉन्वेंट एजूकेटेड' भी अनिवार्य योग्यता मानी जाने लगी है। अत: अंग्रेजी की भरपूर ललक के साथ 'इंडियन' बनी रहने की ख्वाहिश हर हिन्दुस्तानी की नियति बनाम लाचारी बन गई है।

ऐसा नहीं कि चन्द्रा लोगों को यह सब मालूम नहीं, लेकिन सीधी, शर्मीली, पलकें गिराकर मुश्किल से उठानेवाली भारतीय लड़की की 'छवि' ही उनके मन में स्थायी रूप से निवास करती थी। बेशक हफ्तों उनके घर में रहनेवाली, फिजियो थेरेपिस्ट, विजया राव, डेंटिस्ट सीमा कपूर और सॉफ्टवेयर इंजीनियर जया कोचर जैसी आज के इंडिया की ताजातरीन प्रोडक्ट बनी तमाम लड़कियाँ अपनी प्रखरता और आत्मविश्वास से चन्द्रा दम्पती को चमत्कृत करती रहें, लेकिन उनके अन्दर की बैठी 'भारतीय कन्या' को अपदस्थ करने की शक्ति किसी में नहीं थी। ऐसी एक पूरी दुनिया बसती थी उनके अन्दर।

'आज के बदले इंडिया और समाज के लिए तो हम तमाशबीन ही हुए न! उनसे हमारा जुड़ाव कहाँ! इसीलिए तो अब जाकर ज्यादा ठहर नहीं पाते। बदला हुआ समय और माहौल हमारा दिल उचटाता है। कुछ रिश्तेदारों के घर रुके तो लगा, उन पर भार पड़ रहा है। इसलिए होटलों में रुक लिए। थोड़ी शॉपिंग, साइट सीन और फिर उसी अठारह साल पुराने वाले इंडिया की याद सीने से लगाए वापस आ जाते हैं...'

'इसलिए अब तो यहीं, घर में इकट्ठा कर लेते हैं इंडिया। जया कोचर को तो शोभा की बनाई कढ़ी इतनी अच्छी लगती है कि खाने के बाद बची सारी कढ़ी डिब्बे में रखकर लेती जाती है। अगले दिन चावल उबालकर खाने के लिए।'

विजय राव की बात चली तो शोभा आंटी खिलखिला पड़ीं।

'हिन्दी सीखने का ऐसा जुनून चढ़ा उस पर कि एक बार हमारे पूछने पर कि 'अच्छी हो विजया?' तो उसके जवाब में 'आपकी दुआ से' की जगह 'आपकी बला से' बोल गई। अब वह शाबाशी पाने की ललक में हमारे चेहरा की तरफ देखे जा रही है और हमारा हँसते-हँसते बुरा हाल!'

हिन्दीतर भाषियों की कमरतोड़ हिन्दी के चुटकुलों का सिलसिला चल निकला जब चन्द्रा अंकल का बिहारी सुपरवाइजर अपनी शिकायत दर्ज करने के बाद अपने तमिल बॉस के मुँह से 'आइ विल सी यू' का हिन्दी अनुवाद—'मइ तुमको देकता हूँ' सुनकर बिफर गया था कि मेरी शिकायत पर एक्शन लेने के बदले ये मुझे 'देख लेने' की धमकी दे रहे हैं। बंगालियों के 'भजन' और 'भोजन' वाली बात चली तो शोभा आंटी ने घड़ी देखी और खाना गर्म करने उठ गईं।

अंकल को गिलास समेटते देख सौमित्र पहुँच गया तो हम तीनों भी बारी-बारी से उठ लिये। प्रशान्त गर्म खानों के डोंगे लाने गया। मैं और प्रसाद बचे हुए स्नैक्स हटाने लगे।

तीन अलग प्रदेशों के लड़कों की पसन्द को ध्यान में रखकर बनाये गए स्वादिष्ट व्यंजनों पर हम भुक्खड़ों-से टूट पड़े।

स्वाद और प्रकार ही नहीं, खिलाने का ढंग भी मनुहारों से भरा।

'साथ-साथ खाना हमारे लिए सेलीब्रेशन होता है, भाई!'

बात पश्चिमी खाने की चली तो, 'अरे इनके खाने में वो टेस्ट कहाँ! आधे से ज्यादा चीज ब्लैंड...मसालों के नाम पर ले देकर एक 'सिनेमॅन' (दालचीनी), उबली सब्जियाँ, सूप। हमारी कौम ही कुंठा की मारी है। जैसे उनका सब कुछ अच्छा—शिक्षा, साहित्य, यांत्रिकी से लेकर सूचना-क्रान्ति तक—वैसे ही खाना भी...तो उनके ब्लैंड सूपों के सामने हमारी कढ़ी-पकौड़ी तब तक डुबकी मारती रहेंगी जब तक वे पश्चिमी लोगों की जुबान पर न चढ़ जाएँ। फिर तो तन्दूरी-चिकेन की तरह ब्रिटेन की नेशनल डिश न हो जाएँ!...

'सदा से गुलाम, हमें चरण-चिह्नों ही पर चलने की आदत है। अपने ढंग से, मौलिक सोचने की जरूरत ही नहीं महसूसते हम। एक फिल्म अच्छी आई नहीं कि चार विदेशी फिल्मों की नकल के धन्धे लगने लगे। लेकिन शर्म की बात यह है कि हमें तो नकल तक करने का शऊर नहीं। जरा से नामों में हेर-फेर की—पहाड़, शहर बदले और हूबहू नकल टीप दी। यह भी नहीं देखा कि अपने समाज और जीवन-शैली के थोड़ा तो अनुरूप करने की कोशिश करें। नहीं, उसमें मेहनत पड़ेगी और हम ठहरे शॉर्टकट से काम निकालने वाले। कम-से-कम मेहनत और ज्यादा-से-ज्यादा आर्थिक लाभ!'

'इसके पीछे, कहीं अन्दर बैठी हीनभावना और आत्मविश्वास की कमी भी तो हो सकती है?' हममें से ही शायद प्रसाद बोला।

'इतने दिनों से साधनहीन, सुविधाहीन रहे हम अब ऐन सामने कमाई के रास्ते देख, अपने-आप पर नियंत्रण नहीं रख पाते—महत्त्वाकांक्षा हावी हो जाती है हमारी।'

चन्द्रा अंकल मेरी बात से सन्तुष्ट लगे।

'लेकिन महत्त्वाकांक्षा क्रिएटिविटी से भी तो जुड़ी होनी चाहिए...किसी भी क्षेत्र में 'एक्सेल' करने की आकांक्षा भी तो होनी चाहिए...या कि सब जगह जुगाड़ और शॉर्टकट ही... ?'

आंटी ने क्रिस्टल के बड़े से बोल में केवड़े वाली खुशबू से गमकता गाजर हलवा लाकर रखा ही था कि दरवाजा खुलने की आहट हुई और बेहद तंग कपड़ों वाली, लगभग गोलमटोल, तगड़ी-सी लड़की हम सबके लिए हवा में एक फुसफुसी 'हाय' फेंकती सामने से गुजर गई।

'माय डॉटर टिनी/टीना/तुहिन' ऊपर जाने की सीढ़ियाँ चढ़ने लगी तो आंटी ने उससे खाने के लिए पूछा जिसका उत्तर एक बिन्दास 'नो' में देती वह सीढ़ियाँ चढ़ गई थी।

माहौल, मूड, चर्चा अचानक थम-सी गई। मेरे चम्मच में रखा गाजर हलवा भी। वह सीढ़ियाँ चढ़ गई तो आपे में लौटा मैं। इसलिए नहीं कि ऐसी लड़कियाँ या लिबास नहीं देखे थे, बल्कि इसलिए कि सीढ़ियों से गायब हो गई टिनी/टीना या तुहिन को मैं चन्द्रा अंकल और आंटी की बेटी के रूप में देख नहीं पा रहा था। निर्मल, रक्षाबन्धनी भाव को समर्पित हो रही मेरी गदहपच्चीसी को सम्मोहनों का जैसे एक झटका-सा लगा।

स्पष्ट था कि लड़की ने जरा-सा भी भाव नहीं दिया था माता-पिता के अतिथियों को। उसके लिए हमारे जैसों का आना कोई अनूठी बात नहीं। लड़की ने वही किया जो यहाँ

के चलन में है। लेकिन इस घर का चलन तो अब तक हमें काफी अलग लगा था न!...वह माता-पिता का चलन है, होगा...टीना क्यों बाधित हो—उसे ढोने के लिए? उसकी उतनी-सी झलक ठहरी रह गई जेहन में। गोल-मटोल शोभा आंटी जैसा चेहरा, खुलती गेहुँई रंगत वाली मुस्कान...और मैं खुद को क्षमा करूँ तो कँटीली कही जा सकने वाली आँखें...!

माँ-सी होकर भी माँ से बहुत अलग। जैसे—आँखें वही, लेकिन दृष्टि-संकेतों की भाषा पूरी तरह अलग, होंठ भी। इधर ममतालु मुस्कान तो उधर बेपरवाही। माँ की दुहरी मध्यवयी काया पर सलवार-कुर्ते के साथ चुन्नी उनकी देहयष्टि को सँवार रही थी तो टीना की टाइट जीन्स और उटंगा चुस्त टॉप, शरीर के कटावों को (अगर कहीं थे तो) पूरी। (क्षमा करें, बेहूदगी से पेश कर रहा था।) यह इतनी नाप-जोख शायद इसलिए कि तब मैं ताजा-ताजा भारतीय संस्कृति-विभाग का नया-नकोर नमूना था।

अचानक घड़ी ने ग्यारह बजाए। हम चौंककर उठ खड़े हुए।

लौटते हुए दरवाजे तक जगह-जगह दृष्टि थमी रह जाती। (आते समय तो बदहवासी हावी थी। देखने का खयाल कहाँ!) कहीं चौबीस कैरेट सोने वाली नाथद्वारा की कीमती पेंटिंग्स, कहीं दक्षिणी शैली वाला चन्दन का जालीदार हाथी—चारों ओर अपनी सांस्कृतिक धरोहरों की छटा...!

बहुत अभिभूत भावों के बीच भी अन्दर प्रश्नों-प्रतिप्रश्नों की शह-मात होती रही। यह मात्र अपनी संस्कृति पर गौरव का भाव है या अपनी धरती छोड़कर यहाँ बस जाने के अवचेतन पछतावे? अन्दरूनी परतों से प्रकट होता कॉम्प्लेक्स?

भारत में रहते हुए हम क्यों नहीं करते भारत को इतना महिमा-मंडित? शायद रोजमर्रा के संघर्ष और समस्याएँ हमें इतनी लस्त-पस्त किये रहती हैं कि यह गर्व, गौरव फुरसती शगल की तरह हो जाता है और यहाँ तो हमें इत्मीनान से गर्व करने की सुविधाएँ होती हैं। वैसे भी खुद के सामने खुद को प्रमाणित करने से ज्यादा हास्यास्पद क्या हो सकता है?

क्षणांश में अपना घर याद हो आया। माँ, पापा, बहनें और घर—यहाँ की तुलना में निर्धन सुदामा की झोंपड़ी। फिलहाल—अभी तो यहाँ से लौटकर अपना अपार्टमेंट ही तुम्हें तंगहाल कोठरी लगेगा।

सौमित्र ने एक्सेलरेटर दबा दिया था।

'बहुत अच्छे लोग हैं...थॉरो जेन्टिल मैन...' प्रसाद ने चुप्पी तोड़ी, तो हम सब जैसे अपने स्वप्नों की बालकनी पर आ गए!

'सच्च प्राजी! हिन्दुस्तान में ऐसे धन्नासेठ तो हमारे जैसे छोकरों को पास न फटकने दें और ये लोग...कितने प्यार और खुलूस से पेश आए! अपनी बेबे को बताने बैठूँ तो आँसू ढारने लगें...'

'यह तो खैर, इस देश के कल्चर में है। और फिर हम लोग कहीं-न-कहीं उनकी जरूरतों में शामिल थे।' ड्राइविंग सीट से सौमित्र था।

यह शख्स कब किस फिलॉसफी पर उतर आएगा, समझना मुश्किल।

'उनकी जरूरत की क्या बात करते हो प्राजी! हमारी जरूरत की सोचो। महीनों से तरस गए थे लजीज खाने के लिए। इसे कहते हैं—सच्च का बड़ा आदमी।'

'ऊपर से घमंड का नाम-निशान नहीं। अपने इंडिया में चार पैसे हुए नहीं कि शान और अकड़ आसमान छूने लगती है?'

सौमित्र स्टियरिंग सीट से फिर मुस्कुराया, 'बाइ-द-वे, चन्द्रा अंकल भी हिन्दुस्तानी ही हैं...और यहाँ के सोशल स्टैंडर्ड के अनुसार वे एक औसत मिडिल क्लासर हैं। यही तो खूबी है यहाँ की न! वैसे भी एक औसत 'विदेशी', दस-पन्द्रह सालों में, डोर-टु-डोर, कॉरपेट, बढ़िया फर्नीचर और दो गैरेज वाले बंगले या फ्लैट की व्यवस्था तो कर ही लेता है। यह मिडिल क्लास का अमेरिकन स्टैंडर्ड है। हाँ, चन्द्रा अंकल यहाँ आए औसत भारतीयों से कहीं ज्यादा परिश्रमी, लकी और कामयाब हैं।'

अचानक प्रशान्त चहका, 'ओय पुत्तर, तो इसका मतलब तो ये हुआ न कि हम भी होंगे काऽऽमयाऽऽब एक दिन—एऽऽकऽऽदिऽऽन?'

मैंने मुँह बनाया, 'इतने अच्छे खाने के बाद इतना बेसुरा गाना! प्राजी, तू चुप होने का क्या लेगा?'

वेणु माधव पंडी जी के मायाजाल

रात मेरी आँखों में नींद नहीं। पहली बार लगा, यह देश तो वाकई रहने लायक है!... रहना चाहिए बच्चे!

स्लीपिंग बैग, गर्दन तक खींचते, नजर ऊपर उठी तो अपने अपार्टमेंट की सलेटी सीलिंग में सुनहरी लाइन वाले शैडीनियर झलमला उठे। खिड़कियों के पुराने घिसे पर्दों की जगह रेशमी पर्दों की झालरें लहराने लगीं और खिड़कियों पर फूलों से भरी टोकरियों की कतार दिखने लगी। कभी डाइनिंग का लेसदार टेबल-क्लॉथ, कभी कटग्लास का बड़ा-सा फ्लावर वाज... मैं कहाँ हूँ? सिर्फ कुछ घंटों के अतीत और वर्तमान के बीच ही झूले की तरह एक झोंके से दूसरे झोंके तक उछाला जा रहा हूँ। कौन उछाल रहा है मुझे? किस मायालोक का इन्द्रजाल है यह?

ममतालु मुस्कान से भरी शोभा आंटी शिफॉन की चुन्नी सँवारती माइक्रोवेव से कोफ्ते का डोंगा निकाल रही हैं। उनकी हल्की-सी लहराती चुन्नी से भारत का नक्शा बनता चला जा रहा है। पटवर्धन मास्साब की हारमोनियम पर थिरकती उँगलियों के साथ हम सब बच्चे पन्द्रह अगस्त का अभ्यास कर रहे हैं :

सुजलाम् सुफलाम् मलयज शीतलाम्
शस्य श्यामला मातरम्... बन्दे... मातरम्!

अरब और हिन्द महासागर क्रमशः गवर्नमेंट स्कूल और एम.डी. कॉलेज के परेड ग्राउंड में बदल गए हैं। यवनिका फिर बदलती है। बसन्त पंचमी की सरस्वती पूजा के बाद ढाक के हरे पत्ते पर कटे केले और पेड़े का प्रसाद बाँटा जा रहा है। हरा पत्ता क्रमशः नक्काशीदार हरे काँच की सरविंग डिश में बदल जाता है और उसमें रखे भुने स्मोक्ड आलमंड्स (भुने बादाम) चन्द्रा अंकल मुस्कुराते हुए मेरी तरफ बढ़ा रहे हैं।

वृन्दा, वसु भी दौड़ी आ जाती हैं तो माँ उन्हें अपने संकोची अन्दाज में वहाँ से हट जाने का इशारा करती हैं। पीछे वाली कोठरी से देवेन्द्र जीजा जी (भला कहाँ मानने वाले!)

भी नहा-धोकर हाथ में छोटा शीशा लिये बाल सँवारते आकर विपिन चन्द्रा के स्वेड सोफों पर बैठ जाते हैं और विशाखा दीदी उनके लिए रहमत गंज से खरीदे मोटे खुरदुरे हैंडल वाले प्यालों में चाय ला रही हैं। मैं हल्के से विशाखा दीदी को समझाने की कोशिश करता हूँ कि बर्फ डली लेमनेड की ठंडी ग्लासें यहाँ हैं न! चाय लाने की कोई जरूरत नहीं।

शायद नींद के हल्के झोंके आ रहे हैं—एक सम्मोहन-सा। लेकिन वापस कुछ मिनटों या घंटों में चौंककर नींद खुल जाती है। तुरन्त-तुरन्त का दिखा एक नया मायावी लोक फिर आकार लेने लगता है। लेकिन तत्क्षण उससे भी ज्यादा इन्द्रजाली कोई दूसरा दृश्य—अतीत, वर्तमान की सारी सीमाओं के आर-पार होते हुए—अपनी चकाचौंधों में, एक पर एक उतरते और विलीन होते इन दृश्यों के मायाजाल भरमा रहे हैं मुझे।

स्वप्न, यथार्थ, कल्पना और स्मृति की ऐसी मरीचिका तो अमेरिका आने से पहले की पूर्व रात्रियों में भी नहीं दिखी थी।

और जैसे इन सबके उपसंहार के रूप में एक हठीला विचार घुमड़कर कौंधा था—'कभी न कभी मेरे पास भी, वाल-टु-वाल कॉरपेटेड, कटग्लास के शेंडीलियर और हरे लॉन में फूलों की टोकरियों से सजा एक कलोनियल बँगला होगा न! होगा, होगा...होगा...! यह क्या तेज वाद्ययंत्रों के बीच, 'संगम' पिक्चर का गाना बज रहा है?...(कर्टसी पुराने हिट गानों का रिकॉर्ड) ऑर्केस्ट्रा के तेज शोर के बीच मंच पर जैसे सन्नाटा छा गया हो—क्या? यहाँ? जैसे वह अभी का अभी जवाब चाहता हो! क्योंकि उसे पता था, वह एक दुस्साहसी सवाल है और उस पर तुरत-फुरत उतनी ही कठोर निषेधाज्ञा लागू होने वाली है। अपविचार की शुद्धि के तौर पर बैक ग्राउंड में बहुत धीमा सुमधुर संगीत बजने लगा था :

सुजलाम् सुफलाम् मलयज शीतलाम्!

आँख खुली तो हड़बड़ी और हड़कंप का माहौल था। शायद सभी की नींद आगे-पीछे देर से ही खुली थी और अब इकलौते बाथरूम में घुसने-निकलने की जल्दी पड़ रही थी।

प्रशान्त, प्रसाद पर बिगड़ रहा था, 'वाह-वा सर जी! इधर मैं अपनी टॉवेल लेने गया और उधर आप घुस पड़े—ऐं? सर सौमित्र भले आदमी हैं, ट्रैफिक पुलिस की तरह, अपने अन्दर की ट्रैफिक पर भी कंट्रोल किए रहते हैं...आप भी सीखो सर जी। प्लीज, पहले मेरी ओवर हॉलिंग हो जाने दो...!'

मैं लेटे-लेटे मुस्कुरा पड़ा। कमरे में कपड़े चेंज करने आया प्रसाद मुझे जम्हाई लेते देख चीख पड़ा, 'ओय! पंडी जी जग गियेला है। इसका लेमनेड का नशा उतर गया।'

लड़कों में प्रसिद्ध हो गया था कि वेणुमाधव शुक्ला एलियास 'पंडी जी' को बियर (की बोतल) देखकर नशा चढ़ने लगता है—लेमनेड बियर।

हिन्दुस्तान पिटारी-सा खुला पड़ा था—अमेरिका के इस छोटे से अपार्टमेंट में!...

दूध का जला छाछ फूँककर नहीं, उबाल कर पीता है

महसूस हुआ कि पीछे आनेवाले कदम तेज हो गए हैं। कदम भी हल्के—लड़कियों वाले...कैनवस के जूतों वाले। वेणु के कान खड़े हो गए, 'हाय!' बगल से गुजर रही थी कात्यायनी। चलो, गनीमत। खुद-ब-खुद इतना एटीकेट तो निभा दिया!

मेरे मस्तिष्क का नियंत्रण-कक्ष और भी सतर्क हुआ। अपनी तरफ से भी, मेरा जरा-सा भी फाल्स सिगनल नहीं जाना चाहिए। इसलिए 'हाय' को और छोटी कर 'हमऽऽ' के जरिये जवाब पहुँचा दिया।

मुझे अपनी आँखों पर विश्वास नहीं आया। क्यों...क्यों नहीं मुस्कुरा सकती कात्या?

'उस दिन सचमुच बड़ी मदद हो गई...फाइव टेन की 'ट्यूब' पकड़नी थी और इधर वॉलेट गायब—न मिला होता तो...'

'तो भी कुछ नहीं। (वाह, यह क्या मैं ही कह रहा था कात्या से?) हर समस्या का समाधान होता है। किसी से लिया-दिया जा सकता था।'

'हाँ, पर कभी-कभी समाधान ही नई समस्याएँ खड़ी कर देते हैं।'

वह अपने कवच-कुंडल धार रही है। सीधी बात करो और खिसक लो वेणु। कोई ठिकाना नहीं उसका।

'पहले (तुम्हें) कभी देखा नहीं—'डेटा बेस' वाले क्लास में?'

'पिछले दिनों वे दो घंटे लाइब्रेरी में बिताती थी।'

'यानी अभी से...स्लोगिंग शुरू... ?'

'नहीं, लाइब्रेरी में बुक स्टैकिंग के लिए इन घंटों में...'

'फिर तो ग्रैफिक्स में भी लेट हो जाती होगी... ?'

'हाँ, हाँ, हो जाती हूँ।'

'तो... ?'

'कुछ दिनों की बात थी—थोड़ी ज्यादा मेहनत करनी पड़ जाती थी, सब चलता है।'

'प्रोफेसर फिलिप को कम्प्यूटर ग्रॉफिक्स का कोई बड़ा प्रोजेक्ट मिलने वाला है। उनसे असिस्टेंटशिप के लिए पूछा जा सकता है।'

'उन्होंने पहले ही किसी स्टुडेंट का नाम सोच रखा है।'

'फिर भी...सुविधा की दृष्टि से दो स्टुडेंट्स आपस में एक्सचेंज कर सकते हैं, तो क्यों न किसी से...' कहकर सचमुच पछताया, क्योंकि उसने ठीक वही उत्तर दिया जो उससे अपेक्षित था।

'फ्रेंड्स तभी तक फ्रेंड्स रह पाते हैं जब तक उनका ओब्लीगेशन न लिया जाए...'

'पर अपने हिन्दुस्तान में तो कहते हैं—सच्चे दोस्त की पहचान संकट में होती है।' उसके लहजे ने मेरी हिम्मत बढ़ाई थी।

'काम आना और काम में लाना दो अलग चीजें हैं। काम में लाने का मतलब आज की डिक्शनरी में दोस्त को यूज करना होता है।'

तो, दूध की जली भी लगती है...वरना काम तो सब एक दूसरे के आते हैं। इतना कसैलापन लेकर जीना, वह भी विदेश में...प्रशान्त प्राजी होते तो कहते, 'मुझे लगता है, आप इतनी ज्यादा दूध की जली हैं भैण जी कि छाछ भी फूँककर नहीं, उबालकर पीती होंगी...'

मैं प्रशान्त को सोचने लगा था और कात्या अभी तक अपने जवाब को पुख्ता किये जा रही थी, 'वैसे भी दोस्त, दोस्ती जैसे शब्द हास्यास्पद लगते हैं मुझे। दोस्ती की तुलना में बल्कि दुश्मनी से कम डर लगता है...'

चौंक गया मैं। फिर फटकारा खुद को—पहले ही कहा था, खिसक लो। चले सद्भावना, सौहार्द का हाथ बढ़ाने! अब अपने कानों से सुन लिया न? उसे दोस्ती, दोस्त शब्द से चिढ़ है। एलर्जी है। एक कदम भी आगे बढ़े तो शक की सुई तुम्हारी तरफ घूमते देर नहीं लगेगी। खिसक लो, सरपट!

और अचानक कुछ न कह पाकर—ओ. के., बाय!...

लगभग छुट्टी वेणुमाधव!

सौमित्र मानसिंह की पहेली

ठहरो, पहेली सुलझती-सी लग रही है, तुम्हारी वाली। तुम सब कुछ खाए-अघाए हुओं की कोटि वाले प्राणी हो न सौमित्र मानसिंह! शायद इसीलिए, जो कुछ तुम्हारे पास नहीं है, उसे ही महसूसने की कोशिश करते—जस्ट टु हैव हमारे जैसे वाले... एक्सपीरिएंस...।

और हम? हम तो चूँकि तुम्हारी वाली जीवन शैली की कल्पना ही नहीं कर सकते तो उसे पाने की ख्वाहिश का सवाल ही नहीं। बेशक, जैसे ही हम उस ज्ञान का फल थोड़ा चखते हैं, उसे पाने की चाह पालने लग जाते हैं। थोड़ा मिलने पर और-और की इच्छा बलवती होती जाती है। हम उस चाह में पगलाने लगते हैं। जाने कितनी उद्दाम लालसाओं की रणभेरियाँ जय-पराजय की बदहवास दौड़ों के बाद लौटकर, सब कुछ खा-पहन, घूम-फिरकर अपने को वहीं लौटा पाते हैं, जहाँ से चले थे। लौट के बुद्धू घर को आए। सारी प्राप्तियों के बाद उस व्यर्थता का बोध ही तुम्हें हुआ लगता है। इस उम्र में ही तुम समझ चुके हो कि यह जिन्दगी अपने दाँव खेलने से बाज नहीं आने वाली। यह अपनी चाल चलती रहेगी—हमें छकाती, दुलराती और फुसलाती हुई। कभी आसमान में उछाल देनेवाली, कभी हजार फीट गहरी खाई में धकेल देनेवाली। कक्षा सात की 'हिन्दी पद्य भारती' की सन्दर्भसहित व्याख्या का अर्थ तो तुम्हें आज समझ में आता है न :

'माया महा ठगिनि हम जानी...
निरगुन फाँस लिये कर डोलै, बोलै मधुरी बानी।'

क्षमा करना सौमित्र, बहक गया। जबकि कहना सिर्फ यह चाहता था कि सारे स्वादों से छक लेने के बाद कहीं तुम विराग-योग से तो नहीं गुजर रहे? विदेशों से हजारों की संख्या में प्रति वर्ष कन्धे पर बैक-पैक लादे आनेवाले हिप्पियों के पीछे भी शायद यही कहानी है। चालू पैटर्न वाली जिन्दगी, साथ ही ये नये प्रयोग करने में तुम्हें एक मजा-सा आने लगा है—समथिंग डिफरेंट...समथिंग न्यू...। चाहे वह कैंटीन में बस-बॉय या सरविंग-वेटर्स का काम ही क्यों न हो! तुम्हें सबकी तरह जीकर देखना है।...तो वह तुम नहीं कर सकते सौमित्र मानसिंह, क्योंकि तुम सबकी तरह हो ही नहीं। क्या सोचते हो, तुम्हारे अन्दर वह झेंप, संकोच आएगा जो प्रसाद को देखते ही हमने महसूस किया था—यह जानते हुए भी कि इसी कैंटीन में तमाम सारे व्हाइट लड़के भी बेहद सहजता से खुश-खुश ऑर्डर ला-लाकर दे रहे थे, ट्रेज को ट्रॉलियाँ पर उठा रहे थे और बेहद खुश-खुश वीकेंड पर मिले डॉलरों से अपनी गर्लफ्रेंड के साथ डेटिंग पर जा रहे थे?

लेकिन तुम्हें देखकर लड़कों में कुछ एक दूसरे को दिखा कर कहेंगे—वो देख रहे हो, कैंटीन में एप्रॅन पहनकर सर्व करनेवाले लड़के को? दार्जिलिंग के टी-गार्डेन के मालिक, करोड़पति पिता की अकेली औलाद है...आम लड़कों की तरह बर्गर, कॉफी सर्व करने का शौक और शगल चर्राया है।

हम तीनों के साथ अपार्टमेंट शेयर करना भी तो एक तरह से तुम्हारा शौक ही हुआ। ऐसे अमीरजादे तो बाकायदे पूरा अपार्टमेंट ले सकते हैं। लेकिन तुम बड़े से कमरे के अकेलेपन से ऊब गए हो। अब चार अलग पार्टनर्स के साथ मीठा कम, तीखा, तुर्श, ज्यादा भुगत रहे हो। फिर भी हम चारों में सबसे ज्यादा मजा तुम्हें ही आता है, क्योंकि हम तो जैसे थे, वैसे ही रह रहे हैं, लेकिन तुम महसूस कर रहे हो कि अभावों के बीच जब कुछ प्राप्ति होती है तब वह जाना-बूझा सुख भी एक अलग स्वाद के साथ आता है। एक बार तुमने कहा था, अपने घर दार्जिलिंग में रहते हुए, तो मैं खा-खाकर ऊबा-उकताया ही। असली भूख का अनुभव तो मुझे यहाँ इस अपार्टमेंट में ही हुआ। यहाँ तुमने जाना कि भूख के बाद मिला स्वाद क्या होता है।

खुशी भी, सुख भी विचित्र रास्तों से आता है। शायद सब कुछ पाने के बाद। अब तुम देने का सुख आजमा रहे हो। प्रसाद को चुपचाप अपना लाइब्रेरियन वाला जॉब ट्रांसफर करा देना, शायद इस सुख की शुरुआत है। एक नया प्रयोग भी कि जरा देखें तो वेटर बनकर कैसा महसूस करता था प्रसाद!

लेकिन बस, यहीं जरा चूक गए न तुम! क्योंकि 'वेटर' बनकर तुम वैसा हर्गिज नहीं महसूस करोगे, जैसा प्रसाद करता रहा होगा, क्योंकि यह तुम्हारा शगल था जबकि प्रसाद के लिए लाचारी। तुम्हारे लिए यह अभिनय का मंच था, प्रसाद के लिए 'सरवाइवल' की शर्त।

तुममें उलझने की आदत है—विचारों में भी...वरना मैं यह भी जानता हूँ कि किसी समृद्ध लड़के के लिए ऐसे अभिनय में उतरने, ऐसे रास्तों से खुशियाँ आयात करने की कल्पना भी दुष्कर है जब तक कि वह तुम्हारी तरह हद का उदार या सनकी न हो...। या फिर उसने किसी अनाम दुःख की पोटली बाँध रखी हो जिसे इन्हीं जगहों में रखकर सुस्ता पाता हो...!

बोल, राधा, बोल—कभी तो सीधे बोल

वही सलेटी, धूसर जीन्स, वही जामुनी झल्ली शर्ट...दूर से पहचान में आ जाती है शहजादी। पिछली बार उसने 'हाय' किया था। एक रिश्ता न सही, जान-पहचान ही सही, इस बार मैं किए देता हूँ :

'हायऽऽ!'

जो सोचा था, वही हुआ। आँखें हैं कि तराजू के पलड़े? पलटकर देखा, जैसे कहीं निगाहों से तौल रही हो! सिटपिटा आया मैं। प्राजी, प्रसाद होते तो भक् से 'स्सा...' कहे बिना न रहते, लेकिन अपनी तो ये आदत है कि हम...(छोकरियों से बदतर...)

'ओऽऽ, हाय...!'

थैंक गॉड! जैसे जश्न हुआ हो! जबरों से सभी डरते हैं। वह भी खास कर तुर्श जबान वालों से :

'सो ऽ, हाउ आर थिंग्स?' वाह, यह भी पूछ रही है!

'प्रोफेसर कॉलिंस जमकर रगड़ाई करा रहे हैं—इस टर्म में ज्यादा ही सख्ती...'

'लेकिन वो फीड बैक भी देते हैं—पूरी ईमानदारी से...'

'दैट्स टू...खास कर नए और नीडी स्टुडेंट्स से काफी संजीदगी से पेश आते हैं। मेरा खयाल है, ज्यादातर प्रोफेसर्स यहाँ के कन्सीडरेट हैं और तुम्हारे फिलिप?'

'उनकी सारी स्ट्रेटेजीज पहले से बनी होती है—किसी नए का घुस पाना आसान नहीं उनके किले में...'

'और अगर किसी का कोई प्रॉब्लम हुआ, नीडी हुआ, तो?'

'तो कह देंगे—इफ यू कान्ट अफोर्ड अ कार, यू शुड बी सैटिसफाइड विद द बाइसिकिल...'

'यानी टोटली रफ...ब्लंट—सचमुच कहा किसी से?'

'नो कमेंट,' कह कर उसने बात काट दी।

अनायास जैसे कोई पर्दा हटा हो—सलेटी जीन्स, जामुनी, झल्ली शर्ट वाली कात्यायनी दत्ता को मैंने प्रोफेसर फिलिप के सामने से 'इट्स ओ.के. सर' कहते हुए उनके कमरे से निकल, खटाखट कॉरीडोर की सीढ़ियाँ उतरते हुए पाया था।

मेरा मन हुआ—दिलासा के, सान्त्वना के दो शब्द कहूँ, लेकिन तत्क्षण कौंधा—किससे? कात्यायनी से? किस आधार पर? उसने तो प्रोफेसर फिलिप का एटीट्यूड भर बताया। अपनी समस्या या परेशानियों की चर्चा उसने की ही कहाँ? न रोना ही रोया। जैसे साध लिया हो अपने आत्मविश्वास को—अपनी जामुनी शर्ट, सलेटी जीन्स और कैनवस के जूतों के साथ!

शायद उसे अपनी तल्खी का अहसास हुआ हो बाद में! मुझे तो सिर्फ विशाखा दीदी का गाया वह पुराना फिल्मी गाना याद हो आया : 'बोल, राधा, बोल...' और मैंने जोड़ दिया, 'कभी तो सीधे बोल...'

मैं जो सोच रहा था, उसने सुन लिया क्या? चेहरा थोड़ा-सा झेंपा, शरमाया नहीं, बस नरमाया।

छोड़ यार वेणु!—मैंने खुद से कहा—इतनी पहचान भी कुछ बुरी नहीं।

वह तो एक सामान्य-सी जिज्ञासा और दोस्तों का दिया हौसला—'लौट आया शेरनी की माँद से? शाबाश...!'

दूर से प्रसाद ने देखा था शायद। पास आकर पूछा, 'तू बात कर रहा था कात्यायनी के साथ?...विश्वास नहीं होता।'

'बात नहीं कर रहा था, फँस गया था। जान बची तो लाखों पाये...'

'बिलकुल ठीक कहता है...बेसिक एटीकेट भी नहीं...'

(तो बच्चू 'ट्राइ' मार चुके हैं!—मेरे अन्दर वाली कोठरी से एक छत-फोड़ ठहाका गूँजा...)

'हाँ, छाछ जो उबालकर पीती है!'

'क्याऽऽ? कौन कह रहा था?'

'वही, अपने प्रशान्त प्राजी...'

तभी मुझे याद आया, प्रशान्त ने कहाँ कहा कभी भी...यह तो उसने खुद सोचा कि प्रशान्त होता तो कहता...।

‘हाऽऽय...’ एक महीन-सी सारंगी जैसी आवाज गूँजी। मिनी स्कर्ट और ब्लांड बालों वाली एक लड़की प्रसाद को हाथ हिलाती मुस्कुरा रही थी।

‘जस्ट अ मिनट’ कहता प्रसाद लपक लिया उस तरफ।

मेरे अन्दर प्रसाद का सिर्फ कुछ मिनटों पहले कहा वाक्य गूँज गया, ‘बेसिक एटीकेट भी नहीं...’ (कात्यायनी में)...

सेकेंड टर्म

अवसाद से आह्लाद तक की सीढ़ियाँ

हद है, कभी-कभी लगने लगता है, हम यहीं पैदा हुए हैं। और... चिहुँक गया मैं। चारों ओर चौकसी भरी नजरों से देखा—किसी ने देखा, भाँपा तो नहीं? हुँह, क्यों नहीं सोच सकता मैं? पाप है क्या?

हाँ, धड़का खुल गया था मेरा, हमारा। मस्ती की गुंजाइशें बढ़ गई थीं। अजनबीयत और भय की जगह खुली पहचान न सही, एक इत्मीनान तो आ ही गया था। प्रोफेसर, गाइडेंस, लैब और रिलैक्स कर देनेवाली सुविधाओं के साथ लड़कियों से रिश्ते बनाने की खुली छूट—सारा कुछ लक्षित-अलक्षित, अब ग्राह्य-अग्राह्य की कुंठाओं से परे, ‘अफोर्डेबुल’ की सीमा में आ गया था।

महीने, पखवारे पर फोन से आती मिठबोली आवाजें भला कहाँ इस सबकी भनक पा सकती थीं? अब तक यह भी समझ में आ गया था कि बड़े-छोटे कैम्पस जॉबों के जरिये जो कुछ भी हम अर्जित कर लेते थे, उसमें दैनन्दिन सुविधाओं के साथ-साथ इन छोटी-मोटी ऐयाशियों का सुख भी निर्द्वन्द्व बटोरा जा सकता था।

ठीक तो है, सिस्टम में कहाँ कोई गड़बड़ी है? सब कुछ ठीक-ठाक चल रहा है। ‘हलो माँ, हलो वृन्दा, हलो बसु, हलो पापा’—बातें होती तो रहती हैं। कुशल-क्षेमों का आदान-प्रदान—यह सब कुछ भी, जैसे ‘सिस्टम’ का ही कोई अंग हो! नियत समय पर नियत फोन। रुटीन में शामिल। पहले भी था लेकिन पहले बाहर-भीतर की खटपटें बहुत ज्यादा हुआ करती थीं—अब एक समझौता हो गया है। जैसे उसी तरह खटर-खट्ट चलती मशीनों में तेल पड़ गया है! तो अब स्मूथ चलती हैं मशीनें। बेकार में भड़भड़ाती नहीं। कल-पुर्जे सध गए हैं।

तभी तो लगता है, जैसे हम जनम से ऐसे ही यंत्रवत् सुबह उठते, स्लीपिंग बैग समेटते; दूध, कॉफी के मग एक साँस में खत्म कर, बर्तन खंगाल, डिश वाशर में डाल, लांड्री मशीन में देने के लिए सेन्ट्स सहेजते, बाथरूम, किचेन की सफाई करते रहे हैं। और भारत एक अजाना दूर-दराज देश है।...बेशक वहाँ अपने लोग हैं। उन लोगों को हर पखवारे फोन करते रहना हमारा पहला कर्तव्य। बहुत सारे किये जानेवाले जरूरी कामों में एक काम, बस! उधर वाले, वहाँ के लोगों की ज्यादा खबरें देने लगते हैं तो थोड़ी ऊब भी होती है। फोन बिल

भी बढ़ता जाता है। कभी-कभी लगता है, मन उतना नहीं लहक रहा, जैसे पहले लहकता था। कहीं यह कर्तव्य के साथ जुड़ी बाध्यता तो नहीं?

तब सचमुच डर लगता है, जब थोड़ा ही सही, 'घर', मकान में और 'रिश्ते', सिर्फ नामों में तब्दील होते महसूस होने लगते हैं।

तो क्या, उधर भी तो...अब फोन करता हूँ तो नम, बिसूरती आवाजें नहीं, खुली आशान्वित आवाजें आती हैं। उनके अवसाद क्रमशः आह्लाद में बदलते गए हैं। स्मृतियों को अब उम्मीदों के पंख मिल गए हैं। यह खुशी की बात नहीं क्या?

टर्म-एंड पर, छुट्टियों से पहले कुछ ने जोड़-घटाकर देखा, यहाँ रहने और अपार्टमेंट का रेंट देने पर जितना खर्च आएगा उतने में तो वेकेशंस में इंडिया की ट्रिप मारी जा सकती है—पूरे तीन हफ्तों की। छुट्टियों में तो ट्यूटरिंग वगैरह भी बन्द रहेगी। यानी आय नहीं, बस खर्च। हाँ, थीसिस के काम में जरूर तेजी लाई जा सकती है। पर थीसिस थोड़ी लेट भी सबमिट हुई तो कुछ बनता-बिगड़ता नहीं। उस तुलना में भारत जाकर आ जाना कितना टेम्पटिंग, एक्साइटिंग... !

लेकिन उससे भी ज्यादा रोमांचक क्या उन्हीं डॉलरों से सेकेंड हैंड कार या मोटर बाइक खरीद लेना नहीं? छुट्टियों की मस्ती की मस्ती और अगले पूरे टर्म के लिए आने-जाने की सहूलियत। पता चला, शान्तनु, निलय, विशाल—सबने यही किया था। जब तक चली, चली—बाद में गारबेज की तरह पुरानी जंक कारों के जंक यार्ड में डाल आए। दिखाया तो था विशाल ने, मीलों तक फैले पुरानी, डंप की गई खटारा कारों का वृहताकार द्वीप।

मेरे लिए सबसे बड़ी खुशी यही कि इस वर्ष मुझे दस के बदले बीस घंटे की असिस्टेंटशिप मिल गई। एक बार मन में आया, पिछले साल भी मिल गई होती तो शायद मैं भी इंडिया हो आता या फिर एक बाइक ही...

समर में सौमित्र, प्रसाद जानेवाले थे। मेरे अकेले पर पड़े किराये की मार कम करने के लिए विकास को बुला लिया था। वह खुद भी अपने अपार्टमेंट में अकेला रह गया था। विकास से मिलना भी क्या कभी भूलेगा!...

विकास पेपर मार्ट

सिल्वर ब्रुक वाले चर्च के गेट तक शान्तनु लिफ्ट देता था मुझे। वहाँ से 'सब-वे (लोकल ट्रेन) स्टेशन' कुल डेढ़-दो फर्लांग ही पड़ता था। उतरने से पहले ही मैं बर्फीली हवाओं से बचने के लिए अपने दास्ताने, कैप, और गर्म जैकेट दुरुस्त कर लिया करता था और इन सारी गर्मजोशियों से लैस, ठंडी होती नाक को दास्तानों से सहलाता स्टेशन तक वॉक कर लिया करता था। हर बार वॉक करते हुए निलय, विशाल, शान्तनु जैसे सीनियर्स का शुक्रिया भी अदा करता जाता था जिन्होंने यहाँ की पहली ठंड से आगाह करते हुए बचाव के सारे सरंजाम जुटा दिये थे—किसी की कैप, किसी के दास्ताने, किसी की एक्स्ट्रा वार्म जैकेट। वह भी इस तरह, जैसे—अरे, यह हमारे पास फालतू है...एक्स्ट्रा है, यूज नहीं करता...ले जाओ। जो कुछ नहीं जुटा, वह शहर की सस्ती बस्तियों के ड्रिफ्ट-स्टोरों से खरीदवा दीं—तसल्ली देते हुए कि सभी ऐसा करते हैं, हमने भी ऐसा ही किया था।

जैकेट, दस्ताने इतने गर्म थे कि आराम से चला जा सकता था। लेकिन बर्फीली हवाओं के झोंके आप-से-आप कदम तेज कर दिया करते हैं।

अचानक सामने से कोई आकृति स्टेशन की तरफ दौड़ती नजर आई। कद-आकार और कपड़े थोड़े बेपरवाह। कम-से-कम मेरी तरह लदा-फँदा बिलकुल नहीं। जरूर कोई सनकी अमेरिकन युवा होगा अपने देश की ठंड का अभ्यस्त। वैसे भी ये खासे खब्ती होते हैं—अपने मूड को तोते की तरह पालनेवाले। ठंड हो, गर्मी हो या धारदार बारिश—कभी भी दौड़ लगा लेना, ड्राइविंग पर चल पड़ना, आइसक्रीम खा लेना, 'प्राइवेसी' और 'पर्सनल' को दिन-रात ओढ़ने-बिछाने पर भी बैठे-बैठे अचानक साथ चलती लड़की पर बदहवास चुम्बनों की बौछार कर देना।

सर्कस के एक शो में मैंने (कर्टसी सौमित्र के चन्द्रा अंकल) एक अधेड़, पृथुल महिला को आराम से जोकरोंवाली प्लास्टिक की गोल लाल नाक लगाए, हॉल के बीचोबीच बैठे देखा था। इत्मीनान से बैठी वह सामने से हर गुजरते व्यक्ति से मुस्कुराते हुए 'हाय' भी करती जा रही थी। लोग भी उसी सहजता से मुस्कुराते हुए जवाबी हाथ हिला दे रहे थे।

लेकिन यह आकृति ऊँची होने के बावजूद अपने दौड़ने के तरीके से अमेरिकन होने से इनकार करती नजर आ रही थी। ऊँचे कद की वजह से चाइनीज, कम्बोडियन या वियतनामी भी नहीं था। फिर क्या पाकिस्तानी, बांग्लादेशी या अपना देशी भाई ?...

उसकी 'इंक-ब्लू' जैकेट पर सफेद धारियाँ न पड़ी होतीं तो क्या लोकल ट्रेन के उस डिब्बे में अचानक अपने से तीन-चार लोगों से आगे खड़ी उसकी पीठ को पहचान पाता मैं कि अरे, ये तो उसी भगोड़े की पीठ है जो मुझसे पहले तेज दौड़ता आया था ? पीक आवर की थोड़ी भीड़ न होती तो आगे बढ़ा जा सकता था और लो, वह तो ग्रीन-लांस पर उतर भी गया! सीजन टिकट नहीं लिया है शायद। यहाँ से वहाँ दौड़ लगाता फिर रहा है...!

बेबात का बच्चों-सा ही औत्सुक्य, वह भी क्षणिक लेकिन अन्दर कहीं चूक गया-सा महसूस हुआ।

अगले दिन भी मेरी वही टाइमिंग थी। वही शान्तनु और वही बर्फीली छुरियाँ। नाक ज्यादा लाल हुई तो कदम आप-से-आप तेज होने लगे। अचानक विश्वास नहीं हुआ, वही इंक-ब्लू जैकेट मेरे आगे दौड़ रही थी—आज मैं भी दौड़ पड़ा। लोकल का टाइम भी हो रहा था और दौड़कर उसी डिब्बे में चढ़ा जिसमें वह—और जब उसने ट्रेन के हीटिंग सिस्टम के बीच राहत महसूस करते हुए कॉलर नीची कर, चेहरा घुमाया तो मेरे मुँह से बेसाख्ता निकला :

विकाऽऽऽस ?...

मैं आह्लादित था—इस औचक मिले, पहचाने चेहरे को पाकर। जल्दी-से-जल्दी, ज्यादा-से-ज्यादा जान लेने की जिज्ञासा। मुझसे कुल एक साल जूनियर, आरक्षित सीटों से आया था विकास लेकिन उसका कैरियर कोटे का मुहताज नहीं था। पढ़ने में होशियार—बला का मेहनती और स्वभाव से सीधा, इसलिए एक तरफ से सबका प्रिय।

'तूऽऽ ? यहाँ कब से ?'

'इसी टर्म से...'

'सैटिल हो लिये ?'

‘कहाँ? कोशिश में लगा हूँ...’

‘तेरे साथ अपने कोई दोस्त, बैचमेट्स नहीं?’

‘तीन के वीसा कैंसिल हो गए—तो अकेला ही आना पड़ा...’

‘तो, अब तक... ?’

‘बहुत अकेला-सा महसूस कर रहा हूँ। यहाँ सब कुछ बहुत अलग है। कुछ समझ में नहीं आ रहा...’

मैं अचानक ही कह पड़ा, ‘मेरे साथ आ जाओ...’

‘कैसे?...तुम्हारे अपार्टमेंट में कितने लड़के हैं?’

‘हैं तो चार ही लेकिन सौमित्र इस एरिया की ‘पोलेन (फूलों के पराग) एलर्जी’ से बेहद परेशान है। इसलिए वह इस पूरे टर्म अपने अंकल के पास शिफ्ट करनेवाला है।’

‘कब तक?’

‘अभी तक तो उसे शिफ्ट कर भी जाना चाहिए था, लेकिन न वह चाहता है, न हम। नाक सुड़कता लाल आँखें लिये पड़ा रहता है। तू आ जा, बाद की बाद में देखी जाएगी। छुट्टियों में दूसरा प्रसाद भी इंडिया की ट्रिप मारने वाला है।’

‘थैंक्स!’

‘अरे, वाह, अमेरिका आने के साथ ही थैंक्यू, सॉरीगीरी शुरू कर दी?...वैसे तुम्हें देखकर लगता नहीं कि नये-नये यहाँ आए हो...।’

विकास ने प्रश्नवाचक अचम्भे से मेरी ओर देखा।

‘नहीं समझे? ठंड से बचाव के गरमागरम मोटी-मोटी कोटिंग के बदले यूँ ही बेपरवाह दौड़ते आ गए ट्रेन में, जैसे इसी अमरीकी आबोहवा में जन्मे हो!’

विकास बहुत धीमे से हँसा।

मैंने फिर उकसाया, ‘और तो और, टिपिकल अमेरिकन की तरह अपने दाएँ-बाएँ, आगे-पीछे देखने की भी जरूरत नहीं महसूस करते। मैं कब से तुम्हारा पीछा कर रहा था। तुम अपना चेहरा कॉलर से ढँके थे, लेकिन मेरा तो तुम देख सकते थे...’

विकास के चेहरे पर अबूझे रंगों की आवाजाही जारी थी।

‘तो, कैसा लग रहा है?’

‘यह सब, यानी अच्छा-बुरा सोचकर यहाँ आया ही नहीं था। अभी तो ठंड के मारे कुछ सूझता नहीं। जो कुछ है, अच्छा ही लगना हैं...’

‘तो आ जाओ अगले संडे से...’

विकास खुश लगा।

दो हफ्ते बाद वह आ गया था—दो छोटे सूटकेस और इंक-ब्लू जैकेट के साथ। उसे काउच के साथवाली जगह दिखा दी गई। रूममेट्स की बेतकल्लुफी उसे अच्छी लगी। सीधा-संकोची होने की वजह से थोड़ी देर बाद मुझे एक तरफ ले जाकर बोला, ‘प्लीज, मुझे भी बता दो—कैसे, क्या फिक्स किया है आपस में तुम लोगों ने?’

प्रशान्त पीछे से सुन रहा था। वहीं से बोला, ‘इधर आओ प्राजी, मैं बताता हूँ। आज पहला दिन है—शरीफे वाली आइसक्रीम की ट्रीट दे दो। कल कैंटीन से डोनट लेते आना...’

'हाँ, इसने कई बार मुझसे कहा है कि इसकी मंशा—'डोनट' कैसा होता है, यह देखने और उसे खाने की है...'

सबके साथ विकास भी हँसा, 'खाने का कैसे मैनेज करते हो?'

'ये रहा न हमारा शेफ!' मैंने और प्रशान्त ने प्रसाद को दिखाकर कहा, 'इंडियन, कांटीनेंटल—सब बना लेता है। जो बनाता है, उसका नाम बता देता है—बस, हम खा लेते हैं—कभी साम्भर-चावल, कभी छोले-पूरी...'

'छोले-पूरी?' विकास की आँखें विस्फरित थीं। 'तुम लोग छोले-पूरी भी बना लेते हो?'

'कहा न, यही बनाता है। बस, खाने से पहले इसे बताना होता है कि ये छोले हैं और ये पूरी है वरना हम कैसे समझेंगे... ?'

प्रसाद ने आँखें गुरेरते हुए मेरी शामत बुलाने की धमकी दी। तब तक विकास संजीदगी से कहता हँस रहा था, 'तब तो ठीक है। इस तरह तो मैं पूरन-पोली भी बना सकता हूँ।'

'हाँ, प्रसाद जा रहा है तो किचेन का चार्ज तुम्हारा।'

सौमित्र का जाने का मन नहीं था। हर हफ्ते अगले वीकेंड पर टाल जाता। हमें पता था, हमारे अपार्टमेंट्स-सी बेतकल्लुफी दुर्लभ थी—चाहे अंकल का घर हो या अपना। अपने घर को भी वह अपना नहीं, ममा-पापा का घर कहता था, जहाँ अपरम्पार सुविधाओं के अम्बार लगे हों, लेकिन सब कुछ आभिजात्य कायदे-कानूनों में जकड़ा हुआ। बाहरी गेट से लेकर ड्राइंग रूम और किचेन तक नौकरों की मुस्तैद उपस्थिति से उकताया वह, जैसे खुली हवा में साँस लेने को तरस जाता था। सारा घर उसे नक्काशीदार फ्रेम में जड़ा अक्रिस्टल चित्र लगता था। जैसे वहाँ कोई कुछ करता नहीं, आप-से-आप होता चला जाता है—नियम-कानूनों से बद्ध। 'ममा' की 'ओवर केयर' और 'पिता' का 'ठाठ' उसे पुलिस लाइन का परेड ग्राउंड याद दिला जाता था।

डिनर की बेल बज गई। अटेंशन!...जवान! दस कदम आगे बढ़ेगा। डाइनिंग हॉल में। वाश बेसिन में हाथ धोएगा। नैपकिन से हाथ पोंछेगा, टेबल पर वापस रखेगा और बैठ जाएगा। कदमताल आरम्भ। एक के बाद एक डिशें, डोंगे लेकर मानबहादुर बटलर झक सफेद यूनिफार्म में खाना परसता जाएगा। कम-से-कम, धीमे-से-धीमे बातें चलती रहेंगी।

जाने क्यों, उस चरम आभिजात्य में वह परम जंगली बनने के लिए तरस जाता है जबकि यहाँ प्रशान्त या प्रसाद के चीखने पर मुस्कुराकर शान्त रहने की अनुनय करता है।

अन्ततः गया। मि. चन्द्रा ने गाड़ी भेजी थी उसे लेने के लिए। मना करने का सवाल ही नहीं था, क्योंकि एलर्जी की दवा लेने के बावजूद गले की जकड़न, आँखों का पानी बरकरार था। दवा से नाममात्र का ही सुधार था। सर मानसिंह के फोन पर फोन आ रहे थे। उसकी सेहत भी गिरी थी इधर।

गया तो हम अलग-अलग उदास हो गए। जगह की सुविधा बढ़ गई, लेकिन सूनापन भी। इसे विकास ने भी महसूस किया जिसे सबसे ज्यादा तंगी थी अब तक।

हम चारों में सबसे शान्त था वह, लेकिन हमें वाचाल रखता था। हमें मजे ले-लेकर सुनता था। सबसे कम, वही अपने घर को मिस करता था क्या?

लगभग हर हफ्ते इंडिया, सिंगापुर, दुबई—कहीं-न-कहीं से दोस्त, रिश्तेदार, हित-चिन्तकों के फोन आते रहते। कभी-कभार उनमें से कुछ के मित्र या वे स्वयं चॉकलेट-मिठाइयों के रिबन बँधे डिब्बों के साथ आ जाते। हम टूट पड़ते देखकर। सौमित्र को बड़ा मजा आता, जैसे चिड़ियों को दाना चुगा रहा है!

दूसरी तरफ हम फोन तक के लिए तरसते होते। बात होते समय जाने कितनी दुनिया-जहान की बातें। शादी-ब्याह, हारी-बीमारी और सबसे बढ़कर पैसों की परेशानी। ज्यादातर ऐसे प्रसंगों पर मैं चारों तरफ अचकचाकर देख लिया करता। सौमित्र के साथ ऐसा नहीं होता। नपी-तुली बातें, नपे-तुले जवाब के बाद शान्ति से फोन रख देता। मेरी जैसी खलबली नहीं मचती। उस तरफ बातें करने को आतुर लोगों का बेसब्र झुंड न होता।

शुरू-शुरू में विकास ने सौमित्र के आए चॉकलेट के डिब्बों के जवाबी तौर पर आइसक्रीम, कुकीज वगैरह लाने की कोशिश की, लेकिन जल्दी ही सुस्त पड़ गया। उसने समझ भी लिया, हम सभी उस प्रतिद्वंद्वी भाव से दूर, उसे सहजता से स्वीकार रहे हैं।

साथियों के प्रति कृतज्ञताज्ञापन का एक और कारगर तरीका उसने अपनाया था। घर पर फोन होने पर आसान मराठी व्यंजनों की रेसिपी पूछकर फटाफट नोट कर लेता और अगले दिन ही ट्राइ मार लेता। तीनों यार छक जाते। तब से, बारी जिसकी भी हो कुकिंग की, विकास उभयनिष्ठ होता—स्वेच्छा से। आमटी भात, मीसल, शीरा की सुगन्ध से हमारा अपार्टमेंट गमक जाता। शायद शुरुआती हफ्तों में वह अकेलेपन और अजनबीयत से इतना सहम गया था कि हमारे बीच मिला माहौल उसके लिए वरदान सिद्ध हुआ था। उसके ही शब्दों में, हमने उसमें वहाँ रह पाने का साहस जुटाया था।

वह शायद शुक्रवार था। प्रशान्त अमीलिया को चिकेन बिरयानी की ट्रीट देनेवाला था। बचे मैं और विकास। इंस्टीट्यूट से लौटकर विकास ने अरहर की दाल बनाई। अपनी स्पेशल बघार दी और जल्दी-जल्दी चावल चढ़ाकर कमरे में चला गया। जब भी हम दोनों रहते, विकास ही खाना बनाता। और हम अपनी-अपनी प्लेटें ले टी.वी. के सामने बैठ 'मिस्टर बीन', 'फ्रेंड्स' जैसा कोई कॉमेडी सीरियल या ओपेरा का टॉक-शो चालू कर देते। लेकिन आज यह सोच कि विकास कोई जरूरी काम कर रहा होगा, 'प्राइवेसी' में ज्यादा दखल ठीक नहीं, सोचकर भूख लगने पर भी मैंने शोर मचाना ठीक नहीं समझा। अब तक यहाँ 'व्यक्तिगत' के महत्त्व का माहात्म्य हमें अनजाने ही समझ में आने लगा था।

लेकिन जब चावल की तीसरी सीटी चीखी और मैंने कमरे में झाँका तो विकास कम्बल में लिपटा लस्त पड़ा था। पास गया, माथे तक खींचा कम्बल हटाकर हाथ रखा तो चौंक गया। तेज बुखार में तप रहा था वह। काँपती जबान, कटकटाते दाँत...उसने किसी तरह एक-दो कम्बल और माँगे। कबर्ड से जल्दी-जल्दी निकालने लगा तो ऊपर उसकी इंक सफेद धारियोंवाली इंक-ब्लू जैकेट दिखी। अनायास हाथ गया तो देखा—गर्माहट देनेवाला सारा फोम झड़ चुका था। और यही जैकेट पहनकर वह रोज जाता है बाहर—हड्डियों तक गला देनेवाली ठंड में।

तो ?...

ओह! क्या इसीलिए ट्यूब स्टेशन तक दौड़ता जाता था विकास—ठंड में गलती हड्डियों को गर्मी पहुँचाने के लिए?

कराहते हुए उसने जैकेट की जेब से एक 'कॉबीफ्लैम' माँगी। दूध के साथ देने पर, मुझे घबराते देख उसने जलती हथेलियों से मुझे दिलासा दी कि एक घंटे में बुखार की तेजी कम हो जाएगी...और मैं दाल-चावल खा लूँ। दोपहर में जैसे ही शिवरिंग शुरू हुई, एक गोली ले ली थी...चार घंटे बाद एक और ले ली होती तो ठीक रहता—पर तब खाली पेट था...

'और आकर तू मेरे लिए इतने बुखार में दाल-चावल चढ़ाने लगा न! तू इतनी फॉरमैलिटी क्यों करता है विकास? खुले दिल से दोस्तों के बीच क्यों नहीं रहता? हमेशा दबा-दबा-सा, हँसता भी नहीं खुलकर—क्यों?'

जवाब उसने बुखार की तेजी उतरने के बाद दिया था, 'खुलकर मेरे दादे-परदादे नहीं हँसे, तो मैं कैसे हँसूँगा, बोलो?'

'क्यों? खुलकर हँसने के लिए पूर्वजों से कोई स्टाम्प पेपर लिखवाना पड़ता है क्या? तुमसे कितनी बार समझाया, यहाँ सब एक से हैं।'

'एक से नहीं हैं।' उसने पहली बार बगावती टोन में विरोध किया।

'बिलकुल हैं। बाप-दादों के नाम के साइनबोर्ड नहीं चला करते यहाँ...'

'नहीं...जहाँ तक साइनबोर्डों की बात है, मैं किसी को भी मात दे सकता हूँ...'

मैंने अबूझी दृष्टि से विकास की ओर देखा था। वहाँ न जाने क्या था—हीन भाव भी, विद्रोह भी, लाचारी भी, बगावत भी...।

कह पड़ने और दबा ले जाने के बीच की एक अजीब कशमकश के बाद वह बोला, 'तू कभी औरंगाबाद गया है?'

'बस, एक बार, जब कॉलेज की तरफ से हम सारे दोस्त अजन्ता एलोरा देखने गए थे।'

'तो बस-स्टेशन पर ही तो मेरे नाम का गुलाबी, नीला बोर्ड लगा है—'विकास पेपर मार्ट'!'

'रियली? किधर यार?'

'हर तरफ से दिखता है स्टेशन के बाहर आते ही, चौराहे पर...'

'अरे वेरी गुड! तो खुदरा या होल सेल?'

'होल सेल—रद्दी पेपरों की। चारों तरफ आसपास के घरों से खरीदकर लाई गई पुरानी रद्दी, अखबार, मैगजीन्स, जर्नल्स, पिचकाकर फ्लैट किए गए कार्टून—गुजराती, मराठी, अंग्रेजी की पत्रिकाओं को अलगाते और उन्हें दुकान के सामने बँधी रस्सी पर लटकाते पिछले इक्कीस सालों से देख रहा हूँ अपने पिता को।...अंग्रेजी की ग्लासी पत्रिकाएँ बिना पढ़े भी उठा ले जाते हैं लोग—औरतों के चित्र देखने के लिए। बाकी अखबार, पत्रिकाएँ, रद्दी के भाव उस तराजू पर तौल-तौल कर—जिस पर सबसे पहले मेरे पिता सुबह माला-फूल चढ़ाकर पूजा करते हैं।'

भगवानों के उधारखाते

सुबहें थोड़ी कुनमुनी हो रही हैं। ठंड अब छीलती है, लेकिन हड्डियाँ नहीं गलाती।

हवा की तुर्शी में भी कमी आई है।

अपार्टमेंट के बाहर, लॉन में पसरी बर्फ की पतली सतह कँपाने के बदले हल्के से सिहरा भर दे रही है।

देखते-देखते ढाई वर्ष बीत गए, विश्वास नहीं होता। इंडिया फोन लगाया तो माँ भी यही कह रही थीं। पर खुश लगे सब। मैंने बताया कि अक्टूबर तक 'जॉब' का तय हो जाएगा। पापा की चमकती आँखें, मदमाता चेहरा मुझे रिसीवर के आर-पार दिख रहा था। कहने लगे, 'ऑफिस के शुक्ला जी और बड़े बाबू मुझे 'प्राउड फादर' बुलाने लगे हैं।...माइ सन हैज प्रूव्ड हिमसेल्फ...' (पापा अब ज्यादा इंग्लिश बोलने लगे हैं जबकि हमें यहाँ अब आपस में हिन्दी बोलना ज्यादा अच्छा लगता है।)

साथी, दोस्त, न जतलाने पर भी, मुझे प्रोफेसर कॉलिंस का 'ब्लू आइड बॉय' कहकर चिढ़ाते और रश्क करते हैं। सचमुच उन्होंने दो-तीन कम्पनियों के लिए मुझे रिकमेंड कर दिया है। सॉफ्टवेयर के लिए यह शहर मक्का है। तभी तो विश्व के तमाम सारे देश इसके दरवाजे पर लगातार 'खुल जा सिमसिम' की दस्तकें दे रहे हैं। हवा में उड़कर, पानी में तैर कर (मैक्सिको की खाड़ी से...), सीमा-रेखाओं को धता बताकर लोगों का सैलाब उमड़ा आ रहा है—चाइनीज, कम्बोडियन, वियतनामीज, स्पेनिश, टरकिश और मिडिल ईस्ट के। दिलचस्प यह कि जितनी इन सबकी मिली-जुली संख्या होगी, लगभग उतनी ही हम हिन्दुस्तानियों की।

ओह!...सिर्फ कुछ महीने और...मेरे हाथों में इस देश की पहली कमाई के डॉलर होंगे...उतने जितने शायद आज तक कभी एक साथ देखे भी न होंगे। शर्म आई। हँसी भी। 'चेक' की लम्बाई-चौड़ाई तो वही होगी जो असिस्टेंटशिप के मिले चेकों की होती थी मगर मैं इतना बेसब्र हूँ, जैसे माफिया गिरोहों की तरह सूटकेसों में भरे डॉलर मिलने वाले हैं मुझे!

समृद्ध देश, समृद्ध भगवान

मन्दिर, हाँ, सबसे पहले मन्दिर जाना है। इस देश से ज्यादा, इस देश के भगवानों का ऋण है मुझ पर। अब तक यहाँ बिताये वर्ष-महीनों में देसी पकवानों के लिए तरसते मन और स्वादेन्द्रियों की एकमात्र तृप्ति, सन्तुष्टि इन मन्दिरों के प्रसादों से ही हुई है। कभी-कभार ही मिला इन प्रसादों का स्वाद महीनों तन-मन में घुलता रहा है।

अपने सीनियर विशाल और निलय ले गए थे एक-दो बार, दो अलग मन्दिरों में। जितनी श्रद्धा-भक्ति दक्षिण भारतीय शैली के बने मन्दिरों और भगवानों को देखकर उमड़ी थी, उससे कहीं ज्यादा प्रसाद में मिले स्वादिष्ट व्यंजनों को खाकर। थर्मोकोल के कटोरों में भर-भरकर मिले चिवड़े-पोहे, लेमन-राइस और पायसम् के प्रसाद की क्वालिटी से लेकर क्वान्टिटी तक गद्गद कर गई। धन्य हो प्रभु! कितना अच्छा हुआ जो मेरे यहाँ आने से पूर्व ही तुमने पधारकर अपना अपार्टमेंट बुक कर लिया था! अमेरिका आने के बाद से पहली बार इतना स्वादिष्ट भोजन और इतना यथेष्ट मिला था, वह भी फ्री प्रसाद के रूप में। लौटते हुए विशाल ने मुस्कुराते हुए 'मन्दिर कितना भव्य और सुन्दर था' की जगह 'प्रसाद अच्छा था न!' कहकर मुस्कुराया था।

इसी तरह लक्ष्मीनारायण मन्दिर में भी डिस्पोजेबुल थालियों में कढ़ी, भात, चपाती, फरसाण और शुद्ध घी की सुगन्ध वाला शीरा, दुबारा-तिबारा पूछ-पूछकर श्रद्धा-भाव से खिलाया जा रहा था। जीवन में पहली बार मन्दिर में प्रसाद ग्रहण करते हुए इतना आनन्द, इतनी तृप्ति मिली थी—वह भी इस बेगाने देश में। हिन्दुस्तान के अपने भगवानों से तो भीड़-भड़क्के, ठस्सम-ठस्स में, रगड़ते कन्धों के बीच, हाथ लपकाकर किसी तरह लिया गया

टुकड़े भर नारियल या शक्कर फुटाने वाली औपचारिकता ही निभाई थी। भक्ति की भव्यता तो यहाँ की समृद्धि में दिखी। भरपूर उदारता के साथ। जैसा समृद्ध देश, वैसे समृद्ध भगवान।

अन्तरात्मा धीरे से फुसफुसाई थी—सस्ते से सस्ते इंडियन रेस्टोरेंट में भी दस-पन्द्रह डॉलर से कम क्या बिल आता! ले तो गए थे एक बार सीनियर्स हम तीन नये छात्रों को। बाद में, बिल वे दे रहे थे, पसीने हमें छूट रहे थे। बाद में पता चला, इंडियन रेस्टोरेंट, पश्चिमी से ज्यादा ही महँगे होते हैं। जानते हैं न, झख मारकर इंडियंस आएँगे ही।

अन्तरात्मा सचमुच प्रसन्न। रेस्टोरेंट की छोड़ो, जाना न जाना अपने वश का लेकिन अपार्टमेंट में रखे चावल, बीन्स और अचार, पापड़ का भी तो कितनी समझदारी से बजट बिठाना पड़ता है हमें! अब समझ में आया कि यहाँ आने के बाद भारतीय छात्रों में इतना भक्तिभाव क्यों उमड़ पड़ता है। ज्यादा नहीं, महीने में एक-दो बार ही सही, भगवानों को मस्तक नवाने को मिल जाए तो कैन के ठंडे दूध और कॉफी, बेगल से उकताए मन की उदासी छँट जाए।...अवचेतन भी क्या-क्या उपाय ढूँढ़ता है अपने समाधानों के लिए!

अपनी हैसियत के तकाजे

'तुम मेरे और निलय के साथ दो-चार संडेज ट्राइ मार लो हमारी कार में। 'बुक' करने से पहले हर मॉडल का फर्क और अपनी जरूरत भी समझ लो, उसके बाद फटाफट इधर ही ड्राइविंग स्कूल जॉयन कर लो...'

विशाल फिर थोड़ा अन्दाजता-सा पूछता है, 'कार नहीं तो स्कूटर तो चलाई होगी न?'

मैंने धीमे से 'हाँ' में गर्दन हिला दी। बताया, 'भारत में सिर्फ दोस्तों की स्कूटर कभी-कभार झिझकते हुए चलाई है। यहाँ भी निलय की गाड़ी का क्लच, एक्सेलरेटर एकाध बार आजमाया है।'

'फिर तो कोई प्रॉब्लम नहीं आएगी। चलो, साथ-साथ एक-दो राउंड मारकर तुम्हारी कार पसन्द करा दी जाए...'

कार? मेरी अपनी?...मेरे हाथों में स्टीयरिंग और पैरों से दबते एक्सेलरेटर के साथ अपनी कार में इस महादेश की चिकनी सड़कों पर दौड़ते हुए कैसा महसूस करूँगा मैं...?

'सपने की तरह लग रहा है न! सब ऐसा ही सोचते हैं...'

विशाल मेरे अन्दर खटाखट चलते टाइपराइटर का शब्द-दर-शब्द पढ़ रहे थे क्या?

'जानता हूँ, यहाँ आए सारे भारतीय छात्रों की कमोबेश एक-सी ही कहानी। हमें दूर बसे अपने परिवारों की भी सोचकर, समझदारी से रहना पड़ता है।'

विशाल ने बड़ी सतर्कता से 'समझदार' शब्द का प्रयोग किया था। उन्हें क्या मालूम कि यह मेरी समझदारी से ज्यादा लाचारी थी? कहीं भी आने-जाने और खरीदारी के लिए सस्ती से सस्ती चीजों का चुनाव, सीनियर्स से मिलती लिफ्टों की तजबीज, महँगे किराए वाले रूटों के बहिष्कार को हास्यास्पद ढंग से जस्टीफाइड करने की कोशिश और लौटती शाम बचे हुए सेंट्स गिनना मेरी आदतों में शुमार हो गया था। जाने कब, कैसे विशाल ने बेफ्रिक अन्दाज में कहा था, 'नये-नये यहाँ आओ तो बचे हुए पैसे गिनना हमारी सबसे बड़ी खुशी होती है न!'

बात सच थी। मैंने औरों से भी बचत के रास्ते, तरीके सुने थे। विशाल और निलय का हमें मन्दिर ले जाना भी उन्हीं तरीकों में एक नहीं था क्या? संस्कारों को पोसती आउटिंग, सात्त्विक, मनबहलाव और भरपेट तृप्तिकर भोजन!

हाँ, यहाँ रहनेवालों को यहाँ वाले ही नहीं समझेंगे तो कौन समझेगा? अनायास एक सर्वथा पृथक् तरीके की शेयरिंग और भाईचारा पनपता जाता है। अब जैसे यही कि अगर मैं पापा को बता दूँ कि मैंने अभी तक, बिना जॉब के ही, इतने हजार डालर्स बचा लिये हैं तो पापा बेशक गर्वित और खुश हो जाएँगे, उनके हौसलों को पंख लग जाएँगे, लेकिन वे यह कभी नहीं समझ पाएँगे कि मैं इस बचत के लिए स्प्रिंग और समर टर्म में शान्तनु और सौमित्र से पचासों मील ज्यादा पैदल चला हूँ—स्वास्थ्य बनाने और मॉर्निंग वाक के नाम पर। कड़ी ठंड में भी सस्ती, धीमी रूटों से आया-गया हूँ। भूखा होने पर भी कॉफी की हुड़क को दबा गया हूँ। जल्दी उठकर चला हूँ, देर से वापस लौटा हूँ।

तभी तो...

पापा के शब्दों से छलकती खुशी सिर्फ मेरे श्रम की सफलता की नहीं होती—उसके बल पर प्राप्त हुए आर्थिक लाभ की भी होती है। घुमा-फिराकर अन्दाजने की कोशिश करते हैं, 'तुम्हारा कितना लग जाता है आने-जाने में? दूरी कितनी है?...दोपहर का लंच कहाँ लेते हो? कैफेटेरिया में? अच्छा, ऐसा नहीं हो सकता कि घर से ही कुछ टिफिन...लोकल और बस की तुलना में कौन ज्यादा किफायती?'...उन्हें यह समझाया नहीं जा सकता कि हाड़-कँपाती ठंड में ज्यादातर दिनों में पैदल चलना ही लगभग असम्भव। बताने, समझाने भर में फोन का बिल सारे बजट काट जाएगा, और वे 'नहीं-नहीं...हाँ-हाँ—बिलकुल-बिलकुल... तुम्हें परेशानी नहीं होनी चाहिए। बस, पता लगाते रहो, कोशिश करते रहो...' अगले टर्म में भी ट्यूटरिंग का बन्दोबस्त, और अन्त में, 'अच्छा, कुछ बच भी पाता है या सब खर्च हो जाता है?...मुझे मालूम है...कहने की जरूरत नहीं कि तुम कितने समझदार हो बेटे...'

फिर समझदार...दसवीं में पढ़ा हरिशंकर परसाई का एक लेख याद आ जाता है—'बेचारा भला आदमी'।...बुदबुदाता हूँ—'बेचारा समझदार आदमी'।

एक दुष्ट भाव, कटाक्ष करते हुए, रास्ता काट जाता है। पापा की मैथ हमेशा से अच्छी थी पर इतनी अच्छी कभी नहीं।

पापा की कल्पना में सिर्फ मेरे हरे करारे डॉलर्स होंगे, बेशक फख्र और गर्व का एक बड़ा डला भी होगा लेकिन मेरी दौड़ लगाती बर्फानी सुबहें, रुआँसी शामें, तीन महीने तक ठिठुराता बेसमेंट (जिसमें लैंड लॉर्ड अपने हिसाब से हीटिंग सिस्टम हमेशा 'लोएस्ट' कर दिया करता था) और मन्दिरों में मिलता मुफ्त का प्रसाद नहीं होगा।

नहीं, यह ज्यादती है मेरी। पापा जिन स्थितियों, जिन सोचों और दबावों के बीच जी रहे हैं, उससे ध्रुवान्त भिन्न जीवन-स्थितियों की कल्पना आखिर कैसे कर सकते हैं? अभी इतनी-सी उम्र में इस भिन्न संस्कृति, समाज में होने के बावजूद क्या मैं स्वयं भी प्रायः पापा की तरह नहीं बोल पड़ता? हर शाम, बचत के सेंट, पापा नहीं, मैं गिनता हूँ। (पापा ने नहीं मजबूर किया मुझे) 'कार' को लेकर ही उत्फुल्ल और उत्कंठित होने के बावजूद कितनी

बार तो सोच चुका कि मेरी बचत के इतने हजार डॉलर एक साथ कार के लिए क्यों न थोड़ी और अर्निंग हो जाने दूँ? तब तक किसी-न-किसी की लिफ्ट का ही जुगाड़...

यानी हमारे अन्दर से अपनी हैसियत वाला आदमी बड़ी मुश्किल से छूटता है। जिसके पिता ने कभी फटफटी का भी सपना न देखा हो (चाहे उसके लिए तीन बेटियों वाले चार बच्चों का परिवार ही क्यों न जिम्मेदार रहा हो), जिसने अब तक की पूरी उम्र बच्चों की किताबें, फीस जुटाते और बेटियों के दहेज के लिए बचत की जुगाड़ बिठाते ही काट दी हो, हारी-बीमारी और नाते-रिश्ते सँभाल ले जाने के फेर में चप्पल में लगवाते टाँकों के लिए भी मोची से मोलभाव करना जरूरी समझा हो, वह अगर मुझमें अपनी बची हुई जिन्दगी की रोशनी देख पा रहा है तो कितना खुशकिस्मत हूँ मैं! फिलहाल तो मैं यही सोच रहा हूँ कि ऐसी स्थितियों में विशाखा दीदी की बारात की अगवानी, पापा के लिए, किसी गंगावतरण से कम रही होगी क्या?

नो, यू आर रांग

हाय, पिछले फ्राइडे को, 'प्रोग्रेमिंग' के इस मंगल 'डेटाबेस' के लगे हाथों, प्रोफेसर कॉलिंस ने लेक्चर की शुरुआत कैसे की थी (लेट थी मैं)...या फिर ग्राफिक्स से जुड़ी कुछ उलझनें...लाइब्रेरी की खाली पड़ी कुर्सियों पर मैं सुलझा सकता हूँ क्या?...टाइम है? काम से ही मिलने आई मुझसे (वरना क्या जरूरत थी)...उसमें भी दोस्ती तो दूर, औपचारिक आत्मीयता का भी निर्वाह नहीं। जैसे सारे समय पहरेदार तैनात हों उसके अन्दर! बहुत हुआ तो दो दिनों बाद लौटाते हुए 'ब्रिलिएंट नोट्स' कह दिया, बस। बाकी सारे उसूल जस-के-तस। मैं भी उतनी ही सावधानी के औपचारिक एटीकेट के साथ उसकी चाही हुई चीजें मुहैया कर दे रहा हूँ। तुम डाल-डाल, तो मैं पात-पात...कौन-सी गरजमन्दी है यहाँ!

मेरे अन्दर के वेणु को गर्व है, वेणु को खुशी है, वेणु का शक भी है कि वह कात्यायनी दत्ता के काम आ रहा है या कात्यायनी दत्ता उसे काम में ला रही है, यूज़ कर रही है। यह अच्छा इम्प्लीमेंटेशन है अपनी सिद्धान्तवादिता का। वह भी पूरी तरह एकतरफा। जिस दिन जो माँगती है, तुरन्त के तुरन्त या अगले दिन याद कर ले आता हूँ। और कात्यायनी की तरफ से? दो दिनों बाद लौटते हुए 'ब्रिलिएंट...' के कमेंट्स के साथ एक संक्षिप्त पटाक्षेपी मुस्कान के सिवा कुछ नहीं।

वेणु क्यों नहीं कर सकता इस तरह? यानी? क्यों नहीं उसकी तरह पेश आ सकता? सारी डीसेंसी वेणु ही क्यों ढोए?

कैफेटेरिया के दरवाजे पर अचानक अटक गया ऐन सामने, लेकिन वेणुमाधव शुक्ला भी अब गीदड़ नहीं रहा था।

'तुम?'

'इतना ताज्जुब क्यों?'

'क्योंकि शायद यह समय तुम्हारा लाइब्रेरी में बुक स्टैकिंग का था न...'

'वह ड्यूटी करके ही यहाँ आई...'

'ओह, तो किसी फ्रेंड के साथ...'

‘नहीं, मैं ड्यूटी पर थी। यहाँ ‘बस-बॉय’, सॉरी, ‘बस गर्ल (वैट्रेस) की तरह सर्व करती हूँ।’

‘ओह यानी दोनों जगह...गुड...’

‘आओ, तुम्हें एक डिनर होस्ट कर दूँ...’

(यह मानो कोई बदला चुका रही है...)

‘अरे नहीं, तुम्हें देर होगी...’

‘कोई बात नहीं, पूरे दो घंटे मैंने कितनों को सर्व किया, ‘होस्ट’ रही, अब कैफेटेरिया की गेस्ट, कस्टमर हो जाऊँ...सुस्ता भी लूँगी।’

‘तो एक शर्त, मैं होस्ट हुआ जाता हूँ।’

(बेकार में ही अहसान क्यों लिया जाए!)

‘वेजी-हॉपर’ ऑर्डर करने के बाद पूछा, ‘तुम्हारी लैब असिस्टेंटशिप ग्रांट हो गई न?’

‘हो गई।’

‘और ट्यूटरिंग...’

‘वह सुबह की टाइमिंग में शिफ्ट कर दी है।’

‘और रात में यहाँ कैफेटेरिया?’

‘मैं सुबह साढ़े पाँच घर से निकलती हूँ और घर पहुँचने के लिए आखिरी ट्रेन लेती हूँ।’

‘फिर इतनी रात तक साथ में कोई क्लोज फ्रेंड, कम्पनी...’

‘माय डैड...वे मेरे साथ अर्ली मॉर्निंग जागते हैं और देर रात मेरे घर लौटने के बाद सोते हैं।’

‘ओह...द लविंग इंडियन फादर...’

‘लविंग इंडियन ‘ब्रदर’ एंड ‘सन’ आलसो...’

‘मतलब?’

‘मतलब जितने अच्छे पिता, उतने ही अच्छे भाई और पुत्र भी...’

उलझनें बढ़ती जा रही थीं, ‘अच्छा! कहाँ हैं व लोग? यहीं अमेरिका में या...’

‘नहीं, इंडिया में। माता-पिता और कई-कई बहनें, भाई...’

‘ओ...तो सालों पहले...पिछली जेनरेशन...हायर स्टडीज के लिए आए थे?’

‘नहीं, भाइयों-बहनों को दिला सकें, इसलिए...’

‘ओह, मैं तो सोच रहा था, इतनी क्लोज फैमिली बॉन्ड को छोड़कर यहाँ आकर बसना...वह भी उस जमाने में...’

‘वे गार्जियन हैं न! वो क्या बोलते हैं—काका लोग, पीशी माँ-ठाकुदा सबके...’

बंगला में रिश्ते बोलते हुए वह नरम-सी हो आई थी।

‘तो अब परम्परा और इतिहास दुहराने के लिए तुम उनकी गार्जियन बनने का सपना सच करना चाहती हो?’

‘नहीं, मैं उन्हें इस भार से यथासम्भव मुक्त रखना चाहती हूँ। वे खुद भी जानते हैं, हायर एजूकेशन कितनी महँगी है यहाँ। वे चाहकर भी फाइनेंस नहीं कर पाएँगे। इसलिए मैंने उनका प्रमोशन कर दिया। अब वे दोस्त हैं—गार्जियन से, पिता से ज्यादा बड़ी जिम्मेदारियाँ निभा रहे हैं...। सुबह चार के अलार्म पर उठाते हैं मुझे और आधी रात की

आखिरी ट्रेन में मेरे साथ लौटते हैं घर। रात की आखिरी कॉफी मैं और मेरे पिता साथ-साथ पीते हैं।'

पहली बार कात्यायनी का चेहरा इतना नम, नरम दिखा था।

लेकिन मेरा कुतूहल अपनी उछाल पर था, 'और माँ?'

'दिन भर बहन थका डालती है उन्हें। हमारे पहुँचने तक सो चुकी होती हैं।'

'इतनी छोटी है तुम्हारी बहन?'

'नहीं, बड़ी।' कहकर वह कड़ाई से रुकी—मेरा चेहरा देखा, जबरन रोका, कुतूहल भाँपा और एक साँस में कह गई, 'डिप्रेशन में रहती है...'

मैं हड़बड़ा आया, जैसे चारों तरफ सब कुछ अचानक उलट-पुलट बेतरतीब हो गया हो!

निरुपाय बोला, 'मैं समझ नहीं पा रहा हूँ, क्या कहूँ...'

'कुछ नहीं। इस देश में वैसे ही किसी की सहानुभूति का पात्र होना अपनी बेइज्जती समझी जाती है। और मेरा टेम्परामेंट तो जानते हो...'

अब तक मैं मुस्कुराने लगा था, कभी-कभी उसके सामने, 'तुम्हारा टेम्परामेंट...यानी 'अमेरिकन बार्न देसी लड़की' का टेम्परामेंट... ?'

'नो, यू आर रांग। मैं अमेरिका बार्न नहीं हूँ...अच्छा हुआ, तुमने ए. बी. सी. डी. (अमेरिका बार्न कन्फ्यूजड देशी) नहीं कहा, क्योंकि मैं कनफ्यूज्ड नहीं बल्कि पूरी तरह 'डिसइल्यूजंड' हूँ। मोह-भंग हो चुका है मेरा। यूँ मोहासक्त मैं कभी नहीं थी—न मैं, न मेरा पूरा परिवार...'

'तब पिता यहाँ कैसे आए थे—उतने वर्षों पहले ?...कोई आकर्षण तो रहा ही होगा... !'

'आए तो जरूरत और संयोग से थे—आकर्षण बेशक पैसे का और कारण पहले ही बता चुकी हूँ—परिवार के प्रति अपनी जिम्मेदारियों के निर्वाह का। वह आज की पीढ़ी के महत्त्वाकांक्षी युवा नहीं थे। पश्चिम बंगाल के एक छोटे से कस्बे के संस्कृत टीचर थे। वे तो पाणिनि के 'अष्टाध्यायी' और जयदेव के 'गीतगोविंद' में रमने वाले संस्कृत विद्वान् थे। अमेरिका तो उन्हें फादर फरनांडिस ले आए। वे पूरी तरह आसक्त थे इंडियन क्लासिक्स और कल्चर पर। एक तरह से जिद करके लाए कि यहाँ आपके ज्ञान और प्रतिभा के चाहने वाले (उनके जैसे) बहुत मिलेंगे। और बाबा को भी दु:ख था तो यही कि इतनी विधा और परिश्रम के बावजूद वे अपने पितृहीन परिवार के बड़े बेटे के दायित्व का निर्वाह कर, अपने भाई-बहनों को आवश्यक अन्न, जल और शिक्षा नहीं उपलब्ध करा पा रहे...इसलिए बरसों-बरस वे अकेले ही यहाँ रहे। पैसे भेजते रहे...माँ और हम भाई-बहन तो बहुत बाद में आए...'

मैंने ध्यान दिया, अनायास सहज हुई वह, अन्न को 'ऑन्न', जल को 'जॉल' और शिक्षा को 'शिक्खा' कहे जा रही थी।

मैं मुस्कुराया।

वह चौंकी। सचेत हुई। सतर्क भी कि क्या बोले जा रही है वह अपनी प्रकृति के खिलाफ!

कॉफी के कुछ ही घूँट बचे थे।

'बिल मैं दे दूँ?'

'क्यों?'

'तुमसे डर लगता है। देने में भी और न देने में भी—दोनों तरफ से खतरा, क्योंकि बाजी हमेशा तुम्हारे हाथ लगती है।'

'तो खतरे मत पालो...मुझे पे करने दो...'

'कारण?'

'पहला तो यही कि तुमसे ज्यादा 'अर्न' करती हूँ और दूसरा, बाजी मेरे ही हाथ लगनी है—तुम्हीं ने अभी कहा ।'

शायद कात्यायनी के साथ मैं पहली बार हँसा था—यानी दोनों साथ हँसे।

कुछ पलों तक वह हँसी बिछी रही थी हम दोनों के बीच। अचानक उसे याद आया, घड़ी देखी और उठ ली। उसके चेहरे पर वही सपाट निर्लिप्तता थी और वह चल दी, जैसे किसी से उसका कुछ लेना-देना नहीं! जैसे साये में दो क्षण सुस्ताते ही वह सतर्क हो उठती है, चौकन्नी।

कारोत्सव-1 : मंगलाचरण

फोन पर किलकारियों की फुलझड़ियाँ-सी छूट रही थीं। वसु पगलियों-सी चीख रही थी, 'माँऽऽऽ! दादा का फोन...'कार' खरीद ली उन्होंने...!

'फीरोजी रंग की 'टोयोटा'...वृन्दाऽ दीदीऽ, पापाऽऽ! जल्दी आओऽऽऽ...(जैसे फीरोजी टोयोटा स्टार्ट होने वाली हो!) वाह, तुम्हें क्यों दूँ फोन?...पहले मुझे पूरी बात तो पूछ लेने दो!'

फोन कान से लगाए, मैं वसु और वृन्दा के बीच रिसीवर लेने और न देने की खींचातानी महसूस कर सकता था। पूरा घर जैसे किसी उत्तेजना की गिरफ्त में। 'कही' से ज्यादा, 'अनकही' उमंगों की हिलकोर। माँ, पापा ही नहीं, जैसे दीवारें, पर्दे (सूती, छींट के ही सही), छत पर चलते किर्र-किर्र की आवाज करते पंखे और रसोई से सीटी मारता कुकर भी इस उछाह में शामिल था।

मैं धीमे, स्थिर शब्दों में वृन्दा (फोन अब उसके हाथ में) को समझा रहा था, 'वसु से कहो, इतनी चीख-पुकार मचाने की जरूरत नहीं। कार इस देश के लिए लक्जरी नहीं, पहली जरूरत है, वरना यहाँ की हाड़-कँपाती, बर्फीली ठंड में कहीं भी बाहर आना-जाना...'

वसु शायद मगन-मन भाँगड़ा कर रही थी और वृन्दा की बातों से अनुमान लगाती वहीं से चीखी थी, 'दादा से कहो, क्यों भाषण झाड़कर हमारी खुशियों पर पानी फेर रहा है?...होगी कार वहाँ के लिए जरूरत, हमारे लिए तो जलसा है। हमारी इस गली की पूरी लाइन में किसी के पास कार है क्या? अड़ोस-पड़ोस से लेकर नाते-रिश्तेदारों तक में भी नहीं। सिर्फ विपिन भैया के पास कार है, वह भी दो साल पहले शादी के दहेज में मिली...लेकिन हमारे दादा ने तो...ओ याऊँ...याऊँ याऊँ ओ याऊँ...याऊँ याऊँ...!' वसु का भाँगड़ा वापस चालू था।

वृन्दा उसे चिढ़ाती हुई कह रही थी, 'वसु! दादा की कार अमेरिका में है। कह दूँ कि अगली बार आनेवाले किसी दोस्त के हाथों पार्सल बनाकर भेज दे न...?'

वसु उसी रौ में दुबारा चिल्लाई थी, 'फोटो...फोटो भेजें जल्दी से कार की!'

मैंने चिढ़ाया, 'वृन्दा! पूछ उससे, सिर्फ कार की? अपनी नहीं?'

'तुम समझते क्यों नहीं वेणु दादा, शान तो कार की फोटो से बढ़ेगी न! वसु उसे घर के दरवाजे पर चिपकाएगी। नाग देवता की तरह। तुम्हारी फोटो का क्या करेगी?'

माँ-पापा के हाथों में फोन आया तो वे दोनों भी बारी-बारी कार के रंग, मॉडल, आकार की ही बातें पूछे जा रहे थे। शायद मेरे मुँह से सुनने का सुख वसु, वृन्दा से सुने सुख से कहीं ज्यादा था।

हारकर खीझा, 'अरे, अब कुछ मेरे बारे में भी पूछिएगा?'

गलत बात निकल गई। दोनों बुरी तरह झेंप गए, 'हाँ, बेटे! हम सचमुच थोड़ी देर के लिए सब कुछ भूल गए थे। यह हमारी जिन्दगी का सबसे अनमोल क्षण है। तुमने अपनी पढ़ाई-लिखाई और मेहनत के बूते पर वह सब पाया जिसका हम सपना भी नहीं देख सकते थे।'

कहाँ, क्या पाया? हर शाम तो एक प्याले गरम चाय, पकौड़ी और खाने में गरम फूली रोटियों के लिए तरस जाता हूँ।...लेकिन कह नहीं पाया।

उन्हीं की बात को पकड़कर हँसाने की कोशिश की, 'मेरी मेहनत या माँ की? पूरी हिटलरी स्टाइल में, स्कूल से घर लौटा नहीं कि खाना खिला, हाथ-मुँह धुला, बस्ता खुलवाकर बैठ जाया करती थीं। पहले बैग की तलाशी ले, कंचे, सिगरेट की पन्नी फेंकी जाती, फिर स्कूल की डायरी का मुआयना होता। चाहे चावल गले, चाहे दाल जले, मटर छीलती जातीं, टेबुल्स (पहाड़े) रटाती जातीं। कपड़े तहाती जातीं। सातों महाद्वीपों और महासागरों के नाम याद कराती जातीं। बाहर से खटाखट क्रिकेट का बल्ला ठोंकने की बुलन्द आवाजें (जानबूझकर) आती रहतीं, लेकिन मजाल है जो बिना होमवर्क पूरा किए खेलने जाने की परमिशन मिलती! मुहल्ला टीम लकड़ी-कोयले वाले के टाल के अहाते के पार छक्के ठोकती होती, लेकिन अपने राम, बेचारा-सा मुँह लिये, किताबों में सिर गाड़े, दक्षिण अफ्रीका के जोहान्सबर्ग स्टेशन पर रेल के डिब्बे से उतार दिये गए गांधी जी के साथ आधी रात की कड़कती ठंड में भारत की स्वाधीनता की नींव रख रहे होते।'

माँ का धीमा कृतज्ञ स्वर फुसफुसाया था, 'सब याद है उसे अभी तक...' और पापा डायलॉगों पर उतर आए थे, 'हाँ, बेटे, यह तुम्हारी माँ की तपस्या ही रंग लाई है जो इस गली के मुहाने से तुम दुनिया के सरताज देश में बैठे हमसे बातें कर रहे हो। उन्होंने दिन को दिन और रात को रात नहीं समझा। मैं तो सिर्फ तुम लोगों की पढ़ाई के बारे में पूछकर ही...'

'अरे, वाह!' मैंने टोका था, 'सिर्फ पूछकर ही? स्काउटिंग कैम्प से लौटने के बाद वाले टेस्ट में, मैथ में मेरे तीन नम्बरों से फेल होने पर रिपोर्ट देखते ही डपटकर कान किसने उमेठे थे? और हाँ, स्कूल से लौटते हुए जब मैं रास्ते में ही बैग एक तरफ रख गली में कंचे खेलने लगा था तो आपने अचानक 'बेटाइम' ऑफिस से लौटते हुए कैसे 'सरप्राइज चाँटा' रसीद किया था?'

फोन में मुझे पापा का झेंपा, खिसियाया चेहरा नजर आ रहा था। उन्होंने अपने दायें हाथ की हथेली नीचे गिरा ली थी।

'वाह, जब पीठ ठोंकने का टाइम आया तो हथेली छुपा रहे हैं?...अरे, खम ठोंककर कहिए न कि उसी की बदौलत तो तू आज वहाँ है!'

ओह! इतना वाचाल मैं कैसे हो गया?

हमेशा जरूरत से थोड़ा ज्यादा ही बोलने वाले और उपदेश छाँटने वाले पापा की बोलती बन्द थी। आज तो खुद पर हैरान था मैं। पहले कभी क्या इस तरह पापा के सामने मुँह खुला था मेरा? बहरहाल, सब एक साथ भावुक थे, निहाल थे। मैं एक-एक की जानकारी ले रहा था—पापा के बत्तरा साहब, बड़े बाबू दयाल साहब, माँ की माइग्रेन, वसु-वृन्दा की परीक्षाओं की तैयारियाँ, वसु के रोहित सर और वृन्दा की रोजी मैडम की कुशल-क्षेम पूछना भी नहीं भूला जिन पर दोनों क्लासों के लड़के-लड़कियाँ जी-जान से फिदा हैं। फिर देवेंद्र जीजा जी की मिल की हड़ताल खत्म हुई या नहीं...विशाखा दीदी की सास के रवैये में कोई बदलाव?...

पूछते-पूछते दीदी की याद आ गई। मन भर आया। वह तो भला हो टोयोटा का कि बातों ने फिर से कार-चर्चा की स्पीड पकड़ ली।

पापा अब खुल रहे थे। कार के मॉडल, रंग के बाद कीमत, 'कितने की...डॉलर नहीं, रुपयों में? अच्छा ऽऽऽ...! इतने की?' उनका मुँह खुला का खुला रह गया। और रोकते, न रोकते भी, 'इससे सस्ती या फिर सेकेंड हैंड लेते तो...'

बताया, 'यह अमेरिका की सस्ती, छोटी कारों में ही है,' लेकिन यह कहना चाहकर भी नहीं कह पाया कि 'मेरा मन सेकेंड हैंड नहीं, नई चमकीली कार लेने का था।'

(सपनों पर कुछ हक तो मेरा भी बनता ही है न!)

'क्याऽऽऽ... ?' मेरी बातें पापा की आँखें खोल रही हैं, 'टोयोटा, अमेरिका की सस्ती मामूली कारों में है... ?'

वसु के भाँगड़ा को यह रंग में भंग बर्दाश्त नहीं हो रहा था। वह वापस चिल्लाई, 'ओह-हो पापा! सस्ती और छोटी है तो क्या हुआ, हमारी गली के लिए तो अनमोल है!'

सचमुच, वसु ने मुझे बीच के असमंजसों से उठाकर खुश और हल्का कर दिया था। यूँ भी, पापा को कार की डिटेल्स बताते हुए मैं एक अलग ही किस्म के आत्मविश्वास से भरपूर था। यहाँ की इकोनॉमी, यातायात, उद्योग की लॉबी (जो रेलवेज की तुलना में कहीं मजबूती से अड़ी हुई है), सड़कें, वर्क कल्चर आदि के बारे में बताते हुए या कह लें, बातें करते हुए अनायास और लगातार, पापा से ज्यादा समझ और जानकारी रखने वाला तो सिद्ध होता ही जा रहा था, महसूस भी हो रहा था—अवचेतन में ही सही।

अचानक महसूस हुआ, मैं मात्र एक कुशाग्र छात्र से स्टेटस सिम्बल बनता जा रहा हूँ। यह स्टेटस सिम्बल ही तो आत्मविश्वास बढ़ाता है। और स्टेटस? पैसे से बनता है। पैसा-अर्थात् आत्मविश्वास का सबसे बड़ा स्रोत।

यानी जीवन के सारे सुखों का स्रोत है अर्थ।

अनर्थों का भी तो।

मतलब?

तुम्हारा दिमागी फितूर और कुछ नहीं...!

कुछ कैसे नहीं वेणु, सोचकर बताओ, क्या तुम्हारे अन्दर सिर्फ आत्मविश्वास का ही प्रवेश हुआ है? या इसके साथ गुमान और गुरूर जैसा भी कुछ?

नहीं—मैं अचकचाता हूँ! फिर उसी ताजे अर्जित किए आत्मविश्वास के साथ सोचता हूँ—और अगर थोड़ा गुमान हुआ भी तो क्या? मैं अधिकारी नहीं क्या इसका? ये तो मनुष्य की मूल प्रवृत्तियाँ हैं, इंस्टिंक्ट्स...।

जो अब तक तुममें नहीं थीं। (वही तुर्श कटाक्ष) मैं चौंकता हूँ, यह कौन नया वेणु शुक्ला पैदा हुआ है मेरे अन्दर—जो जब तब मुझ पर हँसता, खीझता और रोकता, टोकता है? चैन से रहना दुश्वार?

यह कौन-सा वेणु है?

यह कार वाला वेणु है?

चुप करो। कार को मैंने इतनी अहमियत दी ही नहीं कि उसकी वजह से एक और वेणु पैदा हो जाए।

तुमने नहीं दी तो क्या हुआ, देख तो लिया ही, एक कार कितना बड़ा बदलाव ले आई तुम्हारे माता-पिता और बहनों के जीवन में!

हाँ, यह सुख मैं उन्हें दे पाया, मेरी वजह से वे गर्वित हुए, इसकी खुशी।

और गुमान भी...(फिर वही कटाक्ष)

ओह!...फिर वही वेणु!...

घट-घट वासिनी—कात्यायनी

अजब लड़की है! कोई तो जगह हो, जहाँ यह न हो!...प्रशान्त होता तो कहता—'क्या बात है प्राजी, तुम्हें हर जगह वही दिखाई पड़ जाती है!' मन में एक शरारती जुमला कौंधा—'काश, प्राजी, उसे भी मैं दिखाई देता!' लेकिन मैं झेंपकर खुद को जवाब देता हूँ कि दरअसल, उसके और मेरे रिक्वायर्ड (अनिवार्य/कम्पलसरी) और इलेवेटिव (ऐच्छिक/ऑप्शनल), दोनों विषय वही हैं। गधा हूँ, 'अनिवार्य' तो जाहिर है, वही होंगे ही।

खैर, प्रशान्त मजे में कितने भी सच-झूठ बोलता जाता है लेकिन वह सचमुच, लाइब्रेरी से कम्प्यूटर-लैब, लैब से कैफेटेरिया, कैफेटेरिया से डेटाबेस, डेटाबेस से ट्यूटरिंग...और ट्यूटरिंग से ग्राफिक्स...गॉश! तब दिखेगी नहीं हर कहीं? और हाय-हलो भी होगी ही होगी...प्रशान्त होता तो कहता—क्यों होगी प्राजी? वह करेगी तब न? हाँ, तो करती भी है। कभी खाली पड़ी सीढ़ियों पर सुस्ता भी लेती है। दोस्तों के बीच इसे मेरी उपलब्धि माना जा सकता है...क्योंकि उन्होंने तो उसे मेरे दिये नाम 'शेरनी' से ही रिफर करना शुरू कर दिया है।

अब थोड़ी हिम्मत बढ़ गई है न, इसलिए मजाक के करीब पहुँचता हूँ, 'तुमने इस गोल-मटोल दुनिया को काफी टेढ़ा-मेढ़ा कर दिया है। इतना कम्प्लीकेटेड रुटीन! साँस कब लेती हो?' वह अपनी स्टाइल में हँसती है, 'साँस? मैं एम.एस. के बाद इकट्ठे लूँगी...'

'हम सब कोशिश करके भी तुम्हारी तरह...कम-से-कम मैं...'

'जरूरत भी नहीं...'

'वाह! यह कैसे कह सकती हो? जरूरतें तो हम सबकी फिलहाल एक ही हैं...।'

'नहीं, मेरी 'दरकार', सबसे पहले प्रोफेसर फिलिप की, मेरे लिए रिजर्व की उनकी 'बाइसिकल' लौटानी है...'

'क्या ऽऽऽ ?' मेरा मुँह खुला का खुला रह गया। दिमाग तेजी से पीछे घूमा और पहले कभी कात्यायनी का कहा वह वाक्य याद आ गया—'इफ यू कांट अफोर्ड अ कार, यू शुड वी सैटिसफाइड विद अ बाइसिकिल...'

ओह, तो यह वाक्य प्रोफेसर फिलिप ने इसी के लिए कहा था ?...रुड...

वह अचानक उदास हो गई। जैसे उसने यह कहना नहीं चाहा था। अचानक ही निकल गया। फिर वह तुरत-फुरत अपने इस कमजोर क्षण की मरम्मती, ठोंक-पीट-सी करने लगी।

कुछ न सूझा तो कह पड़ा, 'समझ नहीं पा रहा हूँ कि तुम्हें शाबाशी दूँ या तुमसे सहानुभूति... !'

'कुछ भी नहीं भाई...' वह अचानक इस तरह दो-टूक हो गई, जैसे दो क्षण पहले उसने कुछ कहा ही न हो, 'हर किसी का अपना टेम्परामेंट होता है...वीक मोमेंट भी...'

'तुम्हारा टेम्परामेंट...' मैं बुदबुदाया था—और एकबारगी आतंकित हो आया।

वह चालू थी, 'इस देश में वैसे भी किसी की सहानुभूति का पात्र होना, अच्छे गुणों में नहीं गिना जाता। और दोस्तों की सहानुभूति तो बहुत भारी पड़ती है। वे इसे एक रास्ते की तरह इस्तेमाल करने लगते हैं—किसी के पास होने के लिए।'

बाप रे, इसे 'दोस्ती' शब्द से ही दुश्मनी है, पता नहीं क्यों ? तो सावधान वेणु, रास्ता छोड़ उसका... !

सचमुच छोड़ना है, मुक्त होना है। यह भी कोई बात हुई। फ्रेंड हुए, न हुए, न सही, पर बातें तो दो के बीच कितनी और तरह की हो सकती हैं ! यहाँ तो जैसे हर शब्द पर शक, निगरानी, अटैक के लिए तैयार ! तो माफ करो भइये ! तू अपने खुश, मैं अपने। बात निकली नहीं कि भाषण झाड़ दिया... !

'ओ.के, चलें !'

'अं...हाँ...' वह जैसे नींद से जगी। और जैसे अचानक याद आया हो, 'तुम...बुरा माने क्या ?'

'नहीं...क्यों...' मन में तो आया, कह दूँ कि तुम होती कौन हो मेरी, कात्यायनी दत्ता, जो मैं बुरा मानने लगा ? और फिलहाल मेरा तुम्हारी अभी-अभी बताई बातों को आजमाने, दोस्ती को रास्ता बनाने का इरादा बिलकुल नहीं है...।

अब तक की पहचान (?) में शायद पहली बार वह इस तरह नरम पड़ती दिखी। अपने ही आघात से घायल। लगा, जैसे वह कभी-कभी मुस्कुरा सकती है, वैसे ही पछता भी सकती है।

'रिलैक्स... !' मैंने अनायास उसके कन्धे की तरफ उठा अपना हाथ बीच में ही रोक लिया।

उसे मेरी यह 'ना हरकत' अच्छी लगी। शायद दुबारा दोस्ती पर दिये अपने कमेंट्स पर पछतावा भी। लेकिन मैं हल्का था। मन में आए इस खयाल ने और भी हल्का कर दिया था कि कौन-सा तुमसे रोज-रोज मिलना है। वैसे भी फाइनल टर्म में कुल छह महीने ही बचे होंगे।

लौटा तो सौमित्र मिल गया, 'किधर फट्टे मार रहा था ?'

'भाषण सुन रहा था—लालकिले टाइप ऐतिहासिक भाषण ! मेरी तो इस समय 'फ्रीडम ऐट-मिड-डे' मनाने को दिल हो आया है।' तब नहीं, अब अन्दर का गुबार निकाल रहा

था, 'पूछो मत, लड़की नहीं, तोपखाना है। कोई भी बात उठाओ, तीली-सी भक् से जल उठती है। लड़कियों जैसी कोई बात ही नहीं...'

'लड़कियों जैसी बातें करनेवाली तमाम लड़कियाँ तो हैं, क्यों नहीं करता उनसे बातें? रोका है किसी ने तुझे उनके साथ फ्रेंडशिप बनाने के लिए? अब तू दोस्ती उससे करना चाहे जो दोस्त बनाना चाहती ही नहीं तो और बात है...'

मैंने सोचा था, मैं उत्तेजित अपना गुस्सा, अपना गुबार निकाल रहा हूँ, लेकिन सौमित्र ने जैसे सही बटन दबा दी, मैं झेंपा, लेकिन तथ्यत: सोचने पर मजबूर हो गया कि सचमुच लड़कियों जैसी तमाम लड़कियों के बावजूद लड़के इस नाशुक्री लड़की की ही बातें करते क्यों सुने जाते हैं? इसका काजल, इसकी पोनीटेल, इसका बैंजनी टॉप—सब चर्चा के विषय क्यों होते रहते हैं? जो किसी को मुँह नहीं लगाना चाहती, उससे किसी-न-किसी बात पर कुछ-न-कुछ कहने-सुनने की मंशा हर किसी के कुतूहल में क्यों बसी होती है?

और इतने लड़कों में उसने मुझे ही क्यों, छोटा-सा ही सही, ब्रेक दिया? क्योंकि मैं कॉरीडोर में उसे रास्ता देते हुए जान-बूझकर नहीं, बौड़मपने की वजह से गड़बड़ाया था। क्योंकि मैं लैब की सीढ़ियों पर गिरे उसके चमड़े के भदरंग वॉलेट थमाते हुए मुस्कुराया नहीं था। क्योंकि मैं भी जरूरत से ज्यादा सतर्क था, डीसेंट था, या गधा ही था, बस, इसलिए...।

तो चलो, दोस्ती न सही, पहचान ही सही! जो भी रिश्ता है, क्या बुरा है! जैसे उसके उसूल, वैसे मेरे। अगर वह अपनी सीमा में किसी का प्रवेश निषिद्ध रखना चाहती है तो उसकी मर्जी। सही भी है, दोस्ती हर किसी से नहीं हो सकती (और 'इसकी' तो किसी से नहीं...) 'सहपाठी' शब्द ही एकदम सही है। सेफ एंड साउंड। रिजर्व तुम, रिजर्व मैं। औपचारिक तुम, औपचारिक मैं। एक दूसरे के व्यक्तिगत से कोई छेड़-छाड़ नहीं। तो बस, इसी तरह कभी-कभार मिलते रहने में बुरा क्या है! कुछ भी नहीं—बिलकुल नहीं।

कारोत्वस-2 : रंग में भंग

घिरी शाम अपार्टमेंट लौटा। चाभी लगाकर दरवाजा खोला तो रोज से भी ज्यादा अँधेरा। अचानक ढेर सारी बनैली आवाजों का शोर। समझ में आया, मेरी पहली कार के लिए 'कांग्रेचुलेशंस' गाया जा रहा था। उजाले में देखा—दूसरे अपार्टमेंट वाले नीलेश, सौरभ, तापोश (तापस), शशांक भी। मैं हँसा, 'तो बाहर-गाँव वाले दुश्मनों को भी मिला रखा है?'

'बेचारों' यानी कि 'बेकारों' (जब से मेरी कार आई थी, प्रसाद और प्रशान्त ने अपने को 'बेकार' कहना शुरू कर दिया था...) ने अपने बड़े हौसले से पार्टी अरेंज की थी। बारीक कटी बीन्स, गाजर और फ्रोजेन मटर के दानों के पैकेट से विकास और प्रसाद ने दो कुकर भर मसाला भात बना रखा था—इस ताकीद के साथ कि खबरदार, जो इसे मसाला भात कहा। बिरियानी है यह। नीलेश और सौरभ फ्लेवर्ड योगर्ट लाए थे। शशांक कोल्ड ड्रिंक्स के कैन्स के साथ वेफर्स।

तो अपनी देसी पार्टी खूब जमी। गरम मसाला भात पर आंध्र का मिर्ची वाला गन पाउडर। कोई उसे 'पोड़ी' कह रहा था, कोई बारूद की चटनी। छीना-झपटी में पूरी शीशी खाली। प्रसाद रुआँसा हो आया कि कल खाना कैसे खा पाएगा वह। फिर प्रसाद को 'चियर-अप' करने

की होड़ मच गई। यारों का नया शगल—चियर-हिम-अप-ऑफर योर शोल्डर (टू क्राइ...)। हे तापोश! तू तो गाता है न—कोई फड़कता गाना गा। सिंग अ गुड 'पोडी-सांग' फॉर प्रसाद। सिंग, तापोश, सिंग...गाएगा...गाएगा ...सुनना तुम लोग। क्या मस्त गाता है तापोश बैनर्जी! अभी इंडियन स्टूडेंट्स असोसिएशन में गाया था न इसने—अबे स्साले गा भी...!

तापोश यानी तापस बैनर्जी—हमारे बीच का फ्रेशर यानी फ्रेशली 'डेलीवर्ड' फ्रॉम बंगॉल। भावुक, शर्मीला। चौरंगी से लेकर बड़ा बाजार, काली घाट और टॉलीगंज की याद हमेशा अपने पॉकेट में लिये फिरने वाला तापस! कभी यहाँ के डाउन टाउन के बीच टॉलीगंज फैल जाता, कभी भीड़ भरी क्विन्सी मार्केट में बड़ा बाजार याद आ जाता। एक दिन मन्दिर ले गए तो सारे समय कालीघाट याद आता रहा।—बताना पड़ा कि अबे, चुप कर, क्या कालीघाट-कालीघाट लगा रखा है! कालीघाट छोड़ और अब 'गोरीघाट' लगा...स्मृतियाँ हरे डाभ-सी हलकोरतीं...हर बात में दुनिया के सारे शहरों से कलकत्ते को बेहतर बताता। कलकत्ते का डाभ, पुचका, लिकर-चाय और चाउमीन। कलकतिया राजनीति और रूमान का मारा भी। जरा किसी लड़की की ओर नजर उठाई नहीं कि अगल-बगल से गुजरते प्रसाद, प्रशान्त आँखें तरेर देते।—क्या करे तापोश! भूल गया—कालीघाट जिन्दाबाद—बट काली माई रौनो चंडी...नो तापोश? सीधे-सादे बंगाली तापोश और मराठी विकास जब आपस में कमरतोड़ हिन्दी बोलते तो बाकियों के छक्के छूट जाते।...गा रे तापोश, एनी लव सांग—और तापोश शरमाता-सा सचमुच गा रहा था :

'एई कोरेछो...भालो निठुर हे ऽऽऽ!'

गाने की आखिरी कड़ी सुनते-सुनते हो-हल्ला मच गया, 'अरे, क्या मस्त सांग था! लेकिन...लेकिन ये निठुर लड़की कौन है रे तापोश... ?'

और विकास मस्त हो 'हे पोरी कोन आची, आची...' गाने लगा। चूँकि यह मराठी गीत दो-तीन औरों का भी सुना हुआ था, आसान भी था, इसलिए बात की बात में सारे सुरे-बेसुरे साथ-साथ गा रहे थे।

'हे पोड़ी कौन आची?' (यह लड़की कौन है?) बीच-बीच में ठहाकों के बीच, 'कौन है, कौन है ये पोड़ी रे? मला सांग (मुझे बता)...नहीं, मला (नहीं, मुझे)—पुने वाली कि नासिक वाली कि मालवनी वाली... ?' तापस को घुमाकर कोई चीखा, 'न-न' चौरंगी वाली कि?' शशांक खुद घोषणा कर बैठा, 'अरे मेरी राजकोट वाली को कोई पूछता ही नहीं...' पिलानी के सौरभ के हाथ-पाँव फैले, 'एक कुड़ी फँस गई इद्र (इधर) भी...ओ याऊँ-याऊँ...!' लड़कों ने गोल घेरा बनाकर मनमाने हाथ-पाँव फेंकने शुरू कर दिये।

अचानक प्रशान्त खिसका और सबसे छुपाकर केबिनेट में रखा केक उठा लाया। केक के बीचोबीच एक छोटी प्लास्टिक की कार। शोर मचा। सब बारी-बारी प्रशान्त की पीठ ठोंककर केक के चारों तरफ गोला बाँधकर डांस करने लगे, 'मेरे पिया गए रंगून, वहाँ से किया है टेलीफून...'...'तुम्हारी याद सताती है...'—कहाँ-कहाँ के गाने, कहाँ-कहाँ की बातें! सब की एक-एक चौरंगी, सबकी एक-एक अधपकी-अधकच्ची कहानी, धुली-धुली यादें—जिनके ओर-छोर पर दिल-दिमाग हिलकोर रहे थे। सबकी माँओं ने कभी न कभी 'इंसाफ की डगर पर' सिखाया था। सबके पिताओं ने किसी-न-किसी बात पर जमकर

धुनाई की थी। सबके बहन-भाइयों के बीच छीना-झपटी मची थी, और वे सब एयरपोर्ट पर हाथ हिलाते हुए रोए थे।

जश्न का हुड़दंग अपने शबाब पर था कि दरवाजे की बेल बजी। इतनी रात? खोला तो सामने दो पुलिस वाले। पड़ोसियों ने हमारे अपार्टमेंट में मचते शोरगुल की नाइन-वन-वन पर शिकायत कर दी थी।

काउंट योर ब्लिस

हमारे सिर झुकाकर 'अपोलोजाइस' कर लेने पर वे सिर्फ वार्निंग देकर लौट गए। (वरना 'टिकट') फाइन भी दे सकते थे कि वे उम्मीद करते हैं कि हम भविष्य में इस देश की अनुशासन-व्यवस्था में पूरा-पूरा सहयोग देंगे।

अपमान और बेइज्जती के अहसास से सभी के कानों की लरें जलने लगी थीं। लेकिन हर किसी ने बात को हवा में उड़ाने जैसी बेफिक्री दिखाई। फिर जुटकर किचेन सिंक, प्लेटफॉर्म साफ किए गए। एक दूसरे को बहलाने के खयाल से हँसी-मजाक, चुटकुले और गाने भी लेकिन आवाजें अब धीमी और बेजान थीं।

सोने आया तो आँखों में नींद नहीं। कारण मालूम था। इसलिए यहाँ आने के बाद आजमाया नुस्खा काम में लाया। जब मन उदास हो, तो अपनी जिन्दगी के बीते दिन, बीती बातें सोचना शुरू करो—काउंट योर ब्लिस, और तत्क्षण बन्द आँखों में वृन्दा की महीन किलकारी और वसु का भाँगड़ा घूम गया। गर्व, खुशी और आत्मविश्वास के उन्मुक्त पल। माँ की थकी, धीमी आवाज भी कि 'कार लेकर पहले मन्दिर हो आना...' इस पर वसु की ठिठोली कि 'हाँ, दादा! पूजा की थाली में माला-फूल, बताशे के साथ-साथ कार की फोटो रखकर हनुमान जी के चारों तरफ घुमा देना। अच्छा, दादा! कल्पना करो, तुम प्रसाद चढ़ाकर पलटे ही हो कि हनुमान जी तुम्हारी कार में आकर बैठ गए, तो... ? खी-खी-खी!'

वृन्दा की महीन हँसी, वसु की सिलबिली दिल्लगियों के बीच सब मुझ पर न्यौछावर थे। मैं मूल्यवान से अनमोल हो उठा था, उनकी नजरों में।

दबी जबान से ही जब बताया था कि 'मुझे असिस्टेंटशिप मिल गई है अपने प्रोफेसर के अंडर में और अब मैं जूनियर्स की ट्यूटरिंग भी करने लगा हूँ', तो वसु ने छूटते ही पूछा था, 'और तुम्हारे दूसरे रूम पार्टनर प्रशान्त, प्रसाद वगैरह? उन्हें भी ग्रांट हुई क्या?'

तो मैंने लहजे को यथासम्भव गम्भीर बनाते हुए कहा था, 'हाँ, कुछ-न-कुछ सबका ही इन्तजाम हो जाता है। प्रशान्त लैब में, सौमित्र लाइब्रेरी की 'बुक-टैकिंग' में और प्रसाद कैफेटेरिया के पार्ट टाइम जॉब में...।'

वृन्दा और वसु अन्दाज होने पर भी जैसे अनुमान के लिए सबूत चाहती सी बोली थीं, 'मतलब, कैफेटेरिया में प्लेटें धोने का?'

'सो, कोई बात नहीं...तमाम लड़के, अमेरिकन लड़के भी करते हैं,...और कुछ नहीं तो पॉकेटमनी...'

'हाँ, हाँ, वो तो ठीक है। लेकिन दादा, तुम तो नहीं न?'

ओह! यह वसु...

यादें न जाएँ

पहले दिन ही, ऑफिस की टेबल पर रखे कम्प्यूटर की बगल में जो पहली चीज मैंने रखी, वह विशाखा दीदी की शादी के समय ली गई पूरे परिवार की इकट्ठी तस्वीर थी : माँ, पापा और हम तीनों भाई-बहनों के बीच सद्य:विवाहित दीदी और देवेन्द्र जीजा जी। इस चित्र की सबसे बड़ी खूबी यह थी कि इसमें सभी हँस रहे थे। शायद सुभाष मामा ने मौका ताककर कोई लतीफा छोड़ा था और कभी न हँसने वाले पापा तक हँस पड़े थे। और अब इनकी वह हँसी इस चित्र में स्थायी हो चुकी थी। अब मैं कभी भी पापा को हँसते हुए देख सकता था।

शुरू-शुरू में इस चित्र को देखते हुए, पापा की हँसी ही मुझे सबसे अजीब लगती थी। उन्हें हँसते हुए देखने की आदत जो नहीं थी। उनके इस हँसते चेहरे को देखने के तुरन्त बाद उनका गम्भीर, थोड़ा बड़बोला और ज्यादा अनुशासित माँ पर सदैव हुकूमत चलाने वाला चेहरा याद आने लगता था जिसे देखते ही हम भाई-बहन अपनी किताबें, जूते, कपड़े ठीक-ठाक करने लगते थे।

लेकिन अब लगातार ऑफिस में देखते-देखते अनायास मैं दूर आकर पापा के ज्यादा करीब महसूस कर रहा था।

बाकियों के भी तो। वे छूटे हुए लोग, जो मेरी खुशी में मुझसे ज्यादा खुश हो रहे हैं, होते आए हैं। 'कार' ही क्यों, जब मेरी एम.एस. की थीसिस एप्रूव हुई थी, जब मेरी यहाँ इस शहर में पहली नौकरी लगी थी, हर बार वसु फिरकनी-सी नाचती फिरी थी और वृन्दा शरमाती हुई भी (अपनी खुशी न बता पानेवाली, न छुपा पानेवाली...)। शायद जानती है कि वसु अपनी खुशी में उसकी भी सारी खुशियाँ उड़ेल देती है।

याद आया, पिछली बार माँ ने कहा था, 'विशाखा दीदी और देवेन्द्र जीजा जी को भी फोन करके बता दूँ।' माँ जानती है कि विशाखा ने देवेन्द्र से जिद करके फोन लगवाया ही इसीलिए है कि फोन लग जाएगा तो वेणु का फोन कभी-कभी ही सही, आया करेगा।

रक्षा-बन्धन की राखी भी दीदी सबसे पहले रवाना कर देती है। लेकिन दूज का टीका तो पूजा के बाद ही अक्षत और कुटी सुपारी के साथ भेजा जाता है...तो वह भी कड़ी चेतावनी के साथ कि एकादशी तक जरूर खा लेना है।

वसु खिलखिलाती हुई कहती है, 'देखना दादा, अगले रक्षा-बन्धन की राखी भी दीदी इसी साल भेज दें तो ताज्जुब नहीं। जीजा जी रक्षाबन्धन के बाद बची किफायती राखियाँ ला देंगे। जानते हो न, एक सेकेंड भी फालतू जलती गैस जलने पर दीदी को टोक देंगे, साबुन के पाउडर का पैकेट एक साथ नहीं खाली करेंगे...थोड़ा-थोड़ा निकालेंगे और बच्चों के कपड़े इतने बड़े साइज के लाएँगे कि एक बार मैंने टोक ही दिया—जीजा जी! थोड़ा और बड़ा लाए होते तो आप खुद भी पहन सकते थे—खी-खी-खी...' तो परिक्रमा चलती रहती है। माँ-पापा और बहनों के साथ माधुरी मौसी...यानी ताजे खोये के गीले-गीले पेड़ों का प्रसाद, 'कित्ता अच्छा हुआ जो तू आ गया वेणु! आज ही सुबह गोपाल-मन्दिर गई थी। आज बड़े गणेश...आज नव-दुर्गा...आज काल-भैरव।...' मैं चिढ़ाता हूँ, 'खासी बड़ी जाइंट फैमिली है मौसी, आपके भगवानों की।' वसु टोकती है, 'और अच्छा है, किसी को

डाइबिटीज भी नहीं है।'...'धत्... !' मौसी हँसती हुई वसु को धौल जमाती है। मैंने चिढ़ाया था, 'पिछली बार, आपके पास आने का मतलब है—शहर के सारे भगवानों की देहरी पे माथा टेक आना। सब आपके यहाँ इकट्ठे हुए रहते हैं।'

भगवानों का अड्डा है मौसी का पूजाघर।

शेष लोगों ने भी अपने-अपने भगवानों को आजमाया था। बड़ी ताई ने माँ को मेरे माथे पर सवा-सवा रुपए पाँच बार उतारकर पंडित को दान कर देने का आदेश भेजा था, जिस पर घर में पहले पापा की तरफ से ही जबरदस्त कंट्रोवर्सी शुरू हो गई कि 'पंडित? यानी वही गँवार, पेटू...मंगल महाराज न!...उन्हें कुछ नहीं देना है...न, भिखमंगों को भी नहीं! तुम समझती क्यों नहीं...हमसे ज्यादा पैसे होते हैं इनमें से बहुतों के पास...और हम इस रैकेट को बढ़ावा क्यों दें?'...'तो फिर काम करनेवाली सावित्रीबाई को?'...'वह, वह तो एक नम्बर की कामचोर है...उसे तो एक पैसा भी नहीं देने दूँगा मैं...'

'तब फिर पापा, आप ही रख लीजिए...' वसु का कहना था कि घर में हँसी का फव्वारा छूट पड़ा था।

पापा ने हँसने के नाम पर होंठ सिकोड़कर खींच दिये, यही बहुत। वैसे वसु कहती थी पापा का मूड भाँपकर बड़ी आजिजी से ही।

कुछ उसी अन्दाज में उसने दुबारा जोड़ा, 'हमारी ताई जी हैं भी इतनी मास्टर माइंड कि मनौतियाँ भी कुछ इस अन्दाज से मानती हैं कि मानें वे, पूरी करें बाकी लोग।'

हाँ, परिक्रमा चलती रहती है। विश्वनाथ मन्दिर के गीले पेड़ों का घुलता स्वाद, मीठी पूड़ी की दबीज मिठास और बेसन के लड्डुओं का सोंधापन—कहाँ समा पाता है डोनट और पैनकेक में!...बस, स्वाद भर ही होता तो कोई बात भी...उनके पीछे बैकग्राउंड में, न देवी के चौबारे पर जलता अखंड दीप होता है, न टुनटुनाती घंटियाँ, न तुलसी-दल पड़ा चरणामृत...।

वह सब छोड़ भी दें तो बात-बात पर भभक पड़ने वाले सुभाष मामा का अचानक फफककर रो पड़ना, 'वेणु! याद रखेगा न हम सबको?'—और फोन पर नसीहत देते-देते बीच में अचानक रुँधकर चुप हो गए ताया जी। रघुवीर चाचा की बायरन से वर्ड्सवर्थ तक दुहराते हुए 'गुड बाय, गुड लक' की प्रतिध्वनियाँ...!

ढेरमढेर आवाजों, ठिठोलियों और सूचनाओं का रिवाइंड हो-होकर चलता टेप : चाचा की स्कूटर के सामने गाय आ गई।...खैर, चोट ज्यादा नहीं आई—बस, दाहिने पैर में जरा-सी मोच...सुभाष मामा को मलेरिया हो गया था...छोटी बुआ का टिंकू दसवीं में अस्सी परसेंट लाया...हाँ, सब लोग बहुत खुश हैं।

गुमनाम रास्तों के थ्रिल

सचमुच अपनी गाड़ी बहुत बड़ी सहूलियत हो गई थी। अब अपार्टमेंट से सबवे-स्टेशन तक की दूरी, माइनस फाइव-टेन की हड्डियाँ गलाती ठंड और रुई के फाहों-सी उड़ती बर्फ के बीच से नाक-कान ढाँपे, तेज-तेज वाक करते हुए नहीं जाना बल्कि अपनी फीरोजी टोयोटा की नर्म गुदगुदी सीट पर बैठकर तय होती थी। कार के अन्दर का सही तापमान

एडजस्ट करते हुए जब एक्सेलरेटर पर पाँव दबाता तो अपनी कार किसी फ्लाइंग-सॉसर यानी उड़नखटोले-सी लगती।

एक्सेलरेटर दबाते और क्लच छोड़ते हुए हमेशा सौमित्र, निलय और विशाल की दी टिप्स जेहन में घूमती। सबसे ज्यादा उत्साह सौमित्र में। जब भी टाइम मिलता, मुझे ठेलकर उकसाता, 'चल, आज दो राउंड मार आते हैं।' मैं जनम का झेंपू। शायद सौमित्र जानता था कि मैं खुद उससे कहने में झेंपता हूँ। कार भी उसकी नहीं, उसके कोई कजिन दे गए थे, शायद सर मानसिंह के इशारे पर।

हम जानते थे, ऐसी लकदक 'ऑडी' तो पुरानी क्या, ब्रॉन्ड न्यू सर मानसिंह अपने लाड़ले बेटे के जन्मदिन पर प्रेजेंट कर सकते थे, लेकिन नक्शेबाज बेटे की अपनी जिद कि गाड़ी तो वह अपने कमाए डॉलरों से खरीदेगा और शान से कार की बॉनेट पर कोहनी टिकाकर फोटो खिंचवाएगा, सर मानसिंह को भेजने के लिए—जी सर्र! यह रहा आपका नाचीज बेटा...!

सौमित्र जो कुछ करता, सामने वाला ओब्लाइज्ड न महसूस करने पाये, इस तरह। मुझे अपनी कार में ड्राइविंग की प्रैक्टिस कराते हुए भी, 'गजब का कॉन्फिडेंस है रे तुझमें। इतनी जल्दी किसी के पैर ड्राइविंग के 'आल्फाबेट' एबीसी (एक्सेलरेटर, ब्रेक, क्लच,) के साथ इतने कन्फर्टेबुल नहीं होते...मुझे तो सर मानसिंह से बड़ी फटकारें मिली थीं।'

अचानक मुझे लगा, सौमित्र को अपनी नई गाड़ी का वैसा 'थ्रिल' कभी नहीं महसूस हो सकता, जैसा मुझे। वह तो अपनी पैदाइश के भी पहले से शान की सवारी का अभ्यस्त है। पूत के पाँव पालने में बाद में पड़े होंगे, कार की सीट पर पहले।

यानी एक बड़ी खुशी से वंचित। तो इस मायने में मैं सौमित्र से ज्यादा समृद्ध हुआ। लेकिन यह समृद्धि, प्रतिस्पर्द्धा (खुशियों की ही सही) कब से शुरू हो गई मेरे अवचेतन में—वह भी सौमित्र के साथ? हाँ, क्यों नहीं कर सकता!...माँ...भी...तो, कहाँ हैं...उसकी अपनी...एक बार जाने किस रौ में बहक गया था अकेले में उदास फीकी हँसी के साथ, जब से होश सँभाला, 'मॉम' को ही जाना उसने। 'माँ' कहाँ है उसकी, दुनिया के किस कोने में?...है भी या नहीं? कब, कैसे, किस नीम अँधेरी सुबह यह सारा राजपाट छोड़ निकल ली?...स्वयं मुक्त होने या पिता को मुक्त करने? 'सर' से नहीं पूछ सकता वह। दुःख होगा उन्हें। लेकिन इतना पूछने का हक तो बनता है उसका न कि इन सारे रेशमी रहस्यावरणों के बीच उसकी अपनी स्थिति क्या है? किन्हीं लम्हों में क्या महसूस करता है वह? कैसी बेकली और तड़प? सोचा है क्या किसी ने...?

ब्रेक नहीं काबू कर पाया मैं!...सामने की कारवाला अमेरिकन आई कॉन्टैन्ट बनाते हुए गुजरा—यानी उसे हुई असुविधा का प्रदर्शन...चलो, कोई बात नहीं, अपना कॉन्फिडेंस अब इन चीजों को नजरअन्दाज करना सीख रहा है।

वापस समृद्धि की बात सोची ही थी कि छप्पर फाड़कर बरस पड़ी—पार्किंग लॉट के सामने कात्यायनी। ऐन बगल में कार रोकी तो उसे विश्वास न आया—चौंकी, चेहरे पर आई खुशी छिपाने की पुरानी आदत वैसी की वैसी...।

मैंने बनावटी रुआब मारा, 'तुम? इसी प्रेमाइसेस में? मुझे बताया नहीं...'

'कैसे बताती? नई हूँ न! एक प्रोजेक्ट के सिलसिले में आई थी, 'ली एंड वाइ' के ऑफिस में!'

'एनी वे, लौट ही रही हो न, तो आ जाओ...'

'रास्ते में नहीं पड़ी तो...'

'तो ठीक ही न...रास्ते में पड़ी मिली चीज तो गई-गुजरी मानी जाती है भई।' मैं मुस्कुराया।

अविश्वास से कात्या ने मेरी ओर देखा, जैसे समझ पाने की कोशिश कर रही हो कि यह वही वेणुमाधव या मिट्टी का माधव है जो सीढ़ियों पर गिरा उसका वॉलेट वापस करते हुए भी इस तरह हकला रहा था, जैसे अपनी चोरी कबूल कर रहा हो!

'तो किसी रास्ते में पड़े रेस्टोरेंट में काफी पिलाकर उतार दूँगा...'

वह अन्दर आ गई। 'नई कार कैसे, कब ली' जैसे सिली सवाल कोई पूछता ही नहीं। सभी लेते हैं, जल्दी-से-जल्दी पहली जरूरत, लेकिन कात्यायनी के पास तो नहीं है अभी...!

'हाँ, अब बताओ, कहाँ हो तुम?'

उसने एक-एक शब्द पर ठहर-ठहरकर इस तरह कहा, जैसे मुझे आगाह कर रही हो कि न चौंकना है, न किसी तरह की च्चनुमा सहानुभूति प्रदर्शन। वह जहाँ भी जैसे भी है, ठीक ही है।

'मैं अभी कैम्पस में ही हूँ—थीसिस में डिले हो गई...'

मैंने जान-बूझकर पूरी निर्लिप्तता से ठस्स लहजे में बेपरवाही से कहा, 'अच्छा...? कैसे...?'

'बहन काफी सीरियस हो गई थी...'

सामने 'स्टारबक्स' का बोर्ड दिखा तो कार रोक दी। उतरकर उसने बेहद संयमित लेकिन सच्चे प्रशंसा भाव से कहा, 'कलर अच्छा है गाड़ी का।...'

मैंने कॉफी के पहले सिप के साथ पूछा—'अब बहन कैसी है?'

'काफी ठीक...'

'कभी जरूरत हो तो—फोन करना...'

'देखूँगी...जरूरत पर डिपेंड करता है...' कहते हुए कम-से-कम वह हँसी तो!

'बिल मैं दे दूँ?' मैंने बड़े इसरार से कहा।

उसे पुराने कैम्पस कैफेटेरिया वाली कॉफी याद आ गई। लहजे की उसी तुर्शी के साथ बोली, 'जाहिर है, आज का होस्ट तो तुम्हें होना ही चाहिए।'

यह छप्पर फाड़कर मना कारोत्सव लगा था।

कात्या को उतारकर लौटते हुए अचानक सौमित्र की वह बात याद आ गई, 'कुछ चीजें ऐसे ही गुमनाम रास्तों से आया (जाया) करती हैं...'

मैंने मुस्कुराकर ऐक्सेलरेटर दबा दिया।

खंड–दो

जलसाघर

पधारो वेणु!

पलक पाँवड़े

यह वही एयरपोर्ट है, जहाँ से पौने तीन साल पहले उड़ा था मैं?

तब यह कैसी स्नॉब अजनबीयत से पेश आया था मुझसे! जैसे इसके अन्दर समाई दुनिया का ट्रॉली पकड़े तेज-तेज आता-जाता हर आदमी मुझे देखकर कह रहा हो कि अरे, ये रंगरूट कहाँ से आ गया! (जबकि मेरे पास भी लगभग उन्हीं के जैसे सूटकेस और लगेज थे। उनके जैसे ही एयर लाइंस के टैग चिपके थे उन पर।)

कितना करिश्मेटिक, विलक्षण-सा लगा था सब कुछ! और आज मैं उस भीड़ में कितने इत्मीनान के साथ शामिल था—एयरपोर्ट की तेज रफ्तारी दुनिया की एक अहम हस्ती की तरह!

शायद इसीलिए वसु की किलकारी मारती चीख से मैं थोड़ा झेंपा भी। लेकिन वह किसी की परवाह न करती हुई अन्दर तक भागती आ गई और मेरे हाथ से ट्रॉली लेकर नहीं बल्कि छीनकर दौड़ चली। दूर खड़ी वृन्दा को देखकर लगा, वह सोच रही है—काश, मैं भी वसु जैसा कर पाती!

पास आया तो माँ-पापा के साथ विशाखा दीदी भी...सब कुछ भूल, मुझे बाँहों में समेट रो दीं। पता चला, रात भर अनरिजर्व्ड डिब्बे में जगी-जगी आईं और दिन भर मेरे लिए मूँग का हलवा, दही-बड़े और इमली की मीठी चटनी बनाती रहीं! सबसे बड़ा आश्चर्य यही कि इतने बेमुरव्वती सास-ससुर ने भी वेणु के आने की खबर पर उन्हें यहाँ आने की अनुमति दे दी—पूरे चार दिनों के लिए! जैसे वेणु नहीं आ रहा, कोई बहुत बड़ा अनुष्ठान होने जा रहा हो! और पापा?...सचमुच उसी तस्वीर की तरह हँस रहे थे।

घर मिला उछाह-उमंगों में नहाया-सा, जैसे नये मेहमान के आने से पहले नहला-धुला, साफ कपड़े पहनाकर बिठाया गया बच्चा! पहले यही घर कैसा चुपचाप, झेंपा, संकोची हुआ करता था! आज कसकर झाड़ू-पोंछा किया गया था। एक-एक चीज अपनी जगह करीने से रखी। बाथरूम में धुली तौलिया, नया साबुन। कुर्सियों, मेज के कवर ताजे-ताजे बदले, जैसे पूरे हफ्ते घर का हर प्राणी घर का हर कोना, खिड़की, दरवाजे से चौखट तक सँवारने में ही लगा रहा हो!

कुछ क्षणों का विभ्रम-सा व्यापा। मैं वेणु ही हूँ न? फिर यह अपने ही घर में वी.आई.पी.-सा अलग-थलग-सा महसूसना—लेकिन अच्छा हुआ, तभी माँ सीधे पूजा की चौकी तक लेती गईं। पूरे साढ़े तीन वर्षों के बिछुड़े भगवानों से भेंट। चौकी थोड़ी मैली और पुरानी लगी। पोंछने के बावजूद जगह-जगह से खुरची हुई भी। मूर्तियों की नक्काशियों में चिपकी हुई मैल...जल्दबाजी में चढ़ाए छोटे-बड़े दो-चार फूल...!

जैसा सोचा था, भगवानों को देखकर श्रद्धा भी नहीं उमड़ी। (जैसी जाते समय उमड़ी थी) निस्तेज से लगे भगवान लोग। लेकिन माथा पहले से भी ज्यादा झुकाया, शायद क्षमा-याचना। कहीं अपने-आपको भगवानों के पक्ष में खड़ा करने की कोशिश।

मिनटों में मेहमानी छँट गई। सब घेरकर बैठ गए। ऊपर, नीचे, मूढ़े, चौकी—कहीं भी हर किसी के पास बताने, पूछने को इतना कुछ कि दूसरे की बात पूरी होने तक का सब्र नहीं।

पूरी रात सबने आँखों में काट दी। सिर्फ पापा ढाई बजे के बाद सोने चले गए। वसु नहीं मानी। माँ के लाख मना करने पर भी मेरे दोनों सूटकेस खुलवाकर बैठ गई और अपनी चीजें छाँट-छाँटकर अलगाने लगी। बीच-बीच में कई बार वृन्दा की हल्की चपत भी खाई। विशाखा दीदी अवश्य थोड़ा संकोच कर रही थीं, 'अरे, मेरे और देवेन्द्र, दोनों के लिए घड़ियाँ लाने की क्या जरूरत थी? ऊपर से आफ्टर शेव और परफ्यूम भी!' लेकिन बाद में पापा के लिए लाए पारकर पेन को भी बड़े चाव और रश्क से उलट-पुलटकर देख रही थीं। चीजों से ज्यादा अच्छी चीजों की पैकिंग। सब अपनी-अपनी सौगातें सँभाल रहे थे।

मेरे हाथ में पैकेट देखते ही सब फोटो पर टूट पड़े। कार से पहले मेरी सबसे प्यारी चीज यह कैमरा थी। अपना अपार्टमेंट, ऑफिस, सड़क, कार (हर एंगिल से)—दुकानों के सामने, लाइब्रेरी के बाहर, किचेन में सॉस पैन लिये या सिंक में बर्तन धोते चित्र भी हर दोस्त ने एक दूसरे के उतारे थे। विशाखा दीदी उस फोटो को भी देखती बड़े प्यार से बोलीं, 'बर्तन धोते हुए भी एकदम अमेरिकन लग रहा है अपना वेणु...'

लेकिन वसु ने झट वे चित्र एक तरफ रखते हुए निर्णय लिया, 'राठौर और बंसल आंटी को नहीं दिखानी हैं ये वाली तस्वीरें। जब भी दादा की बात चलती है, होंठ बिचकाकर बस एक ही बात—अरे, बस नाम ही नाम है अमेरिका का। बर्तन धोने से लेकर टॉयलेट तक साफ करने पड़ते हैं, यहाँ से जानेवाले लड़कों को, तब कहीं जाकर डॉलर कमाते हैं। अपने यहाँ जैसी आरामतलबी नहीं चलती...।'

'अब मेरी मम्मी जी तो मुँह खोलनेवाली नहीं, तो मुझे ही कहना पड़ता है कि आंटी जी! जो बेपढ़े-लिखे बेचारे जाते हैं न, वे झाड़ू-बर्तन करके डॉलर कमाते हैं लेकिन जो एम.एस., पी-एच.डी. करने जाते हैं न, उन्हें ये सब करने की जरूरत नहीं पड़ती।...तब जाकर चुप हुईं।'

'लेकिन तू झूठ बोली न!'

'क्यों? कैसे?'

'क्योंकि मैं तो ये सारे काम करता हूँ। अब तो फोटो से प्रमाणित भी हो गया है।'

'धत्! उनका मतलब अपने घर से थोड़े न था।'

'तब फिर फोटो छुपाने की जरूरत?'

'क्योंकि वे इसे होटल में बर्तन धोने वाली खबर बनाकर प्रसारित करती फिरेंगी खुश-खुश, चारों तरफ।'

वृन्दा ने चिढ़ाया, 'तो तू राठौर आंटी और बंसल आंटी को खुश नहीं देखना चाहती, क्यों?'

मैंने वृन्दा का साथ दिया, 'ठहर वृन्दा, मैं जब राठौर आंटी से मिलने जाऊँगा न, तो चुपके से पॉकेट में ये तस्वीरें लेता जाऊँगा और उनके हाल-चाल पूछते ही अपनी दुर्दशा का रोना रोना शुरू कर दूँगा।'

वसु समझ गई। एक पल को तो अटकी फिर आँखें झपकाकर नहले पर दहला मारती बोली थी, 'दादा! वो मेरी सहेली ट्विंकल है न, उसे भी दिखाना, प्लीज! कई बार फोन कर चुकी—आ गए तेरे वेणु दादा? मैं जरा हिस्ट्री वाले नोट्स लेने आ जाऊँ?...कितनी बार पूछ चुकी बेचारी...बुला लूँ दादा?'

मैंने उसे हमेशा की तरह जोर की धौल जमाई तो 'चीं-चीं' कर बनावटी रोष से हँसती रही। घर में सब जानते हैं, ट्विंकल से मेरी बचपन में दोस्ती जरूर थी। हम साथ-साथ स्कूल जाते थे। रास्ते भर सारी टीचरों, चपरासियों की गप्पें मारते, अपने-अपने घरों के कच्चे चिट्ठे खोलते, जिस पर दोनों परिवार खुलकर हँसते, मजे लेते। उन्हीं दिनों मजाक में शायद कभी आंटी ने 'मेरी और ट्विंकल की शादी कर दी जाए' कहकर आपस में मजाक भर किया था—लेकिन जाने क्यों, जैसे-जैसे हम बड़े होते गए, मैं उससे चिढ़ता चला गया। उसकी थोड़ी नाक से बोलने और मुझे ज्यादा ही 'भैया-भैया' कहकर बेवजह शरमाने की आदत से मैं झुँझलाने लगा था। इतना कि अब वह लोगों के चिढ़ाने का सबब बन गया था। बहनें हँस रही थीं। ठिठोलियों में झरने-सी बह रही थीं। मुझे चिढ़ाकर खुशी से लहालोट हुए जा रही थीं, 'राठौर आंटी को ही क्यों, हम तो दादा, तुम्हारी शादी के लिए आनेवाले प्रपोजलों के जवाब में भी यही पतीला धोनेवाली फोटो भेजेंगे...क्या समझते हो?'

और मैं सोच रहा था, इन हँसती हुई बहनों को नहीं मालूम कि सुधांशु के हाथों, माँ के लिए एक छोटी-सी मखमली डिब्बी में जो एक सुनहला सिक्का भेजा था, वह कैफेटेरिया में बर्तन धोकर ही कमाया था मैंने। जान-बूझकर, एक जिद की तरह, कोई जरूरत नहीं थी, उस समय सुधांशु के हाथों वह डिब्बी भेजने की। तो फिर क्या सौमित्र की नकल करने पर उतारू था मैं?...या अपनी खुद्दारी का भी एक नशा होता है?

नहीं, उन दिनों सचमुच मुझ पर दुःख की तरह एक बेचैनी तारी थी। जब देखो, किसी भी प्रसंग, घटना, स्थिति के बीचोबीच माँ के हाथों में थमी एक रेशमी पोटली मेरी आँखों में बिजली-सी कौंध जाती। जब पहली टीचिंग असिस्टेंट का चेक मिला था, जब ट्यूटरिंग की कमाई हाथ आई थी, हमेशा वह रेशमी पोटली बीच में आ जाती।

उन दिनों बीता एक-एक क्षण, लम्हें, शब्द मेरे अन्दर गोताखोरी करते होते थे। कैसे पिता अजीब, बुझे से चेहरे के साथ ऑफिस से लौटे थे! माँ ने भाँपा—कमरे में ले गईं। पापा के अस्फुट, असहाय शब्द—'पता नहीं, शायद किसी ने बहका ही दिया देवसरे जी को...सारे दिन मुझसे कतराते घूम रहे थे। हारकर जब सीधे जाकर पूछा तो मुकर गए—घरवाली ने आगा-पीछा समझाया होगा वरना मुझे पूरा भरोसा दिया था उन्होंने। उन्हीं के आसरे रह गया, किसी और से नहीं कहा...'

उढ़के किवाड़ों के पीछे माँ उन्हें मद्धम स्वर में दिलासा दे रही थीं, 'जाने दो...अच्छा ही हुआ, तुमने आज तक किसी के आगे हाथ नहीं फैलाया था—विशाखा की शादी तक में। इस बार पहली बार वेणु के वीसा के लिए—तो समझ लो, भगवान नहीं चाहते। देखना, कुछ-न-कुछ इन्तजाम हो जाएगा। भगवान...'

माँ के तीसरी बार 'भगवान हैं' कहने पर पापा फट पड़े थे, 'कोई काम नहीं आ रहे भगवान। उन्होंने बनता काम बिगाड़ दिया। अब सिर्फ पन्द्रह दिनों बाद वीसा की अगली डेट...'

भगवान ठीक-ठाक जवाब देते कहाँ से... !

पता नहीं, उन्हें माँ के काठ वाले सन्दूक के निचले तह की जानकरी थी भी या अपनी भक्तिन की साख भर रखनी थी ! पापा के ब्लडप्रेशर का खयाल करते हुए माँ ने सन्दूक के ऊपरी काठ-कबाड़ हटाकर वह बदरंग रेशमी थैली निकाली थी जिसमें दूसरे पुराने डिजाइन के दो-तीन छोटे-बड़े आभूषणों के साथ पीले सोने का दमकता माँग-टीका और सतलड़ा चन्द्रहार था। इसे सिर्फ एक बार विशाखा दीदी की शादी में पितरों की पूजा के वक्त माँ ने गले में डाला था।

बाकी की कसर पूरी करने के लिए सुभाष मामा ने ताऊ जी तक खबर भिजवाई थी।

वीसा मिलने के बाद पिता हँसे थे, 'वो लिक्विड मनी वाला प्रॉब्लम तो इसलिए आया था न कि भगवान और वीसा वाले अफसर को तुम्हारी मम्मी के सन्दूक के निचले तह की जानकारी ही नहीं थी। 'एवमस्तु' कहना आसान थोड़े था...'

ड्रीम सीक्वेंस

माँ ने बहनों को पूरी तरह किचेन से आजादी दे दी है। वे मेरे साथ ही मिलकर लोगों के लिए लाई चीजों को अलग-अलग हिस्से लगा रही हैं। सिर्फ विशाखा दीदी हर थोड़ी देर पर माँ की मदद के लिए पहुँच जा रही हैं। वरना वसु, वृन्दा तो मगन हैं, 'यह शर्ट सुभाष मामा के लिए। चॉकलेट बच्चों को और हाँ, एक मौश्चराइजर मामी के लिए भी होना चाहिए—बड़ी बुआ जी के लिए परफ्यूम और फूफा जी को भुने बादामों का डिब्बा... बाकी बचे रघुवीर चाचा, माधुरी मौसी, छोटी बुआ और...'

'एनफ... यह सब तुम्हीं लोग समझो। मैं जाकर पापा के पास बैठता हूँ...'

कभी इस तरह पहले पापा के पास कहाँ बैठा था! कृतकृत्य थे पापा, 'आ-आ, बैठ... बैठो' कितनी बातें करनी हैं तुमसे... लेकिन तेरी, तुम्हारी, बहनें इस कदर खुशी से पगलाई हैं कि तुम्हें छोड़ें तब न—कैसे पिंड छुड़ा पाया?'

'बस, कह दिया—पापा के पास बैठूँगा...'

कंठ अवरुद्ध था उनका। धीरे-धीरे सहज हुए। बताने लगे—अगली की अगली दिसम्बर रिटायर हो रहे हैं। मुश्किल से ढाई-पौने तीन साल, 'यूँ रिटायरमेंट की उम्र अट्ठावन से साठ कर देने की बात चल रही है पर उम्मीद बहुत कम है... होने को कुछ भी हो सकता है... हो जाता तो वृन्दा की शादी, नौकरी रहते आराम से कर पाता—वसु के लिए तो अभी समय है...'

'क्या बात करते हैं पापा... वृन्दा की शादी 'हम' इतने धूमधाम से करेंगे कि लोग देखते रह जाएँगे। आपको सिर्फ शुरुआती दौड़भाग करनी पड़ेगी—मेरे दूर रहने की वजह से। बार-बार आना मुश्किल है, इसलिए...'

मुझे विश्वास नहीं हो रहा था कि ये आत्मविश्वस्त संवाद मैं ही बोल रहा था। शायद पापा को भी नहीं। पर उनका चेहरा बच्चों-सा खुशी से दमक रहा था।

माँ रसोई से निकल आई थीं, 'अरे, तू यहाँ बैठा है? पापा के पास?'

'और तुमसे भला कैसे बर्दाश्त हो यह कि मैं अपने बेटे के साथ...'

'बेटा मेरा भी है... मैं भी नहीं जाती अब रसोई में। वृन्दाऽऽ, जरा गैस पर चढ़ी सब्जी चला दे बेटे!'

'माँ! तुम्हें यह गलतफहमी हो गई है कि अमेरिका जाकर मैं ज्यादा खाने लगा हूँ। सुबह से किचेन में जाने क्या-क्या खटर-पटर...'

'कुल तीन ही हफ्ते को तो आया है तू, उसमें भी एक हफ्ते ताऊजी, माधुरी मौसी और बुआ के यहाँ जाने-आने में लग जाएँगे। मन भर के खिला-पिला पाना अब सपना हो जाएगा...'

'अरे, रोना-धोना बन्द करो माँ, प्लीज! रसोई में नहीं जाना चाहतीं, वह दूसरी बात है...'

वसु कैसे चूकती, 'मैं और वृन्दा चाय बना लाते हैं... बस्स?'

'ठहर, मैं आलू-प्याज के पकौड़े बनाती हूँ वेणु के लिए—पहले की तरह...'

विशाखा दीदी का चेहरा सारी थकान के बावजूद, धूप-सा खिला था।

'दीदी! तुम आओ, वृन्दा-वसु कर लेंगी... वहाँ तो तुम खटती ही हो, यहाँ थोड़ा सुस्ता लो...'

मैंने दीदी को पास बिठा लिया। संकोच, आभार, खुशी और कृतकृत्यता—दीदी के चेहरे पर एक साथ कितने भावों के अक्स उतर आए थे। इतनी सुन्दर विशाखा दीदी शायद ही कभी दिखी हों।

वसु जल्दी-जल्दी स्टूल खींचकर बड़ी-सी स्टील की केतली भर चाय और खाली प्याले रख गई। वृन्दा आलू-प्याज के पकौड़ों से भरा डोंगा।

यह क्या एक ड्रीम सीक्वेंस था?...

घर में जड़े झलमलाते सपने

अगले दिन पापा के साथ रेलवे लाइन के उस पार बन रहे एच.आई.जी. के नये बने मकानों की तरफ निकल गया। सारे प्लॉट एक नाप के होने पर भी हर मकान की डिजाइन, लुक अलग। गेट और ग्रिल से लेकर बाहरी बरामदा, टैरेस, बालकनी और खिड़की-दरवाजों के गैरेज तक, एक से एक आलीशान, खूबसूरत घर। कुछ अधबने मकानों में काम चल रहा था। पापा के साथ अन्दर घुसा तो एकदम आधुनिक शैली का किचेन, सिंक, बाथरूम फिटिंग्स, चमचमाती टाइलें। अचानक मैंने खुद को पापा से बोलते पाया, 'अपने मोजैक की पुरानी टाइलें घिस गई हैं न पापा...बाथरूम के वाश-बेसिन पर भी गन्दे निशान बन गए हैं। चलिए, कल चल के पूछते हैं।'

पापा की आँखों में एक चमक आती है, लेकिन वह जिस तेजी से आती है, पापा उसी शीघ्रता से उसका स्विच ऑफ कर देते हैं और मेरी तरफ इस तरह देखते हैं, जैसे कुछ हुआ ही न हो!

'अरे नहीं...अगले दो-ढाई वर्षों में पहले वृन्दा की शादी बेटा,' फिर अपराध भाव से पछताते हैं, 'लेकिन तुझे परेशान होने की जरूरत नहीं...मैं प्रॉविडेंड फंड से ले लूँगा न। हाँ, आगे वसु के लिए...' फिर से आधे रास्ते जैसे चुप हो लिए।

उसके बाद की सच्चाई को छिपाना या फुसलाना उनके वश में नहीं...।

यह अनायास जुड़ आया अनूठा रिश्ता था—मेरे और पापा के बीच। सर्वथा नया, सर्वथा अनिर्वचनीय। जब से आया हूँ, निरन्तर महसूस कर रहा हूँ। वे मुझसे बोल रहे हों, या चुप हों, मैं किसी से भी बात कर रहा हूँ—कैसी भी बात, एक तार जुड़ा ही हुआ है मेरे-उनके बीच। पिता-पुत्र से कहीं ज्यादा एक मित्र, साथी, एक दूसरे का सहारा होने का नया अहसास।

जैसे एक प्रतिस्पर्धा-सी चल रही हो हम दोनों के भीतर, एक दूसरे को ज्यादा-से-ज्यादा दे पाने की—स्नेह, सम्मान, निश्चिन्तता और हल्कापन!

वे कह रहे हैं, 'तुझे, तुम्हें, परेशान होने की जरूरत नहीं...'

और मैं कह रहा हूँ, 'क्यों जरूरत नहीं ? क्या मैं इस घर का कुछ नहीं लगता ? कल ही चलते हैं। आप कह रहे थे न, चौक में नई दुकानें खुली हैं—टाइल्स, सिंक और बाथरूम फिटिंग्स की...'

पापा मुझे इस तरह समझा रहे थे, जैसे किसी फाइल के बारे में अपने बॉस को वस्तुस्थिति समझा रहे हों, 'बाथरूम तो अन्दर की चीज है बेटा...हाँ, यदि घर की बाउंड्री और छोटे गेट का रंग-रोगन हो जाए तो वृन्दा की शादी के लिहाज से शायद ज्यादा ठीक रहेगा। बाहर से घर का शो बन जाएगा।...मैंने सोचा कई बार, लेकिन...'

'अरे तो वह 'भी' करा लीजिए न!'

पापा मेरी तरफ हैरान खुशी से देखते रह गए।

चौक और सदर बाजार में चक्कर लगाए जाने लगे। टाइल्स की क्वालिटी, रंगों के नमूने, वाश-बेसिन की डिजाइनें, बाहरी बाउंड्री के लिए सीमेंट-ईंटों के ऑर्डर, पीछे का बेमरम्मत पड़ा आँगन, बरामदे का खम्भा-खिड़कियों की ग्रिलें...।

वृन्दा, वसु चहकती हुई चाय और ब्रेड रोल के साथ टाइल के रंगों पर सलाह देती जा रही हैं। खुशनुमा चर्चाओं से भरा-पूरा घर।

'इन सबसे पहले तो तू पहले घर के लिए एक सोफासेट ले आ वेणु! ...देवेन्द्र और मेरे देवर सत्येन्द्र ले आए न पिछले महीने। हमारी बैठक अलग दीखती है अब...'

दीदी की बात सचमुच ठीक थी—सबको जँच गई। बरसों से उन्हीं चार कुर्सियों और मैरून कवर बिछे दीवान की ऐसी आदत पड़ गई थी, जैसे उसके बिना घर के अस्तित्व की कल्पना ही कठिन थी।

'अरे वाह! सोफा तो मैं तुम्हारे जाने से पहले ले आता हूँ दीदी—तुम्हीं बैठकर इनॉगरेशन करोगी उसका...'

कहा न, हमारे बीच एक दूसरे को देने की प्रतिस्पर्धा चल रही थी।

माँ ने समझाया, 'सोफा तो ठीक है, लेकिन बाकी के काम तू देख-पसन्द करके जा...करवाएँगे पापा धीरे-धीरे...अभी तेरे रहते यह सब शुरू हो जाएगा तो दिन भर की तोड़ा-झाड़ी के बीच हमारा साथ-साथ उठना-बैठना मुश्किल हो जाएगा। ऊपर से तुझे अभी शहर के शहर, पड़ोस में और रतलाम ताऊजी के पास भी तो जाना है। ले-दे के ये ही चार-छह दिन रह जाएँगे हमारे पास।'

एक दूसरा परोक्ष कारण भी माँ ने फुसफुसाया, 'इस तरह अचानक जोर-शोर से अन्दर-बाहर काम शुरू हो जाने से एकदम सबकी नजरों में आ जाएगा। वैसे भी आगे-पीछे को सलेटी क्वार्टरोंवाली गलियों में इन दिनों एक ही चर्चा है—तीसरी गली के क्वार्टर नम्बर सत्रह वाला वेणु।...तो होता रहेगा—धीरे-धीरे...ज्यादा उललाना ठीक नहीं।'

'हाँ, हाँ, बाद में ही ठीक रहेगा।'

(अभी हम सब एक साथ होने को छोड़कर और कोई काम नहीं करेंगे, ठीक ?...)

लेकिन कल्पना में नई 'ईंटों' से जुड़ी बाउंड्री और भीतर-बाहर के रंगरोगन से दमकता यह घर अपनी खूबसूरती में सारे एम.आई.जी. क्वार्टरों से अलग ही नजर आ रहा था। उस

घर में रहते हुए भी अब हम टाइलों वाले फर्श पर चलते और चमचमाते ब्रॉस वाले टैप खोलते-बन्द करते हुए महसूस करते थे। सोफा दीदी के जानेवाले दिन ही आ पाया था। सब एक साथ हँसे, रोये।

फिर दीदी को ट्रेन में बिठा आए।

वह जाते समय बहुत रोईं। ट्रेन के प्लेटफार्म छोड़ने तक खिड़की से चेहरा सटाए मेरा हाथ थामे रोती ही रही थीं।

मैं दिलासा देता रहा था कि हो सका तो जाने से पहले उनके घर आऊँगा, जीजा जी से जो नहीं मिला हूँ...लेकिन उन्हें भी पता था, मुझे भी, कि यह नहीं हो पाएगा।

अगले दिन से बाकी बचे मन्दिरों की सूची बनने लगी। प्रसाद के चढ़ावे का बजट भी। दो-तीन देवस्थान तो दीदी के रहते ही निपटा लिये गए थे। अष्ट विनायक तो माँ ने सिर्फ दीदी को और मुझे ही हो आने को कह दिया था। दीदी को बड़ा अच्छा लगा था। बड़प्पन के मारे, जिद करके, खुद ही ऑटो के पैसे दिये। अपने पैसों से प्रसाद चढ़वाया। मैं छोटा भाई जो ठहरा!

अब तक खबर फैल चुकी थी। लोगों के आने का सिलसिला शुरू हो गया था। कुछ को पहले से ही खबर थी। पास-पड़ोस में भी किसी से कतराया नहीं जा सकता था। सारे क्वार्टर सटे-सटे ही थे और सारी ही दीवालों के कान ही नहीं, आँखें भी थीं। पैर छूता तो आशीर्वाद देते अक्सर कहते, 'अरे, हम तो खुद ही तुम्हें देखने आनेवाले थे।'

एक आश्चर्य लोग अवश्य व्यक्त करते, 'अरे वेणु! तुम तो एकदम वैसे ही हो?'

मैं जान-बूझकर अनजान बनता, 'वैसे? मतलब? आप लोग भी तो वैसे ही...'

वे निहाल हो उठते, 'अरे, हमारी बात छोड़ो, लेकिन तुम्हारी तो हमने कुछ और ही कल्पना की थी।'

'यानी आप लोगों को काफी निराशा हुई?'

'अरे नहीं, हमारा मतलब था कि और लोग जाते तो हैं कौए की तरह और लौटते हुए 'हंस' की चाल चलने लगते हैं...'

'और मैं कौए का कौआ ही रह गया न, अंकल?'

'हो...हो...हो...!' लोग निहाल हो जाते। जैसे कितनी दरियादिली बात कर दी हो मैंने!

पंखों पर आसमान

शहर, गली का काफी कुछ छान मारा था। अब दूसरे शहरों की लिस्ट बन रही थी। जाते समय बड़े ताऊ जी के पास रतलाम नहीं जा सका था तो अब लौटकर तो जरूर जाना है। विलासपुर वाले रघुवीर चाचा और छोटी बुआ के पास भी। क्योंकि यह वेणु सिर्फ माँ, पापा और बहनों का ही नहीं है, सबका है।

फिर से परफ्यूम की शीशियाँ और शर्टें अलगाई जाने लगीं। साथ में सबके लिए प्रसाद के डिब्बे भी।

अचानक मैं सोचता हूँ—एकदम अकेला मैं अचानक मल्टीप्लाइड बाई कितनों का हो गया? और कबूतर की तरह पंख फुला लेता हूँ। नशा-सा चढ़ गया है मुझे प्यार-दुलार की भरपाई का।

बायने बँट रहे हैं—प्रसाद के। दरीबे वाले बड़े हनुमान के बेसन के लड्डू, रास बिहारी मन्दिर के कलाकन्द, हजारी कोठी वाले शिवाले के लाल पेड़े—छोटी तश्तरियों में रूमाल से ढाँके, वसु घर-घर पहुँचा रही है। जैसे उसके घर में लगातार उत्सव मन रहा हो!

'रंजन भैया वाली शर्ट की नाप ठीक बैठी? निहाल हो लिये होंगे ताऊ-ताई जी...क्या? सारे दिन खुश-खुश वही पहने फिरते रहे!...वसु, दरवाजा खोल, दीवान गंज वाले सुदर्शन फूफा जी ने आने को कहा था—वही होंगे शायद...अरे 'फूफा' मतलब छोटी वाली बुआ के मँझले वाले देवर, समझीं?—अब दरवाजा खोल...हाँ, पैर छूने के लिए मेरे इशारे का इन्तजार मत करना...'

सौगातें बँट रही हैं। 'ये एक छोटी-सी शेविंग क्रीम...फूफा जी, आपके लिए...'

'जानता हूँ बेटा, बात पैसों की नहीं, आदर-भावना की है।'

'दादा! मीनल जा रही है...'

'अरे, कौमुदी, इतनी लम्बी हो गई? मैंने तो पहचाना ही नहीं...'

'ये क्या दादा?'

'अरे, पर्स में रखी जानेवाली छोटी मौश्राइजिंग क्रीम—लो, वसु का दादा हुआ तो तुम लोगों का नहीं?'

यानी जो देवे सो निहाल...जो पाए सो गद्‌गद! सुख-आनन्द की वर्षा हो रही है...भीग रहे हैं तरबतर सबके मन...!

सूटकेस खाली हो गए, लेकिन आकंठ परितृप्त हूँ मैं—बटोरते-बटोरते। जितना खरचा था, उसका दस गुना वसूल रहा हूँ!

दिन पंख लगाकर उड़े। उड़ने ही थे। आने पर जितने लोगों से मिलने गया था, उससे दूने लोगों की आवाजाही, जाने से पहले मिलने आने लगे। वसु चाय की प्यालियाँ पहुँचाते-पहुँचाते थक गई।

'दादा! अगली बार सिर्फ चाय की प्यालियाँ धोने की कोई ऑटोमेटिक मशीन मिलती हो तो लेते आना, समझे?'

'अच्छा बेटे...चलते हैं। ऐसे ही याद रखना हमें...ये दालचिक्की रख लो अपने बैग में। भूलना नहीं, ले जाना। लाख केक, पेस्ट्री खाओ—अपनी दालचिक्की का स्वाद भी याद रखना है...चलता हूँ...खुश रहो...'

'अरे वेणु! हो गई तैयारी? ये लो अमावट। वहाँ कहाँ मिलता होगा? खास बनारसी लँगड़े आम का!'

'आंटी! ये गजक रख दीजिएगा उसके सूटकेस में—अरे छोटा-सा तो डिब्बा है...'

'पान की सूखी गिलौरियाँ लाया हूँ...'

'कुछ समझ में नहीं आया।...भाई, यह एक पेन रख लो—मेरी यादगार...'

'...आया, रहा और लो, वापसी। जैसे वह जाने के लिए ही आया था...! हमारा वेणु, भगवान हो गया दीदी! उतना ही दुर्लभ...!'

सुभाष मामा ऐसे ही बहकते रहते हैं।

हवाई जहाजों में बन्द वेणु!

शायद सिलसिले अब वापसियों के ही होने हैं। आने से ज्यादा जाने के। दूर-दूर होते जाने के... !

तुझे नहीं मालूम, अब जब भी कोई हवाई जहाज उड़ता देखती हूँ—आसमान में, लगता है, एक वेणु उसमें है... ।

सोचने की आदत-सी पड़ गई है। हवाई जहाज—यानी कोई वेणु जा रहा है, जाने कब वापस आने के लिए!

सुनो, जाकर कह-समझा आओ, दुनिया में जितने भी वेणु हैं, उनकी माँओं से कि—

अच्छा हो, अब वे आसमान में उड़नेवाले हवाई जहाजों की गिनती करना बन्द कर दें।

झलमल कन्दीलें

टेक ऑफ

जब तक रहा, सब अपनी आँखों में भरे रहना चाहते थे।

पिता ऑफिस से, खूँटे से छूटे बछड़े की तरह घर लौटते। जैसे सारे दिन कलाई में बँधी घड़ी देखते रहे हों! शुरू-शुरू में थोड़े हिचके थे, लेकिन बाद में मौका देखते ही पास बिठा लेते। ढेर सारी बातें जो कभी किसी से नहीं कहीं, बताईं। रुपए-पैसे, बचत, बीमारी, अन्दर के सारे दुख-दर्द बाँटने के लिए जैसे कोई दोस्त मिल गया था उन्हें! बड़े गर्व और अधिकार से बोले थे, 'वृन्दा की शादी तय होने के दौरान जरूरत पड़ी तो बुलाऊँगा तुझे...तुम्हें। आएगा न? जानता हूँ, एक रिटायरमेंट के करीब वाले पिता की बेटी और अमेरिका में रह रहे भाई की बहन वाले के प्रस्ताव के वजन में बहुत अन्तर होता है...'

मेरे वजन की बात करते हुए पिता कितने हल्के और उत्फुल्ल हो आए थे!

जमीन से हजारों फीट ऊपर खुद मैं भी तो! मेरे अन्दर का आकाश विस्तृत और सम्मोहक हो आया था। जैसे मैं मनचाहे रंगों वाले इन्द्रधनुषों के बीच से गुजर सकता हूँ, उन्हें अपने मन के मुताबिक छाँट-बढ़ा सकता हूँ।

अन्दर एक कन्दील-सी झलझलाई है जो मिली भले रही हो अमेरिका में, लेकिन रौशन भरपूर गली नम्बर तीन के सत्रह नम्बर वाले क्वार्टर में ही हुई।

कितनी बार कहा होगा, लोगों ने, सपने-सा लगता है।...फिर से सपना ही हो जानेवाला है न!

तो? सबने सपना ही मान मुझे...शायद, इसी से किसी ने रुकने को नहीं कहा?

कहने का सवाल ही नहीं था। शाब्दिक छलावा ही तो होता। मूर्खता भी सिद्ध होती कहने वाले की।

अच्छा, मान लो, कोई कहता ही तो क्या रुक जाता मैं? नहीं न!

समझदारी जाने में ही है।

एक सर्वसम्मत स्वीकार।

मैं खुद भी तो लौटने को सोचकर ही तो आया था।

फिर भी, कोई कहता, लोगों की मुँह से सुनता तो मुझे अच्छा लगता।

अजीब है यह मन। कहना कुछ चाहता है, सुनना कुछ और!

कभी-कभी लोगों के ऊल-जलूल प्रश्न और जिज्ञासाएँ सुनकर झुंझलाता भी था। वे चीजें और सौगातें भी जो मेरे किसी काम की नहीं थीं, लेकिन वे जिस तरह इसरार कर-करके दी जा रही थीं...कैसे उन्हें समझाता कि यह सब वहाँ की जलवायु, और रहन-सहन के अनुकूल नहीं?

यह स्वेटर, यह मफलर, यह कफलिंक की डिजाइन, रूमालें...हाँ, रसगुल्ले का टिन, मूँगफली की चिक्की और अमावट जरूर सहेजकर रखे जाने लायक थे। लेकिन रखते हुए लगा था, वहाँ पहुँचते-पहुँचते रुटीन और मौसम के बीच जैसे चीजों के स्वाद भी बदल जाते हैं। कहाँ ढेर सारे लोगों की चिल्ल-पों के बीच शीरे से भरे ठंडे रसगुल्ले का स्वाद और कहाँ अकेले अपार्टमेंट में, टिन खोलकर चुपचाप प्लेट में रसगुल्ला डालकर खाने की कल्पना...!

एयरहोस्टेस खाने की ट्रे समेट चुकी थी।

अचानक अमेरिका बहुत बेगाना लगने लगा है...।

शशांक भाई की शादी

मना करने पर भी प्रशान्त एयरपोर्ट आ गया था। आधे दिन का ऑफ लेकर। उसकी थीसिस अभी नहीं हुई। पार्ट टाइम जॉब के साथ पूरी करने में लगा था।

सूटकेस कार में रखते-रखते प्रशान्त हँसा, 'लगता है, घरवालों ने बाकायदे तेरी विदाई कर दी। इस सूटकेस से तो वापस इंडिया जाने से तू रहा...'

दरअसल, वसु ने इतने सुघर और बड़े-बड़े, मोटे अक्षरों में मेरा नाम और यहाँ का पता लिख दिया था कि उसे मिटा, किसी और पते पर सूटकेस ले जाने की गुंजाइश ही नहीं लगती थी।

बैठ गया तो इत्मीनान से बेल्ट लगाने के बाद पूछा, 'और? यहाँ?'

'ससांक भाई की सादी है।'

'क्या बकता है?'

'सौमित्र प्राजी से पूछ लेना...'

हम दोनों ने एक साथ ठहाका लगाया। ठहाके का सीक्रेट यह कि खुद अपने ठीक-ठाक उच्चारण के बावजूद शशांक अपने गुजराती भाइयों के 'श' और 'स' के उच्चारणों की हेराफेरी पर दिल खोलकर हँसता था। शायद इसके उलट खुद उसके मुँह से अगर कभी-कभार 'एजुकेशन' का 'एजूकेसन' और 'स्टैंडर्ड का 'श्टैंडर्ड' निकल जाता था और तब शशांक झेंपने या चिढ़ने के बदले, गुजराती उच्चारणों की मिसालें जुटा-जुटाकर हमें जी भर हँसाता था। बाद में भी सारे दिन शशांक भाई के 'एजूकेसन' के 'श्टैंडर' के कसीदे पढ़े जाते थे और योजना बनाई जाती थी कि शशांक की श्रीमती का नाम 'सुसमा' या 'सालू' कैसे रहेंगे और उसके बच्चों के फिलहाल सौनक, सुभ्रा ठीक रहेंगे?...

प्रशान्त मौज में बता रहा था, 'बहोत मालदार पार्टी है प्राजी! योगेन्द्र भाई पटेल खुसबू वाले की इकलौती लड़की है। हिन्दुस्तान में रहनेवाले शशांक के माँ-बाप, भाई-बहनों और

दर्जन ऊपर रिश्तेदारों के हवाई टिकटों की ग्रुपबुकिंग करा ली है योगेन्द्र भाई ने। न्यूजर्सी का बेस्ट मैरेज हॉल रिजर्व करा लिया गया है। पटोला से लेकर चुनरी तक की सॉपिंग लड़की की माँ 'सालिनी बेन' इंडिया से पूरी करके लौट चुकी है। सुद्धता की गारंटी। सुरुआत से अखीर तक, सब्ब ट्रेडीसनल...'

पहला कन्फेशन

झूठ क्यों बोलूँ, ईमानदारी से स्वीकार क्यों न कर लूँ कि स्ट्रोलरों, बैगों सहित लौटने पर, दरवाजा खोलते ही, अमेरिकन स्तर से सबसे निचली पायदान वाला यह मेरा 'कंडोज' (अपार्टमेंट) इंडिया के क्वार्टर नम्बर सत्रह सहित सारे रँगे-चुने मकानों से कहीं ज्यादा साफ-सुथरा और शानदार लगा। अच्छा लगा यह सोचकर कि अब मेरा यथार्थ यह भी है—यह देश, यह शहर, यह अपार्टमेंट, तेज कदमों से नापा जाता ऑफिस का कॉम्प्लेक्स, लिफ्ट और एस्केलेटर्स। डिपार्टमेंटल स्टोर्स और मॉल, सामानों के बड़े-छोटे पैकेट्स थमाती सेल्स गर्ल्स से 'थैंक्यू' कहता अब हल्के से मुस्कुरा लेता हूँ मैं। रेस्ट्रां में कॉफी सैन्डविचेज का ऑर्डर देते हुए वेटर से यहाँ जैसे दोस्ताने अन्दाज में सिर हिला देता हूँ। ऑफिस में घुसते ही इस अभ्यस्त मुद्रा में क्लॉजेट पर जैकेट निकालकर टाँगता हूँ, जैसे जन्मों से टाँगता आया हूँ! किसी के द्वारा मेरे केबिन पर 'नॉक' किए जाने पर ठीक वैसे ही 'यप्प' कहता हूँ, जैसे मेरा बॉस रॉबर्ट ब्राउन।

लाख बचाते-बचाते इंडिया में भी ये हाव-भाव झलक जाया करते थे। कॉलोनी के अन्दर वाले कोऑपरेटिव स्टोर के दोनों मैनेजर मुझसे ज्यादा-से-ज्यादा बातें करने की कोशिश करते। 'पेरिस हेयर कटिंग सैलून' का कौशलेन्द्र यादव, अतिरिक्त तत्परता से मेरे बालों पर सुगन्धित स्प्रे करके, बाल काटते हुए लाइन में बैठकर अखबार पढ़ते लगभग सारे ही कस्टमर्स से कहता जाता, 'इनको पहचान रहे हैं न, क्वार्टर नम्बर सत्रह वाले शुक्ला जी के लड़के वेणुमाधव जी...अभी-अभी अमेरिका से आए हैं।...किस शहर में हैं भैया जी आप, जहाँ बाल कटाई के साढ़े सात सौ रुपए लगते हैं?...और एक यह देस है कि इतना दिन भर में मिल जाए तो गनीमत। काम वही लेकिन कमाई पचास गुना ज्यादा। और काटते ऐसे ही होंगे, इन्हीं कैंची, उस्तरों से—क्यों भैया जी, तो लगे हाथों मैंने आपके सात सौ रुपए बचा दिए—ऐं? इसी से तो वहाँ जाने से पहले लोग यहाँ बाल कटवा लेते हैं। लेकिन एक बात है भैया जी, जब एक अपना हजाम इतना कमा लेता है तो एतना पढ़े-लिखे आप तो...अब पूछना अच्छा थोड़े लगता है।'

यही बात सलूजा आंटी और राठौर आंटी ने भी घुमा-फिराकर कही थी—धुले मेजपोशों पर सजाए समोसे, गुलाब जामुन की प्लेटें थमाते हुए। सिर्फ वे ही क्यों, बस्ती के सभी पहचान के घरों में मेरे पहुँचने के पहले से समोसों, कचौरियों की प्लेटें सजी रहती थीं। खाता मैं औरों की तरह ही था, लेकिन पता नहीं क्यों, लोग बड़ी मोहाविष्ट नजरों से देखते थे। माँ से जिद करके प्रॉविजन स्टोर से चावल, सूजी लेने पहुँचा था, लेकिन खुलती अनाज की बोरियों से उठती गेहूँ, चावल मिली गन्ध पर नाक में रूमाल रखा ही था कि कैशियर से लेकर दूसरे कस्टमर तक मुझे मुग्ध दृष्टि से निहारते मिले, जैसे मैं किसी अन्य ग्रह-नक्षत्र से उतरा अलग प्राणी होऊँ! मैक्सी पहने ही ठेले वाले से सब्जियाँ तुलवाती तिवारी आंटी हों या हनुमान मन्दिर के पुजारी जी, सबकी आँखों में एक ही भाव—मेरे अलग होने के

स्टेटस और विशिष्टता का—जबकि मेरी दृष्टि कभी गली में खड़ी तिवारी आंटी की मैक्सी पर, कभी पुजारी जी के अंगोछे, कभी मन्दिर के पिछवाड़े फैले फूल-मालाओं के कचरे पर...अनायास वहाँ के मन्दिरों के रख-रखाव से तुलना कर बैठता। ठाठ हैं विदेश में रहते भगवानों के भी! यहाँ रहते तो इन्हीं लो मिडिल-क्लास स्थितियों में हमेशा घाटे में ही रहनेवाले बजट के साथ भगवानों को भी एडजस्ट करना पड़ता। सिर्फ अर्थ की तंगी नहीं, साफ-सफाई को लेकर भी तमाम सारी गलत आदतों के शिकार—भक्त से लेकर भगवान तक...!

रॉबर्ट ब्राउन अतिरिक्त सौहार्द से मिले। मेरे लाख मना करने के बावजूद पापा की जिद पर उनका दिया अखरोट की बर्फी का डिब्बा थमा दिया उन्हें। कई बार 'थैंक्यू' मुझे और पापा को कनवे करने के लिए कहा। चूँकि लंच टाइम के ठीक पहले उनके पास गया था तो चिल्ड बियर के लिए भी पूछ लिया।

'नो थैंक्स, बॉब!' कहते हुए उठा तो सोच रहा था—'ऊँचों' की खुशमिजाजी का खयाल रखनेवाली अपनी भारतीय पद्धति (पापा वाली) उतनी कुछ खास बुरी नहीं।

रस्साकशी : बर्फी और पिज्जा की

वीकेंड पर सूटकेस खुले तो एक के बाद एक नारियल बर्फी, शक्करपारे और कचौरियों के पैकेट निकलते चले गए।

थमाते हुए माँ ने कहा था, 'मना मत कर। ले जाना दोस्तों के साथ बाँटकर खाना। वहाँ तो वही तेरा कुटुम्ब!'

मैं हँसा था, 'सब तितर-बितर हो गए माँ! मैं अब दूर आ गया—सिर्फ प्रशान्त बचा है, उस पहले वाले अपार्टमेंट में।'

तभी प्रसाद का अचानक फोन आया, 'आ जाओ शाम को। प्राजी को भी बोलता हूँ।'

कोलम्बिया से अपने ऑफिस के काम से आया था। विशाल और निलय को भी हिचकते हुए ही फोन किया तो दोनों उछल पड़े, 'क्या? कोकोनेट बर्फी? अत सुतई चऽऽ (मराठी) धावा बोलते हैं...'

विशाल ज्यादा जोश आने पर मराठी पर आ जाता था। मैंने पिज्जा और कोक की होम डिलीवरी का ऑर्डर कर दिया।

टाइमिंग सही था। ऑफिस से लौटे हुए सब आते ही टूट पड़े। आखिरी दौर में मैंने जान-बूझकर अमेरिकन 'होस्ट' के अन्दाज में पूछा, 'आर यू गाइज ऑल सेट?...(आप सब तृप्त हो लिए?)' तो 'वी आर थ्रू...' की जगह सब एक साथ चिल्लाए, 'नॉट येट...'

'अरे, ये घर की कुकिंग...तरस जाते हैं। अब जाना भी तो नहीं हो पाता न! तीन साल हो गए, मैं गया ही नहीं...ला, एक बर्फी और देना तो...'

विशाल चहका, 'बिलकुल। ला, एक इधर भी...असल में सोचना भी तो पड़ता है। जाना-आना, एयर-फेयर...ऊपर से सभी के लिए कुछ-न-कुछ प्रेजेंट्स...जरूरी है।'

चूँकि मैं खुद अभी उसी दुनिया में था, तपाक से बोला, 'लेकिन वहाँ जाकर सब वसूल हो जाता है न...बदले में जितना प्यार-अफेक्शन...'

'वो तो ठीक है, लेकिन सब हमेशा फिर वैसे ही एक्सपेक्ट करने लगते हैं। और हमारे लिए धीरे-धीरे मुश्किल होता जाता है।'

'एक तो वहाँ लोग, इतने प्रेम से जो कुछ देते हैं, वो हमारे काम का होता नहीं। दूसरे, अब घरवालों को शादी छोड़, दूसरा टॉपिक नहीं...उन्हें समझा पाना मुश्किल कि जितना आप लोग समझते हो, उतना आसान नहीं है शादी करके अमेरिका में रहना। हजार प्रॉब्लम्स, एक पूरे इस्टैब्लिशमेंट के पहले हमें अपने पैरों पर खड़ा तो होने दो...'

'वो तो बस कार की सुनकर ही दो दूनी आठ कर लेते हैं कि दो की कौन कहे, तुम तो चार पैरों पर चल भी नहीं, दौड़ रहे हो अमेरिका में...सच पूछो तो यहाँ की लिविंग कंडीशंस, खर्च कुछ भी इंडिया वालों को समझा पाना मुश्किल।'

'असल में सारा मामला इतना इमोशनल हो जाता है कि हम दोनों तरफ से मारे जाते हैं। अब ये कचौरी, रसगुल्ले यहाँ मुद्दतों पर मिले तो ठीक है, लेकिन अगर एक के बाद एक पकवानों की सूची बढ़ती ही जाए तो नाक में दम हो जाता है...'

'फिर अपना सिस्टम जो हथियार डाल देता है...वह अलग हाय-तौबा...'

'पर शर्म भी आती है न, अपने ही देश का कच्चा पानी पीकर हम डायरिया से निढाल हो जाते हैं। स्साली, (सॉरी) न पकौड़ियाँ पचती हैं, न मालपुए। पता नहीं क्यों अब ज्यादा खातिरदारी भी हद से गुजरती महसूस होने लगती है...हमें भी नॉर्मली क्यों नहीं किया जाता?'

'सोच कर देखो, शायद तुम्हें ही न अच्छा लगे...अगर तुम्हें स्पेशल ट्रीटमेंट न मिले...'

'दैट्स टू! घर वाले हमसे प्रेजेंट्स ले आने को भी कहाँ कहते हैं...'

'लेकिन एक्सपेक्ट तो करते ही हैं...

'और लौटते समय जो कुछ जितना बन पड़ता है, हमें भी तो पकड़ाने से बाज नहीं आते।'

'वही तो! मैंने कहा न, सारा मामला इतना इमोशनल और डेलीकेट होता है कि हम इस घालमेल में आते-जाते दोनों तरफ से 'गिफ्ट-कैरियर' सा महसूस करने लगे हैं...'

'कम्मॉन—वी आर बीइंग अनफेयर टू अवर वेरी लविंग पीपुल...'

'नो यार! यहाँ, वी आर बीइंग ऑनेस्ट, जस्ट ऑनेस्ट...यहाँ सब अपने ही हैं। वी आर सेलिंग इन द सेम बोट...'

'शायद हमारी महसूस करने की शक्तियाँ अपने ट्रैक बदल रही हैं।'

अचानक प्रसाद बेहद संजीदगी से बोला, 'मेरी प्रॉब्लम तो बिलकुल अलग है...। जैसे ही माँ मैरेज की बात करती है, फादर जी फट से उसे डपट देते हैं। मने बोलते हैं...'

'इज इट?' मैं प्रसाद द्वारा टॉपिक बदल देने से खुश था, 'पहले तो 'स्टडीज' पर कॉन्सट्रेट करने की वजह से मने बोलते थे न—लेकिन अब क्या?'

'अब जॉब पर कॉन्सट्रेट करने के लिए...'

सब एक साथ, 'पिता 'पी' जो ठहरे!'

हमारे अपार्टमेंट का जोक था, 'मेरे पिता—'पिता जी', सौमित्र के पिता—'सर जी', प्रशान्त के 'पाजी' और प्रसाद के पिता—'पी' यानी हमेशा प्रीच करनेवाले...!

'अच्छा है न, लकी है तू। इसे इस तरह देख कि तेरे 'पिता-पी' ने, एक तरह से तुझे 'प्रसाद-फ्री' कर दिया...शादी नहीं करनी का मतलब फ्री है तू। जो चाहे वो कर...'

विशाल के कहने के साथ ही जोरदार ठहाका लगा ही था कि प्रशान्त ने पुछल्ले में पटाखा डाल दिया :

'स्वा-फ्री होगा...हमारे पिताओं से अलग नहीं होंगे इसके पिता। बला की तेज नजर रखते हैं ये सारे के सारे पिता! अभी से शादी-ब्याह कर उड़ाने-पड़ाने न लग जाए बेटा। पहले थोड़ी हैसियत बना ले। बेजरूरत या फिजूलखर्ची की लत न लगने पाये...ऑटोमैटिक कंट्रोल सिस्टम...।'

बिना बोले भी कई चेहरों पर राहत छलकी—वो तो 'देसी माँ-बाप एंड एसोसिएशन' की ब्रांच हर बड़े-छोटे शहरों में मौजूद है...बल्कि इसीलिए इंडिया के लिए डॉलर भेजो तो मुश्किल, न भेजो तो...ज्यादा लेकर जाओ...तो सोचते हैं, बेहिसाब आरामतलबी और ऐश करते होंगे ये वहाँ...

'मेरे प्राजी तो सिद्धा पूछते हैं, आज कितने गुलछर्रे उड़ाए बरखुरदार... ? पता लग गया न कि मेरी थीसिस छह महीने 'डिले' हो गई...यह तो समझते नहीं कि उल्टे जॉब छह महीने पहले मिल गया...अर्न भी तो कर रहा हूँ—कम्पनियाँ सोच-समझकर ही रिक्रूट करती हैं... बस, वही, अपने मदरसे वाली हाँके जा रहे हैं। लेट क्यों हुए...खिलवाड़ में लग गए...सीरियस नहीं हुए—स्वा...'

सब हँस रहे थे। प्रशान्त की बात जोक्स की तरफ मोड़ दी गई थी।

सिर्फ मैं कहीं अन्दर अस्त-व्यस्त-सा होने लगा। कुछ ऐसा लगा कि बेहद हल्के अक्सों में, जो कुछ मेरे अवचेतन में कहीं मौजूद है, और जिसके आभास से मैं खुद कतराता हूँ, प्रशान्त उसे बेहद स्थूल शब्दों में बयान कर दे रहा है। फिर भी जैसे माँ-बापों के फेवर में खड़े होने से अपने-आपको रोक नहीं पाया...

'ऐश-गुलछर्रे तो बड़ों के तकिया कलाम हैं...'

'प्राजी! आप अभी ताजी-ताजी कोकनट बर्फी लेकर आ रहे हो न...'

'नहीं प्राजी, यार...जानता हूँ, घर वाले हमारा यहाँ रहने को एक जादुई किस्से की तरह लेते हैं। जानते-समझते कुछ नहीं, सुनी-सुनाई के आधार पर एक स्वप्नलोक-सा रच लेते हैं...तो फिर उसी अनुरूप अपेक्षाएँ भी करेंगे ही करेंगे...दोष कैसे भी दिया जा सकता है उन्हें... ?'

मुद्दे को दिया मेरा सॉफ्ट-टच सॉफ्टवेयर वालों तक पहुँच रहा था :

'अपनी कहूँ तो मेरी माँ को यह कहाँ मालूम है कि अभी तक मेरे पास (कार तो है लेकिन) बेड तक नहीं है...यहाँ यह अनफर्निश्ड फ्लैट/कंडोज में गद्दे डालकर सोना एक सामान्य-सी बात है, तमाम सारे कारण हैं लेकिन माँ के लिएं मेरे जमीन पर सोने की कल्पना से ज्यादा विचलित कर देनेवाला सच दूसरा नहीं...

'क्योंकि माँ के सपने में, मैं एक बढ़िया फर्निश्ड फ्लैट में, जिसमें चूल्हे-चौके से लेकर माइक्रोवेव तक सब कुछ ऑटोमैटिक है—राजकुमारों-सा रहता हूँ, जहाँ बर्तन-कपड़े आप-से-आप धुल-पुँछ जाते हैं। मशीन से झाड़ू लग जाती है। कार का गैरेज तक आप-से-आप खुलता-बन्द होता है...बाजार में करीने से कटी-धुली सब्जियाँ तक बेशक करीने से पैकेट में रखी मिल जाती हैं...बेशक यह सब हमीं ने तो बताया है वहाँ वालों को—उन्हें फिक्र है तो बस इतनी कि हमें खाने में भरवा भिंडी और दही बड़े नहीं मिल पाते।'

एक साथ सभी का कहा—अनकहा—शेयर हो रहा था कि हमने साथ-साथ कैसे बेक्ड-बीन्स और उबली पनीली सब्जियाँ खाई हैं...और दाल तो हमारी कभी गली ही नहीं...पानी

के बीच अलग से तैरती ताकती रहती थी। प्रशान्त और (बाद में) विकास हँसते कि दाल हमें अमेरिकन लड़कियों-सी आँखें तरेर रही है...

सौमित्र 'शोले' के जय (अमिताभ बच्चन) स्टाइल में डायलॉग मारता कि 'हाँ, आप लोगों से बेहतर मिलेगा भी उन्हें कौन!'

आँखें तरेरने, मिलने, या चुराने से प्राजी को याद आया, 'पर एक बात है, बिना गली दाल का भी 'स्वाद' बना देना अपने 'परशाद' से पूछे कोई—क्या छौंक मारता था... !'

'और हम ट्यूटरिंग से मिले डॉलरों से खरीदी 'पीटा-ब्रेड' के साथ दावतें उड़ाते थे। पुरानी फिल्मों की कव्वालियाँ सुनते, द्रुतलय में बर्तन धो-धोकर डिश वाशर में जमाते, प्लेटफॉर्म पोंछते, कचरा साफ करते। 'ऑपरेशन किचेन' और 'सेलीब्रेशन-विदेश-गमन' हमारे फेवरिट किचेन सांग थे।

'और हमारे देसी घरवाले सोचते हैं, उनके परम कुशाग्र बेटे, अमेरिका की नामी-गिरामी यूनिवर्सिटीज में एम.एस., पी-एच.डी. के नाम कमा रहे हैं जिससे पूरे घर-परिवार के स्टेटस को सुरखाब के पर लग जाएँगे और उन्हें विदेश भेजने की मशक्कत में घर की दीवारें बहुत जल्दी, वापस पलस्तर और रंग-रोगन से दुरुस्त हो जाएँगी।'

'वर्ल्ड की ऊपर-नीचे होती इकॉनोमी की उन्हें खाक बराबर खबर नहीं होती और यहाँ की लिविंग कंडीशंस, लाइफ स्टाइल, खर्च वगैरह की उनकी जानकारी कोरी किताबी होती है...'

'खैर, यहाँ तो वेस्टेज की हद है भी। कल ही वर्ल्ड टाइम्स में न्यूज थी कि दुनिया के अन्य देशों के मुकाबले अमेरिका 'ट्रेश जेनेरेट' करने में सबसे आगे है। 'नेचुरल रिसोर्सेस' को सँभालने की बड़ी-बड़ी नसीहत देनेवाला यह देश, अपने देश से लेकर अन्य देशों तक से लकड़ियाँ इंपोर्ट करता है। खुद साउथ अमेरिका की अमेजन की घाटी के पेड़ों की सबसे ज्यादा बलि ली जाती है—नक्शेबाज अमेरिकन सिटिजन्स के लिए बेहतरीन टॉयलेट-पेपर बनाने के लिए।

'और उँगली सिर्फ थर्ड वर्ल्ड पर उठाई जाती है—यह मत करो और वह मत करो...खुद अपने देश में कागज का इतना अपव्यय करेंगे कि साल भर के ट्रेश पेपर से कुतुबमीनार और एफिल टॉवर ढँक जाए।'

लेकिन बात निलय ने वहाँ से शुरू की थी कि इंडिया के लोग हमारी सही-सही स्थिति और प्रॉब्लम्स नहीं समझ पाते...

'और शादी में रोड़े बेशक अटकाने लगते हैं...'

इस बार प्रसाद का ठहाका सबसे तेज था।

'बस, वेणु के पैरेन्ट्स अपवाद हैं...मैं तो सोच रहा था, इस बार ही शादी नहीं तो इंगेजमेंट करा के ही वापस भेजेंगे। सुना है, नॉर्थ में...'

'नहीं, पहले उसकी बहन की,' प्रशान्त था, 'हमारे में ऐसा ही होता है...'

'लेकिन मेरे तो कोई बहन भी नहीं है...' प्रसाद की इस चुटकी पर लगे ठहाके से अपार्टमेंट गूँज उठा।

मैं प्रसाद में आए इस सेंस ऑफ ह्यूमर और विट पर दंग था—कहाँ गया वह घुन्ना प्रसाद?...क्या यह इसे देश में मिली सुविधाओं और सम्पन्नता का 'प्रसाद' था?

यू आर रिच

'हलो माँ!...वृन्दा!...वसु!...पापा!...टाइम नहीं था इसलिए बस, अब पहुँचने की सूचना भर दे दी थी...हफ्ते भर बाद आज समय निकाल पाया...नारियल बर्फी, कचौरियाँ सब खत्म,...हजम कर गए सारे दोस्त...हाँ, वही अपार्टमेंट वाला प्रसाद-प्रशान्त यहीं हैं।...सचमुच बहुत अच्छा लगा। अभी भी लगता है, वहीं हूँ—तुम सबके पास...नहीं, मेरा मन भी बहुत करता है...पर अब ऑफिस दूर है न...और नये जॉब की जिम्मेदारियाँ भी...।जी पापा! रॉबर्ट ब्राउन अखरोट की बर्फी पाकर बहुत खुश हुए। 'रिगार्ड्स' भेजा है आपको...हाँ-हाँ, जरूर, ओ.के...'

जैसे किसी कार्यक्रम के समापन पर आभार प्रदर्शन की रस्मअदायगी कर रहा होऊँ!

उधर भी, 'तू आया...चला भी गया...बहुत सूना लग रहा है...' के तुरन्त बाद, 'तेरी लाई शर्ट...तेरे लाए परफ्यूम्स, पापा वाली जैकेट...वसु, वृंदा की लिपस्टिकें... निहाल हैं दोनों...पैर जमीन पर नहीं पड़ रहे...दादा चला गया लेकिन बातें खत्म होने को नहीं आ रही...कभी सोचा नहीं था कि हमारे घर में...तू जैसे जादू की छड़ी छुआ गया। ऊपर से पापा को डॉलर्स भी पकड़ा गया...'

'अरे तो क्या हुआ? वहीं खर्च करने के लिए ले गया था। बच गए तो पापा को दे दिये कि काम आएँगे।'

'हाँ, पापा के पैरों को तो जैसे पंख लग गए हैं—रिक्शा लेके, चाहे पैदल ही, हर रोज चौक की सैनिट्री वेयर की दुकानों पर बढ़िया, टिकाऊ, सस्ती बाथरूम फिटिंग्स तजबीजना। वृन्दा-वसु को अब और कुछ नहीं तो टाइल्स के रंगों को लेकर ही उलझ पड़ना...रोना-धोना तक...और...तू कैसा है बेटे...आज तो छुट्टी होगी न, क्या कर रहा था...?'

'ठीक माँ!' कहकर फोन रख दिया था।

कहा नहीं कि शनिवार की सुबह लांड्री बैग में हफ्ते भर के कपड़े डाल, लांड्रो-मेंट में धुलाई के लिए आया था। जेब से 'क्वार्टर' निकाले, मशीन के हवाले किये और कपड़े डाल बगल के छोटे स्टोरों पर ग्रोसरी लेने निकल गया। महीने के बाकी बचे दिनों के लिए ब्रेड, आलू, प्याज, दूध का एक कैन और कटी सब्जियों के पैकेट लेकर जब तक लौटा, मशीन ने सीटी मार दी थी। कपड़े निकालकर झटपट ड्रायर में डाला। बगल के 'स्टार बैंक' कैफे से एक कॉफी डोनट लिया, ब्रेक फास्ट कम्प्लीट। धुले कपड़े डिकी में डाले, पार्किंग लॉट से कार निकालने लगा—बगल से आती कार रुकी, चलाने वाले ने मुस्कुराकर रास्ता दिया—निकल जाने के लिए, और मैंने हाथ उठाकर आभार जताया।

गियर चैंज करते हुए मैं गुनगुना उठा, पापा के जमाने का 'मधुमती' पिक्चर वाला वह गाना—'सुहाना सफर और ये मौसम हसीं..., हमें डर है हम खो न जाएँ कहीं...'

आगे फिर क्रॉसिंग थी। सामने की गाड़ी वाले अमेरिकन ने बेहद शालीन मुस्कान के साथ फिर हाथ दिखाकर मुझे क्रॉस करने का रास्ता दिया। ऐसे क्षण कृतकृत्य कर जाते हैं मुझे, जिनकी भारत में कल्पना भी दुसह्य है।...

इनकी ये अच्छी आदतें तो हम सीख ही सकते हैं...!

'स्वाऽऽ...' प्रशान्त ने कहा था, 'इंडिया के भीड़-भड़क्के में ये शाइस्तगी निभाई ही नहीं जा सकती प्राजी। जैसे जानते नहीं, ट्रैफिक कंट्रोल के बाहर होती है...पुलिस वाले के पास

सिर्फ उन चौराहों का पोल पकड़कर लटक जाने के और कोई रास्ता नहीं हुआ करता। इस वास्ते छोड़-छाड़कर एक तरफ निकल जाता है। भिड़ो सब आपस में—हो-हो-हो-हो... !'

जॉब लगा था तो काफी पहले एक बार लंच टाइम में दो-तीन कुलीग्स कैंटीन में थे। सबने अपने-अपने ऑर्डर दे दिये। वेटर मेडिकल का कोई स्टुडेंट ही था। बिल आया तो सबने अपने-अपने खाने के पैसे निकाल लिये...।

'नहीं, आज का पेमेंट मैं कर दूँ... ?' मेरे कहने पर हैरानी और प्रशंसा एक साथ दिखी उनके चेहरों पर। 'यू आर अ रिच परसन... ' उनके कहने का अन्दाज मुझे अच्छा लगा था।

लेकिन प्रशान्त ने सुना तो ठठाकर हँसा, 'स्वाऽऽ लीचड़ है, लीचड़...पैसों-पैसों यानी पेनी-पेनी का हिसाब, बाप-बेटे के बीच भी...इसी से तुम्हारे 'पेमेंट' कर देने पर आँख खुली की खुली रह गई उनकी...हमारी जैसी दरियादिली मुहाल है इन्हें, सात जन्मों नसीब नहीं...'

लेकिन अब मेरी भी आदत पड़ गई है। ऑफिस कैंटीन में सबके अपने ऑर्डर, सबका अपना पेमेंट भी अटपटा नहीं लगता अब मुझे...जरा भी, कहीं भी, कभी भी, सिर्फ अपने खाने भर के—डॉलर निकाल लेने के...।

लेकिन पता नहीं क्यों, इसमें सारा कुछ बदमजा-सा भी लगता है...जैसे हम मनुष्य नहीं, मशीन हों, या रोबोट हों और बेहद खुदगर्जी से बँधे-बँधाए स्टीरियो टाइप निर्देशों पर चले जा रहे हों !...अच्छा होता, हम दूसरों को देते, दूसरे हमें, और हम दोनों देकर भूल जाते।

अपना कॉम्प्लेक्स आ गया था। ब्रेक मारकर गाड़ी पार्क करता हूँ और ग्रोसरी के पैकेटों के साथ निहायत चिकने, सोफियाने पेंट वाले अपने अपार्टमेंट में प्रवेश कर जाता हूँ...।

मेरा यार बना है दूल्हा...बनाम शशांक की शादी

प्रशान्त प्राजी ठीक बोला था।

शशांक की शादी सारे सम्मोहनों से ऊपर थी।

सारी उत्तेजनाओं का विस्फोट।

रंगों के बेशुमार बहाव में बिखरते इन्द्रजाल।

हीरे-मोती, पन्ने-पुखराज से झलमलाते आभूषणों और साटिन, रेशम के जरी-गोटे में लकदक रूपसियाँ।

सिल्क ब्रोकेड के डिजाइनर ड्रेसों में इत्र गुलाब महकाता पुरुष वर्ग।

मैं ठगा, बौड़म-सा देखे जा रहा था अपलक, अवाक् ! न, यह न इंडिया है, (मेरा देखा...) न अमेरिका, यह तो एक अलग ही दुनिया है... !

और इसके निर्माता हैं बाइस वर्षों से अमेरिका में रह रहे योगेन्द्र भाई पटेल। दुनिया देखी हुई है योगेन्द्र भाई की। पूरब की भी, पश्चिम की भी। इसी दुनिया के बीच से उन्होंने अपनी दुनिया बनाई भी, जैसे छाछ के बीच से मक्खन बिलोकर निकाल लिया जाता है न, उसी तरह। सब प्राजी ने बताया था। पूरा एनसाइक्लोपीडिया है वह, कि कैसे योगेन्द्र भाई ने भरूच में बीता अपना बचपन लाल, पीली, भूरी, सुनहली 'सुजनियाँ' बुन के गुजारा है। पिता पहले से बुनते थे। फिर दो करघे और डाल लिये गए। अपने देस का हुनर है, खत्म नहीं होना चाहिए। गहरे, भूरे, पीले, और मैरून कच्चे धागों से, जरा-जरा-सी रुई डालते जाते। बुनती

जातीं चौखने वाली सुजनियाँ। ओढ़ो, बिछाओ, धोओ, सुखाओ। न रंग उड़ने वाले, न धागे निकलने वाले। योगेन्द्र भाई खुद पीले, उन्नाबी, चौखाने निकालने में माहिर हो गए थे।

हाई स्कूल, इंटर तक पहुँचते-पहुँचते बुनी हुई सुजनियाँ साइकिल पर बाँध ग्राहकों के घर, दुकान पहुँचाने भी लगे। रंगों से उनका दोस्ताना तभी का चला आता है। सुजनियाँ पहुँचाते और आसमान में उड़ती पतंगें देखते थे—लाल, हरी, पीली, नारंगी... !

सबसे पहले विदेश यानी कि अमेरिका जाने का नाम अपने कस्टमर के लड़के किरीट भाई से सुना था। तभी से चर्खी-धागे के साथ मन के आकाश पर भी अपने पतंग की डोर बढ़ाते चले गए थे।

सचमुच योगेन्द्र भाई की पतंग ने पेंच बेशक लड़ाया अमेरिका के आकाश में लेकिन नाता जरा नहीं तोड़ा अपने देश से।

बाइस सालों से यहाँ रहने के बावजूद शुद्ध शाकाहारी हैं योगेन्द्र भाई। भारतीयता के कट्टर पुजारी। हिन्दुस्तानियों से ज्यादा गुजरातियों की आइडेंटिटी के प्रबल पैरोकार। दक्षा की बर्थ-डे पर हमेशा सुवर्णा बेन की बेकरी से एगलेस केक ही आता है।

लड़कों की कमी नहीं थी दक्षा के लिए—इंडिया से अमेरिका तक लाइन लग जाती सुटेबल एलाइन्सेस की...लेकिन नये-नये भारत से आए शशांक देसाई से ज्यादा पढ़ा-लिखा, सुशील और स्मार्ट लड़का अमेरिका में रह रहे गुजराती समाज में नहीं छाँटे जा सकते थे। उधर वलसाड में विज्ञान के शिक्षक रहे शशांक के पिता अच्छी तरह जानते थे कि जिस निम्नवित्तीय वर्ग का प्रतिनिधित्व वे करते हैं, उसकी कस्बाई गुजराती लड़की उन्हें भले ही पीढ़ी-पानी दे देगी, उनका बुढ़ापा भी सुधर जाएगा, लेकिन उनके बेटे के नये अमेरिकी स्टेटस से मेल नहीं खा पाएगी। और ऊँचे खानदानी पटेलों से उनके बेटे के लिए रिश्ते आने से रहे। क्योंकि अब साम्य और वैषम्य की धुरी अर्थ और स्टेटस है। एक नये वर्ग का उदय।

शशांक के पिता ने अपनी स्थिति उनके सामने पूरी तरह स्पष्ट कर दी। योगेन्द्र भाई इस पर और गद्‌गद। उन्होंने अति विनम्रता से कहा—पैसा और रुतबा तो उनके पास है। उन्हें बस शिक्षा और भारतीय कल्चर की तलाश है जो शशांक के पास भरपूर है।

तो मिल लिया शशांक दक्षा से। कई-कई बार। बातचीत, घूमना-फिरना, हँसी-ठहाके। उन दिनों शशांक भाई बहुत बिजी चले।

अरे, तो कोई मामूली शादी थी ? दहेज में मिली सबसे अनमोल चीज थी अमेरिकी नागरिकता जो 'बॉर्न-एंड-ब्रॉट अप'—इन अमेरिका वाली दक्षा पटेल के पति होने के साथ ही उन्हें प्राप्त हो जाती है।

तो विवाह सम्पन्न हुआ। हर रस्म-रिवाज के लोकप्रिय गीतों के गुजराती, हिन्दी कैसेट। दक्षा बहू ने अलग-अलग रस्मों के दौरान धवल-शुभ्र, फीरोजी और सुर्ख लाल परिधान बदले। कभी लम्बी चोटी के साथ लहँगा, कभी ऊँचे जूड़े के साथ गुजराती पल्लू वाली साड़ी, कभी खुले लहराते बालों के साथ चनिया चोली—हर नये वेश में वह पहले से ज्यादा मोहक लगी। समूचे माहौल में एक नशीली मादकता तैर रही थी।

बिन बुलाए मेहमानों की तरह सवालों की घुसपैठ शुरू हो जाती है। मैं भी तो शशांक से कम एजूकेटेड नहीं, बल्कि मेरी थीसिस तो साथ के लड़कों में सबसे पहले सबमिट हो

गई है।—शशांक से काफी पहले। (बिन बोले हकलाता हूँ) मैं खुद नहीं समझता पर लड़के तो कहते ही हैं...और घर का स्तर भी शशांक से बेहतर नहीं तो उस जैसा तो है ही...तो फिर...तो फिर...मुझे क्यों नहीं इस तरह छप्पड़ फाड़... ?

यानी अमेरिका में 'छप्पर डालने' पर दिल आया हुआ लगता है वेणुमाधव शुक्ला आपका! गलत। यह इंडिया, अमेरिका से अलग, मात्र एक कल्पना है। नहीं, स्वप्न। नहीं, बस बहक, कौंध.. और एक तो सपने देखने पर कोई पाबन्दी नहीं। दूसरे, यह सपना पूरी तरह जायज है, लेकिन...लेकिन अगर मैं गलती नहीं कर रहा तो इन सपनों की बारादरी में कात्यायनी कैसे चलती-फिरती नजर आ रही है? और फिर से गलती नहीं कर रहा तो यह वधू के हाथों से चुपचाप जयमाल लेकर, उसी शर्मीले अन्दाज में भला कात्यायनी कैसे मेरी ओर बढ़ती आ सकती है? नेपथ्य में जोर से तालियाँ बज सकती हैं कि वाह...वाह, वेणु शुक्ला! यानी तुम्हारे जायज-नाजायज सपनों की विश्वसनीयता भी अब ढलान पर है।

प्रसाद पेटू मुझे व्यंजनों के काउंटरों की तरफ खींचे ले जाता है। स्वयं योगेन्द्र भाई शशांक के मित्रों का विनम्र आतिथ्य कर रहे हैं। समृद्धि और शिष्टाचार के बीच कोई भेदभाव नहीं। वरपक्ष-वधूपक्ष जैसी विभाजन-रेखा भी नहीं।

इस सद्भाव, सौजन्य के बीच अचानक विशाखा दीदी की शादी याद आ गई। फेरों से पहले कितना बवेला मचाया था वर पक्ष वालों ने! देवेन्द्र जीजा जी के पिता तो सीधे-सादे व्यक्ति थे, लेकिन चाचा, ताउओं और उनके नौनिहालों ने जैसे योजनाबद्ध तरीके से रंग में भंग डालने की कमर कसी हुई थी!...हर रस्म पर टीका-टिप्पणी और फूहड़ कटाक्ष, 'अरे, ये चाँदी की तश्तरी तो एकदम हवा-हवाई है...चलो, पतंग उड़ाई जाय...फूँक से ही उड़ चलेगी...' चचेरे, फुफेरे, मैसेरे भाइयों की फब्तियाँ सोचकर अब भी मेरे कानों में गर्म तेल की बूँद-सी टपकती है। 'ये द्वार-पूजा वाली ट्रे में रखी चादर सिल्क की है? मुझे तो भागलपुरी लग रही है।...अरे भई, सनातनधर्मी विधि-विधान से शादी हो रही है न, तो फिर पंडित जी कलशे, परात और हंडो के बिना ही कन्यादान करा रहे हैं? हमने तो सोचा था, समधी की मिलनी आप अशर्फी नहीं तो अँगूठी से करेंगे...लेकिन आपने तो चाँदी के भी नहीं, गिलट के कलदारों से ही मामला निपटा दिया...'

और ऐसी हर फब्ती, हर अनिष्ट जुमले पर लगातार पिता के खिसियाते, दयनीय चेहरे से माफी माँगते देखते-देखते मेरा मन कितना विषण्ण हो गया था! अन्ततः सुभाष मामा का सब्र जवाब दे गया था। भभक पड़े थे वे बरातियों पर। उन्होंने एक साथ हर किसी की बेइज्जती का बदला ले लिया था। मन-मन से बहुत कृतकृत्य हुआ था मैं सुभाष मामा का। थोड़े बीच-बचाव के बाद किसी तरह मामला शान्त हुआ था। अभी तक विदा के समय कातर, सहमे मन से, विशाखा दीदी को लिपटाकर रोती माँ-पापा का चेहरा याद है मुझे।

लेकिन अब मैं सक्षम हूँ। वृन्दा की शादी में उस तरह का सीन नहीं क्रिएट होने दूँगा। सोच तो ऐसे रहा हूँ, जैसे उन्हीं लोगों से बदला लेना है! लेकिन सभी लोग एक तरफ से कहते हैं—लड़की के विवाह की सारी बदसलूकियाँ ज्यों की त्यों हैं...बदलाव आया है तो यही कि चीजें और बदतर हुई हैं—जबान और ज्यादा बेशर्म, लालच और ज्यादा बेखौफ।

एक यह शादी है...स्वागत-द्वार पर वधू की बहन और मामी पानी से भरा, फूलों से सजा कलश लेकर खड़ी हैं। वर के पिता उसमें सोने का आभूषण डाल, उनका सत्कार

स्वीकार कर आगे बढ़ जाते हैं। वरमाला पड़ रही है। हस्तमेड़ा हो रहा है। नेपथ्य में लगातार गुजराती गीतों के कैसेट बज रहे हैं। अब दूल्हा-दुलहन चौरी में बैठने जा रहे हैं। मोगरे की वेणी में सफेद परिधान में सजी दक्षा, लाल जरी का बार्डर। फूलों की पंखुड़ियाँ और गुलाब जल के छींटों के बीच शशांक के हाथों में हाथ दिये कन्यादान के मंत्रपूरित श्लोकों के साथ कुश, अक्षत थाम रही है।

अब फेरे पड़ रहे हैं। पहला फेरा लड़की के भाई-भाभी की साक्षी, दूसरा मामा-मामी के सामने। तीसरा माता-पिता के आशीषों के बीच—हर फेरे में सौगातों की बरसात।

अब चौथा फेरा सासू-सासुरा जी का। पूरा हुआ नहीं कि लाल जरी की झलमलाती 'घर छोड़ा' चुनरी डाल दी गई दक्षा पर। शशांक की मदिर दृष्टि जड़ी है दुलहन बनी दक्षा पर।

लड़के-लड़कियाँ, बड़े-बुजुर्गों को बुला-बुलाकर, घेरा बाँधकर तेज़ बजती हिन्दी फिल्मों की धुनों पर डांस कर रहे हैं। कहीं भी गुजराती-मराठी नहीं, सब इंडियन हैं।

'वोरा यूँदा...' विदा की घड़ी है।

अन्दर-बाहर उत्तेजना का सैलाब।

मंडप के बीचोबीच दक्षा खड़ी है।

एक-एक कर सब मिल रहे हैं।

भाई, मामा, चाचा—सब पहले उसके पैर छूते हैं, फिर गले से लगाकर रो पड़ते हैं। सबसे अन्त में योगेश भाई और शालिनी बेन। शहर के सबसे महँगे होटल के सूइट बुक है शशांक और दक्षा के लिए...उन्माद के बहाव में बह रहा हूँ मैं...मेरे साथ-साथ दिवा-स्वप्नों का पूरा कारवाँ।

पैसा, समृद्धि, अप्सरा-सी वधू, बिना हाथ-पैर हिलाए अमेरिकी नागरिकता, सबसे बढ़कर अमेरिका में भी अपने लोगों के बीच भारतीय जीवन-पद्धति मेंटेन करने की सहूलियत... !

—तुम्हें भी चाहिए? यही सोच रहे हो न? समृद्धि तुम्हें खींच रही है वेणु!

—तो इसमें बुरा क्या है? —तंग आया मैं उद्धत हो जाता हूँ।

—बुरा कुछ नहीं, तुम्हें याद दिलानी थी, बस... !

—क्या?

—यही कि तुम्हें तो अपने देश वापस लौटना है न!

—हाँ-हाँ, बेशक—बिलकुल... । यह मुल्क रहने के लिए नहीं, सिर्फ कमाने के लिए है। हमारा बिजनेस सेंटर...

—तब फिर शशांक की अमेरिकी नागरिकता से रश्क क्यों?

—मुफ्त में मिली एक बड़ी चीज की खुशी, और क्या!

—नहीं, तुम शशांक वाले तराजू के बाटों से लगातार घटा-बढ़ाकर खुद को तौल रहे हो... ।

—तो?

—तुम हिमाकत पर उतारू हो... !

—हर्गिज नहीं। सोचना हिमाकत नहीं। अपराध भी नहीं, स्वाभाविक है... ।

आवाज चुप हो गई। शायद अब अपने अन्दर चल रही चीजों को मनमुताबिक शक्लें देना मुश्किल नहीं मेरे लिए।

हलो वेणु! हलो, हलो वेणु!

...हाँ, बैठक में काम लग गया है बेटे! कल से पुराने फर्श की खुदाई चल रही है। सारे घर में धूल-धक्कड़। सबसे ज्यादा फिक्र तुम्हारे नये लाए सोफे की। वसु ने जिद करके बाजार से प्लास्टिक की चादर मँगवाई जिससे पूरा सोफा ढँककर कपड़े से बाँध दिया जाए...दिन भर हटाने-बढ़ाने का काम चलता रहता है। वसु-वृन्दा तो कॉलेज चली जाती हैं, ज्यादा करके तुम्हारी माँ ही मजदूरों की निगरानी रखती हैं।

काम अन्दर लगा है, लेकिन टाइल्स-सीमेंट आया तो बाहर वालों को पता चलता ही है। कल ही बंसल साहब पूछ रहे थे—'शुक्ला जी! घर में काम लगवा रहे हैं क्या?'

जब से मकान बना, पहली बार काम लगवाया, अन्दाज नहीं था कि मिस्त्रियों की मजदूरी इतनी बढ़ गई है।

हलो वेणु! हाँ-हाँ, पापा ही बोल रहा हूँ बेटा...फर्श का काम पूरा हो गया। एकदम पूरा कमरा चमचमा उठा है। वसु और वृन्दा के कहने पर किनारे की दीवारों तक चार इंच की टाइलें लगवा दीं। उससे शो भी बढ़ गया, सहूलियत भी। अभी पॉलिशिंग चल रही है।

जैसा तुमसे कहा था, बाथरूम की फिटिंग्स आ गई। टाइलें आनी बाकी हैं। जितना सोचा था, उससे ज्यादा टाइम, और कहीं ज्यादा पैसे भी लग गए लेकिन हमारी बैठक अब सचमुच वो क्या कहते हैं...ड्राइंगरूम बन गई है।

कल राठौर की मिसेस आई थीं तुम्हारी माँ के साथ। पूछ रही थी—'कुल कितना लगा एक कमरे का फर्श बदलवाने में?'...पिछली लेन वाले रस्तोगी साहब और मदनमोहन जी भी पूछ रहे थे।

और तो और, मेरे ऑफिस तक भी खबर पहुँच गई। बड़े बाबू और संजय सिंह तुम्हारी बड़ी तारीफ कर रहे थे। तुम्हारे यहाँ आने पर आए तो थे दोनों साथ-साथ। विशाखा के जाने के अगले दिन।

वसु कह रही थी—'काश, दादा को इस चमकीले फर्श पर सजे सोफे की फोटो भेज पाते...पर हमारे पास कैमरा नहीं है!'

तुम कैसे हो?...अपना पूरा खयाल रखना। इस बार मैंने ज्यादा समय ले लिया न फोन पर—क्या करूँ, मन नहीं माना...!

हलो दादा! आजकल मन कर रहा है, तुम किसी तरह आ जाते। एक बार देखते कि लग ही नहीं रहा कि यह हमारा बाथरूम है, और हमारी बैठक। और सोफा भी उस पुराने फर्श पर जैसा दीखता था, उससे कहीं-कहीं ज्यादा अच्छा लगता है—नये फर्श और पेंट हुई दीवारों के बीच। मैंने और वृन्दा ने सोफे की साइड टेबल पर तुम्हारी वो नीली टी शर्ट वाली फोटो लेमिनेट करा के लगा दी है जिसमें तुम आधे से ज्यादा अमेरिकन लगते हो।

कल निरंजना और मोनिका आई थीं। मोनिका बार-बार तुम्हारी फोटो की तरफ देख रही थी...ही-ही-ही-ही...!

हलो वेणु!...हाँ, हाँ, तुम्हारे भेजे डॉलर न! आ गए मेरे बैंक अकाउंट में...पाँच सौ डॉलर। इतने क्यों भेज दिये बेटे? तुम्हारी माँ मेरे ऊपर नाराज हो रही हैं कि जरूर मैंने दबाव डाला

होगा—लेकिन मुझे तो नहीं याद पड़ता ऐसा। मैंने तो बढ़ी हुई मजदूरी और बाथरूम में लगे काम की बात की थी जिसके लिए तुम्हीं ने सबसे ज्यादा जोर दिया था—बल्कि तुम तो चाहते थे, तुम्हारे रहते ही काम शुरू हो जाए...

लेकिन खैर, झूठ क्यों बोलूँ, तुम्हारे पैसे बहुत ठीक समय से आए... मैं काम खत्म करवाने ही वाला था कि कल अचानक क्वार्टर नम्बर नौ वाले कासलीवाल जी आ गए। चाय पीकर जाते हुए बोले—'अन्दर तो शुक्ला जी, बहुत बढ़िया काम करवाया आपने...इसी के साथ बाहरी मुँडेरों के उखड़े पलास्टर भी दुरुस्त करवा लेना था। पच्चीस हजार तो लगे ही होंगे। पाँच हजार और में घर की शोभा बढ़ जाती।' तुम्हारी माँ और वसु-वृन्दा को भी उनकी बात ठीक लगी। सबसे बढ़कर सीमेंट की छोटी बोरी भी बची थी। सोचा था, दुकान वाले से वापस लेने के बारे में पूछूँगा पर अब तो खैर, उल्टे दो बोरी और लग जाएगी—मजदूर पहले वाले हैं ही, काम समझ गए हैं...और बताओ, तुम कैसे हो ?

हलो वेणु ! हाँ, पापा ने ही फोन करवाया था बेटे, बुक करके। तू सोच नहीं सकता, हम सब कितने खुश हैं। ले, पापा से बात कर। वही बताएँगे। लेकिन आजकल तो मारे खुशी के बोलते गला रुँधता है उनका। हाँ, पापा से बात कर बेटा...हलो वेणु बेटाऽ !...तुम विश्वास करोगे ? वृन्दा की, अपनी वृन्दा की शादी...लगभग तय...समझो...अरे, आज सुबह ही देखकर गए हैं वे लोग—यूँही बात चल रही थी...मैंने तो सोचा भी नहीं था कि इतनी हैसियत वाली पार्टी मान जाएगी। वृन्दा को देखते ही, पहली बार में 'हाँ' कर दी। नहीं बेटा, सुभाष मामा की अंजु, वृन्दा से कम सुन्दर थोड़ी है। हैसियत भी मुझसे ज्यादा ही है मामा की। लेकिन पिछले चार साल से परेशान हैं। हर हफ्ते, दस दिनों पर कोई-न--कोई पार्टी काजू, रसगुल्ले, कोल्ड ड्रिंक और कॉफी पीकर 'हम खुद आपको फोन करेंगे' का आश्वासन देकर चली जाती है। पहले इन्तजार करो फिर बेशर्म बनकर फोन करो तो वही टका-सा जवाब। कहीं कुंडली में दोष, कहीं कोई और अड़चन बताकर टरका देंगे। सुभाष मामा जैसा आदमी भी पूरी तरह पस्त नजर आता है इन दिनों। हमें तो उन्हें यह खबर देते भी संकोच लगेगा.... ।

खैर, अभी तो खबर देनी भी नहीं है किसी को—लेकिन भरोसा पूरा दे गए हैं कि हमारी तरफ से बात पक्की...

विश्वास अभी भी नहीं हो रहा बेटे—लड़का निखिल मुंसिफ, पिता मजिस्ट्रेट। खानदानी, इज्जतदार लोग। हमारी हैसियत उनके सामने कुछ भी नहीं। इन्हीं कासलीवालजी के कहने पर एक बार चला गया था उनके घर...बेहद मॉडर्न रुतबेदार लोग। साफ-सुथरा घर, नौकर-चाकर...बढ़िया काँच की गिलासें, प्लेटें...मैं तो यह सोचकर लौटा था कि इस घर में अब लौटकर अपनी फजीहत नहीं करानी—कहाँ ये लोग, कहाँ हम ! लेकिन किस्मत देखो कि वे ही लोग आ गए और वृन्दा को पसन्द भी कर गए... !

पिछले पूरे हफ्ते उनके आने की खबर के बाद से वसु-वृन्दा और तुम्हारी माँ पूरे घर की बजरी, मिट्टी, धूल साफ करते-करते थक के चूर हो गईं। तीन दिन में जल्दी-जल्दी बाहरी मुँडेरों पर हल्की हरी पुताई भी करवा दी... । खैर, जब तक वे लोग आए, पूरा घर न सही, बाहरी मुँडेरे और ड्राइंगरूम एकदम लकदक था। वसु तो सबसे ज्यादा खुश इसलिए थी कि मजिस्ट्रेट साहब की मिसेस बाथरूम में भी गई थीं...खैर, अच्छा यह लगा कि इतने

मॉडर्न, हैसियतदार होते हुए भी बातचीत में दिखावे या घमंड का नामोनिशान नहीं...फिर भी देखो—कब कौन उनके कान भर दे! कितने लड़की वाले उनके आगे-पीछे डोल रहे हैं।

हलो वेणु! कल वृन्दा की गोदी की रस्म कर गए वाजपेयी लोग। हम सभी लोग तुम्हें बहुत याद कर रहे थे। मैं उन्हें साइड टेबल पर रखी तुम्हारी फोटो दिखा रहा था तो वसु तुम्हारी पूरी अलबम ही उठा लाई।

उनके जाने के बाद बड़ी शान से कह रही थी वृन्दा से—हुँह, हैसियत चाहे जितनी हो वृन्दा, तेरे ससुराल वालों की, लेकिन उनके यहाँ से कोई अमेरिका वगैरह नहीं गया है...सारे इन्तजाम में वसु थकी भी बहुत। हम लोग डर रहे थे कि कहीं पूरा घर ही न देखने लगें वे लोग। औरतों का क्या ठिकाना, क्योंकि नये पॉलिश वाले चमाचम फर्श के बाद बाकी कमरों के फर्श और ज्यादा बदरंग दिखने लगे हैं लेकिन ईश्वर को धन्यवाद, कोई गया नहीं।

हलो वेणु!...हाँ-हाँ, सब ठीक है यहाँ। हाँ, वाजपेयी जी से भी बात होती रहती है। एक बात बता दूँ, वाजपेयी जी तुम्हारे नाम और काम से बहुत ज्यादा इम्प्रैस्ड हैं। मेरा भी तो दिल नहीं मानता। मुँह से तुम्हारी बात निकल ही जाती है कि उतनी दूर से भी मेरा अकेला बेटा बहुत प्यार करता है अपनी बहनों और माँ-बाप को...तो समझ लो, तुम्हारे नाम और काम की बहुत बड़ी मदद रहती है तुम्हारी गैरहाजिरी में भी।

हाँ, बेटा! मैं चाहता था, खुलकर लेने-देने की बात हो जाती तो मुझे थोड़ा अन्दाज हो जाता, शादी के खर्च वगैरह का। लेकिन वे तो इन बातों का जिक्र ही नहीं करते। लेकिन ऐसा लगता है कि बारात में बहुत लोग हो जाएँगे। खानदानी रईस लोग हैं। रिश्तेदार भी सब नामी-गिरामी। लगता है, मुझ पर और खास कर तुम पर ज्यादा ही विश्वास हो गया है उन्हें...हर बात इस बराबरी के लहजे में, जैसे इतना तो हमारे बाएँ हाथ का खेल हो!...अब अपने बजट की सीमा बताना उनका विश्वास तोड़ने जैसा लगता है—कैसे, क्या करूँ, कुछ समझ में नहीं आता। कोई तेवरों में बात कर रहा हो, सीधे लेन-देन की तो हिसाब-किताब के लहजे में बात की जा सकती है, लेकिन अगर हर बात में जरूरत से ज्यादा शाइस्तगी जताते हुए, इज्जत से बात करे तो अपनी तंगी की बात उठाते भी नहीं बनता। मैं कभी कुछ कहने की कोशिश भी करता हूँ तो उल्टे मुझे आश्वस्त करने लगते हैं कि 'अरे, आप बिलकुल मत परेशान होइए! वेणु जी सब मैनेज कर लेंगे। आपने जैसा अपनी फैमिली के बारे में बताया और बताया क्या, मैंने खुद अपनी आँखों से देखा, उससे आपकी फैमिली-वैल्यूज और टेस्ट का पता चल जाता है...आप भी जानते हैं, मैं भी, कि ज्यादा हमें चाहिए नहीं और कम आप देंगे नहीं...यानी कुछ उठा नहीं रखेंगे आप...'

हाँ, शादी ये लोग जल्दी ही करना चाहते थे। मैंने कहा, इतनी जल्दी तो तुम्हें छुट्टी नहीं मिल पाएगी तो झट मान गए कि 'नहीं, वेणु जी के बिना कैसे होगा? हम इन्तजार कर लेंगे, दिसम्बर तक का।...'

हलो वेणु!...आज रात बिलकुल नहीं सो पाया बेटे! पता नहीं क्यों, बड़ी घबराहट हो रही है।

वाजपेयी जी सीधे-सीधे तो अब भी कुछ माँग नहीं रहे हैं, लेकिन उनकी बातों से लगता है, मंसूबे बहुत ज्यादा हैं उनके। मुश्किल यही कि साफ-साफ कुछ कहते, बताते ही नहीं।

बारात में ही, उनके हजार ऊपर लोग हो रहे हैं। दूसरे शहर से आ रही है, फिर भी। और भी न जाने किस-किस शहर के लोग अलग से शादी में शामिल होने आएँगे। सबको रिसीव करने के लिए कार, ड्राइवर की व्यवस्था। ठहराना भी होटल में ही पड़ेगा। इस एरिया में कोई ठीक-ठाक होटल होता तो भी सहूलियत होती। मुझे बहुत घबराहट हो रही है।

कुछ भी पूछने पर उसी इत्मीनान से कहेंगे—'बस, वेणु जी को जल्दी बुला लीजिए। वे सब सँभाल लेंगे। आप क्यों परेशान होते हैं?' मेरे बहुत जिद करने पर कि 'वेणु के आने तक काम बहुत बढ़ जाएगा...तब तक मैं, वाइफ, बेटियाँ, थोड़ा-थोड़ा करते चलें...' बोले, 'ठीक है तो वृन्दा से कहिए, निखिल के सूट का शेड पसन्द कर ले...'

दुकान पर पूछा तो अकेले निखिल का सूट ही, 'ब्लू-बेरी' वाला, सात हजार का। हम सबके होश उड़ गए। किसी तरह बहाना करके दुकान से बाहर निकल आए। मेरा तो दिमाग ही काम नहीं कर रहा बेटे। बहुत मन को समझा-बुझाकर परसों गया था। किसी तरह अनुनय कर बात चलाई कि 'आपकी जो भी मंशा हो, सोचा हो, कैश, आइटम, लिखवा दें जिससे बाद में आपको जरा भी शिकायत का मौका न मिले...' तो फौरन उखड़ गए। तपाक से बोले, 'कैसी बातें करते हैं शुक्ला जी! हम, आप, अब रिश्तेदार होने जा रहे हैं। एक-दूसरे के हितैषी। बीच में लेन-देन कहाँ से आ गया? हमें कोई खरीद-फरोख्त थोड़ी करनी। अरे, आप एजूकेटेड, समझदार लोग। खुद कोई कसर नहीं उठा रखेंगे। मुझे मालूम है, आप हमें कोई ऐसा मौका देंगे ही नहीं...।

'और सबसे बढ़कर आपने तो एक बेटी की शादी भी की है। मुझसे कहीं ज्यादा अनुभवी...तो बताना तो आपको पड़ेगा मुझे, शादी के इन्तजामात वगैरह के बारे में...'

तुम कब तक आ रहे हो बेटे? मुझे तो कोई रास्ता ही नहीं सूझ रहा। तू आ जाए तो वाजपेयी जी से बात करने की जिम्मेदारी तेरी—बाकी की देखभाल मैं कर लूँगा।

नहीं, पैसे के लिए तो मैंने अपने फंड से भी आधे के लिए अप्लाई कर दिया है। डेढ़-पौने दो लाख हो जाएँगे...लेकिन ये लोग पहले से तय कर लेते तो अच्छा था...।

अब मैं तुम्हें मना भी कैसे करूँ—हजार-हजार डॉलर दो बार तो तुम भेज चुके। नहीं, और भेजने की बिलकुल जरूरत नहीं। बस, तुम आ जाओ...मेरी कुछ समझ में नहीं आ रहा...।

हलो वेणु! हाँ, फोन मैंने ही करवाया था। तेरे पापा जिस तरह दिन-रात बदहवास हैं, मुझे तो बहुत डर लग रहा है कि कहीं शादी तक बीमार न पड़ जाएँ। मैं इनसे बार-बार कहती हूँ कि वे सुनें या न सुनें, अपनी सारी स्थिति उनके सामने सही-सही बता दो, लेकिन इनका कहना है, वो कुछ सुनते ही नहीं। अपनी ही बोले जाते हैं। पिछले डेढ़ महीने में जब से वृन्दा की शादी तय हुई है, शरीर आधा रह गया है। न जाने कौन-सी चिन्ता इन्हें खाए जा रही है! मुझे तो बड़ा डर लग रहा है बेटे! बार-बार सोचती हूँ, शादी-ब्याह अपनी हैसियत वालों के बीच ही होना ठीक रहता है। विशाखा की शादी में तो देवेन्द्र के रिश्तेदारों ने जान-बूझकर दुश्मनी निकाली थी लेकिन इन पैसे वालों की माया कुछ समझ में नहीं आ रही...!

नहीं, तुझे कुछ भी भेजने की जरूरत नहीं बेटे! तू अमेरिका नहीं गया होता तो क्या वृन्दा की शादी नहीं होती?

शक्तिमान 'वेणु जी'

हाँ, तो भई, शक्तिमान वेणु जी! कैसी कट रही है?...सोचो, सोचो, सोचो...सोचकर देखो, कितना सम्मोहक है सब कुछ! देख नहीं पाए तो क्या, सोच तो सकते हो। साइड टेबल पर फोटो फ्रेम, नीली काली जैकेट में मुस्कुराता तुम्हारा चेहरा, कॉर्निश पर रखा क्रिस्टल का फूलदान (जो वाजपेयी जी ने अवश्य लक्ष्य किया होगा...), टाइल्स वाला फर्श और नये सोफे वाली बैठक, बाथरूम में एम्ब्रॉज किए हैंडल और किचेन में तुम्हारा लाया माइक्रोवेव।

यह सारा कुछ जिस एक शब्द पर जाकर समाप्त होता है, वह शब्द है—शक्तिमान वेणु। इस शब्द के स्पर्श ने इस घर में अहल्या-उद्धार की झाँकी सजा दी है। कुटुम्ब जुड़ा गया। चेहरे मुस्कुराहटों से सज गए। वर्तमान और भविष्य रोशनी से नहा उठे।

—मजाक मत करो...मैं चिंतित हूँ।

—पाखंड छोड़ो। तुम विस्मित, रोमांचित और गर्वित हो...!

—इसका मतलब, तुमने पूरी बातें सुनी ही नहीं...।

—जैसे?

—जैसे पिता बुरी तरह फँस गए हैं...बात करते आवाज रुँधती है। माँ को डर है, बीमार न पड़ जाएँ...मैं खुद आशंकित, कहीं नर्वस-ब्रेक डाउन वगैरह न हो...जाकर कैसे, कितना सँभाल पाऊँगा मैं? बस, इसी सबसे चिढ़ आती है। पिता पर दया भी आती है, झुँझलाहट भी। हद दरजे की बेवकूफी करते चले गए—वाजपेयी के सामने थोड़े टैक्टफुली पेश आना था...।

—तो जा तो रहे हो। तुम्हीं पेश आना टैक्टफुली!

—अब कहाँ गुंजाइश बनती है उनके कहे को झुठलाने की? जाने क्या कुछ हाँक आए हैं मुझे लेकर...!

—सामने अच्छा ऑफर देख, कौन पिता अपना सर्वोत्तम दाँव खेलने की बाजी जीतने की कोशिश नहीं करता है?

—अब बुरी तरह घबराएँ हैं। तो बात-बात में 'तुम्हारा दूर रहना बहुत खल रहा है...पास होते तो कितना अच्छा होता...'

—मन करता है, कहूँ--दूर हूँ, तभी तो सब अच्छा है...।

—वही तो! बात आई न मन में—गर्व का वह अहसास जो अनजाने तुम्हारे मुँह में लेमनचूस-सा घुलता रहता है?

—सिर तुम्हारा! पूरे पन्द्रह डॉलर का फोन का बिल करने के बाद सिर पकड़कर बैठा हूँ। पिता को किस चालाकी से फँसाया है वाजपेयी जी ने!...लेकिन यह सब बाद में, पहले अपने बैंक के अकाउंट्स चेक करूँ।

सजदा करो उस देश का

वृन्दा की शादी शानदार रही। वेणु उससे भी शानदार। बारात, दूल्हे, शामियाने, सजावट से ज्यादा लोग वेणु को देख रहे थे। बेटा हो तो ऐसा! एक चिराग ने पूरे कुनबे में उजाला कर

दिया। मेहमानों से ठसाठस घर में हर कोई वेणु से हँसना-बोलना चाह रहा था। लड़कियाँ देख-देखकर शरमाती थीं, 'वेणु भैया...वेणु दादा...वेणुऽऽ...अरे, वेणु जी से वेणु बेटे तक...' एक ही शब्द की संख्यातीत प्रतिध्वनियाँ!

वेणु की शर्ट, वेणु के जूते, वेणु का पुलोवर—सब अलग। एक से एक शौकीन लकदक सूट, कुर्ते वेणु के सादे से जैकेट के सामने फीके पड़ जा रहे थे। अलग जो थे सबसे। अजीब सम्मोहन था। रोमांचित था वेणु खुद भी। कितना महत्त्वपूर्ण हो गया वह देखते-देखते! शादी का स्टैंडर्ड देख सब गद्‌गद।

आधी तैयारियों के बीच लगा था—रुपए कम पड़ रहे हैं। लड़के के पिता बातों के दौरान अब वाली मारुति जेन का जिक्र कर रहे थे। कुछ इस तरह, जैसे—'अरे, मैं जानता हूँ, वेणु जी खुद ही नॉन एसी गाड़ी नहीं खरीदेंगे...' या फिर—'अरे, आप क्यों परेशान होते हैं? वेणुजी मुझसे और आपसे ज्यादा जानते होंगे कि मार्केट में कौन-सा टी.वी. बेस्ट है। देखिए, बात रुपए-पैसे की नहीं, आपके घर से जो भी चीजें यहाँ आएँगी, उससे मेरा नहीं, आपका स्टेटस बढ़ेगा। ये बातें लोगों के बीच सालों चलती रहती हैं कि भई, फलाँ शादी की बात ही और थी।'

बातें पिता से होतीं, लक्ष्यवेध वेणु पर होता। इसलिए शादी के दौरान वरपक्ष की तरफ से जो कुछ जैसे और जब चाहा गया, उपलब्ध करा दिया गया। वर पक्ष के प्रमुख सम्बन्धी भी हर बात वेणु से ही कह रहे थे। श्रेय भी पिता को नहीं, वेणु को दे रहे थे। पिता की नौकरी, स्टेटस मालूम था लोगों को। किसी विवाह से जुड़ी ये बातें अतिरिक्त रुचि के साथ पहले ही मालूम कर लेते हैं। एकाध ने शादी के पहले निखिल के पिता को भड़काने की भी कोशिश की थी कि कहाँ फँस रहे हैं आप भी! निखिल जैसे क्वालिफाइड लड़के के लिए तो कलेक्टर, कमिश्नर पिताओं की लाइन लग जानी है। जल्दबाजी में निर्णय ले रहे हैं आप। लेकिन वर-पिता की अनुभवी आँखों ने दुनिया देखी थी। इस शादी में लड़की से ज्यादा सम्भावनाएँ लड़की के भाई में दिखीं। विदेशी मुद्रा में कमाये धन को सोत्साह खर्चने का हौसला भी। परिवार के प्रति समर्पित और ऊपर से अविवाहित।

तभी तो माँ-पिता के चेहरे पर हवाइयाँ उड़ते देख उन्हें ढाढ़स बँधाया, 'पापा, अब शादी तो बीच में रोकी नहीं जा सकती न और आप ही कह रहे हैं कि हर तरफ यही माहौल है। लड़के वाले सूदखोर महाजनों को मात कर रहे हैं। ये लोग बात तो कम-से-कम तरीके से कर रहे हैं कि भई! आदमी हम भी पहचानते हैं। तभी तो तुम्हारे पिता का ऑफर आया, वृन्दा सी लड़की देखी और परिवार के डिटेल्स मालूम किए तो सारे प्रपोजल्स एक तरफ खिसका कर 'हाँ' कर दी।...और वेणु! तुमने तो अपनी शिष्टता से मेरी जबान ही बन्द कर दी। निखिल और उसकी भाभी भी तुम्हारी तारीफ करते नहीं थकते। इसलिए मुझे मालूम है, शादी के इन्तजामों और कार, टी.वी., वाशिंग मशीन, ए.सी. वगैरह के काम-चलाऊ मॉडल्स तुम्हारी नजर में चढ़ेंगे ही नहीं। इसलिए इस शादी के स्टैंडर्ड और इन्तजामों को लेकर मुझे कोई चिन्ता है ही नहीं, न इस बात का पछतावा कि लाखों-लाख के ब्लैंक चेक और एक से एक छोटी-बड़ी कारों की लालच देनेवालों को मैंने स्पष्ट 'न' कर दी।

तुमसे बताता हूँ वेणु! निखिल थोड़ा चूजी जरूर है...तो मैंने कहा—'बरखुरदार! मत भूलो, वृन्दा के भाई के पास पहले ही अमेरिका में कार है और वह भी उसने कुल ढाई सालों की नौकरी में ले ली है...'

वेणु टोकने से रोक न सका, 'खैर, वो तो अंकल—खरीदनी पड़ती है। वहाँ कार लक्जरी नहीं, पहली जरूरत होती है। भयानक ठिठुरती ठंड में और कुछ नहीं तो लोकल ट्रेन या बस तक जाने के लिए भी कार तो चाहिए ही...'

'जानता हूँ भई, जानता हूँ—वहाँ तो नौकरानी भी कार में आती है और आदमी खुद अपना लैट्रिन साफ करता है। हमारे एक मित्र टंडन साहब का लड़का शिकागो में रहता है। बता रहे थे, बाल कटाने के ही छह-सात सौ रुपए...ऊपर से दूध भी सौ रुपए किलो—पेट्रोल भी...लेकिन वेणु! अब हिन्दुस्तान में भी 'कार' कॉमन मैन की जरूरत बनती जा रही है। और एयर कंडीशंड कार...क्योंकि वहाँ ठंड ज्यादा है तो यहाँ पोल्यूशन—बहरहाल, शादी में दान-दहेज जैसे मोलभाव के तो मैं सख्त खिलाफ हूँ। मैंने तो निखिल से कहा, उसका भाई इतना खुद्दार है कि शादी के बाद की वृन्दा की पहली 'राखी', नहीं तो भाई दूज तक 'गाड़ी' तुम्हारे दरवाजे पर खड़ी मिलेगी—हमें कुछ कहने-बोलने की जरूरत ही नहीं...'

माँ रुआँसी हो आई थीं, 'अब और क्या बोलेंगे!...तुझे सीधे मना कर देना था बेटे!'

'नहीं माँ, मैं विशाखा दीदी की शादी की पुनरावृत्ति नहीं चाहता। हम किसी पर यह जाहिर नहीं होने देंगे। सब तरफ इतना शोर हो गया है। हर कोई एक्सपेक्ट कर रहा है। मुझे पता होता तो कैसे भी कुछ और...' वेणु ने होंठ भींचकर उपाय तलाशा, 'पापा! आप कहीं से लोन ले सकते हैं?...फंड से तो इतनी जल्दी मिलने से रहा—अपने ऑफिस वाले बत्तरा जी से पूछिए—मैं लौटकर साल-डेढ़ साल में किस्तों में पे कर दूँगा...'

माँ की रुलाई फूट पड़ी, 'इतना बोझ मत ले बेटा, अभी वसु भी तो है। उसके लिए दूसरा वेणु हम कहाँ से लाएँगे?'

'वसु के लिए अभी चार साल आराम से इन्तजार किया जा सकता है माँ! अभी जो सामने है, उसे देखना है।' वेणु ने माँ के कन्धों पर हाथ रखा, 'तुम मुँह धोकर फौरन नॉर्मल बनो...वृन्दा देखेगी तो दुखी होगी और मैं जैसा माहौल चाहता हूँ इस शादी में, उसमें बाधा आएगी, समझीं?'

लेकिन माँ नहीं समझ पा रही थीं। वह पिता से कह रही थीं, 'आपको अभी घर की मरम्मत-पलस्तर नहीं कराना था। पहले शादी वाले खर्चे की सोचनी थी...'

पिता ने गलती मानी, 'हाँ, बगल वाले शिवरंजन बाबू भी कह रहे थे कि शुक्ला जी, शादी का खर्च निपटाने के बाद घर की मरम्मती का काम शुरू करना था।...असल में मुझे लग रहा था, इतने दिनों बाद वेणु आ रहा है, वहाँ अमेरिका में रहकर...तो यहाँ उसका कमरा, उसका बाथरूम वगैरह ऐसा रहे कि उसे परेशानी न हो।...लेकिन ये मजिस्ट्रेट साहब...मैंने सपने में भी नहीं सोचा था कि...'

'वह सब छोड़िए पापा! बस, अभी सबसे पहले जरा बत्तरा अंकल से बात करिए। ताऊ जी, सुभाष मामा बेशक तैयार हो जाएँगे, लेकिन अब मेरे लौटने के बाद भी उनसे मदद ली जाए, मुझे ठीक नहीं लग रहा। इसलिए घर वालों और पड़ोस के कानोंकान खबर

किए बिना, बस बात ऑफिस वालों तक रखिए—कुल एक-डेढ़ साल की तो बात है, मैनेज कर लूँगा मैं...'

निखिल के पिता वेणु को एक तरफ अपने कॉन्फिडेंस में लेने के हवाले से अपनी ऊँची साख और नाक वाले रिश्तेदारों की ओर इशारा करते हुए इंट्रोड्यूज कराते :

'जस्टिस अस्थाना...आओ वेणु! अभी मैं तुम्हारी ही बात कर रहा था—अस्थाना साहब जरा नवदुर्गा के मन्दिर जाना चाहते थे। सुबह जाकर शाम तक लौट आया जा सकता है न!...और बंसल साहब के लिए स्कॉच...और बेटे, दोपहर करीब पचास-साठ लोगों के लिए बेहतरीन नॉनवेज...दरअसल, मैं चाहता हूँ, तुम्हारी हास्पिटैलिटी देखकर लोग रश्क से भर जाएँ।

'अपने रिश्तेदारों में तुम्हारी ऐसी इमेज बन जाए कि तुम्हारे लिए रिश्ते आने की धूम मच जाए...मालूम? मैंने खुद अपने कानों से सुना, जस्टिस अस्थाना अवस्थी साहब से कह रहे थे—यह लड़का हाथ से जाने नहीं देना अवस्थी...तो होशियार हो जाओ...' निखिल के पिता ठहाका मारकर हँसे थे।

वेणु असफल, नाटकीय हँसी के साथ लौटा तो देवेन्द्र जीजा जी की कुंठित हँसी से पाला पड़ गया। हर रस्म-अदायगी, हर व्यवस्था देख-रेख पर उनके चेहरे की मुद्रा बताती थी कि उनके अन्दर अपने विवाह की स्मृतियों के साथ कोफ्त, कुढ़न का तुलनात्मक अध्ययन चल रहा है।

शादी बाद लौटते हुए तो बरबस बोल ही गए देवेन्द्र जीजा जी, 'वेलडन वेणु!...मैं ही घाटे में रहा। सोचता हूँ, मुझे या तो पाँच-छह वर्ष बाद शादी करनी थी या फिर कोई लखपती साला तलाशना था।'

ताऊ जी के जाते समय रंजन भैया के पैर छूने झुका तो पहले खूब मजे में पैर छुलाने और आशीर्वादों से नवाजने वाले रंजन भैया ने उसे बीच में ही रोक लिया :

'अरे, क्यों शर्मिन्दा करते हो वेणु! अब तुमसे पैर छुलाने में अजीब-सा लगता है...'

'लीजिए...क्यों भला!'

'अरे, अब तुम बड़े हो गए हो और क्या!' रंजन भैया ने बातों का रुख पलटा।

'कितना भी बड़ा हो जाऊँ भैया, आपसे तो छोटा ही रहूँगा...।'

'अरे छोड़ो...अब कहाँ तुम, कहाँ हम लोग!'

वेणु हठी बच्चे की तरह अपने को छोटा ही माने जाने की जिद करता रहा, लेकिन क्रमशः उसे खुद ही लगता चला गया कि वह इन सारे लोगों से बड़ा न सही, अलग तो हो ही गया है। जो चीज सबको साफ-साफ समझ में आ रही है, उसे जबरदस्ती झुठलाने का फायदा!

बुआ, मौसियाँ, ताई—सब एक-एक कर वापस गईं। उनके छोटे-बड़े बेटे-बेटियाँ भी। सबकी एक ही समस्याएँ—कौन-सी लाइन ठीक रहेगी उनके बच्चों के लिए? इन्हें विदेश कैसे भेजा जा सकता है? क्या वेणु कहीं कोशिश कर सकता है?

वेणु अन्दर से झुँझलाया। लगभग सबको किसी विश्वविद्यालय में एडमिशन के तरीके भी बताए। पहले पास की जानेवाली परीक्षाओं के नाम बताए। यह भी कि नम्बर अच्छे

आने चाहिए। फलाँ-फलाँ विश्वविद्यालय बेस्ट हैं, लेकिन बाकियों की भी काफी बड़ी संख्या।...फार्म वगैरह मँगाने के तरीके।...

लेकिन इस सबके अन्त में प्राय: सभी से सुनने को मिलता, 'वह सब तो ठीक है लेकिन ये मुकुल और कुसुमाकर, इन्हें कहीं लगा सकता है क्या वेणु? बहुत ऊँचा, तुम्हारे जैसा न सही, ऐसे भी तो लोग, लड़के जाते हैं न! सन्दीले में हमारे पड़ोस की भट्टानी कह रही थीं कि कोई वहाँ रहता हो तो वह बुला सकता है।...अब जैसे तुम गए थे तब तो कोई वहाँ था नहीं न! अब तो तुम हो। न होगा तो कुछ दिन तुम्हारे यहाँ ही रहा जा सकता है। है कि नहीं...?'

बताया कि 'मैं तभी बुला सकता हूँ जब मैं आठ-दस साल में अमेरिका का नागरिक हो जाऊँ। रही मेरी बात, तो मैं तो एडमिशन पाकर गया था। ऐसे ही नहीं जाया जा सकता...' लेकिन चेहरे बता रहे थे, जरूर टरका रहा है। एक बार जी चाहा, सब कुछ बता दें।

खबरदार! जो बीत गई, सो बीत गई—अभी जो चारों ओर तुम्हारे नाम की हलकोर मची है, उस वर्तमान का स्वाद लो। उन सारी आपबीतियों का नाम भी न लेना। संघर्ष-गाथा का समय नहीं है यह। श्रोता सुखांत चाहते हैं।

तुम्हारे गौरव और आभिजात्य की तूती बोल रही है चारों तरफ—वेणु महाराज की गाथा! इस पूरे कुटुम्ब ने, उसकी पिछली-पिछली सात पीढ़ियों ने, कहाँ देखे थे ऐसे चादर-लिहाफ, सूटकेस, हैंडबैग, परफ्यूम और मोजे तक...! एक अलग खुशबू होती है आभिजात्य की। इस समय वेणु जिसे छू दे, वह सोना हो जाए।

और तुम्हें क्या चाहिए वेणु? सजदा करो उस देश का जिसने तुम्हें यह हैसियत सौंपी है!

बहुत सारे वेणुओं के सुरखाब के पर

गया था एक वेणु, लौटे कई हैं।

इस बार का लौटना पिछले दो बारों से भी अलग है।

अब जैसे यही कि हर बार की तरह इस बार सबके पीछे छूटने की यादों के साथ एक हल्कापन, एक राहत-सी भी...अरे-अरे...सोचा ही था कि तत्क्षण कई वेणु एक साथ गुत्थमगुत्थ हो मुझ पर टूट पड़े। धिक्कृत भर्त्सनाओं के उपहासी कटाक्ष...वाह! वेणु शुक्ला, वाह! साढ़े तीन सालों में तुम तीन पीढ़ियों के माया-मोह से मुक्त हो लिये।...इतने वर्षों तुम पर जान छिड़कने वाली जिन आवाजों और खट्टी-मीठी फटकारों के साथ तुम पले-बढ़े, एक तरह से जिन्होंने तुम्हें गढ़ा, हाथों से हाथ जोड़कर तुम्हें वहाँ पहुँचाया जहाँ तुम हो, उन सारे अपनों से दूर हो जाने की कचोट और छटपटाहट की जगह हल्कापन और राहत—सुरखाब के पर निकल आना इसी को कहते हैं शायद।

लेकिन राहत यह भी कि वे धिक्कार ही रहे होते हैं कि तभी कुछ और वेणु मेरे बचाव के लिए बड़ी तत्परता से आगे बढ़ आते हैं—उस गुत्थमगुत्थ से मेरा बचाव करते हुए।

वे साफ-साफ दो टूक लहजे में कहते हैं कि इसमें गलत कुछ नहीं कि भीड़-भाड़ जरा ज्यादा ही हो गई थी। इतने सारे लोग...सब अपने हों, फिर भी।...ऊपर से लगातार यह महसूस होते रहना कि सबकी दृष्टि और ध्यान के केन्द्र में आप ही हैं तो आदमी रिलैक्स कहाँ रह

पाता है? और फिर सभी के वही-वही प्रश्न, वही-वही बातें, 'ऐसा जैकेट वहाँ कितने का मिलता है वेणु?...देखो न, कपड़ा कितना मुलायम है!...यह सूटकेस भी यहाँ वाला नहीं। देखकर ही पता चल जाता है।...वहाँ की चीजों की बात ही और है।...'

एकाध बार तो सुनते-सुनते एक डर-सा कि कहीं मैं अपने-आपको सूटकेस, जैकेट और जूते की तरह न महसूस करने लग जाऊँ।

लेकिन ये वृन्दा, वसु की सहेलियों को क्या हो गया था?...सिर्फ तीन सालों में कितनी बड़ी हो गई थीं सब! जैसे सबके घाघरे, ओढ़नियों और लिपस्टिकों में एक प्रतिस्पर्धा-सी चल रही थी...सिर्फ शादी के समारोह के लिए नहीं लगाई गई थीं वे...कुछ और था, बहुत कुछ—उनकी हँसी और शरमाती हुई खिलखिलाहट में।

और मैं? आखिर किधर-किधर देखूँ? ध्यान दूँ तो मुश्किल, न दूँ तो मुश्किल। क्यों? न देते ध्यान तो क्या परेशानी हो जाती? उफ्, यही तो। काश, लोग समझ पाते कि ऐसे मौकों पर ध्यान देने से ज्यादा मुश्किल ध्यान बँटाना होता है।

साफ-साफ क्यों नहीं कहते कि बैंड, बारात और जयमाल के बीच जूही मोगरे की उड़ती खुशबू, शरमाते चेहरे और छुप-छुपकर देखती आँखों और तुम्हारे बीच अहसासों का एक झीना चन्दोवा तना था...हर लड़की तुम्हें अपने पास महसूस करना चाहती थी? और तुम भी तो—अरे, ये मधूलिका है! इतनी बड़ी हो गई? और ये माधवी कितनी शैतान हुआ करती थी तब! शरमीली मुस्कुराहटों की कतारें बिछती जा रही हैं तुम्हारे रास्तों में। तुम्हें खूब अच्छी तरह अहसास है इस बात का। तभी तो बेहद सहज दिखने की कोशिश में—अच्छा-अच्छा! अब झटपट एक काम करो तुम दोनों, बारातियों को पहनाये जानेवाले हार और गुलाबों की कलियाँ ठीक से अरेंज करो तो ट्रे में...और मोनिका, तुम ये मेरा बैग सँभालना जरा—तब तक मैं बाहर... और 'लाइए दादा'—'ठीक है दादा' की पुकार मच गई। लुट गईं सब...

छल रहे थे तुम! सबको या खुद अपने आपको! क्या वसु को इस गोपनीय चलते व्यापार का जरा भी अहसास है?...और यह भी कि मोनिका ने मेरे बैग के बाहरी जिपर में जाने कब एक स्लिप डाल दी थी...हमेशा के 'वेणु दा' वाले सम्बोधन की जगह ढेर सारे डॉट्स और पेस्टल पिंक कलर का एक छोटा-सा 'पान' का आकार...उफ्, हद हो गई यह तो! अभी तक उस शेप को 'दिल' समझने की आदत ही नहीं पड़ी।

यानी काफी लदे-फदे लौटे हैं वेणु शुक्ला आप इस बार—है न! ये बोझ भी ऐसे कि आप उतारना न चाहें। स्नेह, सौजन्य, अभ्यर्थना, आभार के साथ विविधवर्णी आशंकाएँ, तमाम सारे रहस्य, रोमांचों से लिपटी...लाडले पहले ही थे, लेकिन इस बार की बात ही कुछ और...कइयों ने कहा, 'अरे, ये अपना वेणु है? तुम अमेरिका जाकर और लम्बे हो गए क्या?'

सुनने वालों में किसी ने हँसकर कहा, 'लम्बा नहीं, शरीर भर गया न, ललाट उन्नत हुआ तो कद लम्बा और रंग आप-से-आप निखर आया।'

चिकने, सँवारे बाल, बाँहों में आई कसावट और सुती सीधी नाक के ऊपर दोनों ओर जड़ी संजीदी आँखों में मुस्कुराते तुम...लोग कहते—कैसा सजीला होकर लौटा है वेणु वहाँ से!

सच में, खुद ही मिलाकर देख लो न—अमेरिका जाने से पहले पासपोर्ट के लिए खिंचाई गई फोटो से...उसी चेहरे की आशंकित, भीरु और असमंजस से खिंची रेखाओं को तराश कर, कैसी सुगढ़ता सौंप दी है बीते वर्षों ने!

तो सुरखाब के पर वाली बात गलत नहीं!

वोट ऑफ थैंक्स

याचक से दाता

सब-वे (लोकल) स्टेशन के बाहर कार पार्क कर तेज कदमों से आगे बढ़ जाता हूँ। जल्दी-जल्दी दो मंजिल को जोड़े एस्केलेटर्स फलाँगता, मॉनीटर पर आनेवाली रुपहली लोकल ट्रेन के दरवाजे मेरे पैर रखते ही खुल जाएँगे। शाबाश वेणु! मुस्कुराता हूँ अपनी कल्पना पर। सच्चाई तो यह है कि अराइवल और डिपार्चर का सही समय होने पर ट्रेन के ऑटोमैटिक दरवाजे आप-से-आप खुलते और बन्द हो जाते हैं।

सौमित्र ने ही एक बार बताया था कि बहुत पहले एक बार एम्स्टर्डम में सर निरंजन मानसिंह लोकल बस में सफर कर रहे थे। अपना निश्चित स्टॉप आने पर वे बस के दरवाजे तक आकर दरवाजा खोलने की कोशिश करने लगे, लेकिन दरवाजा खुले ही नहीं। झेंपे परेशान सर मानसिंह को सीटों पर बैठे स्वीडिश लोग मुस्कुराते हुए हाथों से इशारा कर रहे थे, लेकिन स्वीडिश भाषा से अनजान, घबराहट में वे बिलकुल समझ नहीं पा रहे थे। बहुत बाद में पता चला कि बस के निचले फुटबोर्ड पर पैर रखने से साथ ही बस का दरवाजा खुलता था। तब से हमेशा शॉर्ट या लांग डिस्टेंस सब-वे या ट्यूब ट्रेनों के फुटबोर्डों पर पैर रखते हुए मुझे सर मानसिंह याद आते हैं।

मेरी घड़ी की सुइयाँ चौकस हैं और कदम चुस्ती से भरपूर। मैंने कोशिश नहीं की, (जब कोशिश करता था तब तो क्या ही हास्यास्पद दिखता होऊँगा...) आप-से-आप होते चले गए। मुझे पता है, मेरी ट्रेनें छूटनेवाली नहीं अब। मुझे दौड़ने की जरूरत नहीं। लम्बे सधे कदम उतनी ही देर में दूरी नाप लेंगे। पहले बदहवास दौड़ता था।

पहली बार, न्यूयॉर्क के पेन-स्टेशन पर अन्दर-अन्दर जैसे छक्के छूट गए थे। एस्केलेटर लिफ्ट से दो-दो, तीन-तीन मंजिलें नीचे उतरते जाओ। उतरने से पहले सूचनापट्टों पर अपना प्लेटफॉर्म तलाशो। फिर नीचे उतरकर मॉनीटरों पर अपना टर्मिनल। मुझे याद है, चमचमाती सुनहली ट्यूब में बैठने के बाद भी मैं दो-तीन सहयात्रियों से इस बात की तस्दीक कर लेना चाहता था कि यह ट्रेन मुझे मेरे गंतव्य तक पहुँचाने वाली है न! उस समय उन चेहरों पर झलकती ईषत् मुस्कानों की मुझे जरा भी फिक्र नहीं थी, बेशक आज उन्हें याद कर झेंप

जाता हूँ। पर यह सच है कि उनमें कोई अशिष्टता नहीं थी, सब ठीक-ठाक लोग ही थे, सिर्फ यह रास्ता पूछना वगैरह उनकी कल्चर में शामिल नहीं था।

...हर तरह के लोग—दूध-से उजले, कागजी नींबू-से पीले, भूरे ताँबई, गेहुएँ और काजल से काले विशालकाय अफ्रीकी! उतनी ही लम्बी-चौड़ी उनकी स्त्रियाँ, ढेरमढेर बच्चों के साथ चढ़तीं—कानों, कलाइयों और गले में खूब भड़कीले आभूषण, चूड़ियों बराबर की बालियाँ। विचित्रतम केश-विन्यास—कभी खींचकर, कभी पोनी, कभी लड्डुओं से कर्ल, और कभी अनगिनत बारीक चोटियाँ। पहले इसी तरह इनके बीच खड़े होकर भी इनसे अलग था, अब इन-सा ही चलता-फिरता, खाता-पीता महसूस करता हूँ—एक हठीले गरूर के साथ। कोई अलग दर्जा/कोटि नहीं है मेरी। यह प्लेटफॉर्म, टर्मिनल, कॉफी-शॉप और आइसक्रीम-पार्लर के साथ इस लोकल ट्रेन, सब-वे का मैं भी हिस्सेदार हूँ।

प्लेटफॉर्म की बेंच पर बदरंग बैगी पैंट और सीवन उधड़ी रुपहले स्टारों वाली जैकेट में बायलिन बजानेवाले दढ़ियल युवक के सामने रखे 'हैट' में एक क्वार्टर डालना भी नहीं भूलता मैं। (मन-ही-मन उसके हैट को 'कटोरा' कहकर सन्तुष्ट होता हूँ।) इस महादेश के लिए चौथाई डॉलर का 'दानी' मैं। तकरीबन पन्द्रह रुपए। तो क्या, अपने यहाँ पच्चीस-पचास पैसे बहुत होते, तो हमारी दानवीरता में इतनी बढ़ोतरी हुई कि नहीं?

बेशक, बेशक और आज तो आपने कमाल कर दिया। उस बैगी पैंट और खच्चड़ से बालों वाले भिखारी के हाथों में थमी हैट में सेंट और डाइम के बदले पूरा एक डॉलर डाल दिया...किस्तों में ऋण चुका रहे हो इस देश का न?

—हाँ, कृतघ्न नहीं होते हम हिन्दुस्तानी।

और मैनहट्टन के चौड़े फुटपाथों पर गारबेज ड्रम पर झुकी वह बूढ़ी औरत! झुर्रियों की टोकरी-सा चेहरा, झल्ला सा गाउन, मुड़ी-तुड़ी हैट और घिसी जूतियों में हिलते-काँपते हाथों से, कचरे के बीच से पुराने टेढ़े बर्तन, अधफटी घिसी फ्रॉक्स, स्टोल तलाश रही थी—स्लीपर्स, चप्पलें भी...।

अहा, कितनी करुणा उपजी थी तुम्हारे अन्दर! स्तब्ध रह गए थे तुम न! यह क्या इस देश में भी इतनी झुर्रियाँ? इतने हिलते-काँपते हाथ? झुककर मुड़ गई गर्दनें? यहाँ भी भिखारी...?

अन्दर की कुंठा सन्तुष्ट हुई या नहीं? तब इंडिया की गलियों, फुटपाथों और पाइपलाइनों में जीती गलीज जिन्दगियाँ भूल गई थीं तुम्हें। सड़ाँध भरे झोपड़ों, प्लेटफॉर्मों और रेल लाइनों के किनारे जूठन चाटते अधनंगे बच्चे, खाज-कोढ़ों की लहूलुहान पट्टियों में जीने के नाम पर बलबलाते लोग विस्मृत हो गए हैं तुम्हें। सच कहो तो कतार की कतार बैठी भूखी, अधनंगी, फटेहाल भिखारिनों से, झल्ले गाउन वाली यह हैट लगाए भिखारिन तुम्हें कहीं ज्यादा हास्यास्पद लग रही है न...?

प्रेशेंट प्रॉजी

झूठ नहीं कह रहा, प्रशान्त प्राजी इन दिनों तेजी से प्रेशेंट प्रॉजी होते जा रहे हैं, क्योंकि अमीलिया भी हमारा सुन-सुनकर उन्हें अपने अमेरिकन एक्सेंट में 'प्रैजी' कहने लगी है बल्कि एकाध बार शुरू में जब उसने प्रशान्त को 'प्रैजी' कहकर रिफ किया तो हम समझ ही नहीं पाए।

आज अचानक धमक गए। अकेले ही। हम हैरान। इन दिनों दोस्तों में मशहूर हो गया, जिस तरह जहाँ-जहाँ आग होती है, वहाँ-वहाँ धुआँ हुआ होता है। उसी तरह जहाँ-जहाँ 'प्राजी' होते हैं, वहाँ-वहाँ अमीलिया ब्राउन होती है अथवा वाइसा वरसा...!

—लेकिन आज अकेले कैसे भई? तुम्हारी आग या तुम्हारा धुआँ कहाँ है? बिना धुएँ की आग या बिना आग का धुआँ भी कोई चीज हुई! क्यों भई, क्या मिला—हम दोस्तों खैरखाटों को गलत साबित करके? अनमने भी लग रहे हो—रौनक और चहक गायब है। सब दुरुस्त तो?

—इस कंट्री में सब दुरुस्त नहीं है यार, जैसा हम-तुम सोचते हैं...।

—कंट्री की छोड़ो। अभी अपनी और अमीलिया की दुरुस्ती की बात करो...।

—ओय, वो भी तो इसी कंट्री की प्रॉडक्ट है।

—वो तुम्हें आज पता चला? और उसी पर तो आप कुर्बान हुए, वरना...।

—यार, टुच्चेपन की बात मत कर...!

—मतलब, आज तू सीरियस है? चल, सॉरी! बता, बात क्या है?

—कोई एक बात है...दिमाग चक्कर खा जाता है उसकी बातें सुन-सुनकर—यार! ये क्या देश है, क्या लोग...कुछ समझ में नहीं आता।

—लेकिन तुझे शिकायत किससे है—कंट्री से या अमीलिया से?

—तू मखौल पर आमादा है...।

—आई स्वियर, सॉरी अगेन—अब बताएगा?

—अरे बताना क्या है? कल जब से आई, रोती ही चली गई। कसम ले ले जो एक शब्द बोली हो। फिर मुँह धोया, मुस्कुराया और चली गई...मुझे गुस्सा आ गया। जाने दिया, फोन भी नहीं किया। सोचा था, कभी करूँगा ही नहीं—तब आज फोन करके कहती है, 'थैंक्यू!'

—'फॉर व्हाट?'

—यही मैंने भी पूछा, तो कहती है, 'फॉर अलॉइंग मी टू क्राइ...'

—क्राइ?...अरे तो अपने घर में रोती!

—यही तो मैंने भी कहा तो कहती है, 'अपने घर में रोने में मैं कम्फर्टेबुल महसूस नहीं करती...' अब बोल, अपने घर से ज्यादा सुकून और कहाँ मिलता है आदमी को?

—वो तो अलग, लेकिन पहले तो, रोई ही क्यों?

—वो क्या सिरफ आज? कभी कहेगी, 'इंडिया में क्या फादर्स हर रोज घर आते हैं?... मैंने पूछा, 'क्यों, क्या तुम्हारे पिता नहीं आते?' तो कहती है, 'मेरी छोड़ो, मेरे तो पिता हैं ही नहीं—वो जिससे तुम मिले, मेरा स्टेप फादर है। वो तो जब घर नहीं आता तो मुझे अच्छा ही लगता है...

—मैं बोला, 'लेकिन तुम्हारी मॉम को तो बुरा लगता होगा न!'

—तो बोली, 'हाँ, वही तो टशन है...लेकिन मेरी मॉम भी तंग आई-सी लगती है...लेकिन छोड़ नहीं सकती न...'

—अरे...!

—और सुनोगे? कहती है, 'मैं कहीं रो नहीं सकती। क्यों, मालूम है? रोना मतलब—मैं खुश नहीं हूँ, यह दिखाना ही हो जाता है न! तो सोचो, मैं यहाँ स्टेप फादर और अपनी

मॉम वाले घर में रोऊँ तो भी, और वहाँ अपने रियल फादर और स्टेप मॉम वाले घर में रोऊँ तो भी—दोनों जगह मेरे रोने का इशू बन जाएगा न, इसलिए मैं कहीं नहीं रो सकती—इसलिए कभी-कभी मैं, कभी-कभी सब-वे का इन्तजार करते हुए प्लेटफॉर्म पर रो लेती हूँ...इसलिए तुम्हारे अपार्टमेंट में मैं चैन से रो लेती हूँ...।

—एक निहायत फूहड़-सी हँसी आई। सोचा—कहूँ, यह तो अच्छी 'बेबी' तेरे पल्ले पड़ी, लेकिन फिर सँभलकर बोला—तू इस तरह सोच कि यह भी एक क्रेडिट हुई न तेरी कि वह तेरा कन्धा अपने रोने के लिए चाहती है। वह रोकर हल्की हो लेती है...।

—हाँऽ, लेकिन पता है, क्या कहती है? कहती है, 'पता नहीं क्यों, मैं जब भी अपने पिता के पास जाती हूँ, वहाँ अपने भाई को सौतेले भाई और बहन के साथ देखती हूँ, तो रोना आने लगता है।' फिर समझाकर कहती है, 'लेकिन कभी-कभी ही...और नॉर्मली हम ठीक से ही मिलते हैं।...छोटे थे तो साथ खेलते भी थे। पहले अजनबीयत लगी थी, बाद में आदत पड़ गई। बस, यही है कि...बट देअर नाइस-नाइस पीपुल। मेरी मॉम भी कभी-कभी मेरे लिए लेमन पाइ बनाकर रखती है। डोनट भी अब नहीं, अब तो मैं बड़ी हो गई...। अपना भाई भी, कभी-कभी, अजनबी-सा लगता है। पिता मुझे और उसे आउटिंग पर भी ले जाते हैं, तब अच्छा भी लगता है, अजीब भी...'

तुम बदल गए हो वेणु शुक्ला!

'हलो पापा!...जी, जी हाँ, इधर फोन नहीं कर पाया...क्या?...मोटा बड़ा लिफाफा? नहीं, अभी तो नहीं पहुँचा, लेकिन यह सब वहाँ आप लोग ही देखिए, वृन्दा भी तो है न!...फिलहाल इधर थोड़ा बिजी चल रहा हूँ। छुट्टियों का बैक लॉग भी इकट्ठा हो गया है। हाँ, लिफाफा मिल गया तो फोन करने की कोशिश करूँगा, लेकिन अगले हफ्ते ही...'

डाक से आए पुलिन्दे के साथ आया पापा का पत्र पढ़ता हूँ, 'इधर हर हफ्ते दो-चार लड़की वाले आ जाते हैं। एक-दो पार्टियों को तो वसु, वृन्दा ने मुझसे और तुम्हारी माँ से बिना पूछे ही खारिज कर दिया। एक साहब को तो सिर्फ इसलिए कि वे सबसे पहले तुम्हारा ही वहाँ का फोन नम्बर चाहने लगे, तुमसे बात करने के लिए। बहनों का कहना था कि उन्हें पहले मुझसे और तुम्हारी माँ से बात करनी चाहिए। वे अपने एक-अकेले वेणु दादा को कभी ऐसे परिवार को नहीं देना चाहेंगी जिसकी नजर में सिर्फ 'दादा' की ही कद्र हो, हम कोई चीज ही न हों। उन्हें क्या मालूम कि हमारा वेणु दादा, हमारी सबकी पसन्द की हिसाब से ही शादी करेगा! हम अपनी पसन्द की भाभी लाएँगे घर में—हजारों में एक। हमारा दादा जो हजारों में एक है! इनकी बातें हम दोनों को भी ठीक लगीं। अलग से पन्द्रह-बीस लड़कियों की फोटो और बायोडाटा भेज रहा हूँ। इन पर हमारी करीब-करीब रजामन्दी है। तुम अपनी राय लिखना...'

पैकेट खोलता हूँ तो सामने—सीधी, तिरछी, बैठी, खड़ी, साड़ी और सलवार-कुर्ता में, कैमरे के बहाने बहुत दूर तक (अपना भविष्य) देखने वाली आँखों और मुस्कानों की कतार नजर आती है। मन में हँसा, यह तुम लोगों का अच्छा शर्तनामा है। अंग्रेजी में कहते हैं—लव मी, लव माई डॉग। वो कौन-सी पिक्चर, हाँ, शायद 'गोलमाल' में उत्पल दत्त कहता है अपनी बेटी से, 'तुम उस लड़के से शादी करोगी जिससे मैं प्यार करता हूँ,...' हम

दिल का कमल देंगे उसको, होगा कोई एक हजारों में...' वसु मगन मन गाकर चक्कर मार रही है इंडिया में।

एक के बाद एक फोटोग्राफ मेरे हाथों से सरकते चले जाते हैं, जैसे प्लेटफॉर्म छोड़ते ट्रेन के डिब्बे। उनमें से एक-एक को मैं यहाँ के जैकेट्स, स्नीकर्स में जॉगिंग करते, ट्रॉली लिये डिपार्टमेंटल स्टोरों में शॉपिंग करते, फिसलती सड़कों पर ड्राइव करते देखने की कोशिश करता हूँ, और अनमने भाव से वापस रख देता हूँ।

इन पुलिन्दों में बँधी एक भी लड़की शशांक की दक्षा जैसी नहीं है...।

और लोग नहीं बदले ?

'हलो पापा! जी हाँ, आज भी देर हो गई—नहीं, ट्रेन लेट नहीं थी। यहाँ ज्यादा करके होती भी नहीं। पाँच-पाँच मिनट में तेज ट्यूब-ट्रेनें आकर गुजरती रहती हैं अलग-अलग टर्मिनल से। जी, जी हाँ, एक पर एक कई इमारतों की तरह प्लेटफॉर्म भी कई मंजिलों के होते हैं। बैठने पर पता नहीं चलता है कि हमारे ऊपर और नीचे भी धड़धड़ाती हुई ट्रेन गुजर रही है।...जी, कौन बत्तरा साहब ?...अच्छा-अच्छा, आपके ऑफिस वाले ?...ठीक है, ठीक है, उनसे कहिए, परेशान न हों। मैं इसी महीने के अन्त तक कुछ ट्रांसफर करवाता हूँ।...नहीं, नहीं, मुझे कोई परेशानी नहीं...हलो माँ! कैसी हो ?...पापा कह रहे थे, डॉक्टर ने कैटरैक्ट बताया है और जल्दी ऑपरेशन के लिए...वैसे भी तुम्हें दो महीने पहले करवाना था। वृन्दा की शादी पड़ जाने से देर हो गई न...तो रोक लो वृन्दा को। ऑपरेशन के बाद जाने को कहो...अच्छा-अच्छा, उसकी सास इष्ट देवों की पूजा रखने की सोच रही हैं ?...जरा वृन्दा को फोन दो।...वाह, बड़ी 'मम्मी जी' वाली! तू निखिल को इतना नहीं बोल सकती कि इष्ट देवों ने जैसे इतने दिन इन्तजार किया, हफ्ता भर और सही ?...ठीक है, जा भई, मम्मी जी की चेली...वसु बता रही थी, हर बार फोन में मम्मी जी तुम्हें यहाँ से ले जानेवाली चीजों की लिस्ट लिखवाती रहती है।...वसु ए.आई.आर. के ऑडीशन टेस्ट भी दे आई ? वाह, बहुत अच्छा! उससे कहिए, धीरे-धीरे टीवी में भी कोशिश करती रहे...क्या ? ऐसे ही चली गई थी ?...अच्छा-अच्छा, अपनी सहेली मोनिका के साथ ?...खट-जैसे कोई तारा टूटा हो!

'हलो वेणु! वृन्दा गई आज...निखिल आए थे ? एक तरह से शादी के बाद की पहली विदाई। बहुत बुरा लग रहा है। वसु की तो पूछो मत। सारे दिन कमरे में पड़ी सुबकती रही। विशाखा के गए तो कई साल हो गए न—आदत-सी पड़ गई थी। लेकिन इधर पहले तुम्हारा और अब वृन्दा का जाना—घर बहुत सूना हो गया। निखिल अच्छे तो हैं, पर अब उनके घर से हमारी क्या बराबरी—चलो, वृन्दा खुश है...विदाई में खर्च भी बहुत हो गया। कम करते-करते भी सभी को साड़ियाँ, सूट, नहीं तो सफारी...वह भी उन लोगों की हैसियत के हिसाब से...नहीं, नहीं, तुम परेशान मत होना।...माँ का ऑपरेशन भी अगले महीने कराने की सोच रहा हूँ।'

'हलो वेणु! हाँ बेटा, पैसे मिल गए। पिछले हफ्ते ही। बत्तरा साहब को कल दे दिये। बत्तरा साहब खुश तो हुए, चौंके भी बहुत कि अरे, इत्नी जल्दी भिजवा दिये वेणु ने, जबकि अभी

बहन की शादी में भी इतना खर्च किया? लगता है कि काफी अच्छी सैलरी है। मुझसे कहा, तकदीर वाले हैं आप शुक्ला जी...'

आखिर तुम्हें एतराज क्यों हैं वेणु?

'हलो वेणु! फोटो पसन्द आई कोई? बाराबंकी वाले मिश्र जी के कई फोन आ चुके हैं। (ओफ्फोह, इन बाराबंकी वाले मिश्र जी को छोड़ पापा को और कुछ सूझता ही नहीं।) सुनते हैं, लड़की बेहद सुशील और सुन्दर है। एम.ए. फर्स्ट डिवीजन किया है। कुकिंग और फ्रूट प्रिजरवेशन का भी कोर्स किया है। लेकिन शायद तुम्हें अब इंग्लिश बोलने वाली लड़की भी चाहिए होगी न!'

झुँझलाकर कहता हूँ, 'ऐसा कुछ नहीं, माँ से पूछ लीजिए...मैं इतनी दूर से कैसे कुछ कह सकता हूँ?' (जब जानते हैं, फिर कहने की जरूरत...?)

मेरी झुँझलाहट के बावजूद पापा गद्‌गद हैं। वे इसे मेरी व्यस्तता और झेंप समझ रहे हैं। दरअसल, मिश्र जी ने बेहद खुश और निश्चिन्त कर लिया है।

'हलो दादा! देखो, उस भूरी आँखों वाली दीक्षित साहब की कंजी लड़की से तो मैं तुम्हारी शादी होने नहीं दूँगी, चाहे सूरज इधर का उधर हो जाए। जानते हो, तिवारी आंटी क्या कहती हैं? कहती हैं—'कंजी घर की मंजी' यानी हमारे घर का मंजन करके रख देगी। अब बताओ, जान-बूझकर कोई मक्खी निगलता है क्या?'

पापा, वसु का जोक मुझे इरीटेट करता है, फिर भी हँसने की कोशिश करता हूँ, 'अरे, तो क्या पासिंग मार्क्स भी नहीं?'

'हम पासिंग मार्क्स वाली नहीं, डिस्टिंक्शन वाली लड़की, सॉरी, भाभी (?) लाएँगे घर में। पापा समझते ही नहीं—जो भी आया, जरा सलीके से बात की, मिठाई के डिब्बे के साथ ठीक-ठाक फोटो दिखाई, लहालोट हो जाते हैं। अरे, अभी जाने कितने प्रपोजल्स आने हैं, इतनी जल्दी भी क्या...?'

'हलो वेणु! मिश्र जी खुद आए थे कल। 'हाँ-ना' कहकर टालता रहा कि लड़के से इधर मेरी बात नहीं हुई।

'ये दीक्षित थोड़े अकड़बाज लगते हैं। हमेशा दो-चार मातहतों के साथ ही आते हैं। बिना मैनेजरी की शान बघारे उनकी बात ही आगे नहीं बढ़ती। हाँ, लड़की उनकी जरूर कॉन्वेंट एजूकेटेड है। अब जैसा तुम कहो...'

'कहना क्या है! जब आप लोगों को नहीं पसन्द, तो हटाइए। मुझसे पूछने की क्या जरूरत है?'

(कैसे कहता कि लड़की तो दीक्षित वाली ही इतनी लड़कियों में कैरियर, पढ़ाई और फोटो के हिसाब से ठीक-ठाक लगी, पर चुप।)

'हलो माँ! आँखें कैसी हैं अब? बेकार ही डर रही थीं न तुम! हाँ, इधर थोड़ा ज्यादा बिजी हो गया था, इसी से ऑपरेशन वाले दिन फोन नहीं कर पाया। पापा को समझने दो। जरूरी

नहीं कि बस, जो प्रपोजल आए हैं, उनमें से ही किसी-न-किसी को 'हाँ' कहना है। लेकिन तुम मुझे अपनी राय भी तो बताओ...कि सारी धमाचौकड़ी पापा और वसु ही किए जा रहे हैं... ?'

फोन पर भी माँ की आवाज से लगता है, उनकी आँखों पर पट्टी बँधी है। पट्टी बँधी-बँधी माँ हँसी हैं, 'मेरी पसन्द ? जो लड़की भी तेरी बहू बनकर इस देहरी पर कदम रखेगी, उसकी मैं पान-फूल से अगवानी करूँगी। जितना बन पड़ेगा, उसे सहूलियतें दूँगी। अपनी तरफ से कोई बाधा नहीं बनूँगी। उत्साह, उमंग दर्शाते मुझे डर लगता है बेटे। मेरी पसन्द-नापसन्द कभी आड़े नहीं आएगी तेरे...'

'माँ की पसन्द ?' वसु बीच में रिसीवर छीनकर चहकती है, 'मुझसे पूछो, मैं जानती हूँ—वह तीसरी गली वाली म्यूजिक टीचर सुमिता दत्ता हैं न, उनकी खूब लम्बे बालों और दुर्गा माता जैसी आँखों वाली दुबली-साँवली-सी लड़की शाल्मली इन्हें बहुत सलोनी लगती है। उसे देखकर इन्हें स्कूल में सोरवे यमन, कल्याण, भैरवी से लेकर आसावरी तक सब याद आ जाते हैं। कहती हैं, कितनी अच्छी लगती है—स्वर भी, स्वभाव भी, ऊपर से सीधी, शान्त, सन्तुलित... ! समझ लो कि तुम्हारी शादी लड़की से ज्यादा तानपूरे से करना चाहती हैं। कहती हैं, गली से गुजरो तो सुरों से सजी शाल्मली की आवाज साथ चली आती है। देर तक अन्दर गूँजती रहती है। इन्हें सुबह-सुबह शाल्मली-सी खुले बालों, तानपूरे पर भूपाली और यमन कल्याण का रियाज करती बहू पसन्द है। अब तुम्हें मच्छी-भात और गली-पिछवाड़े की ससुराल पसन्द हो तो चलाऊँ मैं बात ? सचमुच, माँ का वश चले तो सारी जातपाँत का भेद एक किनारे रखकर, बंगाल की जादूगरनी से ब्याह दें तुम्हें, या फिर वृन्दा की सहेलियों से...ठहरो, दादा, सोचती हूँ—जैसे दीपा निगम या मेरी मोनिकाऽऽ...जोशी...'

हठात् हजारों मील दूर से जल-थल-आकाश चीरती हुई एक सनसनाती सिहरन मुझमें व्यापती चली जाती है।

सुन रहे हो सौमित्र ?

सौमित्र की शादी का निमंत्रण दो हफ्ते पहले ही आया था। रुपहले हैंड-मेड कार्ड पर सुनहरे तारों से उभारे अक्षर : 'सौमित्र वेड्स श्यामली' ('सर' ब्रैकेट में)! 'निरंजन मानसिंह रिक्वेस्ट द प्लेजर ऑफ योर ग्रेशियस प्रेजेंस ऑन द ऑस्पिशस अकेजन ऑफ हर सन सौमित्र!' —दूर से ही देखकर लगता है, ऐसा कार्ड सौमित्र की ही शादी का हो सकता है।

जाना नहीं हो पाया, लेकिन शादी वाले दिन सुबह ही फोन किया तो बेहद खुश हुआ था सौमित्र। बताया, यह शादी जितनी अरेंज्ड मैरेज की कैटेगरी में आती है, उतनी ही है लव एट फर्स्ट साइट वाली भी।

और आज दार्जिलिंग के होटल से भेजा उसका कार्ड—चारों तरफ बर्फ ढकी पहाड़ियों का विहंगम दृश्य और नीचे सौमित्र के दो वाक्य : 'वी आर हियर। वंडर फुल इज द वर्ल्ड!'

मैं भारत का कुछ नहीं जानता, कहीं नहीं घूमा। इसलिए यहाँ जब प्रशान्त, तापस बनर्जी या निलय बख्शी अमृतसर, शिमला, वैष्णोदेवी, कोणार्क या कन्याकुमारी की बातें करते हैं तो मैं उनकी आँखों से भारत का सौंदर्य ढूँढ़ने की कोशिश करने लगता हूँ। पता नहीं क्यों,

इस समय सौमित्र के होटल की खिड़की से ही दार्जिलिंग की पहाड़ियाँ देखने की दुस्साहसी आकांक्षा प्रबल हो उठी। लेकिन दुस्साहसी क्यों? क्या मैं स्वयं नहीं जा सकता?

पिक्चर पोस्टकार्ड दाईं तरफ के साइड ड्रॉअर में रखते हुए सबसे नीचे रखा, तो शशांक की शादी वाला पुराना निमंत्रण पत्र भी दिख जाता है।

उसी ड्रॉअर में रखा पापा के पैकेट में भी एक किन्हीं अवस्थी साहब की लड़की का बायोडाटा और फोटो फिर से देखकर अपनी राय बतानी है। सारी लड़कियाँ मध्यवर्गीय ढाँचे वाली—शील-संकोच से ढँकी। आँखों में विवाह की अपार इच्छा...। स्टूडियो में बाकायदे खिंचाई गई फोटो में इतनी दूर से भी बहुत पास हूँ उन लोगों से, उस वर्ग से...और बहुत दूर हूँ—शशांक और सौमित्र वाले क्लास से।

एक विरक्ति-सी व्यापती है। मैं हर बार पापा को एक-सा जवाब देते-देते थक गया हूँ, पर पापा समझ नहीं पाते। कभी मेरी व्यस्तता, कभी संकोच, कभी अरुचि समझकर एक पिता के नाते अपना दायित्व समझकर उपदेशात्मक मुद्रा में आ जाते हैं, जैसे कि 'यही ठीक समय है, बाद में उम्र ज्यादा होने पर इतना चांस नहीं रह जाता—वृन्दा की शादी के बाद से तुम्हारी ज्यादा ही शोहरत हो गई है।' और, मुझे झुँझला देनेवाला अन्तिम वाक्य भी जोड़ना नहीं भूलते कि 'फलाँ और फलाँ की लड़की इंग्लिश भी बोल लेती है।' एक तरह से छोटी-मोटी असहमतियों को छोड़ दें तो सारा घर दो-चार परिवारों और लड़कियों को लेकर सन्तुष्ट है। अपनी समझ से बड़ी उदारता दिखाते हुए अन्तिम निर्णय मेरे ऊपर छोड़ने की दूरदर्शिता और उदारता बरती जा रही है।

काश, मेरी जरूरतें उतनी ही होतीं जितनी वे लोग समझते हैं!

—क्यों भई, क्यों वेणु शुक्ला! ऐसे कौन-सी जरूरत है तुम्हारी, जो घरवाले अब नहीं समझेंगे? ऐसा तो नहीं कि तुम्हारी जरूरत अब शशांक देसाई और सौमित्र मानसिंह की बराबरी में घुसपैठ करने लगी है? याद रखो, सौमित्र मानसिंह की बहन होती भी तो सर निरंजन उसे तुमसे नहीं ब्याहते, न शशांक की साली तुमसे प्रपोज करती। लेकिन यह तुम्हें अचानक सौमित्र की बहन और शशांक की साली का खयाल कैसे आने लगा?

सलेटी क्वार्टरों वाली रेलवे लाइन, परिवार और पिता से अलग अब तुम्हारा एक स्टेटस हो गया है। तुम्हारी जरूरतें अब इस क्लास को रिप्रेजेंट करती हैं।...लेकिन रिश्ते अगर भारत से आने हैं तो ऐसे ही घरों और क्वार्टरों से ही आएँगे—आसमानों से नहीं।

—नहीं, यह स्टेटस बनाने जैसा आरोप मुझ पर नहीं लगाया जा सकता। मैं यहाँ स्टेटस नहीं, सोच की बात कर रहा हूँ...

—माइ डियर वेणु! 'विचार' और 'सोच' भी 'क्लास' से ही निर्मित होते हैं। जिन दृष्टिकोणों की बात तुम कर रहे हो, वे लो-मिडिल क्लास न भी कहो तो एक विशेष मध्यवर्गीय मानसिकता की देन हैं। अब तुम कहो कि क्लास वह वाली रहे और सोच यह वाली तो ऐसा कोई नक्शा बनता दीखा नहीं समाज में अब तक...!

—क्यों, मैं भी तो उसी क्लास का हूँ, लेकिन मेरी सोच...

—तुम? तुम अब उस क्लास से बाहर आ गए हो वेणु! एक तरह से इतने आए प्रस्तावों में लेक्चरर, पी.डब्ल्यू.डी. के हेड क्लर्क, एक्साइज इंस्पेक्टर और मजिस्ट्रेटों के बीच अब

तक के सबसे बड़े तोप दीक्षित ही निकले थे, लेकिन वे प्रतियोगिता से पहले ही बाहर हो गए। अब बचे खिलाड़ियों के बीच से चुनाव की बाध्यता है।

अचानक सोचता हूँ, इसी अमेरिका में रहते हुए भी अगर मैं सर निरंजन मानसिंह या चन्द्रा लोगों का बेटा होता तब कैसे परिवारों के रिश्ते आते मेरे लिए?

तो मेरी क्लास विभाजित है अब? बीचोबीच से दो फाँकों में? यहाँ मैं चाहे जो होऊँ, पर भारत में पिता और परिवार के साथ जुड़ते ही मैं अनायास उस वर्ग का एक प्रतिनिधि होता हूँ। वे मुझसे जुड़कर समृद्ध महसूस करते हैं, मैं उनसे जुड़कर विपन्न। नहीं, विपन्नता जैसी कोई बातें कहाँ सोची मैंने?

—क्यों नहीं? फर्ज करो, विपिन चन्द्रा ही तुम्हें अपनी बेटी के लिए एक सुयोग्य वर के रूप में देखने के बाद तुमसे यूँही पूछ बैठें कि अच्छा, फैमिली कहाँ सैटिल्ड है तुम्हारी वेणु, तो क्या कहोगे? रेलवे लाइन पार वाले कॉलोनी में क्वार्टर नम्बर सत्रह में?

—उफ्, अपने अन्दर का सारा हीनताबोध-ओछापन क्या आज ही उजागर कर डालूँगा? तो कठघरे में खड़ा करके दो-तीन हथौड़े मारकर यह भी तो कह सकता हूँ कि मी लार्ड! इस तीसरे वेणु से पूछिए कि शशांक की शादी का कार्ड क्या इसीलिए नहीं अपनी साइड ड्रॉअर में सहेजे हुए है कि हर बार उसे देखते ही शशांक को मुफ्त में मिली अमेरिकी-सिटिजनशिप इसके शरीर से होती हुई एक लहर की तरह गुजर जाती है?

—सच कहो वेणु, कहीं तुम सब कुछ तो नहीं चाह रहे—बिना कुछ खोये?

—नहीं...नहीं...नहीं...मी लॉर्ड! यह झूठ है। मुझे तो यहाँ रहना ही नहीं है...अपने देश लौटना है, भारत...किसने कहा तुमसे—माँ ने? पापा ने? वृन्दा या वसु ने?

—कहेंगे...कहेंगे न! बस, वृन्दा की शादी वाले दो और लोन पट जाएँ। पिछले बरामदे के फर्श ठीक हो जाए। बाथरूम में टाइल्स लग जाएँ—वसु वाले कमरे का लीकेज मरम्मत हो जाए और एक ठीक-ठाक वॉल-यूनिट और...और वसु की शादी?

—ओह...ओह...! नहीं, सिर्फ चार, छह, दस वर्षों में रेलवे लाइन पार वाली कॉलोनी का वह सबसे आलीशन मकान होगा।

—अरे बेवकूफ! दूसरा नहीं खरीदा जा सकता क्या उसे बेचकर?

—बिलकुल। यहाँ भी कोई जिन्दगी है! तमाम ऊपरी तामझाम के बाद भी सारे समय इमीग्रेशन-स्टेटस की चिन्ता सिर पर सवार रहती है। समय बीतते कितनी देर लगती है! किसी ने कभी कहा था (याद नहीं) कि समय के साथ सबसे अच्छी बात यही है कि वह गुजर जाता है।

जो स्वप्न भी नहीं था : 1

यह मेरा स्वप्न नहीं था। यथार्थ तो बिलकुल नहीं। सपनों को जन्मने, पनपने और फलने-फूलने के लिए कुछ तो यथार्थ चाहिए होता ही है न! लेकिन आश्चर्य! जो स्वप्न भी नहीं था, वह यथार्थ होता चला गया यानी सच...!

यानी यह देश, यह शहर, ये हरी मखमली पहाड़ियाँ, ढलान के साथ उठती-गिरती, सरपट भागती सड़कें और दोनों तरफ पाइन मेपलों के घने बसाए जंगलों के बीच किसी रंगमंच की रूमानी सज्जा-सा दीखता शहर।

इन सड़कों पर कभी बिजनेस कैजुअल, कभी फॉरमल सूट में सौ की रफ्तार से अपनी टोयोटा ड्राइव करता मैं, स्वयं अपने ही यथार्थ को अचानक भौंचक-सा देखता हूँ। अपनी फीरोजी टोयोटा कार कम, अदृश्य सौगातों से लदी-फँदी बर्फ पर फिसलती सांता क्लॉज की स्लेज ज्यादा लगती है।

ऑफिस के क्लॉजेट पर अपना जैकेट डालता मैं भी अपने ओरिजनल यथार्थ के आसपास कहाँ पहुँच पाता हूँ। डेस्क के सामने वाली अपनी खिड़की से उन्नीस फ्लोर नीचे गर्मियों में धूप से चिलकती, और कड़ी ठंड में जमी बर्फ की शिला-सी चमचमाती झील को एकटक निहारता मैं भी अपने यथार्थ को नहीं टटोल पाता।

ऑफिस में अस्सी प्रतिशत गोरों (मैक्सिकन, यूरोपियनों सहित) और शेष गेहुएँ, भूरों और कालों के बीच भी आत्मविश्वास से 'हाय', 'हलो' करता हुआ अभिवादन लेते-देते गुजर जाता हूँ।

पचपन का होकर भी पैंतीस का दीखता, छरहरे बदन और नीली आँखों वाला मेरा बॉस बेहद शिष्ट और मृदुभाषी है। काम के घंटों के बाद बेतकल्लुफ भी। इंडिया में पापा के सीनियर मिस्टर सहाय वाले मॉडल में दूर-दूर तक कहीं फिट न बैठता हुआ। काम के दौरान और बीच में भी दोस्ताने न सही, लेकिन एक बराबरी का-सा सहज भाव और मौज-मस्ती के लिए हमेशा तैयार।

उसकी टेबल के सामने होता हूँ तो पूरे औपचारिक सम्मान भाव से टिपिकल अमेरिकन अन्दाज में ठहर-ठहरकर अपना पक्ष रखता चलता है। एटीकेट्स में अमेरिकन का जवाब जो नहीं! और मैं जो सजेशन रखता हूँ, उसे भी सिर हिला-हिलाकर 'दैट्स रियली नाइस', 'दैट्स ओ.के.' जैसे कमेंट्स देता हुआ अन्त में मेरे उच्चारणों और लहजे को भी एन्जॉय करता हुआ यह कहना भी नहीं भूलता, 'यू हैव ऐन एक्सेंट'...जैसे कोई कॉम्प्लीमेंट दे रहा हो, जबकि हकीकत यह है कि मैं लाख कोशिशों के बावजूद उनकी तरह जबान गोल-गोल घुमाकर 'नो' को 'नेओ', 'कैननॉट' को 'खैनॉट' और 'ओके' को 'ओखे' नहीं कह पाता...वह एम्यूज्ड भाव से ही कहता है, लेकिन मैं झेंपता हूँ।

कभी आधे दिन पर बाहर निकल रहा है और मैं उसके केबिन में होता हूँ तो वाइन की गिलास ऑफर करना भी नहीं भूलता।

कई बार ऑफिस की किसी पार्टी या मीटिंग के बाद जब खाना बचा रहता है तो सारी टेबलों पर नोटिस घूम जाती है—देयर इज फूड इन द मीटिंग हॉल...और लोग नैपकिंस, जिपलॉग, पैकेटों में बर्गर, पिज्जा, सैंडविचेज, पेस्ट्रीज ठूँसने के लिए टूट पड़ते हैं यानी शाम का डिनर बनाने की जहमत नहीं...सीधे माइक्रोवेव में गर्म किया और चिल्ड बियर की गिलास के साथ टीवी का रिमोट दबा दिया। मुझे संकोच होता है तो लोग हैरत से देखते हैं। शायद इसीलिए ऐसे मौकों पर स्टीव याद दिलाता हुआ पूछता है, 'हाय, वेनऽ! खाना लिया... ?'

स्टीव अपवाद नहीं। ऑफिस आवर्स के बाद कोई बॉस नहीं रहता। सब बराबर। लेकिन स्टीव तो ऑफिस टाइम में भी बॉस नहीं रहता।

लोग कहते हैं, बॉस के मामले में मैं बहुत लकी हूँ—एक प्रशान्त प्राजी को छोड़कर। उसकी बॉस डिवोर्सी और सिंगल वुमन होते हुए भी आम वुमन बॉसों की तरह खुर्राट नहीं।

ऑफिस टेबल पर अपनी सातवर्षीय बेटी की मुस्कुराती हुई फोटो लगा रखी है उसने। प्रशान्त को अक्सर अपनी कार में सब-स्टेशन तक की लिफ्ट देती है। हिन्दुस्तानियों की तरह अपने चिकेन-नगेट या फिश कटलेट का लंच शेयर करती है। अलबत्ता 'बीफ' या 'पोर्क' हुआ तो एटीकेट निभाने में प्रशान्त की नानी मरती है।

इस शहर में रह गए दोस्त चिढ़ाते हैं कि प्रशान्त प्राजी के दोनों हाथों में लड्डू। दाईं तरफ एमीलिया ब्राउन, बाईं तरफ समन्ता एंड्रयूज यानी तीतर के दो आगे तीतर—तीतर के दो पीछे तीतर।

जो स्वप्न भी नहीं था : 2

मेरे सपनों में कहीं प्रशान्त, अमीलिया, निलय, विशाल और सैन्ड्रा के साथ फ्लोरिडा की वह लम्बी ड्राइव भी नहीं थी जहाँ सी-वर्ल्ड से होते हुए हम समुद्र के लम्बे विस्तार तक चलते चले गए थे। शुक्रवार की दोपहर बाद की छुट्टी...स्टीव ने खुश-खुश परमिशन दे दी थी, साथ में ऑफिस पार्टी से बचे फूड पैकेट्स भी। प्रशान्त की खटारा कार में कोक और बियर के कैन। खाने के पैकेटों पर सबसे मेहरबान अमीलिया ब्राउन थी जबकि सैन्ड्रा हर थोड़ी देर बाद बियर की एक कैन खोलकर मुँह से लगा लेती थी। मेरे लिए यह सब अभी भी अविश्वसनीय था। अमीलिया किसी तरह जरूरत भर और सैन्ड्रा उससे भी कम कपड़ों में (क्योंकि हम फ्लोरिडा, 'सन-सिटी' जा रहे थे...) बिन्दास और बेतकल्लुफ थी। असहज लड़कियाँ नहीं, हम हो रहे थे। मैंने तो नहीं लेकिन निलय ने अपनी पहाड़ी हिन्दी में दोनों को फटकारा था, 'गधो! लाने से पहले इन्हें ढंग के कपड़े तो पहना लेने थे। आगे से हमारे बीच लाते समय हमसे ड्रेस कोड पूछ लिया करो...'

इस पर विशाल ने उल्टे निलय की ही चुटकी ले डाली थी, 'क्यों? हम उन्हें मन्दिर में सप्तपदी करवाने ले जा रहे थे क्या...?'

लड़कियों ने हमारी हिन्दी पर अपनी प्रश्नवाचक आँखें झपकाईं तो विशाल बेझिझक बोला, 'ये कह रहा है कि हम अपने स्विमिंग सूट लाना भूल गए इतने सुन्दर बीच पर...'

इस पर दोनों लड़कियों ने बड़ी शान से कहा, 'लेकिन हम लाए हैं...' और अगले ही पल वे अपने रहे-सहे कपड़े भी उतार, 'भरमेडो' सी पानी में तैर रही थीं। यह उनके लिए बेहद रुटीनी चीज थी और हमारे लिए अभी भी अजूबी।

लेकिन यह वाला, यहाँ वाला सुख, अब तक के सारे सुखों से अलग था। यह अपनी सम्पूर्ण प्रभुसत्ता का सुख था। हम लगभग अपने भाग्य-विधाता हो चले थे।...इस खुशी के साथ घुला-मिला प्रच्छन्न अहंकार भी रहा हो तो ताज्जुब नहीं...क्योंकि कभी-कभी खुशी और अहंकार में भी फर्क करना मुश्किल होता है। और फिर मुझे तो एक तरह से दूसरे लड़कों से कहीं ज्यादा उपलब्धि की अनुभूति होती थी। क्योंकि इंडिया वाले फोन जिस तरह मुझे लेकर अपनी खुशी का इजहार करते थे, वह प्रकारांतर से मेरी उपलब्धियों पर लगी मुहर ही तो होती थी।

एक और भी बात थी कि सौमित्र की अति सम्पन्नता और विकास की विपन्नता को छोड़ भी दूँ तो मेरी तुलना में अधिकांश लड़के लगभग उतने सम्पन्न घरों से तो थे ही जिनके

नाते-रिश्तों का कोई-न-कोई न्यूयॉर्क, न्यूजर्सी, शिकागो या सिनसिटनाटी से लेकर कैलिफोर्निया तक में बसा हुआ था। तो एक तरह से, टोटल-सरप्राइज की तरह यह देश मेरे लिए ही हुआ न!

दूसरे और दो टूक शब्दों कहूँ तो मैं किन-किन अभावों में पला हूँ, यह मैंने अमेरिका आकर जाना...।

और अब हमारे चारों तरफ आकर्षणों का मायावी लोक था। वह हमसे अलादीनी चिराग के जिन्न की तरह पूछता रहता था, 'बोलो मेरे आका, क्या चाहिए—लॉस बेगास के खर्चीले उन्माद का न सही, अपने आस-पास के ही फन फेयर...पिकनिक...समुन्दर के बीच? और हल्के-से फुसफुसाते हुए—या नाइट-लाइफ...डिस्को, जुआघर...? सिर्फ एक्सपीरिएंस के लिए... हिन्दुस्तान में तो हजार पाबंदियाँ...यहाँ तुम मुक्त हो, इस नई स्वतंत्रता का स्वाद चखने के लिए... हजार तरीके के एनजॉयमेंट...क्या खाक...खुद को खुद से चोरी करते लगे—ऐसा अपराधबोध...!

बाकियों ने कहा—शायद अगली बार आएँ तो बेधड़क हो सकें...फिलहाल तो हम एक दूसरे की नजरों को ही बार-बार पकड़े जा रहे थे। यह भी तो कितनी बड़ी राहत...पीठ ठोंक लो, सारे गुडी-गुडी बॉयेज...बचा ले गईं तुम्हें, तुम्हारी बेड़ियाँ...!

वरना जिन्न का क्या है! उसका तो शगल ही है तुम्हें प्रभुसत्ता सौंपने की कवायदें, तुम्हारा चाहा हाजिर कर देने में।

पर यह अहसास क्या कम है कि इतना सब हाथ में होने के बावजूद हम जिन्न के काबू में नहीं? प्रशान्त प्राजी भी अमीलिया को माइनस कर दें तो सेंट परसेंट।

आश्चर्य! अमीलिया वाले जिक्र को भी झट से पढ़ गया जिन्न। गहरे से मुझे भाँपा और थहाता-सा पूछ बैठा, 'आपको भी मेरे आका, क्या कात्या चाहिए?'

'शट्अप!' मेरे अन्दर वाला वेणु डपटा। 'मुझे कात्या क्यों चाहिए होगी भला?'

'क्यों? कम्पनी के लिए? फ्रेंडशिप के लिए क्या बुरी है...आखिर मिलते तो हो न कभी-कभार? वन्स इन ब्लू मून ही सही! —तो एक तरह की जरूरत तो हुई न?'

'जरूरत? जरूरत-वरूरत कुछ नहीं...उससे मिलना हमेशा संयोग से ही हुआ है। उसकी या मेरी तरफ से कोई 'एफर्ट'...कोशिश जैसी चीज ही नहीं मिलने-मिलाने की...न उसने कोई पहल की, न मैंने...'

'पहल न सही, पर फ्रेंडशिप...'

'नो, थैंक्स! वह मेरी फ्रेंड तो हर्गिज नहीं। वैसे भी, उसकी और मेरी आदतों और तौर-तरीकों में जमीन-आसमान का अन्तर...और परिचित? तो उस तरह के न जाने कितनी जान-पहचानें! हाँ, एक जमाने में वह मेरा आत्मविश्वास बढ़ाने का डोज अवश्य हुआ करती थी, बस...!'

'हाँ, और क्या...और अब तक तो आत्मविश्वास वाली डोज का कोर्स भी पूरा हुआ लगता है। जाहिर है, कात्या को लेकर क्या करोगे...?'

मुझे लगा, इतनी-सी देर में मेरे अन्दर वाला यह जिन्न जरा ज्यादा ही सरकास्टिक नहीं, मुँह लगा हुआ जाता है क्या?...भगा दिया उसको।

वह भाग भी गया। फिर भी मैं जिन्न के सवाल से इतना गड़बड़ाया और उद्विग्न क्यों हूँ?

खंड-तीन

अपनी जगहों की तलाश में

माँ

वनवास के पैसेंजर, और मन-प्रान्तर का खाली हिंडोला

पुरते निकसीं रघुवीर वधू, धरि धीर-दिये मग में डग द्वै।
झलकी भरि भाल कनीं जल की, पटुसूखि गए मधुराधर वै।
फिर बूझति हैं चलनो अब केतिक पर्णकुटी करिहौ कितह्वै...
तिय की लखि अतुरता पिय की अंखियाँ अति चारु चलीं जल च्वै... ॥

राम और लक्ष्मण के साथ वनवास पर निकली कोमलांगिनी सीता, अवधपुरी से निकलकर धरती पर कठिनाई से दो-चार पग ही चली होंगी कि माथे पर स्वेद बिन्दु झिलमिला आए।...और श्रमसिक्त बिम्ब अधर सूख गए। भोली जिज्ञासा से भरी वैदेही राम से पूछती हैं—अभी कितनी दूर और चलकर पर्णकुटी बनाएँगे आर्य पुत्र?...सीता के अबोध प्रश्न पर, राम की आँखें, स्नेह और करुणा से छलछला आती हैं।

राम के वनवास से जुड़ा यह प्रसंग आज क्यों उनके मन को भीगे कपड़े-सा निचोड़ रहा है? काल की सीमाओं के अछोर विस्तार के बीच इसका अगर कहीं कुछ साम्य बनता है तो यही कि आज उनके 'राम' और वैदेही चले गए। 'राम' तो पहले भी गए थे, लेकिन तब शिव का धनुष-भंजन कर लौट आए थे अपने राजमहल में...।

लेकिन आज वेणु गया, मेधा को लेकर!

श्रम सार्थक हुआ और साध पूरी।

राम (वेणु) की जीन्स हल्की नीली है। सीता (मेधा) के फीरोजी सूट पर कामदानी दुपट्टा। हथेलियों से बाँहों तक गहरी कत्थई मेहँदी।

कुल ग्यारह दिनों की सद्य:ब्याहता। उसी में मायके, ससुराल की आवाजाही। रीति-रस्मों के नाम पर अमेरिकन काउंसलेटों के चक्कर और वीसा की लम्बी कतारें।

मेधा को वीसा मिल गया।

जैसे आनन्द बधाई बजी हो! दोनों के चेहरे रौशन, मुस्कुराहटों से सराबोर।

न मिलता तो अभी वेणु अकेला जाता। उसे तो जाना ही होता। लेकिन विवाह के बाद घर में अकेली छूटी नवोढ़ा को सोचकर ही मन ममता से छलछला आया था। नहीं, राम जी सहायक हों, दोनों साथ-साथ जाएँ।...सो, गए।

सुनहरी क्लिपों में गुँथे मेधा के बाल। बड़ा-सा हैंडबैग। वेणु के कन्धे पर कैम्पऑर्डर। रोली, अक्षत से सजे दोनों के माथे। एयरपोर्ट तक शूट करता रहा था। सबको।

मेधा की आँखों में छलकता उछाह और उमंगों का समन्दर।...वह यथाशक्ति छुपाने की कोशिश कर रही थी।

एक समन्दर उनकी आँखों में भी हलकोरे मार रहा था। छुपाने की कोशिश इधर भी जारी थी।

वेणु सबसे मिलता, पैर छूता, आशीर्वाद बटोरता, समवयस्कों से हाथ मिलाता, और छोटों के कन्धे थपथपाता।

उनसे और पिता से जल्दी वापस आने के लिए प्रतिश्रुत होता।

लेकिन इस बार की उसकी विदा लम्बी अवधि नहीं, वनवास की तरह क्यों लग रही थी?

वनवास!...किसका?...

जानेवालों का? या जो छूट गए, उनका?...

'योर अटेन्शन प्लीज...पैसेंजर...फॉर फ्लाइट नम्बर...आर रिक्वेस्टेड टु...'

हफ्तों तक, आकाश में जितने भी हवाई जहाज उड़े, हर में वेणु और मेधा बैठे दिखे। जाने कितने वेणु, जाने कितनी मेधा!

और अन्त में सिर्फ वेणु!

उनसे बहुत-बहुत दूर होता हुआ!

'दूर कैसे मम्मी जी! अब दूरी जैसी कोई चीज दुनिया में रह गई है क्या?' मेधा ने आवाज में माखन-मिश्री घोलकर प्यार जताया था।

वेणु ने भी समझाया था, 'कोई पहली बार जा रहा हूँ माँ? वहाँ पहुँचते ही फोन करूँगा...।' (करेंगे—हम दोनों।...)

भीड़ भरे रास्तों पर घर लौटती हुई टैक्सी...और निरभ्र आकाश में और ऊपर, और दूर जाता हुआ प्लेन!...

घर लौटीं तो जैसे छप्पर उधड़ गया हो उनका...

प्रभाकर की आँखों ने कहा—'मेरा भी'—

तो...अब हमें एक दूसरे की शरणस्थली होना है!...

कातरता को करुणा की छाँव।...

और ऊपर आकाश में, आसक्ति को आतुरता की हलकोर!

समान्तर दृश्यों की अदला-बदली चल रही है।

धरती पर उदासी, अवसाद, अधीरता...

और आकाश में आतुरता, उल्लास, सम्मोहन!

रुई की धुनकियों पर हिंडोले-सा टँगा हवाई-जहाज!

उमंगों की खिंचती डोरियाँ।

अनायास आँसू भरी आँखों में, कजली की एक बहुत पुरानी पंक्ति गूँज गई :

झूला पड़ा कदम की डारी, झूलें राधा प्यारी ना...

हाँ, मेधा झूल रही है बादलों के हिंडोले पर।...

और, 'उनका' हिंडोला खाली हो गया है!...

मन-प्रान्तर के उस खाली हिंडोले के पास उदास खड़ी हैं वे!...

घर, तू भूल जा वेणु को!

पूरी चार टैक्सियों में भरकर आए थे लोग एयरपोर्ट। बाकियों को भी मुश्किल से ही समझा-बुझाकर घर छोड़ा गया कि 'अरे, ये वेणु-मेधा एक बार एयरपोर्ट के अन्दर जाकर बाहर नहीं आ पाएँगे, वहाँ ट्रेन जैसा थोड़े न होता है!'

'भाई जी! आप यहीं माथा चूम, सिर सहला लो, बहू से पैर छुवा लो, आशीर्वाद दे दो—और तुम सब भी, दादा-भाभी से—सिर्फ रंजन भैया, सुभाष-मामा, रघुवीर चाचा, माधुरी मौसी, फूफा, वृन्दा, वसु और विशाखा—इनमें से चार को तो उधर के उधर ट्रेन पकड़ानी है। आप लोग इतने परेशान मत होइए...कोई फॉरमेलिटी...'

बिगड़ गए सुभाष मामा, 'फॉरमेलिटी' होती जीजा जी, तो बारात लगाते, रिसेप्शन का लिफाफा थमाते और रिक्शा बुलवाकर वापस रवाना न हो जाते, लेकिन हमारे तो बेटे की विदा हो रही है न! (वेणु जा रहा है, कोई मामूली बात है!...जब तक है, तब तक तो साथ रह लें।) इस बार तो सचमुच जाने क्यों लग रहा है कि अब का देखा वेणु, न जाने फिर कब देखने को मिले...अरे, ये क्या कैम्पऑर्डर से रिकॉर्ड करेगा...जो हमारी यादों के टेपरिकॉर्डर में दर्ज है—याद है जीजा जी! जब हम-आप गंगा-दशहरा में साथ ले गए इसे और इसने अचानक धारा में डुबकी मार दी—गुडुप! होश गुम हो गए थे हमारे। पागलों की तरह कूदे हम दोनों बीच धार और पानी से बोथा हुआ निकाला इसे...' सुभाष और प्रभाकर एक साथ आँखें पोंछ रहे थे।

रघुवीर भैया बताने लगे कि कैसे वेणु ने उनकी ऐश-ट्रे पर रखी अधजली सिगरेट उठाकर बड़े मजे से ओठों में दबा ली थी।...सारे लोग हो-होकर हँस पड़े तो खुद भी हँसने लगा और सिगरेट धप से गिर पड़ी।

बुआ हँसी कि 'अरे, गुंजन की शादी के बाद जब हम सब एक साथ लौट रहे थे तो पांडे जी के परिवार और उनकी पाँच साल की चुनिया के साथ इतना हिल गया था कि बीच रास्ते उन लोगों के साथ ही स्टेशन पर उतरने की जिद मचाने लगा। महा नटखुट्टा था भाई। ये तो बड़ा होते-होते सीधा होता गया...'

मोहान्ध आवेगों की घमासान मची थी। अमेरिकी वीसा, पासपोर्टधारी वेणु उनकी नजरों में बड़ा हो ही नहीं पा रहा था। किसी ने गोदी खिलाया, किसी ने बाँहों में उछाला है। किसी ने स्कूल की डिबेट के लिए 'सुजलाम्, सुफलाम्, वंदे मातरम्' रटाया है। किसी ने फैंसी ड्रेस के लिए जवाहरलाल नेहरू-सा सजाया है। और किसी ने चाभी वाले हवाई जहाज की खींचातानी में बाल खींचकर दो चटकनी भी जमाई है। वह रंजन भैया थे और जब 'एं-एं' रोता-सा वेणु माँ के पास पहुँचा था तो पुचकारने के बदले माँ ने डपटकर कहा था—'बड़े भैया से भिड़ेगा तो पिटाई तो होनी ही होनी न! जाके भैया से माफी माँग।' और उधर ताई ने रंजन भैया को फटकारा था—'तेरा छोटा भैया है न! दो मिनट को उसे ही चाभी वाला हवाई जहाज चलाने देता तो क्या हो जाता?...आ वेणु! मेरी गोदी में—भैया गन्दा...।'

'इतनी सारी रबर पेन्सिलें...पर घात हमेशा कम्मो दीदी के ज्योमेट्री बॉक्स पर—आज रंगे हाथों पकड़ा गया वरना चुराता भी नुकीली पेन्सिलें...और पूछने पर ऐसा मासूम चेहरा बनाता कि न डपटते बने, न दुलारते। क्या सोचा था कि कम्मो दीदी भी वृन्दा, वसु हैं कि

'बड़ी' तरस खाकर छोड़ देगी और 'छोटी' न्याय के लिए मिमियाती रह जाएगी! अच्छा है, कम-से-कम एक रंजन है तेरे होश ठिकाने लगाने वाला...वृन्दा-वसु तो...'

'टेसू-सी लाल आँखें छुपाती फिर रही है। जा न...हॉस्टल...आज तेरा ट्यूटोरियल वायवा है न...'

'निकिता से कह दिया है—नोट्स रख लेने के लिए। वृन्दा दीदी भी तो कल चली जाएँगी।'

वृन्दा ने फोन पर सास से इजाजत ले ली है :

'बस, दो-ढाई दिन ही रह गए हैं मम्मी जी! वेणु दादा और मेधा भाभी के साथ रह लूँ? फिर न जाने कब देखने को मिलेंगे!'

अनुमति मिल गई, 'लेकिन निखिल को भेज देना बहू...पापा जी का बुखार कल रात भी एक सौ दो हो गया था।'

...इसलिए निखिल कल ही अपने छोटे सूटकेस के साथ चले गए थे।

पाँच महीने के मुनमुन को थपकती वृन्दा वेणु और मेधा के पास बैठ पाने का योग तलाशती रही थी।

'हाँ-हाँ, आइए न दीदी...'

'वेणु! ये पेपर्स सँभालो।'

'बस, दो मिनट, मम्मी का फोन है। पापा पूछ रहे हैं कि तुमने सत्येन अंकल को फोन किया या नहीं? हमें सारी ज्यूलरी भी तो ले चलनी है।'

वृन्दा के पास खड़ा वेणु मुनमुन को उचकाता फोन की तरफ मुड़ जाता है।

चार में से तीन टैक्सियाँ घर लौट आईं।

तृप्त, सन्तुष्ट गया वेणु, इससे बड़ा सुख और क्या?...

अब वेणु के बिना इस घर को रहना है।

घर, तू भूल जा वेणु को!

घर, तू भूल पाएगा वेणु को... ?

सिंहासन खाली करो कि...

सगाई के बाद जा रहा था वेणु...तो मैंने मेधा से कहा था, 'चलो, अब तुम आ गई बेटे। वेणु को चिट्ठियाँ लिखने से मुझे फुर्सत मिली (मोबाइल नहीं था तब!) नहीं तो हमेशा लगा रहता था, अकेला रहता है वहाँ...चिट्ठियों का इन्तजार रहता होगा उसे...मन करता, कितनी सारी चिट्ठियाँ लिख डालूँ...लिखती रहूँ...तो सारे काम निपटा, पापा के सोने के बाद, कभी-कभी तो बाथरूम की लाइट जला, गलियारे में बैठ पत्र लिखा है उसे।...अब उसकी जरूरत नहीं...'

'क्यों, क्यों?...ऐसा क्यों कहती हो? मेधा के पत्र, मेधा के होंगे। तुम्हारे थोड़े न! मुझे तुम्हारे पत्रों का भी इन्तजार रहेगा।' वेणु ने कहा था।

तब अनायास कौंधा था—अब मैं 'भी' में तब्दील हो गई। उफ्, यह अन्दर उपजी एक ईर्ष्यालु माँ, जो अपने-आपको समझाने में सफल हो ही नहीं पाती कि वेणु अब मेधा का पति हुआ। उल्टे जिद पर अड़ जाती है—क्यों, क्यों भला—मेरा बेटा भी तो है।

—हाँ, तुम्हारा बेटा 'भी'...

—गजब हो तुम 'भी'! वेणु को मेधा के 'पति' तक पहुँचने ही नहीं दे रही। अनधिकार चेष्टा... ?

—अनधिकार ? क्या मतलब ? अधिकारच्युत तो मैं हुई।

—और सिंहासन की एक मात्र अधिकारिणी—मेधा।

—छोड़ो भी, सिंहासन कब किस स्त्री को मिला है ?

—नहीं, यह बाहर दिखते हीरे-मोती जड़े सिंहासनों की बात नहीं हो रही। यह मन के गहन प्रकोष्ठ में रखा हुआ आसन है जहाँ सिर्फ वेणु विराजता था। उसी का वंशी-वादन गूँजता था।

—तो ?...क्या चाहती हो तुम ? सारी उम्र तुम्हारे पास ही बना रहता ? सीधे कहो न कि सिंहासन तो तुम्हारा छूटा हुआ महसूस हो रहा है तुम्हें।

—यहाँ अधिकार-विहीन या सिंहासनच्युत होने जैसा कोई प्रसंग ही नहीं। तुम नहीं समझोगी। यह एक अबूझी-सी मोह या ममता की प्रतिस्पर्धा है।

बात सिर्फ वेणु के और ज्यादा, बहुत ज्यादा दूर होते जाने के अहसास से उपजे खालीपन की है, बस...।

—सचमुच ?...किसे झुठला रही हो ?...बात इससे बहुत गहरी, बहुत कचोट भरी है।

सॉरी मेधा

मेधा प्लेन की खिड़की से बाहर एकटक देख रही है।...आकाश सफेद, रुपहले बादलों का इन्द्रजाल रच रहा है।

एयरहोस्टेस ठंडा जूस थमा गई।

मेधा ने अनायास वेणु की जूठी गिलास अपने होंठों से लगा ली है।

एयरहोस्टेस मुस्कुराई है।

झेंप-से गए वेणु को मेधा की सतर भौंहों ने प्रगल्भता से छेड़ा है।

वेणु पर अनवरत भाग-दौड़ के बाद की थकान हावी है, मेधा पर उत्तेजना और औत्सुक्य।

वह वेणु को कुरेदकर सब कुछ एक साथ जान लेना चाहती है :

'अभी लन्दन कितने घंटों में पहुँचेगा प्लेन ?'

'शुरू में ही पायलट ने अनाउंस किया था न...!' वेणु चिढ़ाता है।

'मैंने सुना होता तो तुमसे पूछती ? अच्छा, इस समय हम जमीन से कितनी ऊँचाई पर होंगे ?'

'वह भी इधर सामने स्क्रीन पर आता रहता है, समझीं ?' वेणु मुस्कुराता है।

'जैसे मुझे पता नहीं...लेकिन साथ बैठे तुम बताओगे तो कोई हर्ज ?'

वेणु को मजा आता है, मेधा को खिझाने में, 'कुछ पता-वता नहीं है गँवारन को...'

मेधा तैश खा जाती है, 'जैसे तुम पहली बार गए थे तो तुम्हें सब पता था न ?'

'नहीं, कुछ पता नहीं था, लेकिन मैं अपना अज्ञान छुपाता और चिढ़ता नहीं था।'

'तुम्हें कोई गँवार कहता तो देखती, कैसे नहीं चिढ़ते...' अब मेधा रुआँसी थी।

'सॉरी! वेरी सॉरी बेबी! असल में मुझे बहुत तेज झपकी आ रही थी...शादी से लेकर प्लेन में बोर्ड होने तक मैं थककर पस्त हो गया हूँ...पहले शादी, रिसेप्शन की धूमधाम, फिर कुर्सी-गद्दों से लेकर सारे सामानों की वापसी—शामियाने, कैटरर, हिसाब-किताब...'

'सोचो, मेरे यहाँ तो सब कुछ अकेले मेरे पापा ने मैनेज किया।'

'तुम्हारे पापा के साथ तो पूरा हाइडल डिपार्टमेंट जुटा था और उन्हें शादी, रिसेप्शन के साथ-साथ मेरी तरह तुम्हारे वीसा पासपोर्ट के लिए भाग-दौड़ थोड़ी करनी थी। पैकिंग भी तो मैंने चारों सूटकेसों की ज्यादातर अकेले ही की। तुम तो नई बहू बनी सारे समय रिश्तेदारों से घिरी रहीं।'

'तो क्या जान-बूझकर? मुझे उनसे घिरे रहना कोई अच्छा थोड़े न लग रहा था। मैं तो सारे समय तुम्हारे पास ही होना चाहती थी। वे ही लोग नहीं छोड़ रहे थे।'

'मैं तुम्हें दोष नहीं दे रहा...अपनी थकान की वजह बता रहा हूँ। वहाँ पहुँचकर भी अगले दिन ही ऑफिस...'

'वहाँ की फिक्र मत करो, मैं सब सँभाल लूँगी...' मेधा लाड़ से इतराई।

वेणु आहत हुआ, फिर मुस्कुरा उठा, 'वहाँ का काम सँभालने में अभी तुम्हें वक्त लगेगा मैडम! अभी तो पहुँचने के चार-छह घंटे आगे-पीछे 'जेटलैग' से धुत, सोती-जागती ही रहोगी। बहुत एक्साइटमेंट है वहाँ का न...आगे-आगे देखिए होता है क्या...'

'अरे, तुम तो उल्टे डराने लगे, जैसे मुझे हनीमून पर नहीं, कालेपानी ले जा रहे हो! लेकिन मेरी माँ वर्किंग वुमन रही हैं न, तो मुझे सब कुछ मैनेज करना आता है। मैं हमेशा से इन्डिपेंडेंट रही हूँ। लेकिन तुम यू.एस. के नाम पर डराने के अलावा और कुछ बता ही नहीं रहे हो...एक्साइटमेंट तुम्हें भी तो होना चाहिए—कम-से-कम मुझे पहली बार लेकर जा रहे हो, उसका ही...'

'तुम असल में मेरे बारे में जानने से कहीं ज्यादा अमेरिका के बारे में जानना चाह रही हो! जैसे मेरे साथ नहीं बल्कि अमेरिका के साथ शादी की हो! यहाँ से ही इतनी लुट-पिट गई हो तो जाने पर क्या हाल होगा! लगता है, हम तीनों के दरमियान प्रेम का एक त्रिकोण बनने वाला है—'आइ लव यू, एंड यू लव अमेरिका' किस्म का...'

मेधा ने आँखें तरेरीं तो वेणु को और ज्यादा चुहल सूझी, 'सचमुच हम-तुम जब पहली बार मिले थे तब से आज तक तुमने अमेरिका के बारे में जितना पूछा, जितना जानने की उत्सुकता दिखाई, उसका दशांश भी मेरे बारे में नहीं...'

'बेशक! झूठ क्यों बोलूँ? एक तो विदेश, दूसरे अमेरिका।...जब तुम पहली बार गए होगे तो तुम्हें भी ऐसा ही महसूस हुआ होगा—नहीं?'

'नहीं मेधा!...सच कहूँ तो तुम्हारी उतावली देखकर मुझे ईर्ष्या हो रही है कि क्या इतनी उमंग से भी अमेरिका जाया जा सकता है?...मैं तो एक अकेला, आशंकित-सा युवक था—तमाम सारे ऊहापोहों से घिरा...एक अजनबी देश की यात्रा पर निकला। जितनी भी आकांक्षाएँ, सपने पले होंगे भी मन में, क्रमशः पानी में धुले रंगों की तरह फैलकर धुँधलाती

गई होंगी, जबकि तुम्हारी स्थिति इससे एकदम उलट...उमंगों का बेहिसाब बहता पारावार उत्तेजना, आश्वस्ति और...'

'तुम...' मेघा ने इस एक शब्द में जैसे सारे धुलते रंगों को समेटकर प्रगाढ़ अनुरक्ति में डुबो दिया।

अन्तरंगता की यह आश्वस्ति अनिर्वचनीय थी। वेणु खुला-खुला-सा हल्का हो आया। जैसे वे दोनों एक साथ खिड़की के रास्ते खुले आकाश के साथ हो लिये हों!

'जानती हो, मैं तो अमेरिका जाने से पहले कभी प्लेन में बैठा भी नहीं था। हवाई जहाज को सिर्फ आसमान में उड़ते या चाभी के खिलौनों की शक्ल में ही जानता था।'

'मैं बैठी तो हूँ, लेकिन सिर्फ दो बार—वह भी बद्रीनाथ और दार्जिलिंग की छोटी डोमेस्टिक फ्लाइटों में। लेकिन वे ट्रिपें इसके सामने कुछ भी नहीं थीं।'

वेणु को लगा, अभी-अभी इस क्षणांश में उसने जीवन का सबसे मूल्यवान उपलब्ध किया है...जैसे बार-बार सुनने का मन हो आए...!

'क्यों?'

'बिकॉज ऑफ यू...' मेधा ने अपनी सीट से उसे लगभग दोनों बाँहों में लपेटते हुए कहा।

थोड़े चौंके, थोड़े झेंपे वेणु के अन्दर अनायास एक दूसरे पर पलटवार करते अहसास हावी होने लगे। नम्बर एक—भारत की लड़कियों के शर्मीलेपन को लेकर उसकी शंका निर्मूल थी। दो—अमेरिका के लिहाज से उसने सही भारतीय लड़की चुनी है। वह तो समझता था, अभी हफ्ते-दो हफ्ते शरमाने में ही बीत जाएँगे। तीन—यह इंडिया के लिहाज से कुछ ज्यादा ही पकी-पकाई नहीं लगती क्या? चार—हमेशा की तरह खुद के किये पर, जैसे हर ताल का आवर्तन सम पर गिरता है। पाँच—मेधा के जरा उन्मुक्त प्यार के प्रदर्शन के प्रति ऐसा उपहासी भाव!

जबकि वेणु खुद ट्रे में चाय-समोसे, गुलाबजामुन लिये सिर झुकाए आती लड़कियों की कल्पना मात्र से इरीटेट हो जाता था। जैसे ये लड़कियाँ लगातार आँखें झुकाए एक खास तरीके से शरमाने के लिए ही बनी हैं! दो-चार ने तो एम.ए. वगैरह होने के बावजूद सवालों के जवाब भी ऐसे रटे-रटाए दिये थे कि वेणु को लगा था कि इनका अपना कुछ वजूद है ही नहीं। उनका सबसे बड़ा सुख, खुशकिस्मती, किसी लड़के द्वारा उन्हें पसन्द कर लिया जाना है। खुद उनकी पसन्द क्या है, इससे पूरी तरह बेखबर।

चार-छह ऐसी लड़कियों के रवैये पर जब वेणु झुँझला आया तो माँ को हैरानी हुई थी कि कैसे सिर्फ कुछ सालों के अमेरिकी-प्रवास में वह भूल गया कि सुभाष मामा के साले की लड़की सुषमा को खूब अच्छी तरह देख-भाल कर पसन्द करने और सगाई की तारीख पड़ने के बाद भी लड़के वालों ने सिर्फ इसलिए 'ना' कर दी क्योंकि उन्हें बिहार की सात लाख ज्यादा दहेज देनेवाली पार्टी और ज्यादा गोरी लड़की मिल गई थी। तीन महीने बाद लड़का हनीमून पर माउंट आबू में था और सुषमा मनोचिकित्सक की क्लीनिक में। अभी सिर्फ दो महीने पहले, वृन्दा की एक सहेली ने एक दिन अचानक अपने-आपको सिर्फ इसलिए कोठरी में बन्द कर लिया था कि वह अब और ज्यादा नापसन्द होने के लिए किसी लड़के के सामने नाश्ते की ट्रे लेकर नहीं जाएगी, न उनके ऊलजलूल सवालों के जवाब देगी।

अरे, अपनी सलूजा आंटी की बहन की लड़की इतनी इंटेलीजेंट, सुन्दर और शालीन होने के बावजूद अभी तक सिर्फ इसलिए नहीं ब्याही जा सकी, क्योंकि उसके साढ़े तीन साल से पैरालाइज्ड पिता दहेज देने की स्थिति में बिलकुल नहीं हैं। और अब 'अब शादी नहीं हो रही' के हिज्जे को 'शादी नहीं कर रही' में बदलकर वह किसी तरह बी. एड. कर डी.ए.वी. कॉलेज में टीचर है।

और तो और, तू आठ साल पहले की विशाखा दीदी की शादी तो छोड़, अभी हाल के निखिल के पिता जी की अभिनय-पटुता भूल गया क्या?...

तुझे क्या लगता है, तू न होता तो निखिल और उनके पिता को वृन्दा पसन्द आ जाती?

और खुद तू वेणु, आखिर क्यों आनाकानी कर रहा है इतने महीनों से इतनी फोटुएँ देखने के बाद? क्या तुझे भी वही सब नहीं चाहिए था?

माँ के सामने कैसा भी अटपटा जवाब देने के बावजूद वेणु जानता है कि माँ सब जानती हैं।

इसीलिए तो उन सारी लड़कियों के बीच से जैसे ही पिता के रुतबे से लैस कॉन्वेंट एजुकेटेड लड़की का प्रपोजल आया, वेणु ने थोड़ी दिखावटी ना-नुकर के बाद मेधा वाले बायोडाटा पर अपना पेपरवेट दबा दिया।

तो तुम कम नहीं हो वेणु! तुम भी उनमें से ही एक हो।

'क्या सोचने लगे?' मेधा टोकती है।

'ऊँ?...यही कि मैं कितना खुशकिस्मत हूँ...!'

वेणु अपने गले को घेरती मेधा की मेहँदी लगी कलाइयों को चूमकर अलगाते हुए जैसे किसी जंजाल से मुक्त हुआ। फिर यह सोचकर हल्का हो आया कि उसकी फितरत ही है, जब-तब अपने अन्दर की अरण्य-यात्रा पर निकल पड़ना।

नहीं, उसे मेधा का सुलझा, साफ और बेपनाह प्यार अच्छा लगा। मन का करने की हिम्मत, वरना वेणु तो विंडो सीट पर बैठी मेधा को 'किस' करने तक में झेंप रहा था—सात साल अमेरिका में रहने और सड़क, फुटपाथ से लेकर प्लेटफॉर्म, बाजार तक किसी भी पब्लिक प्लेस पर हर उम्र, वर्ग के लोगों को बात-बेबात, प्यार के इजहार करते देखने के बावजूद—यानी वह खुद पिद्दी का शोरबा है...और मेधा...?

प्यार से इठलाते हुए पूछ रही थी, 'एक बात बताओ, प्रॉपर हनीमून तो हमारा हुआ ही नहीं, तो कम-से-कम मिनी हनीमून का ही कुछ प्लान किया है तुमने...? कहाँ चलेंगे हम?'

'कहाँ मतलब? सीधे-सीधे पूरी दुनिया के ग्लैमर वर्ल्ड माने जानेवाले महादेश में दीर्घकालीन हनीमून ले जा रहा हूँ मैडम, और आपको 'मिनी हनीमून' की पड़ी है?'

'वाह, ये तो मेरा ससुराल ही हुआ न! तुम इंडिया में होते और ले जा रहे होते तो बेशक हनीमून मानती...'

'अच्छा, तो अब यहाँ से इंडिया चलना चाहोगी हनीमून पर?'

वेणु ने सोचा, मेधा चिढ़ेगी, रूठने का अभिनय करेगी या उदास हो जाएगी लेकिन उसने हँसते हुए दोटूक शब्दों में कहा, 'इंडिया की सारी खूबसूरत जगहें तो हम घूमेंगे ही लेकिन पहले तो मुझे यहाँ की 'स्टैच्यू ऑफ लिबर्टी', 'वर्ल्ड ट्रेड सेंटर'—इस सबका प्लान

बनाना है।...अच्छा, कितने मंजिल का है वर्ल्ड ट्रेड सेंटर ? तुम गए हो ऊपर ? कैसे लगते हैं जमीन-आसमान उतनी ऊँचाई से ?'

'आसमान उतना का उतना ही ऊँचा रहता है, जमीन बेशक पैरों नीचे से खिसकी नजर आती है।'

'धत्, तुम सारा एंटीक्लाइमेक्स कर देते हो! किसी बात का सीधा जवाब देते ही नहीं।'

अचानक उसे अपने ऊपर खीझ-सी आई। ऐसे भी कहीं बोला जाता है अपनी नवविवाहिता से ?

आखिर क्यों वह मेधा की सपनीली उड़ानें रद्द करने की घोषणाओं पर आमादा है ?

क्यों मेधा की आँखों में टँगा आकांक्षाओं को अदृश्य पिंजरा और उसमें रटता हीरामन उसे उद्विग्न से ज्यादा इरीटेट कर रहा है ?

कहीं ऐसा तो नहीं कि वह सोच कुछ और रहा है, बोलता कुछ और जा रहा है... ?

मामला क्या है वेणुमाधव शुक्ला ?

—मामला क्या है ?

—मामला ? मामला क्या हो सकता है भला! कुछ भी तो नहीं...।

—सच ?

—बिलकुल...क्यों नहीं... ? रहा भी होगा कुछ तो वहीं का वहीं रफादफा हो गया, और क्या!

—इस तरह कह देने भर से रफा-दफा हो जाया करते ऐसे मामले, तो इस तरह तुम्हें सबके सामने पेशी लगाने की जरूरत नहीं पड़ती, समझे ?

—कोई पेशी-वेशी नहीं...मुझे किसी पेशी के लिए तलब नहीं किया जा सकता...मेरी कोई गलती नहीं।

—लो, यह कोई क्या कह रहा है कि तुम्हारी कोई गलती है...लेकिन जो घटा...

—हाँ, अप्रत्याशित था वह कि...

—कैसे तुम घुले-मिले उत्साह और उत्तेजना में इंडिया जाने से पहले की जानेवाली शॉपिंग को फिनिशिंग टच दे रहे हो...माँगी गई और ले आई गई चीजों की लिस्ट मिला-मिलाकर सही-गलत के निशान लगा रहे हो—कहीं खुश, कहीं खींझ भी रहे हो कि अचानक कात्यायनी का फोन...क्या हो रहा है ?...तुम्हें एक फ्रेश लतीफा सूझता है—यही कि दो लड़कियों (वृन्दा/वसु) की लिस्ट कम थी क्या जो एक तीसरी तुम आ गईं बीच में ?

कात्यायनी हँसती है—ऊपर-ऊपर। वही शोख तिश्नगी, लेकिन अन्दर स्निग्धता की आभा-सी, जिसे अब तुम बखूबी समझने लगे हो। कुछ भी कहने, सुनने और बाँटने में कोई परहेज नहीं...दोस्ती की विरल साझेदारी...एक भरपूर भरोसे वाला रिश्ता—जिसमें दोनों ने अपनी-अपनी सीमाओं की साख निभाई! किसी सस्तेपन की गुंजाइश नहीं, न बॉर्डरलाइन क्रॉस करने की कोशिश...

फोन भी समझ-बूझकर कभी-कभार, पर जानकारी पूरी एक दूसरे की...

कात्या खिलखिलाई (अब तक वह परिचित हो चुकी है तुम्हारे व्यक्तित्व से), 'ज्यादा परेशान कर दिया दोनों बहनों ने?'

'परेशान?' तुम हँसते हो, 'मुझे पागल कुत्ते ने काटा था जो मैं वसु-वृन्दा से उनकी लिस्ट माँगने की गलती कर बैठा...अब उनकी तो उनकी, उनकी दर्जन-भर सहेलियों की भी...दादा, प्लीऽऽज...सैटरडे की फ्लाइट और शुक्र को मिस्टर कालिंस ने टास्कफोर्स की मीटिंग रख दी...उन्हें जाने क्यों लगता है कि मेरे बिना मीटिंग सँभलने वाली नहीं...फिलिप की पूरी तैयारी इस प्रोजेक्ट को उखाड़ने की है...

कात्या दुबारा चिढ़ाती है, 'अब भई, कॉलिंस के ब्लू आइस बॉय होने के कुछ नुकसान तो उठाने ही पड़ेंगे न! एनी वे, जोक्स अपार्ट, मुझे पकड़ा दो लिस्ट...बची-खुची चीजें लेकर आ जाऊँगी शनिवार को—तुम्हें सी ऑफ भी कर दूँगी...वापसी कब की है इंडिया से?'

'वापसी?...तुम्हें तो बताते भी एम्बैरेस्ड होता हूँ न, कि बस, इसी बात पर मुझे खिझाना शुरू कर दोगी...ठिकाना नहीं कि टाइम निकालकर अपार्टमेंट में धावा भी बोल दो—फोटो दिखाने की जिद कर बैठो और उसके बाद उसकी और मेरी भी नाक-कान खिंचाई करने के कोई कसर छाड़ोगी क्या? सोचा था, तुमसे अप्रूव कराए बिना 'यह डिसीजन' अपनी दोस्ती के साथ धोखा है...लेकिन सारा कुछ इस तरह जल्दबाजी में माँ-पापा, वृन्दा-वसु ने तय करके रखा है कि उनकी फीलिंग्स को ठेस पहुँचाना...पर सच पूछो तो तुमसे यह सब कहने में भी झेंपता हूँ। मेरे सेंटीमेंटी उद्‌गारों पर जोर से खिलखिला दोगी तुम। सच में, कितनी सारी बातें तो मैं तुम्हारी इस बला की चिढ़ाने और मेरी भावुकता का मजाक उड़ाने वाली आदत की ही वजह से नहीं कह पाता तुमसे...फिर भी आज कह ही गया...

'अरे, कमाल है! इतनी देर में तुमने एक करारा जवाब तक नहीं फेंका। खिलखिलाई भी नहीं। ओ मुँह फूल गया न तुम्हारा। अब बोलो अपना तकियाकलाम कि तुम तो किसी लड़की का जिक्र आते ही कातर करुण होने लगते हो...चिढ़ा लो...अरे...फोन को क्या हुआ...कब का कट गया...और मैं बोले जा रहा हूँ।...हलो कात्या...कात्या... कात्याऽऽऽ!

अपने ही शब्द फोन के बाहर हजार फुसफुसी प्रतिध्वनियों में छितरते-बिखरते रहे थे। फोन नहीं लगा तो नहीं ही...। हो सकता है, अचानक छोटी बहन ज्यादा 'वॉयलेंट' हो गई हो...मैं तो खुद उसके बारे में पूछना चाहता था, यह भी कहना कि ऑफिस से बचा सारा टाइम तो निकिता के खाते में चला जाता है, तुम मेरी लिस्ट की चीजें कहाँ से लाओगी...?

अगले दिन ऑफिस में ई-मेल मिला, 'सॉरी, फोन कट गया...लिस्ट भेज दो, चीजें ले आऊँगी...भेज भी दूँगी...'

वापस मेल कर दिया, 'भेजने से काम नहीं चलेगा। आकर पैकिंग भी करनी होगी उनकी...' आज तक कभी ऑर्डर नहीं चलाया, आज जाने कहाँ का दुःस्साहस...?

और शनिवार की सुबह जिस लड़की ने मेरे अपार्टमेंट की कॉलबेल बजाई थी, वह कात्या की जगह उसकी धुँधली-सी याद या आकृति भर ही थी। मैं हड़बड़ाया तो वह मुस्कुरा दी। मैं और ज्यादा स्तब्ध हो आया था—विमूढ़, ठगा-सा, अवाक्! कैसे पूछता और क्या पूछता...प्रेम, प्यार जैसे शब्द तो उसके सामने मुँह पर लाना भी सस्तेपन का इजहार था। एलर्जिक थी वह (खुद उसी के अनुसार)। इन शब्दों के चीपेस्ट पर्यायों

से—लेन-देन, आदान-प्रदान और उपयोगों से—'यूजिंग लव!' उसका पहला कटाक्ष हुआ करता था।

निरस्त था मैं उसके सामने—असहाय और कातर भी। उसने जरा-सा भी कभी कहाँ जतलाया! कैसे जतलाती? जिन्हें हमेशा झुठलाया, मजाक उड़ाया, उन्हें कैसे स्वीकारती?

और मेरी भी हिम्मत थी क्या? इतनी मजबूती से बाँटी हुई मित्रता की रस्सी के कोड़े खाने थे मुझे क्या?

और अब वह ढही पड़ी थी मेरे ऊपर—शेरनी की ही तरह...अपना ही शिकार करती—अपने ही 'मजाक' उड़ाए शब्दों का ग्रास बनती...।

चट्टान दरककर चूर-चूर हो चुकी थी।

मेरी काबिलियत थी कि मैं उसे जोड़ता?...सँभाल तक नहीं पाया। वह मेरी प्रतीक्षा करती रह गई थी कि एक न एक दिन शायद मैं समझ जाऊँगा...और स्वयं आऊँगा उसके पास। वह उसी दर्प, उसी अभिमान को सहेजती, अनुग्रह-सा करती मुझे स्वीकार लेगी—शेरनी की ही शान से—मुझे शेरनी को पालतू करनेवाले रिंगमास्टर का खिताब देती, लेकिन मैं तो मित्रता की शुद्धता की ही पहरेदारी करता रह गया। कभी सपने में भी सोचने का साहस नहीं कर पाया—सिवा इसके कि मेरे प्रति उसकी यह मित्रता बहुत विशेष है।

एयरपोर्ट तक वही लाई थी मुझे अपनी कार में ड्राइव कर।

जाने क्यों यह सच नहीं बोला गया था कि नहीं, मैंने सपने में भी तुम्हें मित्र से अलग किसी और रूप में नहीं सोचा था। यह सोचकर कि उसे थोड़ा-सा ही सुख दे लूँ।

कहा कि डरता था तुमसे कि पता नहीं, तुम इस पर किस तरह से रिएक्ट करो!

वह रोई डहक-डहककर...यह कहकर कि अब मेरे पास क्या बचा है जिसकी टेव के लिए प्रेम-प्यार का मजाक उड़ाऊँ! वह मजाक, वह विद्रूप भी तो एक खिलाफत थी—अपनी छोटी बहन के साथ हुए धोखे के प्रतिशोध के रूप में...

बताया था उसने कि 'छोटी' यहाँ की स्वच्छ बयार में बहती चली गई थी—ज्यादा ही मनमानी और अन्त में जब तक होश आया, वह अपने सहपाठी की ही दुर्द्धांत साजिशों का शिकार बन विक्षिप्त हो डीप डिप्रेशन में चली गई थी। शायद यही वजह थी कि पूरे समाज से घृणा करती कात्यायनी आपसी स्नेह, सौम्य, नक्ष पर भी अविश्वास करती, प्रेम-प्यार को अपनी तीखी टिप्पणियों से बेंध दिया करती।

अच्छा, क्या थी मेरी उस वक्त की मन:स्थिति?

अपने ऊपर लुटी-पिटी कात्या को लेकर एक दबी-छुपी तृप्ति तो नहीं, कि मुझे भी इतना प्यार किया जा सकता है? मरा-मिटा जा सकता है—वह भी कात्यायनी जैसी प्रखर, मेधावी, कुशाग्र से...तो मुझसे क्या अपेक्षित है? कम-से-कम एक बार तो कह दूँ कि नहीं जाना कहीं अब मुझे—इंडिया वगैरह...ठीक है, फेल हुआ मैं...बौड़म साबित हो गया...लेकिन अब तो मुझे निर्णय लेने दो...

लेकिन नहीं कह पाया था।

या कि स्वीकारती नहीं वह अभिमानिनी, इतनी कच्ची नहीं थी मन की।

और मैं ही क्या माँ-पापा-बहनों के खिलाफ यह निर्णय ले पाता...?

पूरे मन से चाहा भी कहाँ था!...छिः, कितना नाटकबाज होता है आदमी!—जीवन की सबसे दिव्य अनुभूति के साथ भी इतने छद्‌म... ?

तो छूटी रह गई थी कात्या...

अचानक एक दुनियादार चैतन्य वेणु मेरे दरवाजे पर खटका मारता है—तो ? तो क्या हुआ—अरे, ऐसी कई यादें लगभग हर आदमी की जिन्दगी के तहखाने में, अँधेरे और सीलन के बीच, दबी पड़ी होती हैं... !

और, जीवन चलता रहता है... ।

वेणु (सूर्यास्त : भारत/सूर्योदय : अमेरिका)

प्लेन की लैंडिंग हो गई, लेकिन मेधा की नहीं। वह अभी तक बादलों के ऊपर है। कभी समन्दर में डाइव मारती, कभी हवा में ऊँची पेंगें बढ़ाती। नहीं हैं जमीन पर उसके पैर।

अब सिर्फ पंख हैं उसके पास।

परेशानी यह है कि मेधा मेरे पास भी वैसे ही दो पंख देखना चाह रही है। और मैं ठहरा इस जमीन पर फूँक-फूँककर कदम रखनेवाला।

शायद पंख मिल भी जाएँ तो मेधा जैसी आसानी से उड़ नहीं पाऊँगा, जबकि मेधा को ये पंख आखिर मेरे हवाले से ही मिले हैं न!

(छिः, कैसी अहंमन्यता पर उतर आया हूँ मैं!...)

बहरहाल, मेधा मेरी ओर उत्साहित आत्मविश्वास से देख रही है, लेकिन मेरी आँखें थोड़ी हड़बड़ी में प्रशान्त और विकास को ढूँढ़ रही थीं। आ गए दोनों, अपनी-अपनी गाड़ियों के साथ।

हमारे साथ आए सामानों का जितना अन्दाज मैंने उन्हें कराया था, उससे ज्यादा उनका खुद का अनुभव था। प्रशान्त हँसते हुए बोला था, 'कोई पहली बार 'जोड़े' को लेने थोड़े आया हूँ। तुमसे पहले भी 'दहेज' से लदे 'कपलों' को उठाकर उनके ठिकाने पहुँचाया है।' (रब्ब! हमारी बारी कब आएगी ?...)

सचमुच मेधा शादीवाली रेशमी बुनाइयों और लेसदार पलंगपोशों से लेकर चकला-बेलन, परात और गलीचे तक बँधवाना नहीं भूली थी। अपनी शरजाह वाली भाभी से फोन कर-करके विदेश में बसनेवाले नये-नवेले जोड़ों की सारी जरूरतें मालूम कर ली थीं। दोनों दोस्त हमारे सामान सूटकेस में जमाने में लस्त-पस्त कि प्रशान्त फिर धीरे से फुसफुसाया, 'पाप्पे! भाब्बी तो एक इत्ती-सी, सामान इत्ता सारा... ?'

एयरपोर्ट से बाहर आते ही बर्फीली छुरी-सी हवा मेधा को ठिठुरा गई। प्रशान्त ने जान-बूझकर हँसते हुए उसके मेहँदी लगे हाथों की ओर साथ लाए दस्ताने बढ़ा दिये। जल्दी से उसकी लाई जैकेट भी पहन लेने की हिदायत दी। मेधा ने ठंड से अकड़ते जाने के बावजूद बच्चों-सी उन्मुक्त किलकारी मारी थी। विकास मुस्कुराया, 'ऑपरेशन स्नोफॉल...'

मैंने मेधा को हल्का-सा संकेत दिया कि वह विकास की गाड़ी में बैठ जाए और मैं प्रशान्त की, लेकिन प्रशान्त के चुहल भरे इशारे के बावजूद मेधा मेरे साथ ही हचककर आ बैठी। मैं एक साथ हँसा भी, झेंपा भी।

अँधेरा घिर चला था। मैं सोच रहा था, प्रशान्त की कार को सितारों-भरी स्लेज समझकर जो मेधा चाँदनी में फिसलने का सपना देख रही है, वह सिर्फ आधे-पौने घंटे में मेरे वन बेडरूम डिब्बेनुमा अपार्टमेंट में पहुँचेगी तो आड़े-तिरछे रखे डिब्बों और मुड़े-तुड़े पैकेटों वाले किचेन कैबिनेट और गन्दे सिंक देखकर क्या सोचेगी ?...जो फिलहाल उसके घर, ससुराल और अमेरिका का पर्याय होगा।

जाने से पहले किसी तरह दोस्तों की मदद से एक कामचलाऊ बेड का इन्तजाम कर पाया था। बाकी फर्निशिंग के नाम पर किचेन में पड़े काउंटर, कबर्ड और दो स्टूलों के सिवा कुछ न था।

लेकिन ऐसा कुछ न हुआ। मेधा प्लेन की गैंगवे की तरह ही अपार्टमेंट की सीढ़ियाँ फलाँगती चढ़ गई थी। और चूँकि अपार्टमेंट छोटा होने के बावजूद खूबसूरत और भारत के छोटे फ्लैटों से अलग था, इसलिए मेधा फायर-प्लेस, कुकिंगरेंज और डिश वाशर देखकर ही विह्वल हो गई।

दोस्तों की तैयारी भी जबरदस्त रही। मैं यह देखकर दंग रह गया कि प्रशान्त और विकास ने थोड़ी-बहुत सफाई कर, एक तरफ थोड़े ग्लैडोलिया, 'कांग्रेचुलेशंस' की स्लिप और फ्रिज में एक खूबसूरत हार्ट-शेप केक भी रख दिया था। शाम के खाने भर को भी योर्गट के चार-छह कप, ब्रेड, बेक्डबीन्स और इंडियन रेस्टोरेंट की बिरियानी भी।

मेधा खाते-खवाते यूँ ही जरा लेटी और ढेर हो गई।

मैंने उसकी तरफ प्यार से देखा और बर्तन धो-धोकर डिश वाशर में लगाने लगा।

सुबह जब तक मेधा उठी, भारत का सूरज पूरी तरह अस्त होकर अमेरिका में उग चुका था। धूप बर्फ पर फिसली पड़ रही थी। मैंने मेधा को चिढ़ाया था, 'इस सूरज को अच्छी तरह देख लो, फिर न जाने कब इससे मुलाकात हो... !'

सजता मायालोक

'हलो माँऽ !...पहुँच गए हम। सॉरी, कल रात फोन नहीं कर 'पाए'...असल में बेहद थक गए थे हम दोनों।'

कलेजे पर ठक् से एक छोटी हथौड़ी-सी पड़ती है। (ऐसा पहली बार हुआ न...पक्के तौर पर दूरियों की शिनाख्त... ।)

'कैसा है बेटे ?...क्या खाया पहुँचकर ?'

'तुम्हारी पालक की पूरियाँ, और क्या!'

('दूरियाँ' घटी क्या कुछ ? तुम तक पहुँचने का रास्ता बनाया न, पालक की पूरियों ने।)

'सच ?' (सारे बाँध तोड़ता, फलाँगता उल्लास... !)

'लो, झूठ क्यों बोलूँगा...अभी तक खूब नरम थी, चटापट डिनर हो गया...'

'ओह...और मेधा कैसी है ?'

'बिलकुल ठीक। लो, बात करो न!'

'नमस्ते मम्मी जी!'

'खुश रहो बेटे...अच्छी तरह हो न ?'

'जी, मम्मी जी...और...आप लोग कैसे हैं ?'

'हम लोग !...हाँ...हम लोग भी ठीक हैं बेटे...जानती हूँ, फोन महँगा पड़ता है। सारी बातें पूछने को मन तरस कर रह जाता है। इसलिए मेधा, तुम पत्र डाल दिया करना बेटे—हर हफ्ते।'

'जरूर मम्मी जी ! जब भी टाइम मिलेगा, डालूँगी पत्र...'

'और हाँ...अपने मम्मी-पापा को भी जरूर फोन कर लेना...'

'जी, मम्मी जी, कर लिया...'

'ओह ! अच्छा, विशाखा और वृन्दा को भी कर लेना...वसु तो खैर यहीं कोचिंग से जल्दी आ जाया करेगी।'

'जी, मम्मी जी—अगले महीने रक्षाबन्धन भी है न, तभी इकट्ठे कर लेंगे...'

वेणु झपटकर फोन ले लेता है, 'हाँ-हाँ, करूँगा माँ ! एक-एक कर सभी को—इधर ही...'

टूटती आवाज को सहारा मिलता है, 'मुनमुन को तुम्हारी शादी से लौटकर बुखार हो गया था...रंजन का भी फोन आया था। तुम्हें और मेधा को पूछता था। न हो तो एक पत्र रंजन भैया और भाभी को भी डाल देना...'

'हाँ-हाँ, क्यों नहीं...पापा हैं न घर पर ?...मेधा, उन्हें भी हलो कर ले।'

मेधा ने 'नमस्ते, पापा जी' के बाद रिसीवर वापस मुझे पकड़ा दिया कि माँ कुछ कहना चाहती हैं।

'वेणु ऽऽऽ !'

मैं अबूझ-सा, फोन कानों से लगाए एक साथ माँ की हिचकियाँ सुन रहा था और मेरे कन्धे से हिलकी खड़ी मेधा की पीठ भी सहलाता जा रहा था।

ओह...माँ की हिचकियाँ इतनी बेगानी मुझे कभी नहीं लगी थीं।

मेधा अब मुझे पूरे उन्माद से जकड़ती जा रही थी। मेरा अपार्टमेंट जैसे अन्दर-बाहर स्पंदनों से भर उठा था।

अचानक मैं पलटा। मैंने मेधा को दोनों हथेलियों में इस तरह उठा लिया, जैसे वह फूलों से भरी हरे पत्तों की टोकरी हो !...लैम्प की मद्धिम रोशनी में उसकी खिली धूप-सी काया जगमगा रही थी। कानों और नाक की बारीक मणियाँ, गले में उलझती चेन और हाथों में खनकते कंगन—जरी की किनारी वाली झलमल चुन्नी सँभालती मेधा, एक नशीले मायालोक की सृष्टि कर रही थी। समन्दर की लहरें उछाल पर थीं। आमंत्रण कैसे न स्वीकारता ? अस्वीकार किसी के वश का था क्या ? और क्यों आखिर... ?

धुर पूर्व से धुर पश्चिमी गोलार्द्ध में पहुँची मेधा का रात-दिन का सन्तुलन गड़बड़ाना था ही। जेट-लैग की नींद से अचानक जगती वह सहसा विश्वास न कर पाती कि कहाँ आ पहुँची है। खिड़कियों के काँच के आर-पार देखती और समझ में आने पर एक नशीली मुस्कान के साथ वापस मुझसे हिलक जाती।

जब तक वह सोई रहती, मैं अपनी फाइलें, फोल्डर सहेजता। सूटकेसों के कपड़े, सामान निकालता। किचेन के कैबिनेट्स में रखे बर्तन, पैकेट्स जमाता। वाशिंग-मशीन, डिश वाशर में कपड़े, बर्तन डालता और जब तक मेधा जगी रहती, उसे प्यार करता रहता।

तीसरी शाम तक मेधा लिक्विड सोप डालकर डिश वाशर चलाना, वाशिंग मशीन, ड्रॉअर, डोर-अलार्म, स्मोक अलार्म, कचरे की थैली यानी 'गारबेज-बैग' सील कर बाहर

निकालना सब सीख गई थी। जो कुछ बताता, बड़े ध्यान से सुनती, जैसे कोई गुरुमंत्र दे रहा होऊँ! मेरे सिखाने से ज्यादा उसके सीखने का उत्साह मुझे चमत्कृत कर रहा था। बताने के साथ ही खुद करके आजमाती। यहाँ तक कि किचेन के शेल्फ रैक भी पोंछकर चमका दिये। जैसे, जो कुछ, जैसा यहाँ पाया उसने, उसकी पूरी कीमत चुकाने को तैयार है वह।

सारा कुछ किसी दिनचर्या या कार्यकलाप की तरह नहीं, एक सम्मोहन की तरह सम्पन्न हो रहा था। मंत्रमुग्ध मेधा, मंत्रबिद्ध मैं। आसक्ति और आकर्षण की सर्वथा अनूठी अनिर्वचनीय अनुभूति। और अब घिरी शाम, मेधा की आँखों में रति की सुहाग-शैया का आमंत्रण था और मुझमें सर्वांग समर्पण की आतुरता।

शायद चौथे दिन याद आया, माँ ने विशाखा दीदी और वृन्दा को फोन कर लेने के लिए कहा था, लेकिन तब तक काफी देर हो गई थी ऑफिस के लिए...।

थैंक्यू पिज्जा...थैंक्यू कोक

मेधा का हैंगोवर लम्बा चला। सुबह उसे उठाकर ऑफिस जाता। वह उनींदी आँखों, लड़िया कर मुझे एक लम्बा किस देती और कुनमुनाकर सो जाती। लौटकर फिर उठाता तो वह वापस उसी लाड़ से मेरे चारों तरफ बाँहें डाल देती।

मेरे जाने के बाद दो-चार घंटे जो भी जगती, उसकी कभी कोई शिकायत नहीं। सुगंधित बॉडी वॉश से देर तक शॉवर लेती, कपड़े वाशिंग मशीन में डालती और पिज्जा का स्लाइस, बर्गर या चीज ब्रेड के साथ जूस का गिलास थामे, अपार्टमेंट की हर खिड़की से एकदम बदली अजूबी, शान्त अबोली दुनिया निहारती। मेरी एक चिन्ता-मुक्ति तो थी ही कि जो सोचा था, इंडिया के एक छोटे शहर की लड़की, यहाँ अकेली बोर होगी, डरेगी, घबराएगी, पर वैसा कुछ भी न था।

शनिवार की सुबह मैंने उसे झकझोरकर उठा दिया। बेड पर बैठी उसने मेरी तरफ बाँहें फैलाईं तो मैंने प्यार से डपटा, 'होश में आइए, नशा उतारिये अपना...'

'क्यों उतारूँ?' वह दूने लाड़ से इठलाई।

'इसलिए कि अब खाने के लाले पड़े हैं।...घर की मालकिन की तरह चूल्हा-चौका सँभालिए। नमक-तेल-लकड़ी का बन्दोबस्त कीजिए। दोस्तों की खातिरदारी कब तक चलेगी?'

उसे कुछ-कुछ समझ में आता लगा, 'ठीक है, मैं अभी नाश्ता बनाती हूँ।'

'कुछ नहीं है बनाने को—पूरे हफ्ते भर हम आलसियों की तरह खाते, सोते रहे...'

'नहीं, चिल बॉक्स में दो पैटीज रखी हैं।'

'वो तो मैंने सुबह ही ब्रेड के साथ खा लीं...कब का उठा हूँ मैं—कुछ पता है?'

'यू मीऽऽन... ?' (मैं 'मीन' पर हैरान) मेधा रुआँसी हो आई, 'दोनों खा लीं? यह नहीं सोचा कि मैं क्या खाऊँगी?...मैं कुछ नहीं जानती, मुझे तो भूख लगी है...'

'तो अच्छे बच्चों की तरह झटपट उठो। ब्रश करके कैन में गिलास-डेढ़ गिलास जो भी दूध बचा हो, सीरियल के साथ लेकर निकलो—तुम्हें 'स्टार बक्स' में कॉफी पिलाता चलूँगा। यहाँ न मेरी गली के राममोहन हैं, न तुम्हारे नुक्कड़ वाले भृगुनाथ की जलेबी और

कचौड़ियाँ कि दौड़ाया, और टूट पड़े...हिन्दुस्तानी मटरगश्तियाँ बहुत हो चुकीं—अब होश सँभालने के दिन आए। फटाफट अगले पन्द्रह दिनों की ग्रॉसरी की लिस्ट बनाओ, अगल-बगल कोई किराने की दुकान नहीं है, पूरे पन्द्रह मील ड्राइव करना है?'

मेधा हड़बड़ाई, 'ठहरो तो एक-दो बड़े बैग तो ले लूँ... ?'

मैं मुस्कुराया, 'उसकी जरूरत नहीं है—बस, तुम चली चलो...'

आधे घंटे में मेधा कपड़े चेंज कर आई तो उसकी सुर्ख लाल लिपस्टिक, हरी-गुलाबी बाँधनी वाला शिफॉन का सूट और मेहँदी लगे हाथों में डाल ली गई ढेर सारी चूड़ियाँ देखकर मुझे हँसी आई।

'ग्रोसरी के लिए चल रहे हैं न...कि सलूजा आंटी के जगराते में?'

मेधा मेरा मुँह देखने लगी।

मैंने समझाने की कोशिश की, 'हम मार्केट चल रहे हैं, किसी मेले-तमाशे में नहीं। इस तरह के भड़कीले कपड़ों में तो मैंने अपनी गली की सलूजा आंटी के जगराते में जाने वालियों को ही देखा है।'

मेधा खिसियाकर वाजिब जवाब ढूँढ़ने लगी, 'तुमने अभी मेरे महँगे सूट देखे कहाँ हैं? ऐसे कपड़े तो हम लोग यूँ ही बाहर आने-जाने के लिए पहनते हैं...'

'ओफ्फोह! लेकिन तुम समझती क्यों नहीं कि तुम इंडिया में नहीं, अमेरिका में हो?'

मेरा वार सीधा था, मेधा की खिसियाहट भी अब तैश पर उतर आई थी।

'अरे, वाह! सिर्फ पाँच सालों में इतने अमेरिकन हो गए तुम कि शिफान के बाँधनी सूट पर शर्म आ रही है तुम्हें? बातों में तो अपनी कल्चर और परम्परा की दुहाई देते नहीं अघाते! मैंने तो सुना था, यहाँ के लोग मेहँदी, बिन्दी, आदि बड़े चाव से देखते हैं...और सबसे बढ़कर मेरे इस फीरोजी सूट को देखते ही तुम फिदा हो जाओगे, लेकिन...'

मेधा की आँखें तरतरा आईं।

मैं घबराया, 'बिलकुल...बिलकुल मेधा, मैं यही तो कह रहा था कि यह किसी ऑकेजन पर पहनने वाला सूट है। अब जैसे कल शाम चन्द्रा लोगों ने बुलाया है तुम्हें पहली बार...'

'चन्द्रा लोगों के घर पहनकर चलने के लिए मेरे पास एक से एक सूट हैं। तुम्हें मेरे सूटकेस देखने का टाइम कहाँ मिला...' मेधा ने इतराकर कहा और अपनी स्टिल-टो सैंडिलें पहनने लगी।

मैंने फिर चिन्ताकुल हो, बहुत सम्हालकर टोका, 'यहाँ स्टोरों में काफी चलना पड़ सकता है। इतनी ऊँची हील में पैर दुखेंगे नहीं... ?'

मेधा दुबारा ऐंठी, 'आज पहली बार नहीं पहन रही हूँ और अगर पैर दुखेंगे तो तुम मुझे कार तक उठाकर ले नहीं चल सकते?' मेधा आँखें नचाकर मुस्कुराई।

मैं मन-मन में हँसा, फिर अपने बौड़मपने पर झल्लाया—इतनी मसाला मूवीज देखने के बाद भी नई नवेली बीवी को ट्रीट करने का शऊर नहीं आया...दो-चार डायलॉग ही याद कर लेने थे...लेकिन मेरे अन्दर के खूसट ने फिकरा कसा :

—बेशक, बेशक! आखिर इतने सामानों के थैले उठाकर लाऊँगा ही न, एक तुम भी सही। पहले लाकर कार की डिकी में डालूँगा, फिर किचेन में धो-पोंछ कर फ्रिज में...।

मेधा लगातार अपनी काजल-मढ़ी आँखें नचा-नचाकर रोष जाहिर किये जा रही थी और मैं सोच रहा था—मेधा इतना सारा काजल आँखों में क्यों उड़ेल लेती है...कि अचानक कात्या याद हो आई।

फिलहाल मेधा मेरे अन्दर के बौड़म और बाहर के खूसट को बर्दाश्त कर ले गई।

लेकिन उस पहले दिन ही पूरे डेढ़ घंटे स्टोर में, अलग-अलग बड़े-बड़े सेक्शनों में घूमते हुए कीमतें पढ़-पढ़कर उसी अनुसार दाल, चावल, चीनी, आलू, प्याज, मक्खन, ब्रेड और सस्ते बिस्कुट, जैम और कटी सब्जियों के पैकेट ट्रॉली में भरते-भरते मेधा उदास और निस्तेज हो आई। थोड़ी देर बाद ही उसका उत्साह पस्त होने लगा।

उसने सोचा था—लोग उसके पहनावे को प्रशंसात्मक दृष्टि से देखेंगे, रुककर पूछेंगे, लेकिन लोगों को जरा भी फुर्सत नहीं थी उसकी तरफ देखने की। जिस किसी की नजरें उस पर पड़तीं भी, उसकी छुपी मुस्कुराहट कम-से-कम वह तो नहीं ही कहती होती जिसकी उम्मीद मेधा को थी।

चारों तरफ के अजनबीयत भरे माहौल, यंत्रवत्, बिना शोरगुल के चलती खरीद-फरोख्त के बीच मेधा अपने-आपको बहुत अलग, असहज पा रही थी। उसकी चाल में आई सुस्ती साफ-साफ हाई हीलों वाले पैरों की थकान की ओर इशारा कर रही थी।

कितनी देर से बिना कुछ बोले, चुपचाप वह मेरे पीछे-पीछे सामानों से भरी दूसरी ट्रॉली लिये चल रही थी। अगल-बगल चलनेवाले और बहुत धीमे से सिर्फ काम की बातें करते लोगों के बीच बातें हो भी नहीं सकती थीं।

मेरा मन करुणार्द्र हो आया, 'थक गई न!...भूख भी लग आई होगी?'

'अभी कितना और बाकी है?' उसकी आवाज में निरीहता थी।

'कुछ खास नहीं। रह भी गया तो अगले वीकेंड देखेंगे। चलो, पहले कुछ खाते हैं।'

'कहाँ?...और यह?' उसने सामानों से भरी ट्रॉली की ओर इशारा किया।

'यहीं, एक तरफ खड़ी कर...स्टोर की ही कैंटीन है...पिज्जा, कोक चलेगा?...'

मेधा की आँखें चमक उठीं। सबसे ज्यादा जरूरत उसे बैठने की थी।

सारी शॉपिंग और थकान भूल, अब वह बच्चों की तरह खुश-खुश पिघलती चीज वाली पिज्जा के टुकड़े के साथ ठंडा कोक पी रही थी।

अमेरिका से यह पहला इंट्रोडक्शन चाहे जितना बदमजा रहा हो, 'समापन' सन्तुष्ट कर गया था उसे।

लैंड ऑफ होप एंड टियर्स

हम सचमुच हनीमून पर थे।

मेधा जो चाहती है, करवा लेती है। उसका कहना है कि यह उसका हाथ देखने वाले किसी ज्योतिषी ने भी बताया है। (मेरे पास उस ज्योतिषी की विद्या पर विश्वास करने के पुख्ता कारण हैं।) शायद इसीलिए हम न्यूयॉर्क में थे। मेधा को न्यूयॉर्क देखना था, महसूस करना था जबकि मैं अपने शहर से कुल साढ़े पाँच घंटे की ड्राइव के बावजूद कभी नहीं

गया था। मेरे लिए अभी तक सबसे बड़ी जरूरत और खुशी रुपये या डॉलर बचाने की थी। वृन्दा की शादी में उन सारी बचतों का ही योगदान रहा था।

अगले दिन 'वर्ल्ड ट्रेड सेंटर' (तब साबूत था वह), 'स्टैच्यू ऑफ लिबर्टी' ऊँचाइयों और निचाइयों के बनते कीर्तिमान, आकाश चूमती बहुमंजिली इमारतें और चींटियों की कतार-सी रेंगती कारें...कभी जमीन इतनी नीची पड़ जाती थी कि ऊँचाइयों की ओर आँखें उठाकर देखने की जुर्रत नहीं की जा सकती। 'स्टैच्यू ऑफ लिबर्टी' के सिर्फ पैरों तक की मंजिल तक ही पहुँचे हुए हम, शेष दुनिया से बहुत ऊपर थे। विस्फारित आँखों से, फ्रांस से अमेरिका को ढाई सौ साल पहले मिली इस सौगात की ऊँचाई और विशालता की कल्पना भी नहीं कर पा रहे थे। वृहताकार म्यूजियम में सहेज कर रखे थे सारे ब्यौरे...फ्रांस के आर्किटेक्ट एफिल की चमत्कृत कर देनेवाली योजना और गहन तकनीक ने सृजी थी स्वतंत्रता की यह देवी।

लेकिन बाहर के लम्बे-चौड़े परिसर में गतिमयता के शिखर पर बैठे शहर का नजारा था। इतनी गति, इतनी चौंध, इतने चुम्बन, इतने आलिंगन कि मेधा घबरा-सी आई। मैंने चिढ़ाया, 'क्यों, क्या हुआ?'

शर्म और झेंप से आरक्त उसने, थोड़ी दूर के चबूतरे पर दीवाल से टिके, एक दूसरे को बदहवास चूमते लड़के और लड़की की ओर इशारा कर दिया।

'लो, तो क्या हो गया? आफ्टर ऑल हम यहाँ 'स्टैच्यू ऑफ लिबर्टी' के साये में हैं...यह स्वतंत्रता यानी स्वच्छंदता की देवी का इलाका है और वैसे भी एवरी थिंग इज फेयर इन...'

मैं आँखें मारकर मुस्कुराया तो पहली बार मेधा को स्वाभाविक शर्म से लाल होते हुए देखा और पाया कि वह सचमुच खूबसूरत है।

सबसे अच्छा यह रहा कि दो-चार क्लीयरेंस सेलों की बदौलत, मेधा की शॉपिंग सहर्ष सम्पन्न हो गई। 'छँटी' और 'सेकेंड्स' की चीजें होने के बावजूद मेधा ने उन्हें नायाब पाया। सेल में होने की वजह से मेरे बजट के अनुकूल भी। शुरू में मेधा झिझकी। नाप, ब्रांड, प्राइज टैग, डिस्काउंट आदि से उसे असुविधा हो रही थी। लिखी कीमतों को रुपयों में तब्दील करने में भी, लेकिन मेरी जरा-सी मदद से ही उसने फटाफट तीन-चार अच्छे 'टॉप', बैगीज, और जैकेट्स खरीद लिये। ट्राइ कर मुझे दिखाते हुए शरमा गई। उन कपड़ों में अपने-आपको देखना मुझसे ज्यादा खुद मेधा के लिए रोमांचक था। एक मात्र बाधा, हाथें में लगी आधी हल्की होती मेहँदी थी जिसके पूरी तरह उतर जाने के लिए अब मेधा पूरी तरह प्रस्तुत थी।

न्यूयॉर्क से लौटी मेधा पहले से कहीं और ज्यादा चुस्त, फुर्तीली और उत्साही थी। छिटपुट खरीदी चीजों को बार-बार खोलती, निकालती वह अपने छोटे-से अपार्टमेंट को सजाती फिरी। 'सेकेंड्स' की खरीदी ड्रेसेस भी तरतीबवार हैंगर में डाल, क्लॉजेट में टाँग दिये।

हिन्दुस्तान के अतिसम्पन्न परिवार की मेधा, अमेरिका के अति सामान्य, कॉमन जेन्ट्री द्वारा पहने जानेवाले 'सेकेंड्स' के कपड़ों पर निहाल थी।

एक साथ इतनी सारी खूबसूरत चीजों की भरमार देख वह पागल थी—उठाती, प्राइज टैग देखती; सिर्फ पाँच, दस, पन्द्रह डॉलर...इतनी सस्ती? और खुश हो जाती। वह तो जब

मैं उसके कान में फुसफुसाता, दस डॉलर मतलब लगभग पाँच सौ रुपए तो वह बिना एक बार भी जिद किये धीरे से वापस रख देती।

अपने पैसों को सँभालकर रखने और ऊँचा-नीचा देखकर खर्च करने की उसकी व्यवहार-बुद्धि मुझे राहत दे गई।

तो हनीमून कई कारणों से यादगार रहा। मौजमस्ती, घुमक्कड़ी और क्लीयरेंस सेलों की खरीदारी की बहार के साथ-साथ कुछ सचमुच के कभी न भूलने वाले अहसास...शायद मेरे अकेले के लिये या पता नहीं, मेधा के लिए भी, पूछा नहीं।

'स्टैच्यू ऑफ लिबर्टी' समन्दर के बीच में है। फेरी बोट से लौटते समय एक छोटे से टापू 'एलिस आइलैंड' पर उतरे तो देखा कि दरअसल वह साढ़े चार-पाँच साल या इससे भी पहले के इमीग्रेशन ऑफिस की वृहताकार इमारत है। कई-कई भागों में बँटे हॉल कमरे और शीशों के पीछे चिपके हुए तमाम सारे पासपोर्टों, मुहर लगे कागजों की मूल प्रतियाँ! सदियों पहले यूरोप के अलग-अलग देशों, शहरों से हजार आपदाएँ, धूल-धक्कड़, गरीबी, भुखमरी झेलकर इस देश में समुद्री जहाजों में ठूँस-ठूँसकर आनेवाले लोगों की रोयें खड़ी कर देनेवाली कहानियाँ! वे अपना सब कुछ छोड़कर आ रहे थे—अपना भाग्य आजमाने इस अमेरिका यानी 'लैंड ऑफ होप एंड टियर्स' में।

बीच के हॉल में फिल्में दिखाई जा रही थीं। धूल भरी आँधियों, बर्फीली ठंड और संक्रामक बीमारियों से जूझते लोग, अपना मालमत्ता समेटे, घोड़े-गाड़ी पर, पैदल और खच्चरों पर समुद्री बन्दरगाहों की तरफ कूच कर रहे हैं—अपनी-अपनी पहचानों के मुहर लगे प्रमाणपत्र सहेजे। किस तरह जहाजों में भी बीमारियाँ फैलीं, तूफान में फँसे कितने मरे, कितने बचे—उन सबके मुहर-सीलों वाले चित्र और दस्तावेज चिपके हैं—'एलिस आइलैंड' की पूरी दीवारों को छेंकती शीशे मढ़ी अलमारियों में। आज भी बहुत से लोग डायरियों में अपने पुरखों के ब्यौरे समेटे काँच के पीछे चिपके उन दस्तावेजों से मिलाते नजर आ जाएँगे। एक नहीं, कई। क्योंकि उन पहचानों से ही तो उनकी अपनी जड़ों की शिनाख्त भी होनी है।

अपनी जगहों की तलाश में...

निकुंज

चन्द्रा लोगों के यहाँ जाने से पहले मेधा बड़ी मनोयोग से सजी। साटिन की लाइनिंग वाला पिंक शिफॉन का सूट और जरी बॉर्डर वाली चुन्नी। मैचिंग ज्यूलरी और लिपस्टिक भी। हमारी शादी के रिटर्न-गिफ्ट के तौर पर आंटी के लिए एक साड़ी भी उसने खूबसूरती से पैक कर ली थी।

(दरअसल यह मेधा की ही आइडिया थी।)

शोभा आंटी सचमुच अभिभूत थीं, 'मेरे लिए? माँ ने दी? ओह, आयम रियली टच्ड! ...इतना सब अब कौन करता है...!'

मेधा चोर-नजरों से बार-बार आंटी के एकदम सादे से क्रीम पैंट और लेस-टॉप को देखे जा रही थी। कलाइयों में व्हाइट मेटल का ब्रेसलेट और सिल्वर स्ट्रैप वाली ढीली-सी झूलती घड़ी। कानों में बहुत छोटे, एक-एक मोती और पतली-सी प्लेटिनम की चेन में झूलता उतना ही छोटा पेंडेंट। 'चन्द्राज' की समृद्धि की सुनी हुई कहानियों के आधार पर मेधा ने जैसी कल्पना की थी, आंटी की वेशभूषा उससे जरा भी मेल नहीं खा रही थी। मैंने पहली बार मेधा के आत्मविश्वास को डगमगाते देखा। वह साफ-साफ अपने को 'ओवर मेडअप' महसूस कर रही थी।

लेकिन अगले क्षण ही मैं यह देखकर अवाक् रह गया कि आंटी मेधा के सूट के पिंक शेड और मैचिंग झुमकों की इस तरह प्रशंसा कर रही थीं जिससे यह जाहिर हो जाए कि पहली बार मेहमान की हैसियत से आनेवाली नववधू के रूप में मेधा की साज-सज्जा और शृंगार पूरी तरह उपयुक्त है। और उसके बाद तो दोनों इस तरह घुल-मिलकर बातें कर रही थीं, जैसे दोनों की बरसों की पहचान हो!

बावजूद इस सारी पारस्परिकता के मेधा की नजरें सबकी आँखें बचाकर चन्द्रालोक की दीवारों, कार्निश, कॉरपेट, शैंडीलियर्स और यहाँ-वहाँ रखे कीमती शो पीसों पर अटक-अटक जा रही थीं। वह एक जगह से (बेमुश्किल) नजर हटाती तो दूसरा शोपीस रास्ता रोक लेता। समृद्धि और सुरुचि की नायाब मिसाल बना चन्द्रालोक मेधा को मायालोक सा भरमाए डाल रहा था।

'वेणु!...यह रहा तुम्हारा सरप्राइज...'

मैं अवाक्-हैरान देख रहा था, दरवाजे की घंटी पर उठे अंकल अपने साथ सौमित्र को लिये आ रहे थे।

नालायक, निकम्मे कैसे? कहाँ से?

याद आया, आंटी ने फोन पर कहा था—आओ, हम तुम्हें एक प्लेजेंट सरप्राइज देंगे।

सौमित्र ने बड़े अदब से मेधा को आदाब बजाया, कुछ बेहद सभ्य ढंग की शालीन ठिठोलियाँ कीं और फिर मेरे पास बैठ प्रशान्त, प्राजी, विकास वगैरह के बारे में पूछने लगा। पता चला, अपनी कम्पनी की एक डील पर आया है, परसों ही लौटना है।

'अंकल से तेरा फोन नम्बर पूछा तो बोले—कल आकर सरप्राइज दो न उसे...'

मैंने 'अपनी भाभी' की बात पूछी तो झट से एक दुबली-साँवली, बेहद शार्प फीचर वाली लड़की की फोटो पकड़ा दी, 'शाम्भवी...लम्बाई पाँच फीट पौने दो इंच...रंग गहरा साँवला...शौक : कम-से-कम आधे दर्जन बच्चे...।'

'बच्चे?' मैं मुँह खोले झेंपा, खिसियाया-सा उसकी ओर देख रहा था।

'हाँ ऽऽ, ढेर सारे! हम ढेर सारे बच्चों के आदर्श माता-पिता की मिसाल पेश करेंगे...'

'उन बच्चों का कुसूर...?' मैंने चिढ़ाया।

'मजाक नहीं। बस, हमें लीक पीटना पसन्द नहीं। इन दिनों के माँ-बापों की तरह हम न तो बच्चों को उनकी मर्जी के खिलाफ 'बाबा ब्लैक शीप' और 'हम्पटी-डम्पटी' रटाएँगे,

न चाइनिज, रशियन मैथ, ड्राइंग, स्विमिंग, कराटे कराएँगे। हम उन्हें जीने का मनमाफिक सलीका सिखाएँगे। शाम्भवी ने यह भी तय किया है कि वह कामकाजी महिलाओं की लिस्ट से अपना नाम कटाकर मेरी कमाई पर सन्तोष करेगी और बच्चों को भी सारी जानलेवा प्रतिस्पर्द्धाओं से दूर 'सन्तोषं परम सुखम्' के कुछ नायाब नुस्खे सिखाएगी।'

'यानी थोड़ी रामधुन...भजन-कीर्तन, दंड-कमंडल खरीदे कि नहीं अपने बच्चों के लिए?'

'सो सब तू प्रेजेंट कर देना—उनके यज्ञोपवीत पर कराएगा न?'

'यानी तुम लोग एक नए ब्रह्मांड की सृष्टि करने जा रहे हो?'

'नहीं, इसी ब्रह्मांड की दुरुस्ती का इरादा क्यों न किया जाए!'

'इरादा नेक है...'

'लेकिन खासा अहमकाना भी, न!'

'लेकिन ऐसे ही इरादों पर दुनिया चलती और बदलती भी है।'

'पूरे हों, न हों...'

'वो कोई बात नहीं, बात तो ऐसे इरादों के दिमाग में आने की है।'

'अपने जैसों का दिमाग तो ऐसे फितूरों की वर्कशॉप है न!'

'इसी पर तो ताज्जुब होता है सौमित्र, जब तेरे जैसे, जिन्हें मैं 'खाए-अघाये' लोगों की जमात में रखता हूँ, ब्रह्मांड की दुरुस्ती की बात करते हैं...इरादा रखते हैं। हालाँकि कामयाबी की कोई सूरत नजर नहीं आती, स्थितियाँ औंधे मुँह गिरने की ही हैं...।'

'कोई बात नहीं, सौमित्र अपना नुस्खा पेटेंट कर जाएगा! 'ट्राइ' मारने के लिए हर कोई स्वतंत्र है।' रम का नया पैग अपने और सौमित्र के गिलासों में भरते हुए अंकल मुस्कुराए।

मेरा पहला और छोटा पैग ही मेरे हाथों में थमा था। अंकल कभी दूसरे पैग के लिए मुझसे जिद नहीं करते थे। मुस्कुराते हुए आंटी के पास कुछ पूछने चले गए।

'ब्रह्मांड की धुलाई-पुँछाई का अंकल-आंटी का भी अपना अलग तरीका है।...और आज से नहीं, बरसों से...' सौमित्र भावुक था।

मैंने साथ दिया, 'ईश्वर ने अंकल-आंटी को इतना कुछ दिया, लेकिन उन्होंने समेटकर नहीं रखा। खुले हाथों लुटाया, अपना सब कुछ दूसरों के साथ शेयर किया।'

'सिर्फ, जो शेयर करने लायक था...' सौमित्र जैसे कोई दर्द भरी गजल छेड़ रहा था।

'तेरा मतलब?'

'दुःखों को अपने पास समेटकर रखा...'

'दुःख? और आंटी-अंकल?' मैंने दिमाग पर जोर डालते हुए जल्दी से जोड़ा, 'तेरा मतलब टीना से है—शायद वह ज्यादा अमरीकी है! अलग रहती है न...वैसे तो यह अमरीकी संस्कृति है लेकिन फिर भी एक ही लड़की, वह भी...'

'नहीं, एक बेटा भी है—निकुंज। सत्रह-अठारह साल का—हैंडीकैप। शरीर और मस्तिष्क दोनों से स्पेशल केयर वाला...'

'ओह, तूने कभी बताया नहीं?'

'इसमें बताना क्या था!'

‘हाँऽऽ...अच्छा, अंकल-आंटी ?’

‘न बताते हैं, न छुपाते हैं...लेकिन यह बिलकुल नहीं चाहते कि निकुंज को लेकर उनसे सहानुभूति प्रदर्शित की जाए, उनके प्रति करुणार्द्र हुआ जाए। यूँ उन्हें जाननेवाले आम कुशल-क्षेम की तरह निकुंज के भी बारे में पूछते हैं। उसकी बातें भी करते हैं।’

‘तुम इसे मेरा छिछला कुतूहल मत समझना सौमित्र! क्या निकुंज से हाय-हलो की जा सकती है? उसके पास उठा-बैठा जा सकता है?’

‘उसके मूड पर है। कभी शान्त-सा रहता है, खा-पी लेता है...कभी उग्र, कभी काफी उग्र भी...’

‘मैं सिर्फ इसलिए पूछ रहा था सौमित्र, कि शायद अंकल-आंटी या निकुंज के लिए कुछ कर सकूँ...’

सौमित्र मुस्कुराया, ‘बऽऽस, इसी सबसे बचने के लिए अंकल-आंटी निकुंज को लेकर भारत से इतनी दूर आकर बसे हैं। यहाँ वक्त-बेवक्त आकर लोग उन पर अपनी दया और सहानुभूति की गागर नहीं उड़ेला करते। उन्हें याद नहीं दिलाया करते कि वे कितने बदनसीब हैं...ईश्वर ने कितनी नाइंसाफी की है उनके साथ—निकुंज जैसा बेटा देकर!’

‘मेरा मतलब यह नहीं था सौमित्र!’

‘जानता हूँ...’

‘हाँ-हाँ, आप तो सर्वज्ञानी हैं!’ अंकल शायद निकुंज के कमरे की तरफ से ही आ रहे थे। पास आते-आते उन्होंने उसी विनोदी भाव से सौमित्र की पीठ पर धौल जमाते हुए कहा, ‘है न वेणु?’ फिर मेरी तरफ मुखातिब हुए, ‘इसी से तो मैंने इसकी शादी शाम्भवी से कराई है। वह रिश्ते से मेरी भांजी होती है—मेरी बहुत करीबी दीदी की बिटिया...’

अनायास मुझ पर अंकल और सौमित्र के वर्ग-साम्य का एक बोध-सा जागा। जैसे मैं इन दोनों से काफी दूरी पर खड़ा हूँ? यह दूरी, ये नहीं, मैं भाँप रहा हूँ। ये तो मुझे भी अपने में से ही एक समझ रहे हैं जबकि मैं साफ-साफ अलग हूँ—काफी अलग। एक बेहद सामान्य परिवार का लड़का। शाम्भवी रिश्ते में अंकल की भांजी। सौमित्र, अंकल, आंटी और शाम्भवी—ये सब एक साथ हैं, सिर्फ मैं इनसे काफी दूरी पर एक अकेला अलग यहाँ का होकर भी नहीं...और मेधा—कहीं बीच में थोड़ी इधर-उधर।

(यह हमेशा ‘अपनी जगह’ निर्धारित करते रहना मेरी सनक होती जा रही है क्या?)

‘खाना लगवाती हूँ...’

आंटी के यह कहते ही मेधा तत्परता से मदद के लिए उठ खड़ी हुई। अब तक वह समझ चुकी थी कि यहाँ नौकर, मेड की सहूलियत न होने पर सब साथ मिलकर मेजबान का काम बाँट लिया करते हैं। खाना खाने के बाद टेबल पर प्लेट छोड़कर उठ जानेवाली मेहमानी यहाँ नहीं चला करती—डिजर्ट, पुडिंग के बाद भी, प्लेटें उठाने-समेटने तक सब साथ मदद करते हैं। निलय, विशाल—सभी के यहाँ एक-सी अनौपचारिकता।

लेकिन आंटी ने बड़ी आत्मीयता से मेधा को बिठा दिया, ‘जरूरत नहीं, मंगलाबेन आ गई हैं।’

‘आ गईं...मतलब?’ मैंने सहज भाव से पूछा।

'अपने भतीजे के पहले बच्चे के नामकरण में गई थीं। अभी थोड़ी देर पहले उनका भतीजा छोड़ गया।'

बैगी पैंट और पूरी बाँहों वाली जर्सी में, कसे जूड़े वाली मंगलाबेन को देखकर मेधा चमकृत थी। वह जिस तरह मुस्कुराकर मेधा से मिलीं और जिस संलग्नता से खाने के डोंगे निकाल, रख रही थीं, उससे मेधा के लिए यह समझना बेहद मुश्किल था कि आखिर मंगलाबेन की आइडेंटिटी क्या है? वे नजदीकी रिश्तेदार से लेकर, उनके यहाँ आने-जानेवालों में से किसी की कुछ भी हो सकती थीं। बीच-बीच में उनकी बोली जानेवाली इंग्लिश, लेकिन साथ में खाना न खानेवाली स्थिति मेधा के दूसरे कुतूहलों का सबब बन रही थी। स्वयं मैंने भी मंगलाबेन को एक-दो बार ही देखा था और काफी कुछ अनुमानों के बल पर ही उस घर में उनका स्टेटस तय कर लिया था, लेकिन मेधा के सब्र का बाँध आंटी के साथ प्लेट में खाना लेकर बैठते ही टूट गया और दो-चार सवालों के बाद ही वह समझ गई कि मंगलाबेन बरामदे बेसमेंट के कोने वाले कमरे में अटैच्ड बाथ की सुविधा के साथ यहाँ रहती हैं। एक तरह से इस घर की केयरटेकर हैं। सुबह के खाने-नाश्ते से लेकर वाशिंग मशीन में कपड़े डालने और आयरन तक के सारे काम सँभालती हैं—बेशक, सफाई और वैक्यूम क्लीनिंग के लिए अलग से क्लीनिंग 'वुमन' लिडिया आती है और लॉन की घास काटने के लिए 'लॉन-मोअर' डेविड।

मेधा के लिए यह सारा कुछ अकल्पनीय था। भारत तो भारत, अमेरिका आकर भी किसी के घर ऐसी लक्जरी उसने नहीं देखी थी। आकर्षण चाहे जितना हो, लेकिन अमेरिका आए किसी भी भारतीय को बर्तन धोने, टॉयलेट साफ करने से लेकर कचरा फेंकने तक का श्रमदान कर डॉलरों की कीमत अदा करनी होती है।

लेकिन यहाँ तो सारा माजरा ही अलग था।

खाते-खाते अंकल अचानक आंटी से पूछ रहे थे, 'निकुंज ने हलवा मन से खाया?' फिर जैसे हम सबको बताते हुए बोले, 'मूँग का हलवा उसे बचपन से बहुत पसन्द है।'

शायद उनका यह तरीका था निकुंज को सबके बीच महसूस करते रहने का।

हमने थोड़ी देर गप्पें मारीं फिर एकदम घड़ी देखी और उठ खड़े हुए।

सौमित्र की अगली सुबह की फ्लाइट थी। वह अंकल के पास ही रुक रहा था।

हम दोनों फिर गले मिले। मैंने मन-ही-मन कहा—मैं तुम्हें कब तक समझ पाऊँगा सौमित्र... ?

मेधा और मंगलाबेन

कार में बैठने के साथ ही मेधा का पहला सवाल था, 'सुनो, मंगलाबेन की कितनी पे होगी?'

मैं एक्सेलरेटर दबाते हुए हँसा, 'मुझसे थोड़ी ही कम...'

मेधा ने तुनककर कहा, 'तुमने कभी सीधा और ठीक जवाब दिया है, मेरे सवाल का?'

मैं दुबारा हँसा, 'मुझे लगता है, चन्द्रा लोगों और उनके घर से कहीं ज्यादा इम्प्रेस तुम मंगलाबेन से हो। बहरहाल, मैंने कुछ ज्यादा गलत नहीं कहा। तुम हिसाब लगाकर देखो तो मंगलाबेन, महीने पीछे जो हजारेक डॉलर यानी पैंतीस-चालीस हजार रुपए पाती है, वह

सब सीधे उनके बचतखाते में ही जाता होगा न, जबकि मैं पिछले पाँच सालों में किसी महीने एकमुश्त इतनी बचत नहीं कर पाया।'

लेकिन कहने के साथ ही मैंने महसूस किया कि मुझसे गलत ट्रिगर दब गया है, और अब मेधा इसका पूरा फायदा उठाने से बाज नहीं आएगी।

'सचमुच?' वह छूटते ही बोली, 'इसका मतलब तो यही निकलता है न कि मंगलाबेन तक तुमसे ज्यादा अच्छा मनी-मैनेजमेंट कर लेती हैं और अपने अमेरिका आने का सही मकसद भी तुमसे ज्यादा अच्छी तरह समझती हैं।'

'नाउ डोंट बी फुलिश! पहली बात तो तुम अमेरिका आने के मेरे मकसद और मंगलाबेन के मकसद को मिलाने की गलती मत करो। कम-से-कम मुझे और मंगलाबेन को एक लेबल पर मत खड़ा करो! दूसरी बात, मंगलाबेन को घर का किराया, पेट्रोल, कार, ग्रोसरी, कपड़ों और कॉसमेटिक्स पर खर्च नहीं करना पड़ता। उसका साबुन, तेल, शैम्पू तक आंटी के घरेलू स्टॉक से आता है...'

मेधा बीचोबीच यह कहने से बाज नहीं आई कि 'जानती हूँ बाबा, कि उनको इंडिया भी तो पैसे नहीं भेजने पड़ते।'

कटकर रह गया मैं उसके कटाक्ष पर, लेकिन बगैर जतलाए, अपनी बात आगे बढ़ाई, 'प्रशंसा उनके मनी मैनेजमेंट की नहीं, इस बात की करो कि गुजरात के एक गाँव की नितांत अशिक्षित, अपढ़ी स्त्री यहाँ इस सलीके से रह रही है कि हम उन्हें शोभा आंटी की रिलेटिव तक समझने के लिए तैयार थे।'

शायद मेरा लहजा थोड़ा उखड़ गया था, फिर भी मेधा सँभलते-सँभलते भी कहने से बाज नहीं आई, 'तुम्हारे चिढ़ने का डर न होता तो कहती कि लेबल चाहे जितने अलग हों, मकसद तो कहीं-न-कहीं तुम्हारे और मंगलाबेन के अमेरिका आने का एक ही हुआ। खैर, मैं तो मंगलाबेन के बारे में पूछ रही थी—तुम उनके बारे में पहले से जानते थे?'

'हाँ, जानता हूँ कि मंगलाबेन ने स्वेच्छा से अपनी लम्बी चोटियों वाले बाल कटाकर, सीधे पल्लू की साड़ी की जगह, ट्रैक सूट पहनकर गुजरात के सुदूर कस्बे नौसादी से इतनी दूर अमेरिका आकर शोभा आंटी की डिशिंग, लांड्री नहीं करनी चाही थी। यह सब उन्होंने अपने उन बच्चों की खातिर किया जो अमेरिका आकर अपना भविष्य उज्ज्वल बनाने के लिए बेचैन थे...।

(बाद में, बच्चों का भविष्य कितना सुधरा, कितना नहीं लेकिन मंगलाबेन का वर्तमान जरूर बिगड़ गया।)

मेधा फिर उखड़ गई, 'तुम्हारी आदत है, हर बात में कमी निकालने की...खैर, छोड़ो, तुम बता रहे थे, उनके बच्चों ने जिद की, तो छोटे बच्चों को, वह भी नौसारी के, उतनी कहाँ समझ कि...'

मेधा की जिज्ञासाएँ अनंत थीं। लेकिन एक अच्छी बात यह थी कि वह एक सच्चे जिज्ञासु की तरह सुनती भी थी।

'हर दो-ढाई साल पर अमेरिका से अपने बाल-बच्चों सहित इंडिया पहुँची उनकी बड़ी बहन अपने कपड़ों-लत्तों, और अमेरिकी एक्सेंट वाली जबान मरोड़ अंग्रेजी से सारे

रिश्तेदारों को लहालोट कर देती। मंगलाबेन के बड़े होते बच्चे मौसी द्वारा सौगात में दी गई एकाध जीन्स, टॉप, कैमरा या घड़ी को रश्क से देखते और उस देश की कल्पना में निहाल हो लेते जहाँ इन चीजों को इफरात में पाया जा सकता था। कर्टसी 'पंचतंत्र' की मगरमच्छ और बन्दरवाली कथा कि जिस देश की जीन्स और परफ्यूम इतने बढ़िया हैं, वह पूरा देश कितना अच्छा होगा! उनके स्वप्नलोक के समूचे क्षेत्रफल पर इन अति लुभावनी वस्तुओं वाले देश ने पूरा कब्जा जमा लिया था। नवसारी के गुजराती मीडियम प्राइमरी स्कूल में पढ़ी मौसी के कटे बाल, लेसदार टॉप और काला चश्मा उन्हें दूर से ही किसी अतीन्द्रिय लोक की निवासिनी घोषित कर देता। मंगलाबेन के पड़ोसी भी उनकी अंग्रेजी सुनने को उतावले रहते।'

'रहेंगे ही...' मेरे व्यंग्य को दरकिनार काटती, मेधा की आँखों में लहालोट प्रशंसा थी। 'अपने से बेहतर चीज की चाहना कुछ बुरी तो नहीं...!'

मैंने 'बेहतर' की परिभाषा के पचड़े में न पड़ने में ही गनीमत समझी और सीधे-सीधे कहानी की 'हैप्पी-एंडिंग' की तरफ बढ़ गया, 'बहन खुद भी संग-साथ और सहारे के लिए अपने सगेवालों को वहाँ ले जाकर बसाना चाहती थी। बहनोई को भी वीराने देश में अपनी ठेकेदारी के लिए विश्वस्त पार्टनर चाहिए थे। सबसे आसान रास्ता ब्लड-रिलेशन वाला है। अपनी सगी छोटी बहन और उसके माइनर बच्चों की ट्रिप स्पांसर कर सकती थी तारिणी बहन।

लेकिन बड़ा वाला राजू तो अगले साल अठारह क्रॉस कर एडल्ट हो जाता। मंगलाबेन के पति जिगनेश भाई को भी तो अभी नौकरी छोड़ने में कुछ साल लगने हैं, वरना प्रॉविडेंट 'फंड' के पैसे आधे मिलेंगे। चार साल में फंड के पूरे पैसे वसूल करके छोड़ना है। ठीक है, ज्यादा-से-ज्यादा बाप-बेटे चार-छह साल यहीं रह लेंगे...समय बीतते देर नहीं लगती।

तारिणी समझाती—कहने को शुरू में तो मेरा घर है ही। बाद में ठिकाना हो जाएगा। पर हाँ, काम तो करना ही पड़ेगा। कैसा भी काम। बाबूगीरी नहीं चलती वहाँ। और यूँ भी बाबूगीरी वाली तालीम हमारे पास है भी नहीं।

—और सोचो तो तालीम के नाम पर यहाँ ही क्या रखा है? रोजगार की तमाम सारी छीना-झपटी और लूट-खसोट के बाद भी वही ढाक के तीन पात! ढंग का खाना- पहनना तक कहाँ मयस्सर? सारी जिन्दगी पैसे-पैसे का जोड़-जुगत बिठाते रहो। और वहाँ? ये बड़े-बड़े कैनों में दूध, मक्खन, आइस्क्रीम—खजाना है वह देश सुख-सुविधाओं का।

बच्चों के स्वप्नलोक में जश्न का माहौल था। जिग्नेश भाई भी अमेरिका की बातें सुन-सुनकर उत्साहित थे। सिर्फ मंगलाबेन को कुछ समझ में नहीं आ रहा था। उनसे किसी ने पूछा भी नहीं। उनका मन, इच्छा जानने-तलाशने की जरूरत नहीं समझी गई। खुद उन्हें भी कहाँ मालूम थी। बरसों की गुम चीजें तलाशनी आसान नहीं होती...।

अन्ततः फूलदार नाइलॉन की साड़ी और कसी चोटी वाले जूड़े में डरती-सहमती छोटी बेटी और बेटे का हाथ पकड़े, सूटकेस में मंगौड़ियाँ, मसाले और आँखों में अपने बच्चों के उज्ज्वल भविष्य का नक्शा लिए आ गईं मंगलाबेन—'मोठीबेन' तारिणी के पास।

आकर हक्क-बक्क, भौंचक! देश, दुनिया, मौसम, काम-काज का ढंग सब कुछ अलग, अटपटा। सहमा देनेवाली भयावह अजनबीयत, लेकिन घबड़ाने से कैसे काम चलता? वापस जाने का तो सवाल ही नहीं। बहुत लम्बे सालों का सफर आगे पड़ा है। तारिणीबेन खुद सिटी बेकरी में केक पेस्ट्री पर आइसिंग करने जाती थी। सुबह सात की गई, शाम सात तक ग्रोसरी करती लौटती। मंगलाबेन यथासम्भव बहन की कुकिंग, आयरिनिंग लांड्री निपटाने लगीं।

लेकिन सबसे जरूरी था मंगलाबेन की शेष बची ऊर्जा का भी पूरा-पूरा उपयोग। घर का काम तो अब तक चलता ही था। अत: उनके लिए काम तलाशे जाने लगे। घर से बाहर जाकर किये जानेवाले कामों की व्यवस्था मुश्किल नहीं थी, लेकिन उसके लिए सबसे पहले यहाँ की सड़कों पर फर्राटे से कार दौड़ाने का सलीका चाहिए जिसे मंगलाबेन के साथ जोड़ने की कल्पना ही हास्यास्पद थी।

तभी न्यूजर्सी आई तारिणीबेन की किसी सहेली ने शोभा आंटी और मानसिक रूप से अर्धविक्षिप्त निकुंज के बारे में बताया। इतने बड़े महलनुमा मकान में एक स्त्री के रहने की कोई समस्या भी नहीं थी। शोभा आंटी ने छह महीने में एक बार एक हफ्ते के लिए न्यूजर्सी जाने की शर्त भी खुश-खुश मान ली। परिणामस्वरूप, जहाँ आंटी-अंकल को घर की साफ-सफाई के साथ छौंक लगी कढ़ी और नरम-नरम गुजराती फुलके मिलते हैं, वहीं मंगलाबेन के अकाउंट में महीने पीछे साढ़े आठ सौ डॉलर यानी छत्तीस से अड़तीस हजार रुपये जमा हो जाते हैं।

साड़ी-पेटीकोट से बैगी पैंट तक की यात्रा बहुत कठिन न रही हो, ऐसा भी नहीं। काफी दिनों तक बहुत अटपटा लगता रहा मंगलाबेन को। लेकिन धीरे-धीरे सुविधा और जरूरत के सामने अन्दर की सहमियत और संकोच के साथ-साथ साड़ी भी केंचुल की तरह उतर गई।

छोटी मीना को मोठी (तारिणी)बेन पढ़ाई के साथ-साथ महीने में कई बेबी सिस्टिंग दिलवा दिया करती है। नितिन घर के कामों के साथ-साथ मौसा की ठेकेदारी में भी हाथ बँटाता है।

पति जिग्नेश भाई को सारा कुछ समेटते-निपटाते चार-छह के बदले आठ साल लग गए। अब आ गए हैं तो बहनोई की मदद कर रहे हैं। आखिर उनका इतना अहसान जो ठहरा! लेकिन बड़े बेटे राजू की इंडिया ट्रिप, अगले कई सालों बाद, तभी स्पांसर कर पाएँगे जब मंगलाबेन को सिटिजनशिप मिल जाएगी। उस 'टेस्ट' के लिए वे खाली समय बचते ही कैसेट से पूछे जानेवाले सवालों के जवाब अंग्रेजी में रटती रहती हैं। नहीं, उन्हें पास होना ही है, वरना राजू कैसे आएगा? वैसे लोग बताते तो हैं कि वहाँ अकेले एक कोठरी किराये पर ले ठीक-ठाक रहा है। मीना और निर्तन भी तो यहाँ 'मोठी-मौसी' के पास ठीक-ठाक ही हैं!

मंगलाबेन अब अधेड़ से ऊपर हो रही हैं तो भी क्या! उनकी पे, हर महीने, पारिवारिक बचतखाते में जा रही है। इंडिया में बचता था क्या इतना?

हाँ, खुशहाल भविष्य वाला उनके सपनों का नक्शा जस-का-तस सबकी आँखों में टँगा है, अभी तक...।'

मेरे बच्चे! यह देश तुम्हें एक दर्जा देता है

दिलचस्प बात है। मैं और मेधा एक साथ कार में बैठे हुए भी दो समानान्तर रेखाओं में दौड़ रहे हैं—अपने-अपने रास्ते पर। रास्ता लम्बा है। मेरे साथ सौमित्र, चन्द्रा अंकल, आंटी और मंगलाबेन—सभी चल रहे हैं। सबसे ज्यादा निकुंज...।

जबकि मेधा के साथ मंगलाबेन, उनकी सूझ-बूझवाली तारिणीबेन, बहनोई, बेबी सिटिंग करती मीना और बैकयार्ड में काम करता नितिन और बचतखाते में जाती 'पे' का चेक है।

मेरे रास्ते में, पिता के भी अमेरिका चले जाने के बाद कमरे में अकेले रहता, अपने वीसा का इन्तजार करता, आढ़तियों के साथ मौज-मस्ती करता और गुटका फाँकता मंगलाबेन का बेटा राजू भी है।

मेधा की नजरों में कद्र है, रश्क है; मेरी दृष्टि में करुणा!

अचानक निकुंज का खयाल आ जाता है।

चन्द्राज के यहाँ मैंने बाश बेसिन में हाथ धोने के बाद जरा आगे बढ़, निकुंज के कमरे की खिड़की से झाँकने की कोशिश की थी। एक ओछी जिज्ञासा!...नहीं, उतनी ओछी भी नहीं। अंकल-आंटी के लिए बहुत इज्जत थी मेरे अन्दर। उनके दुःख के इस बिन्दु को छूना चाहता था, बस। देखा, आंटी के खिला चुकने के बाद भी सामने रखी प्लेट से पूरियाँ निकालकर दोनों हाथों से चूरा करता निकुंज, कमरे की वाल-टू-वाल कॉरपेट पर शान्ति से फैला रहा है। चेहरे पर कुछ करने का सन्तोष, लेकिन अजीब अस्वाभाविक हाव-भावों की आवाजाही...!

मैं फौरन हट आया। मुझे देखकर कोई ऐसी असामान्य हरकत न कर बैठे कि अंकल-आंटी को आना पड़े। कितने निर्द्वन्द्व भाव से हँसते-हँसाते रहते हैं दोनों सबके बीच! पता नहीं, अपना कितना दुःख भूलते या हल्का कर पाते हैं!

लेकिन नहीं, मैं गलत हूँ। निकुंज को वे कभी भूलते ही नहीं। उसे साथ लिये-लिये ही खुश रहते हैं। हँसते हैं। उनकी ऊर्जा का रहस्य शायद निकुंज ही है।

सौमित्र ने बताया था, अंकल ने कैसे-कैसे बदली हैं भाग्य और अपने उद्यम-कर्म की रंग-रेखाएँ। दो दशक पहले मैसेसुचेट्स विश्वविद्यालय से न्यूरोलॉजी और पीडियाट्री में विशेष अध्ययन कर अपने लिखे शोध आलेखों से अन्तरराष्ट्रीय सेमिनारों में धूम मचाने वाले डॉ. चन्द्रा जब लौटे थे तो उनकी आँखों में अपने देश के लिए बहुत कुछ कर गुजरने का जज्बा था। लेकिन लौटने के कुल दो-ढाई वर्ष बाद जन्मे निकुंज की शारीरिक, मानसिक स्थितियों ने उनकी समूची भाग्यरेखा और आकांक्षाओं का तख्ता पलटकर रख दिया। उनके दिन, महीने, वर्ष सिर्फ एक के बाद एक निकुंज की जाँच, इन्वेस्टीगेशन और इलाज के लिए समर्पित हो गए थे। इन सारी लस्त-पस्त कर देनेवाली दिनचर्याओं के बीच निकुंज बड़ा होता गया और उसके साथ-साथ चलने लगा एक बेहद तिलमिला देनेवाला सिलसिला। आसपास नाते-रिश्ते और चाहे-अनचाहे लोगों द्वारा प्रदर्शित किया जानेवाला अपरम्पार दया और बेचारगी का बहाया जाता सोता।

बताओ, कैसे सुख-सौभाग्य के साथ कैसी बदनसीबी सौंपी भगवान ने! ऐसी सन्तान देने से न देना भला। अरे न रहने पर सन्तोष रहता है कि भगवान ने दिया ही नहीं।

लिखा नहीं था भाग्य में। इतना पैसा बहाया (था तभी न) पानी की तरह, कोई फायदा नहीं। अब तो पूरी जिन्दगी ऐसी ही बीतनी है रोते-बिसूरते। सुना है, ऐसे बच्चों की उम्र भी भगवान लम्बी कर भेजते हैं। बच्चा तो बच्चा, उसके साथ माँ-बाप की जिन्दगी भी तबाह... !

ऐसे ही किन्हीं क्षणों में दोनों ने साथ-साथ सोचा होगा कि पहले हम अपने बच्चे को इन बेचारगी-भरी दया की भीख बखानती आँखों से दूर ले जाएँगे। उसे इज्जत और सम्मान-भरी जिन्दगी देंगे। खुली हवा में साँस लेंगे—हम भी, हमारा बच्चा भी। कौन जाने, शायद कोई उपाय कारगर हो जाए। न भी हुआ तो बेहतर इलाज न सही, बेहतर जिन्दगी तो होगी। इसलिए वे दोनों खुद निकुंज और टीना को लेकर निकल लिये।

विदा लेते हुए अपने देश से क्षमा माँगी, 'मेरे देश! तुम्हारे लिए लौटे थे, अपनी खातिर वापस जा रहे हैं।'

तो क्या निकुंज के भाग्य से ही अंकल की प्रैक्टिस में सोना बरसा? कम-से-कम आंटी-अंकल तो यही मानते हैं। उनके पूर्व-जन्म के कर्मों का नहीं, संचित पुण्य कर्मों की मंजूषा है निकुंज—उन्हें बहुत कुछ अच्छा करने की प्रेरणा देनेवाला।

कोई बहुत बड़ी योजना की घोषणा के तहत नहीं, बस, यूँ ही उन्होंने दरवाजा खोल दिया—अपने देश या दूसरे देशों से भी आए लड़के-लड़कियों के लिए। एक आत्मीयता और अपनापन से भरा आश्रय। जैसा भी चाहिए, एक सहारा, एक घर जिसके दरवाजे हमेशा इन युवाओं के लिए खुले रहते हैं। बाहरवाला एक कमरा, अटैच्ड बाथ और चाय, कॉफी, दूध, शक्कर के पाउच, इलेक्ट्रिक केटल और कुकीज के जार के साथ। दीवार पर लिखा है रंग-बिरंगे अक्षरों में—'रिलैक्स!'

और निकुंज? जब तक अंकल पेशेंट्स की लम्बी कतारों को देखने में व्यस्त होते हैं, आंटी निकुंज को लिये पूरे शहर के अन्दर-बाहर की घुमक्कड़ी करती होती हैं। और वीकेंड पर तो शहर के पार्कों की नर्म घासों से लेकर, मॉलों और चिड़िया घरों तक, कहीं भी व्हील चेयर पर निकुंज को घुमाते आंटी-अंकल देखे जा सकते हैं।

हाँ, मैं देख रहा हूँ—किसी भी दर्शनीय स्थल पर लगे लम्बे क्यू से पहले, 'सोशल केयर' वाले सैलानियों वाली व्हील चेयरों में पहली चेयर में बैठा निकुंज खुश-खुश 'सी-वर्ल्ड' की मछलियों को चारा डाल रहा है। डिस्ने लैंड में, सिन्ड्रेला, स्लीपिंग-ब्यूटी और प्रिंस-चार्मिंग के कार्टूनों के साथ फोटो खिंचा रहा है।

रोलर कोस्टर दिखाकर आंटी जब उससे पूछती हैं—बैठना है निकुंज? बोलो, निकुंज बैठेगा?...तब निकुंज के यूँही 'गर्दन' हिला देने पर भी दोनों इस तरह खुश हो जाएँगी, जैसे निकुंज में सचमुच हाँ-ना के निर्णय की क्षमता है... !

हाँ, मेरे बच्चे! यह देश तुम्हें एक दर्जा देता है, स्टेटस। इतना ही क्या कम है कि अस्पताल, स्कूल, ट्रेन, बस और प्लेन से लेकर सारे मालों, स्टोरों और दर्शनीय स्थलों में तुम्हारे (जैसों) लिए विशेष और पहली व्यवस्था करता है?

हम कृतज्ञ हैं इस देश के...

मैं...मैं भी...

मैं क्यों?

'पता नहीं, यूँ ही...' और मैं कार मोड़ देता हूँ।...घर आ गया है।

(मेरा घर तो आ गया।...मेधा कहाँ तक पहुँची, पता नहीं। उतरी तो साथ ही।)

सक्सेस स्टोरी बनाम विजयगाथा

कैसी अजीब बात है, जो मेरे लिए एक 'दुखांतकी' है, वही मेधा के लिए 'सक्सेस स्टोरी'!

कपड़े चेंज कर चेहरे का मेकअप उतारते हुए भी मेधा मंगलाबेन की विजयगाथा दुहरा रही है :

—अच्छा! सचमुच सोचो तो गुजरात के एक छोटे से कस्बे में पापड़, बड़ियाँ डालती, सीधे पल्लू की साड़ी वाली औरत का यहाँ अमेरिका में पैंतीस-चालीस हजार रुपए कमाने लग जाना बड़ी बात नहीं है क्या? बेटे को मौसा ने दूसरे ठेकेदार से भी कुछ काम दिला दिया है तो मिनिमम वेजेज ही सही, वह भी लाता ही होगा। उस दिन विकास की वाइफ आकांक्षा बता रही थी कि सिर्फ एक दिन की इलेक्ट्रिकल रिपेयरिंग के पैंतीस डॉलर निकल गए।

मेधा का दिमागी कैलकुलेटर बड़ी तेजी से डॉलरों को रुपयों में कनवर्ट कर रहा है। हर माह मंगलाबेन के खाते में जमा होनेवाले चालीस हजार रुपए। पति भी खाली नहीं बैठे हैं। तारिणीबेन ने उन्हें भी अपनी बेकरी में लगवाकर तार दिया। इंडिया से कहीं ज्यादा अच्छा खाते-पहनते हैं। इंडिया में तो 'क्या खाओ, क्या बचाओ'!

मैंने चुटकी ली, 'खैर, तुम्हारे पापा जैसों (हाइडल वालों) का तो हमेशा हाउसफुल ही रहता है। वहाँ तो उल्टे 'कितना खाओ और कहाँ छुपाओ' वाली प्रॉब्लम ज्यादा रहती है।'

कहकर पछताया। मजाक ज्यादा क्रूर तो नहीं हो गया? लेकिन मेधा चेहरे पर क्लीनजिंग मिल्क का कॉटन घुमाती सिर्फ आँखें तरेरकर रह गई। वह अपनी धुन में थी। अपने पाइंट के मजबूती से पकड़े रहने के सारे तर्क उसके तैयार थे। भावना और फीलिंग वाले पक्ष उसकी दृष्टि में हास्यास्पद थे। लचर भी। इसलिए उसके सामने कहना बेकार था कि मंगलाबेन के पति पौने दो वर्षों से रोज रात में बहनोई के दोस्त के घर अपना स्लीपिंग बैग ले जाकर सोते हैं—घर में जगह न होने के कारण। बच्चों की अपनी जानी-पहचानी जमीन छूट गई। हँसने-खेलने को अपना कोई माहौल नहीं। जो बेटी नौसारी में स्कूल से लौट घर में बस्ता पटक, इकड़ी-दुकड़ी खंचाने को भागती थी, अब आते ही बेबी-सिटिंग को जाती है। इंग्लिश बोलते हुए अभी भी सकुचाती है। मोठी मासी के बच्चों के छोटे हुए कपड़े पहनते हैं दोनों और उनके पिता, बहनोई की ढीली बड़ी गर्म जैकेट पहने हुए 'केम छो' पूछने पर जरूरत से ज्यादा हँसते हुए 'मजा माँ' कहते हैं। यह है उनके खुशहाली के नक्शे की असलियत और शर्त...।

लेकिन मेधा बात काटते हुए कहेगी, 'तो क्या हुआ? कुछ पाने के लिए कुछ खोना तो पड़ता ही है,' यानी उसकी दृष्टि में, जो पाया जाएगा, वह खोए हुए से कहीं ज्यादा है। 'बस, बहनोई के दोस्त के घर सोने के लिए जाते हैं, यही न? स्लीपिंग बैग में सोते हैं, यही

न? टॉयलेट इधर का इस्तेमाल करते हैं, यही न? लेकिन जरा सोचो, इस सबके एवज में कुछ वर्षों बाद उनका खुद का, उनके बहनोई जैसा ही, कलोनियल स्टाइल का घर होगा, और नहीं तो एक में एक लगे रो-हाउसेस, कंडोज या स्टुडियो अपार्टमेंट में से ही कुछ सही।...सब कुछ लाइफ को बेहतर बनाने के लिए ही तो...'

और मैं सोच रहा हूँ कि 'मंगलाबेन हाउस मेड का काम सिर्फ इसलिए नहीं छोड़ सकतीं क्योंकि पूरे परिवार के एक साथ रहने की स्थितियाँ अब भी नहीं हैं। जितने डॉलर आ रहे हैं, उतने में क्लीयरेंस सेल से जैकेट, जूते तो खरीदे जा सकते हैं लेकिन एक साथ रहने लायक ठिकाना नहीं। अभी तो कुछ सालों एक-एक को, खुद को, सैटिल करना है। वक्त लगता है। शोभा आंटी ने बेसमेंट भी सिर्फ मंगलाबेन के रहने की शर्त पर दिया है। यदि वे कुछ-कुछ दिनों के लिए उनके पति को यहाँ आने और रहने की परमिशन दे दें, तो दोनों बच्चे बड़ी बहन के पास और पति-पत्नी शोभा आंटी के बेसमेंट में कुछ दिन तो रह ही सकते हैं। बड़े वाले राजू को तो जब वीसा मिलेगा तब सोचेंगे...।'

मेधा ने मेरा उछाला गया सिक्का पूरी तरह पलट दिया है, 'ओह हो, रहते तो थे साथ-साथ इंडिया में—क्या भुना लेते थे? एक की हजार खिचखिच...यहाँ सिर्फ साथ ही तो नहीं रह रहे हैं, बस!...लेकिन ईमानदारी से देखो तो सभी अपनी-अपनी जगह वहाँ से बेहतर ही खा-पहन रहे हैं, नहीं?'

मेधा के तर्क का लोहा मानना मेरी लाचारी है। यह समय शायद, मेधा के बताए रास्ते पर ही जा रहा है। 'बेहतर जीवन' की सारी परिभाषाएँ आज मेधा के ही पक्ष में हैं। उसने अमेरिका आए भारतीयों की कुंडली आँखें गड़ाकर बाँच डाली है। बच्चों के उज्ज्वल भविष्य का योग तो उस कुंडली में है लेकिन बेसमेंट में गुजरती मंगलाबेन की सन्नाटी रातों की ग्रहदशा सुधारने का योगा-योग उसके सिलेबस में कहीं नहीं। मेधा कभी मानने को तैयार नहीं होगी कि दाँव पर लग गया मंगलाबेन का यह वर्तमान, कभी कोई उज्ज्वल से उज्ज्वल भविष्य भी वापस लौटा नहीं पाएगा।

वर्तमान की कीमत लगाने में प्रायः बहुत गलत होते हैं हम नादान। खास कर उन वर्तमानों की जो अपने बहुमूल्य को संकोच में छुपाए रखते हैं। उजागर नहीं होने देते। लेकिन मेधा अपने तर्क पर अड़ी है कि माँ को बच्चों से, पत्नी को पति से दूर कर दिया जाना, कुछ बेहतर पर्दों, पलंग-चादर, आइसक्रीम और बैगी-पैंट भविष्य की उम्मीद में पूरी तरह जायज है। तभी तो मंगलाबेन अपनी बेटियों और जमाई की अमेरिका में रहने-बसने की आकांक्षा पूर्ति के लिए शोभा आंटी की लांड्री समेट रही हैं, किचेन में मसाले वाले बैंगन बघार रही हैं, गारबेज बैग समेट रही हैं और हाड़ कँपाती ठंड में शोभा आंटी के बेसमेंट में सूनी बर्फीली रातें गुजार रही हैं कि एक दिन...

खंड-चार

फिर उन्हीं रास्तों पर

खंडित खैरियते...

स्मृतियों को ओढ़ता-बिछाता नहीं अब

'हेलो...वेणु...बेटे!'

पहली बार माँ की आवाज जैसे बहुत दूर से आती लगी...और थकी हारी भी। कुछ ऐसे, जैसे कभी का देखा, कोई बहुत अपना, क्रमशः दूर होता चला गया हो और अब उससे कैसे पेश आया जाए, एकबारगी समझ में नहीं आ रहा हो! या शायद यह...या शायद—उफ्, कुछ नहीं, भ्रम है मेरा...माँ की आवाज सचमुच दूर से तो आ ही रही है। और क्या!

(अच्छा! अमेरिका भारत से 'पिछले दिनों' ज्यादा दूर हो गया है क्या?...)

'हाँऽऽ, माँ, बोलो...'

'क्या बोलूँ...हाँ, तू बता, कैसा है तू...तुम लोग...मेधा कैसी है? अचानक लगने लगा है, जैसे बहुत दूर चला गया है तू...तुम लोग...'

पहली बार लगा है, जैसे माँ, बोलते हुए, शब्दों की लगातार काट-छाँट करती जा रही है। क्या बोलना है, कैसे बोलना है, क्या नहीं बोलना है—सब सोचते-समझते हुए।

'ठीक हूँ...ठीक हैं हम दोनों...' कहते-कहते मैं भी ठिठक गया हूँ...यानी काट-छाँट मैं भी कर रहा हूँ, 'हम दोनों ठीक हैं माँ...तुम बताओ, कैसे हो तुम सब?...पापा के टखने वाला प्लास्टर तो अभी नहीं खुला होगा न?—अच्छा! खुल गया? इधर मुझे फोन करने में देर हो गई—वसु, वृन्दा, विशाखा दीदी की क्या खबर है?'

'ठीक हैं सब बेटे...वसु अपने जन्मदिन पर होस्टल से आई थी, बहुत याद कर रही थी तुम्हें...और मेधा को। पूछ रही थी, दादा का फोन आया था क्या...मैंने समझा दिया उसे कि दादा को समय नहीं मिल पाया होगा—वरना दादा कैसे भूल सकता है—तेरा जनमदिन...? पगली है न! जल्दी समझती नहीं। वृन्दा और विशाखा भी पूछती रहती हैं...मैं सब जानती हूँ—कभी-कभी फोन नहीं भी तो लग पाता...और तुम दोनों कितने बिजी रहते होंगे, घर का सारा काम मेधा को अकेले करना पड़ता होगा। अपने मम्मी-पापा के घर में इतने नौकरों-चाकरों के बीच पली-बढ़ी है वह। और तू तो ठहरा तीन बहनों के बीच का लाडला—चाय, नाश्ता, पकौड़े बहनें दौड़-दौड़कर तेरी मेज पर पहुँचाती रहती थीं—तेरा काम सिर्फ 'थैंक्यू' के नाम पर वसु की चोटियाँ खींच देना होता था...वहाँ मेधा बेचारी अकेली ही खटती होगी...कहाँ है मेधा, बुलाओ...'

'हाँ-हाँ—ये क्या रही...मेधा! लो, बात करो माँ से...'

'नमस्ते मम्मी जी!...हाँ-हाँ, हम दोनों बिलकुल ठीक हैं...पापा जी का प्लास्टर खुल गया?...हाँ-हाँ, फोन लगाया था न वसु के हॉस्टल में...दो-तीन बार, उनकी बर्थ-डे पर भी... नहीं लगा—बहुत ज्यादा बार कर भी नहीं सकते न...वेणु ने कभी बताया नहीं आप लोगों को, तीन-चार डॉलर लग जाते हैं हर बार फोन करने के...फिर भी हम लगाते ही हैं।'

मैं मेधा की झूठ और वाकचातुरी पर हैरान था। कितने सलीके से वह वे सारी बातें करती चली जा रही है जिसे कहने से पहले मैं कितनी बार सोचता था कि कहना ठीक होगा या नहीं...और अन्तिम निर्णय 'नहीं' पर ही गिरता था।

माँ सचमुच मना कर रही थीं, 'नहीं-नहीं, बेटे...तुम बिलकुल ठीक कह रही हो। वेणु ज्यादा ही संकोची है। तुम हमें सब कुछ बताया करो। हमें पन्द्रह दिनों में फोन करने के बदले एक-एक महीने में किया करो। बस, बीच में एक बार वृन्दा, एक बार विशाखा को। वसु को मैं समझा लिया करूँगी, या किसी इतवार को पहले से तय कर घर बुलवा लिया करूँगी।'

मैं मेधा के हाथ से रिसीवर लेकर खिझलाया, 'अरे, ऐसा कुछ नहीं है माँ...बस, टाइम नहीं मिल पाया। थोड़ा रात-दिन वाला प्रॉब्लम हो जाता है न! सुबह आठ बजे तक ऑफिस निकलने की जल्दबाजी रहती है...लौटकर थकान और रात में करो तो इंडिया में लोगों की सुबह की भागदौड़...(कहते हुए मैं खुद से कतराया, यह सारी समस्या पहले नहीं हुआ करती थी क्या?—इधर कोई नया अमेरिका और इंडिया किसी नये कोलम्बस, वास्कोडिगामा ने ढूँढ़ा है क्या?...तत्क्षण मैंने खुद को दुत्कारा) फिर भी, अगले हफ्ते वृन्दा और विशाखा दीदी, दोनों को फोन करूँगा।...और वहाँ सब लोग कैसे हैं—सुभाष मामा...ताऊजी...रघुवीर चाचा...?'

(पूछ तो बेशक रहा हूँ मैं लेकिन मेरा मकसद उनकी चिन्ता न होकर माँ को सन्तुष्ट करना है...या धोखा देना...)

माँ को सचमुच बड़ी राहत मिली, 'सब लोग ठीक हैं बेटे...तुझे बहुत याद करते हैं...सुभाष मामा को इधर मलेरिया हो गया था। बहुत कमजोर हो गए और ताऊ जी...जाने दे, तेरा बिल बढ़ रहा होगा। (माँ कातर हो आई।) मैं सबसे कह दूँगी, वेणु उन्हें याद कर रहा था, प्रणाम भेजा है उसने...लो, पापा से बात कर लो...'

(हाँ, मैं बेशक याद करता हूँ उन्हें...उन सभी लोगों को...लेकिन यह सच है कि उन स्मृतियों को अब ओढ़ता-बिछाता नहीं...मेरे ओढ़ने और बिछावन बदल गए हैं अब।)

'हलो पापा!...कैसा है पैर अब? (यानी पापा की जगह सिर्फ 'पैर' की खैरियत...!) हाँ, तकलीफ तो हुई ही होगी।...डॉक्टर से पूछ लीजिएगा...बिलकुल। फ्रैक्चर का प्लास्टर खुलने के बाद एक्सरसाइज तो करनी पड़ेगी...पैर वाली बात है न! ऊपर से कम्पाउंड फ्रैक्चर...क्या? वृन्दा की ननद की शादी?...नहीं, आप कैसे जाएँगे?...मैं क्या करूँ...पास होता तो पहुँचता ही—अच्छा, निखिल और अंकल पूछ रहे थे? नाइस ऑफ देम...मेरी तरफ से ऑपोलोजाइस कर लीजिएगा...क्या? कितने रुपए? मैं क्या बताऊँ—जो भी आप

और माँ ठीक समझें... । क्या ? पीछे वाले कमरे की भी ?...ठीक है, करवा लीजिए। मैं कोशिश करूँगा।...आप चिन्ता मत करिएगा।...सब हो जाएगा। और हाँ, अगले एक महीने तक बस से नहीं, ऑटोरिक्शा लेकर ऑफिस जाया करिएगा।...हाँ-हाँ, हम लोग बिलकुल ठीक हैं—मेधा भी। ओ.के., रखता हूँ...'

आपकी मोगरे वाली महमह वेणी कहाँ गई आंटी ?

न्यूजर्सी में विशाल के पिता को देखकर अचकचा गया था मैं। माँ-बाप दोनों थे। आना पहले ही था उन्हें, जब 'मानिनी' की डिलीवरी थी लेकिन अमेरिकन कौंसुलेट के वीसा अफसर को जाने क्या सूझा कि अचानक ही फार्म पर लिखी तारीखें देख उसे शुबहा हो गया कि अभी-अभी रिटायर हुए पिता-माता अवश्य ही अमेरिका में रह रहे बेटे-बहू के पास स्थायी रूप से 'बस' जाने की सोच रहे हैं। 'कैंसल' का ठप्पा लगाकर फार्म वापस पकड़ा दिया। कहने-सुनने की कोई गुंजाइश ही नहीं।

हक्के-बक्के, सहमे बुजुर्ग दम्पती घर लौट गए थे। जैसे सरेआम किसी ने बेइज्जत कर दिया हो! जैसे वीसा नहीं, भीख माँगने गए हों और दुरदुरा कर बाहर की तरफ उँगली दिखा दी गई हो! मतलब तो यही निकला न कि वे लोग झूठे हैं। कौंसुलेट को झाँसा देकर उनके देश में बसने जा रहे हैं। बेइज्जती और अपमान जैसे चेहरों पर लिख गया हो लेकिन लोग थे कि पूछने से बाज नहीं आते, 'अरे, ऐसे कैसे कैंसिल कर दिया ? आप लोगों ने कहा नहीं ?'

ऊपर से विशाल फोन पर अलग झुँझलाया, 'जरूर कुछ ऊटपटाँग बोल आए होंगे आप लोग। कितना समझाया था, बहुत सावधानी से सिर्फ जरूरत भर, जो पूछे, उसी का टु-द पॉइंट बोलना है, लेकिन...क्या ? वही बोला—माँ से भी पूछा क्या ? अंग्रेजी में ? तब तो पूरा बेड़ा गर्क...खैर, जाने दीजिए। मानिनी की माँ को आने के लिए फोन कर दिया है...डिलीवरी तक पहुँच जाएँ तो भी गनीमत। ज्यादा वे भी नहीं रुक पाएँगी। मानिनी के पिता डायबेटिक जो ठहरे!'

उदासी गहरा आई। दूने अपराध-बोध की मार। कितने चाव से पड़ोसन के साथ बाजार जाकर खरीदारी की थी! झालर लगे रंग-बिरंगे झबले... ! देवा! मुलगा-मुलगी जो भी आए, पहन सके। बिठोबा के लॉकेट वाली आधे तोले की चेन भी। रवा लाडू, करंजी, शंकर पाड़ी...और लो, वीसा ही कैंसिल... !

तब के अटके अब कहीं जाकर आ पाए। उन्हें देखकर अचकचाया था मैं। सहसा पहचान में ही नहीं आए दोनों। पतली-सी चोटी और लम्बे झल्ले गाउन वाली माँ और विशाल का पुलोवर और जीन्स पहने पिता। यह क्या सूझी इन्हें ?

कुछ सालों पहले ही तो देखा था, मिला था दोनों से इंडिया में। उन्हीं के घर। वृन्दा की शादी में इंडिया जाते समय विशाल ने एक छोटा-सा पैकेट दिया था, अपने घर, शहर के नाम-पते का...कि इंडिया पहुँचकर कुरियर कर देना। लेकिन पहुँचने पर माँ का कहना था कि कुल एक साल पहले औचक अचानक बड़े फूफा के हार्ट अटैक से गुजर जाने के बाद, निःसन्तान अकेली बड़ी बुआ से मिलने मुझे भी जाना ही है और वृन्दा की शादी के लिए अपने साथ लिवा भी लाना है।

नक्शे में देखा तो तीन स्टेशन पहले ही शंकरगढ़। उतर लिया था जाते समय। हरी किनारी वाली बैंजनी नारायणपेठ साड़ी में कैसी खिली पड़ रही थीं आंटी! माथे के बीचोबीच बड़ी-सी बिन्दी और जूड़े में महमह करती मोगरे की वेणी! अमेरिका से आनेवाले बेटे के दोस्त का उतावली से इन्तजार कर रहे थे दोनों। सलेटी बुशर्ट और पैंट में कितने तपाक से मिले थे अंकल, जैसे जनसंख्या विभाग में इंस्पेक्टर न होकर किसी रियासत के मालिक हों!

स्टील की नई चमचमाती प्लेटों में चिवड़ा, करंजी, चकली और शेंग। दोनों में मुझे खिलाने की होड़-सी लगी थी। बेटे की बात करते हुए सीना जितना भी चौड़ा था, उससे बालिश्त भर चौड़ा तो नजर आता ही था। कहाँ-कहाँ की बातों के बीच गुँथी विशाल की बातें...!

आंटी रोकते न रोकते बोल पड़ी थीं, 'तुम्हीं...तू क्या आया, जैसे विशाल ही आया! तुम्हें खिला रही हूँ तो विशाल को खिलाने जैसा सुख...खुशी...माझा वीशाल...मेरे बेटे के पास से आए हो...'

फिर दूर रह रहे बेटे का विछोह छुपाने को कहाँ-कहाँ की बातें!...हम तो नाम के मराठी हैं...विशाल के पड़दादा जी काशी नरेश के राजदरबारियों में। राग माला पर कई बंदिशें बनाईं—दरबार में मुहरें जीतीं...बाद को रियासत खत्म हुई...कलावंत नहीं रहे...न कला के पारखी...विशाल के बाबा तक राग-रागिनियों की पुस्तकें सहेजी रखी गईं...महाराज के हस्ताक्षरों वाली—अभी भी एकाध होंगी पुराने बक्सों में...हमारे पुरखों के लिए गंगा के घाटों और बाबा विश्वनाथ के मन्दिर से बढ़कर पृथ्वी पर कोई दूसरी जगह नहीं थी...कितनी कहानियाँ, कितने किस्से! दरबारों में गुजराती, मराठी, बंगाली, कथक—सबका आपसी भाईचारा...।

यहाँ विशाल के अपार्टमेंट में वे कुछ नहीं पूछ रहीं। 'नमस्ते' और 'हाय' के बीच एक सहमी, निरीह मुस्कान। निस्तेज, सकुचाई।

पता चला, सलवार-कुर्ते में उन्हें शरम आती है। कभी पहना नहीं न! हमेशा न उवारी साड़ी बाँधी। लाचारी में यह गाउन...।

'साड़ी सुखाना और मेंटेन करना इज रियल प्रॉब्लम, नो? यहाँ?' मालिनी समझाते हुए उनका स्पष्टीकरण दे रही थी या अपना?

लेकिन मेरे अन्दर एक उटपटाँग बगावत चल रही थी। मन कर रहा था, अंकल को झकझोर कर पूछूँ—आपकी वो वाली सलेटी बुशर्ट और पैंट क्या हुई? कुछ पता है, इस पुलोवर और जीन्स में कितने निरीह और हास्यास्पद लग रहे हैं आप? और तो और, खुलकर हँसना भी भूल गए? मुस्कुरा भी रहे हैं तो पूरी सतर्कतापूर्वक—विशाल की ओर देखते हुए, जैसे हर क्षण आदेश-पालन के इन्तजार में! शीशे में देखिए, क्या से क्या हो गए हैं आप? ...और आंटी? इतने फूल हैं अमेरिका में, आपकी वेणी के लिए एक फूल नहीं?

अचानक मन में कौंधा, अपने पिता भी तो देर-सबेर आएँगे ही...मैं उन्हें अपने कपड़े हर्गिज-हर्गिज नहीं पहनने दूँगा।

'मैं चाय बनाऊँ क्या?' कहते हुए आंटी ने मालिनी की तरफ इस तरह देखा, जैसे घोर असमंजस, अनिश्चय और आशंका के बीच वे समझ नहीं रही हों कि यहाँ, इस समय, यह पूछना ठीक है कि नहीं? उनका रोल क्या है इस वक्त? बैठी भी रहें या नहीं?

मैं कहना चाहता था, कहकर उन्हें हँसाना चाहता था कि लीजिए, इसमें पूछना क्या है? सिर्फ चाय क्यों, चिवड़ा, करंजी और शेंग नहीं लाएँगी क्या?

लेकिन मानिनी ने उन्हें टोकते हुए कहा था, 'नहीं, मैं लाती हूँ कोल्ड कॉफी...आप जरा 'दीवा' के बाथ की तैयारी कर दीजिए...'

'ठीक है...ठीक है,' और वे आदेश-पालन की मुद्रा में आज्ञाकारी भाव से उठ गईं।

मानिनी ने जैसे खुली हवा में साँस ली, 'एक्चुअली विकास ने भी आने को बोला है। मैं वेट कर रही थी कि वो भी आ जाए तो इकट्ठे कॉफी लाऊँ...वो लो—ग्राउंड फ्लोर का यही तो फायदा...देखो, विकास की ही कार है न विशु... ?'

'नाम तो इसी डेयर डेविल का लिया था न...' हमने एक साथ ठहाका लगाया।

अंकल थोड़ी देर हमारे बीच, थोड़ी बहुत 'येस, नो' करते मुस्कुराते रहे, फिर धीमे से उठ गए।

विकास को देखकर अच्छा लगा। चेहरा वैसा ही, सहज-मुखमुद्रा लेकिन चेहरे पर आत्मविश्वास की एक रौनक-सी।

'अच्छा हुआ—तू भी मिल गया—मुझे तो पता ही नहीं था, तुम इसी शहर में हो...'

'शहर? कैसा शहर? मैं तो विलेजर हूँ भई...न्यूजर्सी में तो दो दिनों से कम्पनी की वसूली पर निकला हूँ...'

पता चला, पूरे चार साल सूरज निकलने के पहले घर से क्लास, कोचिंग, लाइब्रेरीज के यहाँ से वहाँ चक्कर काटने के बाद कहीं जाकर यू.एस. एम.एल.सी. क्लियर कर पाई है मनीषा। और फिर अनवरत, अथक अर्जियों, आवेदनों का नतीजा है—मनीषा को किंग्सटन में मिली रेसीडेन्सी।

'क्या? किंग्सटन—व्हाइ दैट फार...बहुत दूर है यार!'

'बेगर्स हैव नो च्वॉयस...तो हम दोनों अभी स्ट्रगलर्स हैं...'

'मुश्किल ही सही, पर स्ट्रगल तो अब खत्म हुई न!'

'सिर्फ कागजों पर...या अच्छे दिनों की उम्मीद कह लो। प्रैक्टिकली तो हमारा बेस्ट पास-टाइम अभी मनीषा के एजूकेशन लोन की किस्तों का हिसाब रखना और किंग्सटन से फिलेडेल्फिया के दूसरे छोर पर स्थित अपने ऑफिस आने-जाने के लिए ढाई-ढाई घंटे मिलाकर पाँच घंटे ड्राइव की हिम्मत और गैस (पेट्रोल) जुटाना है।'

'सो कोई बात नहीं...भविष्य में एक न एक दिन मर्सिडीज या बी.एम.डब्ल्यू. के ख्वाब देखते हुए टाइम पास करना कुछ खास मुश्किल नहीं...' विशाल उसकी पीठ पर धप्पा जमाते हुए हँसा, 'अमेरिका में डॉक्टर बीवी खुली लाटरी की तरह होती है...'

'चलो, क्या कह गए हैं वो तुम्हारे अंकल गालिब वेणु—दिल को बहलाने को गालिब ये खयाल अच्छा है...'

फिर अचानक अपार्टमेंट के दिनों के लतीफे याद करता, 'आती क्या खंडाला...'

टोन से पूछ बैठा, 'विशाल के तो अभी बेबी-सिटिंग के मुरादों भर दिन हैं पर तेरा क्या—आता है क्या हमारे गाँव? आ जाओ, वीकेंड पर मेधा के साथ। मनीषा भी, पहले पता होने पर, डयूटी एक्सचेंज कर लेगी...'

बाहर निकले तो अंकल-आंटी लॉन रेकिंग सूखे पत्ते साफ करते मिले...ढीले पुलोवर और जीन्स में रेकिंग का लम्बा-सा त्रिशूल सरीखा फावड़ा थामे, पत्ते बुहारते अंकल और उन्हें खुश-खुश इकट्ठे करती आंटी।

'वाह! आप लोग तो पूरे अमेरिकन हो गए? अब मुझे समझ में आया, विशाल का लॉन इतना साफ क्यों रहता है!'

मैंने देखा, बाहर वे दोनों कम-से-कम ठीक-ठाक हँस ले रहे थे, 'यहाँ खुले में अच्छा लगता है। कुछ करते रहो तो समय कट जाता है। चारों तरफ खूब हरा-भरा देखकर भी मन बहलता है।'

'बिलकुल। अंकल, न्यूजर्सी का यह एरिया है भी खूब ज्यादा हरा-भरा। वैसे भी मैं इसे 'एक शहर भर लॉन' कहता हूँ...जहाँ देखो, हरी-हरी घास। मन करता है, हिन्दुस्तान के सारे दुबले-पतले चौपायों को लाकर यहाँ छोड़ दूँ...'

'हाँ, फिर वे तुझे 'थैंक्यू कार्ड' भेजेंगे—'थैंक्स-गिविंग-डे' पर...' विशाल ठठाकर हँसा।

कहाँ से कहाँ पहुँच गई विकास की हँसी! नहीं, मैंने पहले कभी विकास को हँसते देखा ही कहाँ था?

खुशियों की सौदागीरी

चन्द्रा लोगों के यहाँ से तो नहीं लेकिन शायद निलय बख्शी के घर से लौटते मेधा बेसब्र हो गई। इतनी कि लौटकर अपने अपार्टमेंट की चाबी घुमाकर अन्दर दाखिल होने तक उसकी बेसब्री बाहर आ गई।

क्लॉजेट के हैंगर में जैकेट टाँगकर, पैरों में स्लीपर डालते-डालते बोली, 'सुनो वेणु! तुम्हारे दोस्तों की कोई लॉटरी खुली है क्या?'

मैं अटपटाया। उसका लहजा सहज विनोदी तो हर्गिज नहीं था, उल्टे थोड़ा तुर्श का आभास। जवाब सूझना आसान नहीं था। किंचित आशंकित।

मैंने जवाब में सवाल कर दिया, 'मतलब?'

'मतलब यही कि ये लोग भी तो इंडिया से आए हैं। तुम्हारी ही जैसी डिग्रियाँ और जॉब वाले। फिर हमसे बड़ा अपार्टमेंट, अच्छी कॉरपेट, कैटलरी, क्रॉकरी तक इतने अच्छे!'

मैंने टरकाया, 'तुम्हें अच्छे लगे—पता नहीं, मुझे तो ज्यादा ही भड़कीले...'

'मेरा मतलब 'कीमती' से था, सारी चीजें बेटर क्वालिटी की...'

'होंगी...मुझसे तीन-चार साल सीनियर भी तो हैं...'

कपड़े बदलते हुए मैंने दुबारा बात टरकानी चाही, लेकिन मेधा जैसे सही जवाब पर तुली हुई थी, 'तो क्या तीन-चार साल में हमारे पास भी उन लोगों जैसा हो जाएगा?'

'हमारा घर उन लोगों के घर जैसा क्यों होगा मेधा? हमारा घर हमारे घर जैसा होगा न! क्या तुम्हें अपना घर अच्छा नहीं लगता?'

'अच्छे-खराब की बात नहीं, मैं अपने घर भी उनकी जैसी चीजें लाना चाहती हूँ...'

थैंक गॉड, मुझे चिढ़ने का एक पुख्ता कारण मिल गया, 'ठीक है, तुम उन दोनों के घरों की चीजों की लिस्ट बनानी शुरू कर दो।'

मेधा ने मेरे जवाब में घुले कटाक्ष को महसूस किया। वह जवाबी वार में पीछे कैसे रहती?

'फिर तो सौरभ शुक्ला और तापस बैनर्जी के घर की चीजों की भी लिस्ट बनानी होगी, क्योंकि एक तुमसे सिर्फ तीन साल सीनियर हैं, दूसरा लगभग साथ का।'

मेरे जवाब में एक तिलमिलाहट-भरी लाचार नाखुशी थी, 'घर तुम्हारा, तुम्हारी मर्जी...तुम अपना घर कैसे रखना चाहती हो—यह तुम्हें तय करना है।'

मेधा ने एकबारगी अपनी आँखें मुझ पर गड़ाते हुए—एक-एक शब्द पर जोर देते हुए कहा, 'यह क्या सिर्फ मर्जियों का ही सवाल है वेणु? और क्या 'मेरी मर्जी' जैसी चीज 'सचमुच' तुम्हारी नजरों में कोई अहमियत रखती है?'

अब मैं बात समाप्त करने के लिए बेसब्र था, सतर्क भी, 'लाओ, स्टॉम्प पेपर पर लिख दूँ...और यह लो घर की चाबी, अभी से तुम्हारे सुपुर्द करता हूँ,' कहते हुए मैंने अतिरिक्त प्यार जताते हुए बाँहें फैला दीं—जिन्हें उतने ही करीने से एक तरफ करती हुई मेधा के स्वर में अब साफ-साफ व्यंग्य झलक आया था :

'मैं तो यह जानती हूँ कि आज तक जब भी मेरा मन किसी चीज पर आया है, अपने लिए, या घर के लिए, तो तुम फौरन उसकी बेजरूरती साबित करने पर तुल गए हो। अभी पिछले हफ्ते ही तो 'कोल्स' में जैकेट देखी थी, 'मार्शल्स' से एक क्रिस्टल-वाज लेना चाहा था। दोनों चीजें तुमने उठाईं, घुमाकर 'प्राइज टैग' देखा और वापस रख, मुझे आगे बढ़ा दिया। ये तो सिर्फ अभी—पिछले हफ्ते वाले उदाहरण हैं, ऐसे-ऐसे न जाने कितनी बार...'

'तो तुम चाहती हो, फायदे-नुकसान की कोई बात मैं तुम्हें न समझाया करूँ? तुम जिस चीज पर हाथ रख दो, वह उसी क्षण तुम्हारी हो जानी चाहिए? वही चीज एक स्टोर में पैंतीस डॉलर की मिलेगी, दूसरे में पच्चीस की और कुछ दिनों बाद सेल में पन्द्रह की भी मिल सकती है। तुम तो खुद डॉलर को रुपयों में तब्दीलियाँ करने में सिद्धहस्त हो, यह जरूर समझती होंगी कि पाँच-दस डॉलरों की भी अपनी कीमत होती है। मुझे सोच-समझकर खर्च करने की तरकीबें समझाती हो...जो जैकेट तुमने पसन्द किया था, वह सीजन खत्म होने तक तिहाई कीमत का हो जाएगा...'

'तो अपनी पसन्द की चीज मुझे तब मिलेगी जब वह पुरानी पड़ने पर बाजार द्वारा खारिज की जाकर सेल में मिलेगी? तब तुम उसे प्रेजेंट करोगे अपनी महबूबा को?'

'महबूबा' पर मुझे हँसी आ गई, 'यार, तुम्हारे इस गुस्से पर मुझे 'महबूबा-महबूबा' गाने का मन कर रहा है...क्या है इसके बाद?—गुलशन में गुल खिलते हैं, जब सहरों में मिलते हैं...'

पासा उल्टा पड़ गया। मेरी बात उसे खुश करने के बदले तिलमिला गई। वह मजाक के मूड में बिलकुल नहीं थी। सीधे पॉइंट पर आना चाहती थी। लेकिन मेरे लिए भी बचाव के रास्ते ढूँढ़ने जरूरी थे। इतना नादान मैं भी नहीं था कि मेधा का आशय न समझ सकूँ लेकिन 'प्रच्छन्नता' की आड़ अगर मेधा के लिए एटीकेट का तकाजा थी तो मेरे लिए बचाव का एक मात्र सुरक्षा कवच।

मेधा चाहती तो एक झटके में मुझे उखाड़ सकती थी लेकिन शिकार को घेरकर वार करने का मजा ही कुछ और है। शायद वह मेरे ही मोहरों से मुझे परास्त करने की ताक में थी।

लेकिन अचानक की मेरी मसखरी मुझे भारी पड़ी। मेधा ज्यादा गुस्से या ज्यादा तिलमिलाहट से हुमसकर रो पड़ी। मैं अकबकाया-सा उसे मनाने बढ़ा तो उसने झटक दिया।

मैंने दुबारा सॉरी कहा और कबर्ड से अपना वॉलेट निकाल उसकी तरफ डालते हुए कहा, 'आज से इसे तुम्हीं रखो—तुम इसकी मालकिन। खुश?'

वह रोते-रोते वॉलेट फेंककर चीखी, 'मुझे खाली वॉलेट्स रखने का शौक नहीं...'

'अब तुम्हारे लिए चोरी के नोटों से भरा बटुआ तो मैं लाने से रहा...'

'तुम्हारा मतलब, निलय बख्शी और विशाल घाटे चोर हैं?...एक तुम्हीं जमाने में...'

'मैं अपनी जानता हूँ, मेधा।...और मेरी कोई दूसरी महबूबा, सॉरी, 'मेधा' भी नहीं है...आज से यह वॉलेट और सेविंग अकाउंट भी तुम्हारे हवाले करता हूँ। तुम निलय बख्शी से लेकर चन्द्रा अंकल तक, हर किसी के घर की साज-सज्जा से तुलना कर...'

मेधा वापस बिफरी, 'मैंने चन्द्रा लोगों का नाम भूल से भी नहीं लिया। मैं हमेशा फैक्ट्स की बात करती हूँ—जमीनी और व्यावहारिक...'

अचानक मैंने अपने क्षोभ को थमते हुए पाया, 'एक बात बताओ मेधा! 'घर' क्या निलय बख्शी के सोफे, विशाल घाटे के पर्दों और चन्द्रा अंकल के एन्टीक्स के बिना नहीं बनाया जा सकता? तो ठीक है—हर का अपना एटीच्यूड है। मैंने सोचा था, हम दोनों की मर्जी से घर चलेगा—मुझे सादा, शालीन-सा घर अच्छा लगता है—ज्यादा तड़क-भड़क पसन्द नहीं...'

मेधा फिर भड़की, 'शालीन का मतलब घिसी हुई कॉरपेट और बिना टेबल क्लॉथ का टेबल नहीं हुआ करता—सादगी और शालीनता का मतलब मैं भी जानती हूँ।'

मन में तो आया, कहूँ—तुम्हारी बैठक में भड़कीले मखमली सोफों से तो नहीं लगता, न नक्काशीदार शीशों से, लेकिन प्रकट में सिर्फ इतना कहा, 'वही समझ लो। सच कहूँ तो उतने शौक भी मैं नहीं पालता, कुछ ज्यादा खास इच्छाएँ भी नहीं। हाँ, खुशियाँ बराबर मुझे बिना माँगे मिलती रही हैं और जीवन खुशहाल ही रहा है। पर अब, मेरी खुशी तुम्हारे साथ जुड़ी है। और अगर तुम खुश नहीं हो तो मेरे सारे...'

मेधा के आँसुओं ने रुख बदला, 'यानी मैंने तुम्हारी खुशी छीन ली?'

'यह मैंने कहाँ कहा? और अगर थोड़ी-बहुत भूले-भटके छीनी भी है तो बहुत सारी खुशियाँ देनेवाली भी तो तुम्हीं हो।...तुमसे अलग मेरा कुछ नहीं है मेधा, तुमने यहाँ की मेरी दुनिया बदल दी। अब मैं दुबारा सॉरी कहूँ?'

'नहीं, मैंने गलत समझा, इसलिए अब के मैं सॉरी बोलूँगी...'

'जानता था...जानता हूँ, तुम बहुत समझदार हो...' मैंने उसे समेटते हुए बेड स्विच ऑफ कर दी।

प्रशान्त प्राजी की अमीलिया

न्यूजर्सी आए अभी कुछ ही महीने हुए थे।

अचानक शाम प्रशान्त का फोन।

'प्राजी! सब खैरियत?'

'तू दूर है तो सब खैरियत ही हुई न!'

'शाम कब तक घर लौट रहे हो?'

'बस, आधे घंटे में निकलता हूँ...'

'मैं आ जाऊँ?'

'आ जाओ।'

'इतने समझदार कैसे हो गए प्राजी?' लम्हे भर की हिचक से बोला, 'अमीलिया को भी ले आऊँ?'

'क्या बात है प्राजी—बड़ा फूँक-फूँक के कदम रख रहे हो? अरे ला न यार—लेकिन हाँ, वो सब्जी-पराँठे खा लेगी न! मेधा को बोल देता हूँ, चार-छह पराँठे ज्यादा बना के रख ले...'

घर पहुँचकर मेधा को बताया।

'गोरी मेम' के घर आने की गर्व-मिश्रित खुशी में वह जल्दी-जल्दी किचेन और कमरों को तरतीब देने लगी। आटा गूँधा और फ्रिज में रखे फ्रोजेन, कटे गाजर, बीन्स, मटर का पैकेट निकाल, एक सब्जी भी ज्यादा बना ली। यहाँ की इन सहूलियतों की वजह से मेधा झटपट खाना बना लिया करती थी। मेरे दूसरे दोस्तों की पत्नियों की तरह उसे आटा मलना और चपातियाँ सेंकने में कोफ्त नहीं हुआ करती थी।

यूँ प्रशान्त प्राजी के साथ अमीलिया ब्राउन का बिना शादी किये साथ-साथ घूमना मेधा को बिलकुल पसन्द नहीं था। शायद अमीलिया की जगह कोई हिन्दुस्तानी लड़की होती तो मेधा घर में घुसने भी न देती। यह सब अमीलिया के गौर वर्ण का प्रताप था।

ठीक साढ़े सात बजे बेल बजी। एकदम डॉट टाइम। (यह भी अमीलिया का ही प्रताप था।) दरवाजे पर नारंगी ग्लैडोलिया का गुच्छा लिये अमीलिया और पीछे-पीछे प्रशान्त।

'ओय प्राजीऽऽ!' कहने के साथ ही हम दोनों ने एक-दूसरे की पीठ पर एक साथ धप्पा लगाया था। इस धप्पे ने अमीलिया और मेधा के बीच का भी अपरिचय खत्म कर दिया। शुरुआती गलतियों के बाद मेधा अमीलिया के एक्सेंट भी समझने लगी। आपसी संवादों की ज्यादा गुंजाइश थी भी नहीं। मैंने मेधा को समझा दिया था कि यहाँ लोग किसी भी प्राइवेसी में दखल नहीं देते। अत: नो पर्सनल क्वेश्चन। पर्सनल का मतलब किसी के माँ-बाप, भाई-बहन तक को लेकर ज्यादा पूछताछ नहीं, जैसे आम हिन्दुस्तानी।

काफी देर तक मैं और प्रशान्त साथ बिताये दिनों की यादों में मेधा और अमीलिया को शामिल किये रहे लेकिन जल्दी ही मैंने अन्दाजा, प्रशान्त मुझसे कुछ और भी शेयर करना चाहता है।

अमीलिया टेबल से बर्तन उठाने, किचेन क्लियर करने में मेधा के साथ हो ली तो प्रशान्त पास आ बैठा—बेचैनियों का एक लम्बा सिलसिला, जैसे :

'घर से फोन और चिट्ठियों का सिलसिला जारी है। बीजी वाहे गुरू और अपने सिर की कसमें दिला-दिलाकर 'प्रेशान' किए डाल रही हैं—कि हमने इत्ते सारे लड़की वालों को रोक रखा है, तेरे वासते। एक से एक रिश्ते आ रहे हैं। उधर बड़े भाई, लुधियाने की अपनी फैक्टरी के मैनेजर के भाई वाली सॉफ्टवेयर कम्पनी में प्रशान्त की अप्लीकेशन डलवाने पर जोर मार रहे हैं। दार जी पगड़ियाँ रँगवाने के गुलाबी रंग, अभ्रक और वायल तजबीज रहे हैं। सब की बस एक ही जिद—कब पहुँच रहा हूँ...!'

'तो? चला जा न! प्रॉब्लम क्या है?' मैं जान-बूझकर अनजान बना।

प्रशान्त ने मुझे गुस्से से घूरा, 'जैसे तू जानता नहीं!'

'ओ...वो प्रॉब्लम जिसे तू साथ लिये फिरता है? लेकिन मैं तो इसे टाइम-पास समझता था!....'

'खोते!' (गधे)—प्रशान्त मुझ पर झपटा।

'सॉरी! 'फ्रेंडशिप?'

'है भी तो वही...'

''है' भी वही, या 'थी' भी वही—गोलमाल मत कर...'

'मुझे खुद समझ में नहीं आ रहा न! आई स्वियर...'

'ठीक, तुझे समझ में नहीं आ रहा, चलो, मान लिया लेकिन व्हाट अबाउट हर? वह इसे सीरियसली ले रही है क्या?'

'हम कुछ ले-दे नहीं रहे हैं। हम बस, साथ-साथ समय गुजार रहे हैं और हमें अच्छा लग रहा है...'

'बाकी सब?'

प्रशान्त मेरा इशारा समझ गया। दो-टूक ईमानदारी से बोला, ''बाकी सब' आजकल कोई इशू नहीं है।'

'यहाँ...तुझे खुद पता है, अपने सारे भाई-बन्धुओं में से लगभग हर कोई इस खुले बाजार में अपना गम-गलत करने या बहती गंगा में हाथ धोने उतरे हैं। अपने निलय बख्शी, विशाल घाटे और प्रसून टंडन की कथाएँ तो हर अगले-पिछले की जबान पर रहती हैं। निलय की तो वाइफ ही उसे सबके सामने चिढ़ा-चिढ़ा के मजे लेती है। मानना पड़ेगा, शी इज अ गेम।'

'उस जन्म में कुछ अच्छे कर्म किये होंगे वरना इस गेम के दाँव ज्यादा उल्टे ही पड़ते हैं।...खैर, ये बता, घरवालों को कुछ भनक तो नहीं लगी?'

'लगी होती तो भाई जी अब तक लुधियाने की किसी ट्रेडिंग एजेन्सी की मारफत 'स्टेच्यू ऑफ लिबर्टी' और 'नायग्रा-फॉल' देखने के बहाने पधार न चुके होते?'

'तो एक काम क्यों नहीं करता...उनकी बात मानकर चला जा! गया भी तो नहीं है इतने बरसों से तू। वहाँ जाकर भाभी या बहन को बता दे...'

'तब तो अगले दिन खोते (गधे) पर बिठाकर, मुँह काला करा के भटिंडे से लुधियाना के चक्कर लगवा देंगे...'

'लेकिन मुझे यह सुनकर आश्चर्य हो रहा है। मैं तो तुम पंजाबियों को अपने लोगों से कहीं ज्यादा मॉडर्न समझता था।'

'हैं न—घर में, किचेन में, फार्म में, कपड़े धोने, दाल-आटे पीसने से लेकर फसल काटने तक की सारी मशीनें इम्पोर्टेड हैं लेकिन दामाद और बहुएँ सुच्चे हिन्दुस्तानी—भारत माता के सेवक!'

'और तू यहाँ अमीलिया के साथ फट्टे मार रहा है? शर्म कर, जा भाग यहाँ से! जोक्स अपार्ट मन हल्का कर। सुन—उसे सब साफ-साफ बता दे...माफी माँग और बिस्तर बाँध...प्रॉब्लम सॉल्व! हमने-तुमने पढ़ते हुए ही कितने रिलेशन को बनते-टूटते हुए देखे हैं कि नहीं?...कितने अफेयर...थोड़े बादल, बिजली-बरसात...रोना-धोना...दो-चार हफ्तों में सब नॉर्मल...अपने-अपने रास्ते...'

(उफ! मुझे अचानक कात्या क्यों याद आ गई—एकाधिक्कार के साथ? मुझसे तो प्रशान्त भला। सोच तो रहा है अमीलिया के लिए इतना! अच्छा, इससे पहले मैंने कब आखिरी बार सोचा कात्या को?...रब्बिश, वह चैप्टर कब का बन्द हो चुका...)

'पर वेणु, मेरा दिल जो नहीं कर रहा जाने को...'

'जाने को, या छोड़ जाने को?'

'तू जो भी समझ...'

'तब मामला 'सिर्फ' फ्रेंडशिप का नहीं है...'

'अब तू जो कह रहा है तो लग रहा है, सच ही कह रहा है।'

मुझे प्रशान्त मासूम बच्चे-सा लगा। अचानक उमड़े प्यार के साथ भड़का मैं, 'तू सच का खोता है—'गधे'।'

'तभी तो तुझ अक्लमन्द के पास आया हूँ।'

'तो सोच...सोचकर देख। तू हमेशा उसके साथ रहने का मन बना सकता है? और यह भी कि क्या हमेशा उसके साथ रहा जा सकता है? मेरा मतलब प्रैक्टिकल प्रॉब्लम्स से है।'

'यही तो सारी उधेड़बुन है। कभी अच्छा लगता है तो कभी।...झूठ नहीं बोलूँगा, अटपटा भी।...ऑफिस से लौटी, थकान भरी शामों या फिर खाली वीकेंड्स पर अक्सर, और जब भी वह मिल जाती है, अच्छा लगता है। समय कैसे बीत जाता है, पता ही नहीं चलता।...सच कहूँ तो अकेले होते ही लगता है, अमीलिया आए और इस सन्नाटे को भरे...'

'और अटपटा...?'

'जब अपनी, अपने घर की, बहुत-सी बातें उससे शेयर नहीं कर पाता। वह ध्यान से सुनती है, समझने की कोशिश करती है, लेकिन बीच-बीच में ऐसे सिली से सवाल करती है कि हँसी भी आती है, खिझलाहट भी। हिन्दुस्तान की बात आते ही वह सिर्फ ताजमहल, गंगा मइया और एवरेस्ट को जानती है, उससे नीचे उतरती ही नहीं...'

'तो कम-से-कम तू उतर आ अब पहाड़ के नीचे, बहुत चढ़ लिया...'

'अब देख, जैसे इस या ऐसी कहावतों का मतलब भी वह कहाँ से समझेगी!...मैंने कभी-कभार अपने घर वालों की एलबम फोटो दिखाई तो ऐसे फनी सवाल करती है कि हँसी आ जाती है। फिर मेरे हँसने का बुरा मान जाती है कि आयम बीइंग रुड टु हर। अब मेरे भाई-बहनों को लेकर भी वह विश्वास ही नहीं कर पाई कि सब-के-सब मेरे अपने सगे माँ-बाप की सन्तानें और सगे भाई-बहन हैं...और इतने सब एक साथ रहते हैं...'

'मतलब?'

'मतलब वह खुद बेतरह अकेली है न! छोटी थी, तभी माँ-बाप का डिवोर्स। दो बड़े भाइयों में बड़ा पिता के साथ गया, दूसरा ग्रैंड पैरेंट्स के साथ...वह छोटी होने की वजह से माँ के साथ। आल्टरनेट वीकेन्ड्स पर किसी कॉमन प्लेस पर भाई-बहनों को मिलाने ले जाया जाता था। लेकिन फिर माँ ने भी दूसरी शादी कर ली। काम, पढ़ाई और व्यस्तताएँ बढ़ीं। अब माँ के दो और बच्चे हैं—एक लड़का, एक लड़की यानी उसके हाफब्रदर, हाफ सिस्टर। स्टेप फादर...पूछो, कैसे हैं, तो कहेगी—दे आर ओ.के., दे आर गुडऽऽ...बट पिछले दिनों स्टेप फादर की एक गर्लफेंड भी हो गई तब यह फादर किन्हीं शामों घर नहीं लौटता था—अपनी गर्लफ्रेंड के साथ बाहर गया होता था। कभी-कभी वीकेन्ड भी उसके साथ प्लान कर लिया करता था। अब माँ अपसेट होती है तो सबसे ज्यादा गुस्सा अमीलिया पर उतारती है।'

'अब... ?' मेरी उत्सुकता चरम थी, 'और उसके अपने भाई? मिलती है उनसे? कब? कैसे?'

'कभी महीने-दो महीने पर फादर, या कोई ब्रदर मिल लेते हैं—बर्थ-डे, न्यू इयर पर गिफ्ट भी भेजते हैं...दो-चार दिन अच्छा लगता है, वापस अकेली हो जाती है।...मेरे साथ रहते हुए उसने महीने भर से ब्राउन शुगर नहीं ली। सिर्फ बियर और वाइन। एक दिन मेरे पास बैठी-बैठी यूँ ही याद करने की कोशिश करने लगी कि आखिरी बार कब वह अपने माँ-बाप और दोनों भाइयों के साथ थी...'

मैं सुनते-सुनते सहमकर बौखला आया, 'प्रशान्त प्राजी! यह बैकग्राउंड, लाइफ-स्टाइल या कल्चर जो भी कह ले, तेरे साथ ज्यादा चल नहीं पाएगा। अमीलिया अकेली नहीं आएगी तेरे पास। वह अपने साथ अपनी पूरी संस्कृति और बैकग्राउंड लाएगी। बहुत विपरीत तौर-तरीके वाली दुनिया बसी है अमीलिया के साथ। वह चाहे कितनी भी अकेली फील करे, रोए लेकिन उस दुनिया से टूटकर अलग नहीं हो सकती। चाहे तो भी। क्योंकि वह उसी दुनिया की पैदावार है। और तू उस दुनिया से कभी जुड़ नहीं पाएगा, न स्वीकार पाएगा। बहुत दिनों तक खुश भी नहीं रह पाएगा। यह मैं दावे के साथ कह सकता हूँ। यह सब तेरा चेंज भर है। तू अपनों की कमी और सन्नाटे को भर रहा है—बस, अमीलिया के हवाले से। गम-गलत कर रहा है, सुना क्या तूने? अमीलिया को सब कुछ बता दे, और लौट जा अपनी वाली दुनिया में...'

प्रशान्त हँसा, 'तू तो ऐसे कह रहा है, जैसे मुझे बस एक शहर का टिकट लौटाकर दूसरे शहर का लेना है। दूसरी ट्रेन में बैठकर जाना है, और प्राब्लम सॉल्व!... यह सेंटीमेंटल मामला

है प्राजी...यहाँ सिर्फ सही-गलत नहीं चला करता...असल में तूने सिर्फ सीधे-सीधे शादी कर ली न! प्यार तो किया ही नहीं...'

कट गया मैं अन्दर से। एकबारगी लगा, जैसे किसी ने गुलेल खींचकर कंकड़ी मारी हो—निशाना साधकर! अनायास मेरा लहजा तीखे कटाक्ष वाला हो आया, 'तो फिर तू मेरे पास क्यों आया? किसी एकदम बल्कि अगले दिन खुदकुशी करनेवाले प्रेमी से सलाह लेनी थी...!'

'तू बुरा मान गया, लेकिन बिफर मत। सच को स्वीकारने की सलाहियत सीख। मैंने क्या गलत कहा—शादी के बाद तो हम जानते हैं कि हमें फलाँ लड़की से प्यार करना है, या फलाँ लड़की से प्यार करने की आदत डालनी है, लेकिन प्यार इतना सोच-समझकर, प्लान करके किया जाता है क्या?...प्यार फैमिली प्लानिंग नहीं है। प्लान करके न किया जा सकता है, न छोड़ा जा सकता है।...और अब मैं तेरे सामने स्वीकारता हूँ कि प्यार मैं करता होऊँ, चाहे न करता होऊँ, पर इस लड़की को मैं रुला नहीं सकता। पहले ही बहुत रोई है यह अपने जीवन में। मेरे साथ उसने कुछ बहुत अच्छे पल जिये हैं, इसका मुझे गर्व है। जैसे मैंने कुछ नेक काम भी किए हैं। मुझे कोई पछतावा नहीं है प्राजी...!'

'अगर ऐसा है तो तू इसी दम कलेजा पक्का कर—पिता, भाई और वाहे गुरू की कसम देता...माँ को साफ-साफ चिट्ठी लिख। फिर फोन मार कि मैं इस अमीलिया नाम की लड़की से, जो बहुत रोई है अपने जीवन में, उसकी जिन्दगी के बचे हुए आँसू पोंछने के वास्ते उससे पक्की तौर पर शादी करूँगा—और आप लोगों को उसे स्वीकारना होगा...'

लेकिन प्रशान्त की बात से मैं गोता खा गया, 'शादी का तो सवाल ही नहीं, प्राजी! अमीलिया शादी के नाम से चिढ़ती है। उसे अपनी माँ, अलग हुए पिता और स्कूल टीचर मिसेस ज्यूडिथ की कहानी याद आ जाती है...ये सब, जब तक साथ थे, फ्रेंड थे। सब ठीक-ठाक रहा। शादी करते ही पता नहीं क्यों, सारे रोल्स, रिश्ते बदल गए!...भरोसे के उसके सारे आधार धसक चुके हैं। एक के पचास उदाहरण गिनाने लगती है...'

'तो?' मैं अवाक् था।

'तो बस, ऐसे ही रहना है, रहते रहना है उसे...'

'कब तक?'

'जब तक भी...'

'और तुम्हें?'

'मैंने यह सब सोचने की कभी जरूरत ही नहीं समझी। मैं तो, जैसा तूने कहा, इस 'चेंज' में इस कदर भूला हुआ था कि कुछ और सोचने-समझने की गुंजाइश ही नहीं थी। सच कहूँ तो जैसा कहा, किसी का दुःख बाँटने, किसी को खुश करनेवाली खुशी काफी थी मेरे लिए...और देख ले, सोचने-समझने वाली स्थिति आई तो आ पहुँचा तेरे पास। तुम्हीं लोग चिढ़ाया करते थे कि च्च्च प्राजी! तुम सोचने लग गए?...न, प्राजी न, 'सोचना' तुम्हारा काम नहीं, तुम्हारे बस का नहीं...'

'लेकिन अब तुम्हें अपने को झकझोर-झकझोरकर पूछना, सोचना पड़ेगा प्रशान्त कि कहीं कॉफी शॉप में दुःख-सुख बाँटकर, सिटिंग रूम में बियर की 'सिप' के साथ टॉक-

शो देखने की अस्थायी खुशी देकर उसके और अपने जीवन के स्थायी सुख-चैन तो नहीं स्वाहा कर रहे हो ?...इतनी बेपरवाही भी ठीक नहीं। फिर कहता हूँ, अपने को ठोंक-बजाकर देख, इस लड़की को भी, कि कितनी समझदारी है उसमें। जीवन में जो कुछ छूट गया उसका, उसे वापस पाने के लिए कितना मूल्य चुकाने को तैयार है वह। फिर तो घर वालों के सामने ताल ठोंककर खड़े होने की ताकत है तुझमें तो ठीक वरना मुझमें तो नहीं है। मैं एक व्यर्थ का सोचने वाला सामान्य व्यक्ति हूँ। बहुत सोचने वाले बहुत करनेवाले नहीं हुआ करते। लेकिन तू सोचता भले न हो, पर कर गजब बैठता है—तुझमें कोई 'हीरो' है तो निकाल उसे...'

'हीरो बेशक है प्राजी, अपने अन्दर...मैं या तुम भी कायर नहीं, पर वही बात...कि माँ-बाप को भी तो सिर झुकाकर रोते नहीं देख सकते न...हम इसी संस्कार के साथ बड़े हुए हैं। एक वाक्य, अपने-अपने घरों में हमारी समूची पीढ़ी ने हजारों बार सुन रखा होगा कि हमारी सारी खुशी, सारी ख्वाहिशें हमारे बच्चों के साथ ही तो जुड़ी हैं। हमें अपनी औलादों पर फख्र है...वे हमारी मर्जी के खिलाफ कुछ नहीं करेगी...।

'यह लिहाज, यह डर गाहे-बगाहे खाई-खन्दकों से बचाता भी है हमें। दिल-दिमाग होश में और पैर जमीन पर रखता है...हाँ, यह भी है कि इनके भय का आतंक, कभी-कभी ऐसी नाकेबन्दी कर देता है कि आदमी जमाने की खुली हवा में साँस लेने को तरस जाए...अपनी अकल न लगाए तो ताजिन्दगी अँधेरी कोठरी में दम घुटता रह जाता है उसका।

'तो प्राजी! नफे-नुकसान कहाँ नहीं होते ? फिर से वहीं आता हूँ कि क्या कहता है तू... ?'

'यही कि मैं साफ-साफ देख रहा हूँ, तूने सोचना शुरू कर दिया है। यही क्या कम है ? देखना, कोई-न-कोई रास्ता निकलेगा।...वैसे भी निर्णय तो समय ही लेता है, हम सिर्फ सही बने रहने की कोशिश भर कर सकते हैं।'

पहली फ्लॅरि का सेलिब्रेशन

जैसा मैंने बताया था, मेधा को अमीलिया वैसा ही लगी, 'अजीब सिलबिली-सी है। इतनी देर में एक बार खुलकर हँसी तक नहीं। बहुत हुआ तो हँसने के नाम पर होंठ ऐसे खींच दिये, जैसे फोटोग्राफर 'चीऽऽज' कह रहा हो!...बातें भी बुदबुद, बेजान। ढूँढ़-ढूँढ़कर बातों के टॉपिक लाते हुए मैं थक गई। कैसे रहता है प्रशान्त इस सिलबिली के साथ ?'

'साथ रहता नहीं है, आती-जाती रहती है, बस!'

'काफी डिफेंसिव हो अपने दोस्तों के लिए, जैसे मैं इसका कोई इशू बनाने जा रही हूँ! मेरे तो ढाई घंटे बोर गए न! कुछ भी बोलो, पूछो, जवाब में रुक-रुककर 'इया', 'मे बी', 'डोन्ट नो' और कभी-कभी 'ओ...या ऽ दैट्स फनी'—इससे आगे बढ़ी ही नहीं।'

'देख लो, वह विकसित समाज की उपज, पैदावार है न—अपने व्यक्तिगत को 'जेड क्लास' सुरक्षा देनेवाला समाज। इस कौम की पहली प्रियोरिटी उसकी प्राइवेसी...उसका व्यक्तिगत है।'

'हुँह! क्या होता है यह व्यक्तिगत जी? जीवन, व्यक्ति, सम्बन्धों का वह पक्ष, जिसे बाहर करने से हमारे सामाजिक स्टेटस पर झेंप आती है...वरना खुशियाँ तो हम जी भरकर लुटाते हैं...व्यक्तिगत की सन्दूकची में बन्द करके नहीं रखते...'

'नहीं, खुशियों का भी ये मन्द-मन्द शब्दों में बाँटकर इजहार कर लेते हैं। हमारी-तुम्हारी तरह शोर-शराबा नहीं करते। शोर-शराबा सभ्यता का प्रतीक नहीं।'

'लेकिन स्वाभाविकता और सहजता का तो है। कहते हैं, लाफ्टर इज द बेस्ट मेडीसिन। बिना मौज-मस्ती के भी कोई जिन्दगी है?'

'मौज-मस्ती की बात मत करो। जिन्दगी तो ये ही जीते हैं—इफरात मस्ती और सम्पन्नता में। वीकेन्ड्स को देख लो...वो आया था न उस दिन कारपेंटर अपनी कबर्ड ठीक करने...आधे घंटे बाद अपनी वैन के ऊपर बँधी बोट लेकर फिशिंग और बोटिंग पर निकल रहा था। इंडिया में हम किसी कारपेंटर, प्लम्बर, इलेक्ट्रीशियन को अपनी बोट, कैरेवान लिये वीकेन्ड्स मनाने की कल्पना कर सकते हैं? कार के पीछे साइकिलें बाँध लीं—खुली हरियाली में पिकनिक पर निकल लिए। ट्रैकिंग पर जा रहे हैं...स्केटिंग कर रहे हैं—बच्चों से बड़ों तक स्काई डाइविंग...बर्फीले तूफानों को झेलता यह देश पहाड़, समन्दर, बर्फ से जुड़ा कोई एडवेंचर छोड़ता नहीं...'

'कहीं ऐसा तो नहीं कि आदमी पर से भरोसा उठ गया है तो पहाड़, समन्दर और बर्फीली चोटियों से बाँट लेते हैं अपना व्यक्तिगत? हमारा गरीब पोखर में तैर लेता है, सत्तू-चने का फास्ट-फूड साथ रखता है और लगभग इन लोगों से ज्यादा ही खुश रहता है...उसके पास टन भर व्यक्तिगत जो नहीं होता! वह मुक्त भाव से सारे दुःख-सुख बाँटनेवाले समाज का घटक है।...और यहाँ का समाज, सिर्फ शारीरिक सम्बन्धों को लेकर वर्जना-मुक्त है। वह भी ऊपर-ऊपर कहाँ, अन्दर-अन्दर स्वीकृत है। तभी तो 'व्यक्तिगत' का बैक-पैक लादे घूमता है!'

मेधा ने मेरी बात जहाँ से छीनी थी, मुझे बुरा लगा था लेकिन मेधा अनायास बेहद सहजता से जिस मुद्दे पर पहुँची, वह मुझे चमत्कृत कर गया।

'असल में इस समाज में हर आदमी के पास 'प्राइवेसियों' का एक 'ए ह्यूज' (बड़ा) कलेक्शन होता है...! जानती हो, क्यों? क्योंकि उसे पता तो रहता है कि वह बहुत कुछ ऐसा कर गुजर रहा है जो तार्किक दृष्टि से भले स्वीकार हो, नैतिक आधार पर समाज उसे ठीक नहीं मानता। तो उसे समाज तक जाने ही न दिया जाए। लेकिन चूँकि समाज तक बात पहुँचनी ही पहुँचनी है अंडर-करेंटों से, इसलिए 'पर्सनल' और 'प्राइवेसी' को 'एटीकेट' बना दो। कोई नहीं पूछ सकता—तुम्हारे कितने रियल, कितने हाफ, क्वार्टर बहन-भाई हैं। पिता सौतेले हैं या माँ...'

'कह तो रहा था न, तुम्हारा वो प्रशान्त प्राजी...'

'तो तुम सुन रही थीं हमारी सब बातें...?'

'ये लो, उसमें सुनना क्या था? मजे में हिन्दी में बातें कर रहा था, आप-से-आप सुनाई पड़ जा रही थीं...अमीलिया बेचारी जरूर बौड़म-सा चेहरा लिये सिर्फ आवाजों भर से सन्तोष कर रही थी। मैं कहती हूँ, इंडिया में होता न तो अमीलिया को पास नहीं फटकने देते उसके

दारजी। वह तो भला हो अपने हिन्दुस्तानी संस्कारों और घुट्टी में दी गई नसीहतों का कि प्रशान्त लाख फट्टे मारे अमीलिया के साथ, दिल-दिल में माँ-बाप का लिहाज और आदर बना हुआ है। सच पूछो तो वही लिहाज इसे रोके हुए है, नहीं तो उस अमीलिया की बच्ची ने तो इस बेचारे का...'

'सारी दुश्मनी उसी अमीलिया बेचारी से निकाले डाल रही हो, जबकि उस बेचारी ने तो हमारी उपस्थिति में प्रशान्त को एक किस तक नहीं किया...'

'वह सब तुम जानो...मुझे अभी तक नहीं मालूम कि यह समाज कहाँ कब खुलता है, कहाँ सीलबन्द डिब्बे-सा बन्द हो जाता है...!'

'वेरी सिम्पल। शरीर के स्तर पर खुला रहता है—मन के स्तर पर बन्द। जितनी बर्फ बाहर बिछी होती है, उससे ज्यादा लोगों के अन्दर...'

'मैंने अभी यहाँ की बर्फबारी देखी कहाँ!'

'होनेवाली है आज ही आधी रात को...फोर कास्ट है न टी.वी. पर...'

'टी.वी. तो मुझे खोलने में डर लगता है। ऐसे-ऐसे फूहड़ और गन्दे प्रोग्राम आते हैं कि अकेले में भी सिर शर्म से झुक जाए। विकसित, सभ्य और मॉडर्न ट्रेंड अगर यही है तो अश्लील की परिभाषा आखिर क्या होगी?'

अचानक मेरे अन्दर का ओछा व्यक्ति उछलकर बाहर आ गया। 'बाइ-द-वे, ऐसा क्या देख लिया तुमने उस प्रोग्राम में, मैं भी तो जानूँ?'

मेधा मेरा मन्तव्य ताड़कर और तीखी हो आई, 'यानी जो मैं देख नहीं पाई, महाअश्लील और जुगुप्सापूर्ण, उसे मैं तुम्हें पूरे डिटेल के साथ बताऊँ...शर्म नहीं आती तुम्हें?'

शर्म नहीं, बेहद प्यार आ रहा था मेधा पर। आज उसने शाम से कितना कुछ बनाया, प्रशान्त और अमीलिया को खिलाया, फिर किचेन भी मेरे बिना, अकेले क्लियर किया। अमीलिया ने टेबल से बर्तन वगैरह उठवाने में थोड़ी-बहुत मदद की अवश्य थी, पर मेधा के एकाध बार मना करते ही अपने साथ लाई बुक निकालकर पढ़ने लगी थी। उसने मेरे और प्रशान्त के बीच भी आकर बैठने की कोशिश नहीं की थी।

अचानक शाम होते आकाश में हल्की हवाओं के साथ ढेर-ढेर रुई के फाहे जैसे उड़ते हुए चारों तरफ छा गए। जैसे सफेद लेस के कंगूरे बेहिसाब हवा में छितराते जा रहे हों! इस वर्ष की 'द फर्स्ट फ्लॉरि' मैं मुग्ध देखता रहा। मेधा तब तक खिड़की के पास पहुँच चुकी थी और अब छोटी बच्ची की तरह किलकारी भरती वह इस खिड़की से उस खिड़की नाचती फिर रही थी। मेरे लिए तो हर वर्ष की यह पहली स्नोइंग जानी-पहचानी थी लेकिन मेधा के लिए प्रकृति का यह अनूठा करिश्मा था। हमने अपार्टमेंट की खिड़कियों से पर्दे खोल दिये—अब हम जैसे रुई के फाहों के बीच में थे। बादलों से लेकर पाइन और सेमल के वृक्षों तक हर कहीं से जैसे बर्फ के सफेद रेशे झर रहे थे।

'सुबह देखना, ये चारों तरफ की घास पर बिछे नजर आएँगे।...कल संडे है, मैं तुम्हें ढाँप-ढूँपकर साथ-साथ वाक पर ले चलूँगा—तुम्हें सारा कुछ बर्फ की झीनी चादर में लिपटा नजर आएगा...'

फिर मैंने मंत्रमुग्ध, सम्मोहिता मेधा का हाथ थामकर कहा, 'आओ, आज हम मौसम की पहली फ्लॅरि सेलीब्रेट करें!'

'रिश्तों के सिलेबस में' लखावटी ईंटों का ऑर्डर

'संजना लौट आई इंडिया से!'

ऑफिस से लौटकर मैंने अभी-अभी जैकेट क्लॉजेट में डाले ही थे कि मेधा ने बला की फुर्ती से कॉफी के दो झागदार मग हमारी छोटी-सी गोल टेबल पर ला रखे। और अब चहकते हुए बता रही थी, 'संजना लौट आई इंडिया से।'

'अच्छा! कब?'

'कल ही। खूब घूमी बंगलोर, मदुराई, सीलोन...'

'वेरी गुड!...लंका में रावण की समाधि पर दो मिनट का मौन रखा कि नहीं?'

'वह तो तुम्हीं पूछना मसखरों वाली बातें...हमारे इंटरेस्ट और-और थे...बता रही थी, खूब घूमे वे लोग...और ढेर सारी शॉपिंग की...'

'ओऽहो! तब तो सन्दीप को फोन करके हमदर्दी जतानी होगी!...पुअर ब्वाय!'

'सन्दीप तुम्हारी तरह उदास नहीं...वह संजना की शॉपिंग में इंटरेस्ट भी लेता है, च्वॉयस में मदद भी करता है। अभी मदुराई से लाई एक शोपीस के लिए 'हुक और बेस' खरीदने गए हैं दोनों। यहीं से होते गए। उसने न, कुछ सेमी प्रीशियस, अनकट जेम्स खरीदे हैं—रूबी, एमेरैल्ड, कोरल...'

'सच? मैंने तो कभी देखे भी नहीं...!'

'सबके बीच अनाउंस करने की जरूरत नहीं—वैसे तुम चाहो तो देख सकते हो।'

'मतलब?'

'संजना डिब्बी यहीं छोड़ गई है।'

'लाई ही क्यों थी?'

'मुझे दिखाने के लिए।'

'क्या तुमने भी नहीं देखे थे असली नीलम, पुखराज?'

'रूबी, एमेरैल्ड, नीलम पुखराज नहीं होते, माणिक और पन्ने को कहते हैं। नीलम सफायर और पुखराज टोपैज होता है, समझे?'

अचानक मेरे अन्दर का प्रहरी सजग हो आया, 'ओ, तो ये बात थी! लेकिन तुम इस तरह खुश दिख रही थीं, जैसे अभी-अभी तुम्हें पता चला हो कि तुम माँ बनने वाली हो!'

मेधा मेरे जोक पर इस कामचलाऊ ढंग से मुस्कुराई, जैसे मैं कोई बच्चा होऊँ और वह मेरा मन रख रही हो! फिर तुरन्त बोली, 'लाकर दिखाऊँ?'

मैं हड़बड़ाया, 'नहीं-नहीं, पहले कॉफी तो खतम कर लें फिर इत्मीनान से देखते रहेंगे।'

लेकिन मेधा सब्र न कर पाई। सामने ही 'काउंटर' पर रखी डिब्बी उठा लाई।

'सबसे अच्छी बात यह कि संजना कह रही थी, इसमें धोखे की गुंजाइश जीरो परसेंट भी नहीं। इंटरनेशनल मार्केट में डील करते हैं 'रत्नमाला' वाले। कृतिका और पल्लवी ने भी मँगवाए थे।'

मैं किसी तरह नहीं कह सकता था कि अरे, तुमने क्यों नहीं मँगवा लिये ? जबकि मैं जानता था, मेधा कितनी व्यग्र थी, मेरे मुँह से यह सुन पाने के लिए।

मेधा ने तन्मय भाव से डिब्बी खोली। रुई की बारीक परतों के बीच पीली, हरी, गुलाबी, नीली रत्नमणियाँ झलमला उठीं। मेधा सोत्साह बताने लगी, 'ये सारे जेम्स एकदम टॉप क्वालिटी के तो नहीं हैं लेकिन हैं असली ही। इनकी तराश भी बहुत हुनरमन्द कलाकारों द्वारा हुई है। ये देखो—स्फायर, नीलम, ये एमेरैल्ड यानी पन्ना-रूबी के लिए कह रही थी कि मीडियम से बेहतर है।'

'कॉफी बढ़िया है...थैंक्स!'

'और जेम्स ?'

'ये भी।'

'तो कौन ले लूँ ?'

मैं एकदम चकबका आया, 'तुम...तुम्हें लेने की क्या जरूरत है ?'

'क्यों ? पल्लवी और कृतिका को लेने की क्या जरूरत थी ?'

'उनकी जरूरत मैं कैसे समझ सकता हूँ ?'

'तो यही समझ लो। जो जरूरत उन्हें थी, वही जरूरत मेरी भी है।'

मैं लगातार स्थिति को बिगड़ने से बचाने या कहूँ, सँभालने की कोशिश कर रहा था। समझाने के से अन्दाज में बोला, 'मेधा! मैंने सुना है कि ये असली रत्न, बिना किसी सही ज्योतिषी की सलाह लिये हर्गिज नहीं पहनने चाहिए।'

मेधा ने सयानी मुस्कुराहट के साथ कहा, 'संजना के पास वह बुकलेट भी है जिसमें पूरे राशि लक्षणों के साथ यह साफ-साफ लिखा होता है कि किस राशि वाले को कौन-कौन से रत्न धारण करने चाहिए, कौन से नहीं।'

'शाब्बाश! आई लाइक्ड दैट...' मैंने अपनी हड़बड़ाहट पर काबू करने की कोशिश में उसकी ओर अतिरिक्त प्यार दर्शाती बाँहें बढ़ाई थीं लेकिन मेधा बड़े करीने से मेरी गिरफ्त के बाहर होती हुई बोली, 'तो संजना को फोन कर दूँ—कल ऑफिस जाते समय बुकलेट मेरे पास छोड़ती जाए ?'

'भई, ये इतनी अफरा-तफरी-सी क्यों मची है ?...सारी की सारी महिलाएँ अचानक नवरत्नों पर इतनी मेहरबान कैसे हो आईं ? मान गया, संजना को...बाय-द-वे, यह साइड बिजनेस उसने कब से...'

'संजना ने कोई नया बिजनेस नहीं शुरू किया है। सीलोन में 'रत्नमाला' वालों की नई ब्रांच खुली है, वे सेकंड कजिन होते हैं संजना के। अपना जेम कलेक्शन लेकर यू.एस. चार-पाँच ट्रिप पर भी आनेवाले हैं। उन्होंने ही संजना को नमूने के तौर पर दिये हैं—ये देखने के लिए कि यहाँ इन दिनों लेडीज की लेटेस्ट क्रेज और पसन्द क्या है। शुरुआत में कस्टमर्स का अट्रैक्ट करने के लिए पूरे बीस प्रतिशत की छूट भी दे रहे हैं...और नकली का तो कोई सवाल ही नहीं...और अगर हम अभी पसन्द करके ऑर्डर बुक कर दें तो सोने की कारीगरी पर भी पच्चीस प्रतिशत छूट मिलेगी।'

'सब सेल बढ़ाने की कारगुजारियाँ हैं...'

'बिलकुल, लेकिन अपना तो फायदा बनता है न! यही जेम्स अगर हम सीलोन में या कहीं भी डाइरेक्ट शॉप से लेंगे तो सोचो, तीस प्रतिशत ज्यादा देने पड़ेंगे...और इस तरह पचास हजार का टॉप्स और पेंडेंट सिर्फ चालीस हजार में—सोचो, पूरे दस हजार का फायदा!'

'दस हजार का ही क्यों—अगर हम एक लाख का लें तो पूरे बीस हजार का फायदा...!'

'ठीक है, एक लाख वाला प्रेजेंट मुझे देना चाहते हो तो वही सही। मुझे भला क्यों इनकार? नेकी और पूछ-पूछ!'

'लेकिन उसके लिए डार्लिंग, मुझे पहले लॉटरी का टिकट खरीदना होगा—मेरे कुलीग मिस्टर वायमेन का एक दोस्त नियमित खरीदता है...वह तो कसीना-क्लब भी जाता है। हजारों डॉलर का वारा-न्यारा रोज करता है। वायमेन बता रहे थे, वह ब्लैक जैक भी खेलता है। कभी घर भर जाता है, तो कभी लुट भी जाता है...पर उसे लत है। वायमेन बता रहे थे, उसके तो बैंकरप्ट हो जाने तक के भी...'

मेधा की आँखों में अचानक जैसे मिर्चें भभक पड़ीं।

'इनफ वेणु! बहुत कहानियाँ गढ़ चुके। मेरे रूबी के एक पेंडेंट और इयररिंग खरीद लेने से तुम्हारा घर लुटा जाता है? बैंकरप्ट हुए जा रहे हो तुम!'

'मेरा नहीं, हमारा घर मेधा...'

'प्लीऽऽज! हिप्पोक्रेसी छोड़ो। मेरा घर भला यह कैसे हो सकता है?...होता तो मेरा कुछ तो हक बनता। इस घर के पैसों पर...'

'घर हवा में नहीं बना करते मेधा, और न 'हक' को हठ में बदला जा सकता है।...'घर' और 'हक' इतने छोटे शब्द नहीं हैं। बहुत गहरे शब्द हैं। सॉरी, मेरा इरादा दिल दुखाने का बिलकुल नहीं था।'

'यह जानकर खुशी हुई वेणु, पर कितना अजीब है न, जो तुम नहीं चाहते, वही कर बैठते हो हमेशा।'

'कर बैठता हूँ तो सिर्फ इसलिए कि हमें अपने दूसरे खर्चों और जिम्मेदारियों का भी ध्यान रखना होता है। पैसों से ज्यादा अहमियत आदमी की, रिश्तों की होती है। ऐसे अनेक रिश्ते मिलकर एक घर, एक जीवन बुनते हैं। जीवन के ताने-बाने में इन रिश्तों की अपनी चमक, अपनी खुशबू होती है।'

कहते हुए मैंने मेधा की तरफ थोड़ी उम्मीद, थोड़े अनिश्चय से देखा था लेकिन मेरा डर सच साबित हुआ। मेधा गुस्से और अपमान से जल रही थी।

'भाषण मत दो वेणु! मैं संजना को अभी फोन किये देती हूँ—खुश?'

मैंने हिम्मत नहीं हारी। आवाज में और ज्यादा नरमी लाकर बोला, 'नहीं, मैं खुश नहीं हूँ मेधा। मैं खुश तब होऊँगा जब तुम मेरी बात समझ जाओगी!'

'इसमें समझना क्या है वेणु?...पैसे 'वसु' के एडमिशन के डोनेशन के लिए रखे हैं न!'

डंक खाया-सा मैं छटपटा उठा। मन में एक कसैला खयाल आया—तो क्या इसीलिए मेधा, तुम भी रूबी के पेंडेंट के लिए अड़ी बैठी थीं? लेकिन नहीं, मेधा अपनी बात के लिए कभी बैसाखियों का इस्तेमाल नहीं करती। हमेशा खुद अपने सहारे खड़ी होती है,

आमने-सामने दो-टूक। अच्छा ही हुआ जो उसने मुझे भी सीधे, सामने आने के लिए ललकार दिया।

'पैसे बेशक रखे हैं। लेकिन न रखे होते तब भी पचास हजार का रूबी का पेंडेंट खरीदने से पहले मैं तुम्हें रुककर सोचने की सलाह देता। इस नितांत पराये देश में रहते हुए हमारा सबसे बड़ा सहारा हमारी बचत ही है मेधा! हम बिना आगा-पीछा सोचे अनाप-शनाप खर्च नहीं कर सकते।...और जहाँ तक वसु के इंजीनियरिंग कॉलेज के डोनेशन की बात है, वह माँ-पापा या वसु ने नहीं माँगा। मेरे माता-पिता ने कभी नहीं कहा कि तुम लोग अपने शौक मत पूरे करो। यह मेरा अपना निर्णय था, जिसे मैंने सबसे पहले तुमसे ही शेयर किया था।'

'माँगा क्या सीधे-सीधे दानपात्र या कटोरे में ही जाता है? इमोशनल ब्लैकमेलिंग के न जाने कितने डाइरेक्ट-इनडाइरेक्ट तरीके, प्रेशर डालने की तरकीबें आजमाते हैं लोग। दरअसल तुम्हें अभी शादी करनी ही नहीं थी। वसु की करनी थी। लेकिन पैसे नहीं थे तुम लोगों के पास, और तुम्हारी शादी से तो उल्टे...'

पता नहीं, मैं क्रोधित ज्यादा था या क्षुब्ध...आवाज ऊँची कर बोलना मेरे स्वभाव में नहीं था, 'दिस इज अनफेयर मेधा! तुम लिमिट क्रॉस कर रही हो। कम-से-कम इतने उटपटाँग शब्दों की उम्मीद नहीं थी मुझे तुमसे। फिर तो कल को हमारे रिलेशंस, हमारी फीलिंग्स को भी तुम ब्लैकमेलिंग के खाते में डाल दोगी?'

'तैश खाने की जरूरत नहीं। इतनी नादान नहीं हूँ मैं। सच तो यह है कि तुम्हारे घर वालों ने तुम्हें वह खूँटी बना दिया है जिस पर वे जब चाहें, अपनी जरूरतों, इच्छाओं, लालसाओं के लबादे टाँग सकते हैं।...वेणु! अगर तुम तल्ख हो सकते हो तो मैं क्यों नहीं हो सकती? अपनी फैमिली को मेरे हक का भी प्यार और सम्मान दो तो मैं कहाँ तक बर्दाश्त करूँगी? अपना हक दूसरों द्वारा हड़प लिया जाना किसी को भी स्वीकार नहीं होता...'

'रब्बिश, क्या तुमसे शादी होते ही उन लोगों को हक समाप्त हो जाता है मेधा? यही बात वे लोग भी तो कह सकते हैं। लेकिन सुन लो और विश्वास करो, मैंने तुम्हें मना किया तो सिर्फ अपने अधिकार और स्वभाववश...लेकिन परिवार की जिम्मेदारियों से इनकार नहीं कर सकता मैं। मोह और चिन्ता छोड़ भी दूँ तो मनुष्यता के नाते...'

'तुम्हारी मनुष्यता की परिभाषा ढोते-ढोते मैं पस्त हो गई हूँ वेणु। इस अनुष्ठान की हवन-सामग्री जुटाने में मेरी सारी खुशियाँ स्वाहा हुई जा रही हैं। मुझे इस पचड़े में नहीं पड़ना। सीधी-सी बात है, मैंने तुमसे शादी की है तो मुझे कुछ अधिकार भी चाहिए। मेरे भी कुछ पसन्द-नापसन्द और शौक हैं, उन्हें पूरा करने की आजादी भी। अगर यह मेरा घर है तो इतने सारे रेस्ट्रिक्शन मुझ पर ही नहीं लगाए जा सकते। मुझ पर तो इतनी पाबन्दी और तुम्हारे परिवार वालों का आतंक उतनी दूर से भी हमेशा हावी रहता है तुम पर।'

'मेरी सेंटीमेंट्स और फीलिंग्स, माँ-पापा और बहनों के प्रति मेरी चिन्ता को तुम आतंक का नाम दे रही हो?'

'सच को बर्दाश्त करने की आदत डालो, वेणु!...और सच यह है कि माँ-बाप कुछ कम जुल्म नहीं ढाते औलादों पर। पुत्र-जन्म की बधाई इसीलिए धड़ाके से बजती है न

कि बेटे अपनी परिभाषा लेंगे, माँ-बाप पर भी। जब देखो, लाड़ और ममता की चाशनी में डुबो-डुबोकर ढेर सारी प्रॉब्लम्स डिस्कस किए जाएँगे...बड़ी बहन के बच्चे का नामकरण, छोटी की शादी का हवाला। खर्च-वर्च में हमेशा तंगी की बातें होंगी तो सुनने वाले पर प्रेशर पड़ेगा ही।'

'कमाल करती हो मेधा! अब मैं घर से इतनी दूर हूँ, तो माँ-पापा अपने सारे प्रॉब्लम्स मुझसे नहीं डिस्कस करेंगे तो किससे करेंगे? मुझसे यानी हमसे? यह हमारे ऊपर है कि हम उसे प्रेशर मानते हैं या अपनी जिम्मेदारी। यह कोई ज्यादा आइडियालिस्टिक बात मैं नहीं कह रहा। सिर्फ अपने शौक और इच्छओं को थोड़ा नियंत्रित कर, घर वालों की जरूरतों के साथ एक सन्तुलन बनाये रखने की बात कर रहा हूँ।'

'जैसे तुमने बनाया है न कि जैसे ही डिपार्टमेंटल स्टोरों या मॉलों में किसी चीज पर हाथ रखती हूँ, तुम्हें अपनी बढ़ी हुई जिम्मेदारियाँ याद आ जाती हैं।'

'वसु के इंजीनियरिंग कॉलेज की फीस, डोनेशन, पापा के घुटनों का ट्रांसप्लांट या माँ की प्लूरिसी क्या हमारी-तुम्हारी जिम्मेदारी नहीं बनती मेधा? तुमने कभी सोचा कि ऐन इग्जाम के समय माँ की बीमारी और पापा के पैरों की वजह से वसु की पढ़ाई कितनी डिस्टर्ब हुई? मैं नहीं जा सका। सारी जिम्मेदारी उसी ने निभाई, बगैर किसी शिकायत के वरना उसका एडमिशन डोनेशन वाले कॉलेज में नहीं कराना पड़ता। माँ ने बताया, अपने रिजल्ट वाले दिन बहुत रोई थी वसु।...

'मैं जानता हूँ, हद की स्वाभिमानी है वह। हमेशा स्कॉलरशिप पाती आई है, तो उसे सँभालना क्या हमारी जिम्मेदारी नहीं बनती? यहाँ पैसों से ज्यादा अहमियत हमारे महसूस करने की है मेधा। जो रिश्ता वसु का माँ-पापा से है, वही मेरा भी तो उनसे है। जाना तो हमें चाहिए था उन लोगों के पास लेकिन मैं तो पहुँच भी नहीं पाया। वसु ने दोनों की खातिर अपना करिअर दाँव पर लगा दिया।...मैंने इन रिश्तों की खुशबू बचपन से महसूस की है...सच कहूँ तो कभी-कभी यहाँ बहुत मिस भी करता हूँ...'

'और मेरा सच यह है वेणु, कि कुल जमा ग्यारह दिन वीसा पासपोर्ट की भागदौड़ के बीच जो मैं 'तुम्हारे घर' रही तो उसके नाम पर मैं तुम्हारे माँ-बाप से 'पैरेंट्स' वाला रिश्ता नहीं जोड़ सकती। हाँ 'तुम्हारे पैरेंट्स' होने के हवाले से 'जरूरी एटीकेट्स' जरूर निभा सकती हूँ।...और जो तुम 'रिश्तों' की बात करते हो, तो ये बताओ, मेरा भी तुमसे कोई रिश्ता बनता है या नहीं वेणु?...अगर बनता है तो इस रिश्ते के लिए भी तुम्हारी कोई जिम्मेदारी या क्या फर्ज होता है या नहीं? मैंने तो तुम्हें अब तक सिर्फ उन्हीं लोगों के दु:ख-सुख के साथ जीते-मरते देखा है। और चाहते हो कि जादू की छड़ी घुमाकर मुझसे भी उन लोगों के लिए वही नजदीकी और अहसास पैदा कर लो!...तो यह नहीं हो सकता वेणु! इमपॉसिबुल!'

'पता नहीं, मेरे पापा के पास वह जादू की छड़ी थी या नहीं मेधा, लेकिन मैंने अपनी माँ को अपनी बुआओं, चाचाओं के सारे दु:ख-सुखों में शामिल होते और उनकी समस्याओं के हल ढूँढ़ने के लिए परेशान होते देखा है बल्कि पापा से भी ज्यादा।...बचपन से अब तक परिवार की, रिश्तों की गुत्थम-गुत्थ की जो खट्टी-मीठी यादें मेरे अन्दर हैं,

उन्हीं की रोशनी में तो रखकर देखूँगा...पापा के परिवार से जुड़ी चीजें मैंने हमेशा माँ को ही हैंडल करते देखा है। पापा तो बस ऑफिस, खाने, नाश्ते भर के ही होते थे। इसलिए कहता हूँ कि माँ-पापा या बहनों से जो भी रिश्ता है, वह सिर्फ मेरा अकेले का नहीं है, हम दोनों का है। मैं चाहता हूँ, हम दोनों उनकी समस्याएँ शेयर करें, बल्कि मुझसे ज्यादा तुम।'

'और मेरे मम्मी-पापा का? तो क्या मैं एक्सपेक्ट करूँ कि...'

'ईश्वर न करे, कभी उनको कोई प्रॉब्लम हुआ तो मैं सबसे पहले पहुँचूँगा। लेकिन एक बात तुम नहीं जानतीं, अगर मैंने पहुँचकर जरा भी अपनी तरफ से ज्यादा मुस्तैदी, फुर्ती दिखाई न, तो तुम्हारे मिलिन्द भाई को बिलकुल पसन्द नहीं आएगा; बल्कि अन्दर से नागवार ही गुजरेगा।'

'हुँह, मिलिन्द भाई! मोना भाभी जी को खुद की फिक्र रहती नहीं...दूसरा कोई करेगा तो उन्हें क्या हक है रोकने का?'

'खैर, वह सब छोड़ो। मुझे याद है, एक बार माँ ने पापा के उखड़ जाने पर उन्हें समझाते हुए कहा था, नाते-रिश्तों के धागों को उलझते देर नहीं लगती—हर रिश्ते को बड़े यत्न से सहेजना पड़ता है...वरना जीवन-भर नादानियों की रस्साकशी चलती रहती है—मैंने जिन्दगी की इसी किताब का...'

'इस किताब के सत्तर प्रतिशत श्लोक तो मातृ-वंदना से ही भरे होंगे।...इतना तो मैं बिना पढ़े भी बता सकती हूँ। खैर, लेकिन मैं तो अपने-तुम्हारे रिश्ते की बात कर रही थी। इस रिश्ते वाली किताब शायद तुम्हारे सिलेबस में है ही नहीं।'

'ओह, अब समझ में आया, अपने घर को प्यार और सम्मान देता हुआ मैं तुम्हें क्यों नहीं स्वीकार हो पाता। घोर प्रेज्यूडिस्ड, दकियानूस पत्नियों की तरह बात कर रही हो मेधा तुम, जो इसी शक में घुली जाती है कि अपने माँ-बाप को चाहने और उनकी कद्र करनेवाला आदमी अपनी पत्नी की कद्र नहीं करता। अपने कुटुम्ब के प्रति लगाव व्यक्ति को उसकी पत्नी से दूर करता है।

'तुम माँ के नाम से इरीटेट होती हो न! (मुझे मालूम है) लेकिन जरा सोचो, उस घर से माँ का नाम हट जाए या इस घर से तुम्हारा—तो कल्पना करो, क्या बचा रह जाएगा?'

'ठीक है, फिर मेरे रिश्ते वाली किताब तुम्हारे सिलेबस में कब तक लगेगी वेणु?'

'यह किताब तो हमें-तुम्हें लिखनी है मेधा। इसी की प्रस्तावना का मजमून तो मैं तुम्हें बता रहा था। क्योंकि मैं तो सिर्फ जिल्दसाज हूँ। इबारत तुम्हें ही लिखनी है। हमारा रिश्ता बहुत मूल्यवान है। मेरे और तुम्हारे दोनों के लिए। जीवन में अब तक के सारे रिश्तों, अनुभवों, अनुभूतियों से अलग है यह अहसास। लेकिन इस रिश्ते की सजावट के लिए मैं नीलम-पुखराज की कुंदनकारी नहीं करवा पाऊँगा मेधा। सामान्य घर का हूँ तो अपने घर की नींव भी रोड़ी, ईंटों पर ही खड़ी करना चाहूँगा।...माँ बताती हैं, दादी ने अपना घर बनवाते समय लखावरी ईंटों की नींव डलवाई थी। उनकी देखा-देखी माँ ने भी। अब हमें भी ढुँढ़वानी होगी मेधा, अपने घर के लिए वैसी ईंटें...'

प्यार, रिश्ते, परिवार और घर की इस चलती परिभाषा के बीच मेधा कमरे में जाकर संजना को फोन कर आई थी।

और अब लौटकर उसकी भाव-भंगिमा बता रही थी :

रूबी के पेंडेंट का ऑर्डर मैंने कैंसिल कर दिया है।

लखावरी ईंटों का ऑर्डर तुम अपने हिसाब से देते रह सकते हो!...

अकेला खड़ा मैं

क्या मेधा ने सब कुछ झूठ और गलत ही कहा है?

तो क्या मैं अपने फर्ज के प्रति बेईमानी बरत रहा हूँ?

वही, जो मेधा ने पूछा, 'फर्ज' किसके प्रति? क्या 'फर्ज' की परिभाषा माँ-बाप और बहनों तक ही समाप्त हो जाती है? तो क्या 'मेधा' के प्रति फर्ज में मैंने कोई कमी या कोई नाइंसाफी बरती है?

कौन-सा विक्रमार्क बताएगा इसका उत्तर?

कितने वेतालों को लादे घूम रहा हूँ आज का विक्रमार्क मैं!

डॉक्टर! 'तमारो गेस्ट आवे छे'

कुछ हासिल करने के लिए

रास्ता लम्बा था लेकिन बेहद सुहावना और ताजगी से भरा। हरी-भरी घाटियों की उठती-गिरती ढलानों वाली सड़कों पर झूला-सा झूलती हमारी कार जिस सँकरे मोड़ पर रुकी, वहाँ फूलों भरी क्यारियों से सजी एक खूबसूरत पुलिया थी और बगल में लगी तख्ती पर लिखा था : 'इंडियन-क्रीक ड्राइव!'

मेधा देखती रह गई। मामूली हैसियत वालों के लिए बने अपार्टमेंट्स भी इतने सुन्दर और स्वच्छ!

विकास के बताए अपार्टमेंट का नम्बर देखने के लिए गर्दन उठाई ही थी कि बैगी-पैंट के साथ ब्रेसलेट, बुंदों वाली एक देशी शक्ल अपनी कार से ग्रोसरी पैकेट निकालती हमसे पूछ रही थी, 'तमेने कोन जाइये छे?...ओऽऽ, विकास भाई? मनीसा बेन? राइट से, थर्ड अपार्टमेंट...'

सीधी काठ की सीढ़ियाँ (स्ट्रगलर्स की पहली चढ़ाई) चढ़ हम ऊपर पहुँचे। विकास अपनी 10 माह की बच्ची की दूध की बोतल तैयार कर रहा था।

'केम छो विकास भाई? और मनीसा बेन किदर छे?' मैंने मसखरी की।

'सारू छे बेनू भाई और मनीसा बेन हॉस्पिटल छे...' मुझे अपनी मजबूत बाँहों की गिरफ्त में लेता विकास हँसा, 'हाय मेधा! सफर कैसा रहा?'

'वंडर फुल...और नीचे मिला स्वागत तो और भी जोरदार...!'

विकास दुबारा हँसा, 'तुम लोगों ने जरा और गर्मजोशी दिखाई होती तो मुझे नीचे से आवाज भी लगा दी जाती—विकास भाई! तमारो गेस्ट आवे छे...'

'मतलब सारे के सारे गुजराती... ?'

'और सारे के सारे रेसीडेंट डॉक्टर्स—महाराष्ट्रीयन, पंजाबी, साउथ इंडियन्स—और बहुत थोड़े अमेरिकन।'

'खदेड़ दिये उन्हें तुम लोगों ने?'

'जरूरत ही नहीं पड़ी। भूले-भटके आते भी हैं तो इस कचरे-खाने में टिकेंगे भला जहाँ कोई हैपनिंग ही नहीं? इसलिए बचे रह गए एशियन, चीनी, फिलिस्तीनी, कोरियाई वगैरह लेकिन बोलबाला अपने रमेस भाई, मुकेस भाई, सिरिस और कल्पेस भाई और उनकी 'बेनो' का ही है...'

'यानी विद फैमिली? लेकिन मैनेज कैसे करते हैं रेसीडेंट डॉक्टर्स की मामूली पे में?'

'हिन्दुस्तान से ही तैयार होकर आते हैं कि शुरू के कुछ साल कैसे भी कड़की में काट लेंगे तो आगे नखलिस्तान ही है। यही सोचकर गरीब पेट काटकर, अमीर चेक काटकर अपनी किस्मत आजमाने की हिम्मत बाँध लेते हैं। ये तो वे बाद में समझ पाते हैं कि फाइनैंशियल समस्या से कहीं-कहीं ज्यादा बड़ा प्रॉब्लम यू.एस. एम.एल.ई. क्लियर करने का होता है न!'

'जो मनीषा ने कर लिया न!' मेरी आँखों में प्रशंसा थी।

'लेकिन कैसे किया, यह मनीषा ही जानती है—थोड़ा बहुत मैं भी। पूरे दो वर्ष इस देश का सूर्योदय और सूर्यास्त नहीं देखा मनीषा ने। कड़कती ठंड, बर्फीले तूफानी मौसमों में भी उसने अपनी जंग जारी रखी। लोन के बावजूद खर्च नहीं सलट पाता। सुबह से गई शाम तक लाइब्रेरी में रीडिंग मटीरियल किताबें, नोट्स जुटाना, पेपर्स सॉल्व करना, दिन भर पढ़ाई, शाम घर लौटकर कुकिंग, ग्रोसरी, डिशिंग लांड्री...फिर भी जब दो अटैम्प्ट में क्लियर नहीं कर पाई तो पूरी तरह लस्त पड़ गई थी। एक तरह से मैंने अपनी कसम दिला कर आखिरी बार इग्जाम दिलवाया...'

बीच में बच्ची कुनमुनाई, 'तो एक मिनट' कहकर विकास उठ गया। बड़े दुलार से तकिया खिसका, दूध की बोतल ठीक से लगाकर पास आ बैठा।

हमने सोती हुई बच्ची की ओर संकेत कर पूछा, 'नाम?'

'ईशा—ईशा भूमि...।'

'दो-दो नाम? दूसरी बेटी नहीं पैदा करनी क्या?'

'नहीं, हमें इसी एक में दुहरी खुशी मिली थी, इसलिए...'

'पहले यह वाली, या पहले रेसीडेंसी वाली?...'

'दोनों लगभग साथ-साथ। इसे विडंबना कह लो या संयोग—लगातार कई अटैम्प्ट के बाद भी जब मनीषा नहीं क्लियर कर पाई तब हमने फैमिली बनाने की सोची। मेरे लिए सबसे ज्यादा जरूरी बुरी तरह थकी, डिप्रेस्ड मनीषा को कुछ अलग तरह की खुशी दे पाना

था लेकिन ईशा को कंसीव करने के बाद वाले महीनों में ही इग्जाम भी क्लियर कर गई। एक तरह से मनीषा के लिए रेसीडेंसी की सौगात भी ईशा लेकर आई।'

'अरे, क्यों? जब यू.एस. एम.एल.ई. क्लियर कर लिया तो रेसीडेंसी तो मिलती ही मिलती।'

'यह सफेद से भी ज्यादा झूठ...एक तरह का फरेब है। ज्यादा डिप्रेस्ड तो मनीषा इसीलिए हुई कि अमेरिका भर में डॉक्टरों के अकाल के बावजूद, किसी भी हॉस्पिटल में भेजी एप्लीकेशन का कहीं से कोई जवाब क्यों नहीं आ रहा!

'कितने हफ्ते, महीने नेट पर अपनी एप्लीकेशंस के जवाब ढूँढ़ने में लगाए हैं...बहुत बाद में जाकर पता चला कि ये हॉस्पिटल्स पहले कैंडीडेट्स के वीसा स्टेटस देखते हैं कि एप्लीकैंट के पास परमानेंट सिटिजनशिप वाला वीसा है या नहीं, जो हमारे जैसों के पास होता ही नहीं। जाहिर है कि पहली प्रेयॉरिटी वे अमेरिकन्स को ही देंगे न! छँटते-छँटते, भूले-भटके किसी ऐसे दूर-दराज (इंटीरियर) एरिया का हॉस्पिटल देंगे जहाँ सम्भ्रान्त अमेरिकन डॉक्टर जाना ही न पसन्द करे...

'उसकी भी कोई गारंटी नहीं। भई, पोस्ट तो सीमित होती है...अब ज्यादा कैंडीडेट पास होकर आ गए तो उनकी बला से...ये मेडिकल कॉलेजेज जानते हैं कि इन साउथ एशियन्स को कैसी भी गई गुजरी जगहों में एकोमॉडेट किया जा सकता है। कैंडीडेट भी जानता है कि इनकार करने के बाद कहीं इससे भी बदतर या कहीं का न मिला तो... ?'

'अच्छा, मनीषा ईशा के थोड़े बड़े होने तक एक साल के लिए टाल नहीं सकती थी?'

'सवाल ही नहीं।...वैसे ही मनीषा के लिए यह लास्ट ऑपरचुनिटी थी—मुझे कभी नहीं भूलेगा जब मैंने मनीषा को इस हॉस्पिटल से आया लिफाफा पकड़ाया तो पहले तो उसे अपनी आँखों पर विश्वास नहीं आया, फिर वह ईशा को भींचकर हिलक-हिलककर रोई थी... । देर तक हम दोनों सोचते रहे, इस लिफाफे का क्या किया जाए। मनीषा के दिमाग में, मेडिकल की पढ़ाई के लिए मैंने जो लोन लिया था, वह था और गोद में ईशा थी— लेकिन मेरी प्राथमिकता मनीषा को उसका प्राप्य देना और उसके दिमाग से ये सारे फितूर हटाने थे...और इसीलिए यहाँ इस सबर्ब के पास आ गए।'

'मनीषा तो इसका भी गिल्ट पाले रहती है कि उसकी खातिर मैंने इतने लोन और इतनी जहमतें मोल लीं। सारे समय बहलाते-समझाते बीतता है कि देखो, बिटिया ने सोचा—मनीषा माँ ने मुझे जन्म दिया तो उसे रिटर्न-गिफ्ट के तौर पर रेसीडेंसी दे दी जाए...'

विकास ईशा को थपक ही रहा था कि दरवाजे की लैच घुमाती मनीषा अन्दर आ गई। आधी हिन्दी, आधी अंग्रेजी के बीच मराठी का छौंक लगाती खुशी :

'ओय, आप लोग आ गए—रियली हैप्पी! विकास ने कुछ दिया नहीं न...व्हाऽऽट विकास, काय रे जूसपन दीला नई...'

जल्दी-जल्दी उसने जूस के तीन गिलास हमारे सामने ला रखे—और ईशा की तरफ लपक ली। शायद फीड करना चाहती थी। लेकिन विकास ने इशारों में समझा दिया कि अभी-अभी बोतल खाली की है उसने।

'मनीषा, तीन ही गिलास क्यों?' मेधा ने कहा, 'तुम नहीं लोगी?'

'मुझे जरा पाँच मिनट लगेंगे...अभी आई, ओके!' और एक झेंपभरी लाचारी में बेडरूम की ओर चली गई।

बाद में दूध से भरी छोटी-छोटी शीशियाँ सील कर, फ्रीजर में रखती मनीषा धीमी आवाज में मेधा को बता रही थी कि यह रोज की दिनचर्या है—मशीन से अपना दूध निचोड़कर, नाप लिखी शीशियों में छोड़ जाना। ईशा को जब बॉटल देनी होती है, विकास फ्रीजर से निकाल, गर्म पानी में पिघला, फीडिंग बॉटल में डालकर देता है...ऐसा बहुत कम हो पाता है जब खुद अपनी गोद में लेकर ईशा को दूध पिलाकर तृप्त हो पाती है वह (आज शायद वही सुख चाहा होगा उसने)। और तब तो बहुत ही बुरा लगता है जब बच्ची भूखी होती है, मनीषा की छातियों से चुभक-चुभककर दूध पीना चाहती है लेकिन वह मनीषा हॉस्पिटल से ही दूध निचोड़े, खाली हुई लौटती है...।

मेधा हैरान हुई, 'हॉस्पिटल में कैसे निचोड़ती हो?'

'दूध निकालने की मशीन हमेशा मेरे बैग में ही तो रहती है...' मनीषा के चेहरे पर एक निरीह उदासी थी। उन्नत देशों के मातृत्व की शर्तें मेधा से कह हल्की हो रही थी, 'मैं ही नहीं, सभी वर्किंग वुमेन यही करती हैं। मैंने माँ बनना बेशक चाहा था लेकिन इस शर्त पर नहीं कि बड़े से काले हैंडबैग में दूध निचोड़ने वाली मशीन लिये एक वार्ड से दूसरे वार्ड मरीजों के बीच घूमते रहो और जैसे ही ममता का स्रोत उमड़ता हो, जल्दी से 'रेस्ट-रूम' में जाकर मशीन से दूध निचोड़ना शुरू कर दो। वी.आर. वर्स दैन काउज...बच्चा पैदा किया लेकिन उसे तृप्तिभर भी अपना दूध तक नहीं पिला पाते...हमने खुद ही चुने ये विकल्प।'

अचानक ईशा क्रिब से कुनकुनाई। मनीषा बच्ची को उठाकर चूमते हुए बोली, 'काय रे, तुझी झोंप सम्पली काय...' (तेरी नींद पूरी हुई क्या?...) और गालों से सटाकर चूमते-चूमते अचानक झिड़क भी उठी, 'ईऽऽश सू-सू केली—विकास, डायपर प्लीज!'

मुझे सुकून था तो सिर्फ यह कि विकास के इस घर में सारी चीजें बेहद मामूली थीं। टेबल-कुर्सियों से लेकर काँटे-चम्मच तक। पता नहीं, मेधा का ध्यान इस तरफ गया था या नहीं! शायद वह मुझे जतलाने के लिए अनदेखा कर रही थी। मैंने खाने के दौरान पूछा था, 'तुम्हारे लिए तो विकास है मनीषा, पर जिनकी वाइव्स और बच्चे भी साथ हैं, उन्हें तो काफी कम में गुजारा करना पड़ता होगा न! कैसे कर पाते हैं... ?'

मनीषा हँसती हुई बताने लगी, ' 'बेनें' मैनेज करती हैं न! सारे दिन बारी-बारी से अपनी सेकेंड हैंड खटारा कारें लेकर स्टोरों के चक्कर काटती रहती हैं। अभी नीचे चक्कर मारने चलेंगे न, तो खुद ही सुनेंगे आप—केम मीना बेन! आवे छे काय—अर्चना बेन गई सी ना वालमार्ट माँ...केम सरस नाइटी फाउंडेशन नेल पॉलिश डॉलर मा चार...ड्रेस और स्कर्ट भी—कोट, पतलून, जैकेट सऽऽब...'

'हाय, सच्च?' सुनते ही मेधा की आँखें नाच उठीं।

'बिलकुल...और हँस नहीं सकता कोई किसी पर...सब जानते हैं, मीना बेन बहुत पैसे वाली है, फिर भी उन्हीं सेलों की प्याँट (पैंट) और टॉप पहनती है। अपने भाई-भतीजों को भी भेजती है—इंडिया में। सरस गिफ्ट आइटम।'

इधर मेधा का सब्र का बाँध टूट रहा था।

'डॉलर में चार लिपस्टिक, नेल पॉलिश? सेल तो अपने शहर में भी और इन्हीं बड़े स्टोरों के लगते हैं लेकिन इतने सस्ते...थ्रो-वे प्राइस पर तो कभी नहीं...'

'हर बाजार अपने आसपास के लोगों की 'बाइंग कैपेसिटी' भी तो देखता है मेधा!'

'वेणु ठीक कह रहे हैं। पहले तो इन डॉक्टरों की वाइव्स अमेरिका आकर ही बेतरह खुश हैं, फिर यह भी कि अपने हिस्से के डॉलर अभी यही हैं—चाहे खाओ, चाहे नेलपॉलिश लगाओ। दुकानें भी जानती हैं, उस बचपन में सुनी मिट्ठू तोते की कहानी की तरह कि खूँटे में फँस गई दाल तो—'क्या खाऊँ, क्या पिऊँ, क्या लेके परदेस जाऊँ' वाली स्थिति उलट कर इसी तरह होगी कि क्या खाऊँ, क्या पिऊँ, क्या लेके स्वदेश जाऊँ, तो ये अपने हंड्रेड परसेंट प्रॉफिट वाले आइटमों के ढेर लगाकर तीनों का इन्तजाम कर देते हैं...'

लेकिन मेधा विकसित देशों के प्रॉफिट के पचड़े में पड़े बगैर उतावले स्वर में पूछ रही थी, 'यह सब छोड़ो, तुम तो मुझे यह बताओ कि इन डेढ़ दिनों में किसी तरह मुझे ले चल सकती हो सेल-शॉपिंग के लिए?'

मेधा की बेसब्री मुझे इम्बैरेस कर रही थी लेकिन मनीषा ने बड़े सहज भाव से कहा, 'मैं तो बड़ी कोशिशों के बाद कल के संडे के लिए किसी तरह ड्यूटी एक्सचेंज कर पाई हूँ तुम लोगों के साथ बिताने के लिए...लेकिन मैं अपनी फ्रेंड पूजा पटेल से कह जाऊँगी, वह तुम्हें मुझसे भी अच्छी शॉपिंग करा देगी...'

मैंने प्रतिवाद करना चाहा, 'छोड़ो मेधा, शॉपिंग का क्या है...होती रहेगी...'

लेकिन मेधा से पहले ही मनीषा उसका पक्ष लेते हुए बोली, 'नहीं वेणु, मेधा ठीक कह रही है। तुम लोग इंडिया जाने की प्लानिंग कर रहे हो न, तो हर एक की अपेक्षाओं के अनुरूप सुन्दर, उपयोगी, टिकाऊ और एकदम अनकॉमन, अनूठी चीजें तलाशना बिना सेलों की शॉपिंग के सम्भव ही नहीं...'

मेधा कृतकृत्य आँखों से मनीषा का आभार मान रही थी, उन्हीं गुरूरी आँखों से मुझे तरेरते हुए इतरा भी रही थी।

बाहर हल्की सिहरन थी। चाय खत्म कर, ईशा को अच्छी तरह ढाँप-तोप हम बाहर निकले। विकास ने बताया, यहाँ के इंडियन रेस्टोरेंट 'बनाना लीफ' का मसाला डोसा और मैंगो शेक बढ़िया होता है।

बाहर पार्क में 'बेनें' अपने छोटे-बड़े बच्चों को पार्क के झूलों, स्लाइड्स और मेरी-ग्राउंड पर उतार-चढ़ा रही थीं...कुछेक सिर्फ हवाखोरी के लिए साथ-साथ राउंड ले रही थीं।

कभी आते-जाते एक-दो डॉक्टर्स भी, 'केम छो मनीषा बेन-विकास भाई...हाय मनीषा! गेस्ट आवेछे?'

विकास हँसा, 'बाकी सबके हजबैंड 'रेसीडेंट डॉक्टर' हैं, हमारे यहाँ वाइफ...वहाँ बीवियाँ हजबैंड की ताबेदारी करती हैं, यहाँ मैं मनीषा की...'

मनीषा चिढ़ने की जगह जोर से खिलखिलाई, 'वो तो है...यहाँ हर घर में विकास की आरती उतारी जाती है। केम 'सरस' हजबैंड...विकास भाई सा हजबैंड मीलना मुस्किल...तबी तो मनीसा बेन इतना मुस्कील जॉब कर पा रही है...'

'इसका मतलब रेसीडेंट्स डॉक्टर्स में एक अकेली तुम्हीं... ?'

'नहीं, कई और हैं—रीना बाधवा, मीनाक्षी सुब्रमण्यम, वर्तिका लाहिरी, मंजरी जोशी...'

'अनमैरिड ?'

'ज्यादातर।...कुछेक शादीशुदा। मंजरी के तो एक ढाई साल का बेटा भी है—कल ही पूछ रही थी अपनी बच्ची के लिए क्या अरेंजमेंट किया तुमने...नई आई है...'

'तुमने बताया कि तुम्हारा हजबैंड...'

'हाँ। उसने कहा, वह तो कभी पॉसिबुल नहीं..' कहती हुई मनीषा की आँखें विकास के प्रति प्रच्छन्न कृतज्ञता से कृतकृत्य थी।

'और उम्र का रेशियो ?'

'लड़कियाँ सब यंग, एम्बीशस, हार्ड वर्किंग, मोस्टली सिंगल। लेकिन 'मेन' में तो पच्चीस से पैंतालीस तक किसी भी उम्र के...इंडिया के एम.बी.बी.एस. ही नहीं, एम.डी. डॉक्टर्स भी यू.एस. एम.एल.ई. क्लियर करने के लिए बरसों-बरस खटते हैं यहाँ...और एक-एक एग्जाम में दो-दो, तीन-तीन साल लगाने के बाद किसी तरह क्लियर हुई तो जिस भी सबर्बन हॉस्पिटल में रेसीडेंसी की अनुमति मिल जाए तो अहोभाग्य समझते हैं। उम्र, परिवार, पत्नी, बच्चे कुछ मायने नहीं रखते। मायने रखते हैं सिर्फ डॉलर्स यानी यह प्रोफेशन सोने के अंडे देनेवाली मुर्गी है...'

मैं मेधा के चेहरे पर उठती कौंध लक्ष्य कर रहा था!

सामने ग्राउंड के पास थोड़े बड़े बच्चे बॉल खेल रहे थे...पास खड़ा एक अफ्रीकी बच्चा लालायित दृष्टि से देख रहा था। जहिर था, वह खेल में शामिल नहीं हो सकता था।...बॉल थोड़ी दूर गई, शायद पीछे बने छोटे अपार्टमेंट की ओर। बच्चा लगातार आधे असमंजस, आधी लालच में, पास पड़ा बॉल उठाकर खेलते दूसरे बच्चों को देना चाहता था—लेकिन उसकी हिम्मत नहीं पड़ रही थी।

'यहाँ अफ्रीकी भी हैं?'

'बेहद कम, माइनॉरिटी में। इक्के-दुक्के।'

वह तो मैं देख ही रहा था, वरना इसी उम्र के अफ्रीकी बच्चों को न्यूयॉर्क की घनी बस्तियों में बिन्दास हुड़दंग मचाते देख चुका हूँ और फ्लोरिडा में आराम से राह चलते की घड़ियाँ उतारते, जेबें खाली करते भी।

तो सवाल न कालों का, न गोरों का। सिर्फ अपनी संख्या और शक्ति की जोर-आजमाइश का।

कोल्हापुर से किंग्सटन

'बहुत बोर किया न मैंने तुम लोगों को यहाँ बुलाकर ?'

एक कन्धे पर ईशा और दूसरे हाथ में बॉटल और पेसीफायर लिये-लिये विकास पास आ बैठा।

झूठ नहीं कहा था उसने। आज सोमवार था और अमेरिका का स्वाधीनता दिवस। हमने अपनी समझ से अपने प्यारे दोस्त को विजिट करने का बड़ा स्मार्ट प्लान बनाया था। लेकिन सारा समय मनीषा हॉस्पिटल की ड्यूटी बजाती रही—(आज के दिन भी) और विकास ईशा की बॉटल धोता, नैपीज चेंज करता रहा। यहाँ तक कि मैं और मेधा, अन्दर-अन्दर बेजरूरती और फालतूपन से उकता आए थे।

पर इस वक्त विकास का पछतावा हमें पिघला गया।

'क्या बात करते हो! हम यहाँ साइटसीन और पैकेज-टूर पर थोड़े आए हैं, लेकिन मनीषा आज भी इतनी शाम तक...'

'नहीं आई अभी, जबकि तुम दोनों फ्रेश हो रहे थे लेकिन यह डयूटी उसे दिन भर में निचोड़ डालती है।'

'समझा...इंडिया की तरह सीनियर डॉक्टर सारी बेगार जूनियर्स पर डाल देते होंगे...और खुद पेशेंट को आड़े-तिरछे ठोंक-ठाक, आँखें मूँदकर दर्जन भर इन्वेस्टीगेशन की पर्ची घसीटकर मौज करते होंगे...'

'वह सब तो कुछ भी नहीं, यहाँ उससे भी कई गुना ज्यादा इन डॉक्टरों को कड़े रूल्स, रेग्यूलेशन वाली फाइलें, फार्म भरने, क्लियर करने होते हैं। ऊपर से केसेस भी ऐसे-ऐसे वियर्ड कि...'

अब तक मनीषा आकर बैठ गई थी। उसकी थकान से भरी फीकी हँसी में क्षमा-याचना थी। विकास की गोदी में खेलती ईशा की ओर उसने हाथ बढ़ाए तो विकास हँसा, 'हाँ, तुम भी तो माँ जैसी कुछ लगती हो इसकी...लो। मैं कॉफी बनाता हूँ...हम सचमुच बेहद असभ्य होस्ट हैं...'

'तुम नहीं, मैं। मेरी वजह से ही तो तुम लोग कहीं नहीं जा सके...'

'कमाल है यार, डोंट बी सिली! लेकिन मनीषा का टेंशन क्या है?'

'कोई एक दिन की बात है..! ये सोसाइटी, ये जिन्दगियाँ हर रोज मुझे एक शॉक देती हैं। पता नहीं, कब तक इनके लायक एक शॉक ऑब्जार्वर अपने अन्दर फिट करा पाऊँगी?'

'मेधा के रहते तुम्हें फिक्र करने की जरूरत नहीं। एक्सपर्ट है। चुटकी बजाते तुम्हें शॉक-प्रूव बना देगी...'

मनीषा एक पल को चौंकी, कहीं मैं मेधा को रिडीक्यूल तो नहीं कर रहा, 'डोंट बी रूड टु हर...'

लेकिन मेधा हँसती हुई बोली, 'अरे नहीं मनीषा, वेणु जानते हैं, मैं बेहद प्रैक्टिकल हूँ। और जानती हूँ, तुम डॉक्टर चाहे जितनी अच्छी होओ लेकिन प्रैक्टिकल और बोल्ड बिलकुल नहीं हो जो तुम्हारे प्रोफेशन की पहली शर्त है।'

'पहली शर्त तो 'ओथ ऑफ सीक्रेसी...'

'चुप कर मनी...सारा कुछ तो तेरा चेहरा बताए दे रहा है।' विकास कॉफी के मग और मफिन्स हमारे सामने रख रहा था।

'आज फिर आई थी वह लेबनानी लड़की,' मनीषा जैसे विकास से मुखातिब किसी हॉरर फिल्म की कहानी बयान कर रही थी, 'बस, एक ही रट—डॉक्टर, प्लीज! मुझे

'डिसेबिल्टी' का लेटर चाहिए। मेरे साथ, मेरा ढाई साल का बच्चा है और मेरा पति मुझे ढूँढ़ते हुए मैक्सिको तक पहुँच गया है। वह इंटरनेट एक्सप्लोरर है। ढूँढ़ लेगा मुझे और मेरे बच्चे को।...और मार डालेगा। उसे कोई नहीं रोक सकता।'

'लेकिन क्यों?'

'मैंने भी यही पूछा तो कहती है—वह सोचता है, यह दूसरे आदमी का बच्चा है। हरामी की औलाद! बास्टर्ड चाइल्ड! मैंने कसम खाकर कहा तो भी उसे एतबार नहीं आया। देखिए, उसने कितना टॉर्चर किया है मुझको! देखेंगी आप?...प्लीज, डॉक्टर, मेरी मदद कीजिए! मैं चाहती हूँ, किसी को मेरा अता-पता नहीं दिया जाए...।

'हम विमूढ से सुने जा रहे थे। कोई सिरा ही नहीं पकड़ में आ रहा था...'

'आएगा भी नहीं। दुनिया भर में जितनी नृशंसताएँ और अजूबे हैं न, उसका जायजा लेना हो तो यहाँ के अस्पतालों के केसेस की फाइलें देखे जाओ—स्ट्रेंज पीपुल, वियर्ड रिलेशंस...'

अचानक मेधा बोल पड़ी, 'लेकिन अगर तुम डिसेबिल्टी लेटर दे ही दो तो क्या हो जाएगा...जान तो छूटेगी।'

'डांट बी सिली मेधा...!'

मनीषा हँसी, 'तुम तो मुझमें शौक ऑब्जार्वर फिट करनेवाली थीं न, बात सिर्फ मुझ तक ही तो नहीं, इतने बड़े हॉस्पिटल के मैनेजमेंट तक जाएगी—रिपोर्ट इन्क्वायरी, एक्शन, सवाल...'

'तब फिर प्रॉबल्म क्या... ?'

'उस औरत का भयाक्रांत चेहरा मैं भूल नहीं पा रही न...'

विकास हमें सुनाता हुआ बोला, 'देख लो, जितना उसका पति औरत का पीछा कर रहा है, उससे ज्यादा वह औरत मनीषा का।'

'उफ, तुम्हाला माहिती काय...कहीं वह अपने-आपको सचमुच डिसेबुल प्रमाणित करने के लिए कुछ कर बैठी तो...'

'इनफ मनी!' विकास ने डाँटा, 'चलो, एक राउंड मार आया जाए...'

'तुम लोग ज्यादा ही टेंशन ले रहे हो...हम दोनों कम्फॉरटेबुल हैं। रिलैक्स मनीषा...और मेधा की तो शॉपिंग भी काफी हो चुकी है...तुम जितना चाहे शेयर कर सकती हो। असल में विकास रोज-रोज वही सुनते-सुनते तंग आ गया होगा न, सो डोंट वरी...'

'नहीं, वह सब तुम लोग मनीषा की पूरे एक साल के मेडिकल केसेस की डायरी बनाम 'फ्रॉम शॉक टु सरेंडर' पढ़ लेना...बस, इसकी 'ओथ ऑफ सीक्रेसी' का भांडा नहीं फूटना चाहिए...'

हम वापस उन्हीं रास्तों पर हैं

इंडियन-क्रीक ड्राइव से बाहर खुली सड़क पर मैंने गाड़ी फोर्थ गियर में डालकर जैसे हवा के सहारे छोड़ दी है।

बाहर दुहरे-तिहरे होते पेड़ों के साथ यह हवा जैसे पहाड़ियों को भी उड़ाए लिये जा रही है।

उन्हीं झोंकों के साथ डॉ मनीषा मुलगाँवकर की डायरी के पृष्ठ भी लगातार मेरे अन्दर फड़फड़ा रहे हैं।

मेधा टोकती है, 'क्या खराबी है आखिर? औरत ने अपने लिए जीने की शुरुआत की तो माथे पे बल पड़ गए, तुम्हारे जैसों के...'

'यहाँ औरत की नहीं, उन बच्चों की बात हो रही है जिनकी नियति उनके अपने रक्त सम्बन्धों (भाई-बहनों) को छोड़कर कानून द्वारा निर्धारित-परिभाषित सम्बन्धों के साथ जुड़ जाती है। जो सिर्फ इसलिए अपना बचपन अपने भाई-बहनों के साथ न जी कर, औपचारिक रिश्तों में जीते हैं क्योंकि उनके माता-पिताओं के आपसी रिश्तों की सीवनें उधड़ गई होती हैं।'

'हुँह! अपने यहाँ जैसे बड़ी पुख्ता सिलाई होती है न रिश्तों की... !' मेधा मुँह बिचकाती बोली, 'अपनी विशाखा दीदी से लेकर अभी की ब्याही वृन्दा तक देख जाओ। पिछली पीढ़ियों के थाली पटक, गिलास फेंक पतियों की तो बात ही छोड़ो...कहाँ बड़ी बेशकीमती कसीदेकारी देखी है तुमने दाम्पत्य-रिश्तों में...और अपने यहाँ वो जो पुलिया के नीचे कड़कती ठंड में हलवाई की भट्ठी की आँच में गरमाते या फिर सीमेंट के गोल पाइपों में चार-चार, छह-छह बच्चों की पैदावार लिये जुड़े बैठे रहते हैं—वे सुखी, सच्चे रिश्ते वाले होते हैं तुम्हारे हिसाब से?'

'गरीबी यहाँ भी है मेधा! तुमने देखी नहीं, इसका मतलब...यह नहीं कि...'

'बेशक है।...मैं कहाँ मना करती हूँ। लेकिन कम-से-कम हर जगह—सड़क, फुटपाथ, पुलिया, पाइप पर हाथ पसारे, कारों के पीछे-पीछे नंग-धड़ंग बच्चों वाली भागती गरीबी तो नहीं है न—खास कर गोरे विदेशियों के पीछे दौड़ पड़ने वाली।'

'मेधा, मैं बदहालों की बात नहीं कर रहा। हम तो हैं ही घोषित बदहाल। लेकिन मैं खुशहाल जिन्दगियों को पास से देख रहा हूँ—उनके पास भी दरिद्रता के कैसे अजीबोगरीब चेहरे हैं!'

'यह तुम्हारा वहम है। वे कोई दरिद्र-वरिद्र नहीं हैं। अपने यहाँ भी रिश्ते बोझ ही बन जाते हैं—बीतते समय के साथ, तुम्हें क्या मालूम...'

'तुलना नहीं, विश्लेषण कर रहा हूँ—विकसित दुनिया का। तुम हमेशा बिना बात इंडिया को क्यों लाती हो बीच में...?'

'क्योंकि तुम फिर चिढ़ जो जाते हो। बहुत हुआ, अब जरा रेस्ट एरिया देखकर रोको। एक कॉफी और चॉकलेट डोनट चाहिए मुझे...'

कॉफी पीती मेधा पूरी बेतकल्लुफी से हँस रही थी, 'इस मनीषा को, वो जो विकास कहता है, कोल्हापुरी साड़ी उतार, किंग्सटन कल्चर बरतने में टाइम तो लगेगा ही न... ऊपर से बला की सेंटीमेंटी यानी सिलबिली भी जरा ज्यादा है। देखा नहीं, विकास कितना लाड़ लुटाए जा रहा था उसपर! आफ्टर ऑल, डॉक्टर वाइफ की बात ही कुछ और होती है न?'

मैं मेधा के लहजे की धुआँस को समझ रहा था।

'लेकिन बात डॉ. मनीषा मुलगाँवकर से ज्यादा सोशियो इकॉनोमिक सर्वे की हो रही है—जरा सोचो, हर चार में से एक बच्चा अपनी सौतेली माँ या पिता और उनके बच्चों के साथ रहने के लिए लाचार...'

'ओफ्फोह, अठारह साल का होते-होते तो रियल माँ-बापों से भी बच्चे अलग रहते ही हैं...फिर समस्या कुछ ही सालों की तो हुई? तुम इस दुनिया के अन्देशे मत पालो डॉ. मनीषा की तरह। लो, चॉकलेट डोनट...'

'लेकिन मैं या डॉ. मनीषा नहीं, यहाँ के समाजशास्त्रियों का कहना है, जो मनीषा ने कोट किया है—व्हाट वी डू टु चिल्ड्रेन, दे विल डू टु सोसाइटी—(कार्ल ए. मेनिंग्स)। एक दूसरा वाक्य भी सुनो, यहाँ के जर्नल का ही—वी हैव क्रिएटेड ए न्यू काइंड ऑफ सोसायटी, नेवर बिफोर सीन इन ह्यूमन कल्चर...और सुनो, सर्वे के दौरान एक बच्चे ने क्या कहा—आई डोंट वांट टु ग्रो अलोन। और एक ग्रोनअप ने कहा—द डे माय पैरेंट्स डिवोर्स्ड, इज द डे माई चाइल्ड हुड एंडेड...'

'ओ.के. ओ.के—मान लिया। प्रॉब्लम्स हैं, होते हैं सब जगह—कहीं कम, कहीं ज्यादा। सिर्फ शक्लें बदल जाती हैं—एक से एक भयानक शक्लों में। क्या मैं जानती नहीं? लेकिन अब उस पर बिसूरते हुए हमें अपनी ट्रिप नहीं बदमजा करनी है...' और मेधा ने कार में लगे कैसेट में अपना मनपसन्द म्यूजिक ऑन कर दिया, 'आती क्या खंडाला...'

धुली-पुँछी ड्राइक्लींड आत्माएँ

मेधा, पहली वाली, 'ओरिजनल' घर वालों और रिश्तेदारों की लिस्ट लेकर वैसे ही परेशान थी, ऊपर से देवेन्द्र जीजा जी और एकदम इधर की रिश्तेदारी में जुड़े वृन्दा-निखिल परिवार के फरमाइशी आइटमों की लिस्ट देखी तो झल्ला आई :

'सारी परेशानियों की जड़ यह है कि 'हिन्दुस्तानियों' को न साफ-साफ 'ना' कहने की आदत है, न 'ना' सुनने की। नतीजा—खुद भी फँसना, दूसरों को भी फँसाना...।'

कहने को तो वेणु मन-मन चिढ़ा, 'लुक, हू इज टॉकिंग...' लेकिन हर फोन के बाद इस तरह की दो-चार फरमाइशें जोड़ना, खास कर मेधा के सामने, सचमुच एक्बैरसिंग हो जाता है। क्योंकि गिफ्ट जुटाने का काम मेधा ने अपने ऊपर ही लिया हुआ है। एक तो उसे ऑफिस आवर्स के बाद समय नहीं बच पाता; दूसरे, 'मार्शल' से लेकर 'वालमार्ट' जैसे स्टोरों के अनुभव, डिस्काउंट-कूपनों का संग्रह और सीजनल-सेलों की जानकारी मेधा को ही रहती है। पापा से तो यह भी कहना, उनका दिल दुखाने जैसा लगता है कि इंडिया की तरह यहाँ हर फर्लांग, दो फर्लांग पर गांधी-मार्केट, चौक या कटरा नहीं है कि स्कूटर उठाई या रिक्शा बुलवाया और घंटे-दो घंटे में बंडल बँधवाकर वापस आ गए! यहाँ फोम जैकेट एक छोर पर मिलती तो इलेक्ट्रॉनिक आइटम दूसरे छोर पर और ऊपर से ये टॉर्च, प्लास्टिक के ताश जैसी चीजें...कहाँ ढूँढ़ते फिरो और किससे पूछो? और ये लोग हैं कि जहाँ जिसके पास जो देखा, लिस्ट में जोड़ दिया। वह तो मेधा की तारीफ करनी पड़ेगी कि बिल्ली के भाग्य से टूटे छींके की तरह रंजना

इन दिनों बेंच (जॉबलेस) पर है और वालमॉर्ट, कोल, मार्शल—हर जगह क्लीयरेंस सेल चल रही है।

यह गुरुमंत्र भी रंजना का ही दिया हुआ है कि 'जाना चाहे जब भी हो इंडिया, क्लीयरेंस सेल से चीजें इकट्ठी करते रहना चाहिए। तू वेणु को छोड़, मैं लिये चलती हूँ न!...लौटते हुए ईशा को प्ले-स्कूल से लेती भी आऊँगी। जाने क्या क्या एक्सपेक्ट करते हैं लोग! जैसे हम वो क्या कहते हैं, कल्पवृक्ष के नीचे बैठे हैं, डालियाँ हिलाएँगे और मनचाही घड़ियाँ, चॉकलेट, परफ्यूम झड़ पड़ेंगे...तुम टेंशन मत लो—मैं करवा दूँगी...जानती हूँ, हजबैन्ड के साथ, उनके घर वालों की शॉपिंग उतनी 'फ्रीली' नहीं हो पाती।'

लेकिन रंजना के साथ भी दो-चार बार जाकर मेधा को लगा, किसी 'तीसरे' की तुलना में एकदम अकेली की शॉपिंग सबसे अच्छी। रंजना का भी क्या भरोसा, किस-किससे कहती फिरे, 'यू नो, आई कांट बाई दैट चीप स्टफ लाइक मेधा।'

आज भी शॉपिंग बैग्स से लदी-फंदी मेधा ने सूसन कार्टर की कार से उतरकर शुक्रिया में हाथ हिलाया। दरवाजे का नॉब घुमाकर फ्लैट में दाखिल हुई, फिर पैकेट्स लिविंग रूम में एक तरफ डाल फ्रिज से जूस का कैन निकाल गटागट पी गई। पीकर काउच पर फैलकर बैठी तो वेणु डिश वाशर से धुले बर्तन निकालते हुए पूछा, 'थक गईं?'

उसकी जवाबी मुस्कुराहट में अनायास कसैलापन उतर आया, 'तुम्हें क्या लगता है?'

'लगा तभी तो कहा...' वेणु उसके लहजे से आहत हुआ।

'तब पूछते क्यों हो?'

'ठीक है, नहीं पूछा करूँगा...'

हमेशा ऐसा होता है। वेणु की नरमी कब पत्थर के स्लैब-सी सपाट हो जाएगी, मेधा बिलकुल नहीं अन्दाज पाती और इस सपाट लहजे का बेगानापन मेधा से बिलकुल बर्दाश्त नहीं होता। इससे तो अच्छा, वह सीधे-सीधे घुड़क दिया करे।

'बिना घुड़के तो ये हाल है। बिना कहे भी वेणु बोलता है क्या?'

या कि वेणु की तरफ के सारे डायलॉग मेधा खुद एज्यूम कर लिया करती है। ऊपरी, प्रत्यक्ष संवादों से ज्यादा ये अनुमानित संवाद उसे मथ कर रख देते हैं। आखिर कटाक्ष से कैसे बाज आती :

'तुमने लिस्ट नहीं मिलाई आज आइटमों की कि अभी फलाँ-फलाँ चीज रह गई...'

'पिछली बार कहकर नतीजा भुगत चुका हूँ...समझ गया हूँ कि मुझे कुछ भी कहना नहीं चाहिए, सिर्फ तुम्हारा अहसानमन्द होना चाहिए...'

'ओ...तो पिछली बार का गुबार अभी बाकी है? टेढ़ा और बिटर बोलना कोई तुमसे सीखे...'

मेधा अपनी बात पूरी हुए बिना कभी प्रसंग समाप्त नहीं करने देती थी वेणु को, 'एक बात बताओ, पूरे चार घंटे तक एक के बाद एक स्टोरों का चक्कर मारकर मेरे थकान से चूर होने के बावजूद तुम लिस्ट मिलाकर कहोगे—अरे, लेकिन अभी फलाँ चीज तो लाई ही नहीं...तो बुरा नहीं लगेगा मुझे? जो कुछ लाई, उसकी क्रेडिट देना तो दूर...'

'मैंने जब कहा, 'थक गईं' तो यही सोचकर ही कहा था, 'मतलब' तुम चाहे जो लगाओ।'

'तुम जो कुछ सोचते हो और जो कुछ कहते हो, उसे समझना आसान नहीं...'

'इसीलिए तो ज्यादा करके चुप रहने की कोशिश करता हूँ क्योंकि तुम कब कौन-सा डायलॉग एक्सपेक्ट कर रही होगी, मेरे लिए समझना आसान नहीं।'

'लेकिन लिस्ट आराम से थमा देते हो अपने एक हजार एक रिश्तेदारों की... कभी सोचा है, जिन लोगों को मैं जानती-पहचानती भी नहीं, उनके लिए स्टोरों में घूम-घूमकर चीजें इकट्ठा करने में क्या इंटरेस्ट हो सकता है मेरा?'

'तुमसे जबरदस्ती नहीं की मैंने। मैं तो वीकेन्ड पर चलने के लिए भी तैयार रहता हूँ लेकिन तुम खुद ही कहती हो कि मैं ज्यादा ही टोकाटोकी करता हूँ, डिसीजन लेने में टाइम भी बहुत लगाता हूँ। इससे तो अच्छा है, मैं घर की लॉन्ड्री, आयरिनिंग, वैक्यूम निपटाकर तुम्हारा वर्कलोड कम करूँ... जिससे तुम लौटकर रिलैक्स कर सको। और इस बार तो तुमने मनीषा के साथ किंग्सटन में भी काफी शॉपिंग...'

मेधा चुप हो ली। वह जानती है, वेणु कल साथ हो लेगा तो क्लीयरेंस सेल के स्टालों के बैनर और डिजाइनें देखकर ही नाक-भौं सिकोड़ना शुरू करेगा। यह उसे अपनी तौहीनी लगती है... पहले कतराएगा, इधर-उधर के बहाने बनाएगा जबकि मेधा कतार से टँगे ट्रेसों की लाइनों में धँसकर फटाफट हैंगर पर टँगी जीन्स, स्वेटर, शर्ट्स के प्राइज-टैग देखना शुरू कर देती है। सेल-प्राइज, डिस्काउंट के बाद, क्लीयरेंस तक आते आते जब एकदम सस्ते के टैग देखती है, झट उतार स्ट्रोलर में डाल लेती है।

तो क्या मेधा अकेली?... तमाम सारे हिन्दुस्तानी ही नहीं, फिलिस्तीनी, कम्बोडियन, चाइनीज, स्पेनिश और खुद अमेरिकन भी तो—ठीक-ठाक कपड़ों वाले, आराम से गर्दन ऊँची करके चलने वाले लोग...!

वेणु नहीं चल पाता। वह अजीब दयनीयता महसूस करता है। उसे बाकी काउंटरों वाले लोग अलग दिखते हैं, शायद इसलिए कि वे लोग दूसरे काउंटरों पर भी जाते हैं। नहीं जाते होते तो चीजें आखिर बिकतीं कैसे? ये बड़े-बड़े मॉल, स्टोर, शॉपिंग-चेन्स, क्लीयरेंस के भरोसे नहीं चला करतीं। उनके कस्टमर अलग होते हैं।

'तो आप उन कस्टमरों के बीच शरीक होने की हैसियत रखते हैं?...'

'हैसियत तो मेरी-तुम्हारी एक ही है मेधा। वैसे तुम्हारी बर्थ-डे पर गिफ्ट किया स्वेटर, जैकेट और गारनेट वाला पेंडेंट मैंने उन्हीं काउंटरों से खरीदा था, सेल से नहीं।'

'तो तुम्हारा मतलब है, उन्हीं काउंटरों से इस लिस्ट की खरीदारी भी की जाए?'

'उससे नहीं तो कम-से-कम 'क्लीयरेंस' के ऊपर वाले सेक्शन से तो की ही जा सकती है।'

पता नहीं, यह वेणु ने कहा या सिर्फ मेधा ने सोचा! बिना कहे भी तो बहुत कुछ कहा जाता है और न सुनने-समझने का नाटक करके सुना-समझा भी जाता है।

आशा के विपरीत डिश वाशर के बर्तन रखने का काम छोड़ वेणु पास आ बैठा, 'अरे वाह! तुम सचमुच इतने स्टोरों के चक्कर मारकर कितना कुछ जुटाया है! यह सब मेरे बूते का कहाँ था! लाओ, दिखाओ जरा अपनी आज की लूट का माल...!'

'थैंक गॉड, तुमने 'प्रेज' तो किया! लेकिन अब मुझे भूख लग आई है। पहले खाना गरम करती हूँ, पैकेट्स खोलने, लिस्ट मिलाने में टाइम लगेगा। थकान भी लग रही है। खाने के बाद खोलती हूँ...'

वेणु जिद नहीं करता। मेधा को नहीं मालूम कि वेणु को मालूम है कि अभी मेधा शॉपिंग-बैग्स क्यों नहीं खोल रही। डिनर के बाद वेणु जब तक अपनी मेल चेक करता होगा, मेधा झटाझट सारे प्राइज टैगों से क्लीयरेंस वाली एकदम सस्ती चिप्पियाँ निकाल सिर्फ डिस्काउंट वाले टैग लगे रहने देगी, जिससे क्लीयरेंस वाली पाँच-दस डॉलर की कीमत आप-से-आप बढ़कर टैग पर लिखी पन्द्रह-बीस डॉलर तो हों ही वरना वेणु स्लिप देखते ही भड़क जाएगा, इतना सस्ता क्लीयरेंस का जैकेट ले जाएँगे हम सुभाष मामा के लिए? और यह झल्ला सा टॉप... जरा सोचो, तुम पहली बार जा रही हो मेधा—लोग क्या सोचेंगे... ?'

मेधा के पास एक धुली-पुँछी ड्राइक्लींड आत्मा है। वह हर मुद्दे पर प्रैक्टिकल होकर सोचती है। बेकार के पचड़ों में नहीं फँसती। सीधी-सी बात है, हम उपहार दे रहे हैं, कोई उधारी नहीं चुका रहे। और उपहारों का मूल्य रुपयों या डॉलरों में नहीं आँका जा सकता—मूल्य भावनाओं का होता है... ।

यह अदृश्य वेणु कहाँ से कटाक्ष करने लगता है कि 'भई मेधा! 'क्लीयरेंस' की 'चिप्पियाँ उखाड़ने तक तो ठीक लेकिन भावनाओं वाला मामला बीच में न घसीटो तो ही ठीक...वरना तुम्हें तो मालूम है, डॉलर से ज्यादा भावनाओं का डिवोलुशन हुआ है इस पूरे ग्लोबल विलेज में। मेरी लाई स्वेटर, जैकेट और गारनेट पेंडेंट की रसीद देखने के बाद ही तुम्हारे अन्दर प्यार का समन्दर लहराया था। लेकिन आश्वस्त रहो तुम। तुम्हारी लाई चीजों को कोई कम करके नहीं आँकने वाला। सब सर-आँखों से लगाएँगे। आशीष देते नहीं अघाएँगे। क्योंकि अकेला मैं इससे पहले भी तो गया हूँ—वृन्दा की शादी में। हर कोई गद्गद, निहाल कि पढ़ाई और नई नौकरी के बीच कब इस अकेले ने इतनी खरीदारी की!...वृन्दा तो बात कहते रोई—दादा कितना परेशान हुआ हमारे लिए! वसु गागर सी छलकती फिरी...'

वेणु को लगा था, जितना खर्च किया, उसका दूना वसूल हो गया। शायद इसीलिए ज्यादा न जानते हुए भी मेधा की शॉपिंग से वह थोड़ी-बहुत दखलअन्दाजी यह कहते हुए कर देता कि 'ये आइ-शैडो, मस्कारा वहाँ कोई नहीं लगाता भई...और इन 'बाथ-बबल्स' में कौन नहाएगा? उन लोगों की पसन्द मैं ज्यादा जानूँगा या तुम...सिर्फ सस्ती मिलने की वजह से ऐसी चीजें क्यों ले जाना? इतनी 'लो-नेक-लाइन' की नाइटी भला वहाँ कौन पहनेगा?—तुम दो-तीन के बदले एक ही चीज दो, लेकिन सस्ती, बिना काम की नहीं।'

अब, मेधा परेशान तो होगी ही। किंग्सटन में भी उसने वालमार्ट की कॉस्मेटिक क्लीयरेंस सेल से ढेर के ढेर 'फेस-रब', 'ब्लश ऑन' और लिपस्टिक वगैरह की पूरी खेप खरीद ली थी। ऐसी कोई गई-गुजरी लक्जरी ब्रांड नहीं...और पैकिंग क्या जबरदस्त...आखिर कितने और लोग भी खरीद ही रहे थे, 'उँह...वेणु के घर वालों से ऊँची हैसियत वाले ही रहे होंगे

वे सब...(कहीं सुन तो नहीं रहे...) और दो-टूक प्रैक्टिकल बात की जाए, इंडिया वाले तो यहाँ के जूठन से भी खुश हो जाते हैं तो बुरा क्या! उनकी हैसियत से ज्यादा ही ठहरेंगी ये चीजें।'

'बात सिर्फ हैसियत, सिर्फ पैसों की नहीं होती...टेस्ट की भी होती है। हमारे परिवार में नहीं हैं ऐसे टेस्ट वाले लोग...'

मेधा मन-मन हँसी—जब मिलेंगी ये चीजें तभी तो टेस्ट डेवलप होगा लोगों का! तुम लोगों को क्या मालूम, लड़कियाँ और लेडीज कितना जान देती हैं कॉस्मेटिक्स पर... सिर्फ मिडिल क्लास टैबूज की वजह से वश नहीं चलता उनका। और सुन लो, फैशन से लेकर लिबास तक में इंडिया कुछ पिछड़ा-विछड़ा नहीं है। जो हम यहाँ नहीं पहनते, वो लोग इंडिया में पहनते हैं और, मुफ्त में मिला, वह भी अमेरिका से आया, सब शान से इस्तेमाल करेंगे।

खंड-पाँच

नदी-सी बह रही सदी!

ये खुशी के आँसू हैं दादा

घर आये पाहुन

वसु आगे-पीछे की दोनों गलियों में नाचती फिरी थी। कॉलेज से लेकर रेलवे लाइन पार की कॉलोनी तक में जबरदस्त खलबली : वसुधा के भाई-भाभी आ रहे हैं—अमेरिका से! वसु का वेणु दादा और नई नवेली (ही तो) भाभी...! पहली बार, साथ-साथ!

शादी बाद रही ही कहाँ इन लोगों के पास! हाथों-हाथ वीसा मिला और दोनों रवाना हो गए थे।

सारी व्यस्तताओं और तैयारी के बाद भी माँ को लगता, दिन और जल्दी क्यों नहीं बीतते? पिता तो वैसे ही बेसब्र ठहरे। हर आधे घंटे पर, 'कितने बजे की लैंडिंग है?...तुम अपने भगवानों को भी सुबह जल्दी उठा देना। आरती, पूजा, घंटी में बीसेक मिनट तो लगते ही हैं। एक बात अच्छी है, सुबह रास्ता खाली मिल जाएगा। स्कूल-कॉलेज वाले लड़कों की रेलमपेल नहीं मिलेगी।'

वसु की सहेलियाँ उसे चिढ़ा-चिढ़ाकर खिझा डालतीं। लेकिन वसुधा को अच्छा लगता। वही तो सबसे ज्यादा मुँह-लगी है वेणु दादा की! सबसे छोटी भी, माँ की पेटपोंछनी। वृन्दा को भी, जो कहलाना होता है, उसी से कहलाती है। कल भी फोन किया था ससुराल से, 'मैं तो नहीं आ पा रही, दादा, भाभी से पहुँचते ही फोन करवाना।'

(यहाँ लोग समझें तो...मेरे भाई ने फोन लगाया—आते ही।)

एयरपोर्ट पर पिछली बार की तरह ही दौड़ पड़ी। दौड़कर वेणु के कन्धे से हिलग ली। हिलगी रही। मेधा को देखा तो शर्म आई, 'प्रणाम भाभी!'

'हैलोऽऽ, कैसी हो वसुधा?...'

'ठीक हूँ भाभी!' दुबारा सकुचाई।...वृन्दा याद आई।

लेकिन जब मेधा वेणु से सूटकेसों, हैंडबैगों से जुड़ी गिनती और मशविरा करने लगी तो चुपके से पीछे हट ली।

वेणु और मेधा ने माँ, पापा के पैर छुए। अच्छा-अच्छा लग रहा है, लेकिन जाने कैसा लग रहा है! आधा अजनबी—मेधा भाभी के साथ, वेणु दादा भी अजनबी-सा ही महसूस होता हुआ...नहीं, वह हुआ नहीं है, सिर्फ उन्हें लग रहा है। क्या सिर्फ वसु को या माँ, पापा को भी... ?

वेणु को पापा कमजोर लगे। खुद ही एक-एक कर सारे सूटकेस अन्दर रख आया। अपना कमरा तक पूछना पड़ा। पूछते हुए झेंपा भी। पहले घर आए मेहमानों की अटैचियाँ वेणु ही तो उठा-उठाकर अन्दर वाली कोठरी में पहुँचाया करता था। वृन्दा की शादी से घर का नक्शा भी तो बदला है। वेणु की नीली लैम्प वाली पिछली कोठरी की जगह डिस्टेंपर पुता नया कमरा, अटैच्ड बाथरूम। वृन्दा की शादी पर खरीदे गए सोफे पर वेणु अधलेटा-सा हो आया।

'कैसी हो माँ ?...ये 'वॉल-यूनिट' नई बनवाई पापा, उसी अपने खान मुहम्मद कारपेंटर से ? काम तो ठीक किया है।'

'शादी वाले फर्नीचर के काम से जो कुछ सामान बचा था, उसी को जोड़-जाड़कर खुद ही खड़ी कर दी उसने!' पापा खुश होकर बोले, 'तुम्हारे कमरे के लिए भी एक छोटी अलमारी बना दी। देखी कि नहीं ? तुम्हारी पढ़नेवाली मेज की जगह।...आदमी एतबारी है।'

वसु जल्दी-जल्दी प्यालों में चाय छान रही थी। साथ में, एकदम सुबह, नीम-अँधेरे उठकर माँ की बनाई कचौड़ियाँ।

'दादाऽ ! चाय...'

तभी अन्दर से मेधा ने पुकारा। वेणु तत्क्षण उठ गया। दो-चार मिनट बीते। वसु ने एकाध बार कमरे में झाँकने की कोशिश की, 'भाभी, चाय...'

मेधा बेड पर, दो हैंडबैग खोले, वेणु से कुछ जानने की कोशिश कर रही थी, और वेणु याद करने की।

पुकार दुबारा आई—माँ की भी, तो वेणु लौटा। धीमे से बताया, 'मेधा कपड़े निकाल रही है, तब तक हम लोग पीते हैं।'

वसु से न रहा गया, बेसब्र हो उठी, 'भाभी! आइएऽ न...जल्दीऽऽ।'

अन्दर से आवाज आई, 'आप लोग पीजिए।...मैं बाद में पी लूँगी। मुझे ठंडी चाय अच्छी लगती है...'

माँ ने दूर से दुलारा, 'तुम्हें ठंडी चाय पीने देगी वसु, तब न! अरे दूसरी नहीं बन सकती क्या ?'

मेधा को कपड़े, टॉयलेटरी, निकालने के बाद भी काफी देर लग गई। पिता और वेणु खाते रहे। माँ, वसु हाथ में कप थामे इन्तजार करती रहीं। देर बाद मेधा आई। 'सॉरी' कह कर ठंडी चाय का कप उठा लिया। वसु और माँ के जिद करने पर भी हाथ से मने कर आराम से ठंडी चाय सिप करती रही। सबके प्यालों की चाय अब ठंडी थी—चुपचाप सिप की जाती हुई...।

अचानक वेणु बोला, 'वसु! फटाफट मेरे लिए एक कप और चाय बना के ला तो...इस बार अदरख के साथ इलायची भी डाल देना—माँ की तरह...'

'जी, दादा!'...वसु पंख लगा दौड़ चली।

चाय खत्म होने तक पापा थके लगे रहे थे। वेणु को नहाना था और माँ को दोपहर के खाने की तैयारी।

अजीब अटपटी स्थिति। वसु माँ के साथ-साथ लगी थी। मेधा को बुलाया जाए या न बुलाया जाए? बुलाने पर, कहीं वह व्यस्त न हो, उस पर जबरदस्ती न हो। न बुलाने का मतलब उसे घर की बहू-बेटी से अलग-थलग समझना। हारकार माँ ने पुकारा, 'मेधा! नहाई क्या बेटे? आ जाओ यहाँ, हम लोगों के पास ही...'

'अभी वेणु नहा रहे हैं मम्मी जी, आ जाएँ, तब मैं नहाने जाऊँगी।' मेधा ने वहीं से जवाब दिया।

तब तक वेणु निकल आया बाथरूम से।

पापा के खाने का समय टल रहा था। वेणु समझ रहा था। पहले हुमककर तलब किया करते थे। आज चुप, शान्त थे। सबको मेधा का इन्तजार था।

वेणु पिता के पास से उठकर किचन में आ गया। वसु और माँ रोटियाँ बेल-सेंक रही थीं।

'लाओ, मैं भी तो कुछ करूँ...टेबल पर थालियाँ लगा दूँ... ?'

'ना रे, तू बैठ पापा के पास...उनकी भूख मिटेगी...'

अचानक वेणु ने वसु की आँखें देखीं—गीली, सूखी, पोंछी-सुखाई एक साथ।...

'हरी मिर्ची लगी न, कि प्याज?...'

'न मिर्ची, न प्याज—ये खुशी के आँसू हैं दादा!'...रुककर हँसी, फिर दुबारा बोली, 'क्या धाँसू डायलॉग मारा न दादा!'

माँ ने अनदेखा किया। चुपचाप दाल-सब्जी निकालती रहीं।

वेणु कमरे में जाकर वापस लौट आया, 'खाना शुरू कर दो, आ जाएगी मेधा।'

लेकिन आज पापा तक रुके रहे। सबको अटपटा, असहज लग रहा था लेकिन कोई कुछ जता नहीं रहा था। माँ, जैसे अभी किचन में कुछ काम बाकी है, इस तरह बेवजह आ-जा रही थीं और आधी-टुकड़ी बातों के बहाने सबका ध्यान बँटा रही थीं।

मेधा आई, अनमनी। बैठते-बैठते बोली, सॉरी! मुझे देर हुई।...आप लोग खा लेते। अमेरिका में तो मैं और वेणु साथ रहते हैं, फिर भी...अपने-अपने टाइम पर खा लेते हैं।'

'लेकिन यह इंडिया है न बेटे! हमें खाने से ज्यादा, खाने वालों का साथ अच्छा लगता है।...और वह भी इतने दिनों बाद मिले अपने बच्चों का साथ।'

'जी हाँ, और क्या, बिलकुल!...मैं कटोरियों में दाल निकाल दूँ?' वेणु ने कहा। फिर वसु से पूछा, 'और वसु, कैसा चल रहा है तुम्हारा कॉलेज?'

'अरे, जरा वृन्दा को फोन कर लेना।' माँ को याद आया तो अकुलाकर बोलीं।

'हाँ-हाँ, करेंगे मम्मीजी, सभी को। वृन्दा दीदी, विशाखा दीदी—दोनों को। कैसे हैं वे लोग... ?'

और मेधा सबकी ओर दाल की कटोरियाँ खिसकाने लगी।

खाने के बाद मेधा सबको कमरे में बुलाती है।

वसु को याद आता है, पिछली बार वेणु आया था तो वसु कैसे पीछे-पीछे इठलाती फिरी थी—दादा सूटकेस खोलो न! वृन्दा भी मुस्कुराती। इस बार सूटकेस खुला है...और मेधा कृपापूर्वक सौगातें बाँट रही है, 'यह मम्मी जी, आपके लिए कार्डिगन और घड़ी...पापा

के लिए शर्ट, मोजे और वसु के लिए परफ्यूम, लिपस्टिक...और ये दोनों पैकेट विशाखा दीदी और वृन्दा के लिए हैं, कोई जाए तो भिजवा दीजिएगा...'

हठात् सनसनाता हुआ कुछ देह के आर-पार हो गया था। जब्त कर ले गई थीं, लेकिन आवाज कमजोर, लाचार होती गई थी, 'वृन्दा ने कहा था—दादा, भाभी से आते ही फोन करवाना। राह देखती होगी।'

'बहुत थकान लग रही है मम्मी जी, जरा लेट लूँ—शाम को करेंगे फोन।'

'हाँ-हाँ, बिलकुल बेटा! इतना लम्बा रास्ता...जा वेणु! तू भी लेट ले, बातें तो होती रहेंगी...'

वेणु पास आया, 'तुम खुद क्या कम थकी होंगी!...इतनी सुबह से एयरपोर्ट चलने की तैयारी और आने के बाद से लगातार किचेन में...'

मन किया, कहें—इतनी सुबह से नहीं, इतने सालों से, लेकिन बोलीं सिर्फ इतना, 'हाँ, मैं भी लेटती हूँ न, जा वेणु, आराम कर ले...वसु ऽऽऽ!' उन्होंने जैसे सहारे के लिए पुकारा तो देखा, अपनी सौगातें रखने के बहाने वसु अलमारी से लगी रो रही थी।

पापा जल्दी सोए थे, जल्दी उठ गए। माँ ने चाय का पानी चढ़ाते-चढ़ाते देखा—वेणु और मेधा भी जगे हैं। मन वापस उमग आया, 'अरे, तुम दोनों सब उठे हो? चाय चढ़ाती हूँ...वसु ऽऽ?'

'वाह! तुम वसु को ही बुलाती हो, मेधा को क्यों नहीं? मेधा नहीं चाय बना सकती क्या?'

'क्यों नहीं बना सकती! वहाँ वही तो तुझे बनाकर पिलाती होगी।'

'नहीं, वहाँ तो मैं इसे चाय बनाकर पिलाता हूँ...'

'कौन-सा बड़ा गजब कर देता है! मुझे मालूम है, वहाँ सब करते हैं, करना पड़ता है। यहाँ अभी मेधा को पता कहाँ है, क्या कहाँ रखा है!...वसु ऽ ऽ ऽ?'

'चाय छान रही हूँ!'

वेणु के इशारे पर मेधा किचेन में गई, वसु ट्रे में प्याले रख रही थी, 'लाओ, मैं लिये चलती हूँ।'

माँ-पापा खुश हो लिये। वेणु, मेधा को, वसु की रीता मैडम और विश्नोई सर के अफेयर के किस्से बताने लगा, जिससे वसु बेहद चिढ़ती थी। फिर सुभाष मामा, ताऊजी और मौसियों, चाचियों की बातें चल निकलीं...विशाखा और देवेन्द्र के साथ-साथ वृन्दा की नई ससुराल की भी...।

अचानक मेधा वेणु को इशारा करती है, 'भूल गए? चलना है न!'

'चलना? कहाँ?' तीनों के मुँह से हठात् निकला।

'थोड़ी शॉपिंग मम्मी जी...अभी नींद खुल गई तो ठीक है...नहीं तो दो-तीन दिन नींद डिस्टर्ब होती रहेगी 'जेट-लैग' की वजह से। शॉपिंग में थोड़ा चलूँगी, थकूँगी न, तो रात में नींद आएगी वरना सारी रात जागते बीतेगी। यहाँ की रात तो अमेरिका का दिन होता है न—सोने-जागने का सारा 'साइकल' पलट जाता है।'

'यहाँ से अमेरिका जाने पर नींद की जितनी प्रॉब्लम होती है उतनी वहाँ से यहाँ आने पर नहीं...' वेणु ने समझाया।

'अब तुम बहाने बना रहे हो वेणु!...अभी नींद नहीं लग रही, चले चलो। अभी से थोड़ा-थोड़ा खरीदकर जमाना शुरू करूँगी तभी कुछ हो पाएगा...इंडिया से खरीदी जानेवाली चीजों की लम्बी लिस्ट है मम्मी जी...'

'फिर भी अभी तो समय है बेटा!'

'कहाँ मम्मी जी...आप ही तो कह रही थीं—कल से काफी लोग आने और बुलाने शुरू हो जाएँगे।...और फिर चार दिन बाद मम्मी-पापा के पास भी तो जाना है। मिलिन्द भाई को बाद में छुट्टी नहीं है।'

माँ की आवाज लाचार हो आई, 'हाँ, तुम ठीक कहती हो...अभी निकलोगे तुम लोग तो खाने से पहले आ भी जाओगे...'

'अरे नहीं, खाने के लिए आप बिलकुल परेशान मत होइए। हम दोनों बाहर खा लेंगे।'

'बाहर?...' माँ की आँखों में कुहासा-सा छा गया, 'यहाँ घर आकर भी तुम लोग बाहर खाओगे? तो फिर हम साथ-साथ कैसे खाएँगे...?'

'सुबह साथ में खाया तो था मम्मी जी, और फिर हमें तो घूम-घूमकर सिविल-लाइन्स की चाइनीज, घंटाघर के गोलगप्पे और नवाबगंज के समोसे भी तो खाने हैं। वेणु ने मुझे प्रॉमिस की है।'

'अरे, वो तो सबके साथ चलेंगे न, तब खाएँगे...'

वेणु के स्वर में जल्दी से अपनी सफाई देने की कोशिश ज्यादा थी या मेधा को सँभाले रखने की, लेकिन दोनों ही आवाजें कमजोर पड़ रही थीं।

'हाँ, तो मैं उससे कहाँ रोक रही हूँ...लेकिन अभी शॉपिंग की भाग-दौड़ में ये लोग थक जाएँगे न! सबको खिलाने के लिए फिर ले चलेंगे।'

वेणु निर्देश देने के से अन्दाज में मेधा को इशारा करता है। मेधा वसु के पास जाकर कहती है, 'वसु! तुम भी चलोगी हमारे साथ?...चलो न!'

'क्या बोली वसु?' मेधा के लौटने पर वेणु ने पूछा।

'कुछ भी नहीं, बस 'ना' में सिर हिला दिया।'

साफ था, मेधा को वसु का मना करना तो अच्छा लगा, लेकिन बिना बोले सिर हिलाना बुरा।

'तुम्हारे कहने पर इतनी दौड़-धूप कर शॉपिंग की थी सबके लिए लेकिन यहाँ किसी के चेहरे पर खुशी नहीं दिखी...'

'तुम्हें थोड़े ढंग से, प्यार से कहना चाहिए था। जिद करतीं तो चलती ही।'

'अब इतनी एक्टिंग मुझसे नहीं होती वेणु! आगे से कहीं आने-जाने की बात तुम्हीं किया करो। मैं अपने-आपको पूरी तरह अजनबियों के बीच महसूस कर रही हूँ। जरा भी एन्जॉय नहीं कर पा रही। जस्ट सिटिंग एंड टाकिंग एबाउट द पीपुल आई डोंट नो।'

'इसीलिए तो कर रहे हैं उन लोगों की बातें, जिससे तुम उन्हें जान जाओ।'

'डोंट बी सिली...उन्हें जानकर मुझे क्या करना है? वैसे भी आइडल बैठे रहने से तो कहीं अच्छा है कि कुछ जरूरी काम सलटा लिये जाएँ...'

'जैसे 'शॉपिंग', नो?' वेणु हँसा।

अपमान से जल उठी मेधा। चेहरा तमतमाया तो वेणु ने नरमाई से समझाने की कोशिश की, 'जरा सोचो मेधा, इसी 'जस्ट सिटिंग' के लिए तो हम आए हैं। ये लोग तरसते रहे हैं इतने दिनों कि हम इनके पास बैठें। इनके दुःख-सुख सुनें। अपनी बातें कहें। तुम्हें पता है, वसु किचेन में रो रही थी।...शॉपिंग तो वहाँ भी बहुत की मेधा। साथ-साथ हँसते-बोलते सबको अच्छा लगता है। इन्हीं लोगों के लिए तो हम आए हैं...'

'इन्हीं लोगों के लिए? व्हाट डू यू मीन वेणु? बेशक हम इन लोगों के लिए 'भी' आए हैं लेकिन इसका मतलब यह तो नहीं कि हमारा अपना मन, अपनी जरूरतें ही नहीं? जब से आई हूँ, बँधी-बँधी-सी महसूस कर रही हूँ। सुबह से सबके साथ ही तो रहे...खाना खाया, चाय पी...हम तो अपने लिए कोई खास ट्रीटमेंट भी नहीं चाह रहे। उल्टे खाना भी नहीं खा रहे...अब बाहर आउटिंग, शॉपिंग जाना चाह रहे तो उसमें भी ऑब्जेक्शन... ?'

'ऑब्जेक्शन कोई नहीं ले रहा है मेधा, सिर्फ सब तुम्हें ज्यादा-से-ज्यादा अपने बीच महसूस करना चाह रहे हैं। तुमसे अपनापन बाँटना चाह रहे हैं। तुम्हें अपनाना चाह रहे हैं।'

'अजीब परेशानी है! क्या घर में दिन भर आटा गूँधते, रोटियाँ थोपते ही अपनापन बाँटा जा सकता है? इन लोगों की खरीददारी के लिए, आने से पहले, हफ्तों वहाँ दौड़ी, इतना कुछ लेकर आई, अब यहाँ मुझे अपने घर के लिए चीजें खरीदनी हैं तो सारे जरूरी काम छोड़कर अपनापन बाँटो—फनी, नो?'

वेणु विक्षुब्ध हो उठा। सिर भारी लगा। उसे याद आया, एक बार रंजन भैया वाली नई आई भाभी ने विशाखा दीदी की शादी में माँ और ताई को बेरुखी भरा जवाब दे दिया था तो रंजन भैया आपा खो बैठे थे। बाद में भाभी रोई थीं कि आपने दूसरों के सामने मेरा अपमान किया तो भैया दूने वेग से चीखे—यहाँ कोई दूसरा नहीं, सब अपने हैं। तुम यहाँ मेहमानी करने नहीं आई हो, हमेशा के लिए हमारे कुटुम्ब की बड़ी बहू का दर्जा सँभालने आई हो। तुम्हीं मर्यादा तोड़ने लगोगी तो आगे वालियों का क्या हवाल होगा... ?

लेकिन वेणु यह अचानक क्या सोचने लगा? शायद यह कि क्या मेधा को रंजन भैया की तरह डपटकर समझाया जा सकता है? नरमाई से समझाने के जवाब में तो मेधा उपहासी मुद्रा में हँसी थी, 'यह तुम्हारी 'सबके' साथ हँसने, बोलने और बैठने वाले प्रेशर की ही वजह से आज पूरे दिन मैं अकेले तुम्हारे पास होने, लेटने और चैन से सोने तक के लिए तरस गई। तुम्हें नहीं खटका न, मेरा तुम्हारे पास न होना? प्यार, ममता की इतनी ओवर लोडिंग से तो आदमी का वजूद ही पिचक जाए...खैर, वह सब भी बर्दाश्त लेकिन सबसे ज्यादा मुझे असह्य हो रहा है, तुम्हारा मेरे प्रति एटीच्यूड—अगर यहाँ रहते हुए तुम हमेशा मेरे प्रति ऐसे ही रहनेवाले हो तो...मैं...मेरी रूह भी यहाँ आने से काँपेगी...'

सहमकर दहल गया था वेणु...और उधर मेधा हिचकियाँ लेकर रोने लगी।

थोड़ी देर बाद उढ़के दरवाजों पर माँ की धीमी-सी ठुनकी आई और फिर प्यार के साथ अतिरिक्त सहजता से दी हिदायतें :

'अरे वेणु ऽ! मेधा ऽ! बेटे, तुम लोग दिन रहते निकल जाओ। नहीं तो रात में अक्सर चीजों के रंग वगैरह उतने समझ में नहीं आते।...पापा पूछ रहे हैं, टैक्सी बुलवा दें?...मुझे तुमसे ज्यादा मेधा की चिन्ता है। हवा-पानी बदला है, कहीं बीमार-उमार पड़ गई तो?...पानी दे दूँ उबला?...कहीं मिनरल वाटर नहीं मिला तो...'

वेणु को बल मिला, मेधा को पुचकारा, 'उठो, चलते हैं...'

'नहीं, रहने दो...' मेधा की बिफरी आवाज बाहर तक अवश्य सुनाई पड़ रही होगी।

'सोच लो,' खीझा वेणु सख्त हुआ, 'तुम्हीं पछताओगी बाद में, इसलिए कह रहा हूँ, चलो। मैं भी थका, परेशान हो गया हूँ। बाहर चलोगी तो तुम्हारा मूड ठीक हो जाएगा। अब उठो भी, समझता हूँ तुम्हारा प्रॉब्लम भी...छोड़ो...मुँह धोकर आओ। मैं बाहर इन्तजार करता हूँ...'

शाम की सब्जी काटती माँ के पास आकर खड़ा हो गया वेणु, 'मुझे वो सुबह वाली मठरी दो तो जरा, कहाँ रखी है?'

माँ ने चुपचाप थमा दी। दोनों की एक-दूसरे की तरफ देखने की हिम्मत नहीं पड़ी।

वेणु सोचता रहा—जो हो रहा है, ठीक नहीं हो रहा लेकिन ठीक कैसे किया जाए? क्या खुद के ठीक होने मात्र से ये चीजें ठीक की जा सकती हैं? नहीं, बहुत सारी पेचीदगियाँ ऐसी होती हैं, जहाँ किसी एक के ठीक होने से काम नहीं चलता और सबको ठीक करना...

मेधा निकली, बालों में कंघी और होंठों पर लिपस्टिक फेरकर।

माँ ने जल्दी से पैकेट में दो कचौरियाँ पकड़ाईं, 'रास्ते में खा लेना, मेधा ने कुछ खाया नहीं न! पापा ने टैक्सी बुला दी है।'

'लेकिन वसु...वसु किधर गई?' वेणु की आवाज में लाचारी थी।

'उसकी चिन्ता छोड़ो। अभी तुम दोनों निकलो, नहीं तो देर हो जाएगी।'

सच कहो पंडितानी माँ!

उन्होंने किवाड़ के रन्ध्रों से कमरे में झाँका—खिड़की की ग्रिलों पर कोहनी टिकाए वसु वेणु और मेधा को टैक्सी में बैठते देख रही थी। आँखों से बेहिसाब बहती आँसू की लरें...और ओझल होती टैक्सी...।

कदम पीछे समेटे, चेहरा सामान्य किया। जैसे उन्हें कुछ खबर न हो, एक नितांत सपाट से लहजे में किचेन में आकर आवाज लगाई, 'जरा रोटियाँ बेल जाती न वसु...'

वसु की आवाज की जगह टैक्सी स्टार्ट होने की आवाज आई। पापा ले आए थे, वरना इन गलियों के आसपास टैक्सियाँ कहाँ! तभी तो ड्राइवर ने अदब से दरवाजा खोला। दोनों बैठ गए तो सर्र से निकल गई टैक्सी—धुआँ छोड़ती।

'वसु ऽऽ!...सुनती है क्या...कहाँ है तू?' जवाब फिर भी नहीं मिला। वे वापस लौट आईं, रसोई में दो पल रुकीं...फिर वैसी ही तटस्थ, नरम आवाज, 'कहाँ है भई? आती है कि मैं अकेली सारी रोटियाँ बेल लूँ?'

कुछ पलों बाद, बहुत धीमी पदचापों ने राहत दी। बेलन पर वसु के हाथ थे...और कुछ पलों पहले का आँसुओं से भींगा चेहरा। उसकी आवाज चूल्हे में जलती बरसाती गीली लकड़ियों की तरह चिटक रही थी।

'तुम्हें अपने कलेजे के टुकड़े के लिए पकवान बनाने और आसन बिछाने से छुट्टी मिल गई न!...रच-रचकर परोसे छप्पन भोग छोड़कर चले गए दोनों! दुत्कार गए तुम्हें...'

उन्होंने पलटकर वसु के मुँह पर हथेली रख दी, 'सावधान! आवाज बाहर नहीं जानी चाहिए।'

वसु दूने वेग से चीखी, 'मुझे मालूम है, सारी जबरदस्ती तुम मुझी से कर सकती हो माँ...'औरों' पर तो तुम्हारा वश चल नहीं सकता न अब?'

'ऐसी भाषा कहाँ से सीखी बेटे?...यह भी भूल गई कि अगल-बगल के घरों तक आवाजें जाते देर नहीं लगती?'

'जैसा घर होगा, जैसे लोग होंगे, उसी हिसाब से आवाज भी बदलेंगी न माँ!'

'क्यों...क्यों भला?...भाषा आदमी की अपनी होनी चाहिए—उसकी निजी चीज, जिससे वह जाना-पहचाना जाए...और उस भाषा पर तुम्हारा अधिकार, नियंत्रण और सन्तुलन भी होना चाहिए...'

'प्लीऽऽज, अपनी श्लोक-संहिताओं वाली भाषा मुझे अब मत सिखाओ माँ! तुम्हारी हर बात में वही लिहाज, संकोच, अनुशासन के तोतारटन्त ने हमें कहीं का नहीं रखा। हर बात में दूसरों का खयाल...उनके हिसाब से चलना...दूसरों की भाषा पर कमेंट क्यों नहीं करतीं तुम?'

'पहली बात तो 'दूसरे' कोई नहीं।...फिर भी वे कहाँ बोले ही कुछ भी।'

'भाषा क्या सिर्फ शब्दों की ही होती है माँ?' अचानक वसु हिलककर रो पड़ी, 'हमने दादा और भाभी का कितना इन्तजार किया था माँऽऽ...मैंने क्या-क्या सोचा था...हमारी दुनिया क्यों बदल गई...?'

जब्त किया उन्होंने खुद पर, जैसे यह उनकी कठिन परीक्षा की घड़ी है!

'ऐसा कुछ खास नहीं हुआ...दुनिया, समय, हमेशा से हर क्षण बदलता रहा है...चीजें बनती-बिगड़ती रहती ही हैं। पता तो था, आज समय ज्यादा तेजी से बदल रहा है लेकिन...जब हमारे गिर्द धूल उड़ती है तो हम अचकचा उठते हैं। अब लोग सोचते हैं, हर किसी को अपनी तरह जीने का हक है...'

'सिर्फ 'हमें' छोड़कर, न माँ!...समझ में नहीं आता, हमारे लिए बात-बात में इतनी नसीहतें देनेवाली तुम, भाभी के लिए इतनी उदार कैसे हो गईं? सिर्फ तुम नहीं, पापा भी...और तो और, जाकर टैक्सी भी ले आए मातहतों की तरह—हुँह...छिः...!'

'तू जरा समझने की कोशिश कर वसु। उसके और हमारे स्टैंडर्ड में बहुत फर्क है। वह सम्पन्न परिवार में पली-बढ़ी है। हाइडल वालों की ऊपरी आमदनी का कोई हिसाब नहीं। हर परिवार के अलग रहन-सहन, अपने शौक, तरीके होते हैं—खाने-पीने, घूमने-फिरने के...और फिर हम लोगों के साथ रही ही कहाँ...जाना ही कितना उसने हम सबको...!'

'और हम ?...हम भी कितना जानते हैं उन्हें ?...कितने रहे उनके साथ ?...तो फिर हम क्यों इतने चाव से उमड़े पड़ रहे हैं ? क्यों चाहते हैं कि हमारे साथ उठे-बैठे...हँसे-बोले...हमें जाने, हमें सुने, अपनी कहें ? ऐसी कोई कोशिश वे क्यों नहीं करते ? दो दिनों तक सोई। थकान मिटाई। तीसरे दिन शॉपिंग पर निकल गई...'

'उनके पास वक्त कम है...कुल तीन हफ्तों को तो आई है...उन्हें अपनी जरूरी चीजें भी लेनी हैं।'

'और हम ? हम क्यों उनके लिए जरूरी नहीं माँ ? हम भी तो कुछ एक-डेढ़ हफ्तों के लिए ही मिले हैं...उसमें भी तीन दिन निकल गए...' वसु दुबारा सुबक उठी, 'तुम, पापा उसे पास बिठाने, उससे बतियाने को तरस गए...अब हम लोगों के लिए सिर्फ एक ही रास्ता रह गया है कि हम भी कटरे में चाट-बताशे का खोमचा लगाएँ या चाइनीज का स्टाल... क्योंकि घर से ज्यादा समय उनका उधर ही गुजरने वाला है।'

'छिः ! चुप कर वसु...देख, प्रॉब्लम उसे भी है...तू इतना बिफर रही है जबकि वह तो...'

'क्योंकि खोया हमने है माँ, वह तो लूट का माल एन्जॉय कर रही है।'

'ये लूट-पाट की बातें बन्द कर वसु।' खीझीं वे, 'समझ ले, सब अपने हिस्से का पाते और खाते हैं...'

'लेकिन उनका क्या खोया माँ ?' वसु जैसे दर्द से बिलबिला उठी, 'हम हमेशा कैसे रहते थे ! वेणु दादा आता था तो कैसा लगता था माँ !...सोचा था, अब उससे दुगुना मजा आएगा...दादा-भाभी के साथ जी भरकर गप्पें मारूँगी, भाभी को खिझाऊँगी, चिढ़ाऊँगी... चिढ़ा-चिढ़ाकर रुला डालूँगी...'

'तो तू वेणु दादा को खिझाना, चिढ़ाना न ! कौन मना करता है ? मेधा को थोड़ा और टाइम देना होगा...तू खुद उसके पास जाना, उसे क्या चाहिए, पूछना...'

'कैसे जाऊँ, कैसे पूछूँ...वह तो हर कुछ वेणु दादा से ही माँगती-कहती है।...'

'वेणु को ही पता भी होगा, कहाँ क्या है।...हर पति-पत्नी के बीच ऐसा होता है...हर भाई, बेटे की शादी होती है तो माँ, बहनों को ऐसा ही लगता है,' उन्होंने अवसाद भरे लाड़ से वसु को थपकी दी।

वह मुँह खोले माँ को देखती रह गई, 'लेकिन हमारी बड़ी या छोटी बुआ को देखकर तो ऐसा नहीं लगता कि उन्होंने एक क्षण के लिए भी कुछ गँवाया है। उल्टे लगता है, सवाया पाया है।

'अभी भी बुआ लोगों के आने के साथ ही पापा उनके साथ बैठकर बचपन की शैतानियों की गप्पें दुहराने लगते हैं। छियासठ के पापा जैसे छह के हो जाते हैं, बुआ लोगों की नजर में। आधी सदी पहले बीते बचपन, गलियाँ, ब्याह-शादियों और मुहल्ले भर के चाचा-चाचियाँ के किस्से, शैतानियों के कारनामे...फिर तुम्हारे ब्याह, ससुराल में तुम्हारी हुई रैगिंग, दादी की चिल्ला-चिल्ली, बुआ लोगों ने कैसे-कैसे तुम्हें छकाया...इतनी कि सुन-सुनकर हमें भी याद हो गई हैं सारी कहानियाँ...मैंने भी दादा, भाभी के साथ ऐसा ही सोचा था माँ...'

'तो तूने गलत सोचा...शायद मैंने भी। समय बदलता है बेटे ! हम पहले के लोग हैं। हमारे पास ज्यादा कुछ करने को होता भी नहीं था...'

'जैसे शॉपिंग...' वसु एक दर्दीले कटाक्ष के साथ हँसी, 'मेधा भाभी पूरा शहर खरीदकर पैक करवा लेना चाहती है। समझ में नहीं आता, अगर इसी शहर से सारी जरूरतें पूरी होनी हैं तो अमेरिका जाने का फायदा?'

'कहा न, ये बदले समय के शौक और जरूरतें हैं...तू नहीं समझेगी, न मैं। अब आज के लोग आज के ही समय में रहेंगे न!'

'तो मैं किस समय में रहूँ माँ?'

'अपने सबसे खूबसूरत समय में...जिस समय में तू अभी तक रहती आई है...उस समय को विरूप मत होने दे...हमारे आस-पास खूबसूरती बनी रहनी चाहिए वसु।'

'लेकिन एक ही साथ रहते हुए हम दो अलग समयों में कैसे रह सकते हैं माँ? भाभी अलग समय में, मैं और तुम अलग समय में...वेणु दादा...'

'उसकी बात मत कर...। अपना रास्ता, अपना समय निकालेगा वह, बनाएगा वह। वृन्दा भी ससुराल गई। समस्या तो तेरी है। सुन, एक बाहर का समय होता है, एक आदमी के अन्दर का...हर आदमी अपना समय स्वयं चुनता हैं। उसे कितना पुराने में रहना है, कितना नए में, यह भी वह खुद तय करता है। हमें अपना समय स्वयं निर्मित भी करना चाहिए...'

वसु की कटाक्ष भरी हँसी पिघलकर मुग्ध हो आई। उसी मुग्ध हँसी से माँ से ठिठोली की, 'यह तुम्हारी कौन-सी प्रिय किताब में लिखा है माँ—'भ्रमर-गीत-सार', 'कवितावली', 'कामायनी', 'गोदान', 'उद्धव-शतक', 'चित्रलेखा', 'वयं रक्षामः' या फिर 'रामायण', 'श्रीमद्भागवत'! हमें तो तुमने यह सब पढ़ाया नहीं...'

'वही तो गलती हुई...वरना समझती कि किताबें सब कुछ लिखा-लिखाया ही नहीं देतीं, बहुत कुछ चुपचाप थमा जाती हैं। बिना कहे भी कह जाती हैं।'

'अपने अन्दर वाली इमारत को खूबसूरत बनाए रखने के तरीके न!'

'हाँ, हर आदमी बनाता है यह इमारत...कभी-कभी खुद से भी अनजाने...अपनी पसन्द-नापसन्द के मुताबिक। अपने हिसाब से सजाता है अपने कोट-कंगूरे...जरूरी नहीं कि वह सबको अच्छे लगे ही।'

'नहीं माँ, तुम्हारे वाले कोट-कंगूरे, खिड़की-रौशनदान अच्छे थे—सबको खुली हवा देते थे, उन सायबानों के साये में सब सुस्ता लेते थे...जिन्दगी को जीने लायक बनाते थे...'

'इस तरह का कोई बयान आखिरी नहीं हो सकता वसु! जो कुछ एक के अनुकूल है, जरूरी नहीं कि वह हर किसी को अनुकूल पड़ता हो। जिन्हें दौड़ने में मजा आता है, उन्हें सुस्ताने में नहीं। वो जो बेचनेवाले कहते हैं न, हमें 'पुरता' नहीं—चलो, आगे जाओ...इसी तरह जिन्दगी के ढर्रे भी हर किसी को अपनी पसन्द-अपनी खुशी से पुरते हैं।'

'लेकिन तुमने क्यों हमेशा पहले दूसरों की खुशी और सुख-सुविधा को सबसे ऊपर रखा...?'

'अब रखा तो रखा...यह भी कोई बड़े गर्व से कहने, बाँटने वाली बात नहीं। जिन्दगी को लेकर बनी नई सोच इसका मजाक भी बना सकती है। उनके अपने तर्क तो हर किसी की जिन्दगी को अपनी तरह से बरतने का तरीका है, बस...!'

'लेकिन तुम्हारे वाले ढर्रे से किसी का मन नहीं दुखता था न माँ! न तुम्हारा, न बुआओं, न चाचा का, न पापा का—सब खुश रहे न! मुझे याद है, बचपन में इम्तहानों के दिनों में जब कभी-कभी ज्यादा चचेरी-ममेरी ताई, बुआएँ आ जाती थीं तो बहुत झल्लाती थी मैं—लेकिन तुम मेरी पढ़ाई का इन्तजाम पीछे वाली कोठरी में कर दिया करती थीं या दुर्गा चाची के यहाँ भेज दिया करती थीं...या उन लोगों के साथ बैठक के बगलवाले कमरे में आ जाया करती थीं...सबसे ज्यादा हँसी तो मुझे तब आती थी जब तुम समझाती थीं कि देखना, आज का पेपर तेरा बहुत अच्छा होगा। इतनी बुआओं का आशीष जो लेकर जा रही है! मैं भी कहाँ की बुद्धू, खुश-खुश तुम्हारी बात मान लिया करती थी...'

'तो वो वाली वसु अच्छी न!' माँ हँसीं।

'मतलब?' वसु को जैसे याद आ गया कि वह कहाँ अड़ी थी, 'जीने का वह सलीका अच्छा, जहाँ हर कोई दूसरे की खुशी की फिक्र करे, जैसे तुमने की—बुआओं, चाचाओं और सभी की...'

'लेकिन उस पीढ़ी में भी, हर परिवार में तो ऐसा नहीं होता था वसु! सबकी ऐसी बुआएँ तो नहीं होतीं न!'

वसु पहली बार माँ की आँखों में झाँककर उनसे हिलक ली।

'न ऐसी भाभी, न...' लेकिन खुश होते-होते अचानक पलटकर बोल पड़ी, 'तुमने दादा को अमेरिका क्यों भेजा माँ?'

चौंकीं वे, 'क्यों? दादा के अमेरिका जाने से क्या परेशानी हो गई तुझे...?'

'मैं सोचती हूँ, तब शायद हमारे पास भाभी जैसे बड़े घरों का रिश्ता नहीं आता...'

माँ हँसीं, 'अब अगली बार तू यह भी कह देगी कि माँ, तुमने दादा को इतना पढ़ाया-लिखाया क्यों? दादा फर्स्ट क्यों आया? यही न! क्यों नहीं उसे पापा के ऑफिस में ही रखवा दिया? हमेशा (तू तो खैर, शादी-ब्याह कर ससुराल चली जाएगी) मेरी और पापा की आँखों के सामने रहता...।'

'लेकिन माँ, भार्गव आंटी तो कितना चाहती थीं मीता के साथ, दादा के लिए! मीता भी तो पढ़ने में अच्छी है, मुझे कितना अच्छा लगता...'

'शादी वेणु की करनी थी या तेरी—ऐं? तुझे कौन लड़की कितनी अच्छी लगती है और उससे दादा की शादी होने के बाद तुझे कितना मजा आएगा न! शादियाँ इस तरह खेल-खिलवाड़ या हँसी-मजाक में नहीं तय हुआ करतीं...'

'नहीं माँ, सिर्फ हँसी-मजाक की बात नहीं थी, यह तुम भी जानती हो...पसन्द तुम्हें भी थी मीता बहुत...बस, तुम्हें पापा को सपोर्ट देना था—एक पतिव्रता की तरह...'

'पापा को सपोर्ट किया तो क्या गलत किया? मीता से हुई शादी गुनाह-बेलज्जत होती। पास-पड़ोस से लेकर नाते-रिश्तेदारों तक से बात का भम्भड़...लोगों को तिल का ताड़ और पहाड़ बनाते कुछ लगता है क्या? कल को कुछ भी उड़ा सकते थे। हम किस-किसका मुँह रोकते? अभी हम इतने मॉडर्न नहीं हो पाए...ये सारी बातें भी तो ध्यान में रखनी पड़ती हैं।'

'क्यों इतना झूठ बोलती हो माँ...असल में तो पापा के ऊपर दादा से कहीं ज्यादा अमेरिका का नशा सवार था। घर, कॉलोनी, दफ्तर—हर कहीं अमेरिका छोड़ इन्हें कुछ सूझता था

क्या? ऊँचे, पैसे वालों घरों से आया रिश्ता और स्टेटस वाली शादी पापा की और तुम्हारी भी सबसे बड़ी एम्बीशन बन चुकी थी!'

उन्होंने स्वीकारा, 'हाँ, हम भी मनुष्य हैं वसु...कमजोरियाँ होंगी ही, लेकिन सपने हमारे ही नहीं, वेणु के भी थे। हमें अपनी नहीं, उसकी स्टेटस की लड़की ढूँढ़नी थी...'

'और उसी बहाने अपना स्टेटस बढ़ाना था।...लो, बढ़ गया स्टेटस! राजरानी गई 'गेलार्ड' में लंच लेने या फिर उडिपी का दोसा...मिनर्वा की चाट...! तुम अपने, मेरे और पापा के लिए रोटियाँ सेंको अब!'

तिलमिलाई और तरतराई आँखें उठाकर कहा था माँ ने, 'ये क्या हो गया है वसु तुझे...?'

एकाएक वसु फिर जोर से सुबक पड़ी, 'क्या करूँ, वृन्दा जो नहीं है माँ...'

'तो मेरा तो सोचती...' असहाय हो आईं वे अन्ततः।

और वसु जैसे चौंककर पछताई, 'ओह माँ!...सॉरी!'

'एक बात और समझ ले, हैसियत और दर्जा किसी का स्वभाव नहीं बनाया-बिगाड़ा करते। ये हर आदमी के पैदाइशी संस्कार होते हैं जो परिवार और आसपास के माहौल के साथ विकसित होते जाते हैं। जिसने जो कुछ अपने घर में देखा-जाना, जिसे जो मिला, वही तो वह दूसरों को देगा! और इन दिनों तो, जैसे पत्रिकाओं में रहता है न कि व्हाट इज इन—व्हाट इज आउट, तो 'मी' इज इन, एंड 'रेस्ट' आर आउट...तो जीवन में अपनी खुशी, अपनी तरह से जीने के हक का ट्रेंड चल पड़ा है।'

'यह तुम अपने ही विपक्ष में बोल रही हो माँ!'

'पक्ष-विपक्ष की नहीं, 'ट्रेंड' की बात कर रही हूँ मैं...'

'वसु को बहलाने की कोशिश में न! पता नहीं माँ, तुम्हारी सब बात समझती हूँ पर मन नहीं मानता। बार-बार मन में आता है, नये घर में आकर कैसे बिहेव करना है, पराये ही सही, तो परायों को कैसे अपनाना है। अगर माँ-बाप ने नहीं सिखाया तो हिन्दी फिल्में तो देखी होंगी भाभी ने...'

'देखता तो आदमी बहुत कुछ है, पर ग्रहण अपने संस्कारों के हिसाब से करता है...'

'जाने दो माँ...शायद अपने मंसूबों के नीचे लुढ़कते जाने का दुःख मुझसे बर्दाश्त नहीं हो रहा—यही लगता है कि काश, भाभी हमारा मन पढ़ पाती! एक ही हफ्ते की तो बात थी। हमें अपना संग साथ और प्यार दे पाती...!'

'एक बात समझने की कोशिश कर वसु, मेधा को तुझसे कोई दुश्मनी या शिकायत नहीं। उसने शुरू से अपने घर में यह सब देखा नहीं, जाना नहीं। उसे दूसरों के मनों को पढ़ने, जानने, या उस अनुकूल करने में दिलचस्पी नहीं, बस। यह माहौल उसके लिए अजूबा है कि खुद भूख लगने पर खाना नहीं, बल्कि दूसरों के भी आने, भूख लगने का इन्तजार करना। दूसरों के मन के हिसाब से सिर्फ करना नहीं, करने में खुशी भी महसूस करना।'

'तो हम अब क्या करें माँ...?'

'जो जैसे शुरू से करती-रहती आई है, वही। अब वह तेरी आदतों में ही नहीं, तेरे स्वभाव में शामिल है। तुझे भी उसी में खुशी मिलती है। अच्छा लगता है—सबका साथ, सबकी

मर्जी, तो इसमें बुरा क्या है? हम बचपन में पढ़ा करते थे—सर्वे भवन्तु सुखिनः, सर्वे सन्तु निरामयः...'

वसु रुँधे गले से सिसकी, 'बस करो पंडितानी माँ!'

माँ...मुझे कौन समझाएगा!

समझा दिया वसु को!

प्रभाकर को भी!

दिन में कई-कई बार अदरक डली (प्रभाकर की मनपसन्द) चाय की प्यालियाँ लेकर उनके पास बैठ बहलाती-फुसलाती रही। गुमसुम हो आए अचानक तो उन्हें खोलने की कोशिश। हमेशा से स्वभाव के बतूने, चुप से हुए तो फिक्र तो हुई ही न! पिघला दिये उनके सन्ताप के डले। पहले रोये, फिर रोष निकाला। फिर धीरे-धीरे समझते चले गए कि :

—हम भी किस जमाने की दुनिया में रहते हैं! आँखें खोलकर देखें चारों तरफ तो पता चले, कहाँ किसके घर में क्या उबल, उफन रहा है।

आठ नम्बर वाली की बहू तो यहीं की है। हमारे जैसे ही साधारण घर, हैसियत वालों की। लेकिन आँसू रोके नहीं रुकते उनके। बता रही थी, एक-दो बार बेटे ने डाँटा, डपटा...तीसरी बार इन्हीं लोगों पर झल्ला आया...अपने वेणु को देखो—ऊपर-ऊपर कुछ नहीं कहता लेकिन कमरे में बहुत तरह से समझाने-सिखाने की कोशिश करता है मेधा को। बाहर से कभी वसु के लिए कुछ लिये बिना नहीं लौटता। कभी पर्स, कभी ब्रेसलेट और नहीं तो क्रीमकोन ही सही...पर लाएगा जरूर...और दिखाएगा कि मेधा लाई है...

दिल की बुरी नहीं मेधा भी...परवरिश अलग (गलत नहीं) ढंग से हुई न! घर में न दादा-दादी, न नाना-नानी...ऊपर से माँ दिन भर ऑफिस में...तो देखता, बताता कौन? फिर भी, छोटी-मोटी ही सही, पर सभी के लिए कितनी चीजें तो ले आई है। वेणु बता रहा था, सारी शॉपिंग मेधा ने ही की थी।

तो अपने लिए भी खरीदेगी ही...किसी किसी को शौक भी ज्यादा होता है—घूमने-फिरने, खाने-पीने का और वहाँ मिलता भी तो नहीं यह सब। कह रही थी—इंडिया बहुत सस्ता है—अगरबत्ती से लेकर कास्ट्यूम जूलरी तक...वहाँ की इन लोगों की जरूरतें हम नहीं समझ सकते...और फिर ये ही तो दिन हैं इनके...अपनी बेटियों जैसी सादी-सूदी सारी बहू-बेटियाँ नहीं हो सकतीं न! हों भी क्यों?

वेणु समझता है सब...उसका उतरा चेहरा मुझसे देखा नहीं जाता...कुल मिलाकर एक डेढ़ हफ्ते ही तो है वह यहाँ...फिर न जाने कब तक के लिए आँखों से ओझल हो जाएगा... इसलिए आपको मेरी सौगन्ध...वेणु का मन न गिरने पाये।...

समझा दिया विशाखा और वृन्दा को भी!...मेधा भाभी नहीं जा रही तो इस बात को दिल से नहीं लगाते बेटा...वेणु जा रहा है न...भाई की समस्या समझो...अब वह अकेला नहीं। उसे दोनों तरफ का देखना, सँभालना है...जैसे तुम्हारा मायका, वैसे ही मेधा का भी तो...अपने

सास-ससुर को समझा दो। जानती हूँ, असल में मन तो तुम्हारा ही नहीं मान रहा होगा, लेकिन बड़ी व्यस्तता है दोनों की...हम लोग भी कहाँ साथ उठ-बैठ सके...पर जैसी परिस्थिति हो, उसे स्वीकार करना चाहिए आदमी को। छोटी-छोटी चीजों को सोच-सोचकर मन मसोसा नहीं करते...जीवन में बहुत कुछ जैसा हम सोचते हैं, ठीक वैसा नहीं हो पाता। कभी-कभी तो एकदम विपरीत ही...लेकिन आदमी की समझदारी इसी में है कि सँभाल ले जाए बिना चेहरे पर शिकन लाए। बिना मन पर ठेस लगाए। और ऐसा कर ले जाने की खुशियाँ छोटी नहीं हुआ करतीं, समझीं बेटे?

वेणु को भी बड़ी मुश्किल से बुलाकर पास बिठा पाई—तू मन पर भार लिये घूम रहा है, क्या मैं समझती नहीं? विश्वास कर वेणु! हम सब तुम दोनों को देखकर ही, अपने पास पाकर ही बहुत खुश हैं...हमें और कुछ नहीं चाहिए बेटे—और चाहने का तो कोई अन्त नहीं...विशाखा, वृन्दा चाहती जरूर थीं अपनी मेधा भाभी से मिलना, बतियाना लेकिन अब वह नहीं जा पा रही तो कोई जबरदस्ती है नहीं और वैसे भी कुछ गलत नहीं कह रही वह...उन तीन दिनों में कितना काम कर लेगी यहाँ वह! इतने खरीदे सामानों की पैकिंग ही कितना समय ले लेगी! हमें पता नहीं था कि तुम दोनों को कुल एक हफ्ते में ही मेधा के घर भी...पर कोई बात नहीं...। तुम उस परिवार के भी तो हुए...और लौटते समय इधर घर से होकर ही तो जाओगे। नहीं-नहीं, मेधा को वहाँ छोड़कर दो दिनों के लिए तुम्हारा यहाँ लौटना, हम लोगों की खातिर...नहीं रे वेणु!...कहा न, हम लोगों के चाहने का कोई अन्त नहीं...जा, जा खुश-खुश—नया-नया दामाद है उनका...उन लोगों के भी तो हौसले होंगे...समझा न! यह सोचकर कि माँ, पापा, वसु तुझे सोचेंगे, मिस करेंगे, आने की जरूरत नहीं। साथ ही आना मेधा के।

हाँ, समझा दिया एक-एक कर सबको...समझ भी गए ही सब!...

रह गई अकेली मैं।...

तो...मुझे कौन समझाएगा...?

क्यों? मैं खुद...।

तो...कहाँ से शुरू करूँ...?

वेणु...उदास मैं भी हूँ...

समझा मैं भी रहा हूँ...।

लौटता हुआ उदास मैं!

विशाखा दीदी और वृन्दा के पास से लौटने की उदासी—एक वही तो दीदी थी मेरी। मुझे पीठ पर घुड़ैयाँ लादकर मेरी 'घुड़चढ़ी' कराने वाली विशाखा दीदी। चाचा, मामा, बड़े ताऊजी—सब चिढ़ाते लेकिन उसे जरा चिढ़ नहीं होती। हमेशा अपने लाडले छुटंके भाई को गोदी में लादे, पास-पड़ोस में उसकी नुमाइश करती घूमती...सखी-सहेलियों से कहती—देखो, कैसा गोरा-चिट्टा है, हम बहनों-सा साँवला नहीं...थोड़ा बड़ा हुआ तो—मीनू! तुम्हारे

भाई की क्या पोजीशन आई क्लास में?...हमारा वेणु न, फिर फर्स्ट आया—सब हँसते कि खुद तो अंग्रेजी, गणित दोनों में रपट गई...(वह तो गनीमत हुई कि अंग्रेजी में पाँच और गणित में तीन ही नम्बर कम हैं तो एक में ग्रेस मार्क मिल गए—एक का रि-इग्जाम हो जाएगा तो क्लास चढ़ जाएगी) लेकिन उस सब पर सोग मनाने या झेंपने की जगह भाई के रिजल्ट की दुंदुभी बजाती फिर रही है।

रक्षाबन्धन पर माँ के साथ 'मातादीन का कटरा' जाती और बाजार की सबसे सुनहली सलमें सितारे जड़ी राखी खरीदवाकर लौटती। माँ जब तक वृन्दा-वसु की ठिन-ठिन से निपटती, वह मुझे बड़े चाव से नहला-धुला, तौलिये से मेरे बालों का पानी सुखा, माँ के निकाले नये कपड़े पहना पाटे पे ला बिठाती...तब तक माँ भी वृन्दा, वसु को गोंटे, झालर वाली फ्रॉकें पहनाकर आ जातीं...दीदी की आँखों में लाड़ भर गुमान होता, जैसे सब उन्हीं का किया धरा है!

बहनों को छोटी-छोटी राखियाँ वह इस तरह देती, जैसे अपनी एक अकेले की खुशी में उन्हें भी शामिल करने का अहसान कर रही है! माँ सब समझतीं, मुस्कुराकर रह जातीं।

दीदी हमेशा साफ-सुथरी सलीके से रहती, चटर-पटर बोलती और माँ के कामों में छोटी बहनों को सँभालने से लेकर गैस पर रखी सब्जी चलाने तक में मदद करती। पर मुझ पर उसके एकाधिकार का दावा जगजाहिर था। बाकी के बचे समय में ऊधम भी खूब मचाती। जी भरकर नाचती-गाती...नाते-रिश्ते, पास-पड़ोस, किसी के भी शादी-ब्याह में, लोगों ने उकसाया नहीं कि बेझिझक घुँघरू बाँधकर खड़ी हो जाती। बड़ी होने पर भी, किसी भी उत्सव में रौनक लगाने के लिए विशाखा की उपस्थिति अनिवार्य थी। जरा देर हुई नहीं कि लड़कियाँ बुलाने पहुँच जातीं।

यह उसी दीदी के घर से दूर होते जाने की उदासी है...नहीं, उदासी के सबब और गहरे हैं। शायद दीदी के घर के दरवाजों की पानी खाई दरारें...और उन्हें छुपा पाने में असमर्थ गाढ़ा कत्थई पेंट।

शायद गलियारे के अन्दर घुसते ही बगलवाली कोठरी से आती अमृतांजन, बाम या मालिश के तेलवाली गन्ध और उसके साथ एकसार चलती दीदी की सास की अनवरत बुदबुदाती, कराहती, फुँफुलाती—इसमें से कुछ भी या सबकी कुछ मिली-जुली आवाजें!

मेरे आने की आहट के साथ ही बाथरूम से निकलकर तेजी से सलवार-कुर्ते और गीले बालों में कोठरी की तरफ जाती, दीदी की छोटी से बड़ी हो गई ननद पूजा...या शायद रसोई से पतली सिंथेटिक की साड़ी में हाथ पोंछते-पोंछते मेरे सामने आकर खड़ी हो गई विशाखा दीदी ही...।

'अरे वेणुऽऽऽऽ!' पल भर को सकुचाई, पलभर की विह्वलता, 'देबू, अरे देबू!...देख, मामा आया है—वेणु मामा...!'

दीदी शायद फिर से प्रिगनेंट थी। थकान से पस्त भी। मेरे आने की तैयारी में मेहनत तो पड़ी ही होगी। डेढ़ दिन दीदी के घर में रहा लेकिन वह पास बैठने, बात करने से ज्यादा रसोई में भिड़ी रही। तरह-तरह के खाने, नाश्ते बनाती रही—मेरे प्रेम के मारे या खातिरदारी के नाम पर, नहीं जानता। पास बैठी भी तो बातों के नाम पर :

'मैंने सोचा था, भाभी जरूर आएगी। ससुराल में भाई-भाभी के आने से मेरा भी मान बढ़ता, कि देखो, मेरे भाई-भाभी मुझे कितना मानते हैं...यह तो गैरों वाली बात हुई न...एक ही तो भाई ठहरा तू।...मेधा फोन भी नहीं करती...यहाँ इंडिया आने के बाद तो कम-से-कम कर ही सकती थी...तू चला जाएगा तो ये लोग मुझे ताने देने से बाज नहीं आएँगे...अम्मा जी छोड़ने वाली नहीं...बीमारी ने भले कमजोर कर दिया है, जबान की तेजी वैसी ही...स्वभाव नहीं बदलता कभी किसी का...'

अपराधी-सा सुनता रहा।

देवेन्द्र जीजा जी मेरे आने का पता होने पर भी काफी देर से आए। 'जरूरी' काम लग आया था उन्हें। (जैसे जरूरी काम, व्यस्तताएँ सिर्फ तुम बड़े आदमियों की ही नहीं होती...हमारी भी व्यस्तता है...) उसके बाद जूते निकालकर हवाई चप्पलें पहनते हुए, और सुनाओ साले साहब...वेलकम...बहुत इन्तजार करवाया भाई। आप तो एकदम अमरीका वाले ही हो गए! भाभी जी से तो मिलवाया ही नहीं हमें...'

मैं मुस्कुराता सुनता रहा। जानता था, किसी प्रश्न को किसी उत्तर की अपेक्षा नहीं थी।

नन्हा दिवांग अवश्य मेरे आगे-पीछे घूमता रहा। शायद उसे मालूम था, मैंने साथ लाए सामानों का पैकेट उसे थमाया तो दोनों हाथों में लिये फौरन अन्दर भागा—तुरत-फुरत, जल्दी-से-जल्दी सब कुछ खोलकर देख लेने की उतावली। सचमुच दो मिनट बाद ही उसके लिए आई रिमोट से चलनेवाली कार लेकर हाजिर—'पहले आप चलाकर दिखाइए'—हाथ में पकड़ बटन दबते ही कार सर्र-सर्र आगे-पीछे, दाएँ-बाएँ घूमती-मुड़ती, रास्ता बनाती चलने लगी तो पूरा घर निहाल! दिवांग को अपने हाथों में पकड़ा रिमोट कोई जादुई करिश्मा लग रहा था, 'मामा जी! हाँ, तो इस तरह के और भी बहुत और खिलौने मिलते होंगे न! आप अगली बार फिर कब...'

'अरे चुप्प! पहले मन लगाकर पढ़ाई करो, पीछे रिमोट घुमाना...बताऊँ मामा को तुम्हारा छमाही वाला रिजल्ट?' जीजा जी घुड़के थे।

दिवांग रिमोट वहीं दीवान पर फेंक, रुआँसा कमरे से निकल गया।

जीजा जी ने दीदी को लक्ष्य कर कहा, 'तुमने इसे जरूरत से ज्यादा शह दे रखी है—मिजाज तो देखो, किस तरह झल्लाता चला गया! अब मुझे ही लगाम करनी पड़ेगी...'

बैठक में सारे लोग मुझे घेरकर दीवान, कुर्सियों और मूढ़ों पर बैठे थे। जैसे मैं कोई अजूबा या आयोजन होऊँ! बीचोबीच भेजापोड़ा डली सेंटर टेबल एडजस्ट की जा रही थी—चुन्नी सँभालती पूजा रसगुल्ले, समोसे, नमकीन की प्लेटें ला-लाकर सजा रही थी। बच्चे सकुचाकर लालायित दृष्टि से उन्हें देखते हुए पीछे खिसक रहे थे। मैंने एकाध को रोकना चाहा लेकिन सामने रखे समोसों और रसगुल्लों की संख्या देखकर रुक गया।

खाने-नाश्ते के दौरान सबसे बड़ी समस्या मेरे पानी न पीने की भी थी। हमारे गिलासों में डाला पानी सीधा बोरबेल का था। गला सूखने लगा तो गहरे संकोच से कहा, 'दीदी! मैं जरा एक बोतल मिनरल वाटर लेकर आता हूँ, जगह-जगह का पानी पीते-पीते गला और पेट दोनों...'

'अरे तो तुम क्यों जाओगे...दिवांग लाए देता है न...कौन बड़ी महँगी चीज है...!' अपनी भूल पर पछताती उसने फौरन दिवांग को बाहर दौड़ा दिया।

महँगाई जैसे कोई फीता हो इंचटेप वाला—जब चाहा, जिन्दगी का जो सा भी हिस्सा नाप दिया। जैसे खाने-पीने, पहनने-ओढ़ने या फिर घूमने-फिरने की—बस, दो ही किस्में हों दुनिया में—सस्ती और महँगी।

खाने के बाद दीदी मेरे पास आकर बैठी थी, 'कैसा है वेणु...'

सोचा था, दीदी यहीं रुक जाएगी पर उसने वाक्य आगे ले जाकर पूरा किया, 'वहाँ अमेरिका में?'

जवाब में मेरी हँसी भी शायद ढेर सारे फीकेपन से डाइल्यूट होती चली गई, 'किसका बताऊँ दीदी—अपना या अमेरिका?'

'वहाँ तो बड़ा अच्छा होगा न! किसी चीज की कमी, तंगहाली नहीं—न कुटुम्ब-परिवार की खिचखिच। यहाँ रहनेवालों की तरह।...तुझे मेधा को लाना चाहिए था।...थोड़ी-बहुत तकलीफ सहने की आदत होनी चाहिए आदमी को। चल, तू वहाँ खुश है, हमारी सबसे बड़ी खुशी यही...।

'हाँ, तू पापा जी, अम्मा जी और पूजा के लिए भी साड़ी, शर्ट या पंजाबी सूट ही लाया होता तो ठीक रहता...असल में अमेरिका जाने और शादी होने के बाद पहली बार ही तो आया है तू...'

मेरा गला खुश्क होने लगा, फिर भी कोशिश करके कहा था, 'वहाँ से आते समय 'वेट' का बहुत प्रॉब्लम होता है न...तो अपने इस्तेमाल की चीजें भी छोड़नी पड़ जाती हैं—फिर साड़ी, पंजाबी सूट वगैरह वहाँ मिलते भी नहीं...और माँ ने तो अम्मा जी के लिए साड़ी दी है न!'

'माँ भी संकोच में पड़ी होंगी...क्या कहतीं तुझसे...यह सब तो मेधा को सोचना था। अम्मा जी ने तो मेधा को देने के लिए साड़ी भी मँगवा रखी है लेकिन वह आई ही नहीं।'

मेरा खीझकर कहने को मन हो रहा था—मैं तो आया हूँ न! मुझसे तो बातें करो दीदी, लेकिन कहा सिर्फ इतना, 'यहाँ तुम लोगों को परेशानी होती मेधा के आने से...मेरी बात और है। इसी से मना कर दिया...'

'लो, उसके आने से क्या परेशानी भला? तूने बेकार में संकोच किया। जैसे सब खाते-पीते, वैसे ही वह भी। यहीं एक फोल्डिंग कॉट और लगा देते, बस।'

और मैं सोच रहा था, मेधा ने हठपूर्वक मना कर मेरे ऊपर कितना उपकार किया! उस तंग बैठक में लोहे की फोल्डिंग कॉट पर मेधा के सोने और पूरा आँगन पार कर टॉयलेट जाने की कल्पना से ही मैं त्रस्त हो उठा था।

दीदी के नीति-वाक्य चालू थे, 'आने-जाने से प्यार बढ़ता है, नजदीकी बढ़ती है...'

और मैं सोच रहा था, दूर रहकर मैं दीदी के ज्यादा करीब था या पास आकर?

रात में बैठक की दीवान पर चादर बिछा दी गई। तकिए पर रंगीन गिलाफ भी। हल्की ठंड की शुरुआत। मुझे दिये गए कम्बल में एक मुसमुसी गन्ध-सी बसी है। बार-बार नाक

से हटा ले रहा हूँ और अन्दाजने की कोशिश कर रहा हूँ कि रात में बाथरूम जाना पड़े तो रास्ता सीधा है न—सामने खूँटी पर अपनी जैकेट टाँग दी है जिसे पहनकर यहाँ आया था। अभी थोड़ी देर पहले मेरे कन्धों के बहाने देवेन्द्र जीजा जी ने इसे छुआ था, फिर कहा था, 'बड़ी चिकनी, मुलायम जैकेट है साले साहब! दूर से ही अमरीका की शान मार रही है। काफी महँगी मिली होगी? कितने की वहाँ?'

सुबह उठा। ब्रश कर मुँह धोया। उन लोगों के कहने पर भी मुझे आँगन पार के बाथरूम तक तौलिया लपेटकर जाना अजीब लगा। जताया यही कि तबियत थकान से कुछ भारी है।

डेढ़ दिन बीतते न बीतते मैं ऊब और थकान से निढाल हो आया। गतिहीन शिथिल-सा घर। एक दूसरे को ढोती जिन्दगियाँ। बातों के छोर घूम-फिरकर ग्वाले द्वारा दूध में मिलाया जाता और ज्यादा पानी, (वो भी पता नहीं कैसा, कहाँ का...) दिवांग की बुरी संगत, माँ की बीमारी के प्रति डॉक्टर का लापरवाह रवैया और पिता का बढ़ता चिड़चिड़ापन...जैसे जिन्दगी शिकायतों का कोई पुलिन्दा हो, जिसे उठाकर सब चलते-फिरते ढोने के लिए अभिशप्त हों!

इस घर के साथ जुड़ी मेरी स्मृतियों की पहली खेप...शादी के बाद दीदी की विदाई के साथ मैं भी भेजा गया था यानी दुलहन का छोटा भाई। बमुश्किल दस-ग्यारह का रहा होऊँगा। झेंपू, संकोची, लजीला किशोर और इधर विवाह का रँगा-पुता घर।

(मुझे याद आया, बहुत पहले गाँव वाले मिश्रा जी ने माँ के कहने पर एक लोकगीत सुनाया था—'यह दुःख बाँधो भैया गरूई गठरिया'...बहन भाई से कह रही है—मेरे दुखों की गठरी खोलना मत मेरे भाई, बँधी ही रहने देना।)

शुभ-सगुनों से भरा-पूरा घर। दो दिन पहले गड़े मंडप, अधसूखी फूल-मालाओं की लड़ें...यहाँ-वहाँ लगे नन्दनवार...सुतली से बाँधी गई पतंगी कागजों की झंडियाँ...ओसारे में बिछी दरियाँ, जाजम, एक तरफ लुढ़के ही सही—ढोलक-मजीरे...बिछी चादरों, गाव तकियों पर हँसी-ठट्ठा करते लोग।...उन्हीं के बीच से मेहँदी-महावर वाले पैरों से छम-छम करती यहाँ से वहाँ ले जाई जाती दीदी।...जब कभी मौका मिलता, अकेले में मेरे पास होते ही फुसफुसाकर पूछती, 'तूने खाया कुछ...भूख तो नहीं लगी... ?' लोग मुस्कुराते, मैं शरमाकर भाग लेता। वहाँ हर कोई मुझे हाथोंहाथ ले रहा था—लहरियेदार चुनरी में रीति-नीति निपटाती उसकी सास और गुमान से भरे विवाहित दूल्हे के रोल में बात-बात में मुझे छेड़ते और दीदी की ओर लालायित आँखों से चोरी-छुपे देखते रहनेवाले देवेन्द्र जीजा जी। जिसे देखो, बहू के छोटे भाई की बलैया ले रहा है। विदा होते मेहमान ठहरकर मेरी मुट्ठी में भी दस-पाँच के नोट पकड़ाते जाते।

दीदी की मुँह-दिखाई के लिए आई औरतें कभी भी ढोल-मंजीरे खींचकर बैठ जातीं। बीच में घूँघट काढ़े विशाखा दीदी बैठी होती। अगल-बगल ढोलकी की थाप के साथ एक से एक मजेदार गाने। कई-कई मनचली लड़कियाँ लोगों के इसरार करने पर नाचने के लिए उठ खड़ी होतीं। अक्सर नृत्य करती लड़कियों को देख मुझे छोटी विशाखा दीदी याद आ जाती।

पिछवाड़े की बगीची में खूब सारे पके-पके जामुन गिरे होते। मैं और दूसरे मेहमान बच्चे बीन-बीनकर इकट्ठे करते। अम्मा जी के कहने पर फालसे तोड़कर लाते...वे उन्हें मसलकर बैगनी रंग का खट्मीठा शर्बत बनवातीं।

इतनी रंग-बिरंगी गतिविधियों वाली स्मृतियों से भरा-पूरा वह घर, अब कुछ इतना सुस्त निकम्मा-सा, जैसे समय उसे बेगैरती से ढोने के लिए अभिशप्त हो!—कहीं यही तो मेरी उदासी की वजह नहीं?...शायद सच यह है कि मैं उदासी के असली कारण छुपा, मनगढ़ंत बहाने तलाश रहा हूँ...।

बैठक से निकलते हुए मैंने खूँटी पर टँगी अपनी जैकेट उतारी और तह लगाकर जीजा जी को थमा दी, 'मेरी जिद समझिए, रख लीजिए। नई ही है, सिर्फ एक-दो बार की पहनी।'

ऊपर से 'ना-ना' करते जीजा जी का चेहरा उत्फुल्ल था।

आते समय, मैंने दीदी के पैर छुए तो मुझे खींचकर बहुत रोई। खुद मुझे न जाने क्या हो गया! पैर वहीं जमे...रोती हुई दीदी को छोड़ ही नहीं पा रहे थे। एक क्षण पहले और एक क्षण बाद के मुझमें कितना अन्तर था!

दिवांग और जीजा जी साथ-साथ चौराहे तक पहुँचाने आए तो सामने केमिस्ट की दुकान देख जल्दी से एक हॉर्लिक्स, एक कॉम्प्लॉन खरीदकर चुनमुन को पकड़ा दिया। पकड़ाकर आधा हल्का महसूस किया।

कुल पन्द्रह मिनट बाद, रिक्शे में स्टेशन जाते हुए लगा, बरसों बाद खुली हवा में साँस ले रहा हूँ। दीदी को याद कर आँखें दुबारा भर आईं। तत्काल एक विद्रूप भी उपजा—खुलेपन में स्नेह-प्यार महसूस करने की ज्यादा गुंजाइश होती है।...घुटन में तो आदमी अपने से बाहर निकल ही नहीं पाता। अब लग रहा है, एक पछतावा-सा—जिसे मैं शिकायतों का पुलिन्दा समझ रहा था, ऊब रहा था, वे दीदी के मन का वह सारा दुःख था जो वह मुझसे ही शेयर कर सकती थी। यही तो सबसे बड़ा लाभ है, अपनों का...लोग रोने के लिए कन्धे इसीलिए तो ढूँढ़ते हैं। अपनी सारी शिकायतें, गुस्सा और उलाहना दीदी मुझसे नहीं तो किससे कहती...?

अब मैं खुद उस ऊब से बाहर था और तटस्थ भाव से एक दृश्य की तरह देख रहा था—अधखिचड़ी बालों के बीचोबीच लम्बी सिन्दूरी माँग और अठन्नी भर की लाल सुर्ख बिन्दी लगाए अम्मा जी...जूते की धूल ठोंककर हवाई चप्पलें पहनते देवेन्द्र जीजा जी—खूँटी से लुंगी उतारते उनके पिता और महँगे ब्रांडों की सस्ती नकल वाली जीन्स, शर्ट वाला दिवांग और रोती हुई धीरे-धीरे दरवाजे की ओट होती—गर्भवती दीदी!

भाई न आया होता तो...

वृन्दा के यहाँ पूरी तैयारी थी, यद्यपि उसकी ससुराल यूँही ताम-झाम से लैस थी। कायदे से देखा जाए तो तैयारी की कोई जरूरत थी ही नहीं।

फिर भी चारों तरफ सब कुछ जैसे तैयार, मुस्तैद मेरी अगवानी के लिए—जज पिता से लेकर मुंसिफ बेटे तक।

इसलिए इतवार होने के बावजूद एक सन्तरी किस्म का आदमी भी बुला लिया गया था—मेरा सामान उठाकर अन्दर ले जाने के लिए। पहले निखिल, फिर मम्मी जी, फिर जज साहब और अन्त में वृन्दा, ससुराल के तौर-तरीके के हिसाब से थम-थमकर चलती हुई।

बोलती वह वैसे भी कम थी, लेकिन बिना बोले भी सब कुछ कितना कुछ कह दिया करती थी, पर यहाँ वसु से भी कहीं ज्यादा।

लेकिन आज कहाँ कुछ कहा-पूछा उसने! हाँ, मैंने खुद अपने-आपसे पूछा कि कहीं ऐसा तो नहीं कि वृन्दा ने कहा हो, मैं ही ठीक से सुन-समझ न पाया होऊँ? क्या गलत हो गया...क्या नहीं सुन पाया मैं...क्या सुनाना चाहता था मैं?...ओहो, इतना भी नहीं याद रहा कि वृन्दा ससुराल में है...अजीब तो लग ही रहा होगा उसे...मैं आ भी तो पहली बार रहा हूँ, पापा ही आए थे, शादी तय करने के सिलेसिले में कई बार।...सब कुछ बार-बार पापा के बताए अनुरूप ही था।

किसी भी आने वाले पर अपनी सम्पन्नता और व्यवस्था का रुतबा बैठा देने के लिए आतुर...

कुछ गलत नहीं था। यह मेरी बहन का ससुराल था—अच्छा लग रहा था मुझे। खास कर विशाखा दीदी के घर से आने के बाद।

'कैसे हो दादा?'...वृन्दा पूछ रही थी। लेकिन ठीक इसके बाद ही जोड़ गई, 'तुम तो आए भी...मेधा भाभी तो आई ही नहीं...यहाँ सभी लोगों को बहुत हैरानी हुई। यहाँ आतीं तो उन्हें कोई परेशानी नहीं होती...।

मैं चौंका, 'अरे, नहीं-नहीं, परेशानी कैसी! वह भी तेरे पास आने में! लेकिन बस, अब क्या बताऊँ...सच तो यह है कि, उसने भी बहुत कोशिश की, मैंने भी लेकिन, बस...' (न झूठ बोलते बन रहा था, न सच!)

'नहीं, मेरा मतलब था, विशाखा दीदी के घर में उन्हें परेशानी हो सकती थी, पर यहाँ तो हर तरह की सुविधा...देख ही रहे हो...अच्छा, दीदी कैसी है?

मैं जवाब देने लगा, तभी एक छोटी लड़की वृन्दा के बच्चे को तैयार कर बाल सँवार, जूते पहना कमरे से बाहर ले लाई। मैं देखते ही आगे बढ़ा बाँहें फैलाईं—ओहो-हो, तो ये हैं मितुल! आओ भाई, आओ, यहाँ मेरे पास...'

लेकिन बच्चा मुझे अजनबी दृष्टि से देखता हुआ डगमग-डगमग चलता जल्दी से वृन्दा के पैरों से लिपट गया। मैं वापस बैठ गया था। एक बार लगा, मुझे जिद करनी चाहिए। बच्चे को उठाना, प्यार करना चाहिए। लेकिन बच्चा जिस तरह मेरे देखने मात्र से माँ की गोद में मुँह छुपा ले रहा था—मेरा उत्साह जरा भी नहीं बढ़ रहा था।

शायद वृन्दा ने समझा। वह दो-चार बार 'जाइए मितुल...जाइए मामा जी के पास...' ओह, तो ये लोग इसे आदरसूचक सम्बोधन देते हैं?

मैं इन्तजार करता रहा। एकाध बार चुटकी भी बजाई...यह भी सोचा कि शायद मुझे जबरदस्ती ही उठा खूब ऊपर उछाल देना चाहिए...हठपूर्वक प्यार करूँगा तो बच्चा कब तक अजनबी मानेगा? लेकिन कहीं बच्चा चीखकर रो दिया, तो?...इसी असमंजस में सिर्फ सोचता रहा...कहा सिर्फ इतना, (जैसे तंग आकर...) 'तुम तो बहुत शर्मीले हो भाई!'

'और तुम कहीं बहुत बेगाने!' क्या वृन्दा बोली ?... नहीं, यह किसी ने नहीं कहा... शायद सिर्फ वृन्दा ने सोचा... कहा तो उसने भी यही कि 'दादा! आओ, नाश्ता लग गया... '

वाह, आने के साथ ही पहले बर्फ डला शर्बत, फिर नाश्ता!... टेबल तरह-तरह की मिठाई, नमकीनों से इतनी भरी हुई, जैसे 'खातिरदारी' अपनी शान जमाए बिना वहाँ से टलने वाली नहीं! बचपन में पढ़ी हिन्दी व्याकरण के सारे अलंकार याद आ रहे थे... तो मैंने खातिरदारी का मानवीकरण कर दिया। मुस्कुराकर कहा :

'इतना सारा नाश्ता ? तो फिर रात के खाने की जगह... '

'वह तो बनानी होगी बरखुरदार... इतनी आसानी से आपको नहीं छोड़ने वाला... तुम तो खैर, हमारे खास मेहमान ठहरे... वैसे भी, किसी गेस्ट की खातिर में इतना भी न किया जाए तो खातिरदारी कैसी ?'

जज साहब की जिन्दादिली गरूर के भभके उड़ा रही थी। पत्नी की तरफ मुखातिब होते हुए खास बड़प्पनी अन्दाज में बोले, 'अरे भई, आप वो क्या कश्मीरी कबाब बनाने वाली थीं... मुझे तो टेबल पर कहीं दिख नहीं रहे... ?'

मैंने हल्के से चुटकी ली, 'ढूँढ़ना भी तो मुश्किल है न... इतनी सारी चीजों के बीच... '

लेकिन जज साहब का ध्यान मेरे जोक पर नहीं, पत्नी के जवाब पर था। वे समझा रही थीं कि दरअसल कश्मीरी कबाब डिनर के लिए है। जज साहब ने अपनी झेंप उजागर नहीं होने दी। वे उसी तरह अपने जोक्स पर खुश होते एक के बाद एक चीजें उठवाते-मँगवाते... (जैसे—भजिये तो ठंडे हो गए भई... वह जो आप शकरकन्द के लच्छे तलवाने वाली थीं...) बीच-बीच में सन्तरीनुमा खिदमतगार को डपटते भी जा रहे थे, 'इस खाली डोंगे को टेबल पर क्यों छोड़ रखा है तुमने, उठाकर ले क्यों नहीं जाते भई... ?'

निखिल पिता के कार्बन कॉपी लगे। वे दोनों पिता-पुत्र की जगह जज और मुंसिफ ही ज्यादा लग रहे थे। इतना भर ही नहीं, कहीं-न-कहीं स्वयं के स्टेटस को मुझसे बीस साबित करने की जी-तोड़ कोशिशें भी। स्टेटस भी यहाँ के घर वाला नहीं, मेरा अमेरिका वाला... और वह भी असली नहीं, इनकी कल्पना और अनुमानों से बना स्टेटस। सोचते ही मुझे जोर की हँसी आई—अगर ये लोग मेरे अमेरिका वाले छोटे से नौकरविहीन अपार्टमेंट में आएँ और वहाँ मुझे अपना गैरेज साफ करते या जूठे बर्तन डिश वाशर में डालते देखें तो खुश ज्यादा होंगे या हैरान... ? हाँ, ठीक, जाते समय यह कहने का एटीकेट तो जरूर बरतना चाहिए मुझे कि 'अंकल! आप लोग प्लान करिए, उधर की भी एक ट्रिप लगाइए न'... वे सचमुच खुश हुए। छूटते ही बोले, 'हाँ, भई, दिल तो बहुत है मेरा—लेकिन अभी नहीं, चार सालों में रिटायर होने वाला हूँ, उसके बाद इत्मीनान से कुछ दिनों के लिए... फिलहाल तो तुम वृन्दा, निखिल भर के ही टिकट भेजो... ' फिर जैसे याद आया हो, 'लेकिन अभी तो मितुल जी भी छोटे हैं... जरा समझने, अमेरिका को रखने याद लायक हो जाएँ—ऐं ?... ऐसा करेंगे, सब साथ ही आएँगे कभी घूमने के लिहाज से, ' कहते हुए जज साहब कहीं मुझे 'जज' तो नहीं कर रहे थे ?... अन्दर से बाहर तक मेरे शरीर में व्यापती झुरझुरी वे लक्ष्य तो नहीं कर पाए न ?

मैंने बैग खोला। निखिल के लिए शर्ट, वृन्दा के लिए घड़ी, परफ्यूम और उसके बेटे के लिए कपड़े और एक बड़ा-सा टेडी बियर...हाँ, जज साहब और उनकी मिसेस के लिए भी स्वेटर और कार्डीगन...बैग आधा खाली हो गया मेरा।

वृन्दा ने 'अरे, यह सब लाने की क्या जरूरत थी दादा, मेधा भाभी को आना था, बस...' कहते हुए पैकेट्स एक तरफ खिसका दिये।

मैंने भाँपा, निखिल ओठों के कोने में मुस्कुरा रहे थे।

मैंने देर तक उसके चेहरे को लक्ष्य करते हुए मन को समझाता रहा—वृन्दा हमेशा की कम बोलती है। उसे तो वसु चाहिए होती है, उसकी बात कहने के लिए। वसु होती तो अब तक वह वृन्दा के मुँह से कितने मुग्ध तरल-तरल से संवाद बुलवा देती, जो उसकी आँखों से दादा के लिए झरते रहे थे...वसु!

लेकिन मैं अटक जाता हूँ...वसु तो उदास आँखों से खिड़की के सींखचे से लगी नीचे धुआँ छोड़ती मेरी टैक्सी को जाते देख रही है...ऐसा मैंने महसूस किया था...।

'दादा ऽऽ...!' मैंने चौंककर ऊपर देखा—वृन्दा मेरी लाई घड़ी हाथों में बाँधे मुझे दिखा रही थी।

सारे संवाद उसकी आँखों से वैसे ही तरल, स्निग्ध झर रहे थे, जैसी मैंने अभी-अभी कल्पना की थी।

'तुझे पसन्द आई...बहुत अच्छा लग रहा है मुझे...असल में वहाँ अमेरिका में हम लोगों जैसी लाइफ स्टाइल वाली चीजें मिलती ही नहीं। ले-देकर यही घड़ी, कॉस्मेटिक्स वगैरह...मेधा तो न मालूम क्या-क्या खरीद लाई थी। मैंने साफ मना कर दिया कि मेरी बहनें ये सब इस्तेमाल ही नहीं करतीं...छोटे बच्चे के लिए भी जो कपड़े वहाँ मिलते हैं न, यहाँ की क्लाइमेट के हिसाब से ठीक नहीं होते। वहाँ धूल, मिट्टी भी नहीं होती न...अरे हाँ, मेधा ने कहा है, यहाँ शायद सिल्क के 'स्टोल' बहुत अच्छे मिलते हैं...कुछ और भी चीजें, मुझे तो याद भी नहीं रहतीं...ये ले, तुझे उसकी लिस्ट ही पकड़ाए देता हूँ। मेधा कह रही थी, तुम्हें कुछ नहीं करना, वृन्दा दीदी सारी मार्केटिंग करवा देंगी मेरी...शायद यहीं बनती हैं।'

मैंने महसूस किया था, लिस्ट देखते-देखते, वृन्दा की आँखों की स्निग्धता भाप की तरह उड़ती गई थी, 'अरे बाप रे, इतनी सारी चीजें? पीतल के वाज...नटराज, गणेश...'

(वृन्दा मन-मन लिस्ट की खरीदारी पर होने वाले खर्च का अनुमान लगा रही है क्या?...)

मैंने स्पष्ट करने की कोशिश की, 'वो क्या है न, वहाँ रहनेवाली इंडियन फैमिलीज इंडियन कल्चर से जुड़ी चीजों के कलेक्शन में बहुत इंटरेस्ट लेती है। ज्यादातर लोगों के घरों में पीतल, लकड़ी, चन्दन, हाथी-दाँत आदि के कलश, दीपस्तम्भ, नटराज, गौतम बुद्ध, गणपति आदि जो जिस प्रदेश का होता है...और वैसे भी किसी एम्पोरियम में जाओ, हर जगह हैंडी क्राफ्ट्स मिल ही जाते हैं...असल में वहाँ जाने के बाद अपनी कल्चर, अपनी चीजें लोग मिस करते हैं न, तो इन्हीं तरीकों से वहाँ अपने आस-पास एक इंडिया बसाए रखने की कोशिश करते हैं...'

'ये अच्छा रहा...इंडिया में रहेंगे नहीं, इंडिया से दूर जाकर इंडिया बसाएँगे...' ये क्या मेरे मन की गिल्ट थी या निखिल की मुस्कान कह रही थी...?

वृन्दा मेरी बातों पर कुछ खास तवज्जो दिये बिना कह रही थी, 'वो तो ठीक है लेकिन ये मूर्तियाँ जहाँ बनती हैं, वह कस्बा निहालगंज यहाँ से काफी दूर पड़ता है। तीन-चार घंटे तो आने-जाने में ही लग जाएँगे, बाकी वहाँ की खरीदारी...इनसे कहती हूँ, कल सुबह इनके साथ चले जाना...हाँ, है तो इतवार, लेकिन निखिल रहेंगे तो कारीगरों से दिलवा देंगे। मैं तो नहीं चल पाऊँगी, संडे की सुबह वैसे ही बहुत सारे काम...लेकिन निखिल चले जाएँगे...'

'और स्टोल वगैरह... ?' मैं अटकते हुए पूछा।

'उसके लिए अगर इतना ही जरूरी है तो फिर तुम्हें अभी ही निकलना पड़ेगा—जिससे डिनर के टाइम तक लौट सको।...ठीक है ?'

ठीक नहीं था शायद। लगा, वृन्दा उस समय मेरे पास बैठने के लिए आई थी। मेरी घड़ी बाँधकर उभरा उसकी आँखों का वह भाव और शब्दों की स्निग्धता सूख गई थी।

लेकिन उस समय इस पछतावे से ज्यादा खीझा था मैं। वृन्दा पर ही। वह चाहे तो क्या मेरे साथ बाजार नहीं आ सकती ? लेडीज की चीजों की क्वालिटी, भाव की समझ मुझसे कहीं ज्यादा उसके पास होती। साथ भी होता, खरीदारी में भी हो जाती। बच्चे का क्या है, तीन-चार घंटे मम्मी जी, पापा जी और वह भी लड़की तो...एक बार सोचा, बड़ा भाई हूँ, आदेश भी तो दे सकता हूँ लेकिन बस, नहीं कह पाया।

मेधा की लिस्ट मैंने देखी थी। कुछ फालतू, गैरजरूरी चीजें नहीं थीं उसमें। मेधा की यह आइडिया भी जँची थी मुझे कि जब इतनी दूर जा ही रहा हूँ तो एक-डेढ़ घंटे की दूरी से सीधे कारीगरों से खरीदकर मूर्तियाँ क्यों न लेता आऊँ! कलात्मक और सस्ती, दोनों यहाँ से शोरूमों, एम्पोरियम में जाते-जाते दस गुनी कीमत हो जाती है इनकी।

मेधा ने साफ-साफ कहा था, 'अरे, इतने ठाठ-बाट हैं, जज साहब के। एक गाड़ी-ड्राइवर देना क्या मुश्किल होगा उनके लिए ? तुम भी तो इतनी दूर से आकर खुद उन लोगों से मिलने जा रहे हो... !'

खुद मैंने भी सोचा था—कुछ गलत नहीं कह रही थी मेधा। शादी के बाद से अब तक अमेरिका से भी हम इन्हें देते ही आए हैं...निखिल की बहन की शादी हो या मितुल की पैदाइश का जश्न...माँ-पापा के साथ-साथ अपना अलग का शगुन भी मैं हमेशा भेजता आया हूँ। तो फिर मेरे यहाँ आने पर अगर ये लोग इतना भी नहीं...

दादा बदल गया है

भाई आया, आकर गया। मितुल मामा की गोदी में न खेला, न उछला...यह बच्चा था...हिचक रहा था...लेकिन वह तो मामा था! मेरे पास भी कहाँ बैठा...मेधा भाभी की शॉपिंग करता रहा...और शाम तक चला गया...भाभी खुद नहीं आई, उसकी जगह उसकी खरीदारी की लिस्ट आई...अब फिर मामा कब मिलेगा मितुल को ?...कितना बड़ा होकर ? कितने दिनों, सालों बाद... ?

यह सब भी कहाँ पूछा...भाई न आया होता तो एक ही कसक रह जाती कि नहीं आया...लेकिन आकर भी...

बक्की अम्मा चिलिया फुल्ल

आटे की चिड़िया/मोती चूर के लड्डू

'अरे कौन ऽऽऽ...वेणु ऽऽऽ ?...तू सच्चों आ गया रे... ? अरे रंजन ऽऽऽ ! बाहर निकलो, देखो जरा, अमरीका का जहाज सीधा हमरे दरवज्जे पे उतरा है...हमें तो अपनी आँखों पे विश्वास ही नहीं हो रहा...वंदनाऽ ! पहचान नहीं रही रे वेणु चाचा को...गई तो थी न तू वृन्दा बुआ की शादी में...पाँव छू, पाँव छू...और जरा दौड़ देख, दादा गुसलखाने में हो तो दरवाजा पीट के बोल कि जल्दी निकलिये, वेणु चाचा आए हैं...अरे बिटुआ, तू इधर पहले मेरे पास आ रे...भैया-भाभी के पैर बाद में छूना...मैंने तो ऐसे ही ठिठोली की थी तेरी माँ से कि तू कब से माँ बन गई री वेणु की ! खेला खाया तो दिन-रात मेरी गोदी में...मुझे छोड़ तेरे पास जाता कहाँ था...सारे दिन 'बक्की अम्मा लोती गुल'...माने कि बड़की अम्मा रोटी गुड़... ! 'बक्की अम्मा चिलिया फुल्ल' यानी कि बड़ी अम्मा फुर्र से उड़ने वाली गुँधे आटे की चिड़िया बना के उसे चूल्हे पे सेंक के, सींक में लगा के दे देओ...बक्की अम्मा ! मल्लू मोती चुल्ल...समझे तुम लोग ? समझी वंदना इसका मतलब ? देख तो, चाचा कित्ता शरमा रहा है...मैं बताती हूँ, इसका मतलब है—बड़ी अम्मा ! हनुमान जी के मन्दिर ले चलो, मोतीचूर के लड्डू का प्रसाद मिलेगा...कितना सिखाया-बताया गया लेकिन ये लड़का हनुमान जी को मल्लुए कहता रह गया...कितनी हँसी होती थी मेरे रामा...'

पूरा रिकॉर्ड रिवाइंड हो रहा है मेरे अन्दर ! अपनी खाट से समन्दर की लहर-सी उठती और मुझे गले से नहीं, कलेजे से लगाकर हँसती, रोती, मेरे बचपन के एक-एक कारनामे बखानती बड़की अम्मा...यानी बड़ी ताई...और सचमुच उनकी गोद से सटा, कभी हँसता, कभी झेंपता, शरमाता मैं... !

मजमा तो लगना ही था। जहाँ ताई हों, वहाँ मजमा न लगे, कैसे हो सकता है भला ?...एक तरफ से रंजन भैया, पानी का गिलास लिये आती भाभी, हो-होकर के हँसते कम, खाँसते ज्यादा ताऊ जी और ताई द्वारा बखानी जाती मेरे बचपन की बात पर हँस-हँसकर लोट-पोट होती वंदना !

मैंने मन-मन में सोचा, इस घर में अभी भी मजमा लगता है। 'तंबू उखड़ा नहीं', यह सोचकर अच्छा लगा।

रंजन भैया के पास बैठकर जब बड़े मुग्ध भाव से मैंने कहा कि 'भैया, कितना अच्छा है जो आप लोग बड़ी अम्मा और ताऊ जी के पास हैं...'

तो उन्होंने उदास हँसी, जैसे व्यंग्य के साथ कहा, 'नौकरी छोटी है न भई हमारी...कम पढ़ाई और छोटी नौकरी वालों की लाचारी है यह।'

'नहीं भैया, बड़ी-छोटी नौकरी की बात नहीं। आप चाहते तो इसी शहर में अपना अलग ठिकाना ढूँढ़ लेते। मुझे मालूम है, माँ ने बताया था—आपका ऑफिस, भाभी और बच्चों का स्कूल सब दूर पड़ता है यहाँ से।'

पहली बार रंजन भैया बड़े सन्तुष्ट भाव से बोले, 'खैर, इसकी क्रेडिट तो देनी होगी—तेरी भाभी को...माँ, बाबू जी की सारी चीख-पुकार सुनी-अनसुनी कर भुला देती है। मुझ तक कुछ नहीं पहुँचने पाता...धीरे-धीरे माँ उसे बहुत मानने लगी हैं...पहले जिस बहू की हजार खोंटे निकालते नहीं थकती थीं, वहाँ अब 'बहू-बहू' करते जबान नहीं थकती। खाट पर बैठी-बैठी भी सब्जी काट देंगी—रसोई में स्टूल रखवाकर आटा भी गूँध देंगी...पराँठे तक सेंक देंगी वंदना-विम्मी के टिफिन के लिए...खयाल रखेंगी कि जल्दी में बिना खाए तो स्कूल नहीं भागी जा रही? सिर का दर्द बहुत उमड़ जाता है न कभी-कभी इसका, तो अपने पास खाट पर बिठाकर देर तक तेल चुपड़कर माथा दाबती रहेंगी...'

मुझे सचमुच सुनकर विश्वास नहीं हो रहा था।

'लीजिए, आपकी ही बात हो रही थी और आपने इतनी जल्दी चाय, भजिया और हलवा बनाकर साबित भी कर दिया...'

'अरे जाइए...जाने क्या-क्या खाते होंगे वहाँ...ये सब अच्छा लगेगा भला आपको...!'

मैंने देखा, भाभी अभी भी वैसी ही इकहरी साँवली और शर्मीली थीं। हाव-भाव में किशोरियों-सा सलोनापन। शुरुआती दिनों की वह सौम्य लजीली मुस्कान अभी भी वैसी ही कायम थी। बहुत दिनों बाद देख रहा था यह सब।...उन क्षणों में भाभी मुझे दुनिया की सबसे सुन्दर स्त्री लगी थीं।

'वशीकरण आता है भाभी को...रंजन भैया आपकी ही शान में कसीदे पढ़ रहे हैं...'

भाभी हँसीं, 'कुछ खास बनवाना होगा इस समय खाने में...'

'वो तो तुम वैसे भी बनाओगी, अपने लाड़ले देवर की खातिर...'

मजमा पूरे चौबीस घंटे जुड़ा रहा—कहाँ-कहाँ की बात, नकल, पैरोडियाँ और चुटकुले!

मैं मजे ले-लेकर फरमाइश करता, 'और बड़ी अम्मा! वो वाला तो आपने बताया ही नहीं जब आपके घर में चोर घुसे थे? आप छोटी थीं। फिर भी क्या बहादुरी दिखाई आप माँ-बेटी ने! एकदम 'फियरलेस नाडिया' वाली।'

'आधी रात में सेंध मारकर, (पहले) पैर अन्दर डाल घुसने की कोशिश करते चोर के दोनों पैर आपकी माँ ने कस के पकड़ लिये, फिर छोटी-सी आपको जगाकर आँगन के कुएँ की रस्सी मँगवाई और आप दोनों माँ-बेटी ने चोर के पैर बाँध हल्ला मचाकर सबको जगा दिया...'

'फिर?' बच्चे उत्सुकता के चरम पर।

'फिर क्या, पुलिस आई होगी?'

'न, पुलिस न बुलाई...'

'ऐं?'

'वो चोर माँ का पैर पकड़कर बहुत रोने-गिड़गिड़ाने लगा न! पुलिस आततायियों-सा मारती है...बस्स, उसने घर के सामने के मन्दिर में हाथ जोड़े और मेरी माँ के चरण छुए...'

'और आप लोगों ने उसे वापस चोरी करने के लिए छोड़ दिया?' जोरदार ठहाका लगा।

'न...चोरी न की उसने फिर कभी।'

'कैसे मालूम? वापस आपके घर थोड़ी करेगा!'

'बब्बा ने उसे अपनी आटाचक्की पे रखवा दिया था न!...मेरी शादी में भी आया था न्योता लेकर...बढ़िया साड़ी, इकलरी पायल और टोकरे भर बताशे...मन किया, जैसे टोकरे भर बताशे निकाल-निकालकर मैं सारी दुनिया में बाँट आऊँ...'

'क्या मालूम...चोरी के माल रहे होंगे!' वंदना टप् से बोली।

'छि:!' बड़ी अम्मा ने जोर से झिड़का, 'आदमी का आदमी पर से विस्बास उठ जाएगा तो क्या रह जाएगा दुनिया में—बता, रह जाएगा कुच्छो?' (कहाँ रह गया...)

'और बड़ी अम्मा! वंदना ही न, जब छोटी थी, आपके साथ शिवालय जाकर नन्दी बैल को देखकर बोली—अच्छा, वो शंकर जी हैं...और ये कुकुर जी हैं?'

'इतना ही नहीं, पुजारी जी से कुकुर जी पर सवारी करने और उन्हें घर ले जाने के लिए जिद्दी मचाने लगी।'

सारे बच्चे हो-होकर वंदना को चिढ़ाने लगे। विम्मी ने सबकी आँखें बचाकर जीभ दिखाई...विवेक उछल-उछलकर 'हो-हो' करने लगा। वंदना दोनों को मारने झपटी तो मैं बीच-बचाव के लिए आगे आया।

बड़ी ताई की बतरसी का खजाना फिर खुला था—कैसे ताऊ जी ठेले पर कंघी, चूड़ी, बिन्दी और तरह-तरह के सामान लादकर ताई के मोहल्ले में पहुँच गए थे—बिसाती बनकर,...जिससे और लड़कियों के साथ ताई भी बाहर निकलें...तो? तो दिल को तसल्ली हो जाए और क्या...!

देखा-देखी ताऊ जी भी मजाक के मूड में आ गए, 'असल में इसके बाबू जी पूरे तिकड़मी थे। कचहरी में मुलाजिम थे न!...रुपए में तीन अठन्नी भुनाने वाले के नाम से मशहूर थे। लोगों ने कहा—क्या मालूम, मुंशी जी क्या मढ़ दें तुम्हारे गले...?'

ताऊ जी ससुराल की लिहाड़ी लेने लगे तो ताई उनके सात पुश्तों की खबर लेने पर उतारू हो गई—दुबारा बीच-बचाव के बाद ताई ने बताया कि असल में ताई से पहले आई तीनों बहुएँ तमाखू की टिक्की यानी बज्रकाली थीं। इसी से ताऊ जी तसल्ली कर लेना चाहते थे। अपने विवाह के बाद ताई ने माँ और पापा की शादी की सारी घटनाएँ दुहरा डालीं...फिर बारी-बारी रंजन भैया, प्रेमा दीदी और प्रीता दीदी पैदा हुई...कैसे ताई सौर के बुखार में महीनों पड़ी रहीं और माँ ने उन्हें अपनी सेवा के बल पर नई जिन्दगी दी।

उनके पथ्य-पानी से लेकर ताऊ जी के नाश्ते-खाने और तीनों बच्चों तक की देखभाल...पूरे एक महीने 'प्रभाकर देवर जी' अकेले रहे...अपने देह-मुँह की कभी सुध ली हो तब तो जानें...कभी ईरानी होटल, कभी मारवाड़ी वासा...समय-कुसमय, उल्टा-सीधा खा-खाकर जब खटिया पकड़ लिये तब वहाँ से खबर आई...तब मैंने तुरन्त ताऊजी के साथ तेरी माँ को वापस भेजा...'

कहानी चल रही है...बीती सदी नदी की तरह बह रही है...ठंडी चमकती रेत के बीच से बहते कुशतिवार-सी घटनाएँ, प्रसंग...और धारा में बहते दीयों-सी झिलमिल यादें—दीये जो माँ ने अभी-अभी पापा के साथ अर्घ्यांजलि के बाद बहाए हैं...जब ताई विवाह के बाद दूल्हे बने पापा और वधू माँ को लेकर गंगा-पुजैया के लिये आई हैं...जब ताई मुझे पाँवों पर लिटाकर मालिश कर रही हैं...नहलाने के बाद बाल काढ़कर काजल का टीका

लगा रही हैं, बावजूद इसके नजर लग जाने पर राई-नमक के साथ सात लाल मिरचों से नजर उतार रही हैं...।

'हाँ, वह तो मुझे भी याद है,' मैं झेंपते हुए कहता हूँ...।

चाय कभी भाभी बना लाती हैं तो कभी वंदना। विम्मी खाली प्याले धो डालती है। रंजन भैया ने दुबारा प्याज के पकौड़े की फरमाइश कर दी है। तश्तरी में पकौड़े पहले ताऊजी के पास भेज दिये गए हैं। चने की घुँघनी, पुदीने की चटनी, कटहल का अचार!...बाहर की खुली जगह में भाभी और बच्चों ने मिलकर लहसुन, धनियाँ और टमाटर बोये हैं...। सेम की लतर लदी है। पीछे केले का गाछ भी।

यह मेरी अपनी चीजें, आज मुझे सपनों-सी लग रही थीं। समेटकर रख लेनेवाले सपने।

पूरे दिन जश्न मनता रहा।

रात खुले आँगन के बीच मच्छरदानी के आर-पार से आती ठंडी हवा...लेकिन अचानक ही पेट में उठी मरोड़ और उल्टियाँ! जानता था—लेकिन जाने क्यों मिनरल वाटर की बोतल लेकर नहीं जा पाया था। उस माहौल में जान-बूझकर, जैसे यह मिनरल वाटर गन्दा कर देगा, सब कुछ को...और लो, उसकी जगह एमीबिक इन्फेक्शन की गोलियाँ...!

और सुबह ताई से राई-नमक के साथ सात मिरचों की नजर उतरवाकर वापसी पर उनके पैर छुए तो धड़ाधड़ रोती बोलीं, 'मेरे जीते जी फिर आएगा न!'

पायो जी मैंने रतन धन...

बेल बजी। सामने वेणु दादा। पीछे मेधा भाभी...नहीं थी। अचानक वसु वेणु के हाथों की अटैची खींच पहले की तरह चीख पड़ी, 'माँऽऽऽ, दादा आ गया! ('अकेला ही', नहीं कहा उसने)।

पलक झपकते सब कुछ बदल गया। बड़ी सतर्कता से डाले गए औपचारिक आवरण सरक गए। सब उसी पुरानी दुनिया में आ गए। माँ, पापा के चेहरे जगमग...लेकिन ये वेणु का चेहरा कैसा उतरा हुआ है! क्या? रास्ते भर पेट में मरोड़ें उठती रहीं?...मुँह में अन्न का दाना नहीं गया? घूँट-घूँट पानी पीते रात गुजारी? पापा घबड़ाए। माँ रुआँसी हो आईं, 'क्यों इतना संकोच करता है तू? रंजन भैया और ताई जी के बीच मिनरल वाटर की बोतल रखते तुझे शरम आ रही थी कि सब लोग तुझे अमरीका वाला समझने लगेंगे? और तुझे वह गाली लगता है। सारे समय यहाँ वालों से भी ज्यादा उन्हीं जैसा बोलने-चालने, रहने-सहने की सनक। लोग हैं कि ज्यादा-से-ज्यादा दिखाने, बढ़-बढ़कर बताने की जुगत भिड़ाते हैं और तू ज्यादा-से-ज्यादा छुपाने की। न जाने कौन से नक्षत्र में जन्मा है! तेरा सबसे बड़ा हासिल यही कि लोग कहें, तू तो जरा नहीं बदला वेणु!

'एक तो वैसे ही गिने-चुने दिन थे बेटे, हमारे हिस्से के, उसमें भी अपनी तबियत बिगाड़ बैठा!...अब से मैं पहले ही बोल दिया करूँगी सबसे—उबला पानी या मिनरल वाटर...।

'पापा जा रहे हैं डॉक्टर कश्यप के पास...हाँ-हाँ, तू भी चला जा साथ में। बहुत पूछते हैं तुझे—अमेरिका में किस शहर में है? कौन-सी कम्पनी जॉयन की है?—कब आ रहा है?...ठहर वसु! जरा दादा के लिए नींबू की शिकंजी बना ला बेटे। पीकर जाना। चेहरा

कैसा सफेद पड़ गया है तेरा...! हाँ, लौटकर पहले मेधा को फोन कर लेना। दो-दो फोन आ चुके उसके।'

बैठक में फोन की घंटी बजी। वेणु चौंका। जल्दी से उठाया—माँ-पापा की नींद न खुल जाए इतनी रात गए...।

उस तरफ मेधा थी, 'क्या सब सो गए?'

वेणु ने बताया, 'हाँ...'

'इधर भी,' मेधा ने धीमे से कहा फिर मचलकर पूछा, 'तुम कैसे नहीं सोये? मेरी याद आ रही थी?'

वेणु ने नर्म प्यार के साथ कहा, 'क्यों नहीं आएगी...'

मेधा नन्ही बच्ची की तरह खुश हो आई, 'सच्च?...मैंने तो समझा, तुम मुझसे नाराज हो...तुम्हारे घर के लोग भी...'

उसकी सिधाई पर वेणु को प्यार आया। (वैसे भी चार दिनों से बहनों और ताई के घर, ऊपर से बीमार), 'क्यों, नाराज क्यों होऊँगा...और मेरे घर के लोगों ने कब तुमसे कौन-सी नाराजगी जताई...?'

'न जताने का मतलब यह तो नहीं कि वे हैं भी नहीं...'

'बिलकुल नहीं। वे हर हालत में तुम्हें खुश देखना चाहते हैं...'

'फिर भी। शायद उन्हें मेरे तौर-तरीके पसन्द नहीं आए! मैं चाहती हूँ, तुम मेरे पास रहो...वे चाहते हैं, तुम उनके पास रहो—यही प्रॉब्लम है...'

'कोई प्रॉब्लम नहीं है...। वे चाहते हैं, हम दोनों साथ-साथ उन लोगों के साथ रहें। उन्हें दुगुनी खुशी मिलेगी।'

'ऐसा? तो मैं आ ही जाती हूँ...'

मेधा फिर वेणु को बच्ची-सी लगी।

'अरे...अरे! अभी तो तुम्हारे मिलिन्द भाई और भाभी आने वाले हैं न!'

'वो तो आकर गए भी। मिलिन्द भाई की अचानक उनके मार्केटिंग हेड ने फील्ड पर भेज दिया...कुछ इमरजेंसी थी...किसी एंटीवायटिक की पैकेजिंग को लेकर...तो मोना भी चली गई।...मम्मी ने फिर आने की बात की तो बोली—मिल तो लिये ही—जैसे दो दिन, वैसे चार दिन। उसका मन नहीं तो मैं क्यों जोर देती...'

'अरे...मैंने तो सोचा था, मैं तुम्हें लेने आऊँगा तो मिलिन्द भाई और मोना भाभी से गप्पें मारूँगा...शादी में तो टाइम ही नहीं मिल पाया।'

'छोड़ो...उनके पास भी तो टाइम होना चाहिए। एक तुम बड़े भाई हो जो इतने चाव से लिस्ट बनाते हो, मुझसे मँगवाते हो—अपनी माँ-बहनों के लिए...और एक मेरे बड़े भाई हैं...एक फेडेड-सा शान्ति निकेतनी पर्स, कॉस्ट्यूम ज्यूलरी का सेट और तुम्हारे लिए शर्ट...दैट्स ऑल!'

'बहुत है...और क्या लाते बेचारे?'

'क्यों? तुम कैसे लाए अपनी बड़ी-छोटी बहनों के लिए...?'

'हमारी बात अलग है मेधा, हम विदेश से आए हैं। उसका एक अलग अट्रैक्शन होता है। इस लिहाज से तुम्हें ही ज्यादा ले जाना चाहिए था...'

'तो क्या मैं लाई नहीं थी? लेकिन मोना तो बस, मेरी हर चीज को देख-देखकर हुमसी जा रही थी। जो मैं लाई, उससे कहीं ज्यादा। जो-जो और मैं ला सकती थी, उसे लेकर। हर बात में 'ऐसी सैंडिल' मिले तो मुझे भी लेती आना...हाय, ऐसे फर का जैकेट, ऐसे पुलोवर मुझे भी लेती आना...आइ विल पे फॉर दैट...पे माई फुट! आसान है इतना ढोकर लाना? मैंने कह दिया—मोना, इतना वेट अलाउड ही नहीं...'

वेणु ने टोका, 'तुम उन्हें मोना कहती हो?'

'हाँ, क्यों?'

'क्योंकि मोना तो कोई भी लड़की हो सकती है—लेकिन भाभी या मोना भाभी तो कोई एक ही होगी न तुम्हारी। एक अलग ही तरह की फीलिंग...'

'कुछ नहीं...उससे कोई फरक नहीं पड़ने वाला—न उसे, न मुझे ही।...वह शुरू से ऐसी है। लेकिन इस बार तो मेरी एक-एक चीज देखकर अपने पर काबू ही नहीं कर पा रही थी।'

'तो दे देनी थी न अपनी एकाध चीजें...मैं तुम्हें वहाँ फिर खरीद देता!'

वेणु ने उदारता के साथ एक लाड़-भरी चुटकी ली, तो मेधा निहाल हो आई, 'वाह, दे कैसे देती? वह भी मोना को? हर्गिज नहीं। हमने कोई फ्री में पाई है ये चीजें जो लुटाते फिरें? बड़ा गुमान था न मोना को अपने मायके की दौलत का...लेकिन यहाँ कितना भी खर्च कर लें, मेरी लाई चीजों की फिनिश ही कुछ और...।

'कितना स्ट्रगल करते हैं वहाँ वाले, ये लोग क्या जानें...और तुम कहते हो, दे देनी चाहिए थी! तुम्हें तो न बस, साधू-सन्तों के साथ हिमालय पर धूनी रमानी चाहिए, समझे?'

'वही तो कर रहा हूँ हफ्ते भर से...'

दोनों के एक साथ हँसने के साथ ही लाइन कट गई थी। और फोन उन दिनों बैठकों में ही हुआ करते थे तो वेणु को दुबारा लगाना ठीक नहीं लगा। वैसे भी अँधियायी रात का समय।

लेकिन सुबह फिर मेधा का फोन आया—उसकी मम्मी और पापा के ऑफिस जाने के बाद कि मम्मी का अनुअल एसेसमेंट सिर पर है...ज्यादा छुट्टियाँ नहीं ले सकतीं। दिन भर मम्मी-डैडी दोनों बाहर...वैसे भी मम्मी-पापा के साथ आखिर कितना बैठूँगी...बोर हो जा रही हूँ। पहले की फ्रेंड्स भी एक तो बची ही दो-चार—दूसरे, उनकी भी अपनी व्यस्तताएँ...और वैसे भी इन सारी तफरीहों में वेणु के बिना वह सचमुच नहीं एन्जॉय कर पाती। वेणु किसी तरह आ जाता तो...

मेधा की जिद वेणु को अच्छी लगी। प्यार से समझाया, 'अच्छा तो मुझे भी तुम्हारे साथ ही लगता है...लेकिन माँ-पापा, वसु को इस तरह तुम्हारे पास होने के लिए छोड़कर आ जाना उतना अच्छा नहीं लगता न...खास कर तब जबकि पिछले दो दिन तो मेरी तीमारदारी में ही निकल गए—सच कहूँ तो अभी पूरी तरह ठीक भी नहीं महसूस कर रहा...'

'डोंट वरी—मैं ही आई जाती हूँ...पापा मुझे रात वाली एक्सप्रेस ट्रेन में बिठा देंगे तो...'

'ज्यादा उतावली से काम मत लो मेधा, थोड़ा अपने मम्मी-डैडी का भी सोचो! तुम्हारा नहीं लेकिन उन लोगों को तो तुम्हारा इस तरह पहले ही आ जाना...'

'अरे नहीं! मेरे यहाँ तुम्हारे घर की तरह मिजाजपुर्सी नहीं चला करती। ऐसा कोई प्रेशर नहीं—मैं इसी माहौल में बड़ी हुई हूँ। कोई एक-दूसरे के रास्ते की अड़चन नहीं बनता। सब अपनी मर्जी से जीते हैं, समझे?...आती हूँ कल रात वाली ट्रेन से...कह दूँगी कि तुम्हारी तबियत नहीं ठीक...और यह झूठ थोड़े है।'

पहले जैसे दिन

वे दिन बड़े अच्छे थे।

माँ ने ठीक पहले की तरह सुबह के नाश्ते में काले चने और गुलगुले बनाए थे।

मैंने वसु की चोटियाँ कई बार खींची थीं और वह पहले की तरह पैर पटककर चीखी थी।

पापा ने पिछली के पिछली बार की तरह चाय की प्यालियों के बीच एक और बाथरूम बनाने और छत की मुँडेर ऊँची कर देने का मशविरा मुझसे किया था।

हमने साथ-साथ झालमूड़ी और सोंठ वाला गुड़ खाया था तथा वसु ने विशाखा दीदी की सास से लेकर कुलफी वाले तक की नकल की थी।

तीसरे दिन दोपहर तक मेधा आ गई थी। मेरे साथ वसु भी उसे लेने स्टेशन गई थी...और वे दोनों साथ-साथ बातें करती घर लौटी थीं।

अगले तीन दिनों माँ ने मुझसे पहले मेधा के लिए गर्म फूली रोटियाँ सेंकी थीं, कटहल के कोफ्ते और मीठे चावल पकाए थे तथा पापा को चित्रा टॉकीज वाली दुकान भेजकर रबड़ी के कुल्ले मँगवाए थे। आश्चर्य यह भी कि मेधा पर बरसती माया-ममता की धार पर वसु जरा भी नहीं तुनकी उल्टे उसे साथ लिये-लिये मेहँदी के कोन और रंगोली के साँचे खरीदवाती हुई, मुहल्ले की खास आँटियों से मिलवाती भी लाई थी।

यानी माँ सहित पूरा घर हर शर्त पर हमें खुश रखने के लिए कृतसंकल्प था।

कुल मिलाकर दो हफ्ते पहले वाले खिंच-खिंचकर तार-तार होते दिनों की तुलना में ये रंगबिरंगे, गुलाल उड़ाते हुए लम्हे मेरे लिए बेहद राहत भरे थे।

मुक्त मन कहने का दिल चाहा था—चलो माँ, तुम्हारी (और मेरी भी...) मेहनत रंग लाई।...तो...थैंक्यू माँ!

'अच्छा, ऐसा होता है डॉयमंड!'

मूसलाधार बारिश, तूफान की बरसती धारों में नहाई रोशनियों की कतारें! एयरपोर्ट पहुँचाने जा रही टैक्सी के बार-बार बरसाती गड्ढों में जा पड़ते पहिये।

'उफ्फ!...ये इंडिया की सड़कें!' मेधा अनायास ही बोल पड़ी थी।

वेणु ने अवश्य जीभ काट ली होगी।

अच्छा है, जो टैक्सी में एक दूसरे के चेहरे साफ नहीं दिख रहे थे।

जाने क्यों बुरा लगता है, पीड़ा होती है, जबकि सोचो तो गलत क्या है? सच्चाई को कहाँ तक नकारेंगे हम? लेकिन इन सच्चाइयों यानी पुरानी-सी टैक्सी, पानी भरे गड्ढों में जाते पहिये...और टैक्सी के पीछे कहीं-कहीं भौंकते हुए दौड़ पड़नेवाले कुत्तों तक पर किसी का हँस पड़ना अच्छा नहीं लगता।

तभी तो वेणु ने भी होंठों पर खिंच आई मुस्कान वहीं की वहीं रोक ली थी।

अच्छी या बुरी जो भी है, पर हम अपनी चीजों पर हँसना, उनका मजाक बनाया जाना पसन्द नहीं करते।

इसलिए कोई अपनी चीजों पर नहीं हँसता क्योंकि वह उसे प्यारी ही होती है। हँसते बेगाने लोग हैं। अब वेणु का बेगाना हो जाना तो बर्दाश्त नहीं हो पाएगा न!

जानता है वेणु। इसी से हमेशा सावधान रहता है। फिर भी दिख तो जाता ही है।...

अब देखो कि एयरपोर्ट से लौटते बारिश भी रुक गई, हिचकोले भी कम आए...!

अभी रात के बाद की दिपदिप जलती बत्तियाँ...

मेधा की उँगलियाँ में पड़ी डायमंड रिंग की तरह!

डायमंड? यानी हीरा?

वसु भी आँखें फटी रह गई थीं।

सँभालते-सँभालते भी रोक नहीं पाई, 'भाभी! दिखाइए जरा...अच्छा, ऐसा होता है डायमंड?...मैंने कभी देखा नहीं था न!'

कटकर रह गया वेणु, जैसे घड़ों पानी पड़ गया हो!

इतना कहा था मेधा से, 'वहाँ चलकर पहनना...!'

लेकिन मेधा जैसे खरीदने के लिए अड़ी थी, वैसे ही पहनने के लिए भी...क्यों? क्या चोरी की है? क्या हर्ज है पहनने में? खरीदने का मतलब क्या, अगर पहनकर दिखाया नहीं लोगों को...? तुम्हारे घर के लोगों को तो और बहुत अच्छा लगना चाहिए न कि तुम्हारी हैसियत पहले से कितनी अच्छी हो गई...!'

अच्छा तो है—हमारा वेणु अब सम्पन्न और समर्थ है, यह जानकर भला खुश क्यों नहीं होंगे हम? वरना पहले यहाँ से गए वेणु को लेकर हम कितने चिन्ताकुल होते थे—क्या खाता है, कैसे रहता है...! ठंडे, सीलन, बारिश में सुबह से शाम तक खटना, उबली सब्जियाँ, चावल खाना...!

अब अपनी आँखों से देख, जान लिया, वेणु खुशहाल है अब।

मेधा की लेविस जीन्स, स्वारोस्की रिस्टवाच, और भी रिन्टले-रोज की सैंडिल, (वसु ने सबकी नजर बचाकर धीमे से पाँव डालने की कोशिश की थी) रेशमी स्कार्प, और इंडिया से की शॉपिंग—जयपुर की लाख जड़ी-चूड़ियाँ, उड़ीसा का सिल्वर-वर्क, मुरादाबादी नक्काशी, चन्दन, तांबा—वसु से लेकर मोना तक की आँखें फटी रह गईं...। कोई बोला, कोई नहीं।...

'पापा के फंड वाले पच्चीस हजार रुपए अभी बाकी ही हैं... ।'

'लौटाना चाहा था वेणु ने इस बार, लेकिन मेधा की डायमंड रिंग...उसे पसन्द जो आ गई।'

'तुम्हें अच्छा नहीं लग रहा ?...देखो, मेरी उँगलियों में कैसी लगती है ?' मेधा इठलाई थी खुशी से।

'सुन्दर, बहुत सुन्दर...इट्स ब्यूटीफुल... !'

रिक्शे, ऑटो, बस से वृन्दा, विशाखा दीदी और ताई से मिलकर, मिनरल वाटर के अभाव में, डिपेंडॉलम की गोली खाकर थके उकताए वेणु ने सोचा—हाँ, मेधा का अधिकार है उसके पैसों पर—घर वालों जितना ही या उससे ज्यादा...उसूल की बात है।

सबको न्याय चाहिए।

करता तो रहा है वेणु।

फंड वाले पैसे भी अदा हो जाते अगर बाथरूम फिटिंग्स में एस्टीमेट से काफी ज्यादा न लग गया हो।

अब घर तो वेणु का ही हुआ न! तो उसकी साज-सँभाल, मरम्मत करनी, करवानी ही—उसका कौन-सा अहसान? लौटकर इसी घर में बसेगा वेणु।

बहनें तो पाहुनी ठहरीं। शादी-ब्याह, व्रत-त्योहार आया-जाया करेंगी और क्या! भाईदूज, रक्षाबन्धन—उनका मान रखा जाए, इसी में खुश।

कभी विशाखा, कभी वृन्दा, कभी वसु—सबका एक ही वेणु।

सँवरेगा घर का यह नीड़ तिनका-तिनका।...कह तो रहा था पापा से कि हाँ, एक और बाथरूम बनवाना जरूरी है। घर आए लोग आधे मकान के होकर जाते हैं। देखूँगा अगली बार।

और वसु का भी उसके मनचाहे कॉलेज और सब्जेक्ट में एडमिशन हो जाए, बस...और उसके बाद शादी भी तो... !

समाप्त होती शरणस्थलियाँ... !

अँधेरी रात के सन्नाटे को चीरता हवाई जहाज हिन्दुस्तान से फिर उड़ा है।

अभी कुछ और वेणु हैं क्या माँओं के पास ?...

एक निरीह-सी भावुकता जिसकी शरणस्थलियाँ धीरे-धीरे समाप्त होती जा रही हैं अब!

प्रणाम भाभी

'प्रणाम भाभी!...सुना, वेणु आया था, बहू भी ?...एक दिन को ही आ गया होता, कुल छह घंटों का ही तो रास्ता है! नॉन स्टॉप ट्रेन चलती है...। कल सुधीर भैया भी पूछ रहे थे—भाभी! सुना, आपका लाडला भतीजा वेणु आया था अमेरिका से ? गया भी—मिलने नहीं

आया आपसे ?...उन्हें भी याद है, कैसे मेरी कमर पकड़कर लटक जाया करता था कि बुआ! मुझे अपने साथ ले चलिए। यहाँ तो दीदी (विशाखा) बस कान उमेठ-उमेठकर पढ़ाती रहती हैं और वृन्दा, वसु पिनकती रहती हैं। मुझे लड़कियों के साथ नहीं रहना। मुझे नन्दू के साथ रामलीला करनी है। लक्ष्मण का पार्ट बहुत बढ़िया बोलता है वह कि :

'हे मुने! लरिकाई में हमने बहुत से धनुष तोड़े हैं, लेकिन आपने इतना गुस्सा कभी नहीं किया। हे मुने! आपका आदेश पाऊँ न तो पूरी पृथ्वी को क्रिकेट की गेंद की तरह उठाकर सत योजन तक दौड़ जाऊँ...सुमेरु पर्वत को मूली की तरह तोड़ डालूँ...हे मनू...!

विशाखा और हम सबका हँसते-हँसते बुरा हाल लेकिन उसे तो बस धनुष यज्ञ वाली राम लीला...लक्ष्मण के रोल के लिए नन्दू भैया ही चाहिए—'न बुआ, न फूफा...!'

'क्या? वेणु आया था? विश्वास नहीं होता कि अपना छुटकन्नू इंडिया आया था। पता होता तो हम ही आ जाते...मेधा बहू को तो देखा ही नहीं शादी के बाद से...'

डोरें खिच रही हैं। खिंच-खिंचकर टूट रही हैं—अन्दर-बाहर।

'विश्वास करो जीजी! आने के साथ ही बीमार पड़ गए दोनों...। इतना पानी उबाला था, इतनी बोतलें मँगवाई थीं, फिर भी खिचड़ी खाते ही गए। मन की सारी मन में रह गई...।

'देवेन्द्र और निखिल के पास तक सिर्फ एक-एक दिन को, वह भी मेधा कहाँ जा पाई! जरूर बुरा माने होंगे। मानने की बात भी है। लेकिन वेणु की भी सोचें तो कैसे क्या करे? कहाँ-कहाँ जाए? घर भी तो कोई इतनी बड़ी कोठी नहीं कि बुला लूँ सबको एक साथ। सब आराम से मिल-बैठ सकें...!'

बस, एक तुम्हीं समझे रघुवीर भैया!

समझने की बात ही है। पूछो, हिन्दुस्तान में ही कौन अब किसकी गमी-खुशी में पहुँच पाता है? अमेरिका से कोई कम नहीं रहा अपना देश भी अब। और जिस तरह की अन्धी होड़ा-होड़ी लगी है...हिन्दुस्तानियों में पहनावे-ओढ़ावे से लेकर खाना-पान और बोल-चाल तक की जिस हवस, जिस लालच, जिस चकाचौंधी के पीछे पागल हैं हम—देखना, आठ-दस सालों के भीतर पूरा अमेरिका, गन्द के टोकरे की तरह, औंधा देंगे अपने देश, अपनी जमीन पर। पूछो इन उल्लू के पट्ठों से, अपने देश को सुधारो, सँवारो...उसे नेस्तनाबूद कर उस पर अमेरिका क्यों बसाने पे तुले हो?

लेकिन अपने लोग हुए न...दोष कैसे दें? अड़े हैं जिद पर। मन नहीं मानता—फोन के कंडोलेंस मैसेज से। बिना किसी के पास गए, उसका सिर अपने कन्धे से सटाये, उसके दुःख कैसे बाँट सकते हैं? यह मत कहो कि उनकी बात उनके साथ गई...उनकी बात उनके जीते-जी हमारे साथ रहेगी। मुझे कभी नहीं भूलते भाभी, विशाखा की शादी में आपके दूर के रिश्ते वाले मनोहर मामा...कैसे अपने एक जवान मुवक्किल के साथ पहुँच गए थे कि वाह! माधवी की बेटी (विशाखा) की शादी में जाने के लिए मैं निमंत्रण का इन्तजार करूँगा? शादी-ब्याह के घर में एकाध नाम-पते इधर-उधर हो जाना मामूली बात है। मैं तो जाऊँगा और दिनभर उपवास रखकर कन्यादान भी करूँगा। मुझे अभी तक याद

है भाभी, सबने रुपयों से कन्यादान किया था, आपके इन मामा ने रानी विक्टोरिया वाली सोने की गिन्नी से।...

और वृन्दा की शादी में नहीं आ पाए थे मामा तो आपके लिए साड़ी और शगुन के लिफाफे में हिलते-काँपते हाथों से लिखी चिट—मैं नहीं आ पा रहा लेकिन तू मेरी भेजी साड़ी पहनकर ही कन्यादान करना अपनी बेटी का।...

जानती हैं भाभी, एक दिन ये अपने नन्दू वृन्दा की शादी वाली बात को लेकर मुझसे कहते क्या हैं? 'पापा! ये उन लोगों का अपना मामला है, दिस इज नन ऑफ अवर बिजनेस।'...फटकारा मैंने जोर से कि खबरदार! जो हमारे बीच 'अवर' या 'देयर' लगाया। हम अपने सहज भाव से दु:ख बाँटते हैं तो सामने वाला, जी जान से, उसे सुलझाने में लग जाता है। न वो गैर समझते हैं, न हम। हम अपने दु:खों पर सात तालों की पहरेदारी नहीं किया करते, कोई दुराव-छुपाव नहीं...इसलिए आगे से ये वाक्य अपनी डिक्शनरी से भी निकाल दो। खुलकर बाँटो अपने-आपको।...अपना यह फलसफा अपने पास ही रहने दो।

अच्छा, भाभी, कैसे हैं मनोहर मामा अब?

क्या? नहीं रहे... ? लेकिन मामा तो रहेंगे ही। जब तक हम रहेंगे, वो भी रहेंगे—हमारे अन्दर...ठीक है, फोन रखता हूँ...प्रणाम भाभी!

खंड–छह

तुम्हारी दुनिया में...

एक और नन्हा वेणु

हिम-प्रदेश में

ईश्वर! समूची कायनात में सब कुछ लय हो गया, सिर्फ बर्फ ही बच रही है क्या?

मेरे ईश्वर! यह कैसी अजूबी दुनिया है कि पहुँचने तक पैर, घुटने जाम...सारी खुशी और उत्तेजना इसी बर्फ की तरह जमते चले गए!

बर्फ के गद्दे सी ही फैली जमीन और उसे आसमान तक उड़ातीं, बर्फ के चूरों वाली, हाड़ कँपाती हवाएँ...!

चारों तरफ गोरे भभुक्क चेहरों का गुजरता हुजूम और बीचोबीच सिटपिटाये, भौंचक से खड़े हम!

वैसा ही सरकंडे-सा एक गोरा लड़का, भागता जाकर, लाउंज में खड़ी फूलदार-स्कर्ट वाली लड़की को अन्धाधुन्ध चूमने लगा है...इस तरह कि मैं और प्रभाकर एक दूसरे को देखने से कतराने लगे हैं।

लिहाज उधर न सही, इधर तो है।

'माँऽऽ...! यह सामने खड़ा जैकेट, दस्तानों से लैस वेणु ही है न?'

'प्लेन दस मिनट पहले लैंड कर गया। आप लोग घबरा रहे थे न!...लीजिए जैकेट और दस्ताने...फोर कास्ट आज माइनस-सेवेन का है...ऐसे सिर्फ तीन मिनट में ही कार तक पहुँच जाएँगे लेकिन तब तक तो हड्डियाँ गल जाएँगी और...आप लोग तो पहली बार आए हैं...।

'यह 'डाउन-टाउन' से गुजर रहे हैं...समझ लीजिए, अपने यहाँ का चौक बाजार...शहर के बीचोबीच कंक्रीटों का जंगल—इंडिया भी तो हो गया है...देखा न पिछली बार। यह सेंट्रल लाइब्रेरी...यह सिटी हॉल...

'अब शहरी आबादी से बाहर...दोनों तरफ फार्म-हाउसेस—दाहिने बाएँ घोड़ों के अस्तबल...' फिर खुद ही झेंपता है, 'ओ, मैं तो भूल ही गया, एयरपोर्ट से यहाँ तक बर्फ के सिवा कुछ दिखा ही नहीं न! हफ्ते भर से सूरज नहीं देखा हमने।'

'यहाँ से एंटर कर रहे हैं हम अपने सबर्ब में, माँ-पापा! ये तख्ती देख रहे हो न—ग्रीन ग्रोव्स हिल-रोड और ये आ गया अपने घर का ड्राइव वे...'

आधे मिनट के रास्ते में हाड़ कँपा गईं बर्फीली हवाएँ।

घुसने से पहले, मैंने देहरी की भुरभुरी बर्फ उठाकर दस्तानें ढँकी अंजलि से बिखेर दी...हफ्ते भर से छुपे सूरज की अगवानी में अर्घ्यांजलि।।

मेधा ने सीढ़ियों से उतरकर पैर छुए, 'कैसी रही जर्नी मम्मी जी ?'...और सामान रखवाने में वेणु की मदद करने लगी।

हम दोनों के मुँह से एक साथ निकला, 'बेटू कहाँ है... ?'

वेणु-मेधा होंठों पर उँगली रख फुसफुसाए, 'सो रहा है...' और हमारे सामानों को तरतीब देने लगे।

हम अबूझे-से सोफे पर बैठे रहे। सब तरफ चुप्पी। आपस में भी बात करते न बने। जैसे साँसें बाहर आने को घुट रही हों!

शायद मेधा ने इशारा किया, वेणु उठा, 'मैं कॉफी बनाता हूँ...'

अन्दर हौल-सा उठा, उठने को हुई लेकिन उठते न बना। चुप रह गई।

'घर अच्छा लगा न मम्मी जी ?' मेधा मुस्कुराई।

तब अचानक बुत बनी नजरें उठीं—खिड़कियों के पार उड़ती बर्फ के बीचोबीच हीटिंग सिस्टम से घिरा वाल-टु-वाल कार्पेट वाला घर, फायर प्लेस-वाज में लगे खूबसूरत ट्यूलिप, शैंडीलियर... !

'बहुत सुन्दर है बेटा—हम तो सपना भी नहीं देख सकते थे।'

वेणु, ट्रे में कॉफी के मग लेकर आ गया, 'ये डोनट्स हैं, अच्छे लगेंगे, आप...तुम लोगों को...'

कॉफी के प्याले थमाते वेणु को हम अपलक निहार रहे थे, जैसे शिनाख्त कर रहे हों—वही तो हैं अपने वेणु और मेधा भी...देखे-भाले...फिर ये कैसी अजनबीयत महसूस हो रही है? बाहर वाली बर्फ अन्दर क्यों जमती जा रही है? इतनी कि किसी चीज को हाथ नहीं लगाते बन रहा। इतना सन्नाटा-सा क्यों? कुछ नहीं, हमारा भ्रम है... !

वरना हम एक बेहद खूबसूरत लकड़ी और दफ्ती के बने घर में बैठे काफी पी रहे हैं।...

'आप लोग बर्फ देखकर सहम गए हैं न—पिघल जाएगी दो-तीन हफ्तों में...'

(क्या सच ?...)

'मेधा! माँ-पापा को कमरे, बाथरूम दिखा, समझा दो।'

'आइए मम्मी जी, पापा जी! यह सिटिंग रूम...जहाँ बैठे हैं...किचेन, डाइनिंग, छोटा स्टडी, और हमारा बेडरूम...' मेधा की आवाज और आहिस्ता हो आई, 'कॉट में नन्हा बेटू सो रहा है...'

'नहीं, नन्हा वेणु...' हथेलियाँ आँखों से आ लगीं।

'अब तुम और पापा थोड़ा आराम कर लो...बाद में तो सारा घर सँभालना (जब मेधा जॉब पर जाएगी)। इतने घंटों की थकान—लेटना चाहोगी ?

पहले झिझकी फिर वहीं सोफे पर अधलेटी हो आई...।

जाने कितनी देर बाद अचानक चौंककर उठी—मन-ही-मन लज्जित-सी। वेणु मेधा के साथ डिश वाशर में बर्तन लगा रहा था।

थोड़ी दूर पर 'बैसीनेट' में लेटा बेटू एक नरम खिलौना चूस रहा था—शायद टीदर... (दाँत निकलने से पहले...)

'माँ! जग गईं ?'...वेणु हँसा, 'परेशान होने की जरूरत नहीं। अभी दो-तीन दिन तक ऐसे ही सोना-जगना लगा रहेगा—जेट-लैग की वजह से। पापा ने खा लिया। माँ, तुम खाना खाओगी ?...नहीं, मेधा ने खा लिया। उसे भूख लगी थी न! तुम्हारे साथ मैं खा लूँगा...'

उतनी दूर, अपने घर की लस्तपस्त करनेवाली दिनचर्या...छौंकना, बघारना, परोसना, खिलाना, साथ में बैठना-उठना भी...हँसना दुलारना और खीझना...उस घर से दूर...यहाँ वेणु के साथ चुपचाप खा रही थी मैं।

'ऐसे नहीं, लाओ, प्लेट मुझे दो। साबुन लगाने की जरूरत नहीं। बस, रिंज कर डिश वाशर में डाल देनी होती है। धीरे-धीरे समझ जाओगी...'

मैंने चुपचाप अपनी जूठी प्लेट वेणु को पकड़ा दी—एक विचित्र सहमियत के साथ। उसे मेधा के साथ किचेन के कामों में हाथ बँटाते देखती रही।

शायद वेणु को भी अटपटा लगा, 'तुम्हें बेटू के साथ खेलना है न, चलो, मैं उसका बेसीनेट (डोलची) तुम्हारे कमरे में पहुँचा देता हूँ।'

मैं उठी और वेणु के पीछे-पीछे चल दी।

गुलमोहर के सिन्दूरी तोरण और बर्फीली झालर

आधी रात...अचानक नींद खुल गई, जैसे अभी-अभी सुबह हुई हो (जैटलैग)! झपाटे से उठी, खिड़की से बाहर देखा—बर्फ से ढँके, लदे, विशालकाय पेड़, मकान, पहाड़ियाँ और घाटियाँ! सड़क-फुटपाथ—कारों तक पर पड़ी बर्फ, दूह-सी लग रही थी—चाँदनी में चमचमाता सफेद सन्नाटा, एकबारगी भयभीत कर गया—फिर हिम्मत बँधी, खिड़की तक गई। जकड़बन्द काँचों के ऊपर झरती बर्फ की झालर लटक रही थी—जरूर दरवाजे पर भी इतनी ही खूबसूरत बर्फीली झालर वाली बन्दनवार सजी होगी...सन्नाटे की उस भव्यता के बीच अचानक एक सवाल बेचैन कर गया—आँगन के अमरूद और गुलमोहर के सिन्दूरी तोरणवाली देहरी से उठाकर कौन तुम्हें इन हिम-स्तूपों वाले निर्जन में उठा लाया वेणु ?

आपने कभी सपने में भी सोचा था मम्मी जी ?

साड़ियाँ तहाकर रख दीं अपनी।

वसु के पुराने वाले दो-चार सलवार-कुर्ते लाई थी। पहले झिझकी, फिर पहनने शुरू कर दिये।

वसु चिढ़ी थी, फोन पर, 'मेधा भाभी को ठीक-ठीक बताना था न! यहाँ नये खरीदवा देती।' चुपा दिया उसे।

वेणु ने कहा, 'अरे, मेधा की ले लो न, ये कहाँ पहनती है अब ? उसे स्कर्ट और जीन्स ही कन्वीनिएंट पड़ती है...'

'हाँ-हाँ, लेकिन मेरे वाले डेली-यूज वाले नहीं हैं न मम्मी जी!' मेधा फौरन बोली, 'कलर भी भड़कीले...ठीक तो हैं वसु वाले...बिलकुल पुराने नहीं लग रहे...साड़ी मेन्टेन

करने में बहुत प्रॉब्लम होती है मम्मी जी। यहाँ बाहर कपड़े बिलकुल नहीं सुखाए जाते...लोग 'देशी' और 'गँवार' समझते हैं। मेरी मम्मी तो इंडिया में भी पहनती है। तो उन्हें यहाँ कोई प्रॉब्लम नहीं हुई...'

'प्राब्लम मुझे भी नहीं है बेटे! हम प्रॉब्लम बनने नहीं, तुम्हें कुछ सहूलियत दे पाने आए हैं।'

सिर्फ कह नहीं, सोच भी रही हूँ—बच्चों की खातिर लोग क्या-क्या नहीं करते!...मुझे तो सिर्फ पैंसठ सालों तक पहना जानेवाला अपना पहनावा बदल देना है, बस। अब उसमें मैं सहज, सामान्य न महसूस करूँ...हमेशा झेंपी-सी, संकोची-सी, असामान्य महसूस करूँ तो दोष किसका है? इसके अलावा थोड़ा-सा खाने-पीने का समय, चीजें, बातचीत, आदतें, काम करने के ढंग, डिश वाशर, वैक्यूम-क्लीनर, कब कैसे—बस, इतना ही तो...इसमें ही मैं परेशान-सी हो जाऊँ और लगने लगे कि जैसे मैं नहीं, कोई और होऊँ...तो अब इसका क्या इलाज?

पिता को जरा ज्यादा कोशिश करनी पड़ेगी। अब जैसे जोर-जोर से, बल्कि जोर-शोर से ठठाकर न हँसना, न ऊँची आवाज में बुलाना। बेटू को हँसाना, खिझाना, उछालना भी कम करना होगा...और किसी के आने पर चुपचाप उठ जाना...वैसे आता ही कौन है...पर कभी-कदा इलेक्ट्रीशियन, प्लम्बर ही सही...!

इन कागजी मकानों में जरा भी जोर से बोलो तो आवाज आखिरी कमरे तक जाती है, जैसे दीवारें फुसफुसा रही होती हैं। दीवारें न हुईं, छलनी हो गईं! तो बहुत धीमे बोलना, यानी चुप ही रहना। तो क्या ये भी कोई समस्या हुई?...समस्या होती है चार-चार बच्चों की एडमिशन फीस की, लड़की की शादी की, अपमान की, जहालत की, घुटन और पराधीनता की—और यहाँ ऐसी कोई समस्या ही नहीं...।

थोड़ा अटपता लगता है—सलवार-कुर्ते में...तो क्या? इतनी सारी माँएँ पहन ही रही हैं न! पिताओं को भी, बेटों के उतरे (खरीदे भी...) एक से एक ट्रैक-सूट, फ्लिप-फ्लाप, बढ़िया ट्रेंडी पोशाकें भी। बेटों की डिस्कार्ड की हुई होती हैं तो क्या, चमक कायम! बस, आराम से काम चल जाता है।

लेकिन आदत पिता की भी नहीं न! तो वेणु के कपड़े पहनने में उन्हें भी झेंप-सी होती है। बेचारगी महसूस करते हैं। मेधा फौरन ताड़कर हौसला बढ़ाती है..., 'वाऽऽऽउ! पापा जी, आप पर बहुत सूट कर रहा है ये रेड ब्लैक स्वेटर...फिटिंग भी परफेक्ट...'

पिता अपने निरीह भाव को मुस्कान में बदलने की कोशिश करते हैं। अपने-आपको हास्यास्पद महसूस करने के बदले स्मार्ट और शानदार महसूस करने की भी।

मैं खुद भी तो नहीं कह पाई कि पापा को हमेशा की उन्हीं बादामी, सलेटी रंगों में ही रहने दिया जाए तो क्या बुरा! ये सारे शोख, भड़कीले रंग-डिजाइन पहनाकर उन्हें लाचार न महसूस करवाया जाए! लेकिन अब यह भी कोई समस्या हुई? रंग में भंग न डाला जाए..., तो ही ठीक।

जिन्दगी के चार-छह हफ्तों-महीनों के लिए, हम जो हैं, वो न रहें। एक खिसियायी बेचारगी से ही गुजर लें तो क्या बिगड़ जाएगा हमारा? पहने हुए लिबास की वजह से अपने-

आपसे कतराने को भी मन हो आए तो क्या...बच्चों की खुशी देखनी है हमें पहले।...हम कोई प्रॉब्लम क्रिएट करने नहीं आए हैं।

मेधा जैसा कहेगी, चुपचाप कर देंगे, बस!

जैसे चपाती रोज नहीं बन पाती, तो क्या हो गया? (पता तो है कि सूखा आटा गिरने से काक्रोच आते हैं और उतनी सफाई बेचारी मेधा के वश की नहीं।) मेधा (यहाँ आकर) शौक से और वेणु लाचारी से नॉनवेज हो गए हैं तो क्या हो गया? उन चीजों की पैकेजिंग प्रोसेसिंग इतनी अच्छी होती है कि वेजनॉन-वेज कुछ पता ही नहीं चलता...।

वेणु पास आकर कहता है, 'माँ! मुझे लगता है, कुछ संकोच, कुछ डर और बेटू की देखभाल की वजह से तुम्हारा, पापा का खाना-पीना ठीक-ठाक नहीं हो पा रहा है न! मैं और मेधा तो ऑफिस में खा लिया करते हैं, तुम लोग रोज-रोज वही फ्रिज का ठंडा, रखा खाना...'

मैं हँसकर कहती हूँ, 'रोज-रोज 'वही' का क्या मतलब रे...ज्यादा से ज्यादा छह महीने ही तो...उसके बाद तो फिर तुझे...तुम सबको देखने को तरस जाएँगे। इसलिए मेरी और पापा की फिक्र करने की जरूरत नहीं।'

मेधा खुश हो जाती है, 'मैं तो कहती हूँ, ये आपके और पापा जी के आराम करने के दिन हैं मम्मी जी—खाने-पकाने की जितनी कम झंझट पाली जाए, उतना आराम...क्योंकि जितना समय कुकिंग में लगता है न, उसका चौगुना किचेन क्लीयर करने और क्लीनिंग में...और वो आपके वश का कहाँ...जरा कुछ फूड पार्टिकल रह गया तो काक्रोच, इनसेक्ट...इसी से तो रोटियाँ एवॉएड करते हैं...'

'बिलकुल बेटे!'

'तो आप तो बस मेरे, वेणु के, ऑफिस जाने के बाद बेटू की ही बेबी सिटिंग...उसकी मालिश, बाथ, टब, दूध की बोतलें बॉएल करना—बेबी फूड, वगैरह...बाकी घर के सारे काम तो ऑटोमेटिक मशीनों से ही होते हैं। बर्तन भी साफ थोड़े करने होते हैं...बस, जूठन हटा-हटाकर, पानी से धोकर डिश वाशर में जमाने होते हैं...घिसने तो सिर्फ तवा, कड़ाही, कुकर ही...हाँ, पापा के मन के खाने में जरूर ज्यादा मेहनत पड़ती है, ज्यादा बर्तन भी फँसते हैं...तो उनका 'टेस्ट' चेंज करने का जिम्मा भी आपका...उनसे कहा करिए कि वो सब पुरानी दकियानूसी आदतें छोड़ें अब...'

'कह दूँगी बेटे!'

'थक गईं माँ?'

'न, नहीं तो...' जैसे चोरी पकड़ी गई हो।

नहीं, माएँ कहाँ थकती हैं...तब भी नहीं, जब हिन्दुस्तान के अपने घर से कहीं ज्यादा थकान भरे नफासती काम निपटाने के बाद, जैसे ही थककर लेटना चाहें, दूध की बोतल खत्म कर लुढ़काता हुआ बेटू चाहने लगे कि दादी बार-बार तलवों में गुदगुदी करें और वह किलकारी मारे तो दादी और ज्यादा जोर से हँसें-हँसाएँ...नहीं, नहीं, नन्हे बच्चे को नहलाने, धुलाने, सुलाने में तो थकान की बात हो भी सकती है...लेकिन उसके साथ खेलने

में भला कैसी थकान ?... जबान पर हर्गिज न लाने वाली बात कि जबरदस्ती हँसते-हँसते भी बेदम हुआ जा सकता है।

हाँ, माँएँ कभी नहीं थकतीं!

वे किचेन, लांड्री, डिशिंग, वैक्यूम निपटा, बेटू की बॉटल उबाल, उसे स्ट्रोलर में डाल, बाहर खुले में निकल जाते हैं।

यह टाउनशिप घाटी में बसी है न, तो स्ट्रोलर से ऊपर-नीचे होती सड़कों पर मुश्किल तो होती ही। सो कोई बात नहीं, माँ-पापा, ढलानों और चढ़ाइयों के अभ्यस्त हैं। बस, कभी-कभी हाँफ जाती हैं माँ।

तब मोड़ पर प्रैम रोककर सुस्ताना पड़ता है। यूँ प्रभाकर साथ होते हैं, लेकिन ज्यादा तेज वे भी नहीं चल पाते। फ्रैक्चर के बाद हड्डियाँ बेशक जुड़ गई हों, लेकिन वे पहले वाले पैर कहाँ... !

धूप खिली तो बेटू की प्रैम लेकर निकल आए हम दोनों। कार्लाइल रोड थोड़ी कम घुमावदार है और उतार-चढ़ाव भी कम हैं। प्रैम लेकर चलते में आसानी। अभी गारबेज वैन शायद नहीं आई थी। कार्लाइल रोड के कई बँगलों के सामने घर की छाँटी डिस्कार्ड की चीजें रखी थीं—कचरावैन के इन्तजार में। किसी दरवाजे पर बड़ा-सा बारबीक्यू, कहीं छोटी अलमारी, कहीं गैस ओवन, कहीं पेडस्टल फैन, पुराने टीवी तक... काश! भारत आसपास होता... और कुछ नहीं तो तमाम सारी खिले फूलों में से एक गुच्छा ही वसु के हाथों में थमा पाती... बहुत अच्छे लगते हैं फूल उसे। आँगन की चमेली की लतर और दोनों छोटे-बड़े गमलों में गेंदे की पौधा उसी की रोपी हुई है। एक-दो फूल भी खिलते हैं तो चेहरा चहक उठता है उसका। काँच की प्याली में सजा, बैठक में रख देती है। अनायास कटाक्ष की एक प्रतिध्वनि-सी बिजली की तरह कौंधती निकल गई। सिर्फ ये फूल ही क्यों, ये अलमारी, गैस ओवन, पेडस्टल फैन भी तो !... नहीं ?

प्रभाकर हँस दिये : हाँ, क्यों नहीं! जैसे स्पेस-शटल कहाँ से कहाँ प्रकाश की सी तेज गति से एक दूसरे से जुड़ते और अलग होते हैं, चाँद और मंगल ग्रहों के नमूने इकट्ठे करते हैं, वैसे ही सैकड़ों साल बाद ऐसे यंत्र अवश्य हो सकेंगे जो हमारी मनचाही चीजें, मनचाही जगहों पर पलक झपकते भेज दें। और उससे भी आगे यह भी तो हो सकता है कि हम सोचें और वह काम हो जाए!

मैं चौंककर प्रभाकर की तरफ देखती हूँ—बिना कहे, बिना सुने भी यह कैसा संवाद ?

लौटते हुए मिसेस स्टेला हॉकिंस वाक पर दिख गईं। खुली धूप में लोग निकलने लगे हैं और कभी भी सुबह तो सुबह, प्रि-नून, नून, ऑफ्टर नून और शाम भी पैदल या फिर अपनी साइकिलों पर। जाने कितनी धूप खा-पहन लेना चाहते हैं!

लौटते हुए उनके बँगले और लॉन में तैयारी-सी दिखी। झिझकते हुए पूछा। बताने लगीं कि आज उनके यहाँ जैक एंड जिल पार्टी है। उनके पति की पहली पत्नी की बेटी के विवाह

का जैक-एंड-जिल शॉवर... मतलब वर-वधू दोनों का जब इकट्ठा पारिवारिक उत्सव मनता है, दोनों पक्ष के अभिभावक और घनिष्ठ मित्र भी शामिल होते हैं तो उसे 'जैक एंड जिल' पार्टी कहते हैं। 'ओके, चलती हूँ—बैकयार्ड में बड़ा बारबीक्यू लगवाना है।'

ठीक कहते हो बेटे

ज्यादातर पड़ोसी अमेरिकन, कैनेडियन या चाइनीज, स्पैनिश! बेटू के गले में अमेरिकन बच्चों वाला 'पेसीफायर' लटका है। प्रैम रुकते ही वह चीखता है। प्रभाकर जल्दी से पेसीफायर मुँह में डाल देते हैं, लेकिन कभी-कभी वह पेसीफायर मुँह से खींचकर चीख पड़ता है...तब डरकर सहम जाते हैं हम दोनों क्योंकि मेधा ने कई बार हिदायतें दी हैं, 'मम्मी जी, पापा जी, बेटू चीखने न पाए वरना यहाँ 'देसी बच्चा' कहकर लोग मुस्कुराते हैं। ऊपर-ऊपर कुछ न कहकर भी फूहड़ और गँवार मान लिये जाते हैं।'

कभी-कभी कुछ दूसरी माँएँ भी ऐसे ही स्ट्रोलरों में बच्चे लिये दिखाई पड़ जाती हैं—ज्यादातर देशी नानियाँ, दादियाँ। अमेरिकन 'ग्रेनीज' उस समय ब्यूटी पार्लरों में पैडी-क्योर, मैनी-क्योर कराती होती हैं।

स्ट्रोलर की आउटिंग के बाद बेटू खुश हो जाता है। बेटू को हँसता पाकर मेधा। मेधा को अपने माता-पिता से सन्तुष्ट पाकर वेणु और वेणु को खुश देखकर माँ-पापा।

वेणु सोचता है—अच्छा है, माँ-पापा यहाँ बेटू की कम्पनी में खूब खुश हैं। माँ चेहरे से कभी कोई शिकायत या ऊब कहाँ दर्शाती हैं?

मेधा सोचती है—इन लोगों ने इतना सुन्दर घर, शहर कहाँ देखा होगा! मगन तो होंगे ही। सूती बॉर्डर वाली साड़ियाँ और चप्पलों से काम चलानेवाली मम्मी जी के तो यहाँ सलवार-कुर्ते पर वुलेन जैकेट, गले में स्कार्फ और मोजों-जूतों वाले ठाठ ही हुए न!

'मम्मी जी! आपने कभी सपने में भी नहीं सोचा होगा न कि आप यहाँ इस तरह...'

'हाँ, बेटे, सचमुच नहीं सोचा था। असल में हमें सपने देखने की आदत भी नहीं थी, इजाजत भी नहीं।...हाँ, कल जरा वसु को फोन लगा देना...'

'हाँ-हाँ, क्यों नहीं! क्या कोई जरूरी बात है? इसलिए पूछ रही हूँ कि अभी पिछले हफ्ते ही तो बात हुई थी।'

'उसके इग्जाम शुरू होने वाले हैं, हमेशा मैं पास रहती थी...'

'हाँ-हाँ, जरूर। आप बेटू को एक राउंड दिलाकर लौटिए...हम रात में कोशिश करते हैं।'

मेधा निश्चिन्त है—पूरे छह महीने के लिए। ऑफिस जॉयन कर लिया। मेटरनिटी लीव पूरी होने के डेढ़ महीने पहले ही। सुबह से कई बार अपना दूध निचोड़ा, स्टेरेलाइज्ड शीशियों में भरा और नम्बरिंग के साथ फ्रीजर में रख दिया। ऑफिस जाते हुए भी बड़े से हैंडबैग में मिलिंग पंप ले जाना नहीं भूलती। जब जहाँ टाइम मिला, रेस्टरूम में जाकर बैग में रखी शीशियों में दूध निचोड़ लेती है। पहले-पहले मनीषा को देखकर आश्चर्य से ज्यादा अच्छा लगा था उसे यह उपाय।

वेणु ने मेधा की बात मानी होती तो छह महीने की जगह पूरे साल भर के लिए वे दोनों निश्चिन्त हो सकते थे। पहले छह महीने मम्मी जी रहतीं, दूसरे छह महीने पापा जी...और

तब तक तो बेटू थोड़ा बड़ा भी हो जाता। अकेले पापा जी भी टाइम-टाइम से दूध, सीरियल आराम से दे लेते। नेपी भी चेंज कर लेते। कुछ मुश्किल नहीं पड़ती। मेधा ट्रेंड कर लेती पापा जी को। आराम से पूरे साल भर बच्चा ग्रैंड पैरेंट्स के साथ पलता और मेधा की ट्रेनिंग भी पूरी हो जाती।

लेकिन वेणु अड़ गया, 'लेट्स बी ह्यूमन! माँ-पापा साथ ही आएँगे। वसु नहीं आ पाई तो उसके कारण हैं, वरना उसे भी बुलाना ही था हमें...'

'वेणु के सामने मेरी नहीं चलती मम्मी जी! मैंने कितनी बार कहा—मम्मी जी, पापा जी हमारे प्रॉब्लम नहीं समझेंगे तो कौन समझेगा? जैसे, जब आप लोगों को जरूरत पड़ी, वेणु ने वृन्दा की शादी में अपनी हैसियत से कहीं ज्यादा खर्च किया ही था...उसी तरह आप लोग भी तो हमारे प्रॉब्लम समझेंगे। वेणु का क्या है, कह दिया—छह महीने पापा-मम्मी, छह महीने डे-केयर...लेकिन उसके चार्जेज—इधर मेरी फारमोसिस्ट वाली फीस...बेटू पर आता खर्च, दूध, सीरियल से कहीं ज्यादा डायपर, पंपिंग मशीन, वैसीनेट...यह सब वेणु को पहले से सोचना चाहिए था न कि दो-तीन सालों में शादी करेंगे, फैमिली बनाएँगे तो कैसे क्या करेंगे...वेणु को खर्च करना, हिसाब रखना कभी आया ही नहीं मम्मी जी...!'

'ठीक कहती हो बेटे!'

'अर्थवान' जीवन

छह के बदले तीन महीने में ही मेधा एजेंसी की फुल पेड एम्प्लॉयी हो गई।

कम्पनी को पता था, ईवा जोन्स टिकने वाली नहीं। लम्बे हाथ मारने की कोशिश में कई जगह एप्लाई कर रखा है। इसलिए एक सुबह, दो महीने की अग्रिम पे के साथ उसे लम्बी छुट्टियों का सुझाव दे दिया गया।

और उसकी जगह मेधा शुक्ला—एरिया इन-चार्ज!

इसलिए छातियों से दूध निचोड़कर शीशियों में भरती मेधा खुश है, क्योंकि उसकी अपनी नई कार आ गई। उस कार में सुबह साढ़े सात से हैंडबैग में पंपिंग मशीन डालकर निकली मेधा आठ-नौ बजे तक की भागमभाग भरी दिनचर्या के बाद भी खुश-खुश लौटती है। उसकी दृष्टि में उसका जीवन पहले से कहीं ज्यादा अर्थवान हो उठा है।

'अर्थवान' पर वेणु मुस्कुराता है।

सिंटिंग रूम के लिए नई कॉरपेट, डाइनिंग के लिए मोटी काँच की टेबल की लिस्ट बन चुकी है। बेटू के लिए रंग-बिरंगी छोटी कुर्सियों और टेबल का सेट पहले ही आ चुका है। वैसे भी इन दिनों लगभग हर हफ्ते लौटते हुए बेटू के लिए एक न एक टॉय, बुक, ब्लॉक्स लिये हुए ही मेधा लौटती है। शेष मातृत्व दूध की नन्ही शीशियों की शक्ल में।

वेणु के जरा टोकते ही मेधा एक वजनदार 'प्लीऽऽज' के साथ उसे 'चुप' कर देती है, 'नाउ लेट मी एन्जॉय...अपनी मेहनत की अर्निंग। अपने बच्चे पर खर्च कर रही हूँ, और कहाँ कितना खर्च करना है, इसकी समझदारी मुझमें है।...डोंट वरी, मेरी स्टडी फीस के लिए जो लोन तुमने लिया है, उसके पेमेंट की किस्तें छह महीने बाद से शुरू हो जाएँगी।'

इसलिए वेणु भी खुश है।

मेधा तो खुश है ही।

बेटू बड़ा होकर इन लोगों से भी ज्यादा खुश होगा।

सिर्फ उसका कोई देश नहीं होगा। वह जमीन में किसी भी उस टुकड़े पर रहता होगा जहाँ अभी से शुरू हुई उसकी बेपनाह जरूरतों को पूरा करने का और ज्यादा संसाधन होंगे। सिर्फ उतनी ही जमीन जितने पर लॉट्स एंड लॉट्स ऑफ फन और एन्जॉयमेंट होंगे। जैसे पिकनिक स्पॉट्स, फनफेयर, स्केटिंग, डाइविंग, एंटरटेनमेंट पार्क्स, बर्गर, चिप्स, कोक, पिज्जा, आइसक्रीम, शेक्स, पॉपकॉर्न, स्मूदी...।

'देखिए मम्मी जी, पापा जी! कितना फन, कितना एन्जॉयमेंट...! सभी निकलते हैं यहाँ वीकेन्ड्स पर, इतना आप लोगों ने इंडिया में कभी एन्जॉय नहीं किया होगा—पॉप कॉर्न, कोन, आइसक्रीम, कोल्ड कॉफी...क्या लाऊँ आप लोगों के लिए?'

मेधा को अहसास है, आफ्टर ऑल मम्मी-पापा बेटू की बेबी सिटिंग तो कर ही रहे हैं, घर की केयर भी, तो कम-से-कम वीकेन्ड्स पर उन्हें बाहर ले जाना है...खुद को भी तो चेंज चाहिए ही...।

लौटते हुए कार में भी मेधा गर्व से चहक रही है, 'कैसा लगा आप लोगों को मम्मी जी... ?'

'अच्छा बेटे, बहुत अच्छा...'

मेधा का हौसला बढ़ा, 'अरे, अभी तो आप लोगों ने कुछ देखा ही नहीं, लेकिन ग्रोसरी लाने तो गए हैं न आप लोग—आलू, टमाटर, प्याज, पत्तागोभी तक की सैकड़ों किस्में...एक-एक चीज की दर्जनों कैटेगरिज—सब्जी, फ्रूट्स से लेकर केक, पेस्टी तक। सिर्फ ब्रेड ही पचासों तरह की। पापकॉर्न के बीसियों फ्लेवर...'

'बाप रे, एक जिन्दगी में लोग कैसे इतना खा पाते होंगे?' गियर बदलते हुए वेणु हँसा।

'तभी तो! सब कुछ खा-पहन पाने की होड़ में ही तो अमर होने के नुस्खे तलाशे जा रहे हैं—दुनिया भर की बड़ी से बड़ी प्रयोगशालाएँ लगी हैं इसमें...हम न सही, हमारा क्लोन ही खा ले...'

'अरे!' पापा भी बोले, जो यहाँ आकर चुप से हो गए हैं। वेणु को अच्छा लगा।

'लेकिन दाँव उल्टे भी पड़ जा रहे हैं न! खाने-अघाने की होड़ में, या कह लें, एन्जॉयमेंट के अति वाले लोग डिप्रेशन की गोलियों की शरण लेने लगे हैं।'

'लेट अस एन्जॉय वेणु! हमेशा की वही डिप्रेसिंग बातें! मैं आदमी की नहीं, देश की, व्यवस्था की, बात कर रही हूँ। एक आम आदमी के स्वास्थ्य, सुरक्षा और शिक्षा की बेसिक जरूरतों को तो पूरा करता है न यह देश। अगर आप मेहनती हैं, महत्त्वाकांक्षी हैं तो यह आपको रास्ता देता है, रास्ते में रोड़े नहीं अटकाता (इंडिया की तरह)...वो रहा खजाना... लेकिन चाबी तलाशने का हुनर तो चाहिए न आदमी में...सोचें तो कुल पाँच-छह सौ सालों में कहाँ से कहाँ पहुँच गया यह देश...सारी दुनिया का सरताज बन गया।'

'बिलकुल, अपने 'ओवर कॉन्फिडेंस' से सारी दुनिया को बुली करने की सरताजी। अच्छा है, तुम्हारी जानकारियाँ तुम्हें खुशी देने भर को काफी हैं।...उससे ज्यादा की जानकारी तुम्हारे लिए शॉकिंग होगी...' वेणु ने दुबारा गियर बदला।

मेधा ने तैश में बात काटी, 'जानती हूँ तुम्हारी भी। तुम वही तोता-रटन्त कहोगे कि इस देश में भी न करप्शन कम है, न धोखाखड़ी; न क्राइम, न सेक्स रैकेट; न कचरा, न बेकारी...लेकिन मैं पूछती हूँ, किस देश में नहीं होता यह सब ? फिर भी जो व्यवस्था अपने कॉमन मेन को भरपेट खाना मुहैया कर देती है, वह भूख और कंगाली पोसने वाली सरकार की तुलना में मसीहा है।'

'तुम्हारे जैसे ऊपरी जानकारियों वालों का ही फायदा या नुकसान तो मिल रहा है इस देश को...'

मेधा को लगा, वेणु उसकी नॉलेज और समझ की खिल्ली उड़ा रहा है। बौखलाकर बोली, 'तुम चाहे जो कहो, बट फैक्ट इज फैक्ट। यहाँ प्रतिभा और परिश्रम की पूछ है...'

'हाँ, इन प्रतिभाओं को खरीदने की कूवत तो है ही—इन्हें सस्ते में प्रतिभाएँ मिलती हैं और प्रतिभावानों को मालदार खरीददार!'

'पारखी कहो, पारखी। हरगोविंद खुराना से लेकर अमर्त्य सेन, नायपॉल और सुनीता विलियम्स तक अगर इंडिया में रहे होते न, तो इंडिया की गन्दी राजनीति, भ्रष्टाचार और नियम-कानूनों की धज्जियाँ उड़ाती शासन-व्यवस्था में कभी अपनी मंजिल तक नहीं पहुँच पाते।'

वेणु ने एक बार माता-पिता की ओर देखा, आहत हुआ, फिर खीझकर टोका, 'मेधा! तुम इंडिया को गिराए बिना अमेरिका का प्रशस्तिगान नहीं कर सकतीं क्या ?'

लेकिन मेधा न डरी, न सहमी, बेअसर रही, 'इंडिया का सच तुम्हें बहुत कड़ुवा लगता है वेणु, लेकिन तुम्हारे झुठलाने से वह झूठ नहीं हो जाएगा। मैं तो अपने-आपको देखती हूँ—पढ़ना चाहा, झट एडमिशन हो गया। जो पढ़ना चाहा, सारे डिटेल्स मिल गए। कॉलेज, यूनिवर्सिटीज के नाम भी...मेहनत करनी पड़ी और देख लो, मेहनत का फल भी मिल गया...इंडिया में तो मैं किसी कॉलेज-यूनिवर्सिटी की फाटक से ही दुरदुरा दी जाती...'

'लेकिन तू जैसी धुन की पक्की बेटा, जहाँ भी रहती, अपना हक हासिल करके ही रहती...'

वेणु को माँ की शान्त, समभाव से कही गई बात अच्छी लगी, हँस दिया, 'बिलकुल माँ! मजाल है, जो कोई मेधा का रास्ता रोक सके...!'

'गलत काम नहीं करूँगी तो कोई कैसे रोकेगा ?'

माँ हँसीं, 'बस, इस गलत-सही को अलगाना ही बड़ा मुश्किल होता है बेटे, क्योंकि सबके अपने-अपने सही और गलत होते हैं...'

वेणु चकित था—इंच-इंच नापकर माँ मेधा की प्रशंसा भी कर गई और सही जगह पर शान्ति से रोक भी दिया कि सही-गलत के फेर में तुम नहीं पड़ो तो ठीक—इतना आसान नहीं है इन्हें परिभाषित कर पाना। क्योंकि होता यह है कि अपने-अपने सच पालकर तोते की तरह पिंजरे में लटका लेते हैं लोग। जब जो चाहा, वही सच बुलवा लिया तोते से।...

मेधा के लिए बेटू को छोड़कर एलफ्रेंड एंड कम्पनी के हरकारे की तरह एक हॉस्पिटल से दूसरे हॉस्पिटल, मेडिकल सेंटर्स, फील्ड एरियाज में दौड़ते रहना सही है...लड़की, विवाहिता और माँ होते हुए भी अति उत्साह और प्रतिस्पर्धा में अपने कुलीग्स लड़कों से भी ज्यादा एरिया कवर कर अपने बॉस को प्रभावित करना जबकि वेणु का 'हीरामन'

प्रमोशन के साथ अपना फ्लोरिडा वाला ट्रांसफर सिर्फ इसलिए अस्वीकार कर देता है क्योंकि माँ-पापा और बेटू को उसकी जरूरत है। खास कर माँ-पापा तो उसी के लिए आएँ हैं। बेटू के काम—माँ-पापा का साथ।

मेधा के सच दो टूक हैं, 'टाइम बदल गया है मम्मी जी! यहाँ तो कितनी पत्नियाँ पति से ज्यादा कमाती हैं। अपनी-अपनी प्रेयॉरिटी है। मेरा जॉब छोटा सही, ज्यादा पढ़ाई हुई या कम, क्या फर्क पड़ता है! मकसद तो कमाना है—अर्निंग...वही सबसे इम्पॉर्टेंट...कितने घरों में बच्चों की बीमारी में भी माँ को छुट्टी नहीं तो हजबैंड छुट्टी लेकर घर बैठते हैं। बच्चों को नहलाने-खिलाने से लेकर सू-सू-पॉटी तक...अब तो इंडिया में भी...'

वेणु धीमे से मुस्कुराता है, 'अरे तो इससे किसी को कब इनकार है! मैं खुद भी इंडिया में रहता तो भी क्या बेटू की सू-सू-पॉटी नहीं क्लीन करता... ? लेकिन फिर हम यहाँ क्यों आए ?'

'अपने-आपको आजमाने कि चूक हमारे में है या देश में। मिले तो थे पिछली बार बुआ जी के शिशिर से—सात साल हो गए जॉब करते लेकिन अभी तक कार ले पाने की स्थिति में नहीं हैं...और हमें देख लो...'

'वह इसलिए कि कार अभी भी वहाँ की नेसेसिटी नहीं है। मध्यवर्ग की नेसेसिटी रिक्शा या ऑटो है। लेकिन पता नहीं, तुम्हें मालूम है या नहीं, शिशिर ने टू-बेडरूम, हॉल, किचेन का फ्लैट बेशक बुक करा लिया है जिससे बुआ जी, फूफा जी को साथ रख सके।'

'वेणु! तू यह मान क्यों नहीं लेता कि जीवन की दैनन्दिन जरूरतों और सहूलियतों के नाम पर यहाँ और अपने देश में जमीन-आसमान का अन्तर है। अपने यहाँ सामाजिक, आर्थिक सुरक्षा मुहाल है। इतनी बड़ी जनसंख्या और संसाधनों की मारामारी में मिडिल क्लास और गरीब तबका बदहाल है।'

'संसाधन भी पहुँच पाते माँ, अगर प्रशासन की नस-नस में पैठा करप्शन...'

'तो ? तो क्या जरूरत है ऐसी जगह रहने की ? इसके बदले हम वहाँ क्यों न रहें जहाँ इस मारामारी और आए दिन की झिकझिक से निजात पा, मनचाहा खा-पहन और 'खरच' भी सकें... ?'

वेणु तिलमिलाकर कुछ बोलता कि माँ ने फिर मृदुता से सँभाला, 'बिलकुल बेटे! आदमी मनचाही जिन्दगी जी पाये, इससे बढ़कर कुछ नहीं। वैसे भी सारी पृथ्वी देखते-देखते आज धार्मिक, आध्यात्मिक, सांस्कृतिक से सिर्फ 'आर्थिक' होकर रह गई है...तो ईश्वर का धन्यवाद कि उसने तुमको उस सबसे सम्पन्न किया जो इंडिया में मध्यवर्ग के लिये लक्जरी है...'

माँ कितनी कुशलता से मेधा को सपोर्ट करने के साथ उसका और आज का सबसे मार्मिक सच बयान कर गई!

सोचा था, मेधा खुश हो जाएगी लेकिन वह उल्टे हताश स्वर में बोली, 'कहाँ मम्मी जी, आपको ऐसा लग रहा है, क्योंकि आप अपने इंडिया वाले घर से कम्पेयर कर रही हैं न! आपने यहाँ दूसरों के घर नहीं देखे। आपको एक दिन चन्द्रा लोगों के घर ले जाऊँगी...हमारा घर, चीजें तो उनके सामने एकदम बंकस दीखेंगी...चाँदी के नक्काशी वाले काँटे-चम्मच, चन्दन का हाथी, मूँगे के गनेश...चन्द्रा लोगों को छोड़ भी दें तो इवेन दूसरों के, वेणु के दोस्तों के घर भी देखेंगी न, तो आपको लगेगा—'प्रभूत' क्या होता है।'

'नहीं लगेगा बेटा! उन दोस्तों से पूछना, चन्द्रा लोगों से पूछना, 'प्रभूत', 'यथेष्ट' बाहर नहीं, हमारे अन्दर होता है।...जब सन्तोष आता है तो सब कुछ प्रभूत हो जाता है वरना तो जीवन भर कंगाली हमारा पीछा नहीं छोड़ती।'

उपकृत हुआ वेणु!

'क्या खोते और क्या पाते हैं एवजी में?'

हाँ, बातें हमेशा कार में ही होतीं। ग्रोसरी, प्रोविजन के लिए जाते हुए या फिर अनुअल-सेल, सीजन्स-सेल या क्लीयरेंस सेल से लौटते हुए।

तब मेधा अतिरिक्त उत्साह में होती, 'आपने देखा मम्मी जी!...पचास, पचहत्तर प्रतिशत छूट वाले, थ्रो-अवे-प्राइजेज पर...एक से एक चीजें—दरियाँ, पायदान, लैम्प, खिलौने...वेणु मुँह बिचकाते हैं...ये देखिए सिर्फ पन्द्रह डॉलर की जैकेट! बस, जरा अन्दर फोम झड़ गया है...न झड़ा होता तो पचास डॉलर का न होता? सॉस-पैन देखें!...जरा से डेंट वाले...आपको ले जाने हैं इंडिया? लेसदार नाइटीज, मखमली स्लीपर्स,...सेकेंड्स के न होते तो पच्चीस, तीस डॉलर्स से कम के न होते।...वृन्दा दीदी या वसु के लिए लेने हैं क्या...?'

'नहीं बेटे! इन गाउन और स्लीपरों के लायक फर्श भी तो होने चाहिए। हमारे घरों के फर्शों के लिए रबर वाली हवाई चप्पलें ही ठीक।'

शहर भर में बसे हिन्दुस्तानी और ईस्ट एशियन अपनी छोटी-बड़ी कारें लिये टूटे पड़ रहे हैं इन सेलों पर। कोरियन, फिलिस्तीनी, चाइनीज, कम्बोडियन...दरियों, गलीचों और तिपाइयों से लेकर कुर्सी तक...कहाँ क्या चीज हाथ आ जाएगी, कहा नहीं जा सकता। छोटे पैकेट्स, बैग्स, फटाफट स्ट्रोलर्स में डाले जा रहे हैं। काउंटर पर खड़ी सेल्सगर्ल लगातार कहती जा रही है—हैव अ गुड डे...उसे अपनी मुस्कान का स्विच तब तक ऑन रखना होता है, जब तक स्टोर बन्द नहीं हो जाता।

बड़ी चीज? कोई दिक्कत नहीं। अपनी कार लोडिंग-जोन में ले जाइए। जब तक आप कार वहाँ लाएँगे, बड़ी कॉरपेट से मेज तक, पायों को अलग निकाल पैक होकर आ जाएगी और लोड भी कर दी जाएगी।

मेधा पूरे हफ्ते अखबारों से डिस्काउंट कूपन इकट्ठे करती है। फिर घर के जरूरी सामानों की लिस्ट के साथ कूपन मिलाती है कि किस ब्रांड में सबसे ज्यादा डिस्काउंट है।

स्टोरों में घूमते हुए देशी भाइयों से सामना होता है। पंजाबी, गुजराती, बंगाली, दक्षिण भारतीय...अमेरिका आए बेटे-बेटियों के साथ स्ट्रोलर, बच्चे थामे। सलवार-कुर्ते वाली माँएँ और पिता...झेंप भरी मुस्कुराहटों में उभरती पहचानें...'नमस्ते' और 'हाय' असमंजस के बीच आगे-पीछे बढ़ जातीं ट्रॉलियाँ। हाव-भावों के बीच कायम होता एक विचित्र रिश्ता...जैसा सबको, सबकी असलियत कर पाता है।

अमेरिकन अब पहले की तरह माथे की बिन्दी और लहराती साड़ी देखकर पास खिंचे नहीं आते। शायद वे जानते हैं, ये थर्ड वर्ड के, डेवलपिंग कंट्रीज के लोग हैं। यहाँ, हमारे समृद्ध देश में कमाने-खाने आ गए हैं।

पिता को आज ही टाइम से देखी एक विज्ञप्ति याद आ गई : 'गरीबी और गरीबों की तलाश में आपको एशियन देशों में जाने की आवश्यकता नहीं है।...स्वयं अपने देश में...' जाहिर है, किसी स्वास्थ्यवर्धक खाने की पब्लिसिटी थी।

'सारी शराफतों और एटीकेटों के बीच भी ऐसा क्यों महसूस होता है कि हम सिर्फ अजनबी नहीं, एक जरूरतमन्द अजनबी हैं?'

मेधा प्रतिवाद करती है, 'यह हमारा भ्रम है। सोचने का गलत तरीका। जैसा सोचेंगे, वैसे दिखेंगे भी हम। आदमी खुद बनाता है अपने-आपको, दूसरों की नजर में। यहाँ कौन सीना ठोंककर कह सकता है कि हम इस देश के वासी, खांटी अमेरिकन हैं? कोई नहीं। सिर्फ रेड इंडियंस को छोड़कर...चाइनीज, वियतनामी, स्पेनिश, अंग्रेज हैं, या तीसरी दुनिया से आए हुए हम...।

'आपको 'स्टैच्यू ऑफ लिबर्टी' के बाद समन्दर के किनारे बने एलिस आइलैंड पर ले चलेंगे मम्मी जी, पापा जी! आप देखेंगे, अमेरिका की जमीन पर, उन शुरुआती वर्षों में कहाँ-कहाँ, किस-किस देश से अपने भाग्य आजमाने आनेवाले लोगों के पासपोर्ट, तस्वीरें, दस्तखत...पारदर्शी शीशे वाली अलमारियों में लगाकर रखे गए हैं...सारे के सारे डॉक्यूमेंट्स...कितने देशों से लोग आकर उन तस्वीरों, पासपोर्टों में अपने पूर्वजों को तलाशते हैं। शायद उस बहाने अपनी रूट्स की पहचानों को...।

'वहाँ, हाल में, आधे-पौने घंटे की फिल्में भी दिखाते हैं कि कैसे तूफानों, बीमारियों, अकाल, महामारी जैसे प्राकृतिक प्रकोपों से, भूख और बीमारी से भागे हुए लोग जिन्दा रह पाने की आशा में जहाजों में भर-भरकर अमेरिका आए थे—उड़ती धूल, हैजा, प्लेग महामारी से बचने के लिए जैसे-तैसे घोड़ेगाड़ियों, ठेलों, रिक्शों में गठरियाँ लिये अपने घर, देश छोड़कर भागते लोग। बेहतर जीवन की तलाश में। वे इसे अवसर और सम्भावनाओं का देश मानते थे।...आज भी है। अब यह हमारे ऊपर है कि हम अवसर को हथियाना चाहते हैं, या गँवाना।'

'अवसर गँवाना तो सचमुच ठीक नहीं लेकिन अवसर का लाभ उठाते-उठाते खुद के हिस्से का भी गँवाते चले जानेवाली बात जरूर अखरती है।'

'वह तो विदेश जाओ, न जाओ, कुछ पाने के लिए कुछ खोना तो पड़ता ही है...' मेधा दो टूक थी।

'लेकिन क्या खोते हैं हम और क्या पाते हैं एवज में—परफ्यूम? घड़ियाँ? आइपैड? जो हर छह महीने पर पुराने पड़ते जाते हैं? तब यह कैसे सम्भव हो कि अवसर न गँवाने की असावधानी न कर बैठे हम?'

'वह सब बाद में आता है, पहले तो ऑपरचुनिटी को ग्रैब करना सीखें...'

वेणु खुलकर हँसा, 'लो, और यहाँ आकर कर क्या रहे हैं?'

स्वयं पर किए वेणु के कटाक्ष पर समवेत हँसी ने 'कार-सीट' से बँधे बेटू को जगा दिया। पिछली सीट पर बैठे माँ-पापा जल्दी-जल्दी झुनझुना बजाने, पुचकारने लगे लेकिन बेटू थका होने के साथ-साथ भूखा भी था। उसने एकदम चीखना शुरू कर दिया। माँ ने दूध की बॉटल भी लगाने की कोशिश की लेकिन बेटू को कैसे भी बँधी हुई कार-सीट से बाहर निकलना था। हाइवे की तेज रफ्तार में न कार कहीं रोकी जा सकती थी, न बेटू को

कार-सीट से बाहर निकाला जा सकता था। सड़क पर पेट्रोलिंग करते ट्रैफिक पुलिस वाले फौरन पीछा करते हुए कार रुकवाते। फिर इस देश के 'सिटिजन-बच्चे' की सुरक्षा का सवाल। (माँ-बाप से कहीं ज्यादा सिस्टम की जिम्मेदारी...) 'बाल-सुरक्षा' नियम का उल्लंघन करने के जुर्म का टिकट (जुर्माना) थमा देते। टिकट की राशि से ज्यादा नियम के उल्लंघन की शर्मिन्दगी। चलती कार में न बेटू को सामने वाली सीट पर मेधा को थमाया जा सकता था, न कार सीट से निकाला जा सकता था, न बच्चे को इस तरह बेतहाशा चीखने दिया जा सकता था...चुप करने के सारे उपाय बेकार रहे थे।

माँ धीमे से फुसफुसाईं, 'अभी तो शाम का धुँधलका है—मेधा धीमे से ले ले गोदी में तो शायद चुप हो जाए।'

'नहीं माँ, बहुत चौकन्ने होते हैं ये...सख्त भी। सब कुछ बहुत अपमानजनक लगता है।'

'तब कहीं जल्दी 'रेस्ट-एरिया' ढूँढ़ो।'

अब तक मेधा भी परेशान हो चुकी थी।

'यहाँ वाले बच्चे भी तो ऐसे ही करते होंगे। आखिर बच्चे ठहरे! तब क्या करते हैं ये लोग... ?'

'नहीं करते यहाँ वाले बच्चे। वे पैदाइश के साथ ही कंडीशंड होते हैं। उनके माता-पिता भी बचपन में वैसे ही कार सीट से बँधे-बँधे बड़े हुए होते हैं। शायद यहाँ वाले बच्चों को इतना ज्यादा उछाला, पुचकारा या दुलराया जाता भी नहीं। वे चुप, शान्त और सभ्य होते हैं।'

तभी सामने से आती एक लम्बी-तगड़ी ब्लांड औरत दिखी। कमर से बँधा एक गदबदा बच्चा, उँगली पकड़े छह-आठ साल की बच्ची, हाथों में बड़े पैकेट्स। उसने डिक्की खोली। पैकेट डाले। छोटे बच्चे को एक सामान की तरह ही सीट पर डाला। बेल्ट बाँधी और जरा से खुले मुँह में साइलेंसर की तरह पेसीफायर डाल दिया। इस बीच साथ वाली छोटी बच्ची ने तत्परता से पिछली सीट पर बैठकर खुद अपनी सीट-बेल्ट बाँध ली थी। अब तक सामने की सीट पर बैठी माँ ने एक्सेलरेटर दबा दिया।

मेधा ने गर्व से बाकी तीनों की तरफ देखा, जैसे उसे इस सब पर नाज हो!

शुक्लानी बनाम गुप्तानी

दुहाई स्वामी जी की!

शायद वालमार्ट के ही क्लीयरेंस सेलवाले सेक्शन में अचानक गुप्तानी मिल गई थी। अपने जालौन वाले पार्सल बाबू की बीवी। पहचानते ही आकर गले से लग ली। औचक देखती रह गईं माँ। कहाँ वह फूलदार प्रिंट वाली साड़ियों में भरीपूरी सिन्दूरी माँग और चटकीली गोल टिकली वाली गुप्तानी, कहाँ यह कतरे बाल और गहरी लिपस्टिक में लकदक सलवार-

कुर्ते में हँसती-विहँसती गुप्तानी! अपने औसत से ऊँचे कद वाले बेटे और औसत से नाटे कद की गोल-मटोल बहू को पीछे बुलाती, छह महीने के पोते की प्रैम पकड़े, आने-जानेवालों का रास्ता रोके, बीचोबीच इत्मीनान से खड़ी थी, जैसे ये ट्रालियाँ नहीं, रेस में जीती ट्रॉफियाँ हों! बेफिक्र, बिन्दास! जिसे जाना हो, बचकर किनारे से निकले, उसकी बला से!

'अरे पवन, पहचाना नहीं—अपनी शुक्ला-आंटी, अंकल, रतलाम वाले... ?'

अचानक सारा कुछ याद आ गया। फूले-फूले गाल और बीच में पतले होंठों वाला महाखिलवाड़ी पवन जिसे बच्चे मजाक में 'पवनपुत्र हनुमान' कहकर चिढ़ाते थे...हर साल फेल होने पर अपनी सालाना रिपोर्ट लेकर घर के पिछवाड़े से ही दबे पाँव नाक सुड़कता हुआ घुसता था। थोड़ी ही देर बाद गुप्ता जी की दहाड़ से क्वार्टरों की पूरी कतार काँप जाती थी। कहाँ वह सुड़कती नाक और मटमैले कैनवास के जूतों वाला पन्नू...और कहाँ यह हाथ बढ़ाकर तपाक से अपना परिचय देता—'पैवन गुप्टा!'

अपार खुशी और उत्साह से ट्रॉली में भरे जूस, दूध के कैन और बिस्कुट, चीज, मुरब्बे और मक्खन के टिनों के ऊपर वे काउंटर से उठाई नई चीजों के पैकेट रखते जा रहे थे। फिर से ट्रॉली बेटे-बहू को थमाकर एक तरफ रखी कुर्सियों पर बैठ गए।

गुप्ता जी ने कहा, 'आपको याद है मिसिस शुक्ला! बच्चे इसे, जु है क्या, हनुमान कहकर चिढ़ाते थे न, तो यह 'स्वामी जी' का हनुमान ही है। दिन-रात उन्हीं की शरण में। स्वामी जी दिन कहें तो दिन, रात कहें तो रात...और अब मुक्ता भी उन्हीं के सतसंग वाली...'

गुप्तानी ने खुलासा किया, 'यूँ ही एक दिन इन्होंने जोर से फटकारा था, आपसे क्या छुपाना, बचपन से जानती हैं, नकारा-लफंगा...यूँ ही भटकता जाकर स्वामी जी के सत्संग में बैठ गया। रोता रहा होगा, और क्या! बात लग गई होगी बाप की। दृष्टि फिरी स्वामीजी की। सत्संग के बाद पास बुलाया—नाम-पता पूछा और अपने आश्रम में काम दे दिया।

आप जानो, बोलने-चालने, मजमा जुटाने, बातें करने में तो ये शुरू का तेज रहा है—बस, पढ़ाई में गच्चा खाता था।

घर आकर बताया तो हमें विसवास न आया। सोचा, हमेशा की तरह हाँक रहा है लेकिन ये तो दूसरे दिन गेरुआ चोंगा और स्वामी जी की फोटो मढ़ी लॉकेट भी ले आया—बेझिझक तो है ही शुरू का। मगन मन चोंगा डाले घूमता। लोग हँसें तो हँसें, इसकी बला से!

स्वामी जी को इतने समर्पण भाव की अपेक्षा नहीं थी। दिन में जहाँ-जहाँ गया—स्वामी जी का चोंगा धारे। हिन्दुस्तान में जितनी पब्लिसिटी इसने स्वामी जी की करी, किसी शिष्य ने नहीं। स्वामी जी ने खुद भी चोंगा सिर्फ सत्संग में धारण करने की बात कही थी—ये दिन-रात, चौबीसों घंटे, सोते-जागते धारे रहा। इसे देखकर कितने दूसरों ने धारा। ये चीजें तो जानो, आग-पानी की तरह फैलती हैं।

बस, स्वामी जी ने शिष्य पहचाना...विदेश में ब्रांच खोलने का निश्चय हुआ तो पहले इसे तलब किया फिर मुस्कुराकर बोले—नहीं, तुझे अकेले ले चलने का खतरा नहीं उठाऊँगा। तेरे जैसे बतरसी का क्या ठिकाना! वोईं मुक्ता से शादी कराई और जानो कि स्वामी जी को पासपोर्ट, वीसा का भला कौन-सा प्रॉब्लम!

और देखो शुक्लानी, कहाँ से कहाँ आ गए हम!'

वे सुनती सोच रही थीं—गुप्तानी हर हाल में प्रसन्न रहनेवाली है। यहाँ न आती, वहीं उसी क्वार्टर में बनी रहती तो भी खुश रहती। बचपन में जब पवन पिटता था, गुप्ता जी का पारा आसमान पर चढ़ा रहता था—तो भी दोनों के बाहर होते ही अदरक डली चाय बनाकर आवाज लगाती, 'शुक्लानी! क्या कर रही हो? आओ, संग चाय पी जाए...सन्दीले से लड्डू और मठरियाँ भेजी हैं मेरी ननद ने।'

गुप्तानी की बातों में एक बार भी छूट गए अपने देश, शहर या गाँव का जिक्र नहीं आया। जब वह देस था तो था, अब यही अपना देस!...'देस भी—दुनिया ऊपर, जहाँ अमीर-गरीब सभी को आइसक्रीम नसीब है। ये बड्डी कोन, चार इंच ऊपर तक गाढ़ी मीठी क्रीम से हचेहच भरी। चीज, बर्गर, दूध-दही की सैकड़ों किस्में। मेवे-फ्रूट वाली दही। जाने कौन-कौन से रंग, खुशबू, जायके—बिस्कुट, केक, चॉकलेट सब खाते हैं जी। 'डोल' पर होते हैं, वे भी। बूढ़ों को अलग पेंशन, बेकारों को अलग...अपाहिजों को अलग...अब बोलो, कित्ता करेगी सरकार? तभी तो डील-डौल देख लो—क्या लम्बे-चौड़े, हट्टे-कट्टे! अब जो लाखों-करोड़ों में थोड़े फट्टेमार, फाके-मस्त निकल भी गए तो क्या...अपने यहाँ की तरह सड़क, फुटपाथ, बस, ट्रेनों से लेकर अस्पतालों तक बीमारियों, फटेहालियों की नुमाइश तो नहीं लगी होती।

अब गुप्तानी खुद को ही आँख मारती है, 'और तो और जी, अकेले की भी कौन-सी प्रॉब्लम!...खुलेआम अखबारों में इश्तहार छपते हैं। पैंतीस से पचहतर, अस्सी तक के औरत, मर्द अपने शौक और शरीर की नाम-जोख बखानते हुए खुद ही अपना इश्तहार छपवाते हैं। ...और भी अलाय-बलाय डिटेल्स...' गुप्तानी खिक् से हँसने, शरमाने का अभिनय करती है।

'यह सब शायद सिर्फ अपनी शर्तों पर जीने वालों की जिद है, और कुछ नहीं...'

गुप्तानी कुछ समझी, कुछ नहीं, 'ठीक कहती हो, इस जन्नत की हकीकत तो वही जाने...खी-खी-खी!'

'यह जन्नत उनकी लाचारी भी तो हो सकती है...'

''कैद' भी!'

आराम, ऐश और कैद—सोचकर कैसा लगता है? फिर वही ढूँढ़-ढूँढ़कर इस देश पर मिट्टी डालने वाले जुमले, 'कोई कुंठा है तुम्हारे अन्दर...भूलकर भी इसे 'अच्छा' कहना, जैसे हार जाना है न!'

चौंककर उन्होंने गुप्तानी की तरफ देखा, मुस्कुराईं और कहा, 'इस एक दुनिया में कई दुनिया बसती है न!'

गुप्तानी उनके अन्दर की दुनिया से अनजान, अपनी खुशी में बेपरवाह कहे जा रही थी, 'बिलकुल ठीक कहती हो जी, अलग-अलग दुनिया, अलग-अलग देस...अब जिस देस में रहो, उसकी बात करो...यह क्या कि खाओ इस देश का और गाओ उस अपने देश का! मैं ऐसे टुच्चों में नहीं...खुले दिल से इस देश के गुण गाती हूँ।'

(मेधा ने फिर सगर्व देखा।)

'अरे तो इसमें बुरा क्या? बड़ाई किसी आदमी की हो या देश की—इससे अच्छी बात भला क्या...'

'अरे आप कहती हो न, हमारी हिन्दुस्तान वाली पड़ोसिनों को देखते आप सब, ऐसे मुँह बिचकाती थीं, जैसे मैं मलेच्छ होने जा रही हूँ! एक के भी चेहरे पर खुशी नहीं—मैं क्या समझती नहीं थी? अन्दर-अन्दर कुढ़न से धधकती होती, ऊपर-ऊपर बातों की चाशनी लपेटती—जाओ, जाओ, वहाँ तुम्हें जरूर अच्छा लगेगा। स्कर्ट और हैट की फोटुएँ हमें जरूर भेजना...आजकल बढ़ई, दर्जी, हज्जाम सभी के लिए अमेरिका और दुबई काबा-कैलाश हुए हैं...।

'आपको उस सात नम्बर वाली की याद है? अभी तक वहीं है, उसी क्वार्टर में। ऐसी जहर-बुझाई बोलती है कि बस! —जाओ, अब अपना देश तो तुम्हारे लिए सपना हुआ। कब्र भी वहीं खुद जाएगी तुम्हारी...बोलो, ऐसे बदमिजाज बोल भला बोलता है कोई?'

गुप्तानी के सचमुच आँसू निकल आए थे—लेकिन जैसे निकले थे, वैसे ही गुजर भी गए, जैसे दो घड़ी सुस्ताना भर था आँसुओं को! तत्क्षण हल्की हो, दूने वेग से मुस्कुराई, 'लेकिन मुझे भी तो उनके 'कोसने' ऐसे शुभ हुए जैसे कि कहती-सुनती के हों!...पिछले साल पुनीता की भी यही फ्लोरिडा में शादी कर दी न। लड़का ग्रीन कार्ड होल्डर...बस, उम्र में पाँच की जगह नौ बरस का अन्तर। तो उसका कारण यह कि उसे खांटी हिन्दुस्तानी घर-गृहस्थिन लड़की चाहिए थी—हर बरस हिन्दुस्तान जाता और बिना शादी किए लौटता। कोई लड़की जमती नहीं थी उसकी नजर में। सास-ससुर, बेटा सब साथ रहनेवाले। कहते हैं, हम यहाँ अमेरिका में भी बहुओं से काम नहीं कराते। ज्यादा पढ़ाई-लिखाई नहीं चाहिए थी उन्हें। और आप तो जानती हो, हमारी तो पुनीता भी पढ़ाई के नाम पर शुरू से फिसड्डी। हमने फौरन शादी कर दी। रहो, जहाँ जी चाहे। हिन्दी की जगह अंग्रेजी बोल लो, क्या फर्क पड़ता है! हिन्दुस्तान में ही कौन हिन्दी बोलता है! वही गरीब-गुरबे न...सो मस्त रहो, इन प्रपंच-पचड़ों में पड़ने की जरूरत?' गुप्तानी दिल खोलकर खिलखिलाई, 'और तकदीर देख लो उसकी...'

अगल-बगल वाले उसकी खिलखिलाहट से चौंक पड़े...।

'और तो और, उम्र ज्यादा है तो ज्यादा लाड़, ज्यादा खयाल करता है। बाहर जाने-आने का मन है तो माल, सेलों में जाओ न...यूँ, खाली टाइम काटने के लिए दो-ढाई घंटे किसी स्टोर का पार्ट टाइम, पैकिंग, काउंटर, कुछ भी पकड़ लो—कौन मना करता है! कमाई की कमाई, वक्त कटी की वक्त कटी!

'सारी बात पहले ही साफ बता दी—खुले दिल-दिमाग के लोग। दान-दहेज भी तय किया और मैंने भी पवन की रजामन्दी से भरपूर दिया इसलिए अमेरिका विदा होती बेटी के लिए मेरी आँखें खुशी के आँसुओं से लबालब थीं।

'यह बड़े नसीब की बात है। बहुत कम माँओं को मिल पाता है यह सुख।' अनायास बेटियाँ याद आ गईं।

पवन और मुक्ता की दूसरी ट्रॉली भी भर गई थी। बच्ची भी चीखने लगी थी। पवन ने लपककर उठाया और अमेरिकी एक्सेंट में बुदबुदाकर चुपाने की कोशिश करने लगा, जैसे बच्ची यही एक्सेंट समझती हो—लेकिन बच्ची नहीं समझी, और जोर-जोर से चीखने लगी।

फिर तो जब तक मुक्ता दूध की बॉटल निकालकर थमाये, पूरा स्टोर बच्ची की चीख से गूँज उठा। अगल-बगल के काउंटरों पर बिलिंग करते, पैकेट्स थमाते लोगों की नजरें मिलीं—मुस्कुराता यहाँ कोई नहीं किसी पर। नजरें उठाकर देखता तक नहीं। एटीकेट के खिलाफ।

बिल अदा कर पैकेट सहेज लिये तो हँसती-विहँसती गुप्तानी जरा भी बिना परेशान हुए प्रेमपूर्वक उठ खड़ी हुई, 'पवन ने कार्ड दिया है न...जरूर आना शुक्लानी! इतनी देर मिल-बैठ लिये, तबीयत हरी हो गई।'

बेटू ठीक हो गया...मैं कब तक हो पाऊँगा, पता नहीं!

चार दिन होने को आए...।

लेकिन अभी भी सोचकर नसें चिटकने लगती हैं।

अचानक ही बेटू औंधे गिर गया था बेड से। माँ बेचारी लांड्री से कपड़े निकालना छोड़ भागी आई थीं।

जानता हूँ, बेटू कॉट में डालते ही चिहुँककर जग जाता है। माँ झुककर फौरन उठा नहीं पातीं। बेटू माँ की गोद चाहता है। उस कमी को पूरा करने के लिए माँ बेड पर साथ लगी सोती हैं। जब बेटू गहरी नींद में सो जाता है तब आहिस्ते से कॉट में डाल दिया जाता है।

आज भी माँ ने यही किया था। इतनी जल्दी बेटू के करवट लेने और औंधे गिरने की दूर-दूर तक कोई गुंजाइश नहीं थी।

और अब बेटू बुरी तरह चीख रहा था। मैं और माँ असहाय से उसे चुप करने की कोशिश कर रहे थे।

अचानक लगा, गले के पास हमारा हाथ जाते ही वह बुरी तरह चीख पड़ता है...कहीं मोच या हड्डी वगैरह तो नहीं खिसकी ?।मेधा को फोन करने, बुलाने का सवाल ही नहीं था। दम के दम निर्णय लिया।

माँ ने क्लॉजेट से जैकेट उतारी, चुन्नी डाली और बेटू को लिये सहमी-सी पिछली सीट पर बैठ गईं। मैं और पापा सामने।

लेकिन मेरे आश्चर्य का ठिकाना न रहा जब मैंने देखा, डॉक्टर जितना-जितना बेटू को इग्जामिन कर रहा है, उतना-उतना मुझे और माँ को अजीब खोजी नजरों से देखे जा रहा है। ऐसी कि थोड़ा समझ में न आए, थोड़ा नागवार गुजरे...अजीब एम्बैरेसिंग सिचुएशन मुझे खुद से ज्यादा माँ के लिए बुरा लग रहा था। विमूढ़, सकपकाई-सी खड़ी थीं वह।

और अब डॉक्टर जाँच पूरी होने के दौरान प्रेस्क्रिप्शन लिखने के बदले घुमा-घुमाकर जिरह पर उतर आया था, 'कॉइट अनयुजुअल...इतने बड़े, इस उम्र के, आइ मीन इतने छोटे बच्चे, सोए में इस तरह गिरते नहीं हैं। कॉट से आखिर कैसे ? व्हाट ? बेड से ? बच्चा बेड पर क्यों सुलाया गया था—व्हेयर इज द मदर ? हू इज दिस लेडी ? 'योर' मदर ? ऑर 'हर' मदर... ?'

मेरे कान की लवें जल रही थीं...माँ रुआँसी हो रही थीं...लेकिन डॉक्टर अपनी बात पर अड़ा था।

'आयम सॉरी...मुझे साइक्याट्रिस्ट से कन्सल्ट करना पड़ेगा।'

'क्या?' मैं लगभग होश खो रहा था।

लेकिन डॉक्टर बेहद ठंडा था।

अचानक दिमाग में करेंट सा लगा—ओह, तो डॉक्टर इसे 'चाइल्ड एब्यूज' का केस समझ रहा है?...पिता की तरफ से दिये गए सारे जवाब उसके शक की पुष्टि कर रहे हैं—बच्चे की उपेक्षा—लैक ऑफ प्रॉपर केयर! ऊँची चौतरफे घेरे वाली कॉट की जगह बेड पर सोता बच्चा, माँ अनुपस्थित। पिता को ज्यादा कुछ पता नहीं।...'केयर टेकर' की जगह एक 'रिलेशन' और वह इंग्लिश भी ठीक से नहीं बोलने वाली—वह साथ खड़े असिस्टेंट को बुदबुदाता जा रहा था।

मैं स्वयं को माँ के सामने और माँ को अपने सामने इस स्थिति में पा, अपमान से जल रहा था। स्वयं को रोकते न रोकते कह गया, 'आप डॉक्टर हैं या वकील, जो इस तरह हमारे साफ-साफ बताने पर भी जिरह पर जिरह किए जा रहे हैं...?'

साफ था कि डॉक्टर को नागवार गुजरा लेकिन उसने जरा भी जाहिर किए बिना मुझे सीधी आँखों में देखते हुए निर्देश दिये, 'यहाँ अपने देश में पैदा हुए हर बाल नागरिक की सुरक्षा के लिए हम कटिबद्ध हैं। मैं देख रहा हूँ कि आपको थोड़ा नागवार गुजर रहा है लेकिन यह हमारे प्रोफेशन की डिमांड है—तो वकील भी बनना पड़ता है...इतना ही नहीं, आपके जवाबों से सन्तुष्ट न होने पर 'पुलिस' भी बुलानी पड़ सकती है—बच्चे की सेफ कस्टडी के लिए...'

'क्याऽऽ?'

मैं देख रहा था, माँ डॉक्टर के मुँह से 'पुलिस' सुनते ही काँप-सी गई थीं...चुपचाप धीमे से मेरे पीछे आ हाथ दबाकर इशारा करने लगी थीं कि मैं बहस में न पड़ूँ, अपमान पी लूँ...मुँह सी लूँ।

मुझे गहरा आश्चर्य हो रहा था, दुःख भी। यहाँ के कानून, कायदों की सख्ती और पेचीदगी न जानते हुए भी माँ इस अजनबी देश में सबसे ज्यादा उद्विग्न मेरे साथ किए जानेवाले डॉक्टर के रवैये और लहजे पर थीं। उनका वश चलता तो वह मुझे निरपराध साबित करने के लिये डॉक्टर के सामने गिड़गिड़ाने से भी बाज नहीं आतीं...यद्यपि यह उनकी शान्त, सन्तुलित प्रकृति का हिस्सा नहीं।

मेरे बच्चे से ज्यादा माँ उस समय अपने बेटे के लिए आकुल-व्याकुल हो उठी थीं। अच्छा था, पापा बाहर थे। उससे भी अच्छा यह कि माँ ने बाहर आने पर उन्हें कुछ बताया नहीं। जानता हूँ, बाद में भी नहीं बताया होगा।

पता नहीं, अनजाने में डॉक्टर की तरफ कातर भाव से देखती माँ की वजह से या हॉस्पिटल से ही विकास की पत्नी डॉ. मनीषा से बात करवा देने की वजह से, हम दवाइयों, डॉक्टरी प्रेस्क्रिप्शन तथा चेतावनी के रूप में दिये गए इन्स्ट्रक्शनों के साथ घर लौट आए थे। जैसे अपने यहाँ इंडिया में डॉक्टर अपढ़-गँवारों को समझाते हैं, कुछ-कुछ उसी तरह डॉक्टर मुझे बेबी-केयर से जुड़ी सारी सावधानियों के बारे में अप-टू-डेट कराता रहा था और उससे भी ज्यादा समय ईशत् व्यंग्यात्मक लहजे में यह बताने से भी नहीं

चूका कि 'हमारे पास दुर्घटनाओं के इलाज के लिए लाये गए बच्चों में माता-पिता द्वारा प्रताड़ित, चोट खाए और उनकी खीझ, झुँझलाहट, डिप्रेशन और गुस्से के शिकार बच्चों की संख्या कुछ कम नहीं होती।...ऐसी स्थिति में नियमत: हमें पुलिस को सूचना देनी पड़ती है।

और तब निर्णय पुलिस, डॉक्टर, और साइक्याट्रिस्ट के समवेत परामर्श से होता है कि बच्चे को ऐसे क्रूर और गैरजिम्मेदार माता-पिता को वापस सौंपा जाए या सरकारी सुरक्षा प्रदान की जाए।

'यू सी, हियर इन यू.एस., अपने बाल नागरिकों की सुरक्षा के लिए हम प्रतिश्रुत हैं। हर नागरिक की सुरक्षा हमारी जिम्मेदारी है, ओके?'

आठ दिन हो गए...बेटू ठीक हो गया।

मैं कब तक ठीक होऊँगा, पता नहीं!

स्वागत शुक्लानी, हमारे अमेरिका में...!

ईस्ट आर्चंड स्ट्रीट।

'आओ, आओ, बैठो शुक्लानी, शुक्लाजी! बड़े भाग्य हमारे...बहूरानी! इधर आओ, हमारे कने। कुर्सियाँ खींच लो अपने और बेनू के लिए।'

गुप्तानी महाखुश है। उसके अगल वाली पटेलन और बगल वाली धीरू बेन से लेकर सुच्चा भाई सरदार जी भी...आप समझो, सब-के-सब हँसी-खुशी और मेल-जोल से रहनेवाले। जब चाहा, आवाज लगा के धीरू बेन से दही का जामन माँग लिया...जब चाहा, सुच्चा भाई से बैंगन, टमाटर के पौधे...!

यह पूछने पर कि यहाँ आसपास अमेरिकन नहीं रहते?—गुप्तानी थपोड़ी पीटकर हँसी, 'रहते थे, पल्ली बिल्डिंग में चार-छह, ऊपर-नीचे, अपने जात भाइयों के साथ...लेकिन एक-एक कर सब निकल गए...। दो-चार ही बचे हैं...उनकी भी कब रुखसती हो जाए, पता नहीं। अरे, तो ये हम हिन्दुस्तानियों के साथ लाचारी में ही रहते हैं और जानो कि हमें ही कौन-सी बड़ी परवाह पड़ी है। पूछो, अब तुम्हें हँसना-बोलना, मिलना-जुलना नहीं सुहाता तो मत हँसो...हम अपनी हँसी-दिल्लगी क्यों छोड़ें? कोई तालेबन्दी है? हम तो अपने देश की तरह रहेंगे।...तुम्हारी नकल क्यों करें?...बस, यही है कि अपने यहाँ जरा कूड़ा-कचरा करने की पूरी सहूलियतें थीं। यहाँ इस सबका ज्यादा ध्यान रखना पड़ता है—वरना थूथना उठाए ललमुँहे पहुँच जाएँगे। फट से फाइन कर चले जाएँगे। सो कोई बात नहीं। इतनी सहुलियतें दी हैं इसके मुलुक ने तो बदले में थोड़ी पिनैल्टी, टिकटों की वसूली भी कर ली तो क्या...'

बालकनियों में हिन्दुस्तान की तरह ही कपड़े सूख रहे हैं। बाहर बच्चे झूलों, स्लाइड पर धमाचौकड़ी कर रहे हैं लेकिन बोल अमेरिकन एक्सेंट वाली इंग्लिश ही रहे हैं।

'देख लो बेनू! हमारे बालक भी वैसे ही खसफसी इंगलिस बोल रहे हैं। रंगत जरा दबी है, नईं तो कौन अमेरिकनों से कम हैं? अपने पवन को ही देख लो—एकदम उन्हीं जैसी नकनकी इंगलिस बोलता है।'

सचमुच जब से हम आए थे, पवन मुक्ता और पिंटी से भी वही अमेरिकन उच्चारण वाली इंग्लिश बोल रहा था।

'स्वामी जी के सारे मंत्र तो अमेरिकन ही ठहरे न! उन्हीं को सारे समय बताने-समझाने की जिम्मेदारी। अब पवन बोलता है तो मुक्ता और पिंटी भी उसी इश्टाइल में न बोलेंगे-चालेंगे, उठेंगे, बैठेंगे...!'

गुप्तानी सम्मोहित है। गर्वित भी।

पवन को ग्रीन कार्ड मिल गया है।

उन लोगों ने अमेरिका को पा लिया है।

अब और क्या पाना रह गया?

गुप्तानी इसी देस में रहेगी।

पैंसठ की होने पर चार सौ डॉलर की पेंशन कमाएगी। चार सौ डॉलर मतलब पच्चीस हजार रुपए। पार्सल बाबू की महीने भर की खटनी की तनख्वाह। हाथ के हाथ, हरे कुरकुरे डॉलरों की गड्डी मिला करेगी गुप्तानी को।

हवाई जहाजों से बेटे-बेटी के शहरों—फ्लोरिडा, टेनिसी, अटलांटा, शिकागो—उड़ा करेगी गुप्तानी।

'मेरी मानो, आप लोग भी अब यहीं रह जाओ शुक्लानी। देश अच्छा है यह। अच्छा खाना, कपड़ा और गुजारे के लिए भत्ता भी। बस, यह कि चमड़ी थोड़ी मोटी कर ले आदमी और दिमागी झमेलों में न पड़े।'

गुप्तानी खुश-खुश लम्बा ट्रैक सूट वाला पैंट और ढीला-ढाला टॉप पहनती है। बालों को खींचकर लम्बी पोनी टेल बनाती है। उसी में सिन्दूर-बिन्दी एडजस्ट कर अपनी क्यारी का एक गाढ़ा लाल गुलाब भी खोंस लेती है।

न रहेगा बाँस...

मुक्ता किचेन में पूरियाँ तल रही थी। मेधा उसे मदद करने पहुँची तो आश्चर्य से पूछ बैठी, 'इतनी पूरियाँ एक साथ तलने से किचेन का 'स्मोक-अलार्म' नहीं बजेगा? पुलिस वैन नहीं आ जाएगी?...मैंने शुरू-शुरू में फ्रेंड्स की पार्टी में पूरियाँ तलने की कोशिश की तो एकदम पूरे घर में खतरे का तेज अलार्म बज उठा। वेणु को शर्मिन्दगी से और मेरा घबराहट से बुरा हाल। स्टोव बन्द करने के बाद भी देर तक घबराते रहे हम—कहीं पुलिस वैन न आ धमके! खुद पर जितने शर्मिन्दा, मुझ पर उतने नाराज भी और तुम, इतनी सारी पूरियाँ... ?'

मुक्ता हँस दी, 'अलार्म होगा तब तो बजेगा! ये सारे झंझट यानी कनेक्शन ही हमने निकाल फेंके हैं।'

'अरे! लेकिन कैसे... ?'

'बगल वाली पटेलन आंटी ने ही बताया कि हटाओ इस बवाल को...हमारा रसोड़ा कभी बिना छौंके-बघारे, तले-भुने पूरा ही नहीं होता। हम लोगों ने तो कब का काट फेंका—न रहेगा अलार्म का कनेक्शन, न बजेंगे अलार्म के घंटे-घड़ियाल, हमारा!'

देखो हमारा घर!

'शुक्लानी, आओ, तुम्हें घर दिखलाएँ!...छोटा है तो क्या हुआ?...वेणु, मेधा, आओ...यह मुक्ता और पवन का बेडरूम, यह मेरा। यह एक छोटा डेक, कीचन...देख रहे थे हम मोटे, गद्देदार सोफे, काउच, भड़कीले कुशन, शोकेस में नकली क्रिस्टल के खिलौनों से लेकर स्टैच्यूज, टॉयेज, सोविनियर्स...'

हर तरफ सामानों की भरमार! कहीं इंच भर जगह बाकी नहीं। दीवारों पर अपने देवी-देवताओं से लेकर सारी दुनिया की सीनसीनरी...कोनों में फूल-पत्तियों और प्लास्टिक की अंगूर की लतरें और सीलिंग पर चाँद-सितारों के चमचमाते स्टीकर्स।

वेणु के प्रशंसा करते ही गुप्तानी वापस ताली मार के हँस पड़ी, 'अब दाम बताऊँ तो चक्कर में पड़ जाओगे बेनू। अरे, 'गेराज सेल' की हैं ये सारी चीजें—यार्ड-सेल...किचेन की प्लेटें, बोल्स और डोंगे भी—दो-चार-छह डॉलरों में। एक से एक, फैन्सी भी, काम की भी। अरे, ये मग्गे तो मुझे याद है, डॉलर में दो दिये थे—मेरी पाँचवीं लेन वाली कैनेडियन ने, जब यार्ड-सेल लगाया था। घर छोड़कर जा रही थी तलाक के बाद। कितने भी मॉडर्न हो जाएँ, दिल में रंज तो होता ही है। तब ज्यादा करके जगह बदल लेते हैं। वैसे भी ये खाये-अघाए लोग बड़ी जल्दी उकताते हैं—चीजों से। बर्तन, भाँड़े, सोफे, काउच हों या लोग-लुगाई...ही-ही-ही...हर दो-चार सालों में चीजें बदलने की धुन सवार हो जाती है इन्हें। अमीर देश के रहिवासी—न इकट्ठे करते देर, न छोड़ते। और जब ठिकाने बदलते हैं, तो नये ठिकाने में नई चीजें। वैसे भी, चाहें भी तो पुरानी चीजें नहीं ले जा सकते। लोडिंग चार्जेज ही इतने कि नई खरीद लो। कचरे में डाल नहीं सकते...छोड़कर जा नहीं सकते...कचरे की गाड़ी वाला भी इतना नहीं ढोएगा—नतीजा 'यार्ड-सेल'। बाहर तख्ती लगाकर बैठ जाओ...और छोड़ी जाती चीजों पर एक, डेढ़, तीन, चार की कीमतों की चिप्पियाँ लगा दो—सारे आते-जाते रुककर नजर डाल लेते हैं और कुछ किसी के काम का हुआ तो उठा लेते हैं। आप जानो, खिलौने, छतरी, पर्स, तिपाई और बर्तन-भाँड़ों से लेकर मेज-कुर्सियाँ तक। जून की धूप निकलते ही आसपास से लेकर दूर-दराज तक यार्ड-सेलों की भरमार! हम तो भई, जरूर चक्कर मारते हैं...इसमें शरम की क्या बात? पचीस डॉलर की चीज हमें पाँच डॉलर में मिल रही है तो हमें तो मिट्टी के मोल पड़ी न!...ऊपर से चीजें चकाचक...नई को मात करे! धूल यहाँ उड़ती नहीं...और ये अमीरजादे इकट्ठी भी तो इतनी कर लेते हैं कि कितनी तो बरत ही नहीं पाते। लेकिन तुम लोगों को क्या बताना, तुम्हें तो खुद ही बरसों हो गए यहाँ रहते...'

वेणु हँसा, 'लेकिन हम अभी तक क्लीयरेंस-सेल तक ही पहुँच पाए आंटी।'

'तब तुम रह चुके अमेरिका में!...मेधा जरूर जानती होगी...'

'दोनों वर्किंग...सुबह से शाम तक गायब...'

'तो क्या, शनिवार, इतवार तो आते-जाते चक्कर मार ही सकते हो, क्यों मेधा?...भई सेल तो ज्यादा करके अमरीकन ही लगाते हैं, इंडियंस तो उठाकर ले जाते हैं...'

मेधा इस समय अभिनय की उस चुनौतीपूर्ण मुद्रा में थी, जो उसे इस अभियोग से बाइज्जत बरी करा दे कि उनकी पिछली इंडिया ट्रिप में ले गए सारे उपहार 'यार्ड-सेल' से ही इकट्ठे किए हुए थे।

गुप्तानी अपनी रौ में बोलती जा रही थी, 'इसमें बेइज्जती जैसा कुछ नहीं। झूठी शान में अपना ही घाटा...'

मेधा के अभिनय में आत्मविश्वास झलका, 'आप ठीक कहती हैं आंटी...वेणु जरा संकोची हैं न, हर बात में...आगे आने से झिझकते हैं। पर ऐसे जिन्दगी थोड़े चलती है...!'

अन्तत: अनायास माँ बोल गईं, 'अपना-अपना स्वभाव है...हर कोई चाहकर भी दूसरे की तरह नहीं हो सकता...'

पड़ोस

ऐन इसी वक्त सामने की खिड़की से उसे अपनी पड़ोसन दिख गई, 'ठहरो, शुक्लानी, तुम लोगों को पटेलन से मिलवाती हूँ।' और वह दरवाज़े की तरफ लपकी।

'अरे मीनल बेन! आवो, तमे अपने बहुत पुराने पड़ोसियों से मिलवाती हूँ।...जैसे आप हो न हमारे पड़ोस में, वैसे ही ये हमारे शुक्ला जी—शुक्लानी और बच्चे तो इत्ते-इत्ते से थे कि बलिश्तों से नाप लो...'

दोनों पड़ोसनें साथ हँसीं।

'अब ये लोग भी यहीं आ गए न, हमारी-तुम्हारी तरह। लेकिन इनका बेटा बिन्नू...अरे हाँ, ये बेनू बौत पढ़ाई करके आया, पर देखो, जरा गुमान छू नहीं गया...हमारे-तुम्हारे बच्चों सरीखे 'तीन-पाँच' करके गुरुओं की कृपा से नहीं आया है। अपनी तालीम के बल पर आया है और देख लो कि जैसा का तैसा सीधा-सादा...ही-ही-ही-ही...!'

पटेलन प्रभावित होकर सिर्फ इतना बोली, 'तब तो कमाता भी बौत होवेगा?...इस देस में पैसा की थाह नहीं। कमाने का हुनर चाहिए, बस!'

'सो तो कोई आप लोगों से सीखे पटेलन। जानते हो बेनू, 'डोनट' की बड़ी बेकरी है आप लोगों की। जाके देखो, कैसे गुब्बारों से फूले-फूले डोनट्स एकसाथ सैकड़ों के लॉट्स में निकलते हैं! और कितनी तो वैरायटी—हमारी गुझियों, बालूशाहियों जैसी। इनके गाँव के तीन-तीन सगे वाले तो गए साल अपनी खेत-जमीन बेच, बीस लाख का जुगाड़ कर ब्लैक में आए हैं कमाने-खाने के वास्ते।'

'ब्लैक में?' वेणु का मुँह खुला रह गया।

'वो सब तू रमेश भाई से पूछना...' गुप्तानी हँसी।

'हर चीज का प्रोविजन है यहाँ भी, वेणु दा...और रहने की भी हजार तरकीबें।' अपनी बच्ची को उछालता पवन हँसा।

'लेकिन फिर भी पन्द्रह-बीस लाख खर्च कर इतना खतरा उठाना—गैरकानूनी ढंग से आने का...'

'तो क्या! ढाई बरसों में ही उनके दस लाख निकल आए—डोनट्स की बेकरी में काम करके...'

'लेकिन कैसे?' वेणु स्तब्ध था।

और मेधा सोच रही थी—ये हुई न कमाल की बात! तदबीर का कमाल!

माँ-पापा सोच रहे थे—जब डोनट की बेकरी में एक अदना आदमी साल भर में इतनी बचत कर सकता है तो इतनी ऊँची नौकरी वाला वेणु भी जरूर...।

'कैसे?' गुप्तानी बता रही थी, 'अरे दिन भर काम करते हैं इनकी बेकरी में। दोपहर में इन्हीं के रसोई के खाना खाकर फर्श पर कम्फर्टर बिछा आराम कर लेते हैं। वापस फिर ड्यूटी। ऐसे ही रात में भी। एक किचेन में सो लेता है, एक पैसेज में। नहाना, संडास—कभी घर, तो कभी बेकरी। कपड़े हफ्ते के हफ्ते पब्लिक लांड्री में धो आते हैं।...दस साल में पचास लाख तो कहीं गए नहीं...'

'हाँ, फिर तो सारे पैसों की बचत ही हुई...इस तरह से तो अगले दस सालों में ही पचास लाख कमाकर लौट जाएँगे...'

'लेकिन लौटेंगे क्यों? यहाँ कमाने के लिए आनेवाले कभी लौटते देखे हैं आपने?' गुप्ताजी प्रसन्नचित बोले, 'हाँ, पैसा बराबर भेजते हैं बीवी-बच्चों को। खबर-बिबर भी। अपनी पटेलन का भांजा ही उन्नीस साल से यहाँ अटका है। बीवी-बच्चे वहाँ। न ये उधर जा सकता है, न बीवी-बच्चे इधर आ सकते हैं। रास्ता सोचते, तलाशते, एजेंटों से पूछताछ करते उन्नीस साल गुजर गए। बेटा बड़ा हुआ, जवानी का खून, एजेंट के कहने पर मैक्सिको की खाड़ी से तैरकर आता था। बीच रास्ते पकड़ लिया पुलिस ने। न यहाँ का रहा, न वहाँ का।'

हठात् उन्होंने घबराकर प्रभाकर की तरफ देखा, फिर दोनों ने शायद मन-ही-मन एक दूसरे को ढाढ़स बँधाया।

गुप्तानी के स्टेटमेंट अपनी रौ में चालू थे :

'अब वो तो भाग्य-भाग्य की बात है, वरना गरीब-गुरबे तक को दूध, जूस, आइसक्रीम सब मयस्सर है यहाँ। अपने देश में तो जनम भर तरसते रह जाओ। गरीब के छोकरे प्लेटफार्मों पर उतारी पैसेंजरों की जूठी थालियाँ चाटते फिरें।...इससे उलट यहाँ देखो तो बच्चों को मदद, बेकारों को 'डोल', बूढ़ों को पेंशन...!

'जानो क्या शुक्ला जी? इस ईस्ट आर्चड स्ट्रीट के सत्तर प्रतिशत लोगों ने अपने माँ-बाप बुला रखे हैं...पहले ग्रीन कार्ड दिला दिये, फिर सिटिजनशिप। घर में बैठे-बैठे कैसेट लगाकर सवाल-जवाब की तैयारी में लगा दिया। पटेलन की सासू माँ तो जब देखो, अपने कैसेट लगाए तोतले मुँह अंग्रेजी में पूछे गए सवालों के जवाब रटती रहती थी। शुरू-शुरू में तो जब कभी इनके घर जाऊँ और कमरे से कैसेट की भुन्न-भुन्न-सी आवाज आवे, तो मैं समझूँ कि बूढ़ी किसी सन्त-महात्मा का प्रवचन सुन रही है...वो तो बाद में पता पड़ा कि बूढ़ी माँ सिटिजनशिप हथियाने के लिए जवाबों को रट्टा मार रही है, जिससे बुढ़ौती में हजार-पाँच सौ नेमत लगते हों, वहाँ बीस-पच्चीस हजार की पेंशन कोई थोड़ी है जी...?'

पटेलन मगन मन हँसी, 'पिछली लेन के चन्देलों ने तो हिकमत लगाकर दादियाँ-नानियाँ दोनों बुला रखी हैं। पटती नहीं आपस में...तो जरूरत भी क्या है पटरी बिठाने की! एक-

एक कर सब निकल जाते हैं अपने-अपने ठिकाने...भिड़ती रहो दिन भर...खाने को क्या है! मन हो, बनाओ। मन हो, फ्रिज में ठुसे मक्खन-ब्रेड-चीज...भाखड़ी हाँडवो में से जो मन चाहे, माइक्रोवेव में गरम करके खा लो। इंडिया की तरह दोनों जन रोटले थोपने की जरूरत नहीं। इंडिया में तो बउ खटनी छे बेन...क्या? यहाँ हार्ड लाइफ किथू छे? हार्ड लाइफ तो उदर इंडिया में। किसानी का काम कितना मुश्किल! इसलिए छोटे-बड़े, अबाल, वृद्ध—सब अमेरिका चले आ रहे हैं।

'पेंशन आती है तो जान-बूझकर उनके हाथों में थमा देते हैं। जानते हैं न, कितना खाएँगे, कहाँ खरचेंगे। बूढ़े इसी में ही खुश। वापस उन्हीं के हाथों में लौटा देते हैं। इस इशारे के साथ कि देख लो, हम तुम पर बोझ नहीं। इस उम्र में भी पाँच सौ डालरों की कमाई मान-सम्मान के हकदार।

'बीमार भी पड़े तो इलाज मुफ्त। बेटी-बेटों को एक पाई नहीं खरचनी। अरे, वो तो उल्टे चाहेंगे कि बूढ़े मरे नहीं, पेंशन मिलती रही। चार सौ डॉलर का फटका कौन चाहेगा भला?'

गुप्तानी फिर गद्‌गद, 'यानी समझ लो—बूढ़ों के भी मजे, जवानों के भी!...'

पटेलन भी इसमें बराबर से शरीक।

गुप्तानी को हिन्दुस्तान के अपने पड़ोसी पाठक जी की माँ की दुर्दशा याद आती है, 'पठकानी खुलेआम बेलगाम बोलती थी—पहले पढ़ाई में सिर खपाते बच्चों के दूध-पानी का इन्तजाम करूँ कि पहले रोग-व्याधि से जर्जर हिलते-काँपते इनके शरीर के लिए फल-दूध जुटाऊँ? जवानी में तो 'बेटे' (पाठक मास्टर) को ईमानदारी की सुच्ची कमाई की सीख और अपनी आँखों के सामने उसी शहर में रखने की ललक थी—चालीस की उमर में बेवा हुई महतारी सादा जीवन, उच्च-विचार की मालाएँ जपती दिन गुजार देती थी। लेकिन, उस कमाई के सहारे अब बुढ़ापे में फल-टॉनिक की उम्मीद तो लखटकिया सपने की तरह ही हुई न! (मेधा ने वेणु की ओर सन्तुष्ट नजरों से देखा।) जिस डॉक्टर को दिखाओ, कहेंगे— बुढ़ापे में ऐसे ही जोड़ दुखते हैं, ऐसे ही दस्त लग जाते हैं।...ऐसे ही नजला-जुकाम—तो पूछो ससुरों से कि तब फीस काहे की लेते हो?

'तो भी लाचार थी बेचारी। चूल्हे-चौके से निजात पाते ही कभी पैदल, कभी रिक्शे-भाड़े से जितना बन पड़ता, डॉक्टर से जिद कर-करके पर्ची लिखा लेती। एक बार तो अपने दूर के रिश्तेदार भतीजे से एक साथ सस्ते में दवा मँगवा ली थी। हँफनी चढ़ते ही गोली के साथ गरम पानी लेकर काम चला लेती बूढ़ी।'

'लेकिन एक बात है,' अचानक आँखों में पुरानी फिल्म-सी देखते गुप्ताजी बोले, 'मरते दम तक माँ जी सुखी-सन्तुष्ट ही दिखीं और बहू-बच्चों को असीसती ही गईं...कभी शिकन नहीं आई उनके चेहरे पर...न अभावों का रोना ही...'

'अब सकारने-नकारने से क्या होता है—बोलो जी? खाना-पहनना किसी का छुपा रहता है क्या? इसके उलट इस देस में देख लो, अपनी पटेलन की सास अपने टूटे पटेले के साथ भी पेंशन के हरे-हरे डॉलर गिनने लगती है तो उसे अपनी सेहत सुधरी जान पड़ती

है। दसेक साल में मुझे भी पेंशन मिलने लगेगी न पवऽऽन्न ?...आपके सासरा जी भी तो यहीं मरे, गोरी मेमों से दवा-पानी लेते हुए। एक-दो नहीं, पूरे पाँच महीने अस्पताल में। सारी निगरानी अस्पताल की। आप लोग तो हफ्ते पीछे ही जा पाते थे। बोलो, अपने यहाँ के अस्पतालों में ऐसा हो पाता क्या ? तो वहाँ घिसट-घिसट के मरने से तो यहाँ ठाठ से अस्पताल में मरना अच्छा नहीं... ?'

अचानक पटेलन बोल पड़ी, 'ना री गुप्तानी बेन! जीना चाहे किसी देस में हो लेकिन मरने के बखत तो अपना ही देस याद आवे है। सासरा जी बहुत बिलखते थे अस्पताल में। जो भी हफ्ते पीछे जाता, हाथ पकड़ के, एक ही रट—मुझे अपने देस ले चल...चन्द्रकांत भाई मुँह चुराते फिरें...एक दिन तो रो पड़े। बोले—बूढ़ा पैले इत्ता रोया होता तो चंए जैसे हो, ले जाता...पन अब ऐसी हालत में...'

'अरे शुभ-शुभ बोलो...और समझो, जो निसरासो बिसरानी...' गुप्तानी को रोने-धोने की बातें अच्छी नहीं लगीं, 'अब मरना तो एक दिन सबको है। पटेलन, तुम्हारे सासरा जी यों ही बैठे-बैठे उठ लिये होते तो ये नौबत काए को आती, ऐं ?'

लेकिन पटेलन अपनी रौ में थी, 'वो क्या न, आते-जाते के सामने रोये तो तमारे चन्दू भाई को लाज आवे...मुझसे बोले थे कि मने खबर न थी कि अन्दर-अन्दर इते आकुल-व्याकुल हैं...नई तो धन्धा चएं मन्दा पड़ता, पन बापू जी को उनके ले देस जाता—वो क्या कि हम्मेस चुप रहे न सासरा जी, तो किसी को खबर न थी...मरती बेरू आदमी का शंति से मरना होवे तो जीने वाला भी सुख में जीवे...

'कसूं खबर न थी कि इस सारे ताम-झाम, मोटर-गाड़ी और डॉलरों के रोकड़ों के पार... कहीं रेतीली जमीन पर ईंटों के सहारे खड़ा दो कमरों का घर, श्रीनाथ जी की पूजा की चौकी, पीछे चीकू के पेड़ों की बगीची और बराठें का झूला उनकी आँखों के आगे झूलता रहता है...

'हाओ—तो बगीची, फूलों की यहाँ कोई कमी है...चारों ओर भरमार है...' पटेलन उठ गई थी।

गुप्तानी उन्हें बाहर घुमाने ले आई, 'ये देखो, मिट्टी तक मरी कैसी चोखी! और खाद तो ऐसी कि रात स्प्रे मारो और सुबह फूल ही फूल! ये कतार हमारी है। उधर वाली में पटेलन की जिठानी। नीचे वाली में भतीजी। पीछे वाली में ममेरा भाई। एक बेटी न्यूजर्सी में, एक अटलांटा में...पन यहाँ भी एक अपार्टमेंट ले रखा है—सगे वालों के साथ रहने को...वो देख रहे हो, गुलाब के झाड़... ?'

पटेलन क्यारी से एक गुलाब तोड़कर मेधा की ओर बढ़ा देती है। लॉन में खेलती बच्चियों की चोटियों में भी एक-एक गुलाब, मोगरे खुँसे हुए हैं।

खेलते-खेलते एक बच्ची अपने घर की तरफ भागी। शायद उसे बाथरूम जाना था। खुले दरवाजे के पीछे एक सफेद गाउन का साछोर लहराया और कुछ तेज आवाजें...। बच्ची ने फौरन एहतियात बरतते हुए दरवाजा बन्द कर दिया।

'चन्देलों की दोनों समधिनें झगड़ती होएँगी...और दिन भर करें भी क्या ?' हँसती हुई पटेलन अपने अपार्टमेंट की ओर बढ़ गई।

फ्लैश बैक में अम्मा

लोकेन्द्र की याद में...

एक दिन माँ को अनायास याद आ गया :

'तुझे लोकेन्द्र की याद है?...वीरेन्द्र भाई का सबसे छोटा भाई...सालों पहले पूरे डेढ़ महीने हमारे घर पर रहा था। तू तो बमुश्किल से चौथी-पाँचवीं में था...याद कर—अक्सर तुझे कन्धे पर बिठाकर घुमाता था...गन्ने के गड़ेरियाँ काटता था...मन्दिर के सामने वाले नीम पर दो मोटी रस्सियों वाला झूला भी डाला था उसने। विशाखा और वृन्दा को सन्तरे के छिलकों के नकली दाँत लगाकर राक्षस बनकर डराता था। महाखिलवाड़ी लड़का...'

'ओह! लोकेन अंकल की बात कर रही हो तुम?'

'वो तो उसका गाँव का नाम था। उसी सबसे तो वीरेन्द्र भाई ने मेरे यहाँ लाकर रखा कि भाभी! जरा शहरी शिष्टाचार सिखाने हैं इसे। गाँव में रहते-रहते पूरा उजड्ड हुआ जा रहा है। दिन भर अखाड़े की मिट्टी पोते घूमता है। पहलवानों की सोहबतें में डंड बैठकी लगाता है लेकिन अकल इतनी अच्छी है कि बिना पढ़े भी क्लास में अव्वल आता है। सोचता हूँ, सही ट्रेनिंग मिल जाए तो जिन्दगी बन जाए इसकी। मैं भी एक बड़ी जिम्मेदारी से मुक्त हो जाऊँगा...'

'ये ही शायद बाद में इंग्लैंड पढ़ने गए थे न और वहीं एक गोरी मेम से शादी भी कर ली थी...' मैं हँसा, 'मुझे यह सब विशाखा दीदी चुपके से बताया करती थीं...'

'बाद में अमेरिका आ गया था, एक बेटी भी थी।'

'अच्छा? लेकिन माँ, तुम्हें किसने बताया ये सब...?'

'वीरेन्द्र चाचा जी की माँ ने। जिन्दगी के आखिरी दो महीने कैंसर हॉस्पिटल में बीते उनके...बेहद कष्ट में...लेकिन सारा दर्द पीती थीं कि वीरेन्द्र का महँगी दवाइयों पर खर्च न हो...'

'नहीं तो पहले वे गाँव में ही रहती थीं न...?'

'हाँ, पूरी खेती सँभालती थीं। लोकेन्द्र चार-पाँच साल का ही था जब पिता गुजर गए। सारे भाई-बहनों को वीरेन्द्र ने ही सँभाला—भाइयों की पढ़ाई-लिखाई-नौकरी से लेकर बहनों की शादियाँ तक।...लोकेन्द्र चौदह साल छोटा था उनसे। देखने में गोल-मटोल, पढ़ने में होशियार, इसलिए उन्हें बहुत प्यारा था। क्लर्की की मामूली कमाई से भी पैसा काटकर इसकी पढ़ाई का खर्च उठाते थे। एडमिशन के सिलसिले में ही तो लेकर आए थे। हॉस्टल में जगह नहीं थी तो डेढ़ महीने हमारे पास रखा कि इसी बहाने थोड़े तौर-तरीके सीखेगा, सभ्य बनेगा।'

'तो बने तो...बल्कि इतनी छलाँग लगाई कि उस जमाने में इंग्लैंड से अमेरिका...'

'लेकिन आखिरी दिनों में अम्मा का तरसना मुझे नहीं भूलता...मेरे सामने लोकेन्द्र को बुलाने के लिए वीरेन्द्र पूछते तो मना कर देतीं—तू है न मेरे पास। वह आकर क्या करेगा? वीरेन्द्र समझते थे, माँ का स्वाभिमान। चुपचाप खबर कर दी थी उसे।'

'तो आए?'

'हाँ, आए न! अपनी आठ साल की बच्ची को भी साथ लाए।...होटल में ठहरा था लोकेन्द्र बच्ची को लेकर। एक-दो बार अम्मा के पास लेकर आया। पिता का सिखाया बोल रही थी—आय नो—यू आर माई ग्रैंड मदर। माय फादर्स मदर। पापा हैज टोल्ड मी। यू कुक वेरी टेस्टी फूड। आई लाइक पूरी। पॉप लव्स यू। जब आप अच्छी हो जाइए तो हमारे पास अमेरिका आइए और मेरे लिए पूरी बनाइए...।

वह बोलती रहती थी, अम्मा के आँसू झर-झर गिरते रहते थे। एकाध बार अपने हाथों से पोंछा भी था उसने। अम्मा ने उसकी हथेलियाँ अपने होंठों से छुआ ली थीं। फिर सहमकर हटा दीं।...हिन्दी का बस एक शब्द 'डाडी' बोली थी। बाकी जो कहती थी, अगल-बगल के लोग उसका ट्रांसलेशन सुना देते थे।...करीब डेढ़ महीने रही होगी न अम्मा अस्पताल में?' माँ पापा से पूछ रही थीं।

पापा ने स्वीकृति में सिर हिलाया।

'तेरे पापा का तो ऑफिस रहता था। मैं ही रसोई निपटा चली जाया करती थी, अम्मा के पास। मुझसे बहुत बातें करतीं। अपनी शादी, बच्चे, लोकेन्द्र के जन्म से लेकर उसके विदेश जाने तक की कहानी...जाने कितनी बार! अन्त की बेला आदमी की स्मृतियाँ ज्यादा साफ हो जाती हैं।

लोकेन्द्र पास बैठता तो उससे बार-बार पूछतीं—तुझे गाँव वाले चौबारे की याद है?.. और चौकिया के मेले की, जहाँ तू टमटम के वास्ते सड़क पर लोट गया था? और गाँव वाले पंडी जी की, जिनकी चोटी खींचकर भागा था...?

लोकेन्द्र मुस्कुराता जाता, सिर हिलाता जाता—सब याद है अम्मा। तुम्हारी छाछ की कढ़ी और गुड़ के गुलगुले भी...।

—सच्च? —जैसे बुझती लालटेन दप्प से जल जाती हो!

—सच अम्मा!

—याँ लाता तो तेरी बहू को सिखा देती न! अमरीका में भी खाता।

—अगली बार लाऊँगा।

—अगली बार? या अगले जनम में? जैसे मैं जानती न होऊँ...इतना बड़ा झूठ कैसे सकार रहा है? मुझे बहलाने की खातिर...?

जाने के समय लोकेन्द्र दीवाल से लगा रोता था...।

अम्माँ भी माथे तक चादर खींचे आँखें सुखा रही होतीं।

लोकेन्द्र पास बैठा होता तो कहतीं—तेरे वहाँ भी भगवान तो होंगे?

—हैं एकाध...यहाँ जितने नहीं। भगवानों को भी इंडिया ही ज्यादा पसन्द है।

—तो बोलना, मेरी माँ को आराम दो अब...बहुत थक गई। बोलेगा?

—भगवानों से तेरी नजदीकी ज्यादा रही है। जहाँ बोलेगी, लेकर चलूँगा, बात कर लीजो...।

लोकेन्द्र चला गया। हफ्तों उसी की बातें। कष्टों के बीच भी उसके बचपन की शरारतें सोचकर हँस पड़तीं—'पेट पोंछना' था न! सबसे छोटा। सबसे हलकट। सुन्दर, गदबदा, हँसोड़, नटखट।

लोकेन्द्र के लिए अम्मा के विशेषण कभी खत्म होने को न आते।

पहली बार उसके विदेश जानेवाले दिन की बात तो इतनी बार दुहराई होंगी उन्होंने कि मैं अस्पताल में उनकी बेड के पास बैठी-बैठी खुली आँखों देखती :

खेतों की मेड़ों के बीचोबीच, सफेद सूती साड़ी में, भरी दोपहरी में खड़ी अम्माँ...

आज सबसे छोटा लोकेन्द्र जा रहा है—चल अम्मा, तू भी।—कहा था उसने।

वे हौंस से भरी बखरी (घर) के दरवाजे की नीम देखती खड़ी रहीं—इस नीम को ले जा पाएगा लोकेन्द्र ?...नहीं न! अब तेरी-मेरी राह अलग रे बेटा...छोड़ मुझे...तू मुझसे दूर, एक पल को भी जा पाएगा क्या ?

—हमेशा मेरी आँखों में ढीली निकर ऊपर खींचता, कंचे चटकाता यह छोटा लोकेन मुझे चिढ़ाता खिलखिलाता रहेगा।

—छोटा था तो एक बार उसकी हद से गुजरती नटखटी शरारतों से तंग आ नल के बंबे पे पटक के मारा था—निकम्मे! बाप नहीं रहा तेरा तुझे लाड़ने-दुलारने को अब...नाम डुबोएगा या उठाएगा माँ का ? बोल ? ला, इधर ला, कंचे !—अंजुरी भर कंचे उछाल दिये थे कुएँ में मैंने...।

याद करतीं और रोतीं...।

सिवान से ओझल हो गया लोकेन्द्र तो सबकी नजरें बचा कोठरी में आ बसौंटे पर लेट रहीं। खिड़की से बाहर की दुनिया सूनी थी अब। लोकेन्द्र चला गया था...। उनका आकाश अब खिड़की की चौखटों में कस गया था जिसके पास सिर्फ हरी-हरी डालों वाली नक्काशीदार नीम की पत्तियाँ थीं।'

'उसकी बेटी की बात चलती तो कहतीं :

—वो मुझे क्या जाने! लोकेन की रटाई बोल गई...पर अपना खून उछाल तो मारता ही है। दुलारने को मन करता था, पर सोचती—इसे न जाने कैसा लगेगा! गालों पर हाथ धरूँ तो कहीं मैले न हो जाएँ...!

मैं उन्हें समझाती—कोशिश तो करती थी बेचारी...लेकिन बोल नहीं पाती थी...।

अस्पताल की बेड पर लेटी-लेटी बोलीं—हिन्दी लोकेन ही अब कहाँ बोल पावे है! एक-एक हरफ के लिए पाँच-पाँच बेर अटके है। जोड़-तोड़ के बोले तवा को 'थवा', चादर को 'शादर'...अबकी नहीं, 'मेम बऊ' लिवाय के आया था, तब भी...।

—अच्छा ? लोकेन लेके आया था एलिजबेथ को शादी के कुछ सालों बाद ? कैसी लगी थी आपको वो अम्मा ?

मुस्कुराकर सिर हिलाया था उन्होंने—सोंणी थी बेटा, अच्छी-भली। गोरी भभूक-सी। जैसे छूते मक्खन-सी पिघल जाएगी! लोकेन ने मेरे सामने लाकर खड़ी कर दी तो मेरे आँसू न थमे। देखूँ और रोऊँ। बोल-चाल न वो मेरी समझे, न मैं उसकी। समझ में न आए, कैसे वाके सिर पे हाथ फेर के असीसूँ ? क्या सोचेगी, कैसी गँवार माँ है इस देस की—बच्चों को असीसने तक का शऊर नहीं! लेकिन गलत नई समझी...उल्टे मेरे आगे हाथ जोड़कर बोली—मुझे माफ कर दीजिए...पर मैंने आपके बेटे से जबरदस्ती

नहीं की...मैंने तो बार-बार मना किया...याद दिलाया, आप अलग देस के हो, मैं अलग—हमारा खान-पान, बोल-चाल सब अलग—पता नहीं, कैसे निभेगी! तुम्हारी माँ कलपेगी—मैं तुम्हारे देस की रीति नहीं निबाह पाऊँगी...लेकिन आपका बेटा अड़ा रहा...

—सो तो जनम का अड़ियल है।—मेरे आँसू थम गए बेटी। फिर पूछा—बस, ये बताओ तुम...बेटा मेरा खुश तो है?...तो नैक लजा के मुस्कुराई—सो, आप बेटे से पूछ लो...

—क्या पूछती और क्या न पूछती बेटी! कहने को माणस-माणस एकई, पर दोनों देसों का फरक बौत बड़ा है बेटी—एक कुनबे, एक देस के माणस दुस्मन भले हो जावें, पर अजनबी, बेगाने तो नहीं न—दुस्मनी का भी बेटी, एक रिस्ता तो होवे ही...'

'इस बार भी लोकेन्द्र उसकी दो लाइन की चिट्ठी लाया था। —विरेन्द्र भाई ने बताया। —उसने लिखा था—आपको याद करती हूँ। अपने बदले, अपनी बेटी भेज रही हूँ। मुझे देखने से ज्यादा खुशी आपको इसे देखकर होगी। अच्छी हो जाइए।...यहाँ आइए...!'

मुझसे रहा नहीं गया जब। मैं वीरेन्द्र भाई से पूछ बैठी, 'इतना खयाल था तो खुद क्यों नहीं आई? सिर्फ लड़की क्यों भेज दी?'

—आती कहाँ से? तब तक दोनों का तलाक जो हो चुका था।

लून पर्वत पर लोकेन्द्र अंकल

'चलिए, वीकेंड पर आप लोगों को लोकेन्द्र अंकल के पास ले चलता हूँ...'

'अरे, पता चल गया? कहाँ, कितनी दूर...? लेकिन यह अचानक ही...'

'दूर तो है लेकिन इतना भी नहीं। वो अब न्यू हैंपशायर में रहते हैं...मेरा वैसे भी मन है, आप लोगों को ले चलने का—बस, एक-एक चेंज रख लीजिए क्योंकि रात में रुकना पड़ेगा...'

'अरे, तब तो बहुत पैसे लग जाएँगे...! मेधा कहती थी, यहाँ होटल बहुत महँगे हैं...'

'सस्ता कुछ नहीं है पापा, लेकिन वहाँ सौमित्र के एक अंकल ने अपना वहाँ का अपार्टमेंट सिर्फ इसीलिए रखा है कि उसमें कभी भी चेंज के लिए जाया जा सके—कल बात हुई तो उसी ने सजेस्ट किया।'

'अरे वाह! सिर्फ कभी-कभी आकर रहने के लिए एक अलग मकान...? हम लोग हर रोज रह पाने के लिए भी...'

'ऐसा कुछ नहीं पापा!...यहाँ दूसरे लोग भी अच्छी-खूबसूरत पहाड़ी जगहों में एक घर या फ्लैट अपने और सगे सम्बन्धियों के लिए रखते हैं—कभी-कभी जाकर पिकनिक मनाने या कहीं आते-आते ठहर लेने के लिए...'

'अच्छा! लेकिन क्या लोकेन्द्र से बात हुई...?' माँ थीं।

'हाँ, खुश हुए अंकल। बताया सब। अब बस अपने और पापा के बैग तैयार कर लो—ठीक?'

रास्ता निर्जन।

सिर्फ जिन्दगियों का आभास भर...!

लेकिन प्रकृति भरपूर उदात्त और आत्मीय-सी, जैसे कोई पुरानी पहचान हो! कहीं यह लोकेन्द्र के पास जाने से उपजा अहसास तो नहीं? पहचानें ऐसी ही अजीब शक्लों और अहसासों में घुलती हैं।

रास्ते भर कितनी बार बूँदें छरछरातीं, फिर साफ होती रहीं। बेटू ने भी ज्यादा तंग नहीं किया। सुबह निकले थे इसलिए ज्यादा करके व पिछली सीट पर हम दोनों के बीच बँधा-बँधाया सोता रहा। एक-दो जगह रेस्ट-एरिया में रोककर डाइपर चेंज कर टहला-घुमा दिया गया। हमने चाय, मेधा और वेणु ने कॉफी पी।

पहुँचते-पहुँचते जोरदार बारिश शुरू हो गई, जैसे हमारे पहुँचने भर का इन्तजार कर रही हो! ऊपर से पहाड़ियों के बीच खिला इतना चटकीला इन्द्रधनुष कि हाथ बढ़ाकर उतार लो...कभी इन्द्रधनुष से उतनी करीबी महसूस की हो, याद नहीं पड़ता...।

पहाड़ियों की ढलानों पर बने लकड़ी के ऊँचे-नीचे घरों में एक घर। फर्श, दीवालें, छत—सब लकड़ी के पट्टों से खड़े किए गए। ऊँचे-नीचे जाती सीढ़ियाँ।

कमरों की खूब ऊँची सीलिंग। इधर-उधर कहीं भी चौकोर, छोटी गचें। एक शान्त निर्वेदी-सा एकांत। कहीं से भी जोड़ लो अपने-आपको। इधर सो लो, उधर झाँक लो। पीछे उचक लो और बाहर हाथ फैलाकर टप-टप गिरती बूँदें रोप लो...!

बेटू बेसब्र हो रहा था। मेधा उसे सुलाने चली गई। खाने की समस्या थी ही नहीं। किचेन, बर्तन, पानी, शक्कर और चाय की पत्ती सब कुछ मौजूद। ऊपर से साथ लाया काफी सारा खाना।

सोने जाने से पहले वेणु ने लोकेन्द्र को फोन मिलाया तो बताया, 'अंकल बेसब्री से इन्तजार कर रहे हैं। खाने के लिए मैंने मना कर दिया कि मेधा को उसकी फ्रेंड के घर छोड़ने जाना है। मान गए। अकेले रहते हैं। हेल्थ भी उतनी कुछ ठीक नहीं। पता पूछा तो बोले—अरे नक्शे में 'लून-माउंटेन' देख लो। समझो, पहुँच गए मेरे पास।'

अंकल का दौलतखाना

गैरेज के एक तरफ कार पार्क कर वेणु ने नजर दौड़ाई। चारों तरफ बेरखरखाव वाली क्यारियाँ और उनमें जैसे खुद उग आईं पुरानी नरगिस, डेफोडिल, की डंडियाँ। भूले-भटके एक आध में फीके-से फूल। बेतरतीब लॉन। किनारों पर गेरुए मेपल, रुच्छ-मुच्छ पाइन। लगा, क्यारियों और इधर उगे छोटे-बड़े पौधों के आसपास 'साइलेंस' की तख्तियाँ लगी हैं।

बेल बजाने की जरूरत नहीं पड़ी। अंकल हँसते हुए बाहर आ गए और गुलाब की सूखी कटी झाड़ियों से बचाते हुए हमें अन्दर ले गए। घर में घुसते ही महीनों बाद हिन्दुस्तानी घरों की तरह समोसे-कचौरी की गन्ध से लगा, शायद अभी-अभी 'इंडियन स्टोर' से लेकर लौटे हैं। गैरेज के खुले शटर में एक पुरानी एक्सेंट खड़ी थी।

अमेरिका में वेणु अब तक स्ट्रगलर्स से लेकर नये युवा लोगों के घर गया था—वहाँ थोड़ी तंगी थी लेकिन उससे जूझने का उत्साह और खुशी भी थी—लेकिन यह घर शायद

अब तक देखे सारे घरों में सबसे उदास और सूना था। यह असमय हो गए एक बूढ़े का घर था। वह भी अपार्टमेंट नहीं, कॉटेज।

अंकल अधेड़ से काफी ज्यादा और कमजोर लग रहे थे। किसी बात की कोई शिकायत नहीं। हर बात में एक बेबसी-सी। एक लाचार जिन्दादिली।

'बाहर जाने की ज्यादा जरूरत ही नहीं पड़ती न!...सूजी (बेटी) आ जाती है वीकेंड पर। ढेर सारी चीजें लेकर। मैं निकलता हूँ तो सिर्फ इसलिए कि कार को भी तो थोड़ा चेंज मिले। नई पार्किंग, नया एरिया...' और अंकल हँसाने की कोशिश करते हैं, 'आइए भाभी, बड़े भैया...वो क्या कहते हैं, इंडिया में? ये रहा मेरा 'आबूदाना'—एम आइ राइट?...'

बाहर से दिखती 'कॉटेज', अन्दर आम घरों जैसी ही। बड़ा-सा क्लोनियल घर था। शेष मकानों की तरह ही। सामने लाल से भूरी हो गई चिकनी ईंटों वाला फायर प्लेस—पास में लकड़ियाँ भी। अब तो हर घर में अनिवार्य रूप से हीटिंग सिस्टम...।

'कौन जलाता है इसे...?' वेणु ताज्जुब में था।

'पता नहीं, इन दो चीजों ने क्यों मुझे बचपन से सबसे ज्यादा अपनी ओर खींचा, सम्मोहित किया था, जानते हो वेणु? ऐसे ही क्लोनियल शैली के लिविंग रूमों में कुर्सियों पर निटिंग करती मेमो और सामने फायर-प्लेस में जलती लकड़ियों ने...अब 'मेम' तो चली गई। फायर प्लेस में जलनेवाली लकड़ियाँ रह गईं—हा-हा-हा...!

'बड़े भैया, भाभी, बताइए, क्या लेंगे आप? बियर या जिन के लिए तो पूछ ही नहीं सकता न...!' अंकल फिर हँसे, 'जानते हो वेणु, तुम्हारे घर रहते हुए जब भी मुझे बाहर से आने में देर हो जाती, दरवाजा खोलकर पहले ये लोग अपने-अपने तरीके से मेरे मुँह से आती साँस से अन्दाजने की कोशिश करते थे—हा-हा-हा-हा...!'

वेणु देख रहा था, अंकल जब हँसते थे, पापा तो हँस लेते, लेकिन माँ बिलकुल नहीं।

'भाभी, जूस लाता हूँ...' वेणु उनके पीछे-पीछे उठ लिया।

जब तक उन्होंने फ्रिज से सन्तरे के जूस का कैन निकाला, वेणु ने कैबिनेट से गिलासें निकाल लिये, फिर पूछा, 'समोसे भी निकाल लूँ...बार-बार क्यों उठेंगे आप...?'

अंकल को अच्छा लगा, 'ठीक है, थोड़ी कुकीज और प्लम केक भी है निकाले लेता हूँ।'

'मैं निकालता हूँ, आप प्लेटें दीजिए।'

नाश्ता रखने-देने में भी वेणु अंकल की मदद करता रहा। माँ-पापा अब तक इसके अभ्यस्त हो चुके थे। माँ ज्यादातर गुमसुम ही थीं। इतने दिनों पर लोकेन्द्र अंकल को देखकर खुश होने के बदले उदास। माँ शायद उस उदासी को अपने मौन से ढँकने की कोशिश कर रही थीं।

लोकेन्द्र अंकल थोड़ा-बहुत समझ रहे थे। उनकी जिन्दगी का कोई भी कोना ऐसा नहीं था जिसके छोर को पकड़कर बेतकल्लुफी से बात शुरू की जा सके—माँ, शादी, पत्नी एलिजबेथ, बेटी सूसन...!

औपचारिक जानकारियाँ वे फोन पर वेणु से ले ही चुके थे, इसलिए अब स्वयं ही माँ-पापा से पिछली बातों के सुराग जोड़ रहे थे, 'विशाखा कहाँ, कैसे है भाभी? कितनी

समझदार थी बचपन में वह! और यह वेणु, वेरी नॉटी। वसुधा ने तो तब इस दुनिया में एन्ट्री नहीं ली थी न...!'

अंकल के सारे उच्चारण बदल गए थे। वे रुक-रुककर शब्दों को सँभाल-सहेजकर ला रहे थे। सालों से हिन्दी बोली ही नहीं थी उन्होंने। आसपास कोई हिन्दुस्तानी नहीं। लम्बे अरसे तक लिज के साथ ऐसे एरिया में रहे थे, जहाँ इंडियन नहीं थे। धीरे-धीरे टच नहीं रहा हिन्दुस्तानियों से। माँ के बाद हिन्दुस्तान जाना भी नहीं हो पाया था। एक तरह से सारे सन्दर्भ कटे-फटे। तो साथ छूटता गया।

सूचनाएँ शून्य। शेष दुनिया में सूजी थी, उसके दो बच्चे और कभी-कभार आनेवाला उसका स्पैनिश पति।

माँ-पापा शायद सोच रहे थे कि अंकल भारत के गाँव में छूट गई अपनी उस दुनिया को लेकर भी कुछ जानना-पूछना चाहेंगे जहाँ उनका एक संयुक्त कुटुम्ब था जिससे छितर कर अंकल यहाँ आ गए थे लेकिन अन्तराल इतना ज्यादा बढ़ गया था कि अब कोई छोर तलाशना आसान नहीं था।

बीचोबीच सुनहरे फ्रेम से मढ़ी तस्वीर के पास माँ खड़ी हुईं तो अंकल पास आकर बताने लगे, 'लिज है भाभी, एलिजबेथ। आपने सिर्फ सुना भर होगा। इंडिया गया था तो सब जगह जाना नहीं हो पाया था। माँ तक पहुँचते-पहुँचते ही लिज को इन्फेक्शन हो गया था।'

यादों की मालगाड़ियाँ

माँ की नजरें अब विंडोसिल पर सिलसिलेवार रखे चित्रों पर है—अम्मा, वीरेन्द्र भाई साहब, उनकी पत्नी, बच्चे, एक-दो में सम्मिलित परिवार के कुछेक लोग। शेष यहाँ के पिकनिक पर गए अंकल, एलिजबेथ, गोद में सूजी।

अंकल समझ गए हैं, 'यह सूसन है भाभी—लिज की गोद में। हमारी बेटी सूजी। यहीं पास में रहती है। इसीलिए तो मैं यहाँ आ गया। ऑफिस में होगी, नहीं तो उससे आने को कहता। वह तो खैर, क्या समझती, पर मुझे मालूम है, आप लोगों को उसे देखकर अच्छा लगता।...सूजी को देखकर आप लोग जान जाते कि लिज कैसी दिखती थी उस समय। अभी भी कुछ खास नहीं बदली...उसे भी बुलाता तो आ जाती...लेकिन बस, नहीं बुलाया। सोचा, अपनी खातिर उसे क्यों तकलीफ दूँ?

''आइवर' अच्छा इन्सान है—व्यवस्थित...सिस्टेमेटिक...डिसिप्लिन्ड। ठीक से रखता है! लिज को...' अंकल इस तरह कह रहे थे, जैसे आइवर उनकी पत्नी लिज का दूसरा पति नहीं बल्कि उनकी बेटी का पति हो!

अचानक माँ से जैसे रहा नहीं गया, बोल पड़ीं, 'जैसे तुम अच्छे इन्सान नहीं...' और स्वयं अपनी बात काटकर चुप हो गईं।

अंकल हँसे। उन्हें अच्छा लगा। 'भाभी' के टोकने में मजा-सा आया। अवसाद से सिंझा मजा।

'लिज से कहूँगा—मेरी भाभी भी मुझे नेक इन्सान कहती हैं। वह खुद भी कहती है, मानती है, 'बेसिकली ए गुड पर्सन'...पर 'अच्छा आदमी' और 'अच्छा पति'—ये कभी-

कभी बिल्लियों की तरह रास्ता काट जाते हैं एक दूसरे का। आप सच मानिए, सिर्फ मैं ही लिज को प्यार नहीं करता था, वह भी करती थी मुझे। लेकिन जीवन शायद सिर्फ प्यार के सहारे नहीं चला करता, और इस वाली दुनिया में तो बिलकुल नहीं।

'लिज क्या करती ? एक तो मैं छोटी उम्र में आया था। दूसरे—अक्खड़, गँवार। जैसा अपने 'पूवर्जों' को देखा था—खाने, पीने, सोने की अलमस्त आदतें। जितना तूफानी प्यार, उतना ही गुस्सा भी। सारी की सारी असभ्य गँवारों की निशानियाँ...तो ईमानदार थी वह—सलीके से कई बार कहा, समझाया मुझे...और अब भी फ्रेंड है। आती है।...सूजी से मिलने कभी-कभी...मुझसे भी।...सूजी को मेरे लिए इन्स्ट्रक्शन देती है...मुझसे कहा भी है—आइ फील, सॉरी फॉर यू...।

'बस, मुझे सब कुछ मिल गया...'

'तुम्हारे कहने से ? क्या मिल गया तुम्हें ? जिन्दगी तबाह हो गई इस उम्र में...' माँ की जैसे हिम्मत बढ़ गई थी—मन की बात कहने की।

अंकल भी सहज हो आए थे, इतना कुछ बाहर आ जाने के बाद, 'नहीं भाभी, इस उम्र में अपनी जरूरतें भी क्या!...और अपने मन का सोना, उठना, खाना-पीना—यही तो सब चाहते हैं। यहाँ मेरा भी हो रहा है...'

'खाक हो रहा है...' माँ खुद अचंभित थीं अपने शब्दों और लहजे पर, लेकिन उनके कहने के साथ ही अनायास हमारी दृष्टि चारों तरफ की बेतरतीबियों और बिखराव पर ठहर गई। ढीले हो आए सोफे, काउच, राख-अँटे ऐश-ट्रे, फ्रिज के पीछे रखे जूस के खाली कैन और बियर की बोतलों से अँटे क्रेट, सिंक के जूठे बर्तन, चाय-कॉफी के निशान वाली प्लेटें, प्याले...' (हमारे आने की पूर्व-सूचना के बावजूद।)

'आप लोग खाकर क्यों नहीं जाते...मैं देखता हूँ—फ्रिज में,' फिर माँ को घबराते देख, अपनी बात काटते हुए बोले, 'घबड़ाइए नहीं भाभी! आपका धर्म नष्ट नहीं करूँगा—आप खुद से अपनी खिचड़ी बना लीजिए...'

माँ ने अचानक निर्णय लिया, जैसे खाने से कहीं ज्यादा अंकल को खिलाने का मन हो आया हो उनका! एकदम घड़ी देखी और उठती हुई बोलीं, 'लाओ, निकालो दाल-चावल...आलू है ?'

'ओह, भुड़ता भी बनाएँगी ?' अंकल बच्चों से किलके।

अंकल के मुँह से 'भुरता' के लिए 'भुड़ता' सुन माँ और उदास हो आईं।

'तुम...इंडिया वापस क्यों नहीं चले जाते लोकेन्द्र ?'

'यहाँ सूजी है भाभी...और लिज भी तो...।'

माँ की आँखों में झलकी उपेक्षा अंकल जैसे बर्दाश्त नहीं कर पाए, 'लिज अभी भी मुझे प्रिय है भाभी...!'

'तुम्हारे सनकने में न, ज्यादा देर नहीं है...' माँ की नाक तक चढ़ा गुस्सा अंकल को अच्छा लग रहा था।

'वह तो बेशक है भाभी, लेकिन यहाँ आप थोड़ा गलत समझ रही हैं। लिज मेरे लिए दुखी होती है, उसे मेरा खयाल रहता है...इतना कम है क्या ?'

'हुँह!' माँ का मुँह कड़वा हो आया, 'यह अच्छा रहा, उसकी सहानुभूति और फिक्रमन्दी की सलाहियत पर तुम यहाँ अकेले उदास, सूने घर में रह रहे हो। और वह छह महीने में एक बार आकर तुम्हारे दुखड़ों पर अपने फिल्मी डायलॉगों का फाहा लगा जाती है...'

पापा अजीब पशोपेश में। न लोकेन्द्र अंकल को समझ पा रहे थे, न माँ की बातें। इसलिए बीच-बीच में एकाध सजावटी चीजें उठाकर कभी मुझसे, कभी अंकल से पूछ ले रहे थे।

मैं खुद उन दोनों की बातों से अलग बुकशेल्फ की किताबें देख रहा था।

खिचड़ी का छौंक, जीरा और प्याज नहीं, प्यार...

माँ खिचड़ी छौंकने को जीरा, प्याज—कुछ भी माँगती, अंकल को ढूँढ़ना पड़ता, 'देखता हूँ, सूजी कहाँ रख गई है।...ठहरिए, अभी ढूँढ़ता हूँ...'

एक बार माँ झल्लाईं, 'घर तुम्हारा है या सूजी का, लोकेन्द्र?'

'मेरा तो कभी रहा ही नहीं भाभी। पहले लिज का था। उस नाते मेरा भी समझिए,...और अब साझे का कहना चाहिए न!' वही हँसी।

'बस भी करो...' माँ एकदम झल्ला आईं, 'तुम्हारे जैसा अहमक मैंने देखा नहीं लोकेन्द्र! जरा अकल से काम लेते तो एक नहीं, हजार एलिजबेथें मिलतीं...'

उफ! क्या कह गईं? कहने के साथ ही माँ तड़फड़ाईं, लेकिन अंकल झेल गए हँसते-हँसते। माँ की कचोट समझ जो गए थे...!

'क्या आप समझ पाएँगी भाभी, कि लिज ने खुद 'कितनों' से मुझे इंट्रोड्यूज किया—'सम्पर्क' बढ़ाने की कोशिश की...?'

माँ विस्फरित थीं, 'क्याऽऽऽऽ?'

'लेकिन मेरी पहली ही दोस्ती बाकी सब पर भारी पड़ी। ज्यादा ही आलसी, उदासीन होता चला गया...।

'या अकेला'—मैंने मनमन में कहा।

'जनम का निठल्ला मूडी था न! वीकेंड घर पर ही बिताना पसन्द होता। लिज हो, मैं होऊँ। लेकिन लिज को मेरा साथ चाहिए होता, मेरे साथ-साथ और भी आउटिंग स्केटिंग, स्कीइंग, क्रूजिंग, डांस, क्लब, डिस्को...! डिस्को जानती हैं न भाभी?'

'मुझे बता रहे हो...जानना तो तुम्हें चाहिए था लोकेन्द्र! लिज से शादी का निर्णय लेने से पहले यह सब सोचना-समझना चाहिए था...'

अंकल फिर माँ के गुस्से पर हँसे।

'वेणु! तुम बताओ भाभी को कि प्यार को सोचा-समझा नहीं जाता। दुनिया के किसी भी कोने का आदमी किसी को भी प्यार कर सकता है...और मैं तो थोड़ा उद्दाम, जंगली, जुनूनी! जब लिज मिल गई—बाकी सारे 'फन' मेरे लिए...किसी काम के नहीं रह गए।...लेकिन लिज की तो वह जीवन-शैली थी न!'

'लेकिन प्यार वो भी तो करती थी तुमसे? इतनी-सी चीजें छोड़ नहीं सकती थी? एडजस्ट नहीं कर सकती थी?'

'की भाभी, बहुत कोशिश की उसने। कोई एक दिन नहीं—हफ्तों, महीनों, सालों... ! अब अगर मैं नहीं कर पा रहा था तो वह अकेली कितना करती? क्या-क्या करती? बहुत ऊबी, तंग आई तो बाद में उसे खुश करने के नाम पर मैं करने भी लगा तो एक बेगार, एक अहसान की तरह...।

'उसे मेरा यह करना, 'न करने' से ज्यादा अखरा। कहने लगी—अब तुम मुझे गिल्ट दे रहे हो, जैसे मैं तुम्हें तुम्हारी मनचाही दिनचर्या से नहीं जीने दे रही? मेरी खातिर, लाचारी में तुम्हारा यह सब करना दुखी कर रहा है मुझे...।

—सुनो, हम दोनों एक दूसरे के दु:ख का कारण बन रहे हैं...। हमने सिर्फ प्यार करते रहना चाहा था, पर वह जीवन में सम्भव नहीं...उससे नहीं चल पाएगा...।

'बला की इमैजिनेटिव थी वह। जितनी इमेजिनेटिव, उतनी ही कर्मठ। शायद कल्पनाशील लोग ही जुटकर काम करनेवाले भी होते हैं...उन्हें अपने सपने को साकार जो करना होता है...।

'लिज का सपना था—उस-सा ही एक साथी...और एक खूबसूरत सपने-सा घर... 'वर्कोलिक' थी वह...एक भी फूल वाज में मुरझाए, बासी नहीं होने चाहिए। बीच-बीच में मुझसे निकालने, बदलने को कहती तो बताइए, क्या बुरा कहती? लेकिन मैं था कि भई, मुझे नहीं करना—फूल तुम्हें सजे अच्छे लगते हैं तो तुम्हीं फेंको, बदलो भी...। वह साफ-सुथरा चमचमाता घर चाहती थी...फूलों से झूमते पौधों वाली क्यारियाँ। बेशिकन चादरें, बेड स्प्रेड और सूखे तौलियों वाला बाथरूम...। सूजी पैदा हुई थी तो तितली, फूलों, स्टार्स वाले कर्टेन, क्रिब, कैबिनेट्स, परीकथा-सा उसका कमरा सजाए रखती थी वह...लगातार कुछ-न-कुछ करती रहती थी। उसका प्यार करने का तरीका यही था—पति, बच्ची को प्यार करने का तरीका। कभी तंग आई, तो हँसी के साथ कहती—तुम दोस्त ही अच्छे थे...तुमसे शादी नहीं करनी थी।'

माँ का पारा अभी तक पिघला नहीं था, 'यह डायलॉग तो तुम्हारा होना चाहिए था...'

'मेरा क्यों? मेरे लिए तो वह हर तरह से अच्छी थी। कुशल, दक्ष, प्यार करनेवाली पत्नी। मैं उससे शादी करके थोड़े पछता रहा था।'

'और उसे कुछ नहीं मिला था तुमसे?'

'हाँ, मिला था—एक गावटी, नकारा इन्सान! हजार बार समझाने पर भी चाय का मग अपने दादा-परदादाओं की तरह वहीं का वहीं रख देनेवाला! नूडल्स फोर्क से नहीं, यूँही चम्मच से सुरसुराने वाला...। सूजी को ऐसे उठाओ, नैपी ऐसे चेंज करो—यू आर ए प्राउड फादर...पर मैं उसकी पॉटी साफ करते हुए नहीं, सिर्फ बूटी सॉक्स और फ्रिलदार फ्रॉकों से सजी सूजी को उछालते वक्त ही प्राउड फादर महसूस करता था। लिज चिढ़कर कहती—प्राउड नहीं, सेल्फिश फादर। था भी मैं...शायद मैं इस जीवन में 'बदलने' के लिए बना ही नहीं था। शायद मेरी रगों में वही सामन्ती खून बह रहा था जो प्यार तो ईमानदारी से करता था लेकिन इस तरह के घरेलू काम करने में अजीब बदमजा-सा महसूस करता था।'

'लेकिन सारे प्यार के बावजूद वह तुम्हें, जैसे तुम थे, उस रूप में नहीं स्वीकार पाई न!'

'नहीं, भाभी, मैंने ही एक दिन सम्पूर्ण निश्चय के साथ कह डाला था—चलो, हम वापस दोस्त बन जाते हैं...मुक्ति देनी थी न उसे—अपने इस घुटन भरे प्यार से...'

'क्या ऽऽ ऽ?' माँ सँभाल नहीं पा रही थीं अपने-आपको।

'वाह, क्या जीरे-प्याज की बघार मारी है आपने खिचड़ी में भाभी! बरसों पहले वाली खिचड़ी की पहचानी बघार...वरना वही पास्ता, नूडल्स, पिज्जा, बर्गर—थैंक्यू भाभी!'

(बात बदल रहा है, किस खूबी से...!)

'लोकेन्द्र प्रताप सिंह! तुम्हें सारा कुछ हिन्दुस्तानी ही रुचता है, आदतें तक नहीं बदल पाये...तो यहाँ रह कैसे गए?' इस बार पापा कह रहे थे हँसते हुए।

दुबारा हँसे, जैसे अपने-आपको सुधारते हुए, 'चलो, इसके लिए कोई हिन्दुस्तानी लड़की तलाशी जाए—जो 'हैश-ब्राउन' (मसाले आलू की टिक्की की तरह एकडिश) की जगह 'आलू का भुरता' और चिकेन सूप की जगह 'कढ़ी चावल' पसन्द करती हो...'

अंकल हो-हो कर हँसे।

'बेशक। पर लड़की नहीं, वो क्या कहते हैं—प्रौढ़ा...हो-हो-हो...'

'तुम्हें मजाक सूझ रहा है?'

'मजाक ही है भाभी। मेरे अन्दर से अब कोई दूसरा पति नहीं उपजने वाला। कोई ढंग का प्यार करनेवाला भी नहीं। सारा कुछ बँट-बुट चुका है। आप...बस, सूजी की खातिर सुनकर हैरानी जताती हैं...सूजी में बहुत सारी 'लिज' भी तो है भाभी!...खुद भी आती है—'अपने नए बच्चों' के साथ। मेरा अस्त-व्यस्त घर ठीक-ठाक कर जाती है। मुझे तरतीब देने की 'खोशिश' छोड़ी नहीं है उसने। इन दिनों फ्लोरिडा, अपने बूढ़े माँ-बाप के पास गई है, वरना बुलाने पर आ जाती। आप लोगों से मिलाता...।

'वाह, भाभी, आपने प्लेटों में निकाल भी दिया! मेरे लिविंग रूम में बाकायदा 'जीम' रहा है हिन्दुस्तान। लिज ने इतना सिखाया, फिर भी खुद से लेकर खाने में कभी मजा नहीं आया मुझे...बहुत सालों बाद, किसी के हाथ की परोसी हुई थाली खा रहा हूँ...!'

हवा, धूप, पानी, बादल, ट्यूलिप—सब अकेले...

'इंडिया गए थे पिछले वर्षों कभी—मेरा मतलब अपने घर?'

'गया था, यूँ ही अकेला होने के बाद। घर भी बड़े गुस्से में लगा। सीधा उलाहना—ये विलायती अन्दाज किसी और को दिखाना। गाँठें खोलूँगा, तो तुम्हारी सारी शैतानियाँ कंचे-सी छितर जाएँगी। अभी भी इतना कुछ है मेरे पास, इस गाँव के पास, तुम्हारे वर्तमान को सजाने के लिए...लेकिन तुमने बेवजह मुझे इतिहास बना दिया...।

'अड़ोस-पड़ोस की न पूछिए! चेहरे-मोहरे के हिसाब से जिसे सामेसर चाचा समझा, वह उनका तीसरा बेटा निकला। जिसे हापरस वाली चाची की लड़की, वह उनकी पोती। वकील चाचा की बारादरी में उनके लड़के को प्रणाम कर अपनी हँसी करवाई। फिर तो मैं हर किसी के पास तीस सालों की जोड़-बाकी लगाकर ही जाता।

'लौटते हुए दो दिन वीरेन्द्र भाई साहब और भाभी के पास रुका। न मैं उनका कुछ बाँट सकता था, न वो मेरा। बच्चे पहचान के बावजूद अजनबी से। सूचनाओं की तरह एक-दूसरे की आपबीतियाँ सुनीं और चल दिये। बाकी का सारा हिन्दुस्तान, सड़कें, उन पर गुजरते लोग...नये तो नये, पुराने मकान भी अजनबी हो गए से। इंडिया हमारी स्मृतियों में ज्यादा है, असलियत में कम।'

माँ प्लेटें उठाने लगीं तो टोका अंकल ने, 'नहीं, नहीं, खा चुकने के बाद अपनी प्लेटें उठाने की ट्रेनिंग तो आपने ही मुझे दी है न!'

पापा ने घड़ी देखी।

'अरे, आप लोगों को अभी घर तो दिखाया ही नहीं!...आइए, ये देखिए—यह मेरा...और लिज का बेडरूम...(ग्यारह वर्ष बाद भी...) फोटोग्राफ्स का बेहद शौक था उसे। एक पूरी दीवाल पर चित्रों का कोलाज—किचेन में, बगीचे में, कार के पास, लून पर्वत के नीचे। हर जगह लिज और मैं...बाद में छोटी परी-सी सूजी—हवा में लहराता रिबन, लिज का स्कॉर्फ, रेशमी बालों की बगावत...। कमरे की एक खिड़की से ढलानें दीखती हैं, दूसरी से लून माउंटेन, भाभी! यह बुक-शेल्फ लिज ने शादी के बाद मेरी पहली बर्थ-डे पर दी थी। यह क्रिस्टल का वाज भी। फूलों पर धूल पड़ गई। यह पूरी सीरीज लव-टॉयेज की। छोटे-छोटे टेडीबियर गलबहियाँ डाले है। खुली काट में बैठे हैं। बच्चों की चीज लेकिन लिज को बस भा गई।

'सूजी के कमरे में अभी भी उसके स्टफ टॉयेज ठुँसे हुए हैं।...उसकी किताबें, ब्लॉक्स...वे अभी बच्चा चाहते नहीं न...वरना अब तक बहुत-सी चीजें उठ गई होतीं।'

'बूँदा-बाँदी तो कम हो गई। आइए, बैकयार्ड दिखाता हूँ। बहुत खूबसूरत काट-तराशकर रखती थी लिज बैकयार्ड को भी...अरे, ये ट्यूलिप फिर खिल गया?...लिज के ही जमाने के लगे हैं ग्लाइडोलिया के सारे बल्ब। अभी तक कभी-कभार खिल जाया करते हैं—उसकी याद में।'

माँ, पापा, वेणु देखते रहे—बारिश की बूँदा-बाँदी में झूमते गहरे लाल-सफेद एक अकेले ट्यूलिप को।'

'यहाँ कहते हैं—'एप्रिल शावर', ब्रिंग्स में 'फ्लावर'।'

हवा तेज हुई। पाइन के गुच्छों में बँधी सुइयाँ किरकिरा उठीं—मंजीरों की तरह। सारे पेड़ की टहनियाँ एक स्वर से झूमती हुई गा रही थीं—हिलमिल सहेलियों-सा गीत।

'भाभी! बचपन में गाँव में पेड़ों की डालियों में झूले पड़ते थे। झूलों पर पेंगे बढ़ाते हुए लड़कियाँ एक दूसरी को कोहनी मारते हुए मुस्कुराती, शरमाती एक के बाद एक गीत छेड़ती जाती थीं...वैसा ही कुछ लग रहा है न...अभी भी वैसा होता है क्या?

'वो देखिए भाभी, ऊपर से अलग-अलग ढलानों से पतली लहरों में बहता पानी, एकदम निचली सतह पर आते-आते मोटी धार में बदल जाता है।...

'अच्छा लग रहा है न? एकदम इंडिया की तरह सावनी झोंकों वाली बरसात...यहाँ चार-चार, छह-छह दिनों पर होती रहती है—धाराधार बारिश!...हुआ ही करती है

और मंजीरे बजाती हवा...चला ही करती है...कि हमने वहीं भिंगोए कपड़े और वहीं सुखा भी लिये...

'अब हवा को देखा तो जाता नहीं...महसूसा ही जाता है...हर कहीं...(लिज की तरह)। यह हवा, न्यू हैंपशायर की खासियत है वेणु। किसी भी तरफ खड़े होकर देखो। ढलानों के नीचे भी मकान, ऊपर भी...और सबसे ऊपर 'लून माउंटेन'—अकेला, शान्त, भव्य!...जब चाहे बादल ढाँप जाते हैं। जब चाहे बारिश नहला-धुला जाती है।

हवा, पानी, धूप, बादल—सब जाकर ठिठक जाते हैं वहाँ।

पूछते हैं—तुम कब से अकेले हो?

हमेशा से।

जब चाहता हूँ, अकेला हो लेता हूँ। जब चाहता हूँ, सबके साथ हो लेता हूँ।... लिज के साथ भी...'

यह क्या सचमुच वेणु के अंकल कह रहे हैं, या सिर्फ वेणु सुन रहा है...?

विदा : एक रस्म-अदायगी

माँ-पापा वापस इंडिया जा रहे हैं। फिर न जाने कब दिखें, मुलाकात हो!

उनका जाना पूर्व निश्चित था।

फिर भी विदा एक रस्म-अदायगी से ज्यादा क्यों नहीं महसूस हो रही?

अन्दर क्यों नहीं कुछ घुमड़, कचोट रहा?

शायद इसलिए कि माँ-पापा को एयरपोर्ट पहुँचाने के ठीक पैंतालीस मिनट बाद टास्क फोर्स की अर्जेंट मीटिंग में प्रिंसेस स्क्वॉयर पहुँचना है मुझे।

अभी भी, माँ-पापा से कोशिश करके ही बोल रहा हूँ। उन्हें एयरपोर्ट छोड़ने के तुरन्त बाद नेट से जरूरी इनफॉरमेशन कलेक्ट करनी है...।

क्या होता जा रहा है यह सब?

भयभीत हूँ मैं अपने-आपमें होने वाले परिवर्तनों से!

परिवर्तन या लाचारियाँ?...

राग मातुश्री बनाम मॉरविड सिंफनी

माते! तुम मेहरबानी करके अपना यह राग मातुश्री बनाम मॉरविड सिंफनी बन्द करोगी, जिससे दुनिया में दूसरे काम-धन्धे अपनी लाइन पर आ सकें?

तुम्हें कुछ होश तो है नहीं कि दुनिया कहाँ से कहाँ पहुँच गई—और अभी कहाँ से कहाँ पहुँचना चाह रही है...पूरी ठस्समठस भीड़...एक दूसरे को धकियाते, नकारते लोग... बदहवास, पागल बना देनेवाली दौड़...!

लेकिन देखो कि मेधा किस दिलेरी से शामिल है उसमें... !

इंडिया होता तो वेणु धक्के लगा रहा होता उसकी सिल्वर-ग्रे माजदा में।

हाँ, वेणु को अच्छा लगता है—मेधा को उसके लक्ष्य तक पहुँचाने में।

अचानक जैसे मेधा बोल पड़ी हो :

'कोई किसी को उसके लक्ष्य तक नहीं पहुँचा सकता मम्मी जी! उसे खुद, स्वयं पहुँचना होता है। मैं भी स्वयं पहुँची हूँ। क्योंकि लक्ष्य तक पहुँचने के लिए सिर्फ सिल्वर-ग्रे माजदा का एक्सेलरेटर नहीं दबाना पड़ता...

इतनी तेज गति से आगे बढ़ना होता है, कि उसके पीछे (क्या छूटा) पलटकर देखने की गुंजाइश नहीं होती।

आप इसे शोकोत्सव कहेंगी, हम, महोत्सव... !'

भरा समन्दर अन्दर-बाहर, बोल मेरी मछली कितना पानी...

अब तुम कोई एक अकेली माँ तो हो नहीं, जो बेटे-बच्चों के पास से जा रही हो। सोचो, सोचकर देखो, कितनी-कितनी माँएँ छोड़कर जाती हैं, जा चुकी हैं। इसी तरह उसमें एक तुम्हारे बढ़ जाने से कोई फर्क नहीं पड़ता—

जैसे समन्दर में एक बूँद के बढ़ जाने से... ।

लेकिन बहुत सारी बूँदों से समन्दर बनता है, ऐसा कहते हैं न!

माँएँ बनाती हैं ये समन्दर!

लोकेन्द्र की माँ...

वेणु की माँ...

माँएँ तो खुद ही समन्दर होती हैं—

बहुत सारे भँवरों को अपने अन्दर समेट लेनेवाला समन्दर!

खंड–सात

मेधा! लौट चलें क्या हम भी ?

डेंजर जोन्स

मेधा के पेपरवेट्स

'पैरेंट्स चले गए न तुम्हारे? मिस कर रहे होंगे!'

वेणु को लगा, मेधा की उस पर टिकी पुतलियों ने उसे पेपरवेट-सा दबा दिया है। (उसी पेपरवेट की तरह, जिसके नीचे रखे डॉलर-बिल्स उसने जाते हुए पापा को चुपचाप थमाए थे।) उसके अन्दर की सारी फड़फड़ाहट पर मेधा की गहरी गड़ी दृष्टि उससे पूछ रही थी :

'सुनो वेणु, तुम्हारी प्रेयॉरिटी मैं हूँ या तुम्हारे पैरेंट्स?'

'क्यों? दोनों...' वेणु एकदम अचकचा जाता है।

'यह कोरा डिप्लोमैटिक और फालतू किस्म का जवाब हुआ।...प्रेयॉरिटी का मतलब तुम जानते होगे। मैं सीधे-सीधे 'रेटिंग' की बात कर रही हूँ...'

'माँ-बाप हमें जन्म देते हैं मेधा!'

'यह कौन-सा नया गॉसपेल बता रहे हो वेणु! मुझे पुरानी स्टेले बातों से सख्त चिढ़ है।'

'तो फिर तुम्हीं बताओ, तुम मुझसे क्या कहलाना चाहती हो?'

'मैं तो यह चाहती हूँ कि तुम अपनी बात कहो—मेरी कहलाई हुई नहीं।...और सच कहो।...जैसे मैं हमेशा अपने पॉइंट्स रखती हूँ—बेधड़क। स्पष्ट और दो-टूक।'

वेणु का दिल चाहा कहे—फिर क्यों पूछती हो? क्या जानती-समझती नहीं कि मेरी क्या, किसी भी व्यक्ति की प्राथमिकता में—उसकी पत्नी, बच्चे, माँ-बाप बल्कि पूरा परिवार आता है? लेकिन तत्क्षण खुद पर झेंपा—इन्हीं सबके बीच तो प्राथमिकता का तीर चलाया है मेधा ने!

'तुम्हें शायद लगता है, मैं तुम्हारी केयर नहीं करता न!'

'यह मैंने कहा क्या?'

'सब कुछ कहा ही जाता है? सोचा भी तो जा सकता है।'

'सोचने की बात मत करो। उस 'डेंजर जोन' में तो घुसना मैं पसन्द ही नहीं करती। लेकिन पॉइंट से कतराओ मत, सिर्फ एक शब्द में मैं तुम्हारी प्राथमिकता...'

'तुमने जवाब के कोष्ठक को इतना छोटा क्यों बना दिया है मेधा कि उसमें सिर्फ एक नाम मात्र के 'येस', 'नो' को छोड़कर और कुछ की गुंजाइश ही न रहे?...जिन्दगी के सवाल-जवाब इतने सीधे और सटीक नहीं हुआ करते।...माँ-पापा ने मुझे...' तत्क्षण अपने अधूरे वाक्य को काटकर वेणु दूसरा जोड़ता है, 'तुम क्या सोचती हो, माता-पिता के प्रति हमारा कोई कर्तव्य नहीं?'

'मैंने कब कहा ? कर्तव्य तो हमारे जाने कितने लोगों के प्रति होते हैं। बॉस से लेकर पालतू पेट्स तक के प्रति—मैंने तो सिर्फ प्रेयॉरिटी की बात पूछी है और उसी से तुम कतरा रहे हो।'

'क्या ?'

'यही कि तुम्हारी प्रेयॉरिटी मैं नहीं, तुम्हारे माता-पिता भी नहीं, बल्कि पूरा परिवार, पूरा कुनबा है।'

वेणु मेधा के दोनों कन्धों पर झुक आया, 'मेरे माता-पिता और परिवार, तुम्हारा नहीं ?'

'तुम रिडिक्यूलस हो रहे हो। अचानक एक दिन, एक नितांत अजनबी परिवार मेरे सामने हो, एक अधेड़ बुजुर्ग पति-पत्नी...और मुझसे कहा जाए कि अब ये भी तुम्हारे माता-पिता हैं। ये ननदें नहीं, इन्हें अपनी सगी बहनें समझो, बाकी को भी—ये तुम्हारी मौसी, चाची, बुआ—हँसो, बोलो इनसे...इनका खयाल रखो। इन्होंने वेणु को घुमाया...इन्होंने उछाला, इन्होंने दूध-भात खिलाया...तो मान लिया—ये सारा कुनबा तुम्हारा हुआ। लेकिन मेरा कैसे भई ?'

'जानता हूँ, वह सब इतने वर्षों बाद भी सम्भव नहीं हो पाया...तुमसे कोई जवाबदेही नहीं माँगी जा रही, न जबरदस्ती की जा रही। की जा सकती भी नहीं। अपने देश से इतनी दूर, मेरे परिवार का तो कोई आनेवाला भी नहीं। वसु तक भी नहीं आ पाई, वीसा वाले 'हैरसमेंट' की वजह से।...तो तुम्हें मेरे 'कुनबे' को लेकर परेशान होने की जरा भी जरूरत नहीं मेधा!'

'तुम्हारे साथ यही परेशानी है। हर बात को पॉइंट से हटाकर अपने पक्ष में करने की फिराक में रहते हो। मैं सिर्फ अपनी बात नहीं कर रही। यह आज की हर लड़की की समस्या है—रातों-रात कैसे किसी दूसरे परिवार को अपना परिवार मान ले ? और कैसे ?...'

'पुरानी सोच और मान्यताएँ थीं। पहले की लड़कियाँ खुशी-खुशी मान भी लिया करती थीं।'

'कोई नहीं मानती थी। सब जोर-जबरदस्ती और प्रेशर का मामला हुआ करता था। स्त्री बेबस, लाचार और निहत्थी थी। नहीं मानेगी तो दूध की मक्खी की तरह निकाल बाहर नहीं कर दी जाएगी ? सारा मामला एकतरफा हुआ करता था।'

'मामले हर तरह के होते हैं। यह हर परिवार से आई लड़की के संस्कारों पर निर्भर करता है कि...'

'यानी मैं संस्कारहीन हूँ न ?'

'अब तुम पॉइंट से हट रही हो...मैंने तो एक सामान्य-सी बात कही।...असल में मैंने अपने घर में बुआ, चाची, ताई को भी उसी अधिकार, उसी अपनेपन से रहते देखा जिस तरह मौसी और भाभियों को। किसी तरह का परायापन या अजनबीयत जैसी बात कभी देखी नहीं। पिता और माँ के परिवार आपस में पूरी तरह घुल-मिल एक दूसरे को आदर और सम्मान देनेवाले। छोटा था, तभी देखा था। एक बार बड़े-छोटे दादाजी नानी के घर गए थे। नानी अन्दर से आईं तो दोनों उठकर खड़े हो गए। एक साथ अभिवादन किया। मुझे बड़ा अच्छा लगा, नानी का इस तरह सम्मान किया जाना। नहीं तो नानी उनकी कौन थीं ?'

'ये तो नॉर्मल एटीकेट की बातें हैं। इससे मैं कब इनकार करती हूँ ?'

'सिर्फ एटीकेट नहीं, संस्कारों और परम्पराओं की भी...। माँ को एक बार कहते सुना था—अपने बनाए घर के गृहप्रवेश से भी कहीं ज्यादा मनभावन हर लड़की का उसकी ससुराल में प्रवेश होता है। क्योंकि वह मात्र घर में नहीं, एक पूरे कुटुंब में प्रवेश होता है—लाड़,

दुलार, और आदर, सम्मान से भरा-पूरा। सचमुच बचपन से यही देखा, कभी माँ-पापा में झगड़े की भनक लगी भी तो दादी और बुआ फौरन माँ के पक्ष में मोर्चा सँभाल लेती थीं।...मजाल थी जो दादी के सामने पापा माँ को कुछ कह सकें!'

'तुम्हारी दादी महान थीं भई।'

'और माँ नहीं?' वेणु ने इस बार मेधा पर सीधा पेपरवेट रखा।

'माँ तो महान हैं ही। तभी तो तुम्हारे हर वाक्य की शुरुआत और अन्त माँ की स्तुति से ही होती है।'

वेणु शरारत से मुस्कुराया, 'ठीक है, अब माँ से नहीं, 'मेधा' से किया करूँगा।'

मुस्कान बेअसर रही। उल्टा वार उसी पर हो गया। आहत मेधा बुरी तरह तिलमिलाई, 'कोई जरूरत नहीं। मैं किसी की प्रेयॉरिटी क्यों छीनूँ भई?'

'यह सारा कुछ तुम्हें छीना-झपटी जैसा क्यों लगता है मेधा?'

'क्यों नहीं लगेगा?' मेधा तैश में आ गई, 'इसमें तुम जो मुझसे छिन जाते हो, दूर हो जाते हो...और मेरी हर इच्छा, मेरी हर खुशी, हर पसन्द खरीद-फरोख्त तक पर तुम्हारी इस माँ का जबरदस्त कंट्रोल, हस्तक्षेप, दखलन्दाजी...'

वेणु हतप्रभ था, 'माँ का हस्तक्षेप?...हजारों मील दूर से?'

'तुममें 'तुम' हो ही कहाँ वेणु? तुममें पिचहत्तर प्रतिशत तो तुम्हारी माँ ही वास करती हैं न!'

वेणु अब संजीदगी से मुस्कुराया, 'यह सुनकर जरा-सी बुरा नहीं लग रहा है मेधा। हर व्यक्ति में कहीं-न-कहीं उसके माँ-बाप ही नहीं, पूरा परिवार अच्छा या बुरा समाया होता है। इसके बुरा मानने या अस्वीकारने जैसी कोई बात ही नहीं। क्या तुम कह सकती हो कि तुम्हारे अन्दर तुम्हारी माँ नहीं है?'

'लेकिन मेरी 'माँ' मेरी प्रेयॉरिटी नहीं है।...मेरी...प्रेयॉरिटी...तुम हो...' कहती-कहती आहत मेधा अनायास रो पड़ी, 'जहे किस्मत!'

हमेशा से शान्त वेणु के अन्दर से एक चुलबुला वेणु मुस्कुरा गया। उसने मेधा का सिर पूरे इत्मीनान से अपने कन्धे से सटा लिया। कन्धों पर टिकी उसकी गर्दन, माथा सहलाता रहा, 'रियली!...एन्जॉय योर प्रेयॉरिटी...एज मच, एज यू वान्ट...'

जवाब में मेधा ने एक बहुत लम्बा चुम्बन वेणु की गर्दन पर चिपका दिया।

(मेधा के व्यक्तित्व की सबसे अच्छी बात यही है कि न उबाल आते देर लगती है, न ठंडी फुहारों की बरसात होते...!)

ये तेरा घर, ये मेरा घर

अभी ही तो मेधा ने कहा था, 'सोचने की बात मत करो। अभी ही, इसी वक्त, तुम मुझे और मैं तुम्हें लेकर 'कहते कुछ और सोचते कुछ और' रह सकते हैं...'

लेकिन मेधा को कन्धे से सटाए, उसके बालों में उँगलियाँ फँसाता वेणु सोच रहा था—इस मेधा को कौन समझाए कि जब तुम पैदा भी नहीं हुई थीं, तब से माँ मेरे साथ है? मेरे हर अन्तर्बाह्य की साक्षी। मेरे सारे आरोह-अवरोह, द्वन्द्व, दुविधाएँ और सुख-दुख की आवाजाहियाँ

उस माँ के रजिस्टर में दर्ज हैं। पिता तो सिर्फ ऑफिस भर के होते थे। ऑफिस से बचा-खुचा व्यक्ति आखिर कितना पिता हो सकता है! एक रस्म-अदायगी की तरह 'क्या खाया, क्या पढ़ा, कैसे नम्बर आए, इतने कम क्यों ?' का सवाल ज्यादा हुए तो थोड़ी शाबाशी, बस—बाकी अब तक की पूरी उम्र वेणु माँ के हिसाब से ही तो खाता, पहनता, सोचता और करता आया है।

तीन लड़कियों में एक अकेला लड़का। लेकिन इसे लेकर न अतिरिक्त लाड़-दुलार, न भेदभाव ही। काम बँटे हुए थे सब बच्चों के अपने-अपने। वेणु ज्यादा बाहर के। बहनें ज्यादातर घर के अन्दर के। मदद के नाम पर सिर्फ चौका-बर्तन के लिए एक महरी थी। पिता से कुछ मतलब ही नहीं। महीने के शुरू में गिने-गिनाए पैसे थमा दिये। उसी में चलाना है। चाहे जैसे भी। और माँ चलातीं। लेकिन कुहराम नहीं मचता। आमदनी के हिसाब से ही खर्च बँटते जाते। ज्यादा जरूरी खर्चों की स्पष्ट परिभाषा होती : इस महीने विशाखा का हाई स्कूल, पहले ही तीन महीने की फीस। वेणु, तुम्हारे जूतों में तल्ले लग सकेंगे क्या ?...जो सब्जी महँगी होती, नहीं आती। बाजार में पचासों और सब्जियाँ हैं। कमीजें चार हों या तीन, कौन-सा पहाड़ टूट पड़ने वाला है। रंजन भैया पहली बार भाभी को लेकर आ रहे हैं, बहू की साड़ी ज्यादा जरूरी है। माँ के लिए साल में तीन ही बार साड़ियाँ आतीं। एक हरियाली तीज, दूसरी दीवाली, तीसरी होली पर। बाकी की दो-तीन शादी-ब्याहों में मिली हुई होतीं या सुभाष मामा की दी रक्षा-बन्धन, भाई-दूज वाली।

लेकिन माँ साड़ियाँ इतने सलीके से पहनतीं कि वेणु को पूरी गली में सबसे सलीके की साड़ी वाली महिला अपनी माँ ही लगतीं। वे दो-चार साड़ियाँ ही धोई, सुखाई और चावल से निकले माँड़ की कलफ लगा, गद्दों के नीचे तह लगाकर रख दी जातीं। वही बिना शिकन की लकदक साड़ी पहन, माथे के बीच छोटी-सी गोल बिन्दी के साथ माँ राजरानी की तरह निकलतीं। रसोई पुरानी साड़ी पहनकर बनाई जाती। एकदम पास की दीवाल की खूँटी पर एक धुली साड़ी टँगी होती—अचानक किसी के आ जाने पर बदलने के लिए।

गली की सबसे लद्धड़ आंटी वेणु को सबसे ज्यादा पैसेवाली ठेकेदारनी आंटी लगतीं। उनके पास बेशुमार सूती, रेशमी और कीमती साड़ियाँ होतीं। लेकिन वे उन्हें इतने बेढंगेपन से पहनतीं कि हर चुनट से उनकी लापरवाही उजागर होती।

वेणु को तब चुन्नटों का ज्ञान नहीं था लेकिन बेढंगापन तो समझ में आता था। साड़ियों के रंग, डिजाइन जो होते, वे तो होते ही थे, कभी दरवाजे की कील से खोंच लगी होती, कभी रसेदार सब्जी के तेल और हल्दी के दाग।

इसके उलट, माँ अपनी उन्हीं एक-दो साड़ियों को सलीकेदार मैचिंग ब्लाउजों, हाथों में डली दो-चार चूड़ियों वाली गेहुईं कलाइयों के साथ, गली की औरतों के बीच अलग ही फबतीं। शादी-ब्याहों में भी, जब मुफ्त की चूड़ीहारने बैठी होतीं और बड़ी बूढ़ियाँ जिद करती होतीं, तब भी माँ दो-चार रंगों की चूड़ियाँ ले लेतीं और अदल-बदलकर पहनतीं। वे चूड़ियाँ कभी मैली नहीं दिखीं वेणु को।

अब लगता है, अनजाने माँ के कपड़े पहनने के ढंग और बोलने की तरीकों तक से उनके बच्चों में भी एक आत्मविश्वास भरता गया था। बिना माँ के कहे ही बच्चे अपने कपड़े तह लगाकर रखते। अपनी खाट की चादरों पर सिलवटें नहीं आने देते और न खाते समय

चटर-चटर की आवाज करते। नहाने के बाद तुरन्त अपने बाल भी जरूर सँवारे जाते। कपड़े भी बड़े होने के साथ खुद धोने लग जाते कि आखिर अकेली माँ कितने कपड़े धोएँगी?

सारे कुटुम्ब में सबसे कड़क मानी जानेवाली ताई भी, जिठानी होने के बावजूद, माँ पर जान छिड़कतीं, 'औरत मन्नो (माँ) जैसी सुघड़ हो तो घर फूलों से भरा बगीचा हो जाता है। प्रभाकर ने जरूर पिछले जनम में अंजुरी भर पुण्य कमाए होंगे।'

माँ झेंपकर रसोई में चली जातीं। (किचेन तब तक रसोई था।)

नाते-रिश्ते के मेहमान खूब आते लेकिन माँ की सख्त मनाही थी कि उन्हें मेहमान कोई न कहे। वे मेहमान नहीं, हमारे बड़े ताऊ जी, छोटे चाचा जी, मामा जी, मौसियाँ और बुआएँ हैं। और उनके बच्चे भैया लोग और दीदियाँ...!

दोस्त हँसते, 'तेरी कितनी दीदियाँ हैं वेणु?'

अपने परिवार के बारे में बताते हुए मेधा ने कहा था, 'हाँ, हैं न हमारे भी रिलेशंस, लेकिन मेरा परिवार तुम्हारे परिवार की तरह मछली बाजार नहीं है। सबकी अपनी-अपनी व्यस्तताएँ, अपनी जिन्दगी जीने वाले। तुम्हारे यहाँ जैसी गुत्थमगुत्थ और घमासान नहीं।

'हम लोग रिश्तेदारों को रिश्तेदारों की तरह रखते थे। हमें अपने लिए भी तो वक्त चाहिए होता था। यह क्या कि चार दिनों के लिए आए रिश्तेदार हमारी सारी प्राइवेसी पर कब्जा करके बैठ जाएँ?

'मेरी माँ वर्किंग थीं। मॉडर्न और आजाद खयालों वाली। कैश काउंटर वाली डयूटी सँभालती थीं। कहती थीं—यह कोई मजाक नहीं है। हमेशा चौकन्ना रहना पड़ता है। जाने किन-किन 'नमूनों' से पाला पड़ता है। (उन्हीं के शब्दों में...) इसलिए दुनिया को ठेंगे पर रखना होता है, वरना जीना दूभर हो जाए। घर के प्रॉब्लम्स को भी ऑफिस की ही तरह, बिना इनवॉल्व हुए खूँटी पर टाँग देती थीं। इतनी सारी मेहमाननवाजी के नखरे कहाँ से उठातीं! और 'वीकेंड्स' पर? रिलैक्स करे आदमी या आए-गयों की खातिर? शुरू में थोड़े-बहुत क्लैश हुए लेकिन माँ ने बात साफ कर दी तो डैडी भी समझ गए। उनका फर्ज बनता था। आखिर हजबैंड ठहरे! इसलिए हमने हमेशा आनेवालों को डिस्करेज ही किया। जिसे जो सोचना हो, सोचे। धीरे-धीरे आप-से-आप लोग समझ गए। आना बन्द कर दिया। आफ्टर ऑल, व्हाट डू वी गेट? क्या मिलनेवाला है इन बेकार की मेहमाननवाजियों से?

मम्मी ने हमें पूरी तरह इंडिपेंडेंट बनाया : स्कूल से लौटने पर सामने वाली बहल आंटी से चाबी लेकर दरवाजा खोल लेना; खाना खुद गर्म करके खा लेना; किसी ऐरे-गैरे को जरूरत से ज्यादा लिफ्ट नहीं देना। अपने काम से काम। पढ़ाई? होमवर्क? मम्मी-पापा ऑफिस से लौटने पर थके होते थे तो दो ट्यूटर लगा दिये थे। शुरू से मम्मी से हम बच्चों को पढ़ाना हो भी नहीं पाता था। ठीक भी है, जो नहीं हो पाता, उसे साफ-साफ मना कर देना चाहिए। आफ्टर ऑल, सबकी अपनी लाइफ है। हर आदमी अपनी तरह जीना चाहेगा। माँ भी, बच्चे भी। मम्मी ने बचपन से ही ये बातें हमारे सामने साफ कर दीं। तो हम अपनी तरह जिये। इंडिपेंडेंट हुए।'

अपने-अपने तुरुप-कार्ड

तो मेधा आत्मनिर्भर है, आत्मविश्वस्त भी। आज से नहीं, जब आर्थिक रूप से आत्मनिर्भर नहीं थी, जॉब नहीं करती थी, तब भी। उसके जिन्दगी जीने के अपने मानदंडों में यहाँ आकर

कुछ और जुड़ गए थे, 'मुझे 'रेबान' के सन-ग्लासेस चाहिए।...स्वासेस्की के शो-रूम में पैंतीस परसेंट के डिस्काउंट से 'अरमानी' का उस दिन देखा 'टॉप' भी।'

शायद वह ह्यूस्टन वाली मॉल से 'प्राड' के रुपहले 'स्टिले-टो' खरीद रही थी जब मैंने टोका था :

'अरे, अभी तो तुमने लास्ट संडे दो सैंडिलें खरीदी हैं... !' फिर तुरन्त सुधारता हुआ बोला था, 'इतनी पतली ऊँची हील पैरों के लिए कितनी नुकसानदेह होती है...'

'ये नुकसान करती होती तो अब तक बाजार से बाहर होती...। सीधे-सीधे कहो न, तुम नहीं चाहते कि मैं और लूँ...'

'वह भी कुछ गलत नहीं। तुम्हें याद नहीं, तुम्हारे शू-रैक पर अब बिलकुल जगह नहीं... ?'

'तुम मेरे लिए एक और वुड पार्टीशन नहीं जोड़ सकते शू-रैक में ?'

'लेकिन बेजरूरत क्यों ?'

'मुझे किस चीज की जरूरत है, ये मुझे पता होगा या तुम्हें ? शोभा चन्द्रा की सैंडिलों का कलेक्शन देखा है ?'

'कलेक्शन ? सैंडिलों का... ?' वेणु आसमान से गिरते-गिरते सँभला, 'तो तुम अपनी सैंडिलों की गिनती मिसेस चन्द्रा की सैंडिलों से... ?'

'लीव इट !' मेधा पैर फटकारकर फुटवियर सेक्शन से बाहर आ गई। बाहर जान-बूझकर हिन्दी में बातें बनाम बहसें होती थीं, ताकि दूसरे न समझ सकें।

'मेधा, समझने की कोशिश करो। सैंडिलों की गिनती से पहले मेरे और चन्द्रा के बीच का फर्क भी समझ लिया करो।'

'यही तो तुम्हें समझाना चाह रही थी कि वो मैं तुम्हारे नहीं, अपनी पे वाले डॉलरों से ले रही थी।'

'लेकिन यह तो और भी अपमानजनक है कि तुम मेरे रहते अपने पे डॉलरों से...'

'लेकिन वह भी कहाँ हो पा रहा ! उसमें भी तुम्हारा अपमान होने लगा ! तुम्हें जितना अपने मान-अपमान की फिक्र रहती है, उसका टुकड़ा हिस्सा भी मेरे मान-अपमान की फिक्र होती तो क्या बात थी !'

'अपनी वाइफ को सही राय देना, उसे अपनी चादर-भर पैर फैलाने की याद दिलाना उसका अपमान करना है ?...तुमने खुद घर में बेटू के जूस, डाइपर्स और 'डे-केयर' की फीस की याद दिलाई थी।'

'तो ? बेटू का खर्च फादर होने के नाते तुम नहीं उठा सकते क्या ?'

'मैंने ऐसा कब कहा ? लेकिन इस बार मुझे वसु के कॉलेज एडमिशन वाला डोनेशन भेजना जरूरी है...वसु तो मना कर रही थी—मैंने ही जिद की थी...ऊपर से देवेन्द्र जीजा जी जो पिछले पाँच महीने से विदाउट पे चल रहे हैं—सारे ही तृतीय श्रेणी के सरकारी कर्मचारी, तो छोटे भाई के नाते कुछ तो फर्ज बनता है मेरा...'

'इसी तरह इंडिया की किस्तें अदा करते रहे हम तो बड़ी जल्दी हमें शेल्टर होम में शिफ्ट हो जाना पड़ेगा...इससे तो अनएमप्लॉयेड रहकर 'डोल' के लिए एप्लीकेशन डालना बेहतर..., वरना सुबह से शाम तक खटो—इंडिया भेजने की किस्तें जमा करने के लिए...'

तिलमिलाया वेणु। जबान पर आया जवाब, जब्त कर गया कि एक स्टिले-टो की खातिर डोल तक की नौबत लाने की जरूरत नहीं।

मेधा तैश में बोलती गई, 'हमें यह तो बताया गया था कि लड़का एम.एस. करके अमेरिका में इतने हजार डॉलर कमाता है लेकिन यह नहीं बताया गया कि उसकी सारी अर्निंग इंडिया भेजी जानेवाली लोन की किस्तें भर की होती है।'

'किस्तें यहाँ भी होती हैं, खर्च यहाँ भी होते हैं। वहाँ की जरूरतों के बाद बाकी सब तुम्हारा ही होता है। तुम चाहे सैंडिल खरीदो, चाहे पॉप कार्न...'

'हाँ, गुजारा अब पॉप कार्न पर ही होता लगता है! टॉप खरीदो तो, सेल में जाओ तो...तुम्हारी वही टोका-टोकी—'इतने तो हैं तुम्हारे पास...' हफ्ते में एक दिन इंडियन रेस्टोरेंट जाते थे—वह भी नहीं गए पिछले दो वीक से।'

'तो कौन-सा पहाड़ टूट पड़ा? मैंने तो बचपन से यही देखा कि अपने खर्चों के साथ-साथ परिवार की जरूरतों का भी खयाल रखना अपना धर्म बनता है।'

'हेल योर बचपन एंड फैमिली! दुनिया से निराली। धर्म भी अनोखा है तुम्हारा। अभी-अभी अपनी चादर भर पैर फैलाने की सीख दे रहे थे न! लेकिन तुम्हारे पैरेंट्स ने अपनी चादर भर पैर क्यों नहीं फैलाए? क्यों अपनी बेटी के ब्याह में अपनी चादर ऐसी तार-तार कर दी कि तुम्हारा बैंक अकाउंट जीरो पर पहुँच गया? अमेरिका का सॉफ्टवेयर इंजीनियर अपनी न्यूली वेड वाइफ को हनीमून तक पर नहीं ले जा सका, बहाने बनाता रह गया। यह धर्म नहीं, कंडीशनिंग है तुम्हारे माइंड की। कैसे की गई, यह तो पता नहीं लेकिन हुई बड़ी सॉलिड है।'

विमूढ़ था वेणु। कुछ कहने की इच्छा नहीं हुई। लेकिन न कहने का मतलब मेधा के सारे कुतर्कों का औचित्य स्वीकार लेना था।

'मेधा! मुझे अमेरिका भेजने के लिए जब मेरे पिता ने अपने फंड की आधे से ज्यादा पूँजी लगा दी थी, और माँ ने अपने सतलड़े से बाजूबन्द तक गिरवी रख दिये थे तो उन्होंने अपनी चादर तार-तार ही की थी लेकिन ये चीजें उनकी आदतों में शामिल थीं। पिता जब तक कमाते रहे, हमेशा सारे कुटुम्ब की आड़े वक्तों में मदद के लिए माँ उन्हें उकसाती रहतीं। माँ को ऐसे वक्तों पर अक्सर पिता को यही समझाते पाया कि इस समय हमारा पहला फर्ज यही है...।

'खैर, तुम्हारे साथ जो ज्यादती हुई, उसका अपराधी मैं हूँ।...तुम ठीक कहती हो, मुझे अपने भविष्य की गुंजाइश रखनी चाहिए थी, लेकिन वृन्दा की शादी में मुझे महसूस हो रहा था, जैसे मेरी ही इज्जत दाँव पर लगी हुई है।...मैं साफ-साफ देख रहा था कि विशाखा दीदी की शादी में जिस तरह खुलेआम हँसी-मजाक की आड़ में पापा की बेइज्जती की जा रही थी, असभ्य फूहड़ तरीकों से एक के बाद एक चीज की फरमाइश की जा रही थी, वही सब बेहद शातिराने तरीके से वृन्दा की शादी में भी दुहराया जा रहा था। अन्तर सिर्फ इतना था कि इस बार उनके निशाने पर पापा की जगह मैं था। मीठे शीरे की चाशनी में मुझे दबाकर वे मेरा दम घोंट रहे थे। लेकिन इसमें माँ-पापा का दोष बिलकुल नहीं है। पापा तो कई बार उखड़ गए थे लेकिन मैं जानता था, उफ करना मेरी हार होती। इसलिए मैंने उनका मुँह सील कर ही उन्हें वापस भेजा। वे सन्तुष्ट गए। और यही मेरी जीत थी। मुझे पता है, पास-पड़ोस

से लेकर नाते-रिश्तेदार भी कहीं-न-कहीं इस शादी में पड़ी खटास का मजा लेते, जो मैं नहीं चाहता था। शायद तुम भी होतीं उस वक्त तो उनकी चाल कामयाब होती नहीं देखना चाहतीं।'

मेधा को लगा, वह जितना सोचती है, उससे कहीं ज्यादा प्यार करती है वेणु को। लेकिन बात तो उसे भी पूरी करनी थी अपनी।

'वह सब ठीक है लेकिन तुम क्या सोचते हो, मेरा मन नहीं टूटा ? मेरा सपना नहीं अधूरा रह गया ? यह अपराध किसके सिर जाएगा... ?'

'सिर्फ मेरे। मैं कहाँ इनकार करता हूँ इससे...'

वेणु का यही निर्वेद पराजित कर देता है मेधा को। वह स्वयं तो या आग होती है या बर्फ...लेकिन वेणु पानी ही रहता है। झरने के उद्दाम वेग से गिरनेवाला नहीं बल्कि उस शान्त धारा-सा जो ऊपर-ऊपर तो स्थिर गति में बहती होती है लेकिन अन्दर कितने भँवर समेटे रहती है, कभी कोई जान नहीं पाता।

यह पहली बार नहीं था, हर थोड़े दिनों पर कोई-न-कोई प्रसंग ऐसा आ ही जाता है, जो सीधे मेधा के नहीं जा पाए हनीमून से जुड़ता है। हर आधुनिक लड़की का प्रतीक्षित, चिरआकांक्षित सपना!

वेणु क्या समझेगा ? पचास बार वैसी क्रूजिंग टूर पर ले जाए, तो भी वह मेधा का पहला न हो पाया हनीमून नहीं करा सकेगा। जीवन की बहुत दिखनेवाली खुशियाँ बड़े मायने रखती हैं स्त्री के लिए। सहृदय से सहृदय पुरुष भी उन्हें खिलवाड़ समझ लेता है। तभी तो वेणु उल्टे सोचता है—ठीक है, जीतती रहो, विजयिनी रहो तुम्हीं मेधा। क्योंकि अगर तुम लक्जरी टूरों से सन्तुष्ट हो लोगी तो इक्यावनवीं बार फिर से उस पहले, न हुए, हनीमून की याद में बिसूरोगी कैसे ?

दरअसल हनीमून नहीं, वह तुरुप-कार्ड है जिसे हर स्त्री कोई-न-कोई नाम देकर अपने पास सहेजे रहती है—पति-पुरुष का पत्ता काटने के लिए।...और सामने आई खुशियों पर धूल और राख उड़ाते फिरने के लिए।

ओह! और मेधा सोच रही थी—स्त्री-मन के बेहद अछूते सपनों को पुरुष तुरुप का पत्ता समझता है! तभी तो फूँक मारकर उड़ा दिया करता है।

लौटे हुए हम

समझदार हुई माँ

हाँ रे, वेणु!...बिना फोन भी तुझसे बातें करते रहने की आदत पड़ गई है। कुछ ऐसा लगता है, जैसे मेरा सोचा हुआ भी तू सब सुन-समझ रहा है।

जब से लौटे हैं, इतने दिन हो गए, लेकिन घर वैसा ही गुमसुम, उदास। जैसे सारी रौनक हर ले गया हो कोई! एक तो कुल चार-पाँच महीनों में इतना बदसूरत हो जाएगा घर, सोच

भी नहीं सकती थी। पापा के घुटनों का फ्रैक्चर दुबारा चोट लगने से ज्यादा बिगड़ गया। वसु का वायरल भी लम्बा खिंचा। बहुत थकाया इन दोनों ने। वसु तो लौटने पर जैसे पहचान में ही नहीं आ रही थी। असल में ताई जी को कुछ करने नहीं देती थी...हो भी कहाँ पाता है अब इस उम्र में उन बेचारी से कुछ...तो वे इसे रोकतीं, ये उन्हें। महरी भी दोनों का उत्साह देख बैठ ली थी और नतीजे में दोनों के हाल बेहाल...एक तरह से अच्छा ही हुआ जो रंजन आकर ले गए कि चाची, आप अकेली कैसे सँभालेंगी। अब वहाँ ठीक हैं वे।

वसु की तबियत सुधर रही है। बुखार अब निन्यानबे-सौ ही रहता है...कहते तो हैं डॉक्टर कि बस, हफ्ते-दो हफ्ते में चंगी हो जाएगी लेकिन मैं जानती हूँ, साल तो बेकार गया न इसका...टूट गई है मन से। पापा के फ्रैक्चर का प्लास्टर खुलने के बाद डेढ़-दो महीने फिजियोथैरेपी चलेगी। ऐसे में तुझे बहुत सोचती हूँ। तूने तो कहा ही था कि अच्छे हॉस्पिटल, डॉक्टर के पास ही जाना है—घुटने के फ्रैक्चर के साथ कोई चांस नहीं लेना है। लेकिन जितना बड़ा अस्पताल, उतनी ज्यादा घर से दूरी, और तिगुनी-चौगुनी फीस...।

फिर बड़े डॉक्टर के पास भी कोई जादू का प्लास्टर तो होता नहीं। वह भी वही प्लास्टर चढ़ाता जो इस छोटे अस्पताल के डॉक्टर ने चढ़ाया। तो ऐसी कोई बात नहीं, समझा?

यहाँ लौट आने पर भी तुम्हीं लोग आसपास घेरे रहते हो।...वहाँ का खूब शानदार, चिकना घर, मनमोहक, नयनाभिराम--सारी सुविधाओं, सहूलियतों से भरपूर! उसकी तुलना में अब तुम लोगों को यहाँ इस घर में कितनी परेशानी होती होगी, समझ सकती हूँ मैं...।

बहुत सुख पाया मैंने, पापा ने—अपने वेणु की, मेधा की, बेटू की सुख-सुविधाओं से भरी हँसती-खेलती खुशनसीब दुनिया देखकर। वसु को वीसा मिल गया होता तो वह भी अपने वेणु दादा का (उतनी दूर ही सही) घर देख आई होती।...लेकिन वह तो बीती बात। जो नहीं मिला जीवन में, बस, नहीं मिला। उस पर बिसूरना क्या!

लेकिन जो मिला या कहूँ जो तूने दिया, वह कुछ कम है क्या? अब तक देता ही तो आया है तू।...अरे हर महीने पन्द्रह दिनों पर ये फोन पर बात करके भी तो तू देता ही है। तू यानी तुम लोग—तुम और मेधा हमारी खुशी, हमारा प्राप्य ही तो उपलब्ध कराते हो। (जानती हूँ, यह तेरा 'प्राप्य' नहीं है, 'कर्तव्य' और 'बाध्यता' भले हो...) फिक्र रहती है हमारी, तभी तो!

और तूने हमें जो बुलाया, यानी मुझे, पापा और वसु—तीनों को ही, तो लोग चाहे जो कहें, मैं जानती हूँ—अपने समृद्धि का साम्राज्य दिखाने के लिए नहीं, बल्कि हमें अपने साथ होने के लिए...वह पहले वाले कुटुम्ब भाव से जीने के लिए। लोग ये सब क्या समझें! कहेंगे—अरे, विदेश गए सभी बेटे-बेटियाँ बुलाते हैं, जब पहली डेलीवरी होती है। कोई भारतीय अपना नया-नया बच्चा क्रैश या बेबी-सिटिंग में नहीं रखना चाहता, सबको पैरेंट्स की जरूरत पड़ती है। मेधा को भी तो ऑफिस ज्वॉयन करना रहा होगा। किसी भी देश में कितना भी सभ्य, उदार हो, प्रेग्नेंट वुमन के लिए अपनी सहूलियत का नया जॉब ढूँढ़ना मुश्किल होता ही है। और रही जॉब छोड़ने की बात, तो कोई सवाल ही नहीं। मेधा जॉब कैसे छोड़ सकती है भला? एक बच्चे का बढ़ा हुआ खर्च डॉलरों में तुलता ही है।

(उसी में हम तीनों के भी तो आने की बात थी। चार-छह महीनों तक तीन बढ़े हुए लोगों के खर्च का बोझ भी तो तुम्हारे और मेधा के कन्धों पर ही...।)

अब अगर मेधा इसे लेकर सोचती भी हो तो यह स्वाभाविक ही हुआ न बेटे! उसे पता है ही कि हम सबके लिए, वृन्दा की शादी के लिए, तू हमेशा ही जरूरत से कहीं बड़ा सहारा बना रहा, और अभी भी स्वभाव आखिर कितना बदलेगा तुम्हारा...लेकिन अब मेधा के भी तो शौक हैं, आदतें हैं, खर्च हैं, प्राथमिकताएँ हैं—गलत नहीं कह सकते हम उसे अपनी जगह।

कितनी तो व्यस्त रहती है मेधा! तुम दोनों ही। देख तो आई हूँ—अपने-अपने ऑफिस, मेधा की साइट टूरिंग, शिफ्ट्स, बेटू की डे-केयर, बेबी सिटिंग, लाना-पहुँचाना...।

अपनी-अपनी कारों की भागा-भागी, खुद के और पड़ोसियों के बच्चों को स्कूल, स्विमिंग, जिमनैजियम। एक कोई कुछ बच्चों को छोड़ आता है, तो दूसर कोई ले आता है—ज्यादा करके माँएँ...'सॉर्कस मदर्स'...बहुत काबिल हैं आजकल की माँएँ। हम कहाँ इतना सब कर पाते थे?...

और एक बात यह भी कि अमेरिका में भी तुम लोगों के अपने खर्च...कम जरूरी नहीं...सारी उम्र क्या माँ-बाप, बहनों पर ही होम करते रहोगे? हमें भी तो अपनी जरूरतों के लिए खुद जवाबदेह होना चाहिए। यह सब मैं किसी रंजिश या मलालवश नहीं कह रही, समझदारी की बात है।...समझदार नहीं होगी तुम्हारी माँ क्या कभी?...अब तुम्हारा अपना भी तो परिवार। वहाँ के स्टैंडर्ड और यहाँ के रहन-सहन में जमीन-आसमान का अन्तर। अब तो देख आई हूँ तुम लोगों का जीवन...बच्चे आराम से रहें, इससे ज्यादा और क्या चाहिए माँ-बाप को? हमारा क्या, हम तो शुरू से ऐसे ही रहे हैं...और इस चाहने की भी व्याख्या आसान है क्या? कैसी-कैसी चाहना...!

फोन नहीं आया इधर तुम लोगों का, सो कोई बात नहीं। जानती तो हूँ तुम लोगों की व्यस्तताएँ। फोन भले न कर पाए होओ लेकिन चिन्ता तो लगी ही रहती होगी हम लोगों की। समय पाते ही फोन करोगे तुम लोग...।

कह तो रही हूँ, पर सच कहूँ तो फोन से भी अचानक चिढ़-सी हो गई है। खुद अपने ही मुँह से फूटते—उसी एक ही टोन में 'हलो वेणु!' से...एक-सी बातें, एक ही आवाजें। अपनी ही आवाज, अपने ही संवादों से तंग आई-सी जैसे! जैसे कि मेरी, हमारी, जिन्दगी फोन से आती आवाजों का, कुछ शब्दों का आसरा बनकर रह गई है! एक तरह से जब से तू गया, इतने वर्षों से हम इसी फोन के आश्रित बनकर रह गए हैं, जैसे 'वेणु' कोई गुरुत्वाकर्षण हो और हमारे शब्दों की संहिता एक वलय की तरह घूम रही है इसके चारों तरफ—पृथ्वी के गुरुत्वाकर्षण की तरह! तेरी धुरी पर घूमती हमारी दुनिया।

हमारा तन, मन, जीवन इसी धुरी से संचालित, इसी पर आश्रित जैसा लगता है। मेरे पूरे जीवन के लिए तू अब फोन के इसी रिसीवर में समा गया!

कभी-कभी घबराहट-सी होती है। लगता है, पीछा छुड़ाना होगा 'हलो वेणु' वाली इस आदत, इस लाचारी से। सोचना चाहिए कि ऐसा भी क्या जुड़ाव, जो सामने वाले का जीना मुहाल कर दे, उसे जकड़कर रख दे...?

फ्लैश बैक की आवाजाहियाँ

कुछ भी तो नहीं कहा था वेणु ने...और कहा भी था तो बहुत नरमी और सलीके से कि जाने दीजिए अभी...फिर कभी भर दी जाएगी पिछली दीवाल वाली दरारें...आखिर इतने दिनों तक वैसी ही रही थीं न! वैसे भी सामने की नहीं, पीछे की हैं। वसु को देखने आनेवाली पार्टी को पूरा घर दिखाने की क्या जरूरत है? वृन्दा और निखिल भी तो अब घर के ही हुए न! उनसे क्या परदा! रिलैक्स...।

'हाँ, और क्या! ठीक तो कह रहा है तू...' कहकर फोन उसके पापा को थमा दिया। *आँखों से चुपचाप एक इशारा भी कर दिया था, तो वे भी मेरे बताए के हिसाब से, 'हाँ...ठीक है, जैसा तुम कहो'* जैसे जुमले दुहराते रहे। बेटू के डे-केयर और शरारतों की बातें पूछते रहे, *'कैसा है?...और क्या-क्या बोलने लगा?...रात में अभी भी हमारे कमरे की तरफ भागता है—दादी, पाश... ?'*

लेकिन फोन रखने के बाद मेरी तरफ नहीं देखा, और-और चीजें देखते रहे। मैं खुद भी कभी टेबल पर रखी वेणु की फोटो सीधी करती रही, कभी अखबार की तहें। हम दोनों काफी देर तक एक दूसरे की ओर देखना टालते रहे। बदले में तमाम सारी दूसरी चीजें देखते रहे।

शायद हम दोनों पिछले कुछेक सालों के फ्लैश बैक में आवाजाहियाँ कर रहे थे...।

पिछली बरसात, वसु वाले कमरे के लीकेज को लेकर मेधा ने कहा था, 'जाने दीजिए पापा जी। हर साल बरसात से पहले कहीं-न-कहीं का लीकेज ठीक करवाते हैं आप...और अगले साल फिर वही ढाक के तीन पात! जुलाई में ही वसु की एकमुश्त फीस का भी न।...अब तो वृन्दा भी नहीं रही। बरसात भर की ही तो बात है, वसु बैठक में सो लिया करे, बस, रिलैक्स...!'

वसु हमारे चेहरों के शिलालेख पढ़ने में माहिर हो गई है, 'कहते हैं, समझदार को इशारा काफी।...इतना साफ-साफ समझाया जाता है लेकिन आप लोग कहाँ मानने वाले! जरा-सी भी कोई बात हुई, वेणु दादा और मेधा भाभी के बिना सुलझती ही नहीं। पहुँच जाएँगे अपने हाथों में कटोरा...सॉरी, अपने लिए अनुदान की फरियाद लेकर। ग्रांट कमीशन समझ लिया है क्या आप लोगों ने उनको?

'क्या गलत कहा मेधा भाभी ने कि वसु बारिश भर बैठक में ही सो जाया करे...पीछे वाली मुँडेर बेमरम्मत ही रहने दी जाए...या सीलन से उखड़े हुए कोने के प्लास्टरिंग और पेंट वाले काम टल सके तो अच्छा... ? आप लोगों को इतनी-सी बात समझ में क्यों नहीं आती कि मुझे देखने आनेवाली पार्टियाँ मरम्मत की हुई मुँडेरों की दरारें पहचानती हैं?...तो आप लोग अपनी आदतों से बाज आइए। वेणु दादा, मेधा भाभी का पिंड छोड़िए।...मुक्त करिए उन्हें...या कि कहूँ कि मुक्त होइए आप लोग...'

शायद ठीक कहती है वसु।

अब वेणु से घर के चूने या मुँडेरों के दरकने की बात नहीं करनी है...सबसे बढ़कर घर पर खर्च, मरम्मत...तो घर तो उसी का हुआ न! जैसे चाहे, रखे...मुँडेर जुड़नी ज्यादा जरूरी है या वेणु का हमसे जुड़े रहना? वेणु दूर से ही सही, हमारे पास बना रहे, बस! हम इसके लिए कुछ भी मूल्य चुकाने को तैयार हैं।

वसु हँसती है, 'वाह, बना रहे! बना रहकर क्या करेगा अमेरिका से वेणु दादा, माँ? करेगी यह वसु ही सब—वैसे भी ज्यादा फर्क नहीं है 'वेणु' और 'वसु' में—बहुत दिन रह लिये उस मकान में...।

हमने वेणु को अपनी इतनी जरूरी एक मात्र शरणस्थली क्यों बना ली कि वहीं जाकर, उसी से सुख, उसी से सुकून और तृप्ति पाने की आदत—एक स्वप्न, एक हीरामन की तरह पाले रहे उसे बरसों-बरस?

उस छाजन के उधड़ने की कल्पना हमें विकल कर देती है।

क्या-क्या दरकने से बचाओगी माँ?

वेणु की स्थिति नहीं सोचते हम।

मुक्त क्यों नहीं करते इस हीरामन को अपने पिंजरे से?

शायद इसलिए क्योंकि खाली पिंजरा लिये बाकी का जीवन काटने की कल्पना ही हमें सहमा जाती है।

नहीं, ठीक है, बोझ कैसे भी हों, थकाते ही तो हैं। उतारो यह माया-ममता का बोझ।

क्योंकि मोह में बँधे हम सोचते हैं कि जैसे वेणु हमारे लिए शरणस्थली है, वैसे ही हम भी वेणु के लिए हैं।

इतने ही जरूरी, उतने ही अपरिहार्य। भूल जाते हैं कि वेणु की प्राथमिकताएँ बदलेंगी नहीं क्या? यह पिंजरा उसके लिए छोटा नहीं पड़ रहा होगा क्या? इसलिए, लो, मुक्त करती हूँ मैं तुम्हें वेणु!'

(जितनी आसानी से कह दिया, काश, कर भी पाती!...)

नहीं, आदत पड़ जाएगी धीरे-धीरे।

सुन वेणु...!

लाख रोका, मन नहीं माना।

फिर घूम-फिरकर तेरे ही पास।

सुन वेणु! तू इस घुन्नी, घनचक्कर लड़की को समझा सकता है क्या? मैं सचमुच तंग आ गई हूँ। जैसे भूत सवार हो गया है हर काम अपने हाथ में ले लेने का! 'पापा को फिजियोथैरेपी के लिए मैं क्यों नहीं ले जा सकती?' डॉक्टर ने समझा दिया कि घबड़ाने की कोई बात नहीं, एक पैर के कम्पाउंड फैक्चर की वजह से दूसरे पैर पर ज्यादा जोर पड़ गया है...कुछ दिनों की फिजियोथैरेपी से ठीक हो जाएगा लेकिन मुझसे ज्यादा अब यह लड़की परेशान होने लगी है।

तुम्हें नहीं बताया था, मुझसे बिना कहे ट्यूशन भी पकड़ लिया है दो-दो लड़कियों का। मैंने, पापा, दोनों ने समझाया, 'इस फाइनल इयर में ट्यूशन पकड़ने का क्या मतलब हुआ भला? बीमार पड़ गई, स्कॉलरशिप नहीं मिल पाई तो इसमें तेरी क्या गलती... ?' तो कहती है, 'आप लोगों को मालूम है, अमेरिका में अपनी हायर एजूकेशन सारे लड़के-लड़कियाँ खुद से मैनेज करते हैं? माँ-बाप से कोई सपोर्ट नहीं मिलता। भाई-बहन तो बहुत दूर की बात है। अच्छी बातें तो आप लोग सीखते नहीं। मैंने बिना अमेरिका गए ही वहाँ का सिस्टम

अपनाया है तो मुझे रोकने की हजार कोशिशें। आप लोगों को पता नहीं, इसमें एक अलग तरह की खुशी, राहत मिलती है—बिना किसी सहारे के अपनी जिन्दगी बसर करने की।'

पहली बार जब वीसा नहीं मिला था वसु को, जानती हूँ, तुझे बहुत बुरा लगा था लेकिन तूने तो सिर्फ सुना भर न...वहाँ आने पर भी सारी बातें कहाँ बता पाई लेकिन मैंने और पापा ने इसके दंश को देखा और महसूसा है। कैसे वहाँ के हर सिस्टम पर बिदकती, बिफरती और भन्नाती रही थी...उसे विश्वास नहीं हो रहा था कि कौन्सुलेट के एक अदने 'पिऊन' से लेकर छोटे-बड़े अधिकारियों तक की इतनी बेरुखी भरी हिदायतों और रूड व्यवहार से गुजरकर लोग भीख की तरह वीसा नामक अनमोल रत्न प्राप्त करते हैं। उसके सामने जैसे कोई बहुत कड़ुवी, अधिकृत सच्चाई उजागर हो रही थी! उसे विश्वास नहीं हो रहा था कि उसका वेणु दादा भी इन्हीं अवहेलित करनेवाली स्थितियों से गुजरकर अमेरिका पहुँचा है। शायद इसलिए, क्योंकि उसका वेणु दादा उसका मॉडल था, हीरो...जो बगावत भले न करता हो लेकिन गलत चीजें बर्दाश्त नहीं कर पाता, न गलत रास्ते से चलना पसन्द करता है।

उसके हिसाब से, 'यह पूरा सिस्टम गलत नहीं तो क्या है? घंटों-घंटों नीमअँधेरी सुबहों में, यहाँ से वहाँ तक लम्बी लाइनों वाले क्यू में खड़े-खड़े थकने के बाद अखबार बिछाकर बैठे हुए लोग। पढ़े, अनपढ़े, शहरी और गँवार—सब लगे हैं लाइन में। सबको डॉलर चाहिए। झाड़ू लगाकर, टॉयलेट साफ करके, होटलों की प्लेटें साफ करके, कचरा वैन चलाकर...बेशक सॉफ्टवेयर, मैनेजमेंट और मेडिकल में भी लेकिन उन सम्मानित पदों के लिए भी वे इसी जरूरी सिस्टम से गुजरे होंगे न! कैसे बर्दाश्त किया होगा वेणु दादा ने माँ? वह तो इस तरह अखबार बिछाकर नहीं बैठा होगा न?

अमेरिका जाना इस हद तक जरूरी क्यों है माँ कि जमीन-जायदाद तो फिर भी ठीक है, पर अपना आत्मसम्मान तक बेचकर जाया जाए?

अभी देखा नहीं तुमने? लाइन में खड़े उस उजबक-से आदमी को? बेबात ही, सामने से गुजरते एक अमेरिकी अफसर को देखते ही, एक कदम आगे बढ़ाकर 'गुडमॉर्निंग सर' कहकर सलाम ठोंक रहा है। वह कौन है, कौन नहीं, उसे मिलनेवाले वीसा से कितना ताल्लुक रखता है, यह सब जाने बिना ही।

तो गलती उनकी नहीं, हमारे अन्दर पैठी कॉम्प्लेक्स की है न, जो अपने-आपको, अपनी जाति को, अपने देश को एकदम गया-गुजरा समझती है। कुंठा हमारे अन्दर कुंडली मारकर बैठी हुई है। क्या नहीं है हमारे पास, जो हम इस तरह इनके सदके जाते हैं? चमकीले रैपरों और रिबनों में बँधे तेज, धीमी खुशबुओं वाले परफ्यूम, घड़ियाँ, फोटोफ्रेम, इलैक्ट्रिकल गैजेट्स, जीन्स, शर्ट, जिसमें आधे से ज्यादा माल तो इंडिया, बांग्लादेश, पाकिस्तान, चाइना और थाइलैंड से बनकर आता है।'

कहने को मन हुआ कि लेकिन यही सब जब तेरा दादा लाता है, तब तो पोंछ-पोंछ-सँवारकर जतन से रखती है...पर वह उसके घावों पर नमक छिड़कना होता। दंश से क्षत-विक्षत थी वह, 'यहाँ से वहाँ तक झुंड के झुंड जल्दबाज, बदहवास लोग... चेहरे पर हवाइयाँ उड़ रही हैं। पता नहीं, क्या होगा...यानी वीसा मिलेगा या नहीं? और भीषण उत्तेजना से भरे हुए लालायित, उत्सुक...अपनी निरीहता में आशंकाओं से बेजार...!

जाना बुरा नहीं—सम्मानपूर्वक एक विदेशी टूरिस्ट या मेहमान के रूप में। दुनिया सबकी है। और आपके देश में जा रहे हैं हम तो आपका रेवेन्यू बढ़ा रहे हैं, कोई अहसान नहीं है आपका। स्वागत कीजिए हमारा।...ठीक है, अपनी गर्ज से भी जा रहे हैं तो वीसा दीजिए या न दीजिए लेकिन असम्मानित, बेइज्जत नहीं कर सकते आप। यह बात उन लोगों तक पहुँचाई जानी चाहिए न!'

बहुत रोई थी वसु। इसलिए नहीं कि उसे वीसा नहीं मिला। इसलिए कि इस दो टके की चीज के लिए उसे इतनी अवहेलित करनेवाली स्थिति से गुजरना पड़ा। उसे ऊलजलूल सवालों और शंकाओं का सामना करना पड़ा। उसे शक की नजरों से देखा गया कि 'कहीं मैं वहाँ पढ़ने, उनके देश की डबलरोटी तोड़ने तो नहीं जा रही? कहीं मैं बहन के वेश में वहाँ नौकरी तलाशने जानेवाली आया तो नहीं? वे सीधे न कहें, उनके शब्दों में नहीं, अर्थ में कटाक्ष था। वे बहुतों के साथ ऐसे पेश आते होंगे, लेकिन मैं बहुतों की तरह नहीं हूँ। ऐसी की तैसी इस वीसा की! मुझे नहीं जाना...' (जैसे अमेरिका उसके पाँव पकड़कर बुलाने ही आ रहा है कि प्लीऽऽज, वसुधा शुक्ला, पधार जाओ यहाँ...!)

तू तो जानता है उसे, तुम सबमें छोटी, लाड़-दुलार की पोटली...बाहर आकर हिलक-हिलककर रोई...।

और अब?...लौटे हैं हम तो दुबली सींक-सलाई सी कहेगी, 'दुनिया में ज्यादातर रोग मोटापे से होते हैं। दुबला होना स्वास्थ्य की निशानी है।'

हर बात का जवाब हाजिर।...कहीं रिश्ते की बात चलाने की कोशिश भी करो तो बिफर जाएगी। कभी इग्जाम, कभी प्रोजेक्ट, एक के हजार बहाने! कुछ समझ में नहीं आता इस लड़की का। अजीब घुन्नी, घनचक्कर, हर बात में अपना फरमान जारी करनेवाली!

दुःख सा लगता है—कैसी खिलन्दड़ी-सी लड़की! कभी प्यार आया तो माखन-मिश्री भरी शरारतों में खटमीठी चूरन की पुड़िया-सी!...चटपटी चाहे जितनी रही हो, लेकिन ऐसी कसैली तो कभी नहीं थी वेणु! थाह नहीं लगती इसके अन्दर की।

कभी मन होता है, तू यहाँ होता तो उसे सँभाल लेता। तू ही शायद उसे सबसे ज्यादा समझता था...। लेकिन छोड़, चाहने का कोई अन्त होता है क्या? तू वहाँ इतना व्यस्त। आने-जाने का खर्च भी कोई मामूली? और सिर्फ मेरी चाहना या सिर्फ इसलिए कि वसु...? मेरे चाहने भर से तेरे यहाँ होने की सम्भावना...? क्या कहते हो तुम लोग, विशफुल थिंकिंग... असल में अकेली पड़ गई हूँ बहुत ज्यादा।...पहले वसु का सहारा था, अब वसु के लिए सहारे की तलाश में। पहले उससे ही सब कुछ शेयर करती थी, अब उसकी बातें किससे शेयर करूँ?...पापा न अपनी तकलीफों का बयाँ करते हैं, न दूसरों की समझ पाते हैं।

क्या कहूँ? ऊपर से इसके उन रोहित सर की बात! पता नहीं, तुझे बताई थी या नहीं! वे तो विवाहित हैं। इस जुलाई में अपनी पत्नी को भी साथ ले आए। हम तो उन्हें अविवाहित ही समझते थे। यह वसु भी तो...लेकिन अब कहती है, 'मुझे पता था।' ज्यादा पूछने पर शेरनी-सी बिफर पड़ती है, 'आखिर आप लोगों को क्या परेशानी हो गई?'

पापा को ठंड ज्यादा लगती है इन दिनों। फ्रैक्चर वाला घुटना टीसता है। यूँ ही कहा—'वेणु से कहती हूँ, मुलायम ऊनी जर्सी और पूरे पैरों का...' सुनते ही भड़क गई, 'क्यों?

क्यों ? क्यों ? यहाँ नहीं मिलता क्या ? वहाँ वे मुफ्त में लाएँगे क्या ? या कि वहाँ डॉलरों का पेड़ लगा है ? आदत ही पड़ गई है, बात बिना बात हाथ फैलाने की—कल टयूशन से लौटते वक्त ला दूँगी—खादी भंडार से। कोई ऐसी चीज नहीं जो इंडिया में न मिलती हो, समझे आप लोग ? खुद के बल पर जीना सीखिए और दूसरों को भी जीने दीजिए। और बार-बार मेरी शादी की बात करके विशाखा दीदी और वृन्दा की शादी में खेल गए नाटक की नई स्क्रिप्ट मत तैयार करवाइए।'

क्यों कह रही हूँ तुझसे यह सब ? तुझे दुखी करना पाप-सा लगता है, पर मन नहीं माना। अपना दुःख क्यों नहीं धीमे-धीमे पी पाती मैं ? शिव तो दूसरों की खातिर विषपान कर गए थे... !

ऐसा नहीं कि कोशिश नहीं करती। करती हूँ। काफी कुछ अपने टूटे-फूटे की मरम्मत करती रहती हूँ। खुद से खुद की मलहम-पट्टी। घाव-खरोंच पोंछ, सहला लेती हूँ। जब काबू के बाहर हो जाता है तब एस.ओ.एस. की तरह भागती 'बड़े डॉक्टर' के पास आती हूँ।

हलो दादा! हलो भाभी! मैं वसु

'बहुत परेशान हो जाते हो न कभी-कभी दादा—ढेर सारी उलझनों के बीच न्याय के सूत्र टटोल पाने के लिए ? कभी कहा नहीं तुमने लेकिन जानती हूँ, तुम्हारी छठी इंद्रिय ज्यादा ही सक्रिय रहती है। तुमसे थोड़ा ही कम घमासान मचता है मेरे अन्दर... । यह भी जानती हूँ कि इनसे आर-पार होना आसान नहीं—न हमारे लिए, न तुम्हारे लिए...लेकिन जहाँ तक मेरी बात है, माँ के कहे पर मत जाना। कोई भार मत लेना। मेरी तरफ से पूरी तरह निश्चिन्त रहना। ये शादी-वादी तो मामूली बातें हैं दादा। ('छोटे मुँह, बड़ी बात' के लिए क्षमा करना मुझे...) शादी न हो पाना कोई बड़ा नुकसान नहीं। वैसे भी अपनी ताई जी के हिसाब से तो जोड़े भगवान के यहाँ से बन के आते हैं...तो वैसे जोड़े दहेज के इन्तजार में कब तक रुके रहेंगे ? लेकिन माँ, पापा समझते नहीं न!

सच कहूँ दादा, तो मैं अपने लोगों के ज्यादा बड़े नुकसानों की सोचा करती हूँ और उसके लिए तुमसे नहीं, एक बार मेधा भाभी से जरूर बात करना चाहती थी।

ओह, तो मेधा भाभी खुद सामने आकर खड़ी हो गई हैं ? अपनी उसी विशिष्ट इत्मीनानी मुद्रा के साथ ?'

'तुम मुझे चाहती थीं न वसु ! लो, मैं हाजिर हूँ—कर लो अपनी शुरुआत लेकिन ऐसा करने से पहले हम नन्द-भाभी के रिश्तों के लबादे उतारकर, दो स्त्रियों की तरह बातें करें तो कैसा हो ?...हाँ, तो तुम्हारा वह पहला डायलॉग क्या था ? चलो, शंका या सवाल ही सही।'

'यही कि भाभी...सॉरी, मेधा ! काश, तुम हम लोगों को साथ लेकर चल पाई होतीं... हमारी दुनिया ही कुछ और होती !'

'कैसे चलती ? नहीं चल सकती थी न !'

'क्यों ?'

'क्योंकि इतने सारे लोगों को लेकर चला जा ही नहीं सकता।'

'कैसे नहीं मेधा ? मेरी माँ क्या नहीं चलीं इतने बड़े कुटुम्ब को लेकर ?'

'उसे तुम चलना कहती हो?' (मेधा, बिन्दास, अपने अनडिस्टर्ब अन्दाज में बोल रही थी) तुम्हारी माँ, एक कुआँ न सही, पोखर बनाकर उसी में डुबकियाँ लगाती रहीं जीवन भर। तुमने तो बचपन से देखा है, अपनी माँ को...मैं तो कुल दो-चार हफ्ते ही साथ रही...लेकिन समझ सकती हूँ, बेहद शार्प हैं वो। अपने समय के हिसाब से पढ़ी-लिखी, बी.ए. ऑनर्स! कोई भी ठीक-ठाक ट्रेनिंग लेकर किसी भी लाइन में जातीं, अच्छा-खासा कैरियर बना सकती थीं। लेकिन उन्होंने कुछ किया ही नहीं, एक कदम भी नहीं चलीं। क्या मिला उनको जीवन में, बताओ तो?'

'बड़ी मुश्किल है मेधा, इस 'मिलने' की परिभाषा। तुम शायद ऊँचा पद, ज्यादा आमदनी, थोड़ी-सी धाक-रुआब और बदहवास भागती जिन्दगी को ही जीवन की चरम उपलब्धि समझती हो। माँ ने इसके बदले अपना जीवन, परिवार और बच्चों के सींचने, सँवारने में लगा दिया। उन्हें सद्‌बुद्धि, सन्तोष, समझदारी दी। जीवन में तृप्त होना सिखाया। शायद यही वजह थी कि अब तक हमने अपने जीवन को कभी अभावग्रस्त नहीं माना। सब यहाँ माँ के पास आकर जी भर पाते और तृप्त होते रहे। माँ की ही वजह से तीन-तीन पीढ़ियाँ एक साथ हँसी-ठिठोलियों में मशगूल रहती थीं। कुछ भी बन जाता था, सब हँसी-खुशी खा-पहन लेते थे। व्यंजनों की लालसा किसी को नहीं हुई। यह सब माँ की उपलब्धि नहीं थी क्या?'

'अब इतना तो हर परिवार में होता-हवाता रहता है। बात तो तब बनती जब खुद भी वे कहीं पहुँचतीं, तुम लोगों को भी पहुँचातीं।'

'तुम्हारी 'पहुँच' वाली परिभाषा के हिसाब से भी वेणु दादा की ही मिसाल सामने है। एक तरह से देखें तो माँ ने ही उन्हें अमेरिका पहुँचाया न!'

'वह तो वेणु ने खुद कोशिश की तभी पहुँचे। मैंने देखा है, तुम्हारे परिवार में तुम लोग खाते कम हो, खिलाते ज्यादा हो। मेरी यह नहीं समझ में आता कि एक दूसरे के बदले लोग अपने मन का क्यों न खाएँ, पहनें? अपनी तरह से जीएँ? सब अपनी-अपनी केयर लें, बात खत्म। किसी शिकवे-शिकायत की गुंजाइश ही नहीं। तुम्हारे यहाँ कोई अपनी तरह से रहता ही नहीं, सब एक दूसरे के हिसाब से रहते हैं। एक दूसरे की अपेक्षाओं पर खरा उतरने की कोशिश करते रहते हैं।

शायद इसीलिए विशाखा दीदी अपनी ससुराल में हालात से नहीं लड़ पाईं। शायद इसीलिए वेणु भी, वृन्दा की शादी में, उनके ससुराल वालों के सामने झुकते चले गए। मेरी समझ से बाहर है यह सब वसुधा...।'

'जो तुम्हारी समझ से बाहर है, वह हमारे संस्कारों की धरोहर है। तुम्हारी बात ठीक है कि विशाखा दीदी हालात से नहीं लड़ पाईं। उनके लिए हालात से लड़ने का मतलब होता—बूढ़े सास-ससुर को ओल्ड शेल्टर होम में डालकर (उनकी अपेक्षाओं की परवाह न कर...) खुश-खुश अपना अलग का ठिकाना बसा लेना। और वृन्दा की शादी में वेणु दादा यदि उनके ससुराल वालों से नहीं लड़े तो इसका कारण भी यह था कि वे लोग हमें शराफत की आड़ में धीरे-धीरे लूटते चले गए। अपने कुछ हजार डॉलर के खर्च की तुलना में माँ-पापा, वृन्दा और इस घर में इकट्ठे हुए रिश्तेदारों के सामने और हमारी बेइज्जती या रंग में भंग

पड़ने का मजा लेने के लिए तैयार पड़ोसियों की चिन्ता उन्हें ज्यादा थी। उस समय उनके लिए डॉलरों का इससे बेहतर उपयोग शायद दूसरा नहीं था। रही अपने लिए जीने की बात तो यदि सब अपनी-अपनी मनमर्जी पर उतर आएँ, अपनी सुविधाओं को ही प्राथमिकता देने लगें तो आज से कहीं ज्यादा बदतर हालात का सामना करने के लिए दुनिया को तैयार रहना पड़ेगा।

और एक बात बताओ मेधा, क्या दुनिया की सारी खुशी सब कुछ लपक, झपटकर, 'उपलब्ध' कर लेने में ही है? थोड़े में सहूलियत के साथ रहने में नहीं? मुझे तो लगता है, आज दुनिया की सारी समस्याओं की जड़ में 'असन्तोष' ही है...तुमसे पूछूँ कि कहाँ पहुँचने को तुम 'पहुँचना' कहती हो मेधा? और क्या जरूरी है, खुद को पहुँचाने के लिए दूसरों का रास्ता काटते चला जाया जाए?'

'जानती हूँ, तुम्हारे निशाने पर मैं हूँ लेकिन मैंने किसी के रास्ते काटे नहीं, अपने रास्ते तलाशे हैं। हम आखिर कितना भार लेकर आगे बढ़ सकते हैं? बहुत ज्यादा बोझ लेकर ऊँची चढ़ाइयाँ नहीं चढ़ी जा सकती। तब आदमी को अपनी प्रेयॉरिटीज तय करनी होंगी।...तो कुछ-न-कुछ तो छोड़ना ही होगा।'

'लेकिन अब तक का समाज, परिवार और व्यक्ति का इतिहास तो यही बताता है मेधा कि सबको साथ लेकर चलने वाला जीवन ही वरद है—सबके हित में भी, उसी में सबका सुख भी...'

'तभी तो तुम्हारा वाला समाज खत्म होने के कगार पर है। क्योंकि उस समाज में व्यक्ति अपने-आपको पूरा का पूरा नहीं प्राप्त कर पा रहा था। आदमी अपने अस्तित्व और पहचान के लिए तरस गया। वह बहुत कुछ खो रहा था, और उसे पता ही नहीं था, क्या?'

'हाँ, ज्ञान का फल तो उसने अब चखा है। और इसीलिए उसे लगता है, उसने बहुत खोया है और उसका सवाया जल्दी से जल्दी प्राप्त कर लेना चाहता है।'

'बिलकुल। यही तो मनुष्य के विकास की प्रक्रिया है। उसे यह अहसास होना कि वह जितना समझता है, उससे कहीं ज्यादा प्राप्त कर सकता है। क्या तुम नहीं समझतीं वसु कि इसीलिए...'

'वह और ग्रीडी होता चला गया।' (वसु तल्ख थी।)

'नहीं, वह 'पूर्ण' होता चला गया, और ज्यादा समृद्ध होता चला गया... ।' (मेधा निर्द्वन्द्व, स्पष्ट थी।)

'समृद्धि की महत्त्वाकांक्षा कैसे-कैसे ग्रीड में बदलती चली जाती है, समझ पाना आसान नहीं मेधा!'

'भई वसु! मैं तुम्हारी हाई क्लास फिलॉसफी के डेफिनेशंस में उलझना नहीं चाहती। अपने तो सीधे-सीधे जितनी दूर दिखता है और जो पाना चाहते हैं, वहीं तक जानते हैं। मेरी खरी बात तुम्हें कसैली लग सकती है लेकिन अगर मैं कहूँ कि मेरी माँ में, तुम्हारी माँ की तुलना में पोटेंशियल नहीं थे। साधारण, एवरेज औरत... ! लेकिन मेहनती और एंबीशस थीं। सो सारी उम्र उन्होंने तुम्हारी माँ से बेहतर खाया-पिया और अपनी मनमर्जी का जीवन जिया। पिता से भी उन्होंने सीधे-सीधे अपनी लाइकिंग-डिसलाइकिंग बता दी थी। रिश्तेदारों को

लेकर भी। समझाया कि आफ्टर ऑल क्या मिलने वाला है उन्हें इससे ?...बेकार की असुविधा, परेशानी क्यों उठाएँ वे ?...तो कौन-सा पहाड़ टूट पड़ा हम पर ? उल्टे हम अपने मन का खा-पहन घूम सके...'

(वसु ने कहना चाहा—वही तो, माँओं की थिंकिंग में ही गड़बड़ हो गई न !...नहीं तो हम सब दूर रहकर भी बहुत पास होंते।)

'और दुःख-सुख मेधा... ?'

'दुःख-सुख में तो बस, नौकर काम आते हैं...(मेधा खुलकर हँसी।) अगर एब्सेंट न हों। असल में मेरी माँ तो बहुत साफ, दो-टूक बोलती हैं तो उनकी भाषा में कहूँ तो हमारी शादी में जो ढाई दर्जन से ऊपर रिश्तेदार जुटे थे और मेरी बलैया ले रहे थे, तुम क्या सोचती हो, सचमुच मेरा उनसे कोई सम्बन्ध बन पाएगा ? दो मिनटों की देखादेखी, बोलचाल, कैसे मान लूँ कि उन्हें सचमुच मुझ पर इतना लाड़ आ रहा था ?'

'आता है मेधा !...बहुत आता है। मैंने अपनी ताई जी को हरियाली तीजों पर मेरी माँ की नजर उतारते देखा है। इन्हीं ताई जी, चाची जी और बुआ को, माँ के चेहरे पर शिकन या आँखों में उदासी देखते ही आकुल-व्याकुल होते देखा है। रघुवीर चाचा को अनपेड लीव लेकर माँ के ऑपरेशन के बाद हम लोगों को सँभालने आते देखा है। मैं इसे जीवन की कोई छोटी उपलब्धि नहीं मानती मेधा, यह जीवन का बहुत बड़ा सम्बल होता है।...माँ ने जीवन में कहीं पहुँचने की कोशिश नहीं की, दूसरों को ही पहुँचाती रहीं लेकिन हमारे पूरे कुटुंब ने उन्हें सर-आँखों पर बिठाया। इसकी अहमियत समझती हो मेधा ?'

'नहीं वसु। मैं नहीं समझ पाती। मैं भिन्न संस्कारों, जीवन-शैली में पली हूँ। शायद इसीलिए, जो तुम कह रही हो, उसकी अनुभूति बिलकुल नहीं कर पा रही। तुम्हारे वाले रास्ते से मैं कभी गुजरी ही नहीं। लेकिन सुनने में यह मुझे थोड़ा सुस्त, अनप्लैंड-सा जरूर महसूस होता है। खैर, अगर होता भी रहा हो यह सब पहले, तो बीतते वक्त के हिसाब से सलूक भी, एटीकेट्स भी और जरूरतें भी बदलती जाती हैं। उनकी दुहाई देते रहने का कोई मतलब नहीं। पुराने कच्चे रास्तों पर न रेल गाड़ियाँ दौड़ सकती हैं, न हेलीकॉप्टर उतारे जा सकते हैं। वहाँ तो बैलगाड़ी ही चलेगी। तो निश्चित ही साफ-सुथरे, चिकने रास्तों को छोड़कर ऊबड़-खाबड़ बीहड़ों में कौन भटकना चाहेगा ?'

'इसलिए क्योंकि यहाँ ठंडे मीठे पानी के सोते नहीं तो प्याऊ तो मिल ही जाया करते हैं। काश, तुम इन थोड़े सुस्त लेकिन तृप्ति भरे रास्तों से गुजरी होतीं तो तुम्हारी दुनिया और ज्यादा बड़ी होती। तुम्हारी परवरिश ने तुम्हें सिर्फ 'तुम' तक ही सीमित रखा...तो तुम बहुत सारे दुर्लभ अनुभव, अनुभूतियों से वंचित रह गईं।'

'पता नहीं... (मेधा उतनी ही निर्लिप्त थी...) जिस सुख को मैंने जाना नहीं, चाहा नहीं, उससे डिप्राइव्ड...वो तुम क्या कहती हो...वंचित होने का कोई दुःख भी नहीं होगा न ! और मुझे व्यर्थ की बहस में पड़ना भी नहीं। वसु, प्लीज, मेरी बात का बुरा मत मानना... !'

'नहीं, बुरा क्यों मानूँगी ? कम-से-कम तुम्हारी साफगोई की तो कद्र करूँगी ही लेकिन शोक अवश्य मनाऊँगी—इस मेधा नाम की लड़की बनाम स्त्री के जीवन के सबसे अमूल्य कोष के रिक्त रह जाने का। बाहर-बाहर इतने आभरणों, सुविधाओं से सजी, चौंध मारती

स्त्री के अन्दर की कस्तूरी गायब। उस सुवास से हीन इस स्त्री के पास न कचोटते दुःख हैं, न गहन सुख—सिर्फ इच्छाएँ हैं और उनकी पूर्ति की अधीर प्रतीक्षा उसके पास जो अनुभव या अनुभूतियाँ हैं भी, वे या तो प्राप्ति हो जाने की खुशियाँ हैं या न प्राप्त हो पाने के अभाव की हताशा...! दूसरी बहुत सारी 'मानवीय' और अनमोल अनुभूतियों से उसका कोष खाली है।

उन सुखों से, जो उसकी कस्तूरी वाली थैली से निकलते हैं। उन दुःखों से भी, जो मनुष्य होने की शर्तें बनते हैं।

क्योंकि स्त्री भी स्त्री होने से पहले मनुष्य ही है।'

रोहित सर से मेरा सम्बन्ध, मेरी समस्या नहीं, उपलब्धि है मेधा!

मेधा दोटूक साफ-साफ कह रही थी, 'हम भटकते नहीं वसु! सीधा-सीधा ही सोचते हैं और जो पाना चाहते हैं, पा लेते हैं, जैसे—मकान, गाड़ी, सोफा, होम थियेटर...। यही सब तो चाहा जाता है जीवन में! लेकिन तुम लोग अजीबोगरीब चीजें सोचते हो। 'पाने' और 'छोड़ने' की थियरी भी तुम्हारी कुछ समझ में नहीं आती। कभी-कभी तो जो पा सकते हो, उसे भी छोड़ देते हो—क्यों? मेरी समझ से बाहर की बात...।

अब जैसे ये तुम्हारे रोहित सर वाली बात ही...तुम दोनों एक दूसरे को प्यार करते थे या खाली तुम करती थीं और करती थीं तो भई, साफ-साफ कहना था न खुद उनसे, नहीं तो अपने माँ-बाप से, न सही मुझसे या वेणु से ही...यह क्या कि किसी को कानोंकान खबर न हो—शायद उसे भी नहीं, जिसे तुम प्यार करती हो...! शायद तभी तो माँ-बाप की जबरदस्ती से उन्होंने शादी कर ली...तो अब पहले कहाँ गई थी तुम्हारी बुद्धि, विवेक—ऐं? प्रेम किसे करना है, किसे नहीं—यह सब थोड़ा तो सोचना चाहिए था न...!'

'मेधा नहीं थी न!'

वसु जोर से हँसती है तो मेधा चौंक जाती है, 'पता नहीं, तुम लोग तो इतना मॉरल-मॉरल की बात करती हो, अब ऐसे में मॉरेलिटी कहाँ चली जाती है कि प्रेम भी किए जा रहे हैं, पछतावे भी पाले जा रहे हैं—किसके साथ प्रेम, किसके साथ छल...अच्छी परेशानी है...!'

'मेधा, तुम्हें रोहित सर को लेकर परेशान होने की जरूरत नहीं। रोहित सर तुम्हारी समस्या नहीं हैं।'

'हाँ, समस्या तो वसु, तुम्हारी ही है...'

'रोहित सर से मेरा सम्बन्ध मेरी समस्या नहीं, उपलब्धि है मेधा!'

'क्या ऽ ऽ ऽ ऽ ऽ? कोई भी चौंकेगा—कम-से-कम हफ्तों तक...'

'हाँ, मैंने माँ को भी यही कहा है मेधा।'

'तुम कह दोगी और कोई मान लेगा—वह चाहे वेणु हो, या माँ... ?'

'माँ तो मान गईं।...कम-से-कम समझने की कोशिश करने लगीं।'

'मेरी समझ से तो यह पूरी तरह बाहर है कि एक तरफ तो तुम लोग जीवन में सन्तुलन और मर्यादा की बातें करते हो, पारिवारिक अनुशासन और नैतिकता का ढिंढोरा पीटते हो,

दूसरी तरफ तुम्हारे और रोहित सर को लेकर इस तरह की बातें... ? देखने में तो वे खासे संजीदे आदमी नजर आते हैं...वो क्या कहते हैं—बड़े शालीन!'

'अशालीन उन्होंने कुछ भी नहीं किया, मेधा।'

'यह उनकी पत्नी से जाकर पूछो...'

'पूछना क्या है! न उन्होंने पत्नी के प्रति कोई अशालीनता बरती है, न किसी और या कह लो, मेरे प्रति ही...'

'ओ.के.! अशालीनता न सही, बेइमानी कह लो...'

'नहीं, बेइमानी भी कहाँ! पत्नी के साथ जैसे रहते रहे हैं, वैसे ही रहते हैं। आदर और सम्मान देते हैं। सारे दायित्व निभाते हैं, जैसे पहले निभाते थे...'

'लेकिन प्यार तुमसे करते हैं...'

'प्यार वे अपनी पत्नी से पहले भी नहीं कर पाए थे...'

'मतलब?' मेधा आसमान से गिरी।

'मतलब—अपने विचारों और दृष्टिकोणों की साझेदारी वाली किस्म का, एक बराबरी की कंपेनियनशिप का...'

'लेकिन इसे ठीक कहा जा सकता है क्या?'

'इसे पूरी तरह गलत भी कैसे कहा जा सकता है? कोई चाहकर भी किसी से उस प्रगाढ़ अन्तरंग स्तर पर नहीं जुड़ पाये, हजार कोशिशों के बावजूद...'

'तो जुड़ जाए आराम से कहीं और?...अच्छा बहाना है!'

'यह एक दूसरे से जुड़नेवाली प्रक्रिया कोई सपाट, सप्रयास कर्म नहीं है न, कि बकायदे प्लान करके वैचारिक और भावनात्मक अन्तरंगता का साफ-सुथरा सुरक्षित सम्बन्ध बनाया जाए!...भूल शायद मेरी ही थी। हम इतने लोगों से मिलते-जुलते हैं। कुछेक की पसन्द-नापसन्द और 'सनक' भी एक-सी होती है। तो ऐसी नजदीकियाँ आप-से-आप, बिना कोई लाल, हरी सिंगल दिखाए बढ़ती जाती हैं। सही जानकारी या अहसास तो बहुत बाद में होता है।'

'जब भी हुआ तुम्हें या उन्हें, कम-से-कम ईमानदारी का इतना तकाजा तो था ही कि तुम्हें बता देते कि वे विवाहित हैं, कि उनकी एक अदद गृह-कार्यों में सुदक्ष पत्नी भी है, जो काली-कलूटी और नकचढ़ी भी नहीं है?'

'क्यों बताते मुझसे? क्या लगती थी मैं उनकी? कहाँ आड़े आ रही थी मैं उनकी पत्नी की? कौन-सा प्रोफेसर अपनी छात्रा को यह सब बताता है? क्यों कोई अपने जीवन के इस खालीपन का आभास भी होने देगा अपनी स्टूडेंट को? एक तरह से अपनी जीवन में मिले अभाव का स्वीकार ही तो होगा वह—प्रकारांतर से पराजय! और मैं भी तो उनकी दृष्टि में एक मेधावी छात्रा ही बनी रही थी—कहाँ कुछ कहा, बताया कि मेरे अन्दर उनकी आहटें दस्तकें देती रहती हैं... ? वह मेरी पराजय होती मेरी दृष्टि में...'

'वाह! वाह!...तो तुम दोनों अपनी-अपनी जीत का जश्न मनाते रह गए—और पिस गई वह बेचारी औरत दो पाटों के बीच में—बिना किए भी सजा पाने के लिए!'

'सजा सब पा रहे हैं—अपनी-अपनी भूलों और गलतियों की। मैं और रोहित सर भी तो...'

'तुम दोनों तो अपने किए की सजा पा रहे हो...!'

'क्या किया है मैंने मेधा? या रोहित सर ने ही?...कभी किसी कैंटीन या रेस्तराँ में साथ कॉफी नहीं पी। किसी पार्क की बेंच पर नहीं बैठे। किसी उपन्यास या प्रेम-कहानी का आदान-प्रदान नहीं किया। नोट्स लेते या लौटाते हुए कभी कोई स्लिप भी नहीं डाली। न नजरें ही झुकाईं, गिराईं। स्पर्श तक नहीं किया एक दूसरे का...' (चाहा भी नहीं?)

'और सबको पता चल गया!'

'अगर यही 'पता चलना' है तो बुरा क्या है? आपत्तिजनक क्या है?'

'पूछो जाकर उसकी पत्नी से...'

'गई थी मैं...पूछने नहीं, कहने।'

'क्या ऽऽऽऽ?' मेधा आसमान से गिरी।

'हाँ, सब जानते हैं, जज्बाती हूँ मैं। भावुक और बेतरतीब। लेकिन बेतरतीबी जब ज्यादा बढ़ गई, अन्दर की नहीं, बाहर की—समाज की बेतरतीबी, तो मैं स्वयं उनके पास गई।

'अच्छा! कैसे?'

'रोहित सर की उपस्थिति में।'

'अच्छा ऽऽ! कैसे मिलीं?' मेधा की उतावली चरम पर थी।

'वैसे ही, जैसे कोई कल्पना कर सकता है। कतराती फिरती रहीं। चेहरा दहकता रहा। तो उठकर पास गई। उन्हें हाथ पकड़कर पास बिठाया। पूछा—आप किसी मानसिक कष्ट में हैं। यदि मुझे कहीं भी जिम्मेदार मानती हों तो बताइए निःसंकोच...मैं जो कर सकती हूँ, करूँगी...'

'तो...?'

'तो तड़ाक से बोलीं—हमारे आदमी की जिन्दगी से निकल जाइए।'

'मैंने कहा—वैसे भी मैं कहीं नहीं हूँ आप लोगों की जिन्दगी में। ढूँढ़कर देखिए—घर, बाहर, डिपार्टमेंट, पार्क, रेस्तराँ, क्लास, स्टाफ रूम—कहीं नहीं हूँ। किसी तरह की बोल-चाल, हाव-भाव, मुद्रा, प्रदर्शन से चिढ़ है मुझे। इससे अनुभूति को आँच-सी लगती है...।

'उन्होंने अविश्वास से कहा—ऐसा भी कहीं होता है?

'मैंने कहा—एकदम ऐसा ही हुआ है। रोहित सर को कुछ नहीं मालूम। मालूम पड़ा तो आपके यहाँ ले आए।

'ठीक है, तो इस रक्षा-बन्धन पर मेरे सामने राखी बाँध देना, मेरा शक दूर हो जाएगा...।

'मैं आहत हुई—आपकी खुशी के लिए उन्हें हाथ भर कर राखी बाँध दूँगी (जिन हाथों को आज तक छुआ भी नहीं...) लेकिन एक बात बताइए, क्या बिना स्थूल परिभाषाओं के रिश्ते नहीं बनाए जा सकते? हमेशा हर रिश्ते को हम स्थूलता में ही क्यों जकड़ देने के अभ्यस्त हो गए हैं? और इतना समझ लीजिए, जिन्हें बेईमानी करनी होती है, उन्हें किसी पवित्र से पवित्र रिश्ते की सौगन्ध भी नहीं रोक पाती—घर के घर में, एक से एक पवित्र रिश्तों को अपनी शरीर-लिप्सा के लिए घर की इज्जत लुटाते सबने देखा है...लेकिन रोहित सर मुझे अच्छे लगते हैं। मान लीजिए, मैं भी उन्हें अच्छी लगती हूँ। इसका अर्थ यह कैसे लगाया जाना चाहिए कि हम एक दूसरे के पति-पत्नी बनना चाहते हैं?...या हमारे इस सम्बन्ध

के लिए किसी-न-किसी पारम्परिक रूढ़ और स्थूल रिश्ते की मुहर लगाने की इतनी उतावली क्यों हो रही है सबको?

'क्यों नहीं होगी? समाज के कायदे-कानून से चलना होता है हर किसी को। तुमने एक अनोखा समाज बनाने का ठेका ही ले लिया है तो और बात है...!'

'समाज के कायदे-कानूनों पर कैसी भदरंग थिगलियाँ चिपकाई जाती रही हैं—अतीत से आज तक—ये हम-तुम बचपन से देखते आ रहे हैं मेधा! उत्तर में मामा का रिश्ता भाई से ज्यादा पवित्र, दक्षिण में भांजी से विवाह का पहला अधिकार मामा का या मामा के बेटे का...(जो उत्तर में पापाचार कहलाएगा और हिन्दू संहिता जिसकी अनुमति भी नहीं देगी।) उत्तर में सौभाग्यवती वधुएँ सिर ढँकती हैं, दक्षिण में सिर्फ विधवाएँ। उत्तर में दही शुभ है, दक्षिण में दूध। उत्तर में पाणिग्रहण आज तक अर्धरात्रि में सम्पन्न होते आए हैं। (अब भले सुविधानुसार परिवर्तन हो रहे हैं।) दक्षिण में दिन के उजाले में।...अपने-अपने कारण अवश्य होंगे इस सबके पीछे लेकिन सवाल सिर्फ सुविधानुसार ली जानेवाली छूटों का है।...और मैं कोई नया समाज नहीं बनाने जा रही हूँ मेधा, सिर्फ अपने लिए थोड़ी-सी जगह चाहती हूँ—इसी समाज में सम्मानपूर्वक रहने की।'

'जैसे उड़ि जहाज को पंछी...'

आखिर क्यों आ गए हम यहाँ फिर?

रेडियो पर भक्ति-संगीत का कार्यक्रम आ रहा है :

'मेरो मन अनत कहाँ सुख पावै,
जैसे उड़ि जहाज को पंछी
पुनि जहाज पर आवै...'

वेणु हमारा जहाज है क्या?

हमारी भवसागर की डोंगी का खेवनहार?

एक साथ इतने सवालों के कठघरे और गीता-कुरान उठा-उठाकर बेदम होती हुई मैं कि आखिर क्यों आ गए हम यहाँ फिर से...?

उत्तर बहुत तार्किक, बहुत वाजिब है। वेणु ने फोन पर थोड़े लिहाज और थोड़े संकोच के साथ जो कहा था, उसका संक्षेप करें तो :

'मेधा एक्सीडेंटली प्रिग्नैंट हो गई है। क्यूरेट कराना चाहती थी लेकिन कुछ कम्पलीकेशंस हैं, नहीं करा सकती। इसलिए डॉक्टरों ने गर्भ को बचाए रखने की सलाह दी है।...तो अब प्रिग्नैंसी, बेटू, मेधा की फॉरमेसिस्ट की डेढ़ वर्ष की पूरी होती ट्रेनिंग—ढेर सारे प्रॉब्लम्स!...मेधा की माँ आ सकती थीं, कुछ दिनों को ही, लेकिन वे इसी साल रिटायर

हो रही हैं। दूसरे, हमेशा 'वर्किंग' रहने के कारण उतना ठीक से सँभाल भी नहीं पातीं। तो, माँ और पापा...हाँ-हाँ, वसु भी अगर आ जाती तो...

खैर, वसु का तो इतने महीनों के लिए आने का प्रश्न ही नहीं। लड़कियाँ पूजती हैं अपनी वसुधा मैडम को और मैनेजमेंट अपने बोर्ड परिणामों के लिए सबसे ज्यादा वसुधा शुक्ला पर निर्भर करता है। लेकिन हम? हमारा सच क्या है?

सच तो यह है कि अपने न जा पाने की अनगिनत वजहें गिनाने से हमें कोई रोक नहीं सकता था। उसमें झूठ भी कुछ नहीं होता।

लेकिन असल सच तो हमारे अन्दर बैठा वह 'सुगा' है जो जब-तब अनजाने 'वेणु' का नाम टेर दिया करता है।...और हम उसी डाल पर सुस्ताने लगते हैं।

वरना जबरदस्ती तो कोई नहीं। न आने की, न बुलाने की। सच तो यह है कि वेणु हमें चाहिए ही चाहिए—किसी भी कीमत, किसी भी शर्त पर।

अकुलाते हैं हम। वेणु, मेधा, बेटू नहीं आ पा रहे तो हम ही क्यों न चलें देख आएँ? जरूरी भारत या अमेरिका नहीं, जरूरी हमारा उसके साथ होना है। और वेणु बुला भी रहा है।

और फिर, वे लोग भारत आते हैं तो हम सँभाल भी कहाँ पाते हैं? 'पानी उबालो, मिनरल वाटर की टंकियाँ मँगाओ, बाथरूम सुखाओ, मक्खियाँ उड़ाओ...' यहाँ 'बग', वहाँ कीड़े—उधर फ्लाई, इधर 'मस्कीटो बाइट'...देख-सुनकर लज्जा, ग्लानि, दुःख (उसके लिए भी, जो कुछ हमारे हाथ में नहीं)। बिजली का जाना या पानी का न आना फर्श पर चींटे-चींटी का निकल आना, सड़क पर कुत्तों का भौंकना, लाउडस्पीकर का बजना—यह सब ऐसे नहीं खटकता लेकिन वेणु, मेधा, बेटू के आने पर उनके सामने हम झेंपते, हीन होते जाते हैं जबकि कम-से-कम वेणु यह दिखाने की पूरी कोशिश करता है कि यहाँ वह अति आनन्द से है।

बेशक मन आनन्दित ही रहता है उसका लेकिन सुविधाओं और भिन्न जलवायु के अभ्यस्त हो गए शरीर का क्या करे वह? वहाँ लग चुकी आदतों का क्या हो?

तो इससे अच्छा यही न कि जब बुला रहा है—चले चलें...और वहाँ हमारी जरूरत भी है ही—चाहे बेटू के लिए या वेणु-मेधा की सहूलियत के लिए। हमारे सुखों की शर्त भी तो यहाँ। किराए के पैसे, जब वे सब इंडिया आते हैं तो भी उनके लगते हैं, हम जाएँगे तो भी लगने ही लगने। बल्कि हमारे लिए टिकट भेजकर वह सस्ते में छूट जाएगा। पापा को भी व्हील चेयर मिल जाएगी। और वसु को भी हमारी जिम्मेदारियों से थोड़े दिनों को मुक्ति मिलेगी।...इंडिया में वही तो हमारी गार्जियन है।

कैसी तो निर्मोही हो गई है वसु, 'हाँ-हाँ, जाओ, अपने लाडले के पास! मुझे भी मुक्ति दो!'...कहने को मन होता है—'तेरा कौन-सा कम लाडला था है वेणु दादा...' लेकिन कहीं वसु पूछ बैठी कि 'जिस 'वेणु' में तुम्हारे प्राण बसते थे, वह घटते-घटते कितना रह गया है माँ—सच बताना...?'

कहाँ से आ गए ऐसे शब्द? वसु के कोष में अब तक तो नहीं थे! कौन जिम्मेदार है?...नहीं, न वेणु, न मेधा—सिर्फ यह समय।...कैरम के स्ट्राइकर की तरह जुड़ी-सजी गोटियों को छिटका देनेवाली स्थितियाँ...निर्मम समय। चाहते सब जुड़ना ही हैं, छिटकना कोई नहीं। आदमी को खुद उसके बाहर-अन्दर से भी छितरा-बिखरा देने में माहिर है यह

दुर्दांत समय। पहले उसे आसमानी ख्वाबों के लिए उकसाने, बदहवास भगाने के लिए, फिर धीरे-धीरे खुद उन सपनों को पिचकाकर कचरे के ड्रम में डाल देने के लिए मजबूर कर देनेवाला समय और इसी सबके दौरान आदमी का आदमी पर भरोसा और विश्वास उठाकर, शुबहों, स्वार्थ और छुद्रता की थिगलियाँ चिपका देनेवाला समय... !

लेकिन मैं यह सब क्यों सोच रही हूँ ?...नहीं-नहीं, मेरी दुनिया अभी इससे अछूती है... ।

कब तक रहेगी ?

क्या मालूम !...शायद बची ही रह जाए !

सारी दुरुस्तियों के बीच...

नहीं, यह पहलेवाला अमेरिका नहीं है !

वह वाला वेणु भी नहीं।

प्रभाकर कहते हैं—शक है तुम्हारा। वेणु वैसे ही मुस्कुराता है। सुबह माँ-पापा के हालचाल भी पूछता है। चाय-कॉफी के मग पकड़ाता है। वृन्दा और विशाखा दीदी के बारे में पूछता है। वसु के हॉस्टल में फोन लगाकर बातें करवाता है। बेटू और नन्ही साशा को बाँहों में उछालता भी है।

लेकिन फिर भी, मन कहता है—सब कुछ यह पहले जैसा नहीं है।

सिर्फ मेधा को छोड़कर।

मेधा हमेशा की तरह अपने अमेरिका के साथ व्यस्त है।

क्या हुआ जो साशा को फॉर्मूला दूध से भी एलर्जी है और वह अंडरवेट पैदा हुई ? इन सारी स्थितियों में मदर-केयर से ज्यादा 'गुड-केयर' की जरूरत है जो 'मम्मी जी' करेंगी ही... । और कुछ ही महीनों की तो बात है, साशा भी सॉलिड फूड पर आ जाएगी। कोई भी, डे-केयर वाले भी, इतना नहीं कर सकते जितना मम्मी जी, पापा जी...(करेंगे ही) यह विश्वास है उसे। लो, और क्या चाहिए ? अपने लोगों के यहाँ होने की सार्थकता को भी स्वीकृति...तो वे लोग खुशी-खुशी प्रस्तुत हैं, इसकी कीमत की अदायगी के लिए। वैसे भी सब साथ रहते हैं तो एक दूसरे के काम भी आते ही आते हैं। काम भी क्या, जरा कार में संग-संग 'मार्केट-बास्केट' तक चले गए। एक या दोनों बच्चे घर पर छोड़ा तो बेबी सिटिंग कर ली। बेटू स्कूल से लौटा तो कपड़े, हाथ-मुँह धुलाए, 'रेजिन-ब्रेड' जूस या योगर्ट दे दिया। या फिर पराँठे-चपाती ही सेंक दी। साथ गए तो साशा की प्रैम सँभाल ली। कुनमुनाई तो मुँह में बॉटल लगा दी। कपड़े लांड्री के लिए डाल दिये। घंटे बाद निकाल लिये, फिर तहा दिये। यही सब बर्तनों के साथ भी। बाजार से आई ग्रोसरी जूस, फ्रूटस, सब्जियाँ फ्रिज में लगा दीं। बच्चों को भी। टाइम-टाइम से बस सुला दिया, उठा दिया, खिला दिया, पिला दिया...'इतना ही न !' और क्या ! कहा भी है—मूल से ज्यादा सूद का मोह—तो कभी घी-सूजी की, शक्कर-इलायची पड़ी दलिया, कभी दाल का पानी, हरी सब्जियों का सूप, मैश किया केला—चम्मच-चम्मच साशा को चटाया जा रहा है। नन्हे गोल होंठों से चुभलाती साशा पीने से ज्यादा निकालती जा रही है...वे पुचकारती हुई भी लस्त-पस्त हैं। प्रभाकर गोदी में हिलाकर सुला रहे हैं...वे डायपर बदल रही हैं...नहीं, चेहरे पर किसी शिकन की

गुंजाइश नहीं होती है। भरा-पूरा सम्राज्य है उनका। क्या नहीं है उनकी इस जागीर में ? वाल टु वाल कॉरपेट, सोफे, नक्काशीदार कुर्सियाँ, दो-दो गैरेज, गाड़ियाँ (एक गाड़ी के लिए तरसते हैं लोग इंडिया में...) आधुनिकतम सुविधाओं से ठुँसा हुआ घर... !

लुदकती-फुदकती साशा, उधम मचाता बेटू।

सब कुछ दुरुस्त है।

यूँ ही भरम है उनका। (प्रभाकर ठीक समझाते हैं।)

हाँ, हँसी-खुशी से भरी-पूरी दुनिया है।

यह खयाल वे ठूँस-ठूँसकर अपने अन्दर भर रही हैं।

लेकिन तब, वेणु बहुत जल्दी ऑफिस जाकर और बहुत देर से क्यों लौटता है... ?

कहीं ऐसा तो नहीं कि प्रभाकर उतना ही देखते हैं, जितना आँखें देख पाती हैं ?

आहत अभिमान की प्रतिध्वनियाँ

हाँ, कहाँ बदला कुछ ? कुछ भी नहीं। वही डाउन टाउन, वही 'वालमार्ट', मार्केट-बास्केट, दोस्त परिवारों के जमावड़े, बर्थ डेज, एनिवर्सरी, दक्षिण-उत्तर भारतीयों की लक्ष्मी-पूजा, सत्यनारायण पूजा, जगराते। हाँ, एक आयोजन और भी—'बेबी शॉवर !'...सारे मित्र परिवारों ने मिलकर किसी एक के घर ऑर्गनाइज कर दिया।...हँसी, किलकारियों, जोक्स के बीच आसन्न-प्रसवा को एक चौकी पर बिठाकर रोली-अक्षत, आरती के साथ अपनी-अपनी गिफ्ट थमा दी...यानी बच्चे की पैदाइश के बाद आम तौर पर जिन चीजों की जरूरतें होती हैं, वह सबके द्वारा मिलकर पूरी कर देना।

गाने-बजाने, हो-हल्ले के बाद खाना ! सॉफ्ट, हार्ड ड्रिंक्स की बोतलें और डिजर्ट भी। सब-के-सब मेहमान भी, मेजबान भी। जिसे जो चाहिए—ले, दे...। खाना खतम हुआ तो सबने मिलकर जूठी प्लेटें, गिलासें, प्लास्टिक के चम्मच, काँटे बड़े-बड़े ट्रैश-बैगों में बाँधकर, गैरेज में रखे कचरे के ड्रमों में डाल दिये। साफ-सफाई के बाद अपनी-अपनी कारों में वापसी।

मेधा फोन पर है।

शायद उस तरफ पूजा या किरन है—मेधा की आवाज कभी धीमी, कभी बेहद फुसफुसी, 'येस, ऑफकोर्स...सोनाली का 'बेबी शावर' न ! रख लेंगे अपने नेक्सट वीक...क्या शेखरऽऽऽ ?...ओह, नो ! कब ?...इसी वीक से ? फिर ?...अपसेट तो दोनों होंगे ही...येस रे...दिस इज अमेरिका...खैर, तू रागिनी और कांता से बात कर। डेट फिक्स कर...बट इट्स रियली बैड यार...वी आर सेलिंग इन द सेम बोट...किसी की भी बोट कभी भी बीच धार डूब सकती है...लेकिन यह देश डुबोता है तो पतवार भी थमाता है।...अपने देश में भी डूब ही रहे थे, तभी तो पतवार थामने इधर आए...है कि नहीं ? लेकिन जब इधर भी...'

गलती हो गई। बेचैनी ज्यादा हुई तो मेधा से पूछना चाहा :

'सोनाली को कुछ प्रॉब्लम है बेटे ?'

'न...नहीं तो...' मेधा चौंकती है।

'फिर... ?'

'वो...उसका तीन हफ्ते बाद 'ड्यू' है। और अभी तक बेबी शावर नहीं हो पाया...तो बस, वही सब!'

कट!—सन्नाटा पसर जाता है।

रात, माँ को हटाकर, वेणु-मेधा डिश वाशर में बर्तन जमा रहे हैं। मेधा धीमे से पास आ फुसफुसाती है, 'शेखर को 'पिंक स्लिप' मिल गई...'

वेणु इस तरह सुनता है, जैसे जानता हो!

माँ हट जाती हैं, जैसे वे कुछ नहीं जानतीं। जानना चाहतीं भी नहीं। क्या करेंगी जानकर? पिता के साथ चुपचाप कमरे में आ जाती हैं। पिता भी अखबारों की खबरों से वाकिफ हैं लेकिन अखबारी खबरों को 'घर' से जोड़ते डर लगता है।

वे विश्वास करना नहीं चाहते कि अमेरिका की मन्दी यहाँ उन सबकी जिन्दगी में इतने गहरे उतर चुकी है। इतने पास से महसूस हो रही है। एक सहमी हुई उद्विग्नता...जबकि इस बार आने पर पहले वाले अपार्टमेंट की तुलना में, सबर्ब में ही सही, दो गेराजों वाले कलोनियल बँगलों, मेधा की बदली हुई गाड़ी और बेटू-साशा के बढ़े हुए घर-खर्चों के बावजूद लकदक कमरे...।

इस सबके दरमियान ही देखते-देखते परिदृश्य बदलता चला गया था। कुछ आशंकित करने, सहमाने वाले शब्द या मन्दी, रेसेशन, स्लो-डाउन, बेंच, पिंक स्लिप जैसे मनहूस शब्दों की आवाजाहियाँ बढ़ गई थीं।

वे लोग जी-जान से नकारने में लगे थे—आर्थिक और इकोनॉमिक। 'ये उतार-चढ़ाव सारी दुनिया में चलते रहते हैं—पिता समझाते हैं खुद को, पत्नी को। वेणु की कम्पनी भी शेखर की कम्पनी से कहीं बड़ी है। व्यवस्थित है।...वेणु शेखर के लिए उदास होगा, समझीं?'

कोई किसी से कुछ नहीं कहता, लेकिन संवाद चल रहा होता है—खुद से, एक-दूसरे से। वे बहुत कुछ कहना, जानना चाहते हैं लेकिन उनके लिए जैसे अपने ही 'शब्दों' तक पहुँचना मुश्किल हो रहा होता है।

नींद नहीं आई रात...।

मेधा से पूछने में हिचक लेकिन शेखर और सोनाली के बहाने तो पूछा ही जा सकता है—कुल सात हफ्ते बाद आनेवाला शिशु और छह हफ्ते बाद जानेवाली नौकरी।

अन्दर मरोड़ सी उठती है।

'मेधा! सोनाली ज्यादा परेशान तो नहीं?'

'नहीं तो...क्यों मम्मी जी?' मेधा सावधान हो गई है।

'मेरा मतलब था—ऐसे समय में उसके मन पर किसी तरह का सदमा...एक तो अपने देश, लोगों से दूर...फिर शेखर के जॉब को लेकर...'

'अरे, नहीं-नहीं!' मेधा तैयार हो चुकी है जवाब के लिए, 'आप लोगों को परेशान होने की कोई बात नहीं। यहाँ इतना तो कर ही लेते हैं हम लोग कि ऐसी कोई इमरजेंसी आए तो मैनेज हो जाए।...आगे का तो सबको सोचना ही पड़ता है न!...इंडिया के लोग यहाँ की समस्याएँ सुनकर क्या करेंगे?...समझ में भी नहीं आएगा उनके। शुरू कर देंगे सीखों, नसीहतों की डेलीवरीज—च-च्च, तुम लोग बेचारे न घर के रहे, न घाट के!...अजी

दूर के ढोल सुहावने! आप लोग ही दूर रहते तो कहाँ जान-समझ पाते? अब यहाँ हैं तो सुन लिया...खैर, आप लोग शेखर के लिए परेशान न हों। उसके ऊपर फैमिली और पैरेंट्स की कोई लाइबिलिटी नहीं है। किसी को सपोर्ट नहीं करना पड़ता। दोनों अर्न करते थे अब तक, और चैन से रहते थे। सेविंग तो होगी ही ठीक-ठाक...'

ठक्क!—जैसे छर्रे उड़े हों! एक गुलेल से कितने छर्रे छोड़ती है मेधा—वह भी पहले से ही सहमे वजूदों को क्षत-विक्षत करने के लिए! दुःख बाँटने की कोशिश मधुमक्खी के छत्ते में हाथ लगाने जैसी भूल साबित हुई। मेधा पलटकर डंक मार बैठी। सहानुभूति या हस्तक्षेप की कोशिश।

फायर-प्लेस के पास प्रभाकर खड़े थे। आँखों में ढेर सारे बुझे हुए अंगारों की राख। तो, वे लोग अब गैर हैं।

वेणु मेधा की चिन्ताओं में शामिल नहीं। तकलीफों को बाँटने के हकदार भी नहीं। वेणु का सब कुछ अब मेधा के साथ ही बँटेगा। बँटना ही चाहिए।

'लेकिन वे लोग हैं कि अपने रिश्तों का केंचुल लिये लगे हैं पीछे-पीछे। पलटकर देखने की उन्हें फुर्सत नहीं है तो आप गैरों की तरह रास्ते से चुपचाप हट क्यों नहीं आते?' (यह वसु कहाँ से बोल पड़ी?)

भिंचे भिंचे से होंठ। जड़ हो गया वजूद। जैसे धराशायी होने से पहले ठूँठ!

साशा को गोदी में हिलाते-हिलाते बैठ गईं प्रभाकर की काउच पर...।

'चाय लाऊँ? सुबह तुम्हारी चाय ज्यादा खौल गई थी। लो, तुम साशा से खेलो—तुम्हारी तरफ ही बिटर-बिटर देख रही है। देखो तो...'

उन्होंने आहत भाव से देखा...आँखों में उमड़ते गर्म पानी के सोते, 'तुमने मुझे बेटू या साशा समझ लिया है क्या?'

'उड़ जाएगा सब कुछ भाप की तरह...चाय लाती हूँ न—कोशिश करो...'

और चाय के मग के साथ, तरतराई आँखें फायर प्लेस के इर्द-गिर्द सुखाई जाने लगीं—साशा के लिए गाई जाती लोरियों के साथ।

'सो गई साशा।'

'बच्चों की सोचिए। हमें सिर्फ इन्हीं की सोचना है।

इस समय कितने असुरक्षित, कितने लाचार, लज्जित भी होंगे ये अपने माता-पिता के सामने! सोचिए कि मेधा की तुर्शी में उसका आहत अभिमान बोल रहा था।

हमें उसे क्षमा करना है।

(और हमारे अन्दर जो आहत अभिमान की प्रतिध्वनियों की चीत्कारें उठ रही हैं...।)

उन्हें भी अनसुना करने का अभ्यास...।

और हमारे पास चारा भी क्या है!'

ये इतना क्यों मुस्कुरा रहे हैं?

बेबी-शॉवर में सब थे। रागिनी, कांता, रीना, सौरभ, मीनाक्षी, सुब्रमण्यम, शशांक, दक्षा—और भी बहुत सारे। और दिनों जीन्स, जैकेट, पैंट, कुर्ती, स्लैक्स, स्कर्ट पहननेवाली सारी

युवतियाँ आज सिर से पाँव तक रेशम, जरी की साड़ियों और मोती, माणिक जड़े पारम्परिक आभूषणों से लैस थीं। साथ में चार-छह से लेकर आठ-दस वर्ष तक के बच्चे।

शेखर को थोड़ा आभास था लेकिन सोनाली के लिए कम्प्लीट सरप्राइज! पूजा ने उसे कुछ इस तरह फोन किया कि उसकी एक सहेली आज घर में ही इंडियन कुर्ती, चप्पलों, घाघरों की सेल लगा रही है। मीनाक्षी और रीना भी इंटेरेस्टेड हैं। सोनाली चाहे तो पूजा के साथ चल सकती है, लंच भी इकट्ठे कहीं बाहर कर लेंगे। गर्ल्स-डे-आउट।

और लो, यहाँ तो हॉल के दरवाजे पर कदम रखते ही दोनों तरफ खड़े मित्र-परिवारों और उनके बच्चों ने मुँह में दबी पिपहरियों की मजेदार आवाजें और सोनाली पर चमकियाँ बिखेरकर उसका स्वागत किया। सोनाली निहाल। उनके और प्रभाकर के पैर छुए।

पूजा का प्रसाद मीनाक्षी और किरन बनाकर लाई थीं। आरती का थाल रीना ने सजाया। जब तक सोनाली को पाटे पर बिठाकर टीका किया गया, प्रेजेंट्स के पैकेट्स और लिफाफे पकड़ाए गए। पुरुषों ने ड्रिंक्स सर्व कर दी। सौरभ के माता-पिता भी उन दिनों आए थे। हमउम्रों की कम्पनी मिल गई।

सबकी लाई डिशें लगा दी गईं। अपनी-अपनी प्लेटें लिये सब झुंडों में बिखर गए। अचानक डाइनिंग का पूरा लाउंज अमेरिका के वर्तमान में तब्दील हो गया। सब एक दूसरे से मिलते-जुलते, हँसी-ठहाकों की झीनी परतों के नीचे अपनी-अपनी उदासियाँ छुपा रहे थे। सबसे ज्यादा शेखर और सोनाली के सामने। सहज होने की असहज कोशिशें। तरीके बहुत थे। महिलाओं से व्यंजनों की तारीफें, सोनाली से उसका स्वास्थ्य, 'ड्यू-डेट' और उसके या शेखर के माता-पिता कब आ रहे हैं, आदि। सोनाली भी शायद शेखर को लक्ष्य कर ज्यादा ही चियरफुल दिखने की कोशिश कर रही थी लेकिन अच्छा ही हुआ जो शेखर ने सारी असहजता का ठीकरा अपने सिर फोड़ लिया। प्रेजेंट में मिले कई गिफ्ट वाउचरों वाले लिफाफे थामती सोनाली से दूसरों को सुनाते हुए मजे से हँसता हुआ बोला, 'क्या रे सोनाली...ऐज इफ वन एनवेलप इज नॉट इनफ!...' (जान-बूझकर 'पिंक-स्लिप' नहीं कहा उसने) जैसे रास्ता खुल गया, अपनी आपबीतियों पर खुलकर हँसने का!

'क्या तुरुप-जोक बोला है—सचमुच अमेरिकन कम्पनियाँ गिफ्ट वाउचरों की तरह ही 'छँटनी' के लिफाफे बाँट रही हैं। सुना, तू फर्स्ट आ गया?' कौस्तुभ था।

'तो? तुझे चिढ़ हो रही है?'

'चिढ़ कैसी! फर्स्ट न सही, सेकंड तो मैं ही आऊँगा—हा-हा-हा...!'

'ओय, इतनी कॉन्फिडेंस ठीक नहीं...हम सब इस क्यू में लगे हैं।' शशांक ने कौस्तुभ के दहले पे नहला मारा।

'असली कंपटीशन तो हम दोनों में है।' सौरभ ने सुब्रमण्यम् को आँख मारी। दोनों एक ही कम्पनी में थे।

'नहीं, ये अपनी डिपार्टमेंट-हेड मिस मॉरिस को पटा ले जाएगा। टॉल एंड स्लिम एंड हार्ड कोर स्पिन्स्टर...'

'शिट...तुम्हें पता होना चाहिए, वह अट्ठावन पार कर चुकी है...'

'एज नो बार, यार!' (उम्र कोई बाधा नहीं होती)

और जोरदार ठहाका।

'हाँ, मुझे गोद ले ले, इसके लिए तो कोशिश की ही जा सकती है।'

'बहरहाल जरूरी है पटाने की कला आना...'

शशांक बोला ही था कि तीन-चार एक साथ बोल पड़े, 'और वह 'शशांक गुरू' से ज्यादा कौन जान सकता है?'

सब एक साथ हँसे। इशारा (शशांक द्वारा) दक्षा को पटाने की तरफ था। वह समझकर मुस्कुराई।

'बट फैक्ट इज फैक्ट...कम्पनीज खुलेआम कह रही हैं—क्लाइंट लाओ, नए क्लाइंट बनाओ...इंडिया से, पाकिस्तान से, बांग्लादेश से, फिलस्तीन से...'

'कम्पनी में बने रहने की शर्त...'

'कुछ-कुछ वैसे ही, जैसे रेड लाइट एरिया की अम्माएँ कहती हैं—ग्राहक पटाओ! जैसे हम (कारपोरेट) आई.टी. ऑफिशियल्स न होकर वेश्याओं के दलाल हों... !'

'कोई पूछे इन अक्ल के दुश्मनों से—इंडिया, पाकिस्तान और बांग्लादेश की ग्राहकी से इनकी हालत सुधरने वाली है?'

'समझदार को इशारा काफी—नहीं ला पाए? तो हम मजबूर हैं अपनी पॉलिसी के सामने...बट, चूँकि फलाँ अफसर इन्हीं स्थितियों में, किसी तरह लाया न बिजनेस...तो वह 'इन', आप 'आउट'—चाहे आप कितने ही काबिल हों।'

'छोड़ो, ये देखो कि चलो, इस बहाने इन्हें भी खुदा याद आयाऽऽ...यानी इंडिया, पाकिस्तान का नाम तो याद आया—वरना कभी सोने की चिड़िया रह चुका इंडिया, इनकी नजरों में किसी खेत की मूली था क्या?'

'अब आया ऊँट पहाड़ के नीचे!'

'आया क्या, कराह रहा है। वरना इस ऊँट के पैरों के नीचे समृद्धि का पहाड़ हुआ करता था। शहंशाह था खजाने का। थर्ड वर्ल्ड से एकदम उल्टी समस्या। आखिर कितना खाए और कितना खरचे?'

'और क्या! लुटा भी तो नहीं सकते। न बचा ही सकते हैं। तो खिलाओ, खूब खिलाओ! ये सारी मॉल, सेल, डिस्काउंट जैसे अनाप-शनाप प्रयोगों के बावजूद, प्रचुरता के चरम पर पहुँचा हुआ यह महादेश, आज पैनिक में है कि करे तो क्या...'

'जितनी अमीरी उतना ही वेस्टेज। हर तरह का वेस्टेज।'

'सबसे ज्यादा टॉक्सिक्स वेस्टेज के डिस्पोजल का। उद्योगों और ऐशगाहों के सबसे ज्यादा प्रॉफिटेबल...'

'इस देश का सबसे प्रॉफिटेबल उद्योग तो युद्ध है। इतने बड़े पैमानों पर लड़े जाते युद्धों के लिए दुनिया भर को हथियारों की सप्लाई ऐसे ही तो नहीं हो जाती।'

'और युद्ध लड़े जरूर जाएँगे क्योंकि युद्ध करना या न करना, युद्ध होना या न होना, अमेरिकी शासन नहीं, हथियार बनाने वाली कम्पनियों की लॉबी तय करती है।'

'सबको पता है, अमेरिकी शासन राजनीतिज्ञ नहीं, कॉर्पोरेट सेक्टर चलाता है। यहाँ की शक्ति का केन्द्र तेल और कंस्ट्रक्शन कम्पनियाँ हैं।'

'अच्छा तमाशा है न! पहले ये कम्पनियाँ अरब देशों में बड़ी-बड़ी रिफाइनरीज बनाती हैं। इतनी महँगी लागत से बनी रिफाइनरीज के कंस्ट्रक्शन की कीमत, वे देश, आयल से चुकाते हैं। तभी तो दूध-घी से ज्यादा तैलीय इंधन की नदियाँ बहती हैं इस महादेश में... !'

'दूसरी तरफ उनके उत्पादों से पैदा हुए वेस्टेज को न नष्ट किया जा सकता है, न सुरक्षित रखा जा सकता है।'

'उतने बड़े रिजर्वायॅर कौन बनाएगा? उन्हें बनाने में और ज्यादा टॉक्सिक्स नहीं पैदा होंगे?'

'वही दो पहले समस्या का समाधान और समाधानों से उपजी समस्या...तो इट्स अ विशस सर्किल!'

'तो सबसे अच्छा, इसे थर्ड वर्ल्ड, विकसित देशों को दे दिया जाए। उन्हें पैसों की जरूरत भी है। वे हमसे इस कचरे को रखने के एवज में पैसे यानी डॉलर लेंगे लेकिन फिर उन्हीं डॉलरों से हमारी चीजें भी खरीदेंगे।'

'खरीद-फरोख्त तो खैर, ठीक है लेकिन कहर तो इन युद्धों ने ढाया हुआ है—बाहर के शहर...उजड़ जानेवाले देशों की तबाही...बेकसूरों के जान-माल का नुकसान...'

'जितने जान-माल का नुकसान...जितनी इंधन, आयल की खपत, उतने ज्यादा मुनाफे का व्यापार—तभी तो चीजों की ज्यादा जरूरत भी होगी। तो ज्यादा प्रोडक्शन, ज्यादा मुनाफा...।'

'सोचकर दिमाग चकरा जाता है न! युद्ध की जो विभीषिका एक सामान्य व्यक्ति को आतंक में दहला देनेवाली होती है, वही उनके लिए प्रकारांतर से लाभकारी भी होती है।'

'वरना कौन कहता है, युद्ध नहीं रोके जा सकते?'

'इसीलिए तो लोग सोचना बन्द कर, डिस्को और कसीनों में अपने समाधान तलाशते नजर आते हैं। वे सिर्फ 'अर्न' करते हैं और खर्च करते हैं। सिर्फ अपने लिए खर्च करते हैं। अपने को खुश रखने के लिए। अपने फन और एन्जॉयमेंट के लिए बाकी की दुनिया में उन्हें कोई इंटेरेस्ट नहीं।'

'सच्च यार! पिछले दिनों मेरे अपने मामे के दोस्त का लड़का, कुल छह-सात साल हुए हैं यहाँ रहते—अमेरिकनों को मात करता है। समर हॉलीडेज में ओशन-सिटी चला जाता है। (समर में इंडिया!...उफ!) तीन महीने डटकर होटलों में जॉब करता है। बता रहा था कि उसके जैसे कितने लड़के खुश-खुश इन तीन महीनों में पूरे साल की कमाई कर लेते हैं। डटकर काम करो, फिर अपने को मिली कॉटेज में चिल्ड बियर सिप करते हुए रिलैक्स करो। ड्यूटी के बाद। बीच, बैंड, म्यूजिक, फन...तो दिस इज अमेरिका!'

'और दूसरी तरफ इसी अमेरिका के कितने ही शहर दिवालिये होने के कगार पर हैं। अरबों डॉलर के कर्ज के नीचे कसमसा रहे हैं। डिट्रायट का नाम सुना है? एक जमाने में 'कारों का मायका' कहे जानेवाला यह शहर अमेरिका का ही नहीं, दुनिया के सबसे आलीशान शहरों में शुमार होता था। बदहाल है आज।'

'लेकिन इसकी तबाही तो सत्तर के बाद से ही शुरू हो गई थी...कोई आज की है...जब जापान और कोरिया की नई नवेली गाड़ियों के सामने अमेरिकी गाड़ियों की कोई पूछ नहीं रह गई। खुद अमेरिकी खरीदारों की सारी देशभक्ति दफा हो गई थी।'

'बाजार की अपनी स्ट्रैटजी होती है बन्धु! वह सिर्फ मुनाफे पर चलता है। वही चीज टिकती है बाजार में जिसमें खरीदार और विक्रेता, दोनों का मुनाफा होता है।'

'लेकिन यहाँ तो दोनों की कमर टूट गई...'

'एक के बाद एक सैकड़ों कारखाने ठप्प पड़ते गए। और जब काम नहीं तो इन शहरों की आबादी रोजी-रोटी की तलाश में दूसरे शहरों का रुख करने लगी। नतीजा, कभी के अकड़बाज, बिन्दास शहर, आज उजाड़ हो रहे हैं। कोई बचाने वाला नहीं।'

'यानी छोटी मछलियाँ, बड़ी मछली को तेजी से निगल रही हैं।'

'यहाँ हर कोई एक दूसरे को निगलने की फिराक में है।'

'फिल्डेल्फिया गए हो कभी—बड़ी-बड़ी बिल्डिगें, इमारतें ?...खाली होकर भूतों के डेरों में तब्दील हो चुकी हैं। उनमें रहनेवाले चाइना, इंडिया, यूरोप वापस लौट गए। कारण वही, कल-कारखाने एक-एक कर बन्द पड़ते चले गए। तो बस्तियाँ उजाड़ होनी ही होनी। शहर के बाशिन्दे शहर छोड़ गए। लेकिन बन्द हुई मशीनें, उजड़ी इमारतें और उनके टौक्सिक तो वहीं के वहीं—जमीन की भीतरी तहों में धीरे-धीरे मिलते हुए यानी धरती की भीतरी तहों में घुलता, एकसार होता। जहर, प्रदूषण...अब क्या कर लेंगे सारे पर्यावरणविद्—सिवाय जर्नलों और सेमिनारों में बड़बोले पेपर्स पढ़ने के ?'

'एक बात नहीं समझ में आती। आदमी का या उद्योग का तो दिवालिया होना मालूम है लेकिन शहर के दिवालिया होने का मतलब ?'

'मतलब कि शहर की सारी व्यवस्था, निर्वासियों और कर्मचारियों के हक का निर्णय, अदालत करेगी कि शहर को कर्ज देनेवालों को कितनी रकम वापस मिल पाएगी।...म्यूनिसिपल कर्मचारियों से लेकर बाकी सरकारी संस्थानों तक के इन्तजाम कैसे होंगे...स्ट्रीट लाइट कितने प्रतिशत कम जलेगी...ड्रेनेज की सफाई कैसे होगी...अस्पताल, स्कूल, बैंक से लेकर सारी छोटी-बड़ी संस्थाओं की व्यवस्थाओं का क्या होगा ?—सब कुछ अदालतों के जिम्मे।'

'यानी मिडिल क्लास और कमोबेश पढ़े-लिखे नौजवानों का जीना दुश्वार होगा। रह जाएँगे सिर्फ बूढ़े और अशक्त...'

'और काले... ?'

'वही तो हो रहा है! ऑलरेडी डिट्रॉयट की पहचान अब ब्लैक सिटी होकर रह गई है। फिल्डेलिया, सेंटलुइस जैसी ब्लू कॉलर सिटीज में भी पचास से साठ प्रतिशत ब्लैक्स हैं।'

'इस पहचान के भी बहुत सारे अर्थ ढूँढ़े जा सकते हैं।'

'छोड़ो, वो उनका नस्लवाद है—उसके अर्थ-अनर्थ की अलग व्याख्याएँ...बात तो उन हालात की हो रही थी जिसकी चपेट में हम सारे के सारे...'

'एक्सेप्ट वेणु...एक यही सेफ जोन में है।'

वेणु मुस्कुराया, 'अब बता ही दूँ...तुम लोग कॉलिंस को सोचकर मेरे लिए 'गेस' कर रहे हो न! उन्हें पिछले महीने फ्लोरिडा-ब्रांच में ट्रांसफर कर दिया गया...'

'क्याऽऽ ? यानी अब तू भी अनाथ ही हुआ ?' (ठहाका...)

'हालात यही रहे तो ट्रांसफर के बाद उन्हें टर्मिनेट भी तो किया जा सकता है।...अब मैं, या तो माइक के सामने घुटने टेंकू या...'

ठहाकों के बीच सनाका छा गया, 'इसका मतलब 'माइक' अपनी गन्दी हरकतों से बाज नहीं आया? अपनी चाल में कामयाब रहा... ?'

'अब सिक्योरिटी, सुरक्षा जैसी कोई चीज नहीं रह गई है। सबको दरबे से बाहर कर दिया गया है। अपनी सुरक्षा आप करो।'

'यह अच्छी रही। पिंजरे से निकालकर बाघ के सामने डाल दो और कहो—अपनी सुरक्षा आप करो... !'

'फिर भी सिचुएशन उतनी बदतर नहीं हुई है...ज्यादातर कम्पनीज निश्चित तारीखों पर कमोबेश सही, पे-स्लिप पकड़ाती रही हैं।'

''क्या बात करते हो ?' कौस्तुभ उत्तेजित था, 'बेगार से बढ़कर होती है वह पे-स्लिप—हर छह महीने पर दस परसेंट की कटौती...कोई नियम, कानून है...'

'खैर मनाइए, खैर। नियम-कानून मत बघारिए वरना वे तो मौका ढूँढ़ रही हैं—शिकार की टोह की तरह। ऊपर से ऑर्डर है—हर महीने, मैनेजमेंट स्टाफ तक से, दो-दो, चार-चार करके हटाना ही है। खुलेआम घोषणाएँ हो रही हैं, प्रिमेच्योर रिटायरमेंट की...वर्ल्ड-वाइड रेसेशन में कम्पनी इतने कर्मचारियों का भार उठाने में असमर्थ है।...कृपया कोऑपरेट कीजिए...कैसे ? छँटनी का लिफाफा लेकर रास्ते से हट जाइए...'

'तो क्या इंडिया में नहीं ?'

'यहाँ के तो लेबर लॉ स्ट्रिक्ट है। इंडिया की तरह हर फैक्टरी के गेट पर लाल झंडियाँ नहीं फहराया करतीं। लोग 'गुडलक विश' करते हुए छँटनी का लिफाफा पकड़ा देते हैं। पकड़ाने और पकड़ने वालों के लिए भी मुस्कुराना लाजमी होता है।'

तो, मुस्कुराहटों की बहुत सारी प्रजातियाँ आविष्कृत हो चुकी हैं, इस दुनिया में!...

माँ की सिंफनी

धीरे-धीरे याद आ रहा है।

हमेशा से पौन घंटे पहले ही सुबह वेणु की कार गैरेज से निकल चुकी होती।

फ्रिज में जो कुछ रखा मिलता, अटाक-फटाक लंच बॉक्स में डाल, फोल्डर लिये इस तरह निकलता, जैसे ऑफिस नहीं, फ्रंट पर जा रहा हो! लौटता भी उसी तरह देर शाम, जैसे युद्धभूमि से लड़ते-लड़ते ध्वस्त-पस्त लौटा हो!

और उसके बाद—सब कुछ अनियमित।

पूछा था उन्होंने, 'ये वेणु ऑफिस क्यों नहीं जा रहा है? तबियत तो ठीक है?'

मेधा जवाब को बेतरह छोटा करती है, 'लीव पर हैं।'

'लीव पर क्यों?'

मेधा जरूरत से ज्यादा व्यस्त हो जाती है, उनके कुछ पूछते ही। उसके पास लम्बे जवाबों के लिए वक्त नहीं। क्यों क्या? कभी आराम भी तो चाहिए आदमी को। पिछले दिनों ज्यादा क़ाम किया न!

वे बदहवास हैं।

ये कैसे, क्या हो रहा है?...

जैसे सपनों की गुत्थमगुत्थी में लहूलुहान होता यथार्थ!

सपने अभी उड़े ही थे कि पतंगों की तरह कटकर यहाँ-वहाँ पेड़ों पर अटक गए। उन्हें आकाश में अचानक कटकर गिरती पतंगें याद आईं। रेलवे लाइन वाले मन्दिर के पीछे वाले चबूतरे के बीचोबीच, पीपल के पेड़ पर अटकी ढेर सारी पतंगें।

जब सपने सच होते लगे, तभी बदल गई ऋतुएँ...रुक गई हवाएँ।

बहुत पहले वृन्दा गुनगुनाकर मीठा-मीठा गाया करती थी—'अगर मुझसे मुहब्बत है, मुझे सब अपने गम दे दो।...इन आँखों का हर इक आँसू, मुझे मेरे सनम दे दो।' उनका मन इन दिनों वेणु से यही कहने का करता रहता है। लेकिन वेणु तो ऐसा रहता है, जैसे कोई दुःख, दुश्चिन्ता उसे छू तक नहीं गई!

मुस्कुराता ही रहता है। पहले से भी ज्यादा। लांड्री से कपड़े निकालते हुए। उन्हें तह लगाते हुए। फिर उन्हें अपने, मेधा, बेटू और साशा की कबर्ड में रखते हुए। बेटू को खाने से पहले नैपकिन लगाते हुए और साशा को कन्धों के ऊपर उछालते हुए—जिससे वह जोर-जोर से किलकारियाँ मारे।...सारा घर किलकारियों से भर जाए।...गजलों के कैसेट्स बज रहे हैं। जगजीत सिंह गा रहे हैं—'तुम इतना क्यूँ मुस्कुरा रहे हो, क्या गम है जो मुझसे छुपा रहे हो...'

किचेन सिंक के पास जब वेणु साशा की जूस की बोतलें ब्रश से साफ करता होता है और वे उससे लेने की जिद करती हैं—तब वह चुपचाप थमा कर, चारों तरफ बिखरे बेटू के खिलौने समेटने लगता है।

मेधा ऑफिस से लौटने पर खुश होती है। वे वेणु की थकान का जिक्र कर बैठती हैं तो बिन्दास कहती है, 'अच्छा है न, करने दिया करिए। यहाँ सब करते हैं। इंडिया की तरह यहाँ पति-पत्नी के काम बँटे नहीं हैं कि कितनी भी लस्त-पस्त हो, चूल्हा-चौका औरत ही करेगी। बच्चे का गू-मूत भी। जैसे बच्चे अलग से माँ के ही हों! काम कोई छोटा नहीं, आदमी-औरत का अलग-अलग भी नहीं—इंडिया की तरह।'

पता नहीं, इंडिया क्यों हमेशा गए-गुजरों की तरह कोट किया जाता है? वह भी हमेशा गलत मौके पर, हर बात में। स्त्री-पुरुष, पति-पत्नी के बीच भी लाग-डाट वाली ही बातें। हम जिन्दगी जी रहे हैं या रेस के मैदान में घोड़े बने, दौड़ रहे हैं? नहीं, कोई रेस नहीं जीतनी हमें। जीती तो एक रेस। कहाँ पहुँचे? देश से विदेश...? नहीं, घर से बरामदा, बरामदे से डेक, डेक से डिश वाशर तक ही न!

अचानक सुना, साशा को सुलाता वेणु गुनगुना रहा था :

'सुहानी रात जा रही...ना जाने तुम कब आओगे...

आवाज रुकी तो धीमे से झाँका—साशा को पेट पर लिये-लिये वेणु खुद भी सो गया था। तकिए के दूसरी तरफ अधखुली किताब थी। बेडरूम में एक तरफ गिटार लटक रहा

था। यह 'सुहानी रात' वाला गाना उसने सबसे पहले शिवांग से सीखा था, गिटार पर। किराए पर गिटार लाकर। पापा को पता चला तो अपने ऑफिस वाले हजेला साहब के तबादले के समय उनके बेटे का पुराना गिटार खरीद लाए। बहुत सारी चीजें डिस्पोज ऑफर कर रहे थे हजेला साहब...।

'माँऽ !...अरे साशा को सुलाते-सुलाते मुझे भी झपकी आ गई...खाना नहीं खाया, तुमने पापा ने ?'

अक्सर वे दोनों खाने नहीं बैठते, मेधा का इन्तजार करते हैं। इसलिए कि खाना सिर्फ खा लेना ही थोड़े होता है। अकेले का क्या, कभी भी खा लिया, कुछ भी खा लिया—एक काम की तरह। संग-संग खाने से एक उत्सव मनता है।

ज्यादा देर होती लगी तो वेणु ने फोन घुमाया। पता चला, फार्मा वालों की पार्टी चल रही है। मेधा का डिनर वहीं है। सॉरी, वह बॉस के साथ थी, फोन नहीं कर पाई।

वैसे भी, मेधा कहती है, 'अजीब हैं आप लोग। हर चीज में साथ चाहते हैं। मेरी समझ में नहीं आता, खाने में कैसा साथ, कैसा उत्सव ? खाना तो बस गरम हो और भूख लगी हो। 'साथ' क्या करेगा ? हाँ, पार्टी, पिकनिकों की बात और है। कुछ चीजों को एन्जॉय करने के लिए तो 'ग्रुप' चाहिए ही। कहा ही जाता है—ग्रुप-एक्टिविटी ! अदरवाइज तो हर बार खाने के समय सबका साथ, व्यक्ति की स्वतंत्रता पर कुठराघात ही तो। 'एक साथ' खाने के नाम पर, साथ के नाम पर, किसी का समय से पहले, किसी का समय के बाद खाना...लेकिन आप लोगों को इसी में दुनिया-जहान की खुशी मिलती है। थैंक गॉड! मेरे घर में किसी को रास्ता नहीं देखना होता था। मम्मी-डैडी अपने-अपने रेसपेक्टिव ऑफिसों में। स्कूल से लौटी, गैस के पास रखे डोंगों के ढक्कन खोले और जो जैसा मूड आया, टी.वी. देखते-देखते अन्दर उतार लिया। ये उत्सव-वुत्सव मेरे दिमाग के ऊपर की बात है। उत्सव मनाने का मूड है तो हजार तरीके हैं। उसके लिए किसी को भूखा क्यों रखना ?

वेणु से सुना है—उनके घर में माँ-पापा, बहनें साथ-साथ बैठते थे...। पापा ऑफिस वाले 'साहब' की दहाड़ की दहशत और उसे लेकर प्रचलित सहकर्मियों के लतीफे सुनाते। वृन्दा, वसु अपनी प्रिंसिपल मैडम और टीचरों की नकल उतारतीं। माँ पुरानी पीढ़ी वाली पुरोहितिन चाची और संस्कृत वाले पंडों के किस्से के साथ शामिल हो लेतीं। रात का खाना बतकहियों की चौपाल होता।'

मेधा हँसती है, 'वो क्या है, पहले सब एक-सी ही चीजें खाते थे न...सबके अपने टेस्ट थे ही नहीं। फ्रिज में इतनी सारी चीजें भी कहाँ हुआ करती थीं। न अपनी अलग की पसन्द, न अपनी इच्छाएँ, न मन...।'

'लेकिन सबको स्वाद आता था। अच्छी लगती थीं वे ही चीजें—एक में ही अनेक स्वादों का मजा।'

'वो कैसे ?' मेधा पूछती।

वेणु मुस्कुराता, 'ऐसे कि वही गोभी-टमाटर माँ बनातीं तो अलग लगते, ताई के हाथों के अलग और माधुरी मौसी के अलग...'

खाना समाप्त होते-होते मेधा लौट आई थी। थकान के बावजूद खुश।

सबसे पूछा और कॉफी परकुलेटर में चार मग पानी डालकर बैग रखने चली गई। लौटी तब तक पानी खौल चुका था। सबके साथ अपना मग लेकर बैठ गई।

'कैसी रही पार्टी?' वेणु ने पहला सिप लेते-लेते पूछा।

'हिट! सब बड़े खुश थे। इस रेसेशन में डिप्रेशन की गोलियों की बिक्री सारी दवाओं को ओवरटेक कर रही है न। फार्मा वाले जश्न मनाएँगे ही। कम्पनी एक नई एंटी-डिप्रेशन पिल भी लांच कर रही है।'

'एंटी डिप्रेशन में नया क्या लाएगी कम्पनी मार्केट में भला?'

'कुछ नहीं...' मेधा हँसी, 'उसी पुरानी पिल पर नया नाम और बदली पैकेजिंग देकर इंग्रीडियेट में आए केमिकल्स के नामों को थोड़ा इधर-उधर कर देगी।...हाँ, पर्सनल की क्रिस्टीना आज फिर तुम्हें पूछ रही थी। मैंने कहा था न, जाकर मिल लो, तुम गए ही नहीं।'

शायद साशा नींद से जग गई थी। मेधा से पहले वेणु उठकर कमरे की ओर चला गया तो मेधा सराहना के स्वर में उन लोगों को बताने लगी :

'मेरे बॉस इन दिनों बहुत खुश हैं। जानते हैं, क्यों? इसलिए कि उनके बेरोजगार बेटे ने लोन लेकर एक 'लॉन-मोइंग वैन' ले ली है और उस वैन से घूम-घूमकर एपॉइंटमेंट लेकर लोगों के लॉन की मोइंग करता है यानी घास काटता है। क्रिस्टीना का भाई टूटी खिड़कियों और जालियों की मरम्मत करता है। वो हमारे से चॉथी बिल्डिंग के जॉन्सन्स हैं न, रेफ्रिजरेशन कम्पनी में मैनेजर थे। आजकल कॉस्टूयम-ज्यूलरी की शॉप में सेल्समेन हो गए हैं। इस सोसाइटी की ये ही बातें मुझे बेहद अच्छी लगती हैं। अपने यहाँ की तरह नहीं कि एक बार हाई एकेडेमिक्स में क्या आ गए, बाकी सारे काम 'लो लेवल' वाले हो गए। यहीं से सुपिरियर, इनफीरियर वाली मेंटेलिटी। हमारा पूरा 'माइंड-सेट' ही इस तरह का होता है, जैसे हम ब्रेनी लोग हाथ-पाँव चलानेवाले कामों के लिए बने ही नहीं...तो डाल दिये हाथ पे हाथ...मैं वेणु को यही समझाती हूँ, अपनी प्रेज्यूडिस्ट सोच से बाहर निकलें...लेकिन बस...'

'बड़े-छोटे और फिजिकल, मेंटल से ज्यादा थोड़ी 'मन-माफिक' वाली बात भी होती है मेधा! हर आदमी हर तरह के काम के लिए नहीं बना होता।'

'मैं तो ये जानती हूँ कि पैसे मिलते ही तो मन के घोड़े की लगाम खींचकर उल्टी एड़ लगा देनी चाहिए आदमी को...लेकिन खैर, मैं कोई शिकायत नहीं कर रही। ऐसा नहीं कि मैं आप सबको सपोर्ट नहीं कर सकती। वेणु का कहीं जॉब नहीं लगा, तो भी, मैं तो अर्न कर ही रही हूँ, घर चलाने भर को...'

अन्दर कुछ पूरी तरह धसक गया—मलबे की तरह।

शंकाएँ शायद ज्यादा जानलेवा थीं। घटित एक झटके से काम तमाम कर गया।

आँखों के कोर गीले हो आए।

मेधा कहती जा रही है, 'काम कोई बड़ा-छोटा नहीं होता। उससे सोशल स्टेटस में कोई फर्क नहीं पड़ता। चारों तरफ का माहौल देखो।'

वे मेधा से क़हना चाहती हैं—एक माहौल आदमी के अन्दर भी होता है—मन की

बुनावट। यह ज्यादा ऊपर–नीचे नहीं होता। न बहुत ऊपर की छलाँग मारता है, न नीचे की खाई वाली ढलान... । वेणु कभी पैसे वाले सहपाठियों की मोटर बाइकों के पास नहीं फटकता था कि ये उसकी हैसियत से ऊपर की चीज है। सिर्फ अपने मित्र कुशाग्र की जिद पर उसकी स्कूटर पर एकाध किक मार लिया करता था। बाकी अपनी फाइलों से भरी बास्केट वाली साइकिल और दसवीं में टॉप करने पर सुभाष मामा की दी घड़ी, किताबों और गिटार की धुनों से सजी दुनिया थी वेणु की, जिस पर वह समय मिलते ही कुशाग्र के प्लेयर पर सुनी हजारासिंह की धुनें निकाला करता था। सोचा था, यह दुनिया वेणु के अमेरिका वाले घर में भी सजेगी लेकिन इस दुनिया में तो बस, वैक्युम क्लीनर ही चलता है। तो क्या वेणु का गंतव्य यही था—डिश वाशर से वैक्यूम क्लीनर तक ? प्राप्ति, उपलब्धि, नियति... ?

खुशहाल जीवन की हुनरमन्दियाँ

ठिठुरती अँधेरी रात में, बर्फ के झरते फाहों के बीच, खिड़कियों के काँच पर मेधा की कार की हेड लाइट चमकी है। उसके गैरेज का शटर बटन दबने के साथ उठकर वापस गिरा है।

आ गई मेधा।

काले ट्राउजर्स और क्रीम जैकेट के साथ मैचिंग स्कार्फ। उत्साह और ऊर्जा से दमकती हुई। वे हुलसीं, 'आ गईं बेटा...हम इन्तजार ही कर रहे थे। खाना लगाती हूँ...साशा अभी पाँच मिनट पहले ही सोई—तुम्हारे पेशेंट ने ज्यादा तो नहीं थकाया आज... ?'

'बिलकुल नहीं मम्मी जी,' मेधा क्लॉजेट में जैकेट टाँगती हुई बोली, 'आज तो मुझे ओवर टाइम के फिफ्टी डॉलर्स ज्यादा मिले। डॉक्टर्स की सलाह से ज्यादा। पेशेंट मेरी सलाह से सन्तुष्ट होते हैं।...और आज तो निकलने से ठीक पहले दो पेशेंट और आ गए... । यूँ अगले काउंटर पर विल्सन भी था लेकिन एलफ्रेंड ने मुझे ही रिफर कर दिया...अब विल्सन को बुरा लगता है तो लगे...'

अचानक वेणु का जी चाहा, मेधा को झिंझोड़कर कहे—देखो, ध्यान रखना, विल्सन को 'पिंक स्लिप' नहीं मिलनी चाहिए।...लेकिन मेधा अपने बेफिक्र लहजे में बोलती जा रही थी, 'एलफ्रेंड कुछ समझकर ही तो मुझे रिफर करता है...ओह,...डिनर लग गया मम्मी जी ? थैंक्यू... !'

'आज माँ ने चने बनाए हैं!' वेणु ने सोत्साह बताया।

'हाँ, लेकिन मेरी प्लेट में मत सर्व करिएगा। मैं चिकेन पैक करवा के लाई हूँ 'खुशबू' से। दो दिनों से मन हो आया था।'

'माँ के हाथों के चने कमाल होते हैं मेधा! एक्सक्यूसिवली सीक्रेट रेसिपी है उनकी!'

'बेशक।' मेधा उसी बेफिक्री से हँसी, 'लेकिन माँ के हाथों के टच से चने, चिकेन तो होने से रहे न!...और मेरा मन इस समय चिकेन खाने का है...'

जैसे कोई साइलेंट पिस्तौल दगी हो, कि तभी माँ मृदुता से हँसीं, हँसी नहीं बल्कि खिलखिलाईं, 'ये हुई न बात...एकदम सच कहा है मेधा ने—कहाँ राजा भोज चिकेन, कहाँ गंगू तेली चना! तुम्हारी हाजिरजवाबी का जवाब नहीं, बेटे!'

वेणु ने होंठ काटे, बोला नहीं कि ये हाजिरजवाबी नहीं, फूहड़पन वाली बात हुई—जिस पर तुम हमें बचपन में अक्सर टोक दिया करती थीं।

खाने के बाद मेधा अपनी प्लेट उठाकर रखते-रखते माँ से कह रही थी, ' 'मार्केट बास्केट' से ग्रोसरी भी लेती आई हूँ मम्मी जी! आप 'अनपैक' कर लेंगी ? मैं जरा साशा, बेटू को देखती हूँ...'

वे बड़े-बड़े पैकेटों से चीजें अलग कर रही हैं—चाय, कॉफी, बटर-डोनट, बेगल, दूध के कैन, कटी सब्जियों के फ्रोजेन पैकेट्स...और इधर मेधा द्वारा दी जाती दलीलों, स्पष्टीकरणों की प्रतिध्वनियाँ—ये फ्रोजेन कटी बीन्स, गाजर इसलिए थोड़े न कि सस्ती पड़ती है बल्कि इसलिए कि मम्मी जी, पापा जी को अच्छी लगती हैं और पकाने में आसान।...बारीक चावल वाली क्वालिटी अभी आई ही नहीं न...तो मैंने न्यूजर्सी जानेवाली पूजा से एक बोरी जित्ता बड़ा पैकेट ये थोड़ी इनफीरियर क्वालिटी वाले मँगा लिये। अब मम्मी जी, पापा जी कोई बाहर के हैं! 'बेगल्स' थोड़ी ही इसलिए क्योंकि पापा को कड़ी पड़ती हैं तो वो लोग आराम से पराँठे, चपाती या पोहा, उपमा।...जूस के बड़े कैन के बदले छोटे पैकेट वाली ड्रिंक्स...बेटू कभी भी खुद लेकर पी सकता है...हाँ-हाँ, सिर्फ बच्चों के लिए होने से क्या होता है! मम्मी जी, पापा जी भी...चाहें तो ले ही सकते हैं...।

'सोचिए तो, इतने कम सालों की नौकरी में, परिवार की भरपूर मदद करने के बाद भी, इंडिया में इतना सब जुटा पाते क्या हम लोग ? ये शैंडीलियर कॉरपेट और दो-दो कारों वाला स्टैंडर्ड मेंटेन कर पाते ? और तो और, स्वचालित बटन (रिमोट) से शटर उठाने-गिरानेवाले गैरेज तो इंड़िया में धन्ना सेंठों को भी मयस्सर नहीं।'

वेणु को माँ-पापा, खुश होने के बावजूद, निरीह दिखते तो कहना पड़ता, 'इनमें ज्यादातर चीजें यहाँ के एसोसिएशन में आती हैं भाई—डिश वाशर से लेकर कार और स्वचालित शटरवाला गैरेज तक। इस तरह देखें तो वहाँ बेसिक जरूरतें भी पूरी होती हैं लोगों की, और फिर जरूरतों के साथ तो सबसे बड़ी समस्या यही कि आप पूरी करते जाइए, वे बढ़ती जाती हैं। उनका सिलसिला कभी रुकता ही नहीं न!'

'हम हिन्दुस्तानियों के साथ बस यही परेशानी है। सोचते जरूरत से ज्यादा हैं, करते जरूरत से कम। इसीलिए प्रैक्टिकल नहीं हो पाते हैं कि जो सामने है, अपनी पहुँच में है, पहले उसे कब्जे में करने की कोशिश करें। जरूरी, कितनी जरूरी और गैरजरूरी का लेबल लगाते रह जाते हैं और चीज हाथ से निकल जाती है। सोचें तो जरूरतों के इस सिलसिले की वजह से ही दुनिया आज इस मुकाम तक पहुँची है, नहीं तो आदिम समय में ही ठहर गई होती। अगर आप नमक-रोटी से ही सन्तुष्ट हो रहेंगे तो भगवान को भी क्या पड़ी है आपकी रोटी पर मक्खन लगाने की ?

'तभी तो—इंडियां में सोच है, प्रतिभा है, ज्ञान है, कौशल है लेकिन कुछ कर गुजरने वाली स्पिरिट नहीं है, न उसे सामने लाने की ऑपरचुनिटी मिलती। अवसर होते तो प्रतिभाएँ पलापन क्यों करतीं ? क्यों हम दूसरे देश का रुख करते ? सोचिए, तो जो खुद अपना देश नहीं दे पाया, वह एक बेगाना देश दे रहा है हमें—हमारी सारी मेहनत और प्रतिभा का प्रतिदान। हमें तो जो दिया, इसी देश ने दिया...।

'अब मुझे ही देखिए न, एलफ्रेंड जो मुझे बराबर ओवर टाइम प्रोवाइड कर देता है और आश्वस्त किए रहता है कि मेरी जॉब पर यहाँ कोई आँच नहीं आनेवाली और मेरा ट्रांसफर भी न होने पाए, इसकी जिम्मेदारी उसकी, तो इसीलिए क्योंकि मैं उसके एक्सपेक्टेशन पर ख़री उतरी हूँ...रेसीप्रोकेट करने के मेरे अपने तरीके हैं...और मुझे अपने काम से काम है...एलफ्रेंड की दूसरी गतिविधियों को, दूसरों के साथ होनेवाले उसके सलूक को टेस्ट ट्यूब डाल-डालकर उसके कैरेक्टर की नाप-जोख करूँगी तो कर चुकी सरवाइव !...अब दवाओं की अलग-अलग ब्रैन्ड्स के लिए पेशेंट्स को कनविंस करने में भी तो हमें दूर तक सोचना पड़ता है...ज्यादा मॉरल पुलिसिंग नहीं चला करती किसी लाइन में। एलफ्रेंड ने इशारा कर दिया है मुझे कि समझदारी से उसके साथ चलूँगी तो फॉरमेसिस्ट होकर भी डॉक्टर्स से ज्यादा अर्न कर सकती हूँ। वैसे भी मेडिकल प्रोफेशन पर कभी खतरे नहीं मँडराते। जितनी बीमारियाँ, अकाल, भूकंप, एपीडेमिक्स, टेंशन, डिप्रेशन—उतनी ज्यादा दवाओं की माँग...। बस, मौका देखकर डाइव मारना आना चाहिए...'

तुम 'मिट्टी के माधो' क्यों नहीं हो पाते वेणुमाधव शुक्ल ?

परेशानी तो वेणुमाधव शुक्ला की है। नहीं उतर पाते उथले पानी में। आदमी के अन्दर तक की गहराइयाँ नापने लग जाते हैं। जिस संस्थान में कॉलिंस जैसे कुशल कर्मठ और समर्पित निदेशक के साथ काम करने का सुख उठाया हो, उसकी जड़ों को माइक जैसे जंगली चूहे द्वारा कुतरा जाना देखने के लिए अभिशप्त होना... !

किस शातिरी से मन्दी का फायदा उठा, संस्थान के डगमगाते आर्थिक सन्तुलन को सँभालने के लिए, 'कॉस्टकटिंग' के फॉर्मूले की पहली छुरी सीनियर मोस्ट मि. कॉलिंस की गर्दन पर ही चला दी! प्रबन्धन के सामने 'लॉजिक' यह कि चूँकि वे अपना सर्वोत्तम इस संस्थान को और अपने जूनियर्स को दे चुके हैं अतः ऐसे गरिमामय एरावतों का सम्मानजनक 'सेंड ऑफ' क्यों नहीं प्लान किया जा सकता ? उनकी जितनी 'पे' और 'पर्स' में चार जूनियर पल जाएँगे...और कॉलिंस वाली रिस्पांसिबिलिटिज तो अकेले माइक ही हैंडल कर लेगा—वेणु शुक्ला को अपने अंडर में लेकर...।

वेणु को याद आ रहा है, किस तरह 'माइक' की अक्षमताओं और अयोग्यताओं से उत्पन्न रोष और खिन्नता कॉलिंस सिर्फ उससे शेयर किया करते थे। मुस्कुराकर कहते, 'असल में, हमारे माइक के पास 'एडिशनल' जिम्मेदारियाँ बहुत ज्यादा हैं न...।'

कोई आश्चर्य नहीं कि अपने प्रति कॉलिंस की नापसन्दगी का प्रतिकार, माइक की वाक्चातुरी ने हेड ऑफिस से उनकी जड़ें काट, पहले फ्लोरिडा स्थानान्तरण करवा दिया और बाद में टेक्निकल हेडवाली वह पोस्ट ही अबॉलिश करवा दी।

वेणु जानता है, माइक की प्लानिंग बहुत आगे तक जानेवाली है। वेणु को अपने साथ के नाम पर अंडर में लेकर, सारी तकनीकी कुशलताओं को हथियाने के बाद उसे सुस्त, अकुशल और बाद में अनावश्यक साबित कर बाहर करवा देने की बिसातें बिछाई जाएँगी, कि इस रेसेशन में इतने सीनियर्स और उनके 'पर्स' की फिजूलखर्ची क्यों उठाए कम्पनी ? उन्हें हेड ऑफिस से ही क्यों न मैनेज किया जाए ? माइक हैं न, इतने वर्षों तक कॉलिंस

के साथ काम कर चुके...स्वतंत्र रूप से इस पद की जिम्मेदारी सँभालने में सक्षम, कर लेंगे हैंडल...। रह गए वेणु शुक्ला, जो पहले के विश्वस्त कुलीग थे, अब माइक उन्हें अपने अंडर में, मतलब अपने साथ उदारतापूर्वक ले लेंगे। और वेणु द्वारा की गई सारी तकनीकी और प्रबन्धन से जुड़े प्रोजेक्ट्स पर अपने नाम के टैग लगवाते रहेंगे।

अब इतने मिट्टी के माधो भी नहीं वेणुमाधव शुक्ला! बोलते भले न हों लेकिन समझते तो हैं ही। जब इतने वर्षों तक कॉलिंस के अथक प्रयासों और निष्ठा से निर्मित संस्थान की साख भी कम्पनी की कॉस्ट कटिंग के नाम पर इस तरह के फूहड़ स्टेप्स के सुझाव की शिकार हो गई, तो एक अदद इंडियन वेणु शुक्ला का केस कहाँ मुश्किल था!

अब सुबह से जाकर घिरी शाम तक अपने-आपको काम में झोंककर भी स्वयं को प्रमाणित नहीं कर सकता वेणु। एक ही रास्ता है—माइक को 'सरेंडर' कर दे, उसकी तरफ हो जाए...लेकिन माइक जैसों का कोई ठिकाना नहीं। वेणु उसके लिए दूध की मक्खी है। यूँ ही नहीं निगला करते ऐसी मक्खियाँ माइक जैसे खतरनाक शख्स।

और माइक ने वेणु के काम का चार्ज भी सँभाल ही लिया।

(कॉस्ट कटिंग का एक और नायाब मिसाल!)

अब उसे ऑफिस जाने की कोई जल्दी नहीं। उस घटित से कहीं ज्यादा घटित की सम्भावना। हर दिन जैसे एक और दिन की मोहलत में बीतता था। दहशत, आशंकाएँ और उत्तेजना आसमान पर...।

और एक दिन कह दिया गया, पिंक एनवेलप पकड़ाकर कि चूँकि सबके सहयोग के बावजूद रेसशन की वजह से कम्पनी काफी घाटे में जा रही थी, अत: अभी कुछ दिनों के लिए फिलहाल आपकी सेवाओं की जरूरत नहीं रहेगी। आशा है, आप सहयोग करेंगे—

संस्थान में न आकर!

कर तो रहा था। पिछले कुछ दिनों से सुबह-सुबह की जगह देर से जाना या कभी भी जाना...

अब वह भी नहीं।

'तो क्या हो गया?' मेधा का दो टूक लहजा, 'कितने पति रहते हैं। कभी शौकिया, तो कभी बेबी सिटिंग की खातिर। कभी जॉब न होने पर भी। ऐसा कौन-सा आसमान टूट पड़ा... ?'

मेधा पॉजिटिव है। अपने स्वाभिमान न सही, टेव की शर्त पर।

'रेसेशन या मन्दी का यह मतलब नहीं कि हमें हिन्दुस्तान की तरह खाने के लाले पड़नेवाले हैं। मैंने यूँ ही कह दिया कि कटी बीन्स, कैरेट और मक्की के फ्रोजेन पैकेट सस्ते मिलते हैं (कटे होने के बावजूद) लेकिन हम इसलिए नहीं बल्कि सहूलियत के लिए लाते हैं। लेकिन मम्मी जी तो पीछे ही पड़ गईं—रोज-रोज वही...आप पापा जी को अच्छी लगे तो ही बनाइए।' (हमारे ऊपर तरस खाकर नहीं...)

बेटू अब पहले वाले कॉन्वेंट के बदले पब्लिक (सरकारी) स्कूल में जाता है।

तो इसलिए थोड़े न कि इन स्कूलों की फीस कम होती है बल्कि इसलिए कि कॉन्वेंट के बच्चे ज्यादा स्नॉबिश होते हैं। सोचा, समय रहते बेटू को हटा लें।

बेटू अब पूरे दिन के बदले 'पार्ट-टाइम-पैकेज' वाले क्लासेस में जाता है। मेधा की जवाबी कारवाई तत्पर है, 'मैंने ही तो करवाया। पूरे दिन थके जा रहा था, स्कूल में। पढ़ाई से चिढ़ होती जा रही थी...थोड़े दिन बोझ हल्का रहेगा तो मन वापस लग जाएगा...।

'नहीं, अब कुछ दिन मुझे अपनी कार नहीं निकालनी...वेणु मुझे ट्यूब स्टेशन तक छोड़ आया करेंगे और शाम को ले आया करेंगे। वो कल तीस कारों की टक्कर हो गई थी न, ट्रैफिक जैम...तो सावधानी जितनी भी बरती जा सके।

'बाकी कोई परेशानी नहीं। 'बेंच' पर हो गए तो भी क्या...'पे' तो आधी-पौनी मिलेगी ही। बस, काम कुछ नहीं है। कम्पनी के पास ही नहीं है...तो कहाँ से देगी ? वेणु को 'पिंक-स्लिप' मिल भी गई तो भी यहाँ चार-छह महीने या साल-डेढ़ साल में ऐसा कोई पहाड़ नहीं टूटने वाला। कुछ-न-कुछ बन्दोबस्त होगा ही। बैठकर बिसुरने से कुछ हाथ लगने वाला नहीं। रास्ते तलाशने और मौके का फायदा उठाने का हुनर होना चाहिए आदमी में, बस!'

माँ की डायरी-1

अलग मोर्चों पर, अलग हथियारों से...।

अचानक मुँदी आँखों की तलहटी से कुछ तरतराता चला आता है। पूछने को मन होता है—क्या दुनिया का सबसे बड़ा दुख खाने-पीने का अभाव ही है ? क्या दुखों की कोई नाप-तौल सम्भव है, इस दुनिया में ? एक ही आकाश से आती खुशी की किरणें भी सबको अलग-अलग उष्मा देती हैं, दुखों के झरते ओस के बिन्दु भी।

कुछ दुःख कहने-सुनने के लिए होते हैं, कुछ चुप से गुटक जाने के लिए...और कुछ इतने धीमे-धीमे नन्हे शावक से सहलाते जाने के लिए कि आसपास किसी को भनक तक न लगे।

वेणु जा रहा है—मुस्कुराता-सा।

लौटेगा भी यूँ ही मुस्कुराता।

किसी भी स्थिति में माँ-पापा को आहट नहीं लगने देगा। जैसे एक कोशिश हो उसकी—कुछ मेरा भी स्वाभिमान ही सही, बना रहने दीजिए आप लोग।...और माँ-पापा से ही क्या, कभी उससे पूछा जाएगा।

जैसे अन्दर-अन्दर कोई संग्राम छिड़ा हो! बहुत से युद्ध लड़े जा रहे हों—अलग-अलग मोर्चों पर अलग-अलग हथियारों से। सभी योद्धा लड़ रहे हैं अपने-अपने युद्ध—एक दूसरे से छुपाकर...।

डायरी-2

यमुना-तीर की याद...

शाम विकास, मनीषा आए थे। हम दोनों के पाँव छुए। 'अरे, ईशा नहीं आई ?' पूछने पर बताया—'ईशा को अपने काका काकी के पास जाना था...।' तत्क्षण मुँह से निकला—'हाँ, उनके बच्चों की कम्पनी होगी न बच्चों की।'—'नहीं आंटी ?' विकास हँसा—'काका की तो अभी-अभी शादी हुई है...उसकी कम्पनी तो काका-काकी हैं।...किंगसटन से आई हुई उन लोगों के साथ यहाँ। आज वापस ले जाने आए हैं हम उसे।'

दोनों हमसे हिन्दी बोलते हैं। आपस में मराठी। काका को 'काका'। माँ-पिता को 'आई, बाबा'। जाते-जाते अपने गणेश मंडल वाले प्रोग्राम की सीडी थमाते गए। रात खाने के बाद वेणु ने लगाई। सबसे पहले सूत्रधार और नटी के रूप में विकास और मनीषा ही। पूरे कार्यक्रम का ब्यौरा देते और गणपति के चरणों को माथा नवाते हुए। और इसके साथ ही 'जयदेव, जयदेव, जय मंगलमूर्तिऽऽऽ...' की समवेत धुन में दोनों शामिल। फिर फूलदार नथ और नौ वारी लम्बी साड़ी में, जूड़े में वेणी के साथ कोली-नृत्य करती बारह लड़कियों के ग्रुप में भी मनीषा। बच्चों के हास्य एकांकी में नन्ही ईशा भी।

लेकिन उसके बाद का 'बाल्या' नृत्य देखकर हमारी आँखें फटी रह गईं। अपने ही जैसे पाँच अन्य युवकों के साथ विकास (महाराष्ट्र के नगरों, गाँवों से आए उन घरेलू नौकरों का समूह) नृत्य कर रहा था जो मिल-कारखानों में नहीं बल्कि घरों में झाड़ू, पोंछा, बर्तन और खाना बनाने का काम करते हैं। उन्हें ही 'बाल्या' कहते हैं। आधी बाँह की झल्ली कमीज, घुटने तक लम्बे जाँघिए और कलाइयों में रूमाल बाँधे साफ्टवेयर कम्पनीज के ये इंजीनियर साइंटिस्ट, कंसलटेंट तबले की एकरस थाप पर, नृत्य में भी उदास तनहाइयों की टीस छोड़ने वाला बाल्या नृत्य कर रहे थे। घर और ऑफिस में सारे दिन थकने के बाद कैसे साथ-साथ प्रैक्टिस, जाँघिए और सफेद झल्ली कमीजें इकट्ठी की होंगी, वे ही जानते होंगे लेकिन चेहरे इस समय उत्साह से चमक रहे थे। मनीषा बता रही थी—कैसे किसी तरह टाइम निकालकर सब इकट्ठे होते, फिर कॉफी वेफर्स के दौर के बीच प्रैक्टिस चलती। मैं सोच रही थी, विकास यदि भारत में होता भी तो क्या गणेश मंडल में चौखाने की तिकोनी लुंगी में कूल्हे मटकाकर कोली-डांस और लम्बे जाँघिए वाला बाल्या नृत्य करता होता?

क्यों कर रहा है विकास या और भी बहुत सारे उस जैसे लोग...शायद उन्हें रसखानि का वह दोहा याद आ गया है जहाँ कृष्ण को मथुरा के सारे राजसी वैभव के बीच भी बार-बार यमुना का तीर याद आ जाता है।

डायरी-3

अब पापा बड़े हो गए...

प्रभाकर ब्रेकफास्ट खत्म कर टेबल के पास किचेन के सिंक में हाथ धोना चाहते हैं कि उन्हें याद आता है, और वे दो कदम पीछे लौटकर अपनी नाश्ते वाली खाली प्लेट उठाकर सिंक में धोने लगते हैं।

मेधा अपनी कॉफी की आखिरी घूँट लेते हुए घड़ी देख रही है। दूर से आते वेणु ने एक अधूरा-सा ही वाक्य कहा है, 'अरे पापा...मैं आकर हटाता हूँ न प्लेट।'

प्रभाकर ने अपने खाने की प्लेट कभी नहीं उठाई। मैं, विशाखा, वृन्दा, वसु या वेणु—किसी आतंक या डर वश नहीं, बस, आदत और कुछ नहीं। अच्छा है, आदतें सुधर रही हैं उनकी।

बोलना भी बुलन्द आवाज में जोर-जोर से होता था उनका। कहाँ-कहाँ के किस्से-कहानी, खास कर वेणु के दोस्तों के सामने कभी हम हँसते, कभी उनकी गप्पबाजी का मजाक भी उड़ाते। प्रभाकर बुरा नहीं मानते। हँसते हुए ही हमारी चुटकियों में शामिल हो जाते।

अपने बच्चों के अच्छे नम्बर आए तो, दूसरों के बच्चे फेल हुए तो—चारों तरफ ढिंढोरा पिट जाता। पहले मैं, बाद में बच्चे, उन्हें मीठी फटकार लगाते—'आप कब बड़े होंगे पापा!'

प्रभाकर अब बड़े हो गए। पहले कितना बोलते थे। अब किसी बात पर कुछ नहीं बोलते।

इस समय भी, यूँ ही खड़े होकर खिड़की के शीशों के पार देख रहे हैं। सूना आसमान, पत्तियाँ झाड़कर तेजी से ठूँठ होते जा रहे पेड़, जंगल और सूखे पत्तों से ढँकती जा रही जमीन लेकिन प्रभाकर को देखने से लगता है, ये सब बीच में आई चीजें हैं। प्रभाकर इन सबके पार कुछ देख रहे हैं।

पहले, किसी भी टाइम लकड़ी की सीढ़ियों से उतरकर यूँही अगल-बगल टहल आया करते। लौटकर कहते—बहुत अच्छा, बहुत साफ-सुथरा है सब कुछ। हमसे बहुत अलग देश है भाई!...अब वह भी नहीं करते।

कभी मन नहीं मानता तो बेटू से बरबस कुछ पूछ बैठते हैं। बेटू बिना यह सुने कि उन्होंने क्या पूछा है, कार्टून स्ट्रिप पर आँखें गड़ाये-गड़ाये 'यप्प' कह देता है।

कॉट में कुनमुनाती साशा को देखकर प्रभाकर जैसे ही उठाने को लपके, साशा ने बुरा-सा मुँह बनाया। मैंने जल्दी से प्रभाकर को हट जाने का इशारा किया और उसके दूध में मार्शमेलो मिलाने लगी।

फिर भी कभी-कभी भूल जाते हैं (कहाँ तक याद रखें...) तो यों ही पुकार बैठते हैं, 'अरे बेटू! जरा काउंटर से चश्मा तो उठाकर देना बेटे...' दूसरी बार अपनी बात दुहराने के बाद जब तिबारा उन्होंने जरा जोर से कहा तो बेटू ने अजीब तंग आई नजर से उनकी तरफ देखा...प्रभाकर की आवाज में हैरानी और रोष था तो बेटू की आँखों में भरपूर उपेक्षा। तिलमिलाई मैं उठी। चश्मा उन्हें पकड़ाते हुए बेटू से कहा, 'दादा जी यही माँग रहे थे बेटे।'

लेकिन बेटू अब धीरे-धीरे हिन्दी बोलना और सुनना छोड़ चुका है।

मेधा आसपास रहती है तो प्रभाकर को समझाती है, 'पापा! यहाँ कोई किसी से हेल्प नहीं लेता। हेल्प माँगना बैड एटीकेट समझा जाता है। खुद अपना काम करना, गुड क्वालिटी...'

मैं घबरा जाती हूँ, कहीं प्रभाकर की नासमझी यह न समझ ले कि मेधा उन्हें अमेरिकन एटीकेट सिखा रही है।...और अगर पहले वाले प्रभाकर की तरह उन्होंने पलटकर कह दिया—'तुम्हारा मतलब क्या है मेधा? अब बेटू मुझे एटीकेट सिखाएगा?'...तो?

लेकिन अब प्रभाकर कुछ नहीं कहते। लकड़ी की सीढ़ी तक जाते हैं। दरवाज़ा बहुत हल्के से खोल बाहर के मौसम का अन्दाजा लगाते हैं, और लौट आते हैं। हवा बहुत तेज और तीखी है।

मेधा निकल गई है। बेटू ने फ्राइड एग पर नमकदानी से ढेर सारा नमक छिड़क दिया है। छिड़के जा रहा है। मैं कुछ बोलने की सोचकर भी रुक जाती हूँ।

गैरेज से वेणु की कार स्टार्ट होने की आवाज आई है। प्रभाकर बहुत धीमी आवाज में गा रहे हैं :

'हीरा जनम अमोल था, कौड़ी बदले जाय...'

डायरी-4

धुन्ध के आर-पार...

हमारे पास सिर्फ इतिहास की एक जर्जर दीमक खाई पांडुलिपि है। हम उसे ही सही-गलत बाँचते रहते हैं—मिट्ठू तोते की तरह रट्टा मारते हुए। वर्तमान को छानने-छाँटने से कतराते हैं। अतीत के हिज्जों से मिलाकर पढ़ते भी नहीं। इसलिए जो बचा है, उसका मूल्य, कीमत नहीं समझ रहे और जिसका जीवन-सत्त्व के लिए कोई उपार्जन नहीं, उसके पीछे बदहवास भाग रहे हैं। गन्द में भी ग्लैमर का टैग लगा देखकर लालायित हो जाते हैं। होश-हवास खोकर दौड़ पड़ते हैं। हमारे आचरण, जो शेष सभ्यताओं के मॉडल हुआ करते थे, उन साँचों को तोड़ने पर क्यों आमादा हैं हम?

आखिर क्यों? शायद हम हीनता और कुंठा की इतनी तंग गलियों से गुजर रहे हैं कि हमें अपने ऊपर विश्वास ही नहीं रह जाता। हमें हमारा सब कुछ पिछड़ा, क्षुद्र और नाकाफी लगता है।

धुन्ध के पार नहीं देख पा रहे हम। न अपने पैरों की जमीन की ओर। अन्यथा देख पाते कि जो कुछ ऊपर एक छोटे सुराख की तरह दिखाई दे रहा है, वह अन्दर-अन्दर हमारे पैरों तले की जमीन को पूरी तरह भुरभुरा कर रहा है।

एमिली इज नाइस टू यू वेणु

मेधा को पता होता है कि समय से पाँच मिनट पहले पहुँचकर अपनी टेबल सँभाल लेना उसके बॉस एलफ्रेंड की आदतों में शामिल है। वह किसी और से उसकी अपेक्षा नहीं करता लेकिन मेधा तो इससे भी पन्द्रह मिनट पहले पहुँच जाती है और इस तरह जैसे उसे एलफ्रेंड के आने का कुछ पता ही नहीं। शाम को भी ऑफिस आवर्स को लम्बा खींचना, आम अमेरिकनों की आदतों में शुमार नहीं। शुमार होना सम्भव भी नहीं क्योंकि वक्त पर घर लौटना भी उतना ही जरूरी है जितना वक्त पर ऑफिस पहुँचना—खास कर विवाहितों के लिए क्योंकि पत्नी से ज्यादा लॉण्ड्री मशीन, डिश वाशर और आयरनिंग बोर्ड उनका इन्तजार कर रहा होता है।

कैथरीन और रॉबर्ट की तो इसी बात पर तलाक हो गई थी कि रॉबर्ट का वर्कोलिक होना, कैथरीन के पत्नीत्व के लिए मानसिक रूप से कष्टकर था। एक तरह की मानसिक यंत्रणा। लैब के काम में डूब जाना रॉबर्ट का जुनून बेशक होगा लेकिन घर में रॉबर्ट के हिस्से का भी काम करना कैथरीन की बाध्यता क्यों हो? बहरहाल हमारा तलाक नहीं होगा...। मेधा सोचकर आश्वस्त होती है।

एलफ्रेंड के पूछने पर कि 'आर यू सिंगल?'

मेधा ने गर्व से कहा था, 'नो...बट माय हजबैंड इस वेरी कोऑपरेटिव...'

(ही विल नेवर क्रिएट एनी प्रॉब्लम...)

(हाउ कैन ही?...)

तभी तो मेधा ने अपनी फील्ड एरिया की रिपोर्ट विल्सन से डेढ़ दिनों पहले ही पूरी कर एलफ्रेंड को चौंका दिया था। यद्यपि विल्सन ने भी नियत समय पर ही रिपोर्ट सबमिट

की थी लेकिन मेधा ने समय से भी पहले कर दी तो कहीं-न-कहीं बेहतरी का रिकॉर्ड दर्ज तो हुआ ही!

'एलफ्रेंड तुम्हारी बहुत प्रशंसा कर रहा था।' ऑफिस से लेट लौटी मेधा क्लॉजेट में जैकेट टाँगकर शूज उतारते हुए कह रही थी।

'तो मैंने कहा—येस, आयम प्राउड ऑफ माय हजबैंड...'

यानी मैं मेधा और एलफ्रेंड, दोनों का प्रशंसापात्र हो गया हूँ! बड़ी बात है यह। लेकिन यह प्रशंसा की लालच और जकड़न भी बड़ी जानलेवा होती है। मुक्त हो पाना मुश्किल होता है उससे। क्रमशः आप अन्दर-अन्दर छटपटाने लगते हैं। वह एक चुनौती बन जाती है और उस चुनौती को स्वीकारना एक बाध्यता। इसलिए नहीं कि आदमी उससे मुक्त होना नहीं चाहता, बल्कि इसलिए कि मुक्त होने की शर्तें बड़ी निर्मम होती हैं। (तलाक तक की नौबत ले आ सकती हैं।)

अब जैसे प्रशंसापात्र बना मैं, यदि उदारता का यह लबादा उतारकर एक औसत पति/आदमी हो जाता तो क्या मेधा अपने मंजिल तक पहुँच पाती?...छि:, यह कैसे ओछेपन पर उतर रहा हूँ मैं! मेधा की प्राप्ति में उसका अपना नजरिया और कड़ी मेहनत भी है। मुझे उसकी आलोचना का अधिकार नहीं। तर्क से वही सही साबित होता है। कमाल की कहावत है न कि कुछ पाने के लिए कुछ खोना पड़ता है...तो बहुत कुछ पाने के लिए बहुत कुछ खोना भी पड़ सकता है न! मैं यह सब सोचे जा रहा हूँ और मेधा अपने खुशगवार लहजे में बह रही है :

'लगता है, अगली प्रोजेक्ट टीम का लीडर एलफ्रेंड मुझे ही बनाएगा और शायद मेरी इंक्रीमेंट भी...'

अचानक मैं चौंककर सिहर जाता हूँ—और विल्सन?...क्या होगा उसका?

मेधा को बिलकुल पता नहीं, मैं क्या सोच रहा हूँ। वह अपनी रौ में अलमस्त चेहरे पर क्लीनजिंग मिल्क लगाती हुई कहती जा रही है, 'एमिली तुम्हें पूछ रही थी...मेरी समझ से तुम्हें आना चाहिए था।...शी इज नाइस टू यू। वैसे भी, मेरे बॉस की बॉस है एमिली। सोचो तो कितनी फायदेमन्द साबित हो सकती है मेरे लिए...लेकिन तुम समझते ही नहीं। उसके नाम से बिदकते हो। तुम्हारी वाइफ का भला, तुम्हारा नहीं क्या? अरे बाद में चुपके से खिसक लेना...लेकिन फिलहाल कम-से-कम फॉर माय सेक...एलफ्रेंड भी पूछ रहा था, पार्टी में—यू डिडंट ब्रिंग योर हबी? (अपने पति को नहीं लाई?...) अरे, मैं क्या-क्या बोले जा रही हूँ और तुम्हें अपनी बुक से मुँह ऊपर उठाने की फुर्सत ही नहीं...मेरी बात सुनने के लिए तुम्हारे पास जरा भी टाइम नहीं?'

मेधा मेरे हाथों में थमी किताब में लगा बुक मार्क हटाकर देखती है : 'नेवर सेक्रीफाइस योर हैप्पीनेस...'

'बस, यही तो...ये भी कोई बात हुई कि तुम्हें उसकी कंजी आँखें, नॉनवेज जोक्स और पीले दाँतों वाली हँसी पसन्द नहीं, और न एमिली का बालों को झटकते हुए नकनके साउंड में 'यू.सी., यू.सी' कहते जाने का बनावटीपन! अब तुम्हें कौन समझाए कि आदमी बीहड़ में रास्ते तलाशने के लिए क्या-क्या झाड़-खंखाड़ नहीं उखाड़ता...! तुमसे जरा-सी कंजी

आँखें और नॉनवेज जोक्स नहीं बर्दाश्त हो रहे... ? अब एमिली तुम्हारे लिए अल्हैया बिलावल तो गाने से रही...'

मेधा बिलकुल ठीक कहती है कि कुछ पाने के लिए कुछ खोना पड़ता है...पर मुझे लगता है, हमें यह भी तो देखना चाहिए कि क्या पाने के लिए हम क्या खो रहे हैं। उसके हिसाब से प्राप्ति, उपलब्धि, ज्यादा मूल्यवान है, मेरे हिसाब से, जो कीमत हम चुकाते हैं, वह। मैं छोटे-छोटे समझौतों के लिए क्यों परीक्षित की तरह अपने शरीर की न सही, अपनी आत्मा की राई-रत्ती समझौतों के पलड़ों पर तुलवाता चलूँ?

मेधा सुन पाई, तो जरूर कटाक्ष करेगी कि 'चलो, और कुछ तो नहीं लेकिन 'आत्मा' का एक आलीशान मन्दिर तो अमेरिका में उपलब्ध हो ही गया...कर्टसी वेणुमाधव शुक्ला!'

ऐसा मन्दिर जिसमें चौबीस कैरेट की एक ऐसी शख्सियत विराजती है जो अमेरिका आकर भी अपने हिन्दुस्तानी उसूलों से नहीं डिगा। बावजूद इसके कि इस ग्लोबल रेसेशन में, उसके साथ वालों ने ज्यूलरी शॉप की सेल्समैनी में जितना अर्न कर लिया, उतना उसने सॉफ्टवेयर इंजीनियर होकर भी नहीं...।

मैं जानता हूँ, मेधा खीझकर एक सीधा वार तो करना चाहती ही है कि 'एक बात बताओ, तुम अमेरिका आए ही क्यों? जब-जब...' लेकिन इसके बाद वह रुक भी जाती है।

क्योंकि मैं भी जवाब में कहना चाहता हूँ कि 'कोई बात नहीं, पर अब वापस भी तो जाना चाहता हूँ...'

और मेधा मेरे इसी सीधे जवाब से डरती है।

मेधा! लौट चलें क्या हम भी?

वेणु को याद है, इंटरव्यू के बाद उसके लिए सबसे स्ट्रांग रिकमेंडेशन मि. कॉलिंस की ही थी। इतने सारे अमेरिकन कैंडिडेटों के बीच वेणु को चुनने का उनका तर्क था—'वी वांट अ परसन, जो हमारे क्लाइंट्स को सिर्फ बातों से नहीं बल्कि कार्य-कुशलता से सन्तुष्ट और आश्वस्त करे। हमारी इस नई कम्पनी को विश्वसनीयता मिले।'

सचमुच कॉलिंस के साथ वेणु की टीम ने उपलब्धियों के नये कीर्तिमान छुए थे। उनके साथ काम करते हुए प्रोजेक्ट का हर मेंबर अपने-आपको खुश और प्रोत्साहित पाता था। अपने कन्धों पर उनके हाथों की आश्वंस्ति महसूस करता था। यह भी कि लक्ष्य-सिद्धि तो होगी ही, पर उस प्रगति तक हम कितनी एकजुटता से पहुँचे, यह कम महत्त्वपूर्ण नहीं। लेकिन अब पासे पलट चुके हैं। खोटे सिक्कों ने खरे सिक्कों को घोषित रूप से बाजार-बाहर कर दिया है।

डूब सब रहे हैं—बहाने अलग-अलग। व्यापारिक संस्थानों की दीवारें लगातार अफवाहें छानती रहती हैं—किस कम्पनी से कौन गया, कौन जानेवाला है, कॉस्ट कटिंग का अगला शिकार कौन... ?

सौरभ ने रीना और बच्चों को पैरेंट्स के साथ इंडिया भेज दिया। 'मिस भी कर रहे थे, आराम से दशहरा, दीवाली वहीं बिताएँगे। बाद की देखी जाएगी।' कहना था सौरभ का।

पुरानी पहचानों के सिलसिले वापस लौट रहे हैं। इस देश में अपनी पोटैंशियल्टी का ग्राफ साफ-साफ गिरता नजर आ रहा है। सम्भावनाएँ देखकर दौड़े लेकिन 'मिस' तो करते ही थे अपनी जमीन को। इसलिए 'आ, अब लौट चलेंऽऽऽ...' गाता है निलय। क्या मालूम, अपनी तकदीर को देशी आबोहवा ही रास आनेवाली हो! इसलिए यहाँ के खाते समेटने और इंडियन कम्पनीज को अमेरिका रिटर्न के से सजे 'रेज्यूमें' भेजने शुरू कर दिये।

रथीन तो पहले भी कोसता रहता था—जब से उसका बेटा चार साल का होकर स्कूल जाने लगा था और इंडिया से आए उसके माता-पिता को 'दादा जी, दादी जी' कहने के बजाय 'हे गाइज!' कहकर सम्बोधित करने लगा था।...'छोटे-बड़े की कोई तहजीब ही नहीं। कहाँ तक सुधारेंगे हम ? इतने छोटे बच्चे अपने फ्रेंड के माँ-बाप को भी 'अंकल आंटी' की जगह 'हाय सैम'! या 'हाय सैंड्रा' कहकर बुलाते हैं। चलो, अच्छा है, कुदरत ने बहाना दिया। अपनी जमीन ने बुलाया इस बहाने। सब हो जाएगा। जब इतने अजनबी देश में ठिकाना लग गया था तो अपना देश तो अपना ही है। यहाँ की अतिसम्पन्नता के भी स्वाद चख लिये। वहाँ की रूखी-सूखी तो जानी-पहचानी है। गुजर हो ही जाएगी। अभी बच्चे छोटे भी हैं। यहाँ की लाइफ स्टाइल की लत लग गई, तब बाद में मुश्किल होगी।

'अभी ही देख लो, जो चाहे कर गुजरें ये बच्चे। चाँटा मारने की कौन कहे, हम जम के घुड़क तक नहीं सकते...। डाँटने के अन्दाज में नकनकाते हैं यहाँ रहनेवाले सारे पैरेंट्स कि कहीं बच्चे ने '911' पर फोन कर दिया और पुलिस आ गई, तो ? कल्पना करो, बित्ते भर के बच्चे ने माँ-बाप को सबक सिखाने के लिए पुलिस बुला दी, तो घर के घर में कठघरे में खड़े हो गए माँ-बाप। बच्चे की नजर में उनसे ज्यादा उनके खैरखाह 911 की कॉल पर आई पुलिस वाले हैं जो माँ-बाप द्वारा उन पर ढाए हुए अत्याचार के लिए उन्हें दंडित कर सकते हैं। सबक तो सिखाएँगे ही...ऐसे बच्चों और उनके माता-पिताओं के बीच यह भी 'बांडिंग' होगी कि कैसे आदर, प्यार, जुड़ाव और भरोसे की कड़ियाँ जुड़ पाएँगी। उनके रिश्तों के बीच बकायदे पुलिस बल तैनात होगा।

'पता है, जानता हूँ यहाँ के कॉम्प्लेक्स। जटिल पारिवारिक रिश्तों की वजह से अक्सर पिता तो पिता, माँ तक की साइकिक विक्षिप्तता का शिकार बनने को बच्चे मजबूर हो जाते हैं। अकेलेपन का फ्रस्ट्रेशन, विक्षिप्तता और असुरक्षा की भावना बच्चों के प्रति क्रूरता-निर्दयता में प्रतिक्रियायित होती है। पढ़ा-सुना है यह सारा कुछ...। बेशक जानते हैं, इंडिया में कुछ कम समस्याएँ नहीं हैं लेकिन अब सोच लिया, तो सोच लिया...'

वेणु का मन एकबारगी उमगा था, 'मेधा! चलें हम भी क्या... ?'

लेकिन कहने के साथ ही मेधा की दृष्टि में वेणु अपने-आपको बौना नजर आया। वेणु के लिए उतना काफी था लेकिन मेधा सिर्फ अपनी नजरों के सलूक से सन्तुष्ट नहीं थी। उसकी आवाज चकमक पत्थरों से चिटकती चिनगारियों की तरह थी :

'बड़ी जल्दी हार मान लेते हो वेणु, तुम। लड़ाई अभी शुरू भी नहीं हुई और हार की घोषणा कर बैठे। थोड़ी-सी फाइटिंग टेंडेंसी तो होनी ही चाहिए मर्द आदमी में।...तुम क्या समझते हो, इंडिया तुम्हारे लिए फूलों की सेज बिछाए बैठा है ? लगता है, इतने वर्षों यहाँ रहकर इंडिया को वापस इतिहास वाली सोने की चिड़ियाँ मान बैठे हो। वह इतिहास जीवित

होता तो तुम्हें एम.एस. के लिए यहाँ नहीं आना पड़ता। तुम्हीं ने बताया था, एक टूटे-फूटे कम्प्यूटर पर अपनी बारी के इन्तजार से थक-ऊबकर, दुखी होकर छोड़ा था तुमने इंडिया। और तुम्हें बधाई देते हुए तुम्हारे ही फेवरिट प्रोफेसर नवलकर ने लिखा था—निर्णय के लिए बधाई...दिस कंट्री हैज गॉन टु द डॉग्स...देखते नहीं हो, अपनी प्रतिभा और परिश्रम से लैस डिग्रियों वाले फ्रस्ट्रेटेड युवक मारे-मारे फिर रहे हैं,? कभी रेल की पटरियों पर सो रहे हैं, कभी पंखे से लटककर झूल रहे हैं।

'यहाँ आने के बाद से अब तक खुद अपने रिश्तेदारों और मित्रों के कितने पत्र, मिन्नतें और दबाव भरे सन्देश आ चुके हैं कि क्या हम उनके बेटे, छोटे भाई, साले या दामाद के लिए यहाँ कोई गुंजाइश ढूँढ़ सकते हैं ? यह ध्वनि भी कि हम चाहें तो अवश्य कर सकते हैं...हम कुछ भी करने को तैयार हैं वेणु दादा, चाचा, भैया...यहाँ तो दूर-दूर तक कहीं सुनवाई नहीं, कोई रास्ता नहीं सूझ रहा...हर दिन सुबह से शाम तक अप्लीकेशनों, सर्टिफिकेटों और बायोडेटाओं का फोल्डर लिये धूल, पसीने, अपमान और हताशा से गुजरकर जब लौटते हैं रातोंरात को, माता-पिता, भाई-बहनों का सामना तक करने में धिक्कार की अनुभूति होती है...।

'यहाँ से लौटने पर पहले उन्हीं लोगों से तुम्हारा सामना होगा वेणु ! अच्छा हो, उन लोगों की दृष्टि में जो तुम हो, वही बने रहो। समस्याएँ और संघर्ष हर कहीं हैं। समय भी एक-सा नहीं रहता। समय के साथ सबसे अच्छी बात यही है कि वह गुजर जाता है।'

मेधा सच कह रही है। यहाँ मिलने वाले बेहतर जीवन की जरूरतों के विकल्पों की तुलना इंडिया से नहीं की जा सकती। घर, सड़क, फुटपाथ, दुकानों से लेकर रोजमर्रा की छोटी-बड़ी सारी सुविधाएँ उपलब्ध हैं यहाँ। इस मन्दी में भी कम-से-कम साफ-सुथरा खाया-पहना जा सकता है। सब कुछ वहाँ की तुलना में बेहतर और सुकून-भरा। रिर्सोसेस की मारा-मारी नहीं। कुल मिलाकर, एक जी ले जाने लायक जिन्दगी। लेकिन जाने क्यों लगता है कि खुशहाल जिन्दगी की यह परिभाषा अधूरी है... ? सच कुछ और भी हैं, जो मेधा की लिस्ट में शायद नहीं आते या जिनसे वह जान-बूझकर कतराती रहती है।—वे अहसास, जो रंजन भैया वाली भाभी के प्याज के लच्छे वाले पकौड़ों में, गर्भवती विशाखा दीदी की उदास लेकिन मोहासक्त आँखों में अपनी अधटूटी मुँडेरों के बीच भी अपने पूरेपन का आभास देते हैं—हमें हमसे जोड़ते हैं। वे अहसास, जो किराने के दुकान पर बैठे छोटू और पेरिस हेयर कटिंग-सैलून के अब्बास मियाँ की सोहबत में मिल जाया करते हैं।...उनके विकल्प नहीं मिल पाते, बस।

वह सच, जो द्वारका जाकर द्वारकाधीश हो गए कृष्ण को राजमार्गों से खींचकर वृन्दावन की वीथियों में खींच लाया करता था। करील कुंजों के बीच बहती यमुना की धारा-सा उनके अन्दर छलछलाता होता था...।

क्या मेधा का सचमुच कभी इन सचों से साक्षात्कार नहीं हुआ ?

बाकी तो उसे मालूम है। अभी तो माँ-पापा का ही छह महीने का वीसा है। साशा, घर—सब सँभल ही रहा है। जमी-जमाई गृहस्थी, व्यवस्थित दिनचर्या। ऊपर-ऊपर सब ठीक ही। समस्या तो अन्दर की है। वरना जीवन तो सचमुच इतने ही वर्षों में इस व्यवस्था

और स्वच्छ वातावरण का अभ्यस्त हो गया है। जुड़ गए हैं इससे भी तो हम। काटना, उखाड़ना आसान नहीं कहीं से।...

कारण बेशक जुदा हैं। आत्महत्याएँ यहाँ भी होती हैं। हताशा, ऊब और सबसे बढ़कर अकेलेपन का अभिशाप, जिसकी अपने देश के धक्कम-धुक्के में कल्पना भी नहीं की जा सकती।...पगलाए, सनक गए लोगों की कमी न वहाँ, न यहाँ, न हर उम्र की हताशा से कहीं मुक्ति...। वहाँ भूख और अभाव से मरते लोग हैं तो यहाँ खाने, अघाने के बाद भी अकेलेपन, असुरक्षा और अविश्वास के बीच नींद की गोलियाँ खाकर...। मरते दोनों ओर हैं।

तो फिर वहीं क्यों न मरा जाए :

अभाव, जिन्दगी और भूख की मारामारियों के बीच ?

नहीं, बात तर्क की हो रही थी, अगर दोनों रास्ते एक ही तरफ ले जाते हैं, तो ?

तो भी, जी भरकर जीने के लिए यहाँ, और मरने के लिए वहाँ! अपनी जमीन।

पटेलन के ससुराजी की तरह।

कैसी अजीब बात है—मरें कहाँ, इसका भी विकट मोह!

गिरते शह-सवारों की जंग

फोन की घंटी बजी।

प्रिया अस्थाना थी।

'आंटी जी, आपको 'इंडियन स्टोर' जाना है न, मेधा कह रही थी, किचेन की कुछ चीजें चाहिए थीं आपको।'

'चाहिए तो थीं बेटे...'

'तो फिर तैयार हो जाइए। दसेक मिनट में आती हूँ मैं। मुझे उससे जरा आगे प्रिंसेस स्ट्रीट पर शीबा के लिए दो-तीन 'डे-केयर' देखने हैं। मेरी मम्मी वापस इंडिया जानेवाली हैं न। इंडियन स्टोर से दस-पन्द्रह मिनट की ही दूरी पर है। आपको प्रॉब्लम तो नहीं आंटी ?'

'अरे नहीं बेटे...!'

कार में प्रिया ने बताया, 'तीन एड्रेस पास-पास के हैं। दो से टाइम भी लिया है। तीसरे से बाद में बात करूँगी। जितना टाइम बचा रहता है, उस हिसाब से। रेट्स तो काफी रीजनेबल लग रहे हैं—शायद नये या ऑफिशियली रजिस्टर्ड न होने की वजह से।'

'अच्छा! कैसे ?'

'ये प्रोफेशनली ट्रेंड डे-केयर नहीं है न आंटी! सॉफ्टवेयर इंजीनियर्स की वाइफ्स ने खोल रखे हैं—घरों में बेबी-सिटिंग-टाइप...पब्लिकली डिक्लेयर नहीं कर सकती न!...सारा कुछ अनऑफिशियल...'

'मतलब... ?'

'मतलब ये कि रेसेशन के वर्ल्डवाइड होने पर भी सब जानते हैं कि कहर सबसे ज्यादा सॉफ्टवेयर वालों पर टूटा है। अब चार-छह-दस साल के आए हुए को मिल गई 'पिंक स्लिप' तो क्या करें वो ? कुछ वर्षों पहले ही पति के साथ आई वाइफ्स का तो वीसा-स्टेटस भी नहीं होता, 'जॉब' करने का। और सबसे बड़ी बात, जहाँ सालों से काम करनेवाले धड़ाधड़

जॉब-लेस हो रहे हैं, वहाँ ऐसों की कहाँ पूछ? लेकिन सपोर्ट तो चाहिए ही होता है न आंटी, यहाँ सरवाइव करने के लिए...!'

धड़ाक, जैसे किसी ने जॉयंट व्हील से सीधा नीचे छोड़ दिया हो!...बचाव के लिए हाथ-पाँव मारने की भी कोई गुंजाइश न हो!

प्रिया की ओर देखा, कहीं उसने भाँपा तो नहीं? लेकिन वह अपार्टमेंट नम्बर मिलाने के बाद कार पार्क कर रही थी।

बेल बजाई तो दरवाजा पति ने ही खोला। चेहरे पर आए हल्के एम्बैरेसमेंट को काबू कर मुस्कुराया था, 'प्लीज, कम...!' मरुन कुर्ते और क्रीम सलवार में एक दुबली साँवली युवती बाहर आई। औपचारिक हाय-हलो के बाद ही प्रिया सीधे पॉइंट पर आ गई :

'आपने...आई मीन चाइल्ड केयर की कोई प्रोफेशन ट्रेनिंग ली है क्या?'

यानी प्रिया पहले ही सवाल से अपना पक्ष मजबूत कर रही थी। लेकिन उसकी आशा के विपरीत युवती ने झिझकते हुए ही बताया कि उसने एक लोकल सेंटर से पार्ट टाइम ट्रेनिंग ली है जिसे जल्दी ही रिकोग्नीशन मिलने वाला है।

फिर एक कमजोर-सी आवाज में आत्मविश्वास भरते हुए बोली थी, 'बट यू नो, हर माँ को चाइल्ड केयर विरासत में मिली होती है कुदरत से, और आपको बता दूँ, मैं स्वयं दो बच्चों की माँ हूँ।'

'ओह, येस। दैट्स टू...'

(तो फिर इतना बेढंगा सवाल किया ही क्यों था?...इसी आधार पर फीस कुछ कम कराई जा सके, इसीलिए न!...)

'अच्छा, कितने बड़े हैं आपके बच्चे? एक बेटा, एक बेटी?'

'जी, आपका गेस सही है।'

'गुड...आप अकेली मैनेज कर लेती हैं या 'हेल्प' है आपके पास?'

'मेरी एक कम्बोडियन और एक इंडियन फ्रेंड मुझे अपने-अपने टर्न पर हेल्प करती हैं।'

'गुड...अच्छा खाना?'

'आपके ऊपर है...वैसे बच्चे एक साथ, एक-सा ही खाना खाएँ तो अच्छा न!'

'बिलकुल...लेकिन आई मीन 'विद मील' और 'विदाउट मील' से कॉस्ट में कुछ कम, ज्यादा...'

(मन्दी ने ज्यादा बड़ा कहर आदमी के अन्दर ढाया है क्या?)

गृहिणी थोड़ी त्रस्त आवाज में किसी तरह कह रही थी, 'यह हम-आप बाकी चीजें तय करने के बाद डिसकस कर सकते हैं।'

'येस, येस...' प्रिया फिर सँभली, 'अच्छा, लेकिन मेरा मतलब था, 'मील' आप कब-कब और क्या देती हैं...आई मीन...'

'ज्यादातर इंडियन और वेजीटेरियन ही, लेकिन उसमें हम बच्चों के टेस्ट के अनुकूल थोड़े-बहुत चेंज कर देते हैं। ज्यादा ध्यान हम न्यूट्रीशन पर देते हैं। मेरी कम्बोडियन फ्रेंड तो डायटीशियन है। आप चाहें तो अपनी बच्ची के लिए उससे अलग कंसल्ट कर सकती हैं...'

'नहीं, नहीं...' प्रिया शह देने की फिराक में 'मात' से किसी तरह बचते हुए बोली, 'मैं यूँ ही पूछ रही थी...अच्छा, चार्जेज क्या रखे हैं आपने?'

'वन सेवेंटी फाइव पर-वीक...लेकिन ये भी आप अपना माइंड मेकअप करने के बाद निगोशिएट कर सकती हैं।'

'मान लीजिए, अभी ही...'

'वन सेवेंटी...सिक्सटी फाइव...'

आवाज की लाचारी अपने-आपको उजागर होने से बचा रही थी। कितना और कम किया जाए कि यह घर आया कस्टमर वापस जाने न पाए—शायद हर बार पाँच डॉलर कम करने के साथ वह प्रिया के चेहरे के भाव भाँपने की कोशिश कर रही थी।

'ओ.के...चलूँ फिर...थैंक्स...फोन करती हूँ आपको...'

यानी इतनी देर से लटकी उम्मीद वहीं की वहीं—हासिल कुछ नहीं...।

शायद उनका भ्रम हो। एक इसरार-भरी, डूबती आवाज, प्रिया का पीछा कर रही थी, 'जल्दी कर सकें तो अच्छा...वरना कहीं कोई और बच्चा...कम ही बच्चे हम रखते हैं जिससे उनकी अच्छी केयर हो सके...'

'आई नो...' होंठों के कोनों में मुस्कुराती प्रिया वापस कार की स्टीयरिंग पर बैठ गई और वे सोच रही थीं—प्रिया कैसे मुस्कुरा पा रही है!

'आधे घंटे हैं, एक और को देखे लेते हैं आंटी जी...'

'देख लो बेटे...'

दूसरी वाली के खुद के दो छोटे लड़के जिसमें बड़ा वाला अपनी उम्र से कहीं ज्यादा मैच्योर, माँ के मामूली कामों में मदद करता दिखा।

प्रिया ने प्रशंसा की, 'वेरी मेच्योर चाइल्ड...आयम रियली इम्प्रेस्ड...लकी मदर...'

'जी...जी हाँ...थैंक्स...यहाँ बच्चे हो भी जाते हैं, होना पड़ता है उन्हें मेच्योर वरना रोजमर्रा की लाइफ मुश्किल हो जाती है न! और इन दिनों तो वैसे भी बच्चे समझते हैं...'

'जी-जी...तो आपको कोई और हेल्पर रख़ने की ज्यादा जरूरत नहीं पड़ती होगी...?'

'जी-जी...बस, चार-छह बच्चे...मैं अकेली देख लेती हूँ...इतने तो हमारी माँएँ इंडिया में वैसे भी...'

'फिर भी, आपका बच्चा इतना बड़ा भी नहीं...उसके लिए भी स्कूल टाइम के बाद...'

'इन दिनों वह पार्ट टाइम स्कूलिंग कर रहा है...' थोड़ा रुककर उसने तत्क्षण जोड़ा, 'इसने खुद ऑफ़र रखा—एक्चुअली ही लाइक्स, ही एनजॉयेस...'

'खाना, मील्स...?'

'हम तेलगू हैं...खाना भी इंडियन जो अपने बच्चों को...'

'फिर भी नार्थ इंडियन और साउथ इंडियन में थोड़ा-बहुत फर्क तो हो ही जाता है...आप लोग हमेशा चावल ही...'

'नहीं, नहीं, आप चाहेंगी तो चपाती भी बन सकती है...पर रोज जरा मुश्किल...'

'बिलकुल...हम लोग भी यहाँ रोज चपाती कहाँ बनाते हैं बल्कि पास्ता, नूडल्स...'

'हाँ-हाँ, मैं खुद भी बनाती हूँ। बच्चों के लिए लंच में...लेकिन वो क्या है कि कुछ माँएँ 'जंक फूड' को लेकर ऑब्जेक्ट भी करती हैं...इसलिए आप जो भी चाहेंगी, बन जाएगा...'

'अच्छा, चार्जेज?'

युवती की आँखें झुकी हुई हैं, 'यू नो, यह मेरा पेशा नहीं...जरूरत या हॉबी...कुछ भी समझिए।' वह हर शब्द पर अटकती है, 'मेरे खुद के भी तो बच्चे हैं और मैं उन्हें भारतीय संस्कार-मूल्यों के साथ पालना चाहती हूँ।...यह मेरा डे-केयर दूसरे डे-केयर से अलग मिलेगा आपको...'

'जानती हूँ, फिर भी...' प्रिया ने घड़ी देखी।

'वन फिफ्टी पर-वीक...'

तत्क्षण प्रिया का चेहरा अन्दाजा और जोड़ गई।

'पहले हफ्ते का आप शुरू में ही दे दें तो अच्छा...'

लेकिन जैसे ही प्रिया ने कहा, 'ठीक है, दो-तीन दिनों में फोन करती हूँ आपको', उसका मुँह उतरता-सा लगा, 'आप...आप तय कर लेतीं तो हम निगोशिएट कर सकते हैं...आई मीन डिस्काउंट हंड्रेड फिफ्टी की जगह हंड्रेड ट्वेंटी फाइव ओनली फॉर यू...'

उनके अन्दर एक चीत्कार-सी दौड़ती चली गई। डर लगा, कहीं वे बाहर चीखकर रो न दें।

'एक दिन का वक्त लूँगी...हजबैंड से तो डिस्कस करना होगा न...आफ्टर ऑल वी आर इंडियन वाइव्स...'

उसने सिर हिलाया, फिर झुकाया।

'अच्छा, कब से हैं आप लोग यहाँ? इसलिए पूछ रही हूँ कि वी आर ऑल सेलिंग इन द सेम बोट...'

धीरे-धीरे बताया, 'चार वर्ष पूर्व ही इन्हें ये असाइनमेंट मिला था। पहले अकेले आए थे। यहाँ का जीवन देखकर इच्छा जागी—सब साथ-साथ रहें...एन्जॉय करें...और अब सारा कुछ इस तरह देखते-देखते उलटता-पलटता गया कि कोई रास्ता नहीं सूझ रहा। वापस जाने में भी शर्म...माँ-बाप तो बुला रहे हैं, पर इस तरह जाना...।

'यह ठीक है कि मन्दी रातों-रात बादल की तरह नहीं फट पड़ी...लेकिन अन्देशों, अफवाहों और अनिश्चितताओं के बीच एक नये देश में निर्णय ले पाना उतना आसान भी तो नहीं होता—खास कर व्यक्ति का आत्मसम्मान और उम्मीद का हठ कि कुछ-न-कुछ हो जाएगा...' अचानक वह रुकी और धीरे-धीरे जोड़ा, 'और अभी भी मुझे लगता है, सब ठीक हो जाएगा...मैं अपने हजबेंड से यही कहती हूँ...'

कार में बैठती प्रिया ने जैसे ही कहा, 'अगली ही लेन में एक और है आंटी जी...देखती चलूँ'—वे जल्दी से रुँधी आवाज को सँभालती बोल गईं, 'आज जाने दो प्रिया, कभी-कभी बेटू जल्दी आ जाता है...'

'ओ. के. आंटी...' प्रिया ने चाबी घुमाकर एक्सेलरेटर दबा दिया।

चलती कार में बातें होने लगीं, 'आपको क्या लगता है आंटी—दोनों में ज्यादा ठीक... ?'

'दोनों ही जरूरतमन्द हैं प्रिया! यह बाद वाली तो बहुत कम पैसे माँग रही है...'

'उन्हें मालूम है आंटी जी, ज्यादा पैसे देने की पोजीशन में हम भी नहीं हैं। ज्यादा माँगेंगे तो हम दूसरा तलाशेंगे...एक-सी तलवारें सभी के सिर पर लटक रही हैं आंटी, तो हम ही कहाँ किसी पर रहमोकरम करने की गुंजाइश में हैं...'

'तो फिर यही वाली।'

'ठीक तो है लेकिन इसके यहाँ दो-दो लड़के हैं आंटी जी...और बड़ा वाला अपने से चार साल बड़ी उम्र जैसा मैच्योर, सयाना...तो जो सयाने होते हैं, वे और तरह से भी तो सयाने होते हैं न—इसलिए शीबा के लिए मुझे यह ठीक नहीं जँच रहा...'

'तुम्हारा सोचना ठीक है बेटे!'

उनकी डूबती आवाज को थहाने की कोशिश में प्रिया बोली :

'आपने अभी इस दुनिया का दूसरा सिरा नहीं देखा आंटी! सिर्फ वेणु का घर देखा और दो-चार और परिवार, (हमारे जैसे) बाकी सड़कें, मॉल, पिकनिक स्पॉट देखें...दूसरा सिरा देखतीं तो इन दो डे-केयरों से लौटते हुए इतनी डिस्टर्ब न होतीं। इनसे कहीं-कहीं ज्यादा उदास-बुझे चेहरों की एक पूरी जमात, जिसे समझ ही नहीं आ रहा कि करे तो क्या करे...तीन, साढ़े तीन-चार, पाँच वर्षों पहले आ गए बड़े धूम धाम से...डिपेंडेंट पत्नी को भी लेते आए या पीछे बुला लिया डिपेंडेंट वीसा पर...अरे, इतना तो हो ही जाएगा कि दोनों खाने-पहनने में शुरुआती मौज-मस्ती कर लें...और अब देखिए कि न रह सकते हैं, न लौट सकते हैं। लौटने की वजह क्या बताएँ—यही कि हम यहाँ जॉबलेस हो गए? अब उन्हें और पत्नी को यहाँ भेजने में जितना खर्च लगा है, उतना तो अर्न करना होगा न! ऊपर से लौटने का खर्च...और इस तरह खाली हाथ, उदास चेहरे लिये अपनी वापसी की लज्जा या कल्पना कितनी ह्यूमिलिएटिंग हो सकती है...यह सब डिपेंडेंट वीसा वगैरह की समस्या वहाँ कोई समझेगा भी? हर कोई कुरेद-कुरेदकर पूछेगा और समझकर तसल्ली करना चाहेगा—आखिर इस तरह लौटने का सबब?

'लेकिन तो भी डटे हैं कुछ जांबाज मैदान में मुकाबले के लिए, जैसे—निलय। ठठाकर हँसता है—कौन? मैडम? (पत्नी) मायके (इंडिया) गई, बाल-बच्चों के साथ...बहुत दिन हो गए थे न!...अब इकट्ठे दशहरा, दीवाली बिता, रावण जलाकर, गरबा, डांडिया खेल कर वापस आएगी...।

'सब जानते हैं, निलय के पूरे डायलॉग में बस एक शब्द झूठा है, वह शब्द है—वापस आएगी...।'

'आंटी, आ गए हम।' प्रिया ब्रेक मारते हुए बोली है।

आश्चर्यों की सुखद बेला

माँ-पापा को गए महीनों हो गए।

अब तक उनके भरे-भरे से कमरे को पूरा खाली देखने की आदत पड़ गई है और आश्चर्य...मुझे सूनेपन से ज्यादा एक हल्कापन-सा महसूस होता है। अपनी तरह से, अपने हाल पर रह पाने की राहत। असल में माँ की दृष्टि हमेशा मेरे साथ-साथ लगी से ज्यादा महसूस मेरे वजूद से चिपकी हुई होती थी...।

दूसरा आश्चर्य, मेरे अन्दर का अपराधबोध भी आप-से-आप जैसे धुँधलाता जा रहा है, वरना जब वसु के चिकेन पॉक्स की खबर आई तो हमारे हाथ-पाँव फूल गए थे। सबसे ज्यादा घबराहट और चिन्ता यह कि वसु के पास तो माँ-पापा तीन-चार दिनों में पहुँच ही जाएँगे लेकिन यहाँ साशा का क्या होगा? उसे सुबह से देर रात, मेधा के आने तक, माँ ही सँभालती थीं। बाकी के भी सारे कामों में माँ दिन भर लगी ही रहती थीं। पापा भी अपनी समझ से मदद करने की कोशिश करते लेकिन फिर उनके भी तो काम जो हमेशा की तरह यहाँ भी माँ ही करती थीं। खैर, अब तो वे गए ही।

पर सवाल बहुत सारे छोड़ गए।

पीछे न छोड़ने वाले, साथ लगे रहनेवाले सवाल।

जैसे यही कि क्या अब मैं उस मुकाम पर पहुँच गया हूँ जहाँ माँ-बाप और सारे रिश्ते सिर्फ नॉस्टोल्जिया में ही अच्छे लगते हैं?

जज्बातों के अतीतमोही वितानों पर?

तभी तो यथार्थ तक, व्यवहार तक, वर्तमान तक आते-आते सारा कुछ बेरौनक-सा होता चला जाता है।

अन्दर-अन्दर एक पस्ती का सा अहसास।

छुटकारे की राहत भी।

यहीं पर एक हठ दबोचता है मुझे—नहीं, मैं माँ-बाप को बहुत प्यार करता हूँ...

लेकिन फिलहाल उनके जाने से छुटकारे की राहत भी...

फिर वही हठ दबोचता है मुझे—मैं फिर अड़ा हूँ—

नहीं, मैं माँ-पापा को प्यार करता हूँ।

लेकिन फिलहाल उनके जाने से—

खुश?

नहीं!

हल्का?

नहीं!

तीसरा आश्चर्य

मुझे विश्वास नहीं था कि मेधा इतनी मुस्तैदी से घर की व्यवस्था को तारतम्य दे लेगी। बदली स्थितियों के साथ उसने बाकायदे तरतीब बिठा ली है। जीवन एक निश्चित ढर्रे पर ठीक-ठाक चल पड़ा है—माँ-पापा की अनुपस्थिति में भी।

यूँ भी, वसु की चिकेन पॉक्स वाली खबर से माँ ज्यादा ही निढाल और विक्षिप्त-सी हो गई थीं। एक तरह से जाने से पहले ही जैसे उन्होंने यह घर त्याग दिया था। आखिरी चार दिन बीते नहीं, घिसटे। कमरे से माँ की घुटी-घुटी-सी सिसकियाँ आती रहतीं—एक मिली-जुली बुसैली-सी गन्ध भी। कई महीनों से रह रहे थे न और...यहाँ खिड़कियाँ, रौशन दान होते नहीं...!

बर्फ ढकी सुबहें चाबुक-सी सटकारती हैं और मेधा उनींदी आँखों, घड़ी का अलार्म बन्द करती, साशा को पॉटी पर बिठा देती है। उसके चीखते ही सामने तिपाई रख, रंग-बिरंगे 'बाथ-टॉयेज' सजाने लगती है। फिर साशा को खिलौने में उलझा, बेटू के स्कूल और साशा के डे-केयर की चीजें पैक करने लगती है—योगॅर्ट, सीरियल, डायपर, चेंज के कपड़े, टम्बलर। विकसित यंत्रों से दुही जाती गायों की तरह ही बाथरूम में मिल्क-सकिंग-मशीन ले जाकर रात भर इकट्ठा हुआ अपना दूध छोटी शीशियों में भरकर सील करने लगती है।...साशा के पीने से बची शीशियाँ हॉस्पिटल के मिल्क बैंक में जमा हो जाएँगी।

अपने टिफिन में सैंडविच, योगॅर्ट रख, कपड़े बदल, जब तक मैं एक हाथ की छतरी से लगातार होती स्नोइंग के बीच विंड-स्क्रीन पर जमी बर्फ काटता हूँ, मेधा टोपों-बूटीज से ढँके बच्चों को 'सीट-बेल्ट' से बाँध चुकी होती है। हम दोनों लगभग साथ ही अपनी सीटों पर आ बैठते हैं। कार मैंने पहले ही गरमा ली है। अब एक्सेलरेटर दबाकर बर्फ से तराशी सड़क पर कार जैसे फिसलने के लिए छोड़ देता हूँ। हीटर के बावजूद ठिठुरती ठंड में अपने-अपने कॉफी के मग हम दोनों के होंठों से आ लगे हैं।

भरपूर तृप्ति के विरल क्षण!

मेधा म्यूजिक ऑन कर देती है।

अगले आधे घंटे तक की हमारी ड्राइव में गोल्डेन मेमरीज से पुरानी फिल्मों के गीत बजते रहते हैं :

'तू गंगा की मौज...मैं जमुना की धारा
बनाएँगे हम, बनाएँगे हम,
बनाएँगे तूफां को इक दिन किनारा...'

मेधा सीडी के स्वर में स्वर मिलाकर गा रही है :

'बनाएँगे तूफां को इक दिन किनारा...'

मुझे मेधा की आवाज इससे मिलती-जुलती लगती है।

'हाँ, हम खाली हाथ इस तरह यहाँ से नहीं जा सकते। हम भारत नहीं लौट सकते वेणु! हारकर तो हर्गिज नहीं।...लौटेंगे तो जीतकर...ही...'

जैसे मैं पूछता हूँ, 'लेकिन जीतने के बाद कोई लौटता है क्या?'

और मेधा उलट जवाब देती है, 'जरूरत भी क्या है...?'

'देखो अपने चारों तरफ...'

सुबह गाड़ियाँ निकलने से पहले सड़कों से हजारों टन बर्फ बर्फ खुरच दी गई है। दोनों तरफ बुरादा छिड़कती गाड़ियाँ ऑफिस आवर्स से पहले सड़कों की सारी बर्फ खुरच देती हैं। पिघलती बर्फ पर बुरादे का चूरा भी।

न कीचड़-गड्ढे, न धूल-मिट्टी, न कचरा—तभी तो आदमी ज्यादा काम कर पाता है।

हाँ, सारा दिन मोर्चे पर डटा है, तो क्या हुआ!...बच्चों को छोड़ते हुए जाना, लेते हुए लौटना—उसी के साथ दूसरों के बच्चों को भी। सबने आपस में एडजस्ट कर लिया है।

और वापसी के साथ ही थकाकर चूर कर देनेवाले साशा के दिन भर के कपड़े, बेटू के खाली हुए लंच बॉक्स, फिर डिनर की तैयारी, सैंडविच, सूप, चावल, करी, पास्ता, जो

कुछ भी शरीर ने गवाही दी...फिर घंटे-आधे घंटे अपने-अपने लैपटॉप पर...वीकेंड में हफ्ते भर के टूटे शरीर के कलपुर्जे कसवाने के लिए जिम, थोड़ी स्विमिंग और दिमागी रिलैक्शन के लिए शिक्षार्थी स्वामी के कैसेट्स...!

मेधा ने बाकायदे कमर कस ली है। कभी भी सिर्फ पाँच मिनट का क्विक मेडीटेशन—पाँच घंटों तक रिलैक्स रखने के लिए। बसों, 'लोकल-ट्रेनों' में चलते हुए, खड़े या बैठे, कुछ लम्हों को ही पलकों का शटर गिराया और हो गए ध्यान-लोक में प्रविष्ट। एकाग्रता से उत्पन्न वाइब्रेशन के दर्जनों पैकेजेज—खड़े-खड़े ऑफिस की दीवाल से माथा टिका दिया, निश्चल खड़े रहे। पूजा की वेदी और किसलिए होती है...और फिर सोचो, आप सही हैं। आपका रास्ता सही है। दुश्चिन्ताएँ मत पालिए क्योंकि निर्णायक तो समय होता है...और आप करते कहाँ हैं कुछ—करवाती कोई और शक्ति है—आपके माध्यम से। आपको तो सिर्फ 'सहस्त्रार' तक पहुँचने के लिए ईंटों की जुड़ाई करनी है।

'खबरदार रहना! शिक्षार्थी स्वामी कब सहस्त्रार से छलाँग लगाने का फरमान जारी कर दें—कुछ ठिकाना नहीं इन गुरुओं का...!'

'शटअप...!' मेधा को ऐसे मजाक पसन्द नहीं, 'साशा के पैदा होने के बाद पोस्ट-मैटरनिटी सिंड्रोम वाली क्राइसिस से मुझे शिक्षार्थी-स्वामी के 'सम्बोधनों' ने ही मदद की। मुझे अपनी सारी गिल्ट, बेचैनी और अशान्ति से मुक्ति मिली थी। पता नहीं, मेरे उन दिनों की भटकनों, अशान्ति और शंकाओं वाली बात वे कैसे समझ लेते थे!'

'इस तरह कि उनके सम्बोधनों को अटेंड करने आए बाकी लोग भी ऐसी ही आशंकाओं, अशान्ति और भटकनों से मुक्ति पाने के लिए आते हैं।'

'नॉनसेंस, तुम अपने अड़ियलपन के खोल से बाहर आए बिना ये चीजें नहीं समझ पाओगे। मस्तिष्क का सारा धूल-धक्कड़ वैक्यूम क्लीनर की तरह सोखकर हमारे अन्दर का सब कुछ नीट एंड टाइडी कर देते हैं स्वामी जी। सबसे बढ़कर उनके सम्बोधन नई जीवन-शैली के सर्वथा उपयुक्त :

—सोचो कि सब नादान हैं, अज्ञानी और नासमझ...'

'सबसे समझदार सिर्फ मैं...' मैं चुहल करता हूँ।

मेधा अपनी रौ में उनके शब्द दुहरा रही है :

'दूसरे क्या सोचेंगे—इसका भय, अपने को गलत समझे जाने का भय। अगर कोई गलत समझ रहा है तुम्हें—दैट्स हिज प्रॉब्लम, नॉट योर्स...।

'भय की न जाने कितनी निरर्थक बलाएँ तुमने पाल रखी हैं। अपने को गलत तरह से ट्रीट किए जाने का भय, दूसरों को ज्यादा तरजीह दिये जाने का भय, स्वयं को पीछे ढकेले जाने का भय। अरे, यह क्यों नहीं सोचते कि जो तुम्हें अभी-अभी पटखनी देकर आगे गया है, उसे जरा ही आगे कोई और पटखनी देने के लिए तैयार खड़ा है।' (भक्त दर्शकों की समवेत तालियाँ!)

'लेकिन यही बातें जब मैंने तुम्हें समझाई थीं तो तुमने समझने से इनकार कर दिया था मेधा!'

'तुमने तो इन्हें मेरा वहम और बेवकूफियाँ बताया था और नजरअन्दाज करने की सलाह दी थी। तुम्हारे बताने और उनके सम्बोधन में जमीन-आसमान का अन्तर था।'

'बेशक। यह अन्तर न होता तो मैं कार्लाइल रोड के इस अपार्टमेंट के बदले, शहर के सबसे आलीशान होटल के 'क्रिस्टल-हॉल' में तुम्हें सम्बोधित न कर रहा होता?'

'तुम मानते क्यों नहीं कि वे दूरदृष्टि वाले हैं, सिद्ध आत्मज्ञानी हैं?'

'कैसे नहीं मानता? मैंने सुना है, वे सॉफ्टवेयर इंजीनियरिंग के स्टूडेंट रह चुके हैं। दूर दृष्टि थी तभी तो विश्वव्यापी आर्थिक मन्दी में वो वाली लाइन छोड़कर यह वाला ज्यादा लाभदायक कारोबार शुरू कर दिया—वरना मेरी तरह घर में बेबी-सिटिंग न कर रहे होते?'

हम दोनों खुलकर हँस पड़े। मुझे स्वयं अपने ऊपर इस तरह खुलेआम हँस लेना एक राहत दे गया। अच्छा लगा।

अचानक सोचा—माँ-पापा की उपस्थिति में हम ऐसे कहाँ हँस पाते थे...?

मेधा की 'स्पेस' वाली थ्योरी अब थोड़ी-थोड़ी समझ में आती लग रही है लेकिन माँ जैसी माँओं को भला कहाँ से समझ में आ सकती है जो जीवन भर 'स्पेस-लेस' ही रही हों? वही गालिब के उस शेर का टूटा-फूटा कि 'पूरी उम्र कुछ इस तरह खा गई कि कभी भूले से खुद अपनी खबर आने की कोई गुंजाइश बनती ही नहीं थी।'

और फिर अति का माया-मोह या प्यार-भरी पहरेदारी भी थोड़ी कष्टदायक तो होती ही है। ऊपर से माँओं की। जासूस होती हैं माएँ—जन्मजात जासूस। थोड़ी मसखरी पर उतर जाऊँ तो कभी-कभी तो यह भी लगता है कि क्या खा-पी रहा है, कब सो-जग रहा है उनका बच्चा, तब तक तो फिर भी गनीमत...लेकिन कब क्या सोच रहा है, उसकी उस दुनिया में भी ताक-झाँक। जरा ज्यादती नहीं क्या?

और हद तो तब होती है जब यह शक पड़ता है कि जो वह पूछ रही हैं, उसे पहले से ही जानती हैं।

तो क्यों पूछ रही हो भई माँ? हमें आजमाने के लिए?...

शायद इसीलिए मेधा जैसे लोग अपनी स्पेस की रखवाली में अतिरिक्त सतर्कता बरतते हैं, और इन जैसे प्रपंचों के आसपास फटकती ही नहीं। जितना सहूलियत से कर सके, किया—मनमाफिक...बाकी को बिना किसी गिल्ट के छोड़ दिया।

खंड-आठ

समृद्धि के फटे छप्पर के नीचे से

राजी-खुशी की इत्तला

उपलब्ध की बेशुमारियाँ

हलो माँ! पुराने जमाने की चिट्ठियों में वो क्या लिखा करते थे—'यहाँ सब राजी-खुशी है...' बस, इसी वजह से फोन नहीं कर पाया तुम लोगों को...तो तुम, पापा से भी कह देना, चिन्ता न किया करें। अब भाग-दौड़ और व्यस्तताएँ तो बढ़ेंगी ही न जिन्दगी में। कभी मेधा साशा को डेंटल चेकअप करा के लौट रही है, तो कभी मैं बेटू को स्पोर्ट्स-टूर्नामेंट के लिए ले जा रहा हूँ। कभी मेधा अपने ट्रेड-फेयर को लेकर व्यस्त है, कभी मैं अपनी फ्रेंचाइजी की स्टाफ चेकिंग में। बताया था न, तुम्हें और पापा को, कि हमने यहाँ अपनी एक मेडिकल चेन की फ्रेंचाइजी खोल ली है। आसान नहीं था यह सब लेकिन मेधा का अपने बॉस एलफ्रेंड और पी.आर. की क्रिस्टीना के कॉन्टैक्ट्स (और इम्प्रेशन) काम आए। एक साल के इवनिंग कोचिंग डिप्लोमा कोर्स के बाद अनुमति मिलने में भी ज्यादा अड़चन नहीं आई।

एक तरह से अच्छा हुआ न! वरना सॉफ्टवेयर का तमगा चिपकाये, सारे दिन अखबारों, इंटरनेट पर जॉब-वेकेन्सीज एक्सप्लोर करते रहना और एप्लीकेशन, बायोडेटा के साथ ऑन-लाइन एप्लाई कर-करके, बेशुमार 'नो रिप्लाइज' के बावजूद, अपने हठ बनाम ईगो के शालिग्राम की आचमनी करते रहना—यह सब कोरी भावुकता बनाम मूर्खता ही होती। जानता हूँ, तुम्हारे लिए जरूर मेरी सॉफ्टवेयर की डिग्री के रुतबे से बाहर आना खासा शॉकिंग होगा...लेकिन सोचो, तो काम, काम, सब एक से। यहाँ इतने घमासान से गुजरने के बाद लगता है, अपनी जाति, वर्ग, कामों की श्रेणियों आदि को लेकर हम जरूरत से ज्यादा पूर्वग्रही हैं बल्कि पिछड़ी सोच वाले। स्टेटस-कांशस तो पूरी दुनिया में हम भारतीयों से ज्यादा कोई है ही नहीं। भूखों मर जाएँगे लेकिन अपना कचरा भी नहीं उठाएँगे। उठाएँगे भी तो यहाँ विदेश में आकर। किसी को कानोंकान खबर न हो। कोई पूछे कि जब मनुष्य, मनुष्य सब एक से, कोई छोटा-बड़ा ही नहीं, तो ऊँचे-नीचे कामों की ग्रेडिंग कैसे? लेकिन यहाँ आकर हमारा सारा अध्यात्म, दर्शन चुपके से पल्ला झाड़कर भाग खड़ा होता है।

भूमिका लम्बी हो गई जबकि बात सिर्फ इतनी कि सवाल 'चॉयस' का ही नहीं, 'सरवाइवल' का भी है। और यह तो तुम्हारे सुभाषित भी कहते हैं कि जिसके पास धन है, वही विद्वान है। वही शीलवान और नीतिज्ञ है। गुणवान और कुलीन भी वही है। सुदर्शन और श्रुतवान भी।

इंटरमीडिएट में जिन श्लोकों को रट्टा मारकर संस्कृत में अठानवे प्रतिशत मार्क्स लाया था, उसमें परीक्षा की दृष्टि से अवस्थी सर ने सबसे इंपोर्टेंट यही श्लोक अंडर लाइन कराया था :

यस्यांति वित्तं, स नरः कुलीनः
स पंडितः श्रुतवान, गुणज्ञः
स एव वक्ता, स च दर्शनीयम्
सर्वे गुणाः कांचन माश्रयंति।

यानी सुभाषितकार भी इन स्थितियों से गुजर चुके थे। सबको अपने समय और स्थितियों से समझौते करने पड़ते हैं। और इसमें बुरा भी कुछ नहीं। मेधा भी तो ठीक यही कहती है।

(यानी मेधा के 'कहे' और सुभाषितों में कोई खास अन्तर नहीं।...)

हमारा नया घर

हलो माँ, पापा! सॉरी, फिर देर हो गई। असल में पिछले दिनों हमने घर बदला। (दोस्तों ने तो काफी पहले बदल लिये थे।) तो अब हमारे पास भी लाइटों के पोर्च और दूधिया रंगत वाला एक पॉश कलोनियल बँगला है। गृहप्रवेश यानी हाउसवार्मिंग पार्टी भी हो गई, मेधा के मन लायक।

इसके चारों तरफ खूब हरी घास वाला लॉन है। नीले साफ पानी वाला स्वीमिंग पूल भी। होते हैं, ऐसे बँगलों में। बैकयार्ड में बास्केट बॉल और बैडमिंटन के पोल लगे हैं। बेटू को कोचिंग के साथ-साथ घर में भी प्रैक्टिस जरूरी थी। नीचे बेसमेंट है जिसे फरनिश करा के बच्चों के लिए स्नूकर और बिलियर्ड की टेबल भी लग गई है। यहाँ बर्फीली ठंड के मौसम इतने लम्बे और सन्नाटेदार होते हैं कि बच्चों को व्यस्त रखना सबसे बड़ा चैलेंज। अभी साशा के लिए लॉन में झूले और स्लाइड भी लगवाने हैं। आसपास के सभी घरों में हैं न! और यह सब लगवाना नहीं बल्कि पाट्र्स ला-लाकर मुझे ही पूरी मजदूरी और कारपेंटरी करनी है। यहाँ चीजों से ज्यादा महँगी मजदूरी है। मैं थोड़ा सस्ता मजदूर।

सिल्वर-ग्रे ऑडी

हलो माँ, पापा! आज मेधा की नई गाड़ी आ गई। सिल्वर-ग्रे ऑडी। बहुत दिनों से मन था उसका। यहाँ छह-आठ साल से ज्यादा गाड़ियाँ नहीं रखी जातीं, वरना निकालने में हजार दिक्कतें। मेरी है न पुरानी वाली माजदा। सब लोग मजाक बनाते हैं। सड़क पर छोड़कर भाग भी नहीं सकता। फाइन कट जाएगा। सिर्फ साल्वेशन आर्मी को दान की जा सकती है।...हाँ-हाँ, मेधा खुश है। अपनी नई ऑडी में ऑफिस जाने से पहले मुझे किस करना नहीं भूलती। आज तो मुझे 'किस' करने की जल्दबाजी में थोड़ी काफी भी उसकी स्कर्ट पर छलक गई। मुझे खराब लगा।

मेधा बच्चों के लिए एक वी-मशीन भी ले आई। वी-मशीन तुम नहीं जानती होगी। समझ लो, एक वेट मशीन जैसी। उसी पर खड़े होकर सामने लगे स्क्रीन पर, हाथों में

रिमोट लिये, पैरों को कम-ज्यादा एक्सेलरेटर की तरह दबाते हुए, मेमरी में फीड किए कॉमिक के तेज रफ्तार में भागते, खाई खंदकों में गिरते-उठते एलियंस, आग-बारूद और तमाम सारे भयानक से भयानक कैरेक्टर्स वाले जीवों के साथ भिड़ते-भिड़ाते रहते हैं बच्चे। अपने स्कोर भी बनाते जाते हैं। काफी एक्साइटिंग होता है। वो जो कहते हैं—थ्रिल, आज के समय की सबसे बड़ी जरूरत। तो दोनों को अच्छा टाइम पास मिल गया। काफी एन्जॉय करते हैं। मेधा जो चाहती थी, उसमें से काफी सारी चीजें उसके पास हो गईं... ।

आगे जो चाहेगी, वह आगे की बात।

बेसमेंट में होमथियेटर

हलो माँ! इस हफ्ते हमारे बेसमेंट में 'होम थियेटर' भी हो गया। अब तुम और पापा आओगे तो आराम से घर बैठे, मनचाही मूवीज देख सकते हो। यहाँ की लाइब्रेरी में अच्छा कलेक्शन है—नई-पुरानी, हिन्दी-अंग्रेजी की तमाम सारी फिल्में। हाँ, मुझे वसु से भी बात करनी है। इस बार उसे भी आना है।

...सालों पहले के उस पासपोर्ट ऑफिसर के रूड बिहेवियर वाली बात गाँठ बाँधकर बैठ गई? अरे, ऐसे कहीं जिन्दगी चलती है? एक तरह से खुद को पनिश करना ही हुआ न!...उसके रोहित सर का चले जाना तो खैर, अच्छा ही हुआ। धीरे-धीरे अपने 'इमोशनल-इमबैलेंस' पर काबू पा लेगी। यहाँ आएगी तो जिन्दगी और चीजों को देखने का नजरिया भी बदलेगा उसका। (मेरी तरह ही) मेधा के साथ रहकर बहुत कुछ सीखेगी, जानेगी। पुराने और नये एटीकेट्स में आए फर्क भी।

अब जैसे यही कि तुम्हारी जिन्दगी का तो लगभग दो-तिहाई हिस्सा किचेन में ही बीत गया। खाना तो खाना, सुबह-शाम के नाश्ते में भी इतने आइटम्स, व्यंजनों की छौंक-बघारें कि एक पूरा दिन स्वाहा। और देखते-देखते जीवन ही। यहाँ ऐसा कोई झंझट मेधा नहीं पालती। मेधा ही क्या, दूसरे लोग भी।

किचेन की कैबिनेट्स में तरह-तरह के सीरियल और फ्रिज में दूध, जूस के कैन। बटर, चीज, जैम और मार्मलेड, ब्रेड की तमाम किस्में। लेकर खाओ—अपने समय और टेस्ट के हिसाब से। जब उठो, जब चाहो, तब। बड़े बुजुर्ग से लेकर बच्चे तक, खुद लो। कोई किसी को देता नहीं। न एक-एक को लाकर टेबल पर इकट्ठा करने की जरूरत। आज ही मेधा कब की गई अपनी कॉफी और टोस्ट लेकर। तुम कहोगी, उसे जल्दी थी तो तुम्हें उसके लिए काफी बना देनी थी न (जैसे तुम बनाया करती थीं...) या मफिन्स और ब्रेड की स्लाइस ही ग्रिल में डाल देता। (वाह! खासी अमरीकन हो गईं माँ। बेगल, मफिन्स, डोनट्स—सब याद हो गए...)। लेकिन कहा न, यह सब कब का छोड़ चुके हम। अब घर में सब अपना समय और सहूलियतें देखते हैं। जैसे मैं भी आज अपने टाइम से उठा। किचेन की कैबिनेट और फ्रिज खोलकर अन्दाजा...फ्रिज में हैशपौट्टो दिखे। समझो, 'चीज' वाले आलू चॉप। मन किया और आलस नहीं आई तो दो-तीन ग्रिल में डाल दिये। और कॉफी बना ली। तो अपनी तो दावत हो गई, नाश्ते की समझो।

और—फूलों भरी क्यारियों से सजी सिमेट्री

हाँ, माँ, एक बात कहनी है तुमसे। समझ में नहीं आ रहा, कैसे कहूँ, लेकिन कहना भी जरूरी है। वो तुमने पिछली के पिछली बार कहा था न कि लोकेन्द्र अंकल बीमार हैं। (ऐसा इंडिया में तुमने सुना है) और चाहा था कि मैं जरा एक बार उन्हें जाकर देख आऊँ।

मैंने एक-दो बार फोन किया। नहीं लगा तो बात रह गई। फिर एक दिन अचानक उनका फोन आया। पता चला, वे तो इसी शहर के सबसे बड़े ट्यूबर कोलोसिस के हॉस्पिटल में शिफ्ट कर दिये गए हैं। मेरे ऑफिस से ज्यादा दूर नहीं था। इसलिए एक दिन ऑफिस से लौटते हुए चला गया। बेहद खुश हुए मुझे देखकर। शरीर कमजोर था पर मन उत्साहित। खुशी इसलिए कि लिज यहाँ इस हॉस्पिटल में जिद कर ले आई क्योंकि एक तो न्यूहैंपशायर की तुलना में कहीं ज्यादा बेहतर अस्पताल; दूसरे, बेटी सूजी का ट्रांसफर भी यहीं हो गया है। इस तरह लिज हफ्ते के हफ्ते उन्हें विजिट कर जाया करेगी।

चलने को हुआ तो साथ-साथ अस्पताल की छठी मंजिल के कॉरीडोर तक चलते आए। अचानक नीचे ग्राउंड में हॉस्पिटल के दाईं तरफ काफी दूर तक हरे पेड़-पौधों और फूल की क्यारियों से सजा पार्क देखकर मैं ठिठका क्योंकि वह पार्क नहीं, सिमेट्री थी। अंकल अपने विशिष्ट अन्दाज में मुस्कुराए, 'देखा! आराम से, दवा खाते, थर्मामीटर लगाए-लगाए अपने लिए 'मनपसन्द जगह' चुन सकता हूँ मैं...'

कुल मिलाकर अच्छा ही साउंड कर रहे थे। कह भी रहे थे कि पहले से बेहतर हैं। बाद में कई बार प्लान किया। मैं और मेधा ऑनेस्टली जानेवाले थे ही, लेकिन उन्हीं दिनों बेटू की स्विमिंग मीट, साशा का जूनियर जिम और मेधा की टूरिंग भी...। तो बस, ऐसे ही टालता रहा। लेकिन दो-तीन हफ्ते बाद जब पहुँचे तो हॉस्पिटल की रिसेप्शनिस्ट ने बताया—'ही इज नो मोर...'

सचमुच शॉक लगा हमें। अपोलोजाइज करती सिस्टर को वह जगह भी याद थी जिसे अपनी हॉस्पिटल की बेड से देखते हुए अंकल ने अपने क्रेमेशन के लिए चुना था। हमें बताया गया, उन्होंने अपनी दफनाए जाने की ही विल लिखी थी जिससे लिज और सूजी जब चाहें, उनकी ग्रेव-विजिट कर सकें वरना भारतीय तरीके से कोई एक जगह तय नहीं हो पाती जहाँ वे दोनों आकर उन्हें याद कर सकें...।

अनायास शुरू हो जानेवाली माँ की सिंफनी

तो लोकेन्द्र नहीं रहा?...

याद आ रहा है—न्यूहैंपशायर में लोकेन्द्र के घर से वापस अपने शहर लौटते हुए, वेणु की फीरोजी टोयोटा में चुपचाप अनायास रो पड़ी थी मैं। इतनी बेआवाज कि बीचोबीच, कार-सीट से बँधे बेटू के दूसरी तरफ बैठे प्रभाकर तक न जान पाये।

हुआ कुछ भी न था, सिवा इसके कि ड्राइव करते-करते वेणु ने कार के प्लेयर में नया कैसेट लगा दिया था। नुसरत फतह अली खां की आवाज यहाँ से वहाँ लरजने लगी थी :

'ये जमी जब न थी, आसमां जब न था
चाँद सूरज न थे...ये जहाँ जब न था

राजे हक भी किसी पर अयाँ जब न था—
जब न था कुछ यहाँ, था मगर तू ही तू...'

बेटू उस समय नींद में किसी सपने के बीच मुस्कुरा रहा था और प्रभाकर खिड़की के काँच से बाहर, शकर के चूरे-सी झरती बर्फ अपलक देखे जा रहे थे—अभिभूत, मोहित, सम्मोहित। मैं प्रभाकर-सी क्यों नहीं हो पाती ? किन्हीं माता-पिता के लिए इससे ज्यादा खुशनसीब लम्हे और क्या होंगे जब सौ-सवा सौ की स्पीड से बेटे की कार में इस महादेश की चिकनी सड़कों पर हरे-भरे पहाड़, घाटियाँ, जंगल थहा रहे हों, अगली सीट पर मेधा ग्रोसरी लिस्ट बना रही हो, और पिछली उन दोनों के बीच सोया बेटू मीठे सपनों में मुस्कुरा रहा हो!

झरती बर्फ अब रुई के फाहों की तरह उड़ रही थी—अविरल और अनवरत। विंड स्क्रीन के वाइपर तेज-तेज बर्फ तराशने लगे थे। सड़क के दोनों तरफ दिखती पाइन और मेपल की टहनियाँ बर्फ के नन्हे फूलों से लद गई थीं।

मुझे बिना बात, बार-बार लोकेन्द्र और अम्मा याद आती रही थीं।

'माँऽ! थक गईं क्या?' अचानक वेणु ने हल्के से गर्दन घुमाई थी।

'न, नहीं तो!' मैं चिहुँककर गद्‌गद हो आई थी। आँसू के बहुत हल्के छींटे गालों पर छलक आए।

'ऐसा क्यों लगा तुझे?'

'ऐसे ही। सब-के-सब लोग चुप हो आए न!'

'कहीं लोकेन्द्र अंकल के पास से लौटने की वजह से तुम उदास तो नहीं ?...पापा क्या कर रहे हैं?'

'खुश-खुश बाहर का नजारा देख रहे हैं।'

'अच्छा, तब ठीक है। भूख लगी हो तो...' वेणु मेधा को इशारा करता है।

मेधा कोक के कैन और सैंडविचों के पैकेट्स पकड़ाने लगती है।

वेणु प्रभाकर को रास्तों, बस्तियों के नाम, कार की स्पीड और सड़कों पर होती पुलिस पेट्रोलिंग के बारे में बताने लगता है। प्रभाकर ध्यान से सुन, पूछ रहे हैं। अब जैसे यही कि 'यहाँ कहीं वीराने में कार खराब हो जाए, जहाँ दूर-दूर तक आदमजात का नामोनिशान नहीं, तो ?...'

'तो भी पाँच मिनट के अन्दर इमरजेंसी सहायता पहुँच जाती है। हाइवेज पर ट्रैफिक पुलिस की मुस्तैद निगरानी रहती है। कार की स्पीड भी बढ़ाना गैरकानूनी जुर्म के रूप में चुपचाप दर्ज हो जाता है।'

बर्फीली सतहों और पेड़ों की शाखों पर सूरज की सुनहरी किरणें बेहिसाब झिलमिलाने लगी थीं। बेटू नींद में कसमसाता, कार सीट की बेल्ट से बाहर आने की कोशिश कर रहा है। मैंने जल्दी से उसके गाल थपके हैं। फिर दृष्टि उसकी झिलमिलाती आँखों पर ठहरती है। बिलकुल वेणु पर गया है। वैसे ही चिकने रेशमी बाल और नीली बिल्लौरी आँखें...एकदम ऐसा ही दीखता था वेणु पूरे छत्तीस साल पहले।

मैं, जैसे बेटू को नहीं, छत्तीस साल पहले के नन्हे वेणु को थपकने लगती हूँ! रेल की लाइन के पार बसे एम.आई.जी. मकानों की तीसरी गली की पाँचवीं; आधी पलस्तर, आधी बेपलस्तर खुली ईंटों वाली, तोरई से लेकर चमेली तक की लतरों से घिरी—'गायत्री-कुटीर'।...कानों में तोरई के पीले फूलों के कनफूल और हाथों-पैरों में चमेली के कड़े, पाजेबें।

प्रभाकर की नौकरी लग गई थी तब तक। पूरब वाली कोठरी में सौर पड़ी थी। सुबह-सुबह सूर्यनारायण की पहली उजास के साथ (अम्मा जी का कहना था)...वैसे ही वेणु की पहली किलकारी गूँजी थी। बहन (विशाखा) पर जनमा भाई। रंगीन निवाड़ से बुना पालना लाए थे बाबूजी। झुलाते फिरते थे घर के सब छोटे-बड़े।

चार साल की विशाखा जब भी देखती, 'अम्मा, भैया तुल-तुल कलता है' कहती हुई तिकोनी लिये दौड़ी चली आती। वेणु सोता होता और कोई आसपास न होता तो चुपके से 'भैया राजा-दूध बताशा' गा-गाकर अपनी दादी की तरह बलैया लेने लगती। और उसी बीच सबकी नजरें बचाकर गोदी में लेने की उसकी कोशिश को लेकर सारा घर सावधान रहता। दुबली-दुबली विशाखा और गबदुल्ला-सा वेणु। उठाने भी कोशिश में दोनों के दोनों लुढ़क जाते।

उफ! अम्मा भी तो लोकेन्द्र के लिए ऐसे ही बताया करती थीं।

बेटू अब पूरी तरह जगा, कारसीट में बँधा, बिटर-बिटर ताक रहा था। मैंने झुककर उसका माथा चूमा, 'बेटू राजा, दूध बताशा!' विशाखा याद आ गई। सोचा—अच्छा, बेटू बड़ा होगा तो कहाँ होगा?...किस देश, किस दुनिया में? कुछ अता-पता नहीं न! वेणु जब बेटू जितना था तो उसे दुलारते-पुचकारते कभी सोचा था कि आज से छत्तीस सालों बाद उसकी जिन्दगी चमेली और तोरई की लतरों वाले घर से हजारों मील दूर, सात समुन्दर पार, दुनिया के इस दूसरे छोर वाले देश से बँधेगी और तब एक दिन न्यूहैंपशायर की सड़क पर ड्राइव कर रहे वेणु की जंगल बियाबानों से गुजरती कार में नुसरत फतेह अली खां का रिकॉर्ड बज रहा होगा? :

> 'ये जमीं जब न थी, आसमां जब न था,
> चाँद सूरज न थे, पर था तू ही तू, तू ही तू!'

स्नोइंग थम चुकी थी। अब सामने रास्ता साफ था—सपाट सीधी अछोर सड़क। हमेशा चलती रहनेवाली। सामने देखते हुए लग रहा था, यह कार, यह रफ्तार, यह रास्ता कभी समाप्त होनेवाला नहीं। माँ से वेणु तक जाती हुई यह यात्रा हमेशा चलती रहनेवाली है।

अच्छा! आज से बीसों साल बाद भी तो वेणु ऐसे ही, इन्हीं रास्तों से गुजर सकता है। गुजर सकता है क्या, गुजरेगा ही। आदमी जहाँ रहता है, वहीं के रास्तों से तो गुजरेगा? नहीं, ऐसा नहीं भी हो सकता। वेणु अब सलेटी क्वार्टरों वाली पतली सड़कों से कहाँ गुजर पाता है... ?

खैर, आज से बीसों साल बाद जब वेणु ऐसे ही किन्हीं रास्तों से गुजर रहा होगा तो क्या उसे माँ की याद आएगी, कि बहुत-बहुत सालों पहले वह माँ को लेकर इन्हीं रास्तों से गुजरा था? नुसरत फतह अली खां का यही रिकॉर्ड बजा था?

अचानक मैं चौंकी। वेणु ने नया कैसट लगा दिया था और अब फरीद खानम गा रही थी :

'मोहब्बत करनेवाले कम नहीं होंगे...
तेरी दुनिया में लेकिन हम न होंगे'

जीवन के इन आह्लादित क्षणों में यह कैसा उन्मादी अवसाद ?...एक हठ की तरह ही न! सोच ले गई थी मैं कि नहीं, वेणु जब भी गुजरेगा इन रास्तों से, झील, नदी, पर्वत थहाती, हवाओं की ओढ़नी ओढ़े, सूखे पत्तों-सी उड़ती माँ, इस कार में आ बैठेगी ? (वेणु! खिड़की खुली रखना...) प्रतिरोध, फरीदा खानम का, कि कैसे नहीं होंगे वेणु की महफिल में हम ? हँसी भी आई थी—हास्यास्पद! महाहास्यास्पद! बर्फीली हवाओं के बीच कार की खिड़कियाँ खुली रखी जा सकती हैं क्या भला ?

बीस साल बाद, बाजार में तब तक लाखों नये कैसेट आकर पुराने नहीं पड़ चुके होंगे क्या ? बदल नहीं गए होंगे ? कुछ और तरह के। वैसे भी अब कैसेट की जगह सी.डी. आ गई। नई धुनों के बीच, नई जिन्दगियाँ गुनगुनाएँगी। तब तो यह तय है कि 'तेरी महफिल में लेकिन हम न होंगे।...'

(जैसे आज लोकेन्द्र)

हाँ, ये घाटियाँ, ये रास्ते सब ऐसे ही रहेंगे। सिर्फ जिन्दगियाँ खत्म होती जाएँगी।

लेकिन शायद कहानियाँ बची रह जाएँगी—

लोकेन्द्र जैसी, अम्मा जैसी, या फिर मेरी जैसी भी...।

'उफ...तुम या तो बीस साल पहले होती हो, या बीस साल बाद...माँ! तुम 'आज' में कभी क्यों नहीं होने की कोशिश करतीं ? न्यूहैंपशायर अब पीछे छूट चुका है, और तुम हो कि बीसों साल बाद तक चली जा रही हो।'

तो क्या वेणु अगली सीट से सब सुन रहा था ?

याकि सभी माँएँ ऐसे ही सुना करती हैं ? ऐसे ही रोया भी करती हैं ?

जीवन की भरपूर खुशहाली में ?...

हाँ, खुशहाली और क्या होती है ?

अब इससे ज्यादा और तुम्हें क्या चाहिए ? काश, इस 'चाहिए' की कोई एक तस्वीर होती!

कौन जीता है तेरी जुल्फ के सर होने तक...

हलो माँ,

इधर फिर काफी दिन बीत गए।

तुम्हारा वेणु अब अमेरिका का ही हो गया, लगता होगा न तुम्हें ?...तुम्हें क्या, मुझे खुद भी ऐसा शक-सा होने लगा है। एक बात तो तय है कि अगले चार-छह या दस वर्षों में मैं अमेरिकन होऊँ या न होऊँ, मेरा नाम वेणु से कुछ 'बेन', 'साइमन' टाइप जरूर हो जानेवाला है।

और सच कहूँ तो रहते-रहते यह देश मुझे रास भी आने लगा है। कुल मिलाकर अच्छा नहीं तो बुरा भी नहीं।

कम-से-कम यहाँ, जो जैसा चाहता है, उसे रहने दिया जाता है। कोई किसी की जिन्दगी में अड़ंगे डालने नहीं पहुँचता। उसे अपनी दया-दृष्टि से नवाजता नहीं। तरस भी नहीं खाता। उसे उसके हाल पर जीने की छूट देता है, जबकि हिन्दुस्तान में सड़क, गली, चौराहे, फुटपाथ—हर जगह, एक दूसरे को ठेलते-धकियाते और कन्धे पे हाथ रखकर ठट्ठा मारते लोग। आप अकेले हो ही नहीं सकते। तरस जाते हैं दो घड़ी अकेले हो पाने के लिए। कभी-कभी तो अपना दुःख-सुख तक अपने ढंग से नहीं महसूस कर पाते। इतनी मुहलत भी नहीं देते हम हिन्दुस्तानी एक दूसरे को।

घर में कमरा बन्द कर बैठना चाहेंगे तो लोग खिड़कियों से झाँकेंगे, दरवाजा खटखटाएँगे—क्या बात है भाई, हमसे कहो न! हम किस दिन के लिए हैं? हमारे साथ शेयर करो। तुम्हारा अलग, अकेले का कुछ भी नहीं हो सकता इस दुनिया में।

सड़क पर चलेंगे तो हर कहीं लोगों का हुजूम साथ होगा। और कुछ नहीं तो रास्ता ही पूछने, बताने के लिए...या फिर कितना बजा है...कहीं मन्दिर की घंटी सुनाई दे जाती है, कहीं जुलूस के नारे...अखबार या आइसक्रीम, कुल्फी बेचने वाले की आवाज...और यह भी नहीं तो कार, बस, रिक्शों का हॉर्न।

लेकिन यहाँ, इस देश में कॉफी, शराब और परफ्यूम की मिली-जुली गन्ध वाले पब में, रेस्तराँ में, ट्रेन, ट्यूब, प्लेटफॉर्म या रास्तों से लेकर 'घर' तक—कहीं भी मजे से अकेले होते हैं आप।

साल के छह महीने, सारा बाहरी आलम, हाड़ कँपाती ठिठुरन में गुजारता है। एक बर्फीला सन्नाटा। गिरती बर्फ। उड़ती बर्फ। हवा के साथ तेज-तेज दौड़ती बर्फ। उसी के साथ सड़क, मैदान और विंड-स्क्रीन पर बिछी बर्फ, शॉवेल करता जंगल-घाटियों के बीच भागती कारों में दो पाए से चौपाया बना आदमी...!

घर में भी यह आदमी तरह-तरह की मशीनों से घिरा होता है। अपने यहाँ भी तो हो गई हैं। जहाँ नहीं है, वहाँ भी हो जाएँगी। भारत में लोग मुझसे अक्सर पूछते थे, एक सामान्य मध्यवर्गीय के पास क्या सुविधाएँ होती हैं अमेरिका में?...वाशिंग मशीन तो खैर, हम लोगों के पास भी है। मिक्सी भी है हर घर में, कि हम सिलबट्टे पर पिसी सही मायने में चाटी जा सकने वाली चटनियों का स्वाद ही भूल गए। साउथ वाले जरूर अपनी इडली का गोल पत्थर और गुजराती लोग खरल-बट्टा सँभाले हैं। बंगाली भी तो अपनी माछ काटने की हंसिया...खैर, यह कोई फख्र करने या अधुनिकता के बीच होड़ा-होड़ी जैसी बात नहीं। देर-सबेर मशीनों की दखलअन्दाजी बढ़नी ही है आदमी के जीवन में...लेकिन चिन्ता का विषय यह कि बढ़ते हुए यंत्र आदमी को और-और ज्यादा अकेला क्यों करते जा रहे हैं?...बढ़ती मशीनों की वजह से तो और ज्यादा समय मिलना था। ज्यादा समय, ज्यादा निकटता ले आता, ऐसा नहीं हो सकता था क्या?

लेकिन बचे समय को हम आदमियों ने ही रेस के घोड़े-सा दौड़ा दिया न!

चारों तरफ गिरती बर्फ के बीच इस आदमी की दिनचर्या की शुरुआत कुछ यों होती है कि उठने के साथ ही मुँह धो, कहीं-कहीं टूथ ब्रश भी पॉकेट के हवाले कर, फ्रिज में

ठुँसे आधे खाली, आधे भरे कैनों, डिब्बों में से बेक्ड, बीन्स, एग-सैन्डविचेज जैसा कुछ भी टिफिन बॉक्स में डाल, शाम या गई रात तक के लिए बस, ट्यूब, सबवे, (लोकल) या अपनी कार से निकल पड़ता है। कोई दौड़कर उसे गर्म पराँठे और सब्जी का टिफिन पकड़ाने वाला नहीं होता...(अपने यहाँ भी तो अब काफी कुछ यही)

देर शाम या गई रात लौटने पर, 'क्लॉजेट' में जूते रख, जैकेट टाँग, जब वह घर की ओर देखता है तो टेबल पर बिस्कुट के चूरे वाली प्लेटें, कॉफी के दाग वाला मग, गैस स्टोव पर जूठे सॉसपैन, सिंक में दो-तीन दिनों के गन्ध मारते बर्तन और वाशिंग-मशीन—अपने अन्दर धुल गए कपड़ों को निकाले जाने का इन्तजार करती मिलती है।

फ्रिज के ऊपर और किनारे, बियर और कोक के खाली-भरे कैन्स बोतलों के ढेर से गुजरता वह बेडरूम में पहुँचता है और मुसी हुई बेड पर अपने निकाले कपड़े डाल देता है। लम्हे भर को उसके अन्दर इस घर (?) को तरतीब देने की मंशा जगती है। लेकिन फिर तुरन्त थकान की लस्ती से उकताया, यह आदमी आइस-क्यूब से ठंडी, अपनी मनपसन्द ड्रिंक्स लेकर काउच पर पसरकर टेलीविजन का स्विच ऑन कर देता है। हाँ, एक बात बताना भूल ही गया। टेलीविजन पर इन लोगों का सबसे अनिवार्य कार्यक्रम रात सोने से पहले और सुबह उठने के बाद 'वेदर-फॉरकास्ट' सुनना होता है। बाकी की दुनिया से वह लगभग तटस्थ रहता है। बटन दबते ही टी.वी. स्क्रीन बदहवास रंगों और शोर-शराबों से भरा चकाचौंध ग्लैमर फ्लैश करने लगता है और आदमी गिलास में डले आइस-क्यूब वाली ड्रिंक्स के सहारे थकान उतारता वहीं ढेर हो जाता है।

नींद खुलने और भूख लगने पर वह पहले फ्रिज खोलता जाँचता है, फिर कुछ अंडे, मीट, ब्रेड, मक्खन, चीज और सूप निकालता है। अंडे फोड़ते हुए उसकी नजर खिड़की से बाहर जाती है तो उसे काला आसमान और बर्फीली सतह के बीच चमकता चाँद, पैन में फ्राई होते अंडे से ज्यादा कुछ नहीं लगता। वह बुदबुदाकर हँसता है और फ्राइ पैन में पड़ा अंडा उलटने लगता है। बेड की ओर जाते हुए एक बार वह अपनी पिछले हफ्ते फोन कर बुलाई साथिन को सोचकर मुस्कुराता है और मोबाइल पर उसका नम्बर घुमाने लगता है।

इस तरह अपनी 'स्पेस' और शर्तों के साथ जीने वाले आदमी की दिनचर्या का एक और दिन खत्म होता है।

'सब आदमी ऐसे नहीं होते।' मेधा खीझकर कहती है।

मेधा ठीक कहती है। कुछ ऐसे भी होते हैं जिनके घर में चीजें सलीके से रखी होती हैं। शायद यह सलीका ही उनकी जिन्दगी की शर्तें होती हैं। वे सफाई-पसन्द होते हैं। उनके काउंटर पर खाई गई चीजों के चूरे नहीं या कम होते हैं। प्याले-प्लेटें भी कम गन्दी होती हैं। वे वापस घर लौटने पर अपने जूते, जैकेट टाँग फटाफट कॉफी का पानी चढ़ा देते हैं। जितना बन पड़ता है, सुबह का छोड़ा गन्दा किचेन, सिंक, डिश वाशर, धुले-गैरधुले कपड़ों को तरतीब देते हैं। फिर मनपसन्द ड्रिंक्स के साथ अपने लैपटॉप पर अगले हफ्ते के अपॉइंटमेंट्स, बिल्स, कॉल्स, इमेल चेक करते हैं। तलाकशुदा या अलग हुई पत्नी से उसके पास रह रहे अपने बच्चों के साथ अपने अपॉइंटमेंट डिस्कस करते हैं। फिर अपनी नई गर्लफ्रेंड के साथ वीकेंड के कार्यक्रम करते हैं तथा उसके बच्चों के बारे में औपचारिक और आवश्यक जानकारी लेते हैं।

पिकनिक, आउटिंग, सिनेमा, थियेटर, टूरिस्ट स्पॉट या मॉल्स, कहीं भी दिख जाएगा—यह आदमी। कानों में इयरफोन, मुँह में चॉकलेट या चुइंगम, होंठों से लगा कोक या कॉफी का मग—हाथों में पॉपकॉर्न या चीज क्रंच के पैकेट्स भी हो सकते हैं, और अपंगों वाली ट्रॉली की स्टीयरिंग भी,...जिसे घुमाता मॉल या स्टोरों में वह ग्रोसरी और अपनी जरूरत के दूसरे पैकेट्स डालने के बाद, बाहर अपंगों और बूढ़ों, सीनियर-सिटिजंस के लिए चलनेवाली बसों का इन्तजार करता है। वह रिरियाता, बिसूरता नहीं। न किसी के सामने हाथ फैलाता या मदद ही माँगता है। पच्चीस का हो या पचासी का—अपनी मर्जी से जीता-मरता है अदम्य जिजीविषा का स्वामी यह आदमी।

यह आदमी, ये औरतें, ये लोग अपने बच्चों के पास नहीं रहते। उन्हें उनका जीवन निर्द्वंद्व जीने देते हैं। शिकवे-शिकायतें भी नहीं। (क्योंकि सभी को अपनी शर्तों पर जीना है।) बच्चों पर भार होना उनकी खुद्दारी गँवारा नहीं करती। दूसरे, बच्चों को ही नहीं, खुद उन्हें भी तो अपने लिए 'स्पेस' चाहिए होता है।

जिन्दा रहते हुए ही नहीं, मरने के बाद की अपनी 'स्पेस' का इन्तजाम भी ज्यादातर लोग मरने से पहले ही कर चुके होते हैं कि कौन-सा 'पीस-होम' या किस डिजाइन और क्वालिटी का कॉफिन और कौन-सा ग्रेवयार्ड पसन्द करेंगे वे अपने लिए! (क्या तो प्लानिंग और क्या दूरदर्शिता...!) 'अर्ट बुख वर्ट' की पुस्तक 'टू अर्ली टू से गुड बाय' याद आ गई, जिसमें सदी के अपनी तरह के इस अनोखे व्यंग्यकार ने सिर्फ कुछ हफ्तों-दिनों बाद होनेवाली अपनी सुनिश्चित मृत्यु से पहले अपने अन्तिम संस्कार से जुड़े बाकी सामान तो डिस्काउंट और सेल वाले फ्यूनरल स्टोर से ऑर्डर किए ही थे, अपनी कंडोलेंस मीटिंग मेमोरियल-सेलीब्रेशन के लिए अलग-अलग लोगों की तरफ से कंडोलेंस स्पीच तक लिख डाली थीं, जो आधुनिक अमेरिकी समाज और जीवन-शैली के विद्रूप पर एक गुलेल से जाने कितने निशाने साधती है। एक से एक मजेदार निर्देशों की एक पूरी तालिका इस तरह है :

एक—मेमोरियल सर्विस के हॉल के दरवाजे पर ही सभी के लिए अपनी घड़ियाँ उतार देना अनिवार्य होगा। (जिससे वे अपनी अतिव्यस्तता दिखाते हुए कंडोलेंस के चलते, बार-बार अपनी घड़ियों की ओर देखने की बहूदी हरकत न करें)।

दो—सिर्फ वे ही लोग बोलने के लिए बुलाए जाएँ, जो 'अर्ट' के बारे में कुछ बोलना चाहते हों, अर्ट के साथ जुड़े सम्बन्धों से जोड़कर सिर्फ अपने बारे में नहीं।

तीन—भूल से भी कोई पोलिटिकल पार्टी का नेता नहीं आना चाहिए, नहीं तो लोग सोचेंगे—यह एक 'बिके हुए लेखक' की मेमोरियल सर्विस है।

अपनी मृत्यु के बाद की अपनी शानदार मेमोरियल सर्विस की कल्पना अर्ट की शगल थी। अपनी 'एशेज' के लिए 'अर्न' की कीमत पाँच सौ डॉलर्स से चार हजार डॉलरों के बीच कहीं ठहरती है।

बेशक 'अर्ट' तो सुनिश्चित व्यंग्यकार स्तम्भकार थे लेकिन उनके व्यंग्य मात्र काल्पनिक नहीं हैं। वे अमेरिकी नहीं बल्कि विश्व के आधुनिक समाज का आदमकद आइना हैं। और मैं तो 'अर्ट' का फैन ठहरा ही।

लेकिन इन्हीं सारी विद्रूपताओं के बीच आम अमेरिकी भी 'फन' और 'एनजॉयमेंट' के सहारे जिन्दगी बसर कर ले जाता है।

इनमें वे लोग भी हैं जो किन्हीं कारणों से, किन्हीं क्षणों में, अकेले रहना शुरू कर देते हैं और रहते चले जाते हैं। शुरुआत किसी तरह के बन्धन या दायित्व की जकड़न से मुक्त, सम्पूर्ण स्वाधीनता के साथ जीने की चाहत से होती है। उन्हें लगता है, उनका मनचाहा जीवन इसी उनमुक्तता में मिलेगा। मनमर्जी खाने, पहनने और मनचाहा कर पाने की आजादी से ज्यादा कीमती जीवन दूसरा नहीं। किसी अन्य के मन या मर्जी का हस्तक्षेप नहीं। उनके जीवन पर उनका ही हक होना चाहिए। तरतीबी या बेतरतीबी, अपनी जिन्दगी को वे अपनी मनमर्जी का शेप देंगे और यह जीवन बँधी-बँधाई लीक पर जीते चले जानेवाले फालतू किस्म के लोगों की तुलना में कहीं ज्यादा विशिष्ट होगा। सचमुच ताउम्र, डंके की चोट पर, अपनी मर्जी से जीते जाते हैं वे लोग...।

बस, कभी-कभी साइकाट्रिस्ट से सलाहें लेनी पड़ जाती है कि डॉक्टर उन्हें मानसिक रूप से डिसएबिलिटी का सर्टिफिकेट दे देता तो वे आराम से कुछ दिन हॉस्पिटल में गुजार पाते। अब सालों अकेले रहते-रहते (क्योंकि दूसरों का साथ होगा तो उसकी भी मर्जी देखनी ही होगी) डिप्रेशन वगैरह हो ही गया तो कौन-सा पहाड़ टूट पड़ा? हॉस्पिटल्स, क्लीनिक, डोल, सोशल केयर सब हैं न!...(जबकि इंडिया में तो आदमी का सबसे बड़ा सहारा आदमी ही...) इस सारी 'केयर' के बावजूद यदि दस-पन्द्रह-बीस प्रतिशत लोग पूरी तरह खब्त हो भी जाते हैं तो क्या? साथ-साथ रहनेवालों की तरह एक-दूसरे की जान का बवाल तो नहीं बनते!

कुल मिलाकर सिर्फ एक 'मानसिक-डिसएबिलिटी' वाले सर्टिफिकेट के जुगाड़ का सवाल रहता है। कुछ दिन ऐश कर लें—जूठे बर्तनों, दाग लगे सिंक और उस मुसमुसी बेड वाले घर से निजात मिले, बस। ठीक है, हॉस्पिटल से लौटने के बाद भी तो उसी घर-चीजों का सामना करना पड़ेगा, लेकिन तब की तब देखी जाएगी—कौन जीता है तेरी जुल्फ के सर होने तक... ?

'लेट्स नॉट बी इमोशनल फूल'

फोन मेरे हाथों में था और माँ के कहे शब्द मेरे कानों में घन्न-घन्न बज रहे थे—एक दहशत-सी हावी थी मुझ पर—बादलों के बीच चिलकारती बिजली की तरह।

मैं शंकित दृष्टि से गर्दन उठा, एकाध बार देख ले रहा था—कहीं मेधा ने अन्दर जाकर चुपचाप दूसरा हैंडसेट तो नहीं उठा लिया? लेकिन मेधा इतनी बेवकूफ नहीं थी। उसने हमेशा अपनी चतुराई से मेरे हर शक को झूठा साबित कर दिखाया है।

इस समय भी वह मेरे चेहरे और शब्दों के टुकड़ों को जोड़-जोड़कर बखूबी भाँप ले रही थी। मौका पड़ने पर मुझसे ही उगलवा लेगी; या फिर अभी ही फोन पर अपनी बारी आने पर—बड़े लाड़ से माँ से खुद ही पूछ लेगी—इस तरह, जैसे उसे सब मालूम हो! यूँ ही माँ को दिलासा देने के लिए पूछ रही है, 'क्या हुआ मम्मी जी! वसु के लिए आप बता रही थीं न वेणु से? क्या करेंगी, अब समय बहुत तेजी से बदल रहा है! आप अपने समय

से कंपेयर न करें। अरे, हमारी शादी को ही दस साल होने को आए, लेकिन उस समय तक, बाप रे, हम ऐसा कुछ सोच भी नहीं सकते थे, पर अब तो यह सब हो ही रहा है...लेकिन अपने लोगों के परिवार में... ? छोड़िए, हम-आप क्या कर सकते हैं! वसु है भी शुरू से थोड़ी हठी, जिद्दी—सबकी लाडली-दुलारी, तो कभी-कभी इस तरह की लड़कियाँ अपनी ज़िद, नासमझी पर उतारू हो ही जाती हैं। क्या करें माँ-बाप बेचारे... ? (लोग अमेरिका को झूठ ही बदनाम करते हैं।) फिर भी आप चिन्ता न करें, मैं बात करूँगी वसु से...'

मेधा बहुत ज्यादा अपनत्व से बातें कर रही थी, जैसे उससे ज्यादा माँ का कोई अपना है ही नहीं! वैसे भी, मेधा अपनी सुविधा और मर्जी के हिसाब से अपनेपन और बेगानेपन के बीच आराम से आवाजाही कर सकती है। एक ही व्यक्ति से अपने संवाद के एक छोर पर बेहद नरमी और दूसरे छोर पर नितांत दो-टूक होते उसे देर नहीं लगती।

लेकिन यह वसु को हुआ क्या ?...किससे किसका प्रतिशोध ले रही है इस तरह ? रोहित सर के सपरिवार विजिटिंग प्रोफेसर के रूप में पोर्ट-ऑफ-स्पेन चले जाने के बाद सब कुछ सामान्य, शान्त ही चल रहा था। वसु खुद भी अपने क्लासेस से लेकर कोचिंग, ट्यूशन और रंगायतन के कार्यक्रमों में जरूरत से ज्यादा व्यस्त हो गई थी। लेकिन अब यह अपने कुलीग सुहास जोशी की पत्नी की एक्सीडेंट में मृत्यु हो जाने के बाद उनकी चार साल की बच्ची को सँभालने के नाम पर उनके घर ही जाकर रहने लगने वाली बात!...जब यहाँ मुझे इतनी आपत्तिजनक लग रही है तो वहाँ माँ-पापा कैसे बरदाश्त कर पा रहे होंगे ? ऊपर से वसु का माँ को यह तर्क देना कि 'किसी दुखी व्यक्ति का दुःख बाँटने और सहारा देने की कोशिश ही तो कर रही हूँ माँ...तुम्हीं ने तो सिखाया है—दूसरों के दुःख बाँटने का सुख। एक्सीडेंट में अपनी माँ को खो देने के बाद प्रिया पूरी तरह शॉक में है। आसपास कोई नहीं। सुहास जोशी के माता-पिता अशक्त और बूढ़े...बहन-भाई विदेश में। मुझे पहचानती है प्रिया इसलिए सहमी-सहमी-सी चिपकी रहती है।...क्यों ?...रात में ?...रात में ही तो ज्यादा चौंकती-चिहुँकती है माँ।...क्या... ? अपने घर ? माँ तो छूटी ही उसकी, घर से भी दूर ले आऊँ ? पूरी तरह अजनबी माहौल के बीच ? बहुत दुखी लोग हैं माँ...उनके सन्नाटे को बाँटने वाला दूर-दूर तक कोई नहीं...'

माँ के कहे अनुसार, लोक-मर्यादा की दुहाई देने पर उसने कहा था, 'यह तुम्हारा कैसा समाज है माँ जिसकी मर्यादा, इज्जत, किसी का दुःख बँटाने से मिट्टी में मिली जाती है ? मेरे लिए तो सारी संहिताओं से पहले तुम आती हो। तुम बोलो, तुम्हें मुझ पर विश्वास है या नहीं ? अगर हम अपनी नजरों में सही हैं तो समाज बहुत ज्यादा दिनों तक झूठ पर टिका नहीं रह सकता—सच्चाई स्वीकार लेगा। नहीं भी समझा तो हम अपनी सच्चाइयों के साथ भी जिन्दगी बसर कर सकते हैं। ऐसे हर समाज की बेजा परवाह करना हमें धीरे-धीरे छोड़ना होगा, जो आदमी को समय से बहुत पीछे छूट गई संहिताओं के सामने घुटने टेकने के लिए मजबूर करता रहे। उसे बेवजह साँकलों में जकड़ता रहे। लोक-मर्यादाओं के नाम पर एक आदमी की दूसरे के प्रति सहानुभूति और करुणा को भी कलंक और चरित्रहीनता के फ्रेम में जकड़ दे। मेरी समझ में नहीं आता, स्त्री-पुरुष सम्बन्धों की बस एक ही स्थूल, लिजलिजी परिभाषा के सिवा दूसरे किसी सम्बन्ध की गुंजाइश क्यों नहीं बनती लोगों की नजर में ?

क्यों 'स्त्री' का अर्थ सिर्फ शरीर और सेक्स ही निकालता है यह समाज? स्त्री-पुरुष सम्बन्धों के अलग और बेहतर अर्थ और पक्ष भी तो हो सकते हैं...अपनी कहूँ तो वैसे भी जीवन का कोई अर्थ, सार्थकता तो होनी चाहिए न! मुझे चार साल की प्रिया के अबोध, सहमे चेहरे पर धीरे-धीरे खिलती हँसी बहुत अच्छी लगती है।'

माँ रोई थीं फोन पर, 'जीवन के बहुत अलग अर्थ ढूँढ़ते-ढूँढ़ते कहीं अनर्थ न हो जाए! मेरे ईश्वर, पता नहीं, यह लड़की सब तरफ से विद्रोहिणी होकर कौन-सी नायाब दुनिया रचना चाहती है वेणु? उसके तर्क इतने वायवी, सपनीले होते हैं कि व्यावहारिक जीवन का कोई तर्क उनके साथ टिकता ही नहीं। जाने क्यों अब तक मन में एक विश्वास-सा था वेणु, कि वसु कुछ भी करेगी ऊपरी तहों पर, तर्कों पर, वह अनैतिक, अतिवादी भले ही ठहरा दिया जाए पर उसकी गाँठ में कुछ मूल्यवान ही होगा, लेकिन अब? यह विश्वास भी...

'कहती है—हकीकतों ने मुझे बहुत छला है माँ। अब हम थोड़ा-सा सपनों की दुनिया में क्यों न जिएँ? उससे कहीं अच्छी ठहरी यह दुनिया माँ!...यहाँ यह वेणु दादा है, पहले वाला...मेरी दोनों चोटियाँ खींचकर रुलाने वाला...यह मेधा भाभी है—वाग्दान की रस्म पर जरी-किरन लगी ओढ़नी में किशमिश बाँध, बादाम भरी तश्तरियाँ हमारे हाथों में सौंपती...सी-सी करती हुई मेरे और वृन्दा के साथ गोपीचन्द की दुकान की खटमीठी चटनियों वाली आलू-टिक्की खाती...यह सब तो हकीकत ही थी...अब इन्हें सपनों वाले खाने में डाल देते हैं...'

अचानक माँ फोन पर कह पड़ी थीं, 'मेरा मन कहता है वेणु, काश, इस समय तू वसु के पास होता, तो...' आधे पर वाक्य छूट गया था उनका। आजकल अपनी बातें कहने से बहुत कतराने लगी थीं वह। लगता है, कहने से ज्यादा छोड़ती जा रही हैं। फिर भी यह माँ क्या मुझे सिर्फ वसु के लिए बुला रही हैं? शायद वसु से ज्यादा खुद उन्हें मेरी जरूरत है।

तो, कौन-सा मुश्किल है!

क्यों नहीं पहुँच सकता मैं?

जरूरत क्या उखड़े पलस्तरों के मरम्मत करवाने वाली ही होती है?...देखता हूँ।

रात मेधा ने भाँपा। तत्परता से पूछा।

(फर्ज निभाने में वह कभी कोताही नहीं बरतती।)

मैं बताता गया।

बताकर हल्का महसूस किया।

मेधा भी बड़े ध्यान से सुन रही थी। उसके चेहरे पर जरा भी कटाक्ष, रुक्षता या उपहास का आभास नहीं था। मुझे अच्छा लगा।

मेरे बालों में हाथ फेरती मेधा मुझे बच्चों की तरह समझाती जा रही थी, 'तुम जाओ, अवश्य जाओ।...तुम्हारा घर है, तुम्हारे लोग। वक्त-जरूरत पर तुम नहीं पहुँचोगे तो कौन जाएगा?...लेकिन आदमी को किसी डिसीजन पर पहुँचने से पहले उसके हर पहलू पर सोच लेना चाहिए।...यह कोई पैसे-दो पैसे या हजार-दो हजार की बात नहीं। लाखों का सवाल है। और लाख की भी बात नहीं, अगर सचमुच वहाँ पहुँचकर तुम उनकी समस्या का समाधान

कर सको—कोई हल सुधार सको। सिर्फ हर छोटी-बड़ी भावनात्मक जरूरतों की पूर्ति के लिए पहुँच जाना भर मेरी समझ से बाहर की बात है। इस समस्या का भावनात्मक से ज्यादा परेशान करनेवाला पक्ष उसका सामाजिक पहलू है...और उसे तो ठीक सामने पहुँचकर, आमने-सामने से ज्यादा, फोन पर समझा-सुलझा सकते हो।...बल्कि आमने-सामने तो दोनों के लिए एम्बैरेसिंग होगा।

'वसु कोई आज की जिद्दी है ? और यह कोई झगड़े-फसाद का मामला है, जो तुम चार-छह घंटे या दिनों में निपटाकर चले आओगे ? ऐसे इमोशनल मामलों में डाँट-डपट नहीं चला करती। थोड़ा समय भी देना चाहिए न उसे... । अड़ोस-पड़ोस तक भी खबर हुई ही होगी। इस तरह तुम्हारे अचानक पहुँच जाने का न जाने क्या-क्या अर्थ लगाएँगे लोग !'

लाख कोशिशों के बावजूद, लगातार तर्क में मेधा से हारता चला गया मैं। हैरान हूँ अपने-आप पर। कारण ? अकेजन ? मतलब ?...वही तो जब दूसरा बहुत चाहता हो, हमें अपने पास...लेकिन मेधा कह रही है—'लेट्स बी लॉजिकल, लेट्स नॉट बी इमोशनलफुल... हमें वाजिब कारण तलाशने चाहिए जीवन में...'

ओह! वसु भी यह क्या कर बैठी ?...पहले कहाँ ऐसी बहकी बातें करती थी ? तब भी नहीं, जब यूनिवर्सिटी इग्जाम में खुलेआम, आँखों में धूल झोंककर मैनेजमेंट ने मुग्धा नाइक को म्यूजिक में आगे निकाल देने की धाँधली की थी...वसु ने साफ-साफ सुना था बाहर से, प्रैक्टिकल इग्जाम में मुग्धा को अपना च्वॉयस—राग 'जय जयवंती' गाते हुए। एक नहीं, दो-दो बार 'तार धैवत' और 'निषाद' की बेसुरी फिसलन पर बाहर के सभी सुननेवाले एक साथ चौंक गए थे...संगीत के सर्वोपरि पायदान पर अक्षम्य भूल, गलती...जबकि वसु के 'अहीर भैरव' की तान और मुरकियों पर दीवारें तक झूम उठी थीं... ।

वसु को लगा था, इसे कहते हैं ईश्वरीय न्याय। होम इग्जाम्स में हमेशा मुग्धा का रास्ता साफ करने का पक्षपात करनेवाले शिवशंकर महाराज को अब शायद हथियार डाल देने होंगे। वसु का गाया 'अहीर भैरव' एक चमत्कार था—मुग्धा की बेसुरी तान ईश्वरीय न्याय। दुनिया से ईश्वर-तत्त्वों का पहरा अभी उठा नहीं है।

लेकिन ईश्वरीय तत्त्व शिवशंकर महाराज के बखेड़ों में नहीं पड़े; या उन्होंने 'ईश्वर' को इस सबसे दूर ही रखा। अतिथि परीक्षक ने शिवशंकर महाराज की बात मान ली। बेसुरा 'तार धैवत' और 'निषाद' प्रकरण में दीवारों को गूँगी घोषित कर, मुग्धा के लिए राजमार्ग प्रशस्त कर दिया गया।

यह वही राजमार्ग था जिससे मुग्धा नाइक की बी.एम.डब्ल्यू., शिवशंकर महाराज को पहुँचाती, ले आती थी—उसके पिता के उसी सांस्कृतिक संरचनालय से, जहाँ से पद्मश्री के लिए शिवशंकर महाराज के नाम की संस्तुति भेजी जाती है।

दो वर्ष पहले, संस्कृति-संवर्द्धन वाले डेलीगेशन की अन्तिम लिस्ट से भी तो वसुधा का नाम फाइनल लिस्ट की सूची से कटा हुआ था जबकि उसने पूरे उछाह से तैयारियाँ पूरी कर ली थीं। वहाँ गाए जानेवाले राग 'मालकौंस' की बंदिश में दो नई तानें भी जोड़ी थीं।

तो, यह हमेशा होता आया है। मधुकर चड्ढा आगे, वसुधा शुक्ला पीछे। सुभाष सम्पत आगे, वसुधा शुक्ला पीछे। मुग्धा नाइक आगे, वसुधा शुक्ला बहुत पीछे। नहीं भाई, ईश्वरीय

तत्त्व बहुत ऊपर की चीजें हैं। वे इन झंझटों से दूर ही रहें, वही अच्छा है या कि जैसा धार्मिक प्रवचनों में समझाया जाता है न कि इस लोक की हार-जीत या सफलता-असफलता को ईश्वर के न्याय-अन्याय से जोड़ना ही नहीं। इसके रहस्य गहरे होते हैं। यानी 'ईश्वर तत्त्व हार गए' कहना ठीक नहीं। कहना चाहिए कि 'गिरते हैं शह-सवार ही मैदाने-जंग में...' (कुछ सवार गिराने के लिए ही मैदाने-जंग में लाए जाते हैं क्या ?) या फिर असफलता तराशती है आदमी को। सोना तपकर ही खरा होता है। सो तमाम सारे शब्द हैं, इनसे उबरने के लिए...।

लेकिन वसु को मेरी जरूरत है। माँ की भी ऐसी किसी जरूरत पर मैं उनके पास नहीं पहुँच पाया। हमेशा ठोस जरूरतों, घटनाओं और अवसरों का इन्तजार करता रहा। बड़ा अवसर, जैसे...जैसे किसी की मौत, किसी की शादी...वसु की शादी पर पहुँचने का प्लान था ही...लेकिन हुई ही नहीं...तो क्या करता पहुँचकर ? उसके रूप, गुण, शील, स्वभाव पर मुग्ध होने, कुंडली मिलने और 'राग भैरवी' के भजन की बंदिश पर पूरी तरह मुग्ध होने के बाद भी कानपुर के कनौजिया ब्राह्मणों का परिवार, पापा द्वारा प्रस्तावित दस लाख को डबल करने पर ही अड़ा रहा तो स्कूल-कॉलेज में खेले गए नाटकों की तरह ही वसु ने उस कुटुम्ब के 'सुयोग्य सुपुत्र' को पत्र लिखकर जैसे क्लाइमेक्स पर ही पटाक्षेप कर दिया।

माँ-पापा एक तरफ जितने गर्वित थे, उतने ही चिंतित भी। 'बात फैलेगी तो लोग अपनी-अपनी तरह से सोचेंगे, अर्थ लगाएँगे, लेकिन अब इतना अच्छा (?) दूसरा रिश्ता मिलना मुश्किल है। तू तो दूर है बेटे! और पापा से उतनी दौड़-धूप होती नहीं। बायाँ पैर हमेशा टीसता है। हर पार्टी पहले तुझसे ही बात करना चाहती है।'

(और यहीं पर वसु सख्ती से रोक देती है कि नहीं, दादा से क्यों बात करनी किसी को ?...मेरे पिता पूरे होशो-हवास में मौजूद हैं। दादा पर एक डॉलर का भी बोझ नहीं डालना है। उनके अपने खर्च हैं, अपनी जिन्दगी।)

फोन पर यह सब सुनकर मेधा बहुत खुश हुई थी। उसकी नजरों में वसु बेहद समझदार और जहीन प्रमाणित हो गई थी। स्वाभिमानी और साहसी भी। जो वसु थी भी। टूटी थी वह माँ-पापा की निरीहता देखकर, और कनौजिया ब्राह्मण-पुत्र की भीरुता पर..। अवचेतन में, शायद कहीं सोचती रही थी वसु कि उससे मिलते रहने के इतने दिनों में, कई-कई बार पूरी शालीनता और सौजन्य से उसका विश्वास जीतने के बाद, वसु को दिये भरोसे की रक्षा उस कुटुम्ब का 'बेटा' करेगा जरूर। विश्वास टूटने नहीं देगा उसका। वह भी न सही तो अपना पक्ष रखकर, वसु से क्षमा-याचना ही करेगा...या फिर अपने-आपको निर्बल, कायर ही कहकर वसु की दुनिया से 'गुड बाय' कर लेगा...लेकिन ऐसा कुछ भी नहीं हुआ था—सिवा इसके कि वसु के साथ-साथ समूचे घर को एक सन्नाटा आहिस्ते-आहिस्ते डँसता चला गया था। किसी के पास बताने, कहने के लिए कुछ था ही नहीं। माँ तब भी एकाध बार धीमे से कह गई थीं :

'वेणु!...सोचती हूँ बेटे, तू होता तो शायद वसु...लेकिन रहने दे...मन का क्या है!'

मेधा ने तब भी समझाया था, 'सोच लो, अगर हर ऐसे भावुक आवेग पर (छह महीने में तीन बार) तुम इंडिया पहुँच जाने का इरादा बनाने लगे न, तो अगले छह महीने में किए जानेवाले सारे कामों का बजट पूरे डेढ़ साल आगे खिसक जाएगा। बेटू को इस टर्म से हम

वापस कॉन्वेंट स्कूल में डालने वाले हैं और अपनी खटारा माजदा इस साल नहीं निकली तो अगला विंटर नहीं निकाल पाओगे। तुम्हारी यह कार स्क्रैप में भी नहीं जानेवाली...और यह सब छोड़ भी दो तो भी बी-प्रैक्टिकल—वसु की शादी पड़ी होती तो सारे कामों को रोककर मैं जाने को कहती लेकिन अब जब शादी ही नहीं हो रही और वसु खुद ही नहीं चाहती—तब तुम्हारे जाने का मकसद?'

ठीक ही तो कह रही है मेधा।

और...नहीं गया मैं!

टीना की शादी

आज टीना की शादी थी।

पिछले हफ्ते ही कार्ड मिला था चन्द्रा अंकल का—'टीना वेड्स टॉम'। चौंके थे हम दोनों। फिर सोचा—यह कोई लेटेस्ट ट्रेंड होगा, और क्या!...विवाह के इन्विटेशन पर पेट नेम, हमारी ही आँखों में, 'तुहिन' कहने से 'टीना' आएगी क्या? ज्यादा नजदीकियाँ, ज्यादा प्यार दिखाने का चलन...!

'लेकिन यह 'टॉम' कहाँ से ले आई टीना?' मेधा की दोनों भौंहें सिकुड़कर जुड़ गईं, 'सारी दुनिया में एक से एक पैसे वाले रिश्तेदार हैं चन्द्राज के। उनके लिए दमदार 'पैकेजेज' वाले हाई क्लास 'एलाइंसेस' की कहीं कमी है जो 'टॉम' से टिक गई टीना?'

मेधा ने तो सारा दोष सीधे-सीधे आंटी-अंकल की दी हुई छूट पर ही मढ़ दिया। अन्तर्मन तो मेरा भी वही कह रहा था लेकिन मेरे अन्दर तो अपनी सोच और नजरिये से बाहर आने की बदलते समय, ट्रेंड और खुली दृष्टि अपनाने की कवायद चलती रहती है न, तो बिना अवसर चूके ताबड़तोड़ समझाना शुरू कर दिया कि 'कितना भी आधुनिक होने का दम करें हम, लेकिन अभी भी सदियों पहले के उन्हीं सँकरी क्षुद्रताओं से जुड़े हैं। क्या हुआ जो लड़का अमेरिकन या स्पेनिश या यूरोपियन या ऐसा ही कुछ हो गया? पूरा नाम थॉमसन होगा। ज्यादा करके पहले का फ्रेंड ही होगा। अब हो रही है शादी तो हमें अपने अन्दर वाली ये फितूरें, सात तहों में छुपाकर, अंकल-आंटी को पूरे मन से कांग्रैट्स करना चाहिए।'

मेधा ने भी स्वीकारा। वैसे भी एक-सी जमीन-आसमान के नीचे रहते, एक-सी समस्याओं से जूझते, हम दोनों काफी कुछ सहमत होने लगे थे। जैसे लगातार टकराती रोड़ियाँ घिसते-घिसते चिकनी हो जाती हैं, वैसे ही कुछ लाचारियाँ धीमे-धीमे आम सहमतियों में बदल जाती हैं।

फोन किया। अंकल खुश हुए। मेधा को लेकर आने की ताकीद भी की। इन दिनों उनकी कितनी व्यस्तताएँ होंगी, हम समझ सकते थे। आंटी से बातें न कर पाने की भी यही वजह रही होगी।

लेकिन शादी के आल्टर पर, खूब गहरे रंग और कड़े घुँघराले बालों वाले हट्टे-कट्टे 'टॉम' को देखकर हम सन्न रह गए। विस्मित-विमूढ़! अपने लिए नियत की हुई सीटों पर जड़वत्, सामने आल्टर पर, अंकल को बाइबल के टेस्टामेंट के साथ टीना का हाथ टॉम को सौंपते हुए देख रहे थे हम। दोनों को एक साथ यूनिटी कैंडिल जलाते हुए सामने देखते हुए भी

विश्वास नहीं कर पा रहे थे। हमारे लिए कुछ भी अजाना नहीं था लेकिन हम लगातार दिमाग पर चाबुक चलाने के साथ भी कहीं रास्ता पकड़ नहीं पा रहे थे। उल्टे-सीधे लिबास वाली, बेडौल लगती टीना, ब्राइडल गाउन में आज हमेशा से कहीं ज्यादा प्यारी और सलोनी लग रही थी। काफी कुछ शोभा आंटी जैसी। शायद इसीलिए हम अपने-आपको समझा नहीं पा रहे थे।

खैर, शादी हुई और फूलों भरी गाड़ी में हाथ हिलाती टीना टॉम के साथ चली गई।

हम जान-बूझकर रुके रह गए।

'आओ, बैठो।'

अंकल-आंटी हारे हुए योद्धा-से हमारे सामने बैठे थे।

'बताओ, हमें खुश होना चाहिए या दुखी? सच तो यह है कि अपने सारे सुख-दुखों से अलग, हम जैसे खाली हो गए हैं, छूछे-से...।

'इतने सालों यहाँ रहने के बाद भी हम इसे क्यों नहीं बर्दाश्त कर पा रहे हैं, हम खुद नहीं समझ पा रहे...'

मेधा चुप थी। उस चुप्पी में उसकी पूरी स्वीकारोक्ति और अंकल-आंटी के प्रति सहमति, सहानुभूति शामिल थी, जबकि मैं अपने अन्दर बेचैन हाथ-पाँव मारे जा रहा था—अंकल-आंटी को इस डूब से बचाने के लिए।

तभी मेधा जैसे फैल गए मौन को तोड़ने के लिए आंटी से बोल गई, 'समझाने की कोशिश नहीं की आपने टीना को...?'

शादी के बाद फूलों-भरी गाड़ी में अभी-अभी विदा हुई टीना को समझाने वाली बात जरा अटपटी लगी बल्कि बेतुकी। आंटी भी, इस सवाल का बुरा न मानते हुए अनमनी हो आईं तो मैं बीचोबीच कूद पड़ा :

'डोंट बी सिली मेधा! समझाना क्या था भला और क्यों? और आपसे पूछता हूँ अंकल, आंटी! टीना ने टॉम से शादी कर ली तो ऐसा कौन-सा पहाड़ टूट पड़ा? शायद टॉम व्हाइट स्किन होता तो आपको उतना बुरा नहीं लगता न! अब यह सरासर हमारे अन्दर गहराई से पैठा रेसिस्म नहीं तो और क्या है? ऐसे ही ये अमेरिकन, यूरोपियन और अंग्रेज भी सोचते होंगे न, जब कोई हिन्दुस्तानी लड़की या लड़का उस परिवार में शादी करता होगा? कुछ कम फर्क नहीं होता एक हिन्दुस्तानी और अंग्रेज के काले-गोरे के वर्ण में।'

सुनते-सुनते आंटी से अनायास बुलवा गई, 'आखिर हम अपने-आपको कितना बदल सकते हैं?...सब कुछ सिर्फ तर्क के जोर से तो सही-गलत नहीं ठहराया जा सकता न!'

'क्यों नहीं हो सकता आंटी? कोशिश करिए, बार-बार ठकठकाइए अपनी जड़, कंडीशंड हो गए दिल-दिमागों को...। दरअसल आपके मन में जो सदियों से चली आई 'सुघड़, सलोने वर' की तस्वीर थी, हौसले थे, उनका इस तरह धुल-पुँछ जाना बर्दाश्त नहीं हो रहा आप लोगों से, बस।'

'तो, वो तो हर माँ-बाप का सपना होता है। आंटी-अंकल को कैसे दोष दिया जा सकता है?'

हे भगवान, यह मेधा क्यों बार-बार अपनी बचकानी खैरख्वाही से उनके जख्म कुरदने पर तुली हुई है...?

मैंने तत्परता से काटा उसे, 'तो इस नये देश में आने के बाद अपने सपनों की भी रिसैटिलिंग करनी होगी हम सभी को ? तुम नहीं कर रहीं क्या... ?'

लगा, मेधा ने माइंड नहीं किया, उल्टे आंटी-अंकल की मन:स्थिति के प्रति मेरे जुड़ाव से सन्तुष्ट हुई वह। मेरा तर्क भी तो इस देश, समाज के पक्ष में जा रहा था, जिसका सोते-जागते जाप किया करती है वह।

अंकल लम्हे भर को ही सही, थोड़े सँभले लगे, 'और वैसे भी, जब हमारे हाथों में कुछ है ही नहीं तो हाथ-पाँव मारने से फायदा ?'

मैं हँस दिया, 'बात आपकी बिलकुल ठीक है...फिर स्वर क्यों हताश है अंकल ? यही बात हल्के होकर कहिए। सोचिए कि आपके हाथों में जो था, उसे तो आपने क्या खूब अंजाम दिया। इस महलनुमा घर की ईंट-ईंट तो नहीं कह सकता, वुड क्राफ्ट गवाही दे रहा है उसकी। इतना बड़ा आनन्द-लोक बना दिया! कितनों की खुशियों का बसेरा, शरणस्थली! गांधी जी की आत्मकथा पढ़ी है आपने...'

'हमने तो पढ़ी है, लेकिन तुमने पढ़ी है, इस पर तो ताज्जुब है।'

अचानक आंटी वापस उसी विषदयोग में डूबती-सी बोलीं, 'जानते हो, जब ये ऑल्टर पर टीना, टॉम को सौंप रहे थे तो मैं अनायास मृत्यशैया पर पड़ी कस्तूरबा गांधी को सोच गई थी...जिनके आश्रम के दरवाजे पर उनका शराबी बेटा हरिलाल, नशे में धुत, माँ से मिलने आया था और आश्रम में शराबियों के आने पर पाबन्दी थी।'

मेधा बेवकूफों की तरह शायद चौथी बार दुहरा रही थी, 'ओह, आप इतनी परेशान थीं आंटी, तो टीना को कसकर डाँट लगानी थी न!'

मैं हुमका लेकिन मेधा ने अचानक जैसे सारा कुछ अन्दर जमा निकल जाने का रास्ता खोल दिया हो, इस तरह आंटी बोल पड़ी थीं, 'टीना सात हफ्ते की प्रिगनेंट थी...और अबॉर्शन कराने के लिए बिलकुल तैयार नहीं थी...।'

जैसे लम्हे भर में साइलेंट पिस्तौल दगी हो, सब चुप!...अचानक अंकल एकदम पक्के निश्चय के साथ सिर्फ आंटी के लिए बोले :

'टॉम अच्छा ही लड़का था न, जो शादी के लिए तैयार हो गया, वरना यहाँ भी इस तरह का कड़ा दबाव थोड़े बनाया जा सकता है किसी पर, और ऊपर से ब्लैक!...हमें कृतज्ञ होना चाहिए उसका। शायद तुम्हारा कोई इंडियन युवक तो तैयार भी न होता।...थैंक्यू बच्चो!'

मैं रास्तेभर सोचता रहा—अंकल-आंटी की बेतरह इच्छा थी न कि टीना किसी अच्छे से इंडियन लड़के से शादी करती...लेकिन टीना जैसी लड़की किसी भारतीय लड़के से एडजस्ट कर पाती क्या ?

शशांक भाई की डेट है...

'शशांक भाई की डेट है...P.C. क्या ?'

'कोर्ट में डिवोर्स की।'

'क्या बकता है ?'

'तू किस दुनिया में रहता है... ?'

'बात किसी भी दुनिया की कर लेकिन होश-हवास दुरुस्त रखकर...ऐसे मजाक अच्छे नहीं होते।'

'मजाक तू कर रहा होगा। मैं तो पक्की खबर बता रहा हूँ। (वो भी तूने पूछा तब कि आज ऑफिस क्यों नहीं जा रहा हूँ।) सारे दोस्तों को पता है, तुझे ही नहीं मालूम?'

'अगर पक्की है तो तुझे इतनी बड़ी बात को मखौल की तरह नहीं बताना चाहिए न!'

'मखौल कौन बना रहा है? मैं तो उसे लाइटली कहने की तरकीब निकाल रहा हूँ। और दूसरी बात, डिवोर्स हो भी रहा है तो ऐसा कौन-सा पहाड़ टूट पड़ा जो तेरी शक्ल पर बारह बजने लगे? पता है, आजकल मैरेज कोर्टों में कितने केसेस पेंडिंग पड़े होते हैं डिवोर्सेस के? कितना प्रेशर होता है लोगों की तरफ से जल्दी से जल्दी केस निपटाने के?'

'यानी तेरे लिए यह कोई बड़ी बात नहीं?'

'बिलकुल नहीं...। साथ नहीं निभ पा रहा तो अलग हो लिये। इट्स अ वाइज डिसीजन बिटवीन टू सेन्सिबल पर्सन।'

'नहीं, इट्स अ वेरी फॉरचुनेट डिसीजन—बहुत लकलीफदेह और शॉकिंग...और ऐसे डिसीजन जल्दबाजी में नहीं लिये जाने चाहिए।'

'तुझे कैसे मालूम कि जल्दबाजी में लिया गया निर्णय है?'

'लो, अभी शशांक की शादी को बरस ही कितने हुए?'

'तुझसे पहले हुई थी उसकी शादी।'

'फिर मजाक! तुम लोगों ने उसे समझाया नहीं? कोशिश करनी चाहिए थी न!'

'ए...ए दूध के धुले, तू अमेरिका में रहता है या पामीर के पठार पर? (उसे दुनिया की छत कहते हैं न, इसलिए।) इतना भी नहीं मालूम कि यह हजबैंड और वाइफ के बीच का मामला है? वेरी-वेरी डेलीकेट इशू! ऐसे ही एडवाइज देने नहीं पहुँचा जा सकता। मोर ओवर, दिस वाज नन ऑफ अवर बिजनेस...'

'वाह, आ गया न अपनी हिप्पोक्रेट आधुनिकता की औकात पर...! वैसे तो बड़े हिन्दुस्तानी बनते हो लेकिन जब दोस्त की जिन्दगी से जुड़ा इतना अहम मसला सामने आया तो कतराकर अमेरिका के पहलू में आ गए। दोस्त की जरूरत...'

'गधे! कह तो ऐसे रहा है, जैसे एक कटोरी शक्कर माँगने जैसी जरूरत हो यह, कि इतना भी नहीं करते बना। तू क्या समझता है, ये एक-दो दिन में लिया गया डिसीजन है? ऐसी चीजें सालोंसाल रेंगती-सी पैठती चली जाती है जीवन में। खुद उस आदमी को ही नहीं पता चल पाता कि क्या कुछ गलत या अलग होता चला जा रहा है। देखते-देखते जिन्दगी, न चाहते भी, एकदम अजीबो-गरीब मोड़ लेती चली जाती है। वह न रुक सकता है, न चल पाता है। बहुत सारी बातें तो हम जानते-समझते भी स्वीकार तक नहीं पाते। बेहद बारीक मसले हैं ये।'

'मुझे उनकी शादी याद आ रही है—दक्षा के हाथों में थमी जयमाल, शशांक का उल्लास से दमकता चेहरा! मेरी अब तक की सबसे यादगार शादी, मैस्मोराइज कर देनेवाली मेमरीज, जैसे अभी कल की बात हो!'

'वैसे तुम्हारी जानकारी के लिए बता दूँ, बात कल की नहीं है और अमेरिका में पन्द्रह-बीस साल साथ रह लेना कम नहीं हुआ करता।'

'फिर वही मजाक ?'

'मेरा कोई मजाक सच्चाई से हटकर नहीं है। न बेसिर-पैर का ही। बेशक मेरे कहने का अन्दाज जरूर जरा हटकर है। तू जरा, मेरे बोल टर्म्स हटाकर, अपने सो कॉल्ड सीरियस गेज में डालकर देख ले। सब ऑथेन्टिक सचों से जुड़े हुए हैं। लेकिन तूने तो 'डिवोर्स', 'तलाक' पर ऐसा मुँह खोल दिया, जैसे अभी सीधा सतयुग-त्रेता वाले पुष्पक विमान से उतरा हो!'

'लेकिन शादी की सप्तपदियाँ अभी भी उन्हीं त्रेता-सतयुग वाले मंत्रोच्चारों के साथ ली जाती हैं।'

'तो ? सप्तपदियाँ ले लेने से कलयुग सतयुग में बदल जाएगा ? और अमेरिका अयोध्या हो जाएगा ? अरे, अब ये सब सप्तपदी वगैरह फैशन और ग्लैमर की माँग हैं। इवेंट-मैनजमेंट का एक एडेड अट्रैक्शन, बस!

'कम्मॉन यार! ज्यादा ही उड़ा जा रहा है। इतनी आसानी से, सदियों से अपने अन्दर पैठी चीजों को, रस्म-रिवाजों से जुड़ी फीलिंग्स को फूँक मारकर उड़ाया नहीं जा सकता, समझा ?'

'मान लिया, लेकिन एक बात बता, अपने इसी अमेरिका में जहाँ तू इतने सालों से रहता है, जरा चारों तरफ देखकर बता—मैरिड, अमैरिड, डिवोर्स, सिंगल-फादर, सिंगल-मदर, स्टेप-सन, स्टेप-डॉटर, हाफ-ब्रदर, सिस्टर से क्वार्टर तक...तू बोल, इसमें जरा भी अतिशयोक्ति या झूठ है ? तेरी पिछली बॉस डबल डिवोर्सी थी और क्या शान-बान वाली जिन्दादिली से रहती थी! टाउन वाले तेरे फ्लैट का नेक्स्ट डोर नेबर अकेले तीन बच्चों के साथ रहता था। अपनी वाइफ से डिवोर्स हो चुकने के बाद। तेरी ही कुलीग नीलोफर—साढ़े तीन साल के लिव-इन-मेट के अचानक छोड़ जाने पर डिप्रेशन की गोलियाँ खा रही है कि नहीं ? और तेरा ही वो रूममेट, क्या कहते हैं, प्रशान्त, जिस लड़की के साथ रहता है, वह अपने स्टेप फादर और हाफ भाई-बहन के साथ ही तो रहती है। उसकी अपनी बहन उसके सगे पिता और स्टेप मदर के साथ रहती है न! इससे कहीं ज्यादा तू खुद जानता होगा...'

'दुनिया भर की जानना और उसे अपने एक नजदीकी दोस्त के साथ घटते देखना काफी अलग है। अमीलिया के अमेरिकन माता-पिता या मेरे पुराने फ्लैट वाले पड़ोसी हमसे बहुत अलग, दूर पड़ते हैं। हम उनसे शशांक की तरह कहाँ जुड़े थे।...हमने उनके विवाह की वरमाला नहीं बदलवाई थी। हाथों में हाथ देकर पाणिग्रहण पर संकल्पित होने और आजन्म साथ निभाने के साक्ष्य नहीं बने थे। अन्तरंग ठिठोलियाँ भी नहीं की थीं। और हम उनके बच्चों के बेबी-शॉवर में पालने लेकर भी नहीं पहुँचे थे, समझे ? दक्षा और शशांक हमारे फ्रेंड तो हैं ही, दोनों इंडियन भी हैं, अमेरिकन नहीं।'

'यही तो! यू आर सैडली मिस्टेकेन मिस्टर वेणु शुक्ला। शंशाक भले इंडियन हो, दक्षा अपने नाम को छोड़कर दो-तिहाई अमेरिकन है। उसका एक-तिहाई हिन्दुस्तानीपन भी अमेरिकी कल्चर की जूठन पर पला-बढ़ा है। शायद इसीलिए उसके पिता एक सीधा-सादा,

अमेरिका में बसने का इच्छुक, महत्त्वाकांक्षी इंडियन तलाश रहे थे और उन्हें शशांक भाई में वे सारी सम्भावनाएँ दिखीं।'

'तो?'

'तो शंशाक बेशक सीधा-सादा है लेकिन बेवकूफ नहीं। वह पालतू बनकर नहीं रह सकता।'

'फिर से क्रूड हो रहा है तू। एकदम अति पर चला जाता है। पति-पत्नी के सम्बन्धों में भला पालतू जैसी कौन-सी बात... ?'

'तू सब कुछ मुझसे ही कहलवाना चाह रहा है। अपनी अकल लगाना ही नहीं चाह रहा तो क्या करूँ मैं—ऐं?...सच-सच बता, तुझे नहीं पता कि शशांक भी तेरी-मेरी तरह रेसेशन के मुश्किल दिनों में 'पिंक-स्लिपों' का शिकार रहा है? तूने तो फिर भी मेधा की बात मानकर अक्लमन्दी की, लेकिन शशांक...'

'लेकिन शशांक जैसों का रेसेशन से क्या फर्क पड़ सकता है यार!...उसका फादर-इन-लॉ तो मेरे-तुम्हारे जैसे दसियों को एम्प्लॉय कर सकता है...'

'लेकिन शशांक उनका एम्प्लॉई बनकर नहीं रहना चाहता न! सीधे-सीधे कहें तो अपनी ससुराल के पैसों पर नहीं सरवाइव करना चाहता—वह अपनी जिन्दगी अपनी तरह से बसर करना चाहता है।'

'मतलब?'

'मतलब, पहले वाले जॉब के निकल जाने पर, इस दो-तिहाई पे वाले जॉब के हिसाब से खुद भी रहना चाहता है, दक्षा और बच्चों को भी रखना चाहता है। यह जानने के बावजूद कि अलग, स्वतंत्र रहने पर वह दक्षा के पिता वाले स्तर का जीवन और सुविधाएँ उन्हें नहीं मुहैया करा पाएगा। वह अपने बूते पर, अपनी हैसियत से रहना चाहता है।'

'और दक्षा?'

'वह अपने स्टैंडर्ड से रहना चाहती है, जैसे वह अब तक रहती आई है। वह चाहती है, शशांक उसके लाए महँगे थ्री-पीस सूट पहने, उसके पिता के मालदार गुजराती दोस्तों की सोहबत में रहे, उनके फैमिली फ्रेंड्स की होनेवाली पार्टियों में शिरकत करे। यह दो-तिहाई कमाई वाले जॉब छोड़कर अपने पिता की परफ्यूम की शीशियों के कार्टन की लोडिंग, अनलोडिंग का हिसाब रखे। शशांक जॉयन कर लेगा तो दक्षा के पिता दो कर्मचारियों को पिंक-स्लिप देकर शशांक के नुकसानों की भरपाई कर लेंगे।'

'और इसे शशांक की आत्मा नहीं स्वीकार रही होगी न! पता नहीं, कोर्ट इसे...'

'कोर्ट-कचहरी आत्मसम्मानों की पहरेदारी करने के लिए नहीं बनी है, इतना तो तू भी जानता है। और वैसे भी यह कोर्ट-कचहरी का मामला बनता भी नहीं।'

'लड़ाई दक्षा की आदतों और शशांक के ईगो की हुई न!'

'या फिर हठवादिता बनाम आत्मसम्मान की। बेहद बारीक फर्क है...'

'क्या वे सचमुच डिसाइड कर चुके? अब कोई चांस नहीं?'

'कहा न!'

'दिस इज सैड यार!'

'अपना-अपना नजरिया है—अपनी जिन्दगी को बरतने का।'

'लेकिन बच्चे?'

'दो बच्चियाँ हैं—बड़ी नौ की, छोटी चार की।'

'फिर?'

'कोर्ट तय करेगी—माँ-बाप दोनों की रजामन्दी से। लेकिन चूँकि यहाँ कानून सबसे पहले अपने बाल नागरिकों की सुरक्षा एवं सुविधा देखता है, इस नजरिये से बच्चियों का पालन-पोषण माँ और धनाढ्य नाना-नानी के संरक्षण में ज्यादा अच्छी तरह हो पाएगा।'

'लेकिन फिर शशांक?'

'सुना है, वह खुद भी दोनों बच्चियों की कस्टडी दक्षा और उसके माता-पिता को देने के लिए तैयार हो गया है। नहीं देगा तो पालेगा भी कैसे?'

'और वह खुद?'

'यहीं अकेले रहता रहेगा और क्या!...हफ्ते-पन्द्रह दिनों पर, जैसा कोर्ट निर्देश देगी, बच्चों से मिल आया करेगा। कोर्ट का मानना रहता है कि बच्चों के लिए माँ और पिता दोनों जरूरी हैं।'

'लेकिन आखिर इस तरह...'

'यह सोचना कोर्ट का काम नहीं।'

'फिर किसका काम है?'

'छोड़, तेरा-मेरा भी नहीं—समझा?'

'नहीं, यह तो 'एस्केपिज्म' हुआ यार! इतनी बड़ी दुनिया, सोचने-समझने का दावा करनेवाले इतने सारे लोग, तब भी इस पर सोचना जरूरी नहीं समझा जा रहा।'

'तो तू सोच न, वेणुमाधव शुक्ला, दक्षा, शशांक न सही, उनकी बच्चियों के लिए...!' (क्योंकि एक बात तो तय है, शशांक भी अब अपने मिडिल क्लास परिवार के पास वापस इंडिया तो लौटकर नहीं ही जाएगा।)

खंड–नौ

कौन देस को वासी

इस तरह पिता...

शोक की शेयरिंग

इंडिया से फोन आना कोई उतनी बड़ी बात नहीं थी। पिता करते या करवाते ही थे कभी-कभी। (जब कोई जरूरी बात मुझसे डिस्कस करनी होती...)

लेकिन इस तरह नहीं कि मैं कहूँ, 'हलो'...और उधर से पिता के बदले आवाज आए कि 'वेणुऽऽ...तुम्हारे...पिता...नहीं...रहे...!'

मतलब, फोन पर कह दिया गया और मैं फ़र्जपूर्वक मान लूँ कि पापा...इज...नो...मोर...?

यानी पापा का होने से न होना इतना आसान है?...फोन पर कह देने भर से वे नहीं रहेंगे, जबकि मेरे चारों तरफ सब कुछ वैसा का वैसा है...कहीं कोई अन्तर नहीं...सिर्फ पापा इज नो मोर...?

इस तरह, सोचूँ तो मेरे लिए वे पहले भी कहाँ थे!

पिछले चौदह वर्षों में मुश्किल से चौदह महीने ही उनके साथ रहा होऊँगा। उसके अतिरिक्त पिता कहाँ थे मेरे लिए? बाएँ पैर को अपंग हुए छह-सात महीने होने को आए। कई बार जाकर देख आने का प्लान भी रहा। लेकिन बस—अभी नहीं, अगली बार, अगले महीने टलता रहा। ज्यादा जरूरी कामों को निपटाते देर हो गई। इतनी प्रतीक्षा का समय उनके पास नहीं था। सोचता हूँ, मेरे लिए पिता का अमेरिका में न होने, या दुनिया में न होने का फर्क क्या बहुत ज्यादा मायने रखता है?

मैं यह भी तो सोचता रह सकता हूँ कि अभी भी पिता कहीं दूर भारत में हैं। अच्छा, अगर मैं इंडिया न जाऊँ तो पिता को जिन्दा ही सोचता रह सकता हूँ न!

तो दु:ख सिर्फ कल्पना का है। विचार का। विचार कर दुखी होने की परम्परा कह लें या औपचारिकता!

लेकिन अचानक ये कैसी भयावह चीखें हैं जो फोन से आती आवाज को बीचोबीच चीरती चली गई हैं? मैं उन्हें साफ-साफ अलग कर पा रहा हूँ—ये वसु की वहशी चीख...ये विशाखा दीदी की तेज रुलाई...ये वृन्दा की सिसकी...ये माँ की उजाड़ आँखों का चीत्कार...!

इस बार मेधा ने एक बार भी मना नहीं किया (सही अवसर, प्रॉपर अकेजन, वाजिब कारण...) बल्कि खुद भी बच्चों के साथ चलने के लिए तैयार। मैंने मना नहीं किया। वैसे सच कहूँ तो बिना उसके साथ के शायद मैं पूरी तरह अपनी स्पेस में रहना चाहता था। पूरा

उदास हो लेना चाहता था—अपनी तरह से। मेधा के साथ होने पर उस तरह नहीं रह पाता। कम-से-कम शोक की शेयरिंग तो अपने हिसाब से हो!

अच्छा हुआ, फोन चाचा ने उठाया। माँ को सारी समस्या समझ में आ गई थी कि कितनी भी जल्दी करेगा—वेणु तीसरे दिन से पहले नहीं पहुँच पाएगा। माँ ने चाचा से कहलाया कि अफरा-तफरी में ज्यादा दौड़-भागकर आने की कोशिश न करे...चाचा हैं न! (मुखाग्नि दे देंगे) हमेशा दुःख-सुख में, दूर से भी साथ रहा छोटा भाई...। रघुवीर चाचा ने अपनी तरफ से धीमी आवाज में संकेत दिया, 'कितना भी बर्फ पर रखो...गर्मी के मौसम में...समझता तो है तू...सँभाल खुद को...हड़बड़ी से कोई फायदा नहीं। एक दिन आगे या पीछे, क्या फर्क पड़ता है...मैं हूँ न!'

चौथे दिन पहुँचा था।

रघुवीर चाचा घुटे सिर, मारकीन की लुंगी में, बैठक की एक तरफ कुश की चटाई पर बैठे थे। बैठक से सारे फर्नीचर हटा दिये गए थे। सिर्फ एक दरी बिछी थी। वातावरण शान्त नहीं, भयावह था।

सारे क्रिया-कर्म भी रघुवीर चाचा ने ही किये। मैं तमाशबीन ही बना रहा। अचानक आत्मग्लानि से होता एक अपराध-बोध अन्दर तक गहराता गया मेरे अन्दर।

वहाँ, उस कोने की चटाई पर, घुटे सिर मारकीन की लुंगी में तो मुझे होना चाहिए था, यह सोच और सामने चौकी पर माला पहनाई हुई पिता की तस्वीर देखता, कब से शान्त-शान्त मैं अचानक भलभलाकर रो पड़ा। रोता रहा—जैसे पिता को अभी ही कोई जबरन खींचकर ले गया हो! कुछ अन्दर तक खरोंचता-खरोंचता चला गया। जैसे अभी अचानक हमेशा के लिए छिन गए पिता अब कभी वापस नहीं आएँगे!

आश्चर्य! उसके बाद वह तड़प और हलकोर भी जाती रही। भयावहता की जगह, अन्दर-बाहर अब सिर्फ उदासी और सूनापन था। शोक की जगह निरर्थकता की अनुभूति, ढेर सारे अरुचिकर काम भी, जैसे—रघुवीर चाचा के साथ-साथ रोज घाट पर जाना। हर दिन किए जानेवाली उकताहट भरे कर्म-कांड में साथ बैठना। मृतात्मा की शान्ति के लिए पीपल पर बाँधा घंट देखता रहना। सब कुछ मनहूसियत से भरा।

घर में भी शोक का शुरुआती आवेग थम जाने के बाद विशाखा दीदी, जीजा जी, वृन्दा और निखिल की उस एक घर में ही एक अलग दुनिया थी। आपस में तो नहीं लेकिन मुझसे, मेधा और बच्चों से वे जैसे एक निश्चित दूरी पर थे। हम चारों सबसे अलग थे। मैं सबके बीच उन जैसा ही दिखने की जी-जान से कोशिश कर रहा था लेकिन जैसे वे स्वीकार नहीं पा रहे थे कि मैं भी उन्हीं जैसा हूँ। अलग से माँ के पास बैठना अजीब लगता और वसु मेरे सामने पड़ने से भी कतराती।

हफ्ते भर में ही उकता आया। अभी डेढ़ हफ्ते बाकी थे। कितनी अजीब बात—अपने घर, अपने लोगों के बीच उकता रहा था मैं। मेधा और बच्चों तक से सहज नहीं हो पा रहा था। पता नहीं, मेधा कितना भाँप रही थी। उबकर सोचता—काश, मैंने मुखाग्नि दी होती तो इस पूरे आयोजन में मेरी कुछ तो सार्थकता होती!

नाते-रिश्तेदारों के आने-जाने का सिलसिला जारी था। माँ के पास थोड़ी देर बैठकर लोग मेरे पास आ बैठते, और पिता के बारे में थोड़ी-बहुत औपचारिक बातें करने लगते। मुझे राहत-सी मिलती। अपने अस्तित्व का बोध सी। लेकिन मेरे कुछ कहने के तुरन्त बाद वे अमेरिका के बारे में पूछने-जाँचने लगते। सबसे ज्यादा यह कि उनके बेटों को अमेरिका पहुँचाने का सबसे आसान और कम खर्चीला तरीका क्या हो सकता है।...वहाँ जाकर जल्दी से जल्दी और ज्यादा से ज्यादा कमाकर लौटने में उन्हें कुल कितने वर्षों का समय लगना चाहिए?

यह भी कि वहाँ कितनी ठंड, कितनी बर्फ? चारों तरफ गोरे अमेरिकनों के बीच में रहने का कैसा अहसास? बातों को थोड़े इधर-उधर घुमाने के बाद लगभग हर व्यक्ति अपने-अपने तरीके से यह जानने की कोशिश करता कि मेरी तनख्वाह कितनी है और उसे रुपये में कन्वर्ट करें तो कितने हजार या लाख हो जाएगी? तनख्वाह के डॉलरों की तुलना में वहाँ के खर्चों, काम करने के घंटों और कठिनाइयों के बारे में सुनने-जानने को जरा भी दिलचस्पी नहीं होती उन लोगों की। प्रमाण के रूप में मैं जो उनके सामने होता। वे वापस विवाह, तलाक, उन्मुक्त जीवन-शैली, ग्लैमर और नाइट क्लबों की बातें ज्यादा जानना चाहते।

यह कहने पर कि वह सब इंडिया में भी तो होता है, वे बातों को हवा में उड़ा देते, जैसे वहाँ की उन्मुक्तता, ग्लैमर और चकाचौंध की बात ही अलग है। उन्हें मैं एकमुश्त मिल गया था और वे इस मौके को हाथ से जाने नहीं देना चाहते थे। कभी भी मुझे अपने बीच बिठाकर अमेरिका की चर्चा शुरू कर देना उन लोगों का प्रिय शगल था।

मैं बहुत दिनों पर माँ, बहनों और इस घर के साथ होने-रहने आया था। लेकिन लोग एक क्षण को भी मुझे अकेला नहीं छोड़ रहे थे।

अजनबी घर

और यह घर? पूरी अजनबीयत पर आमादा! परायों से पेश आ रहा था मुझसे। अनमना और उदासीन, जैसे—कुछ ईंटों, बजरियों की जुड़ाई वाली इमारत हो! क्या इसी घर से मिलने अपने शोकावेग को सँभालता, दौड़ा आया था मैं? क्योंकि यह भी तो मेरे परिवार में शामिल था!

दीवारों पर पानी खाई लकीरें...।

वर्ष-दर-वर्ष बरसने वाली बौछारों के निशान। (लेकिन मैं डॉलर्स तो पिता को यथासम्भव भेजता रहा था। सिर्फ इधर के कुछ सालों से...इन लोगों ने कहा भी तो नहीं) उखड़े पलस्तरों की पपड़ियाँ...असमय बूढ़ा हो आया झुर्रीदार चेहरे वाला यह घर मेरी यादों में बसे घर से कितना अलग था! घुन्ने अपराधी-सा बैठा रहा मैं तो शायद घर पसीजा। रह-रहकर बोलता रहा—'क्या मैं सिर्फ माँ-पापा का ही था?...तुम्हारा कुछ नहीं लगता था? उन लोगों से तो मेरा नाता तब जुड़ा था जब वे जवान-जहान थे। एक तरह से भला-बुरा समझने की उम्र वाले, नौकरीपेशा गृहस्थ...और जनक तो थे ही मेरे...

लेकिन तुम लोग तो मेरी गोदी में खेल-कूदकर बड़े हुए हो। मेरी मुँडेरों से फलाँगने वाले, छत पर कटती पतंगों के पीछे माँझा-डोरी लेकर दौड़नेवाले...(कुछ और बड़े हुए तो) खिड़कियों के पीछे और झरोखों से छुप-छुपाकर, आती-जाती लड़कियों की ताक-झाँक करने और कभी-कभी धड़धड़ाते दिल पर काबू करते-करते भी, कागज की मुड़ी-तुड़ी चिंदियाँ फेंककर भाग जानेवाले। (हाँ, हाँ, याद है भाई...)

एक बार तो कागज की पुड़िया ऐन मुँडेरों के पीछे, शरीफे के पेड़ वाले घर में ही गिरी तो तुम्हारे होश किस कदर उड़ गए थे, याद है? उसी शरीफे के पेड़वाले घर की छत पर जब बिट्टो रोज दुपहरी को अलगनी से सूखते कपड़े उतारने आती तो तुम्हारे कानों की लरें किस तरह दहकतीं और तुम सबकी नजरें बचा किस तरह बेतहाशा सीढ़ियाँ फलाँगते, जीने के आखिरी झरोखे से आँखें सटा, अन्दर चलती धौंकनी को काबू करने की कोशिश करते...क्या जानते हो, सब याद है मुझे। फिर अपनी पढ़नेवाली मेज पर किताबों में मुँह छुपा बार-बार कसमें खाते कि बस, आगे नहीं फेंकेंगे कोई कागज की पुड़िया। लेकिन दो दिन बीतते न बीतते दिलदिमाग फिर बेकाबू।...

लेकिन सच कहो, आज भी गुलाम अली की आवाज में जीने पर नंगे पैर आने की याद से ही तुम्हारा रोयाँ-रोयाँ गुनगुना उठता है न!'

अपनी उदासियों के बीच घर मुस्कुरा पड़ा है। मैं सर उठाकर देखता हूँ, घर बहुत पुरानी यादों में डूबा है :

'तुम्हारी माँ, शादी के बाद यहीं, जीने की इस बगल वाली कोठरी में उतरी थीं।...तब गुसलखाने की दीवारों पर टिकुलियाँ चिपकी होती थीं और आँगन में महावर रँगे पैरों की छाप पड़ी होती थी। रसोई आलू, बैंगन और भरे परवलों से महमह महकती होती और आँगन अधेड़ से बूढ़ी होती अम्मा-दादी की लाड़भरी फटकारों से...जो दिन भर धाराप्रवाह, नॉन स्टॉप सिर्फ इसलिए चलती होती, जिससे सारा घर खीझती-खिझाती, हँसती-गुस्साती खड़ी तोतली आवाजों की पिटारियों सा भरा-पूरा रहे...उनके बच्चे और बच्चों के बच्चे उनसे भी खीझते-जिदियाते और चिढ़ते-चिढ़ाते घर-आँगन गुलजार किए रहें।

तुम सब जब स्कूल, कॉलेजों से लौटते तो मैं ताल-सा लहलहा उठता—बड़े-छोटे बच्चों की खिलखिलाहटों और जवानों के हँसी-ठट्टों के साथ। इलायची पड़े सूजी के हलवे और गोभी-प्याज के कुरकुरे पकौड़ों से शामें गुलजार होतीं।

कितनी हँसी, छेड़खानियाँ, मान-मनौवल, लूडो, कैरम...और ताश के 'कोटपीस' में तो दादा जी भी बच्चों के साथ आ बैठते।'

मैंने घर से 'सॉरी' कहा।

(लेकिन मैं बहुत सारी शिकायतों के साथ यह नहीं कह पाया कि मैं अपने ही लोगों की भीड़ में बहुत पराया और अकेला महसूस कर रहा हूँ।...निरुपाय भी।)

माँ, रामप्रसाद बिस्मिल और वसु...

अचानक ही माँ से सामना हो गया। अकेली अपने कमरे में खाट के सिरहाने रखी किताबों से कुछ निकाल रही थीं।

मुझे देखा तो एकदम शान्त भाव से बोलीं, 'कौन? वेणु? आ, आ न... !'

जाने क्या हुआ मुझे, ढह गया उनकी गोद में। शायद एक गहरी हिचकी फूटी।...और सब कुछ बह चला—अपना क्षोभ, रोष और गिल्ट भी!

माँ ने हल्के से मेरा सिर सहलाया, 'जानती हूँ, सब कुछ बहुत अटपटा, खराब लग रहा है तुझे...'

'मैंने तुम्हारा विश्वास खो दिया...' ऐसा ही कुछ बोला मैं।

'मेरा विश्वास खोने या वापस लाने वाला तू कौन होता है?' फिर गहरे देखा, 'तुझ पर अविश्वास करूँगी तो जिऊँगी कैसे—ऐं?...मेधा कहाँ गई? मैं तो इसलिए नहीं पास बुलाती क्योंकि बच्चे बहुत परेशान किए रहते हैं उसे। बुला तो उसे भी...'

'उसी ने कहा है...शायद देखा कि मैं तुमसे भागा-भागा फिर रहा हूँ। बोली—अपनी माँ के पास जाओ। आएगी, वह भी।...मैं तो तुम्हारे सामने ये कन्फेशन करने आया हूँ कि यहाँ आकर मुझे लग रहा है, बहुत दूर हो गया हूँ मैं तुम लोगों से। किसी काम का नहीं रहा। किसी काम नहीं आया। कुछ भी नहीं कर पाया। बहुत अलग-थलग पा रहा हूँ अपने आपको मैं।'

'वह तो तू है ही हमेशा से...'

माँ अपनी उदास हँसी से मुझे बहला रही थीं। जानते हुए भी मैं बच्चों-सा खुश हुआ। तत्क्षण खुला भी, 'सच कहूँ तो, जो कुछ जैसा चारों तरफ देख रहा हूँ, मुझे कुछ अच्छा नहीं लग रहा है।...मैं किसी में शामिल नहीं हूँ लेकिन शामिल होना चाहता भी नहीं।...ये ढेर सारे होनेवाले कर्मकांड...एक तरह से सारी की सारी अरुचिकर चीजें...'

'जानती हूँ, तू मन से नहीं चाहता यह सब, लेकिन जिनका विश्वास है, उन्हें करने दे...' माँ मुझे हल्का कर रही थीं। शायद इसीलिए मैं मन का सारा मलाल निकाल रहा था उनके सामने।

'वहाँ रहते-रहते, अब यहाँ का...'

'रहने दे न, जैसे सब हैं...जो कुछ जैसा है, उसे हम वैसा ही स्वीकार लें तो शायद समस्या थोड़ी कम हो जाए। तूने जान-बूझकर थोड़े कुछ किया।'

एक के बाद एक सारी शिकायतें कर चुका तो ध्यान उसके हाथ में थमे पुराने से कागज की ओर गया। माँ थोड़ी झिझकी फिर चुपचाप मेरे हाथों में थमा दिया। वह शहीद राम प्रसाद बिस्मिल की गजल थी जो उन्होंने अपनी फाँसी से पहले लिखी थी :

'अहले वतन अगर ये हमें भूल जाएँगे
अहले वतन को हमसे भुलाया न जाएगा।
ये सच है हमें मौत मिटा देगी एक दिन
लेकिन हमारा नाम मिटाया न जाएगा।'

'अच्छी है...बहुत अच्छी! लेकिन तुमने कब से सँभालकर रखी थी?'

'नवीं क्लास में, पन्द्रह अगस्त को स्कूल में गाई थी मैंने यह गजल। बाद में लोगों ने बताया, सुनते हुए वे रो पड़े थे...'

'ये लाइनें हैं ही ऐसी...' मैंने कहा।

'लेकिन अब किसी के सामने गाई जाए तो भी उसकी आँखों में आँसू आएँगे क्या?'

'पता नहीं...' मैं निरुत्तर था, 'लेकिन जो समझेंगे, उन्हें तो अच्छी लगेगी ही...'

'वही तो...' फिर एकदम से बोलीं, 'मेरा मन इसे साशा और बेटू को सुनाने को करता है। लेकिन बेचारे बच्चे...नहीं समझ पाएँगे न!'

मैं निरुत्तर था। फिर अचानक पूछा, 'हम बच्चे थे तो हमें क्यों नहीं सुनाई-समझाई ये बातें?'

'नहीं समझाई होती तो तू इस तरह आकर कन्फेशन कर रहा होता बच्चों की तरह? यह उकताहट और घबराहट नहीं, बेचैनी है। सोचता बहुत है न, कर नहीं पाता, वह लाचारी भी तो हो सकती है।'

'नहीं माँ, सच तो यह है कि मेरे जुड़ाव की गाँठें ढीली हो रही हैं। मैं सचमुच उकता रहा हूँ धीरे-धीरे...'

'कोई गाँठ-वाँठ ढीली नहीं हो रही है। तू सोचता बहुत है, बस। तुम लोगों के साथ इतनी आपाधापियाँ चलती रहती हैं कि छूटती हुई चीजों का कहाँ तक हिसाब रखो! बावजूद इसके...'

मुझे जैसे अपनी बात कहने का एक रास्ता-सा मिला, जबरदस्ती ही कह गया, 'एक बात और भी है माँ, हम लोग छूटी हुई चीजों का जितना शोक मनाते हैं, पाई हुई चीजों की उतनी खुशी क्यों नहीं मनाते?'

(मैं यह कहते हुए सकुचाया कि दरअसल मेधा ने कई बार मुझे टोक-टोककर यह समझाया है और अब मुझे भी ठीक लगने लगा है।)

माँ उसी मृदुता से बोलीं, 'प्राप्ति की खुशी हम सबसे ज्यादा कौन मनाता होगा—प्राप्ति की खुशी यानी सन्तोष की खुशी? जो मिला, उसके सन्तोष की...लेकिन यह भी सच है कि मिलीं हमें अलग तरह की चीजें, छूटती गईं अलग तरह की...और इसे सिर्फ महसूस कर सकते हैं हम।...और यह तो तू भी जानता है कि नई पाई हुई चीजों का जश्न मनाना जितना आसान है, छूटती हुई चीजों को भुला पाना उतना ही कठिन है!'

अचानक मैंने एक निर्मम प्रहार करते पाया खुद को, 'छूट गई चीजों की बात मैं इसलिए कह रहा हूँ कि इस वसु को ही देखो—एक रोहित सर गए पोर्ट-ऑफ-स्पेन...चलो, भूल बैठी, ठीक? लेकिन अब यह जाने कहाँ का सुहास जोशी...? समझ में नहीं आता, वसु की सारी समझदारी आखिर...'

माँ ने मेरी निर्ममता का भी बुरा नहीं माना, 'वसु को तू मुझसे ज्यादा जानता है। यह भी कि कुछ चीजों के विकल्प नहीं हुआ करते जीवन में। वसु के लिए अब दूसरा रोहित तो पैदा नहीं होने वाला दुनिया में...'

'उसकी जरूरत भी नहीं...' अचानक मैं उग्र हो आया, 'तुम्हें कुछ पता नहीं माँ! किस मुँह से कहता मैं तुमसे? इतने दिन हो गए, जानता हूँ, सब शोक में डूबे थे, पर वसु मेरे पास तक नहीं आई...मेधा और बच्चों के पास भी नहीं फटकी। इतना पराया हो गया मैं उसके लिए? तुम कहती हो, विश्वास ऐसे और इतनी जल्दी नहीं टूटा करते...गाँठें नहीं ढीली हो रहीं...फिर क्या है यह सब?...मानता हूँ, मैं नहीं आ पाया, जब तुम्हें और वसु को मेरी बहुत जरूरत थी...'

'तो...तो उसे अपना गुस्सा दिखाने का अधिकार नहीं क्या?...सुन ले, गुस्सा है वह तुझसे—बहुत गुस्सा...और उसका गुस्सा वाजिब है। जो जिससे जितने गहरे जुड़ा होता है, उतनी ही उग्रता से नाराज़ भी होता है—पूरे हक, पूरे अधिकार से...और यह भी बता दूँ कि इस पूरे प्रसंग में मैं भी वसु के ही पाले में हूँ।'

'वसु के पाले में हो?...भूल गईं—कितने असहाय, कितने विक्षुब्ध भाव से तुमने मुझे वो फोन किया था?...कितना रोष था तुम्हें और पापा को, सुहास जोशी के घर में रहकर उसकी बच्ची पालने के वसु के निश्चय से?...कितनी विक्षुब्ध, असहाय आवाज में पापा से छुपाकर फोन किया था तुमने मुझे?...मुझे तो लगता है, मेरा सबसे ज्यादा गुस्सा ही इस पर कि वसु की इन्हीं कारस्तानियों की वजह से पापा इस तरह अचानक...'

'नहीं वेणु...!' माँ ने जैसे चीखकर कानों पर हाथ रख लिया, 'पापा तो बहुत सन्तुष्ट थे पिछले दिनों...। अचानक पैरों की अपंगता कैसे ब्रेन हैमरेज तक पहुँच गई, कुछ पता नहीं। और हफ्ते भर में सब कुछ खत्म।...मैं खुद तुझे विस्तार से सब कुछ बताने के लिए परेशान थी लेकिन एक तो तेरा फोन नहीं आया बीच में बहुत दिनों तक, बिजी थे तुम सब और आया भी तो तू बेहद जल्दबाजी में था...।

'इस बीच बहुत कुछ घटा।...मेरे लाख मना करने पर भी न मानने वाली, अपनी जिद पर अड़ी वसु, एक आधी रात को अचानक प्रिया के साथ बिफरती हुई आ पहुँची कि बस, अब उसे नहीं जाना वापस। नहीं रहना उस सुहास जोशी के घर। मर गया वह मेरे लिए। बस, कह दिया न—नो सवाल, नो जवाब। —शेरनी-सी गरजती, धाराधार आँसुओं में हिचकती बिलबिलाती रही—ये दुनिया नहीं रही जीने लायक। इसमें कहीं इंसानियत नहीं। गलाजत ही गलाजत भरी है।...बोलो, तुम रखती हो कि नहीं मुझे और इस बच्ची को, वरना मैं ढूँढ़ लूँगी कोई और ठिकाना। —भयाक्रांत थे मैं और नन्ही प्रिया...।

'एक दिन, दो दिन, छह-सात दिन...सुहास का फोन आता तो पटक देती। कानों में उँगलियाँ डाल चीख पड़ती...। तब एक दिन सुहास ने मुझसे कहा था—मैं शर्मिन्दा हूँ...वसु की नजरों में पूरी तरह गिर चुका हूँ। शायद अपनी नजरों में भी। उससे कहिए, प्रिया को लेकर उस घर में रहे। मैं कभी नहीं आऊँगा। हमेशा के लिए चला जाउँगा। उसे अपना चेहरा नहीं दिखाऊँगा (जैसा वह चाहती है)। कहीं और रह लूँगा।...और सचमुच रहता रहा वह। किसी के पूछने पर उसी संजीदगी से कह देता कि मुझसे अक्षम्य अपराध हुआ है। जीवन भर प्रायश्चित्त करता रहूँगा...'

'तब फिर?' मैं स्तब्ध था।

मेधा भी जाने कब की दरवाजे से लगी यह अजूबी कहानी सुन रही थी...!

माँ कहती जा रही थीं, 'हफ्तों नहीं, महीनों रही। पहले कटखनी की तरह बिफरती, सुहास के नाम पर धिक्कारती, फिर काफी दिनों तक रोती, हिचकती...वह दौर भी बीता तो शान्त उदास हो ली। सुहास फिर भी सामने नहीं पड़ा।...मैं और पापा चुपचाप समय बिताते!...कभी वह आती प्रिया को लेकर।...स्कूल से लौटी प्रिया उसे एक पल न छोड़ती...तब शायद पछतावे ने ही अपना करिश्मा दिखाया होगा—या एक दिन प्रिया के अबोध सवालों ने कि वसु आंटी! क्या पापा भी एक्सीडेंट में...? फफक-फफककर रोई

वसु उस दिन—नियति ने प्रिया की माँ छीनी थी, मैंने पिता से अलग कर दिया...। सम्मान तो सुहास का पहले भी करती थी, अब उसके प्रण और प्रायश्चित्त की...टैव भी देख ली। तब खुद एक दिन प्रिया को लेकर पहुँच गई सुहास के पास—ये रहा तेरा पापा...बोल प्रिया, पापा से कि अपने घर चलो।—तो हम दोनों बहुत सन्तुष्ट थे वेणु...। बहुत बड़ी राहत मिली थी हमें, वरना कहीं कुछ दिनों पहले पापा को...'

'लेकिन मैंने ?...मैंने क्या किया ? तुम लोगों की परेशानी देखकर मैं और मेधा भी परेशान थे...फिर भी, फोन पर डाँटा-फटकारा भी नहीं मैंने...तो मुझसे इस तरह... ?'

'जाकर उससे पूछता क्यों नहीं—डपटकर, दो चाँटे लगाकर... ?'

यह कहते हुए उस उदासी में भी माँ बड़ी मृदुता से मुस्कुराई थीं, 'एक बात शायद मैंने तुझसे पहले भी कही है वेणु! वसु के तरीके हमेशा से आग-पानी वाले ही रहे, लेकिन उसके उद्‌देश्य की निर्मलता में मुझे कभी संशय नहीं रहा।'

मेहराबों के गीत...और रह गईं माँ

आने से चार दिन पहले फिर माँ के पास बैठा, 'तुम जानती हो न, बहुत ज्यादा दिन नहीं रुक पाऊँगा...तो तुम्हें इस घर में अकेली नहीं छोड़ सकूँगा अब...'

माँ ने धीरे-धीरे मेरी तरफ आँखें उठाईं। बड़ी निरुपाय और स्निग्ध दृष्टि थी उनकी। स्थिर भाव से मुझे समझाती हुई कह रही थीं वह, 'अकेली नहीं होऊँगी वेणु मैं। सिर्फ ईंट, पलस्तर, सीमेंट-बजरी का ढाँचा नहीं है यह घर...दीवारें बेजान नहीं हैं...खिड़कियाँ, दरवाजे, देहरी—सब बोलते हैं। देहरी तेरे पिता के आने की आहट देती है। पुरानी आहटों का हर क्षण आना-जाना लगा रहता है। साथ बना रहता है। यह घर हमेशा गुलजार रहता है स्मृतियों से। एक-दो नहीं, पूरे चालीस सालों के कितने क्षण, पल, अहसास, गीत, कहानियाँ और चुटकुले भी रचे-बसे हैं इसकी ईंट, कंगूरों में! कितनी कहानियाँ जड़ी हैं इसकी मेहराबों में! इनमें कब कौन-सा गीत फूटेगा, कहना मुश्किल।...कब किलकारियाँ और आँसू की बूँदें भी...स्मृतियों के कण-कण से स्पंदित जीवन! इस जीने में जो तृप्ति है, वह कहीं और नहीं मिल पाएगी मुझे। बड़ी भीड़-भाड़, बड़ी रौनक रहती है। इस घर में हमेशा तुम सब भी साथ होओगे मेरे—बचपन से बड़े होने तक, मुझसे ठुनकते, फुसलाते और समझाते हुए। मैं छोड़ भी जाऊँ तो भी यह घर मेरा साथ छोड़ने वाला नहीं...।

'छुटकारा नहीं मिलने वाला मुझे इससे...तो फिर इसके साथ ही क्यों न रहा जाए ? तेरी याद आती है तो यहीं तुझे महसूस कर लेती हूँ। तभी तो, जितना अमेरिका में है तू, उससे कहीं ज्यादा यहाँ है...'

थोड़ा रुकीं माँ, फिर बोलीं, मुझे अपने साथ ले जाना चाहता है न तू, तो सुन, तेरे साथ आऊँगी तो तू तो मिलेगा, बेटू, साशा और मेधा भी, लेकिन यह इतने वर्षों का जुटाया मेरा सामान छूट जाएगा। तेरा घर चाहे जितना सुन्दर-भव्य हो, उस घर में ये स्मृतियाँ नहीं होंगी। और मेरी तो सबसे अनमोल सम्पदा यही न!...तो यहीं इसके साथ ही क्यों न रहा जाए ?'

और रह गईं माँ...।

कालखंडों की धकापेल

वसु...और टूटते ग्लेशियर

मेधा, बेटू और साशा—ढाई हफ्तों की बोरियत-भरी थकान के बाद अपनी-अपनी सीटों पर लुढ़क लिये हैं।

बच रहा मैं, अपनी मनमानी आवाजाहियों के साथ—हमेशा एक कदम आगे, तो दो कदम पीछे। उन्हीं बीते तीन हफ्तों में बार-बार लौटकर आता-जाता, चहलकदमियाँ करता, मनचाहे पलों में बँधता, बिंधता और मोहाविष्ट होता हुआ।

फोन...पापा...घर...लोग—अपने घर में अजनबी मेहमानों-सा रहता मैं, मेधा, बच्चे...और वह शाम।

सब कुछ कितना अप्रत्याशित! एक अविश्वसनीय, अविस्मरणीय नाटक की तरह। सुहास के साथ मैं 'उस नये घर' में घुस रहा हूँ।...यानी 'वसु के घर' में। विशाखा दीदी और वृन्दा के बाद अब वसु का भी घर! अनमना और उद्विग्न! शायद वसु के इस 'घर' को मान्यता नहीं दे पाया है, मेरा मन।

सुहास 'बेल' नहीं बजाते। जेब में रखी चाबी से दरवाजा खोलते हैं और मेरे साथ अन्दर दाखिल होते हैं, 'वसुधाऽऽ! प्रियाऽ! देखो, कौन आया है!' तत्क्षण एक कदम और आगे बढ़ाते हैं, मुझे साथ लिये-लिये।

अब सामने किचन के दरवाजे पर वसु है—गैस पर रखे तवे पर पराँठा डालती और बगल में छोटी-सी कुर्सी-मेज पर पराँठे वाली प्लेट के साथ प्रिया।

अचानक मुड़ी, हाथों में कलछी थामे हकबकी खड़ी वसु, मुझे विस्फरित आँखों से देखे जा रही है।...देखे जा रही है—अपलक, एकटक! उसके बाल पीछे एक चोटी में बँधे हैं और भौंहों के बीच छोटी-सी बिन्दी है। वह पूरी की पूरी बीसों साल पहले की माँ सरीखी दिख रही है।

'दाऽऽदाऽऽ!' अचानक पूरे घर में एक बदहवास चीख गूँजती है और वसु कलछी फेंक, दौड़ती आकर मुझे अपनी दुबली बाँहों में जकड़ लेती है—तेज और खूब तेज रोती हुई। तब तक नहीं छोड़ती जब तक सुहास आकर जबरन मुझे मुक्त नहीं करते। अपने को मुक्त करवाने की कोई इच्छा मुझमें भी कहाँ है! क्योंकि वसु की रुलाई एक महानद है जिसमें उसके सारे रोष, आक्रोश, विक्षोभ और धिक्कार हिमखंडों की तरह बहते चले जा रहे हैं...।

शायद उसे पता है, इस समय भगीरथ हुआ मैं, सारे आवेगों को रोकने, शिरोधार्य करने के लिए प्रस्तुत हूँ। कहीं कुछ गलत नहीं। ये बहुत जरूरी उपालंभ थे, जो मेरे और वसु के बीच जैसे बहुत सारे जलजलों और प्रलय के बाद एक मजबूत खम्भों वाला पुल बना रहे थे। उसके अन्तहीन आरोप जितनी अनकहे थे, मेरा मौन स्वीकार उतना ही निःशब्द। मेरे

रोयें-रोयें से निकल रहा था—तू जीत गई वसु...। और तेरी इस जीत से तुझसे ज्यादा मैं खुश हुआ। (मेधा भी तो...होगी ही)...(तेरी बिना दहेज शादी जो हो गई!)

माँ की बात याद आई, 'वसु के तरीके हमेशा से आग-पानी वाले ही रहे, लेकिन उसके उद्‌देश्य की निर्मलता में मुझे कभी संशय नहीं रहा...।' वसु अब भी मुझसे हिलकी खड़ी सुहास की तरफ (शायद) गुमान से देख रही थी—विजय दर्प से भी कि तभी किचेन से तेज जलने की गन्ध आई। तवे पर पड़ा दूसरा पराँठा पूरी तरह जल गया था।

प्रिया प्लेट पर चम्मच मारती हँसती हुई चीख रही थी, 'वसु आंटी! 'पलाता' जल गया न!'...और इसके पहले कि वसु उसे डपटकर चपतियाती, वह बेतहाशा खीं-खीं-खीं हँसती जा रही थी, 'वेणु मामा! वसु आंटी का 'पलाता' जल गया—ही-ही-ही-ही...!'

और मैं सोच रहा था 'वसु आंटी...' यानी वसु 'मम्मी' या 'माँ' नहीं कहलाती प्रिया से...और वेणु मामा? इसका मतलब, वसु ने खूब सारी बातें बताई हैं, इसे मेरे बारे में। वसु के पास हमेशा से जीने के अपने तरीके, अपनी शर्तें रही हैं। और यह 'सुहास जोशी'?...कैसे उस दिन अकेले घर आकर मेरा पैर छूने के साथ ही 'सुहास' बन गया था? कितना अन्तर था उस सुने हुए सुहास जोशी और सामने खड़े पारदर्शी आँखों वाले सुहास में?

'आप बिलकुल वैसे ही हैं, जैसा वसु बताती थी।' कहा था सुहास ने।

तुम एक दिन लम्बी चोटी बनाना मेधा!

कलछी लिये पराँठे उतारती वसु मुझे वापस माँ जैसी लगने लगी थी। ऐसे ही माँ हम तीनों को बिठाकर हमारी छोटी तश्तरियों में पराँठे डाला करती थीं। खाने से लेकर हमारी हर गतिविधि पर माँ की नजर रहती थी, जैसे—खाकर अपनी-अपनी तश्तरियाँ उठाईं या नहीं, मुँह ठीक से साफ किया या नहीं; अगर हम चुगली खा रहे हैं, एक दूसरे को चिढ़ा रहे हैं तो हमारे चिढ़ाने का स्तर क्या है! हम पढ़ रहे हैं तो, झूठ-झूठ का रट्टा मार रहे हैं, या समझ भी रहे हैं! कुछ सालों रंजन भैया भी तो हमारे साथ रहकर पढ़े थे। तब सबसे पहले, हम सब-के-सब अपने 'बड़े भैया' से हँसी-मजाक करते हुए भी कहीं अशिष्ट तो नहीं हो रहे हैं! हमारे बीच गाली-गलौज हुआ तो भी जाने कहाँ से उन्हें खबर लग जाती और दोनों 'भाइयों' को तलब कर कहा जाता—अभी-अभी तुम लोग एक दूसरे को जो-जो गालियाँ (उल्लू, गधा, घोंचू, निकम्मा, नालायक, लम्पट और सुअर का बच्चा आदि) दे रहे थे न, उनमें सबसे लम्पट और सुअर का बच्चा निकाल दो, कहकर हँस देतीं माँ, तो रंजन भैया 'ठीक है, ठीक है...' कहते हुए भाग खड़े होते और हम फिर वापस वसु को मूर्ख बनाने की योजना बनाने लगते। क्योंकि वृन्दा तो सीधी थी, लेकिन वसु छोटी होने पर भी अव्वल नम्बर की शरारती और चुगलखोरिन।

वही वसु इस समय बालों को एक साथ पीछे बाँधे, भौंहों के बीचोबीच वाली लाल बिन्दी में, मेरी और सुहास की प्लेटों में चाय के प्यालों के साथ पराँठे डाल रही थी।

उस समय मेरा मन कर रहा था, मैं वसु से कहूँ—जा, पहले-सी दो चोटियाँ करके आ, जैसे बचपन में माँ तेरी और वृन्दा की किया करती थीं—चिकने बालों वाली दो लम्बी चोटियाँ! फिर उन्हें एक दूसरे में फँसाकर दोनों तरफ रेशमी रिबन के फूल बना दिया करती

थीं। माँ को लम्बे रेशमी बाल अच्छे लगते थे। बड़े मन से बेटियों की चोटियाँ गूँथती थीं, और वे बेटियाँ उन चोटियों में खुद को बला की फैशनबल समझती थीं और मुझे और रंजन भैया को लड़ाका और बुद्धू एक साथ। सचमुच बारीक शरारतें तो लड़कियाँ ही कर ले जाती थीं। हमेशा चुलबुली, हमेशा नटखटी...हम भाइयों के पीछे हाथ धोकर पड़ी रहतीं। बेशक दिन भर घर में दौड़-दौड़कर माँ की मदद करतीं—सारे छोटे-बड़े काम, जैसे—कपड़े तहाना, आटा गूँधना, सब्जी काटना, उफनती दाल का ढक्कन दौड़कर हटाना, भाइयों के दोस्तों के लिए चाय बनाना और पहुँचाना भी। अपना और भाइयों का भी टिफिन लगाना। भाइयों को पानी का गिलास भी पहुँचाना (मुँह चिढ़ा-चिढ़ाकर) लेकिन कसर बाद में निकालतीं न, जब, 'रंजन भैया! जरा अंग्रेजी के शब्दार्थ बता दो' और फिर 'वेणु दादा! जरा स्वास्थ्य रक्षा का डायग्राम बना दो'...ऊपर से बाजार दौड़ा-दौड़ाकर कभी शार्पनर, कभी स्केल तो कभी कैम्पस बॉक्स...। जान-पहचान वाली आंटियाँ समझतीं, मिसेस शुक्ला बहुत बैकवर्ड हैं, लड़कियों से ही घर के सारे काम करवाती हैं। माँ हँसतीं, 'लड़कियाँ ज्यादा करीने से काम करती हैं। लड़के चीजें रखते कम, तोड़ते ज्यादा हैं। काम करते कम, बिगाड़ते ज्यादा हैं। पहले झेंपते हैं फिर मौका पाते ही बहनों की पिटाई करने दौड़ते हैं। ये भाई-बहनों वाली आपसी खटमीठियाँ हैं। यहाँ लड़का और लड़की का भेदभाव वाला मामला न उठाया जाए तो ही अच्छा। मेरी बच्चियों में, किसी की तुलना में न आत्मविश्वास कम है, न समझदारी...'

अचानक मन किया, प्लेन में मेरी बगल की सीट पर सोती मेधा को जगाकर कहूँ—सुनो, तुम एक दिन लम्बी चोटी बनाना और उसे जूड़े की शक्ल में घुमाकर मोड़ देना। फिर भौंहों के बीच एक छोटी लाल बिन्दी भी लगाना—माँ की तरह। छोटी थी तो वृन्दा-वसु 'खी-खी-खी-खी' करके चिढ़ातीं, 'माँ! तुम बिलकुल अमर चित्र कथा की राजा हरिश्चन्द्र वाली शैव्या लगती हो'...'चुप कर!' ताई जी डपटतीं, 'जो मन में आया, बोल दिया। सात जनम लोगी तो भी अपनी माँ जैसी समझदारी नहीं पाओगी...पूरे कुटुम्ब में एक वही तो है, जो सबको एक में बाँधकर रखती है। उससे जुड़कर ही सब आपस में जुड़े हैं, नहीं तो 'काटो-खाओ' करनेवाले कम हैं क्या अपने यहाँ भी?'

यानी चाहे दुनिया-जहान एक तरफ हो जाए, ताई अपनी इस देवरानी के खिलाफ एक शब्द भी बर्दाश्त नहीं कर सकती थीं।

माँ की सौभाग्य-रात्रि

अचानक वह प्रसंग, याद आ गया जब ताई ने एक-दिन माँ, पापा और सारे कुटुंबों की उपस्थिति में ठिठोलियों के बीच थपोड़ी मारकर हँसते हुए बताया था।

हुआ यह था कि विवाह की अगली सुबह दोस्तों के चिढ़ा-चिढ़ाकर तंग करने पर जब पापा ने अनायास अपनी सौभाग्य-रात्रि की दुर्दशा बनाम आपबीती बयान की तो दोस्तों का हँसते-हँसते बुरा हाल हो रहा था। तब घर में टिके मेहमानों को बूँदी के लड्डू और मठरियाँ बँटवाती ताई ने भी बिना जतलाए सुना। सुनकर कंठस्थ कर लिया, और अब जब मूड आता, अपने विशिष्ट अन्दाज में छौंक-बघार लगाकर बतातीं कि कैसे उनकी पंडिता

देवरानी ने बेचारे उनके 'भकुआ' देवर को पहली रात ही अपने ज्ञान-धरम से चित कर दिया था।

बकौल ताई :

मथटीके-झुमके से सजी, रुनझुनी पायल बजाती माँ ने पहले तो 'मदर इंडिया' फिल्म की नरगिस की तरह पति के चरणों में झुककर माथा नवाया, फिर शहदघुली गुनगुनी आवाज में बोल गईं, 'पता नहीं, मैं आपके योग्य हूँ या नहीं...'

लेकिन पिता ने तब झुकने से पहले उन्हें कन्धों से उठाकर (डायलॉग वे भी रटकर आए रहे होंगे) कहा, 'योग्य-अयोग्य की कैसी बात! आज से हम-तुम एक दूसरे के पूरक होंगे...'

तो माँ वैसी ही धीमी आवाज में फुसफुसाईं, 'जैसे आप 'जोड़' तो मैं 'बाकी'। आप 'गुणा' तो मैं 'भाग'...।'

अचकचाए पिता को 'भाग' ने सहारा दिया।

'हाँ, मेरा भाग यानी मेरा अटूट हिस्सा, मेरा भाग्य।'

'भाग्य न भी बन पाई तो भी साथ दूँगी हमेशा—सौभाग्य और दुर्भाग्य में...।'

'कैसी बातें करती हो? अब कैसा दुर्भाग्य!'

'हाँ, आप ठीक कहते हैं। जब हम दोनों साथ होंगे तो कैसा दुर्भाग्य! विवेकानन्द ने कहा है न—मनुष्य अपने भाग्य का विधाता स्वयं है...।'

पिता मन में खीझे—पूछो इस भागमानी से, इस समय विवेकानन्द को बीच में लाने का क्या तुक?

तब एकाएक माँ को याद आया, 'ठीक इसी आशय का बिन्दु जी महाराज का एक भजन भी है।'

अब तो पिता मन-ही-मन पस्त हो लिये—हे भगवान, अभी विवेकानन्द गए भी नहीं कि बिन्दु जी महाराज पधार गए? आइए महाराज, पवित्र कीजिए हमारी सुहाग शैया को!...फिर माँ का ध्यान दूसरी ओर खींचने की गर्ज से मुस्कुराते हुए कहा, 'तुम्हें सप्तपदी के सातों वचन याद हैं न, पंडित जी ने क्या कहा था?'

'यही कि आप किसी चीज के खरीद-फरोख्त, क्रय-विक्रय में मुझसे मशविरा करेंगे—अनुष्ठान में हमेशा मुझे साथ रखेंगे...'

खुश हुए पापा, 'तो चलो, अभी यह प्रतिज्ञा लें कि हम दोनों एक दूसरे के राय-सुझाव से हमेशा सहमत होंगे...।'

अब माँ की ईमानदारी आड़े आई, 'लेकिन हर बात पर एक दूसरे से सहमत होना तो बहुत कठिन है, व्यावहारिक भी नहीं लेकिन आदर-सम्मान तो करूँगी ही...। वैसे भी सहमति देना और सहमत होना, दो अलग चीजें हैं और जानती हूँ, बहुत समझदारी माँगती हैं...'

'वो तो तुम हो ही।' पिता अन्दर से कुढ़कर ऊपर से मुस्कुराये (अभी ही देख लिया मैंने न) और लाड़ जताया, 'चलो, तुम मुझसे न सही, मैं तुमसे सहमति लेकर ही...'

'अरे नहीं...इस तरह तो आप अपने ऊपर अत्याचार करेंगे! मैंने कहा न—किन्हीं दो व्यक्तियों का एक दूसरे से सहमति लेना और सहमत होना दो अलग...'

पिता का कहना था कि यहाँ तक आते-आते उनका सब्र जवाब दे गया। किसी तरह झल्लाहट पर काबू पाते हुए बोले, 'ये बताओ, सारे शास्त्रार्थ आज ही पूरे कर लेने हैं या कुछ बाकी की जिन्दगी के लिए भी छोड़ना है? आधी से ज्यादा रात तो बीत गई। थोड़ी बची है, और भी जिन-जिन महापुरुषों को न्योता देना है, बुला लो, वरना...'

'फिर? फिर?'...दोस्तों की उतावली चरम पर थी।

'फिर क्या!' पापा थोड़े झेंपे, थोड़े मजाकिया लहजे में बोले थे, ''सहमत' हो गई और क्या...।'

छतफोड़ ठहाके ने सारे घर को झनझना दिया था।

ताई जब कभी चुहल के मूड में होतीं, बुआओं और चाचा के सामने अपने प्रभाकर लाला और लाडली देवरानी की खिंचाई करने से बाज नहीं आतीं। सबके सामने बकायदे घोषणा कर देतीं, 'अच्छा भैया, अब तो मेरा मन विवेकानन्द और बिन्दु महाराज वाली कथा सुनाने का हो रहा है। क्यों 'लाला', सुरू करूँ... ?'

पापा तत्क्षण झोंपते, 'भौजाई! मेरी नहीं तो अपनी उमर का लिहाज करो...' और हाथ जोड़ देते।

संकोच और शर्म से पानी-पानी होतीं माँ, पापा को आँखें तरेरतीं अन्दर चौके में चली जातीं।

पता नहीं, मुझे अपनी माँ की सौभाग्य-रात्रि का यह प्रसंग इतना प्रिय क्यों लगता है? शायद इसलिए कि यह मात्र एक प्रसंग नहीं, एक पूरा कालखंड है। एक पूरी जीवन-शैली है।

अभी हमने जी भरके देखा नहीं है...

एक बार अपनी गली के नुक्कड़ वाले अहाते में नवरात्र की रामकथा चल रही थी। इस तरह की रामकथा, भागवत कथा या किसी-न-किसी माता का श्रृंगार या जगराता आए-दिन की घटनाएँ थीं। आगे-पीछे की गलियों से चन्दा उगाहा और चार-छह तख्त जोड़कर मंच बना दिया। ऊपर यहाँ से वहाँ फहराती पतंगी कागजों की झंडियाँ। और फिर रात-रात भर चलते झाँझ-मंजीरे, दोहे-चौपाई से कव्वालियों तक। वैसे भी वह उम्र रामकथा सुनने की न होकर, यार-दोस्तों की जबरदस्ती पकड़ाई ऊलजलूल किताबें पढ़ने की थी। ऊपर से लाउडस्पीकर से आती आवाजें सारी पढ़ाई और मूड का कचराकर डालती थीं।

लेकिन उस दिन अनायास कथा-वाचक गोसाईं महाराज की अगाध भक्ति में डूबी आवाज मुझे अलग तरह से चौंका गई। जानकी माता की श्रृंगार के प्रसंग में वे रामचरित मानस के श्रृंगार-रस पर बोलते हुए विभोर हो रहे थे कि मानस में गोस्वामी जी ने तो सीता के नखशिख का प्रसंग आते ही माथा टेक दिया...उस जगत-जननी जगदंबिका भवानी की श्रृंगार शोभा का वर्णन करना मुझे अंकिचन के वश का है क्या?

श्रृंगार की दिव्यता की पराकाष्ठा है जानकी का नखशिख। एक नहीं, ऐसे अनेक प्रसंग हैं हमारे भारतीय वाङ्मय में। एक प्रसंग में, जब सीता की भेजी चूड़ामणि दिखाकर राम लक्ष्मण से पूछते हैं—देखो लक्ष्मण, यह सीता की ही है क्या?...तो लक्ष्मण कहते हैं कि—

'कैसे पहचानूँ मैं भैया!...भाभी के पैरों के ऊपर कभी मेरी दृष्टि पहुँची ही नहीं न'...और कथा-वाचक गोसाईं महाराज का छंदों में बँधा तन्मय स्वर गूँजता है—'अभी हमने जी भर के देखा नहीं है...अभी हमने जी कर के देखा नहीं है...'

गोस्वामी जी गायक-वृन्दों के साथ गा रहे हैं। हारमोनियम, तबला और मजीरे की समवेत धुनों के बीच लरजते स्वर, 'तो, रो करके कहा लक्ष्मण ने कि भैया! पहचानता नहीं हूँ, क्योंकि—

अभी हमने जी भर के देखा नहीं है...अभी हमने जी भर के...'

मैं गाने की कोशिश करते-करते झेंप और सकुचा जाता हूँ।...आधी रात में प्लेन के अन्दर के निरभ्र सन्नाटा और मेरे अन्दर तरन्नुम में बजते तबला, हारमोनियम और गाते हुए गोसाईं महाराज की आवाज गूँज रही थी।...हमारी संस्कृति की एक झलक...शृंगार-रस की दिव्यता की पराकाष्ठा है यह...और आज हमने शृंगार को जिस विकृति के गर्त तक पहुँचा दिया है, वहाँ मात्र असन्तोष, लोभ, विनाश और विध्वंस के सिवा कुछ नहीं है...भटक गए हैं हम अपनी धुरी से—इस हद तक कि सँभलने का होश तक गँवा बैठे हैं।

तब यह सब सोच पाने की न उम्र थी, न समझ।...सौभाग्य-रात्रि वाली बात भी घर में चलते एक मजेदार प्रसंग से ज्यादा कुछ नहीं थी—लेकिन अब वह एक समूचा कालखंड है।

वसु उसी कालखंड की उपज है।

आने से पहले मुझे जकड़कर चीत्कार करती वसु (न जाने कितनी चीजों के लिए थी उसकी चीत्कार...) और माँ की सौभाग्य-रात्रि की स्मृति कैसे एक साथ हो ली, पता नहीं!

मेरे साथ हमेशा स्मृतियों का यह काफिला न चला करता तो मैं भी मेधा की तरह आधी रात की इस फ्लाइट में चैन से सो न रहा होता?...

पुरचावर्ती लवकर या...

हाँ, मैं नहीं सो पा रहा न!...

बावजूद इसके कि पिता की मृत्यु के शोक-सन्ताप से जुड़े सारे आवेग क्रमशः थम चुके हैं। माँ ने शान्त, निरुद्वेगी भाव से मुझे विदा भी दे दी, मन चाहे जितना भारी रहा हो।

भारत प्रवास के दौरान बच्चे बीमार नहीं पड़े और मेधा सबके साथ ठीक-ठाक रह ली। मेरी तो सबसे बड़ी उपलब्धि यही।

सारे कर्तव्य के बाद अब स्वेच्छा से वापसी हो गई। होनी भी चाहिए थी। भरे-पूरे परिवार का तृप्त, सन्तुष्ट, गृहस्थ-सुख-सुविधाओं से समृद्ध जीवन। सबसे बढ़कर इससे ज्यादा रह पाना अब अपने उस घर में सम्भव भी नहीं था। बच्चे तो शायद यह सोचकर ही आखिरी दिनों में शान्त थे कि अब तो दो-चार दिनों में 'अपने घर' जाना ही है।

लेकिन यह कैसे काफिले हैं जो लगातार साथ-साथ चल रहे हैं? फ्लैश बैक की आवाजाहियाँ खत्म होने को नहीं आ रहीं! जब पहली बार कॉलेज टूर पर कलकत्ता

गया था—दशहरे की छुट्टियों में दुर्गा पूजा की धूम। हर जगह लम्बे घुँघराले बालों और बड़ियारी आँखों वाली तेजोदीप्त दुर्गा। पीछे-पीछे नाचते-झूमते बावले बंगाली—'आ वारे ऐशो माँ...' चैतन्य महाप्रभु की तरह हाथ उठाए गाते-बजाते, अबीर-गुलाल उड़ाते...सौभाग्यवती युवतियों का 'शिन्दूर-खेला'...अन्दर-बाहर की समूची चेतना में सनसनाता एक तन्मय भाव...!

उससे भी बहुत पहले, जब पापा को पहली बार एल.टी.ए. मिला था, हम सब साथ-साथ मुम्बई आए थे। हम चकबके से देखते रहे थे—आसमान छूती इमारतों और डबल डेकर बसों को। हर कहीं हलकोरता समन्दर, झमझमाती बारिश! गीले पत्तों के पंख फड़फड़ाते नारियल के पेड़ और उसी भीड़-भाड़ में ट्रकों, वैनों और ट्रालियों में विराजते—सूँड में मोदक लिये, गदबदे बच्चे से, प्रसन्न-वदन गणपति! एक-दो नहीं, अनेक, अधिसंख्य! जुलूस निकल रहे हैं, समवेत उद्घोषों से आकाश गूँज रहा है—गणपति बप्पा मोरिया! पुरचावर्ती लवकर या...पता चला, गणपति विसर्जन का त्योहार है, बहुत मान्यता है इसकी।

ठस्सम-ठस्स भरी सड़कों पर नाचते-कूदते लोग। नगाड़ों की तड़ातड़-तड़, तड़ातड़-तड़ का तेज शोर। अबीर-गुलाल के गुबार। माथे पर रंग-बिरंगे बैंड वाले लड़के। रंगीन चमचम साड़ियों में सजी युवतियाँ—सुध-बुध बिसरे! मस्त मगन नाचती हुई। रास्ता बनाते लोग—इन्तजाम बरोब्बर...बाई लोक इदर कूँ, मर्द माणस वो बाजू...

लो भइये, कलकत्ता में 'माँऽ गोऽ', मुम्बई में 'बप्पा मोरिया रे'...तो मगन हैं लोग 'मइया-बप्पा' से लेकर भगवानों की तैंतीस करोड़ रिश्तेदारियों में। कहीं 'माता की चौकी', कहीं बांके बिहारी का श्रृंगार, कहीं हनुमान जी की जयन्ती, कहीं शिव शंकर का रुद्राभिषेक। इसके सामने सारे डिस्को फेल। दिस इज रियल इंडिया!

व्हाट इंडिया, छोड़ो भी! इससे कहीं बड़ा समन्दर, इससे कहीं ज्यादा साफ-सुथरी और प्रदूषण मुक्त नदियाँ, पहाड़, हरियाली, घाटियाँ, सड़कें, रोशनी की हाट वाला यह महादेश!

लेकिन मेरे अन्दर एक बारिश झमझमाती है। एक समन्दर हलकोरता है। एक बेसुधी तारी होती है। अनजाने, एक आवाज, उन समवेत आवाजों के साथ हो लेती है :

पुरचावर्ती लवकर या...

अगले बरस जल्दी लौटना...आना जल्दी...लौटना...किस देश, किस काल से...या फिर हमारे अपने अन्दर ही बार-बार लौटना...

लौटूँगा तो किवाड़ों की ओट, विशाखा दीदी खड़ी रो रही है।...मेरी दी घड़ी, हाथों में बाँधे वृन्दा...और मुझे जकड़कर हुमसती हुई वसु...हाँ, लौट रहा हूँ मैं...।

मुझे अच्छा लग रहा है...वरना असल के भाई-बहन तो अब सिर्फ जिक्रों में मिलते हैं न! और उनके बच्चों का तो जिक्र भी नहीं हो सकता क्योंकि वे सिर्फ एक दूसरे के मुँह से सुने जाते हैं, देखे-महसूसे नहीं। देखे-महसूसे जाते तो राखी बाँधते, टीका करते...फिर उसी बात पर रोते-गाते, लड़ते-झगड़ते...भाई अपनी बहनों से ज्यादा मौसियों, चाचियों वाली छोटी बहनों को प्यार करते, या फिर ताई वाली दीदी को। अपनी बहनें खीझतीं लेकिन माँएँ कभी नहीं कहतीं कि यह तुम्हारी सगी बहन है, वह चचेरी।...

प्रतिमाएँ विसर्जित हो रही हैं।...

पुरचावर्ती लवकर या...

कहाँ-कहाँ से लौटेंगे हम ? क्या है जो यह समय हमें नहीं दे पा रहा... ?

आवाजें आ रही हैं—दिस इज़ नॉट माई कंट्री

चले गए सब—वृन्दा, विशाखा, दिवांग और दूर्वा। वेणु, मेधा और साशा भी...।

अब सिर्फ आवाजें गूँज रही हैं।...बेटू ऊब रहा है, 'मॉम, आयम बॉर हियर।'...साशा लगातार मेधा को तंग कर रही है, 'व्हेन आर वी गोइंग बैक 'होम'?'...वेणु मेधा को झुँझलाई देखकर बच्चों को अपने पास बुला लेता है। अमेरिका की तरह कुछ खेलने की कोशिश करता है। सहसा याद आने पर दिवांग, दूर्वा और मुनमुन को भी बुलाता है। वे नहीं खेल पाते। साशा पैर पटककर जोर से 'नोऽऽ' कहती है...।

विशाखा जल्दी से तीनों बच्चों को अपने पास बुला लेती है और एक बहुत हल्की, तल्ख मुस्कान के साथ कहती है, 'वेणु! तू अपने बच्चों को बहला, मैं इन सबको सँभाल लूँगी...चलो सब इधर, तंग मत करो मामा को...दिवांग! जरा दूर्वा और मुनमुन को 'दुल-दुल घोड़ा, पाँच पकौड़ा' और 'अक्कड़-बक्कड़ बंबे बो, अस्सी नब्बे पूरे सौ' वाला खेल खिला तो...'

दिवांग समझदार है। फौरन माँ का आदेश मानकर बच्चों को बाहर बरामदे में लेकर चला जाता है। दूर्वा भी तो। दोनों कैसे भी बेटू और साशा को सँभालते हैं। उन्हें खुश रखने की कोशिश करते हैं। थक जाने पर भी कहते नहीं। ये भी तो हैं आखिर बच्चे ही। बस, वृन्दा का मुनमुन नहीं समझता। साशा लाख माँगे, अपना खिलौना नहीं देता। अपने हक पर अड़ा रहता है। जबरदस्ती उससे लेकर साशा को देने की कोशिश करो तो चीख मारकर जमीन पर लोट जाता है। दिवांग और दूर्वा जब भी इंग्लिश बोलने की कोशिश करते हैं, बेटू-साशा उस पर हँसते हैं। दिवांग अपमानित महसूस करता है।

लेकिन मुझे उद्विग्न देख सँभाल ले जाता है। उल्टे मुझे समझाता है, 'आप जाइए नानी! परेशान मत होइए...मैं इन सबसे बड़ा हूँ न...!'

सिर्फ एक बार आहत स्वर में चिढ़कर कहा था, 'जाने दीजिए...उसे रोने दीजिए नानी...जानती हैं, क्या कह रहा है? आयम सिक ऑफ इंडिया...इसे यहाँ का सब कुछ गन्दा, खराब लग रहा है।...फिर यह आया क्यों, पूछिए इससे ?...हम सब इतना प्यार कर रहे हैं...वह सब कुछ नहीं ? इसके लिए ही तो अपने इग्जाम के दो पेपर बीच में छोड़कर आया हूँ मैं...'

विशाखा पास खड़ी कसमसाई दोनों होंठ काट रही थी।

मैंने दिवांग को बाँहों में भींचकर कहा था, 'वह छोटा और पगला है बेटा, पर मुझे खुशी है कि मेरा दिवांग इतना समझदार हो गया।'

छोटी दूर्वा शह पाकर बटन-सी गोल आँखें नचाती बोली, 'और...और साशा भी तो...कोई खाना इसे पसन्द नहीं आता। नाक सिकोड़कर कहती है—आई डोंट लाइक दिस यकी स्मेल...हर चीज को 'यकी-यकी' बकती रहती है। मैं वेणु मामा से साशा की शिकायत करूँगी।...दिवांग भैया, चलो, इसे छोड़कर...हम मुनमुन के साथ खेंलेगे—हाँऽऽऽ ?'

वृन्दा किचेन से क्षुब्ध स्वर में बोली थी, 'नहीं दिवांग! मामा से कुछ नहीं कहना है, समझे तुम तीनों?'

'हाँऽऽऽ, मामा को दु:ख होगा न!'

मामा एक दिन बेटू-साशा को समझा रहा था, 'दिस इज अवर कंट्री बेटे! वी आर बॉर्न हियर। वी आर प्राउड ऑफ इट...'

'नोऽऽऽ, आयम नॉट—दिस इज नॉट माई कंट्री। पीपुल ओनली टॉक एंड लाफ, ऑल द टाइम...'

'एंड दैट आलसो, सो लाउडली...' पास खड़ी साशा भी नाक सिकोड़कर बोली, 'येस, एंड सोऽऽ मेनी बग्स—एंड फ्लाइ...एंड सो मैनी पीपुल टूऽऽऽ...'

अचानक याद आया, नासिक से प्रयाग की लम्बी तीर्थयात्रा के दौरान दो विदेशी मिले थे जो हर स्टेशन पर उतर-उतरकर प्लेटफार्म पर तली जाती पूरियाँ, सब्जी और जलेबियाँ खा रहे थे। खूब खुश, मस्त घूम रहे थे। पता चला, हर दो-चार साल पर पैसे इकट्ठे कर दोनों यहाँ आ जाते हैं। उन्हें इंडिया अच्छा लगता है।

प्रभाकर ने उनसे पूछा था, 'व्हाय? यहाँ का क्या आपको सबसे अच्छा लगता है?'

उन्होंने छूटते ही कहा था, 'पीपुल...'

और बेटू साशा कह रहे थे, 'वी आर सिक ऑफ दीज पीपुल...!'

चटाक्! बेटू के नरम गालों पर वेणु के सख्त हाथों का चाँटा पड़ा था। सब एकबारगी सनाका खा गए थे। बेटू एक पल को अकबकाया, फिर जोर से बिलबिलाकर रो पड़ा। उसे रोता देख साशा भी। मेधा दोनों को लेकर तेजी से कमरे में चली गई। पूरा घर स्तब्ध था, जैसे किसी को विश्वास न हो पा रहा हो!

लेकिन पूरा घर कहीं सन्तुष्ट भी था, जैसे सबका चाहा हो गया हो! जो सब चाहते थे लेकिन कह नहीं पा रहे थे। इस न्याय से सन्तुष्ट थे सब।

अचानक विशाखा उठी। कचोट और पछतावे से भरी हुई वेणु के पास आ चुपचाप खड़ी रही, फिर जैसे उसे और खुद को एक साथ समझाती कहती रही, 'तू बहुत परेशान हो जाता है वेणु! मन को समझा। अब ये बच्चे तो आखिर वहीं के हुए। बेचारे बुआ, दादी को क्या समझेंगे! उनका दोष भी नहीं।'

वेणु सुनता-सुनता उठा और हारा-सा चुपचाप कमरे में लौट गया था।

कौन-सी मिट्टी...कौन?

आवाजें आ रही हैं।

कमरे में मेधा रोती हुई कह रही है, 'इंडिया आकर तुम भी एकदम यहाँ के लोगों की तरह बिहेव करने लगे हो, वेणु! उसी तरह बोलने और मारने-पीटने भी। अगर तुम सोचते हो, ऐसा करके तुम बेटू की धारणा इंडिया के प्रति बदल दोगे तो यह तुम्हारी भूल है। बच्चों को बड़ों-सी डिप्लोमेसी नहीं आती। जो देखते हैं, बोल देते हैं। उन्हें इंडिया, अमेरिका से कुछ नहीं लेना-देना है। जो देखा, बोल दिया...तो तुमने हाथ उठा दिया?...इस तरह सिखा चुके तुम उसे इंडिया पर प्राउड फील करना।'

‘ठीक है, तो तुम सिखाओ उसे अपने तरीके से!’ वेणु हुमका।

‘मैं क्यों सिखाऊँ? जरूरत क्या है? मुझे क्या गरज पड़ी है?...इन व्यर्थ की लफ्फाजियों से मेरा कोई लेना-देना नहीं।’

‘जब इंडिया को लेकर बेटू या साशा कुछ ऊलजलूल कहते हैं तो तुम्हें बुरा नहीं लगता मेधा?...वह तो हम दोनों को लगना चाहिए न!’

‘नहीं, मैं तुम्हारी तरह भावुक नहीं कि बच्चों की बातों को लेकर इतनी माथा-पच्ची करूँ। बच्चे तो इनोसेंट होते हैं। छक्का-पंजा नहीं जानते। लेकिन बड़ों को तो समझना चाहिए।’

‘लेकिन हमारे बच्चों की बातें अगर किसी के आत्मसम्मान को ठेस पहुँचा रही हों, तो?’

‘तो उन लोगों को समझा देना चाहिए कि दरअसल ये जिस देश में रहते हैं, वहाँ धूल-धक्कड़, मच्छर, मक्खी नहीं हैं। उखड़े फुटपाथ और कचरे के ढेर भी नहीं देखे इन्होंने। वहाँ गन्दी रेलगाड़ियाँ और प्लेटफार्मों के बदले रुपहले, सुनहले डिब्बों वाली ट्रेनें, चिकनी सड़कें और खूब साफ-सुथरे फुटपाथ हैं। इसलिए इन्हें यहाँ सब गन्दा लग रहा है। बच्चे ठहरे न!’

‘तो फिर शायद तुम्हारा दोष है या मेरा, जो उन्हें अपने देश के विषय में ठीक-ठीक कभी नहीं बताया। गर्व करना नहीं सिखाया। देश से बढ़कर कहीं यह मुझे मेरा अपमान लगा—मेरे घर, शहर, देश का अपमान। अब अगर मैं चुपचाप बर्दाश्त कर लूँ तो भी गलत नहीं होगा क्या यह?’

‘गलत-सही की मैं नहीं कह रही, न मेरी सहमति जैसा कुछ। इसलिए मुझ पर आरोप लगाने का तुम्हें कोई हक नहीं। यह सिर्फ बच्चों की स्वाभाविक प्रतिक्रिया है। हम उनका मुँह बन्द नहीं कर सकते।’

‘और इसमें गलत कुछ नहीं?’ वेणु आहत तैश में था।

‘गलती तो सबसे बड़ी यही कि तुम उस देश में गए ही क्यों? यहीं रहते और ‘मेरे देश की धरती सोना उगले, उगले हीरे-मोती’ गा-गाकर वाहवाहियाँ लूटते...’

‘यह तो हद हो गई। जीविकोपार्जन के लिए लोग देश-विदेश, कहाँ-कहाँ नहीं भटकते! महत्त्वाकांक्षा भी होती है, लाचारी भी। लेकिन इसका मतलब यह तो नहीं कि आदमी अपनी मिट्टी, अपने-लोग, अपनी चीजों को भूल जाए? बल्कि दूर रहने पर तो ये और ज्यादा याद आते हैं।’

‘बिलकुल ठीक समझे तुम। तो इन बच्चों को भी ‘अपनी’ मिट्टी और देश ही याद आ रहा है। ये वहीं के हैं। उसी जलवायु में बड़े होने वाले। उसी हवा-पानी की उपज।...यह मेरा, तुम्हारा देश हो सकता है, इन बच्चों का नहीं।’

(गनीमत मेधा, तुमने ‘मेरा’ भी कहा।)

‘तो इनका देश कौन-सा हुआ मेधा?’

‘यह मुझे नहीं मालूम। मुझे कोई डिबेट नहीं करनी।’

‘लेकिन यह बहुत जरूरी सवाल है कि ये वहाँ क्या माने जाएँगे—अमेरिकन? कौन मानेगा इन्हें? अमेरिका में पैदा होकर भी जन्मजात अमेरिकी सिटिजनशिप और सारे सामाजिक, राजनीतिक फायदों के बावजूद, व्यावहारिक और सामाजिक स्तर पर क्या ये

अमेरिकन माने जाएँगे? नहीं—मेरी समझ से तो किसी के पूछने पर ये भी 'आयम फ्रॉम इंडिया' ही कहेंगे।'

'क्योंकि हम इन्हें रटाते आए हैं...'

'ठीक है, तुम त्रुटियाँ सुधार कर इन्हें 'आयम फ्रॉम अमेरिका' रटाना शुरू कर दो।'

विक्षुब्ध वेणु उठकर कमरे से बाहर चला गया।

माँ : एक वर्जित स्मृति

पिछली बार हमारे अमेरिका पहुँचने के थोड़ी देर बाद बेटू स्कूल से लौटा था।

मैं उसे देखते ही उठने लगी थी लेकिन तब तक वह अपना बैग-पैक लिये सीढ़ियाँ चढ़ने लगा था।

वेणु और मेधा ने पुकारा था, 'बेटूऽऽ!'

उसने जवाब दिया था, 'कमिंग।'

शायद वह अपना गेम ढूढ़ रहा था। फिर लिये-लिये आया।

आने पर वेणु ने कहा, 'दादी को पहचाना?'

उसने कहा, 'यप्प!'

'तो पैर छूने चाहिए न!'

वह कसमसाया खड़ा रहा।

वेणु ने हल्के से आँखें तरेरीं, वह धीमे से हिला ही था कि मैंने उठकर उसे इस तरह रोक लिया, जैसे वह सचमुच हमारा पैर छूने ही जा रहा था।

मैंने उसके बाल सहलाए, माथा चूमा, 'कितना बड़ा हो गया तूऽ... !'

वह अडोल, बुत-सा खड़ा रहा। किसी तरह सिर हिलाकर तिबारा 'यप्प' बोला।

मैंने दुबारा कोशिश की थी, 'तू जब इत्ता सा था, तो दादी की गोद में दुबककर सोता था।'

बेटू ने होंठ खींचे।

'तेरी बुआएँ तुझे याद करती हैं, तेरे बारे में पूछती हैं।'

बेटू जस का तस फँसा हुआ खड़ा रहा—निकलने का रास्ता सोचता-सा।

हमारे पास भी कोई रास्ता नहीं था। प्रभाकर तो जैसे पस्त से एक तरफ बैठे थे। अकेली मैं कितने प्रश्न पूछती। लगातार निरुपाय होती जा रही थी। बेटू अब तक सारे समय चुप ही रहा था सिवाय दो-तीन बार 'यप्प' करने के।

शायद मेरी मदद के खयाल से प्रभाकर ने बेटू से एक-दो बातें इंग्लिश में पूछने की कोशिश की। बेटू आधी बात तो समझा ही नहीं, शेष आधे के उच्चारण पर सिर झुकाए होंठों के कोनों में मुस्कुराने लगा।

मैंने फिर बात सँभाली, 'हिन्दी बिलकुल नहीं बोल पाता न!...कोई बात नहीं...यहाँ जरूरत भी क्या... !'

शायद मेधा भी लज्जित थी। वेणु ने सिर हिलाकर सुधारा था, 'नहीं, बोलता था—थोड़ा-बहुत पहले... । अब भी समझ पूरी लेता है...असल में यहाँ कोई नहीं बोलता न...मैंने, मेधा ने पूरी कोशिश की, टूटी-फूटी बोलने भी लगा था लेकिन बाद में...धीरे-धीरे...'

ठीक तभी वेणु से बेटू ने अंग्रेजी में पूछा था, 'डैड! मैं जा सकता हूँ क्या?'

वेणु के पास 'येस' कहने के सिवा कोई चारा न था।

मेधा ने वेणु को समझाया था, 'बेटू ऐसा कुछ एक्सेप्शन नहीं...वह वही कर रहा है जो उसकी उम्र के सब बच्चे करते हैं। इसे इतनी गम्भीरता से मत लो। टेक इट लाइटली। उसे कभी के देखे-सुने, उदास और बूढ़े से दादा-दादी में भला क्या इंटरेस्ट होगा? हम सब भी जब छोटे थे, बड़े-बूढ़ों के पास अच्छा थोड़े लगता था! खैर, हमारे बचपन की तो ये समस्या रही नहीं...हम तो अपने दूसरे फ्रेंड्स के यहाँ देखते थे—जबरदस्ती पैर छुवाया जाता, जबरदस्ती आदर कराया जाता, बात मनवाई जाती...'

'और धीरे-धीरे यह उनकी आदतों में शामिल हो जाता था न!' वेणु मुस्कुराया।

मेधा भड़क गई, 'तुम्हारा मतलब है, मैं बेटू के प्रति अपनी जिम्मेदारी नहीं निभा पाई?'

'नहीं, 'हम'।...मैं बराबर का दोषी हूँ...'

'तुममें बिलावजह अपने-आप पर दोष मढ़ लेने की गलत आदत है...'

'दूसरों पर दोषारोपण से तो अच्छा है न...!' वेणु हँसा, 'वाह! तुम भी दोषी नहीं, मैं भी नहीं...तो फिर बेटू...'

'वह तो तुम कर चुके, अब बचाव का रास्ता ढूँढ़ रहे हो। तुम्हें मालूम है, बेटू के तुतलाना शुरू करने के समय तक ज्यादातर घर में ही थी और तुम ऑफिस से काफी लेट आते थे, फिर भी...सीधी-सी बात है, एक तरफ से सारे भारतीय बच्चे इंग्लिश ही बोलते हैं, तो मैं क्या करती?'

'नहीं, विकास और मनीषा की बेटी टपर-टपर मराठी में तुतला रही थी अपनी नानी से...और जब हम पहले अपार्टमेंट में थे, मुखर्जी की शिवानी भी कम-से-कम अपने दादू और ठाकु-माँ से बांग्ला में बोलती थी।'

'वह तो इसलिए क्योंकि वे लोग पूरे छह-छह महीने यहाँ साथ रहे थे। और कई बार आए थे...(अपने को बेकसूर साबित करने की मेधा की आदत का मैं हमेशा कायल रहा...) बच्चों में जो अच्छी बातें हैं, वह हम क्यों न देखें...कि ये बच्चे कितने आत्मविश्वस्त, कितने इनडिपेंडेंट हैं? कितने क्लियर हैं अपने व्यूज में? (गलत हो या सही—मैं व्यंग्य से मुस्कुराया) अब बड़े-बूढ़ों को भी समझना होगा, अनचाहे जबरदस्ती क्यों घुसे रहें दूसरों की दुनिया में? बच्चों को भी अपनी पसन्द-नापसन्द का अहसास है—उनके प्रति आपकी माया-ममता, आपकी जरूरतें, आपके शौक हैं, उन्हें क्यों थोपना बच्चों पर? यह बूढ़ों की लक्जरी हुआ करती थी, पुराने समय में। बहुत कुछ बच्चों का प्रिविलेज भी मान लिया जाता था—लेकिन अब...अब बच्चों के पास दूसरी 'लक्जरियाँ' हैं—तमाम सारे वीडियो गेम्स, पजल...(दादा-दादी, नाना-नानी, बुआ-मौसी जैसी बोर स्टाफ के रिप्लेसमेंट)।'

शायद मेधा अपने अपराध-बोध से मुक्त होना चाहती थी और शायद वेणु अपने अपराध-बोध को महसूस करके ही राहत पा रहा था।

याद है, एक दिन बेटू से एक गिलास पानी माँगा था मैंने। बेटू ने मेरी तरफ कुछ अजीब तरह से देखा था, जैसे वह समझा ही नहीं। जैसे मैं उसकी दादी नहीं, कोई भी एक व्यक्ति हूँ और वह व्यक्ति, यूँ ही बिना बात एक दूसरे व्यक्ति (बेटू) को अपना काम करने के लिए बाध्य कर रहा है। बैड एटीकेट।

इतने सारे मॉडर्न एटीकटों में यह कहीं भी शामिल नहीं है क्योंकि यहाँ कोई बडा-छोटा है ही नहीं, सब बराबर हैं। हाँ, अगर सचमुच (मदद माँगने जैसे) कोई वैलिड रीजन है, जैसे मैं अनवैलिड होऊँ तो उसे 'कुड यू प्लीज, डू मी अ फेवर' कहकर एक गिलास पानी माँगा जा सकता है।...इसी तरह 'खाना लग गया, चले आओ सब, फौरन' की हाँक लगाने के बदले 'तुम हमारे साथ खाना खाना पसन्द करोगे क्या ?' कहकर बच्चों से पूछना चाहिए।

बचपन पर 'वयस्कता' (परिपक्वता) का इतना बड़ा दबदबा!

तो फिर सारी दुनिया के बच्चे आत्महत्या क्यों कर रहे हैं... ?

कभी-कभी लगता है, वह बचपन या वे बच्चे सभ्य नहीं थे क्या, जो दौड़-दौड़कर बड़ों के लिए पानी का गिलास, नाश्ते की तश्तरी लाया करते थे ? बल्कि जरा बड़े होते ही बड़ों को नाश्ता-खाना परोसने, खिलाने और खाली हुए कप-गिलास वापस ले जाने का काम बच्चों का ही हुआ करता था, और बदले में 'जीते रहो', 'खूब बड़े से हो जाओ' की प्रशंसा सुनकर वे निहाल हो जाया करते थे।

वेणु भी तो अपने खिलौने, किताबें, कपड़े बेशक यहाँ-वहाँ फेंक दिया करता था लेकिन दादा जी का चश्मा और पापा के जूते वही दौड़कर लाया करता था। थोड़ा और बड़ा हुआ तो घर के बाहर की भी आधी से ज्यादा दौड़ धूप...कभी थकान का 'बहाना' बनाकर जरा भी टुन्न-पुन्न की नहीं कि सीखों, फटकारों की बौछार चालू...ये देक्खो, इत्ती सी उमर में तो हमारी बड़ों के सामने जबान सूख्ती थी...थकान की बात कहाँ से करते...और ये हैं कि...

क्यूँ भई ! बेटू क्यों चाहेगा ऐसा बचपन ?—मैं अपने ही प्रतिपक्ष में डटकर खड़ी हो गई हूँ।

फिर धीरे-धीरे अपनी ही आवाज मुझे समझाती है—क्योंकि यह बचपन थोड़ा डर, (बड़ों का) संकोच और अनुशासन सौंपता था। बड़ों के लिए कुछ करना उसकी आदतों और स्वभाव में शामिल हो जाता था। किसी के लिए सहज भाव से कुछ कर देने की खुशी। छोटी-छोटी ढेर सारी थकान भरी खुशियाँ जो उसे 'बोर' नहीं होने देती थीं। वह बचपन वयस्क होकर भी लचीला बना रहता था। एक सहज, प्रवाही जीवन—खटमीठे रस से भरपूर!

वह बचपन सिर्फ अपने लिए जीने वाला खुदगर्ज बचपन नहीं हुआ करता था जो उसे स्वार्थी और आत्मकेंद्रित बनाकर संग-साथ के उत्साह और शेयरिंग से काट दिया करता हो। जैसे जीवन एक खटमीठा फल नहीं, रस निचोड़ा हुआ गूदा हो!

एक दिन मैं बेटू से पूछूँगी कि अगर वह दादी के कहने पर बेडरूम से उनका बटुआ लाकर देगा और दादी खूब खुश हो जाएँगी तो उसे अच्छा लगेगा या नहीं ?

लेकिन मैं बेटू से यह सारा कुछ क्यों पूछना चाहती हूँ ?

शायद उसे अपने मन के गुणों, मूल्यों से भरपूर करने के लिए। शायद उसके बचपन के साँचे पर एक बेहतर मनुष्य गढ़ पाने के लिए।...तो क्या मैं समझती हूँ, मनुष्य की मेरी वाली परिभाषा ही सही परिभाषा है ?

और क्या उन गुणों के साथ, बेटू आज की दुनिया में सरवाइव कर ले जाएगा?

मेरे द्वारा गढ़ा पुराने ढाँचे वाला मनुष्य, बदलते समय के साथ अपनी उपयोगिता सिद्ध कर पाएगा? यदि नहीं तो वह किस काम का?

आज नहीं, शताब्दियों से खोटे सिक्के, खरे सिक्कों को बाजार बाहर करते आए हैं। नहीं, रूढ़ियाँ, परम्पराएँ समय के साथ बदलती हैं, आधारभूत मानवीय मूल्य नहीं। वे सोने की तरह होते हैं। सोना यूँ ही, बाजार के जोर पर, सोना नहीं हो गया। इतने हजारों-लाखों सालों तक तमाम सारी धातुओं को जानने-परखने के बाद सोने के खरेपन का लोहा माना गया...।

लेकिन बात तो बेटू से शुरू की थी और तब बेटू जैसे मुझसे कह रहा था, 'दादी! आपके इस 'दादी' सम्बोधन को छोड़कर और मैं आपको ज्यादा कुछ भी तो नहीं जानता। मेरी क्लास के किसी बच्चे की दादी आप जैसी नहीं है। उन दादी और पोते की भाषा भी एक है। यहाँ चारों तरफ इसी भाषा में बात करते हैं, एक आपको छोड़कर, तो बताइए, 'डिफरेंट' मैं हूँ या 'डिफरेंट' आप?...अन्याय मेरे साथ हुआ है या आपके साथ? यदि आप भी मेरी यहाँ की चिकनी रंग-बिरंगी बुक्स वाली ग्रैंड मदर होतीं, और वैसे ही बोलतीं तो मेरा कुछ-न-कुछ रिश्ता तो जुड़ता ही आपके साथ!

'आपके पास भी मेरी किताबों के 'इलेस्ट्रेशंस' जैसा फार्म होता, तो मैं और साशा उन्हीं किताबों के चित्रों की तरह ग्रैंड-पा के फार्म में आते। फार्म की 'पिग्रीज' (सुअर के बाड़े) देखते, रोस्ट-बीफ खाते। फिशिंग करने जाते। डेविड की ग्रैनी उसे टिफिन में भी बीफ कटलेट देती हैं। मैं जिस दुनिया में रहता हूँ, उससे अलग बिहेव कैसे कर सकता हूँ... ?'

माँ की डायरी-1 : वेदनाओं का पुनर्जन्म

क्या व्यथा और वेदनाएँ भी पुनर्जन्म लेती रहती हैं?...तभी तो सालों-साल बाद, आज वह व्यथा मेरे अन्दर हलकोर उठी है जब लोकेन्द्र अपनी ग्यारह साल की बच्ची को लेकर हिन्दुस्तान आया था—अम्मा की बीमारी में उन्हें दिखाने...। लोकेन्द्र ने अपनी बेटी को उसकी दादी से इंट्रोड्यूज कराया था, 'योर ग्रैंड माँ!'

दादी-पोती बिटर-बिटर एक दूसरे को देखती रही थीं...।

बाद में अम्मा ने मुझसे कहा था, 'वाय क्या मालूम, कौन हूँ मैं उसकी? उसे एक शब्द रटा दिया गया—'दादी'! बाकी तो हम निरे अजनबी ही रहे एक-दूसरे के लिए, नहीं... ?'

इतने वर्षों बाद, हमारे पहुँचने पर, वेणु वही कहकर बेटू को हमारा रिश्ता बता रहा था और बेटू ऊबासा पूछ रहा था, 'डैड! मैं जा सकता हूँ क्या?'

माँ की डायरी-2 : कितनी प्यारी बातें!

मेधा खाने के लिए बुला रही है—बेटू हाथों में पकड़ा वी.डी.ओ. गेम्स सॉल्व कर रहा है।

सुबह नाश्ते पर—

बेटू अभी सोया है।

शाम डिनर पर—

बेटू अभी लौटा नहीं है।

या फिर, 'आयम नॉट हंग्री...'

या फिर, बेफिक्री से, 'व्हाट्स फॉर डिनर... ?'

मेधा बताती है। जवाब में वह 'यकी' जैसा कुछ कहता है।

'मैं 'हैम'—सैंडविच खा लूँगा।'

'आई तूऽऽ...(मैं भी..)' साशा तुतलाती है।

उसका हीरो बेटू है। खान-पान, बोल-चाल—सबमें। ठीक उसी की तरह साशा भी जब-तब अपनी नापसन्दगी 'यकी' कहकर जाहिर करती है।

हम ऐसी हर बात पर हँस देने की कोशिश करते हैं, जैसे—'बच्चे 'कितनी प्यारी बातें' कर रहे हैं!'

एक लाचार कोशिश उनसे जुड़ पाने की। दादा, दादी का न सही...कैसा भी...एक रिश्ता सा ही सही... !

लेकिन कहाँ जुड़ पाता है?

वेणु का बेटा मेरे ऐन सामने होकर भी बहुत दूर है मुझसे।

माँ की डायरी-3 : हम क्या बात करें?

हम किसकी बात करें?

हम कैसे (किस भाषा में) बात करें?

क्या यह सिर्फ जेनेरेशन गैप है?

नहीं, वृन्दा-विशाखा के बच्चों के बीच यह अजनबीयत नहीं है। दूर रहने पर भी उनके ज़ेहन में मौसी, मामा, बुआ, चाची आदि सारे नाम मिठबोली स्मृतियों के साथ सुरक्षित हैं। उनके ऊपर-नीचे की पीढ़ियों वाले नाम भी। इन पहचानों की वजह से वे जुड़ लेते हैं। बिना मिले भी जैसे मिले होते हैं, और एक दूसरे से दूर होते हुए रोते हैं... ।

बेटू के पास ऐसी कोई स्मृति नहीं है जिसे वह सँजोकर रखना चाहे। इतने सारे देखे चेहरों में से कोई चेहरा ऐसा नहीं जिससे वह कोई लगाव महसूस कर सके। कौन क्या है, वह नहीं समझ पाता। समझना चाहता भी नहीं। यह रिलेशन, रिश्ता क्या बला है जिसे लेकर लोग इतना हँसते, रोते हैं? रिलेशन और फैमिली के नाम पर वह सिर्फ माँ, डैड और साशा को जानता है।

बाकी के लोगों के साथ वह दूरियाँ नाप सकता है, नजदीकियाँ नहीं... ।

माँ की डायरी-4 : भूलना मत हमें

रिक्शा आ गया। विशाखा जा रही है।

बेटू और साशा, मेधा के पास खड़े, चुपचाप देख रहे होते हैं—वेणु को गले से लगाकर रोती हुई विशाखा को, '...तू बहुत दूर चला गया वेणु!...जहाँ न हम पहुँच सकते हैं, न तू ही बार-बार आ सकता है। अब के गए फिर न जाने कब देख पाएँ हम एक दूसरे को...खुलकर रो लेने दे मुझे...कब की रोकती, दबाती आई हूँ...कब का बिछड़ा मिला है

तू मुझे इस बार...' अचानक विशाखा वेणु का सिर अपनी बाँहों में भींच लेती है, 'जानती हूँ, तू मेरा वही छोटा भैया है रे...' उसने वेणु का माथा इस तरह चूमा, जैसे वह सचमुच छोटा बच्चा हो!

सामान रख गया तो रिक्शे पर बैठती विशाखा के पाँव छुलाए वेणु ने साशा और बेटू से। दिवांग और दूर्वा बड़े पुरखों की तरह, बड़ों की सुना-सुनी दोनों को प्यार करते हुए कह रहे थे, 'भूलना मत हमें। हम तुम्हारे भैया, दीदी होते हैं, समझे... ?'

माँ की डायरी-5 : शर्मिन्दा सभ्यताएँ

आवाजें गूँज रही हैं।...दूर होते जाते रिक्शे की ट्रिन-ट्रिन करती घंटियाँ भी।...धुँधलाती यादों के रंग-रेखाओं को जैसे रबर से घिस-घिसकर मिटाया जा रहा हो! अक्सर हम रक्त-सम्बन्धों के सबूतनामे लेकर बैठे रह जाते हैं, लेकिन बहती नदियाँ सूखती भी तो जाती हैं। दोआबे ऊसर में तब्दील नहीं हो जाया करते क्या?...तो क्या आदमी भी ऐसे ही तब्दील हो जाएगा—निपट अकेला रह जाने के लिए? नहीं, शायद वह जरूरत भर का साथी तलाश लिया करेगा।

और ये रक्त-सम्बन्ध?...हटते जाएँगे हमारे शब्दकोशों से... ?

तो क्या तब नए शब्दकोश बनेंगे? नई सभ्यताओं के... ?

लेकिन सभ्यताएँ तो यहाँ पहुँचकर शर्मिन्दा खड़ी हैं... !

परिशिष्ट

अब इस दुनिया में हम...

अब तक की सारी उम्र जिन्दगी में तरतीबियाँ बिठाते ही बीती... । एक तरह से देखें तो जिन्दगी को तरतीबों का एक अजायब घर बना देते हैं हम। यह लाना है, वह पाना है... । वह पाना है जो किसी के पास नहीं, जो किसी ने न पाया हो...और पाकर ऐसे रखना है कि किसी को कानोंकान खबर न हो... ।

लेकिन अब पाते और खोते जाने की भी तो एक सीमा होती है। तब कभी-कभी मन में आता है—सब पाया, समेटा एक साथ छितरा दें, मुक्त हो जाएँ इस सबसे। बहुत पा लिया वर्तमान को। बहुत सहेज लिया भविष्य को। बेतरतीब हो जाने दें अब सब कुछ... !

यह भविष्य भी अच्छा झाँसा है—बेशुमार लालसाओं, उमंगों, अकांक्षाओं के चन्दोवे तानता, जाने कब चुपचाप वर्तमान में गड़प्प हो जाता है! ऐसा लगता है, हमें मूर्ख बना गया। हम समझ ही नहीं पाते...और देखते-देखते अन्ततः क्या रह जाता है हमारे पास? अतीत हो गए वर्तमान, और वर्तमान हो गए भविष्य की ढेरम-ढेर पिटारियाँ...बेतरतीब लेकिन बेहद सम्मोहक। कुतुबनुमा की तरह ये स्मृतियाँ ही परिचालित, संचालित करती हैं हमारे जीवन को... ।

दिस लैंड वाज मेड फॉर मी

माँ! बहुत दिनों से बात नहीं हो पाई तुमसे। हाँ-हाँ, फोन पर ही। नहीं कर पाया। वैसे तो तुम्हारा जवाब मुझे मालूम है—'बातें ? कब नहीं हो पाईं ?'...क्योंकि तुम्हारे हिसाब से तो माएँ हमेशा ही अपने बच्चों के साथ बोलती-बतियाती रहती हैं। तो यही समझ लो, बहुत दिनों पर 'फोन' कर रहा हूँ...। कारण कुछ विशेष नहीं। यहाँ सब कुछ दुरुस्त, यथावत्।...मेधा की कम्पनी ने ऑर्थराइटिस और पैरालिसिस के दो नये प्रोडक्ट लांच किए। मेधा को मेगाबोनस भी मिला इस वर्ष। साशा भी ठीक है। अपने कमरे में पियानो पर 'नेशनल-एंथम' की प्रैक्टिस कर रही है, इस समय। उठकर खड़ी मत हो जाना—'जन-गण-मन' सोचकर... साशा 'यू.एस.' का नेशनल-एंथम बजा रही है। मेरे कमरे तक आवाजें आ रही हैं :

ओह! से, इट्स द स्टार स्पैंगल्ड बैनर, ओह, लांग यू इटवेव...

ओवर द लैंड ऑफ द फ्री...ऐंड होम ऑफ द ब्रेव...

हाँ, माँ! सोचें तो सब धरती एक-सी—आकाश और सितारे भी...तब हम यूनियन-जैक फहरा रहे हों या तिरंगा, क्या फर्क पड़ता है? वैसे भी ग्लोबल तो हम हो ही चुके हैं।...पर फिर भी 'नेशनल-एंथम'—यह शब्द सुनते ही अभी भी मेरे अन्दर 'जन-गण-मन' के साथ केसरिया, हरी, सफेद धारियों वाला तिरंगा ही लहराने लगता है। एक से पीछा छुड़ाना मुश्किल है, दूसरे से नाता जोड़ना। तो, चलता है यह सब...।

साशा सुरीला गा लेती है। म्यूजिक टीचर मिस लॉरा उसकी तारीफ कर रही थीं। कभी-कभी अपने जूनियर स्टूडेंट्स को सिखाने का काम भी अपनी एब्सेंस में उसे दे देती हैं। बड़े गुमान से भरी खुश-खुश छोटे बच्चों की गलतियाँ सुधारती सिखाती है साशा :

दिस इज योर लैंड, दिस इज माई लैंड
फ्रॉम कैलीफोर्निया टू द न्यूयॉर्क आइलैंड
दिस लैंड वाज मेड, फार यू ऐंड मी।

द व्हीट-फील्ड वेविंग, एंड द डस्ट क्लाउड रोलिंग
दिस लैंड वाज मेड फॉर यू एंड मी।

अपना लैपटाप खटखटाता, पियानों पर साशा की सुर बँधी आवाजें सुन रहा हूँ मैं। कच्ची दूधिया आवाजों के साथ सिर हिलाकर झूमते चेहरे और उनके पैरों की पड़ती थापें...मैं भी अनायास उनके पैरों की ताल से ताल मिलाने लगता हूँ। मेरी आँखों में हवा में झूमती गेहूँ की सुनहरी बालियाँ लहराने लगती हैं—धूल की गुबारों के बादल घुमड़ने लगते हैं...।

लैपटाप पर उँगलियाँ चलाता, आँखें मूँदे एक दिवास्वप्न में खो जाता हूँ मैं...गेहूँ की ये सारी झमकती बालियाँ तो मेरी हैं, साशा ने कब, कैसे, इतनी दूर, इस देश में, अपने पियानों पर उनकी टोकरी उझलवा ली...?

फिर हँस पड़ता हूँ—अच्छा तमाशा है! गाने यहाँ के बजते हैं, दृश्य अपने देखे घुमड़ते हैं...तो इतना नॉस्टेल्जिया भी स्वाभाविक है...आखिर आदमजात ठहरा!

पहले ये सब गाने अजनबी लगते थे, अब नहीं लगते...लेकिन अपने भी नहीं लगते।

पहले कितना लगा करता था...हर चीज के लिए—यह चाहिए, वह चाहिए...अब सब कुछ हासिल है। देखते-देखते इतने सारे वर्ष बीत गए, जो-जो चाहा, सब कुछ पाया।...आकर देखो माँ, अब कभी...जिसे वो तुम लोग क्या कहते हो, सब कुछ जरूरत से बहुत ज्यादा अघा देनेवाला। कारों से भरे गैरेज...कॉरपेटों और शैंडीलियर्स से भरा घर, लॉबी, किचेन, डेक... । लैपटाप पर अपने मेल चेक करती मेधा और अपने कमरे में आइफोन पर फ्रेंड्स से चैटिंग करती साशा...ऐशोआराम के सारे बन्दोबस्तों की भरमार। किसी चीज की कमी, अभाव का सवाल ही नहीं... ।

हाँ, माँ, एक बात बतानी थी तुमसे...बस, यही कि बेटू...गया...आज।...सो कोई बात नहीं, यहाँ सभी बच्चे जाते हैं...देर-सबेर इसे भी जाना ही था... । वैसे चाहता तो अभी यहाँ दो-तीन साल और रुक सकता था—यहाँ के ही कॉलेज में एडमिशन लेकर... लेकिन उसके शब्दों में कहूँ तो, 'बिकॉज सैंड्रा वांट्स अज टू टेक एडमिशन इन न्यूजर्सी' ...इसके बाद ज्यादा कुछ कहने-पूछने को था ही नहीं। बेटू अपना निर्णय ले चुका था। मुझे तो वह सिर्फ सूचित कर रहा था, इसलिए मैंने सिर्फ इतना पूछा कि कब छोड़ रहा है वह अपना घर... ?

पता नहीं, शायद यह मेरी ही गलती थी। मेरे अवचेतन में बेटू को अपनी परम्पराओं से जोड़े रखने की जो आकांक्षा पलती रही थी, उसका अक्स बेटू को मेरे चेहरे पर दिखता रहा हो। तभी तो जब कभी मैं अपने बचपन और कुटुम्ब की यादों के साथ उसे जोड़ने की कोशिश करता, वह अरुचि और व्यंग्यपूर्वक कहता :

'इट्स ओ.के. डैड... ! माना आपका देश बहुत अच्छा है, पर मेरा इन बातों में भला क्या इंटरेस्ट हो सकता है?'

'वह सिर्फ मेरा देश नहीं, तुम्हारा भी है—हम सबका है।'

'कम्मॉन डैड! बी रैशनल! आपका देश मेरा कैसे हो सकता है? अपने इमोशनल बैरीकेड से बाहर आइए...रीजनिंग की बात कीजिए। मैं वहाँ जन्मा नहीं, पला-बढ़ा नहीं, खेला-कूदा नहीं...सिर्फ अब तक की उम्र में तीनेक बार...'

'नहीं, चार-पाँच बार...' मैं जबरदस्ती हँसा।

'हो सकता है, लेकिन शुरुआती ट्रिप्स में मैं बहुत छोटा था।'

'लेकिन तुम तब वसु बुआ की गोदी में 'चट्टा-पट्टा दही बताशे' खेलते हुए खूब हँसते थे...उसकी गोद से उतरते ही नहीं थे...'

'मे...बी...मुझे वो सब याद नहीं...खैर, सभी छोटे बच्चे रिलेटिव्स के साथ खेलते हैं...लेकिन चार-पाँच बार की ही सही, कुछ हफ्तों की छुट्टियाँ बिताने जाने मात्र से वो देश मेरा नहीं हो जाएगा! लोग जाने कितने देशों में घूमने जाते रहते हैं, लेकिन उन्हें वे अपना देश कैसे कह सकते हैं... ?'

इट्स सिली डैड

दो-ढाई वर्ष पहले, एक बार मैं यूँ ही बेटे से कह गया कि वह कुछ इंडियन लड़कियों में भी फ्रेंड्स क्यों नहीं बनाता?

'क्यों... ?' उसने एक उद्धत प्रश्न उछाला था।

'इसलिए कि वे शायद तुम्हारी थिंकिंग और बैकग्राउंड के ज्यादा पास होंगी। तुम उनके साथ ज्यादा सहज महसूस करोगे। ज्यादा कंफर्टेबुल, ऐट ईज...'

उसने उपेक्षा से कन्धे उचकाकर कहा, 'गलत...उलटे ज्यादातर इंडियन गर्ल्स अपने बिहेवियर में कहीं-न-कहीं 'बायस्ड' होती हैं। सहज उन्मुक्त और खुली हुई बिलकुल नहीं।'

मेरे अन्दर का हिन्दुस्तानी पिता उन अनजानी लड़कियों के प्रति गर्व से हुलस आया, 'लेकिन यह तो अच्छी बात है। यह दिखाता है कि उनके पैरेंट्स उन्हें अपनी इंडियन कल्चर वाले संस्कारों से जोड़े हुए हैं।'

'पता नहीं, लेकिन फ्रेंडशिप जाति, धर्म पूछकर की जाती है क्या? मुझे तो अमेरिकन गर्ल्स मेरी वेवलेंग्थ के ज्यादा करीब लगती हैं। और, यह सब आप मुझे क्यों समझा रहे हैं?' बेटू ने एक खीझ-भरी उपेक्षा से पूछा।

'इसलिए कि हर माता-पिता चाहते हैं कि वे अपने बच्चों में अपनी कुछ बहुत अच्छी परम्पराओं को जीवित होते हुए देख सकें...'

'कमाल है...स्ट्रेंज...! आप अपनी परम्परा को जीवित रखने की उम्मीद मुझसे क्यों कर रहे हैं? आप खुद करिए न उन परम्पराओं को जीवित... ?'

'इसलिए कि वो सिर्फ मेरी या मम्मी की नहीं, हम सबकी परम्पराएँ हैं—तुम्हारी भी।'

'इट्स अ बिट सिली डैड...आपकी परम्परा मेरी कैसे हो सकती है? आप इंडिया में पैदा हुए, मैं अमेरिका में...'

'बेशक पैदा हुए हो तुम अमेरिका में और सिर्फ इस पैदा होने की वजह से अमेरिकी नागरिक भी हो गए हो लेकिन बेटे, इसका मतलब यह थोड़े ही कि तुम अमेरिकन हो गए? ऊपरी ठप्पा लगने से क्या होता है... ?'

'ठप्पा तो इंडियन वाला है डैड—जिसे आप जहाँ-तहाँ लगाते फिरते हैं। मैं तो अपने खान-पान, आचार-विचार, पसन्दगी और नापसन्दगी की दृष्टि से अमेरिकन ही हुआ न!'

'कहाँ? सिर्फ पासपोर्ट में बेटे! कहीं पैदा होने भर से आदमी वहाँ का नहीं हो जाता—जेनेटिक्ली...तुम्हारी जीन्स तो हम भारतीयों की ही...'

'लेकिन अगर मुझे हिन्दुस्तानी बनाए रखना था तो आपने मुझे अमेरिका में क्यों पैदा किया? फिर यहीं पर बड़ा भी होने दिया। सबसे बढ़कर आप खुद अमेरिका क्यों आ गए?'

'हम जो आए, उसके अलग कारण थे। फिर भी अपनी परम्पराएँ, अपनी संस्कृति नहीं छोड़ी हमने।'

'वो तो इसलिए कि आप भारत में पैदा हुए थे और पूरे बाइस साल तक वहीं पल-कर बड़े हुए थे। वह आपकी आदतों और सोच में शामिल हो चुकी थी। छोड़ना चाहते भी तो नहीं छूटती।'

'तो, बेटे, वो तुम्हें भी अर्जित करनी होगी। बेशक, अमेरिकी जीवन की पॉजिटिव चीजें ग्रहण करने से भी मैं तुम्हें नहीं रोक रहा...'

बेटू इस तरह मुस्कुराया, जैसे वह परिपक्व वयस्क हो और मैं अव्वल दर्जे का अहमक!

'इस तरह तो आप मुझे किसी देश का नहीं रहने देंगे? आपने जिस देश में, जिस समाज में मुझे रखा है, चाहते हैं कि मैं उस समाज से, माहौल से अलग होकर आपके बताए कोड-

ऑफ-कन्डक्ट और नियमानुसार रहूँ? मेरे चारों तरफ के लोग जिस तरह खाते-पीते, चलते-फिरते और हँसते-बोलते हैं, उससे अलग एक 'अजूबा' बनकर रहूँ?'

'मैं तुम्हें अजूबा दिखता हूँ?'

'वह मैं नहीं जानता।...यू आर फ्री। आप स्वतंत्र हैं—जो दिखना चाहें, दिखें—लेकिन मेरे साथ प्रॉब्लम यह है कि मुझे, मैं जैसा चाहता हूँ, वैसा नहीं। आप जैसा चाहते हैं, वैसा दिखना पड़ता है। अपने घर में, मेरी अपनी कोई प्राइवेसी, स्पेस नहीं है—मुझे अपनी मर्जी से सोने-जगने, उठने-बैठने, खाने-पीने तक की स्वतंत्रता नहीं है। कहीं जाना हुआ तो कब जाना है? कहाँ जाना है? क्यों जाना है?...कब तक लौटना है?...इतनी देर में क्यों लौटना है? आदि ढेर सारी सफाई देनी होती है। अपनी मनमर्जी से मैं कुछ नहीं कर सकता।'

'वो तो इसलिए बेटू, क्योंकि हमें तुम्हारी फिक्र रहती है। हम तुम्हारी सुरक्षा के लिए चिंतित रहते हैं—कभी कुछ प्रॉब्लम हो तो हमें तुम्हारे व्हेयर अबाउट का पता हो...यह सब तुम और बड़े होओगे तब समझोगे और इसकी कद्र भी करोगे। एक हमीं नहीं, दुनिया भर के पैरेंट्स अपने बच्चों की सेफ्टी, सिक्योरिटी को लेकर परेशान रहते हैं।'

बेटू व्यंग्य से मुस्कुराया, 'दुनिया भर के पैरेंट्स अपने बच्चों की प्राइवेसी और स्पेस का भी खयाल रखते हैं। मेरे अमेरिकन दोस्त कहते हैं कि उनके पैरेंट्स कभी उनकी प्राइवेसी में दखल नहीं देते। प्यार और 'कंसर्न' जताने के और भी तो तरीके हो सकते हैं। मेरी समझ से तो वे माँ-बाप कहीं ज्यादा अंडरस्टैंडिंग और प्यार करनेवाले होते हैं जो बिना वजह अपने बड़े होते बच्चों की हर छोटी-बड़ी बात पर दखलअन्दाजी नहीं किया करते। उन्हें अपनी तरह से जीने की छूट देते हैं।'

'मुझे कहना नहीं चाहिए बेटे, लेकिन तुम्हारे इन अमेरिकन दोस्तों में कितनों के माता-पिता उनके अपने हैं?...आइ मीन ज्यादातर या तो स्टेप-फादर या स्टेप-मदर, भाई-बहन तक कोई पहली माँ के बेटे के साथ, कोई दूसरे पिता की बेटी के साथ रहने को बाध्य...। इतनी कम्प्लीकेटेड रिलेशनशिप के बीच तो उनकी पहली समस्या सरवाइवल की ही होगी न! दखलअन्दाजी का सवाल ही कहाँ? सबके लिए अपनी मुक्ति ही सर्वोपरि। यहाँ, 'स्पेस', एक दूसरे को मुक्त करने से ज्यादा स्वयं छुटकारा पाने के लिए ही ली जाती है। सगे, सौतेले, साथ रहने की बाध्यता पर टिके सम्बन्धों को हम प्रगाढ़ रक्त-सम्बन्धों के आस-पास भी नहीं रख सकते।

'जानते हो, बहुत वर्षों पहले एक बार ऑफिस के ही एक अमेरिकन युवक ने मुझसे कहा था—मि. शुक्ला! जिस दिन मेरे माता-पिता के बीच डाइवोर्स हुआ था, मेरा बचपन समाप्त हो गया था...मैं अचानक वयस्क हो गया था।'

बेटू बेअसर, बिन्दास हँसा, 'इधर आप हैं कि मुझे वयस्क होने ही नहीं दे रहे हैं। आपको क्या मालूम, कुछ सालों पहले तक लड़कियाँ मरती थीं मुझ पर...मुझे डेटिंग पर ले जाने के लिए आपस में शर्त लगाती थीं लेकिन आपकी बेतुकी नसीहतों और नैतिक-अनैतिक दुहाइयों के बीच मैं कभी अपनी उम्र 'एन्जॉय' ही नहीं कर सका। और आज लड़कियाँ मुझे देखकर फिक से हँसती हैं—सिसी-कैरेक्टर! बॉय के फिकरे कसती हैं। गे से भी बदतर...बताइए, कहाँ जाऊँ मैं?'

मेरी कनपटियाँ तेरह वर्ष पहले की तरह दहकने लगी थीं, जब अचानक दरवाजे की घंटी बजी थी और खोलने पर सामने खड़े दो छहफुटे पुलिस वाले मुझसे कह रहे थे कि आप द्वारा आपके बच्चे के उत्पीड़न के जुर्म में हम आपसे तहकीकात करने आए हैं। आपको पुलिस स्टेशन चलना होगा।...आज फिर बेटू अपने उत्पीड़न की शिकायत दर्ज करा रहा था...सिर्फ पुलिस नहीं बुलाई थी उसने।

मेरा चेहरा सफेद फक था।

मुँह से दो निरीह शब्द भर निकले थे, 'सॉरी सन!'

उस दिन मैंने सिर्फ 'सॉरी सन!' कहा ही नहीं था, उस पर अमल भी करने लगा था। मेधा भी। बेटू के कमरे में जाना या खटखटाना हमने बहुत पहले ही छोड़ दिया था। सिर्फ बाहर से अन्दाज लिया करते थे—दरवाजा खुला है, यानी वह बाहर है। बन्द है, यानी वह अन्दर है। हमारे सामने से उसका गुजरना एक संयोग होता, बस। अब हमने खाने-नाश्ते के लिए उसका दरवाजा नॉक करना या बुलाना, कुछ कहना, पूछना भी पूरी तरह छोड़ दिया था। सिर्फ बेटू को चाय, कॉफी पीते, टी.वी. ऑन करते या म्यूजिक लगाते हुए, अपने आस-पास से गुजरते देख लिया करते। वह अपने टाइम से उठता, अपनी कॉफी बनाता, टोस्ट लेता और जूते बाँधता, निकल जाता। कहाँ? पूछने की अब हमारी हिम्मत नहीं थी। हिम्मत की बात नहीं, इच्छा भी नहीं होती थी। हम एक दूसरे को, और खुद अपने-आपको भी, यही समझाते कि बेटू की खुशी में ही तो हमारी खुशी है!

जन्मदिन की आहुतियाँ

लेकिन जिस दिन मेधा को बेटू की तीसरी डेटिंग का पता चला, वह बौखला उठी। लोगों के लाख समझाने पर भी कि यह तो आज का ग्लोबल फिनॉमिना है, जो कुछ सारी दुनिया में हो रहा है, उससे आपका घर अछूता कैसे रह सकता है? और आप क्या समझते हैं, इंडिया दूध का धुला है? यहाँ का सारा 'एफ्लुएंट' नॉन स्टॉप इंडिया ही तो जा रहा है। चूलें हिल गई हैं आपकी, सो-कॉल्ड 'भारतीय संस्कृति' की।

लेकिन मेधा बदहवास थी। इतने वर्षों में पहली बार मैंने उसे रातों को जगते देखा। दिन में लगातार अपनी सहेलियों को फोन घुमाते। अन्ततः शायद उन्हीं के सुझाव पर उसने बेटू के जन्मदिन पर गायत्री-यज्ञ का आयोजन रखा। बेटू से याचना की गई कि वह सिर्फ सुबह साढ़े दस से बारह का समय हमें दे दे। दोपहर, प्रसाद लेने के बाद, वह पूरी तरह फ्री है—अपना बर्थ-डे अपनी तरह से सेलीब्रेट करने के लिए।

निश्चित दिन, आठ-दस मित्र परिवारों के बीच गायत्री-यज्ञ की आहुतियाँ दी गईं। सचमुच समवेत मंत्रोच्चार से बाहर से अन्दर तक वातावरण में एक आत्मिक शान्ति-सी संचारित होती महसूस हुई। सबसे बढ़कर आमंत्रित पंडित ने अपने को युवा-पीढ़ी का वालिंटियर घोषित करते हुए अत्यन्त सहज, प्रवाही इंग्लिश में उपनिषदों में वर्णित भारतीयता की मूलभूत सोच, संस्कृति, अवधारणा, अनुशासन और आचार-विचार को इतने दिलचस्प तरीके से सबके सामने रखा कि सब अभिभूत भाव से उसकी प्रशंसा कर रहे थे। लेकिन

सच कहूँ तो यज्ञ-आहुतियों के धुएँ के बीच बेटू का खिंचा-खिंचा झुँझलाया चेहरा लगातार मुझे उद्विग्न करता रहा था।

मेरा अनुमान सही निकला। मेहमानों के जाते ही उसकी खीझ बाहर आ गई, 'व्हाट इज दिस अटर नॉनसेंस, ब्रह्मचर्य-ब्रह्मचर्य बोले जा रहा था यह पंडित!...जाने किस जमाने, किस लोक की बातें?...सेक्स को लेकर इतना अपरोर आखिर क्यों मचाते हैं ये पोंगा पंडित, जबकि यह भी तो ह्यूमन बॉडी को रिलैक्स और रिलीव करनेवाली एक जरूरत, एक तरीका है, बस!'

घर अभी भी यज्ञ-आहुतियों से उठे धुएँ से सुवासित था—उसके बीच बेटू का कहा मुझे क्रोधित कर गया। फिर भी यथासम्भव अपने को शान्त रखते हुए मैंने कहा, ''अपरोर' जैसी कोई बात नहीं। सिर्फ भारतीय नहीं, हर समाज में एक निश्चित आयु तक कुछ वर्जनाएँ, कुछ अनुशासन...'

'वही तो, डैड! आप जाने किस जमाने के पुराने, जकड़न-भरे दकियानूसी समाजों की बात कर रहे हैं!...वे सारे निषेध आज गलत प्रमाणित हो गए हैं। जब एक खुले, मुक्त जीवन का विकल्प हमारे सामने है तो हम आपके तमाम सारे निषेधों और वर्जनाओं वाली घुटन-भरी सुरंगों में क्यों जाना चाहेंगे? जिस तरह हम साथ-साथ डांस करते हैं, खाते-खिलाते हैं, रेस्टोरेंट और पब में जाते हैं, उसी तरह सेक्स क्यों नहीं कर सकते? इसमें आखिर अनैतिक क्या है?...हम एक दूसरे से हाथ नहीं मिलाते?'किस' नहीं करते? फिर...सेक्स में आखिर...'

चटाक्! यह...यह अचानक क्या होता जा रहा है मुझे?...बेटू बचा ले गया, लेकिन अजीब उपहासी दृष्टि से मुझे बेंधता हुआ कमरे से बाहर चला गया था, जैसे कहता गया हो—'आखिर हैं तो आप अपने ही देश के प्रोडक्ट न!...वहीं की करेंगे...'

अपने अन्दर घुटती आवाज में मैं एक बार फिर बुदबुदाया था, 'सॉरी सन!'

तो यह एक कंफेशन ही कि बेटू को हम न हिन्दुस्तानी की तरह पाल सके, न अमेरिकन की तरह ही। एक मुश्किल था, दूसरा असम्भव। इस मुश्किल को साधने की मैंने कोशिश नहीं की, ऐसा भी नहीं।...बस, जैसे कभी-कभी मेहनती विद्यार्थी की मेहनत भी अपेक्षित परिणाम नहीं दे पाती, कुछ-कुछ वैसा ही...!

सभ्य युग की सौगातें

फिर भी, कसूरवार तो मैं अपनी नजरों में हूँ ही माँ! कहाँ, क्या गलती हो गई, पता नहीं। शायद अलग-अलग देशों के 'गलत' और 'सही' में भी तो फरक होते हैं! जो कुछ यहाँ के समाज में स्वीकृत है, वह सब कुछ जबरन ही सही, हम, या कहें, मैं नहीं स्वीकार पाया। लेकिन मेधा तो यहाँ के ही हिसाब से चल रही थी। उसकी मर्जी भी कहाँ चली...? उसका चाहा भी कहाँ हुआ...? सच तो यह है कि मेधा मुझसे कहीं ज्यादा डिस्टर्ब हुई थी। शायद इसलिए क्योंकि मेरे मोहभंग की प्रक्रिया तो काफी पहले शुरू हो चुकी थी जबकि मेधा बेधड़क, तेज कदमों से चलती हुई अचानक औंधी गिरी थी।

अब और कुछ तो नहीं, बस, कभी-कभी मन बहुत बेचैन हो जाता है। असल में, स्कूलों, कॉलेजों के बारे में भी तरह-तरह की अनाप-शनाप चीजें आए दिन पढ़ने-सुनने को मिलती रहती हैं। अब जैसे :

विलियम लूक्स—आयु पन्द्रह साल, ग्रीसबर्ग स्कूल का छात्र। एक सुबह, अपने फार्म हाउस की छत से...अठारह साल के टेलर की अपने रूममेट्स से कुछ कहा-सुनी हुई। उसके अनजाने, लड़कों ने उसे 'गे' घोषित करनेवाला एक वीडियो यू ट्यूब और फेसबुक पर डाल दिया।...एक दूसरे लड़के को 'किस' करता हुआ गे-टेलर। डिप्रेस्ड लड़के ने फेसबुक पर अपना आखिरी मैसेज पोस्ट किया और जॉर्ज वाशिंगटन ब्रिज से छलाँग लगा ली।

और तेरह साल के ऐशर ब्राउन ने तो सीधे-सीधे अपने सौतेले पिता की गन से सिर्फ इसलिए अपने को शूट कर लिया क्योंकि उसके पास पहनने को अच्छे कपड़े नहीं थे जिसका दोषी वह अपने सौतेले पिता को ही मानता था।

नहीं, बेटू के साथ ऐसा कुछ नहीं था माँ। इस मायने में वह काफी मेच्योर और समझदार था। खुद मुझसे अपने दोस्तों के सौतले पिताओं और माँओं की बातें शेयर करता था और मानता था कि उनकी तुलना में वह कितना लकी है। अक्सर ऐसी बातों का अन्त वह अमेरिकन स्टाइल में सिर हिलाते हुए करता था, 'आई थिंक, आयम लकी डैड!'

लेकिन फिर सोचता हूँ—'सिसी बॉय' वाली बात भी तो उसी ने बताई थी। ऐसी कितनी ही और बातें होंगी जो उसने मुझे नहीं बताई होंगी। शायद बताना न चाहता हो। बहुत-सी बातें बताई जा भी नहीं सकतीं।...

इन दिनों छोटे बच्चों से लेकर किशोर और युवा तक, जिस खुलेपन और धड़ल्ले से आइपैड, आईफोन, इंटरनेट, यू-ट्यूब तक की चरम स्वच्छंदताओं का बेलगाम उपभोग कर रहे हैं, इससे नियंत्रण के सारे उपाय बेकाम हो चुके हैं। उसे देखकर लगता है, हम इंडिया में भी रहे होते तो क्या चीजें ज्यादा बेहतर होतीं? चाहे हत्याएँ हों, आत्महत्याएँ या गैंगरेप—हर तरफ चलते तमंचे, कट्टे, बमों और गोलियों के बीच दुनिया का कौन-सा देश, कौन-सी जमीन सुरक्षित है आज? अभी नेट पर इंडिया की एक सहमा देनेवाली घटना पढ़ी थी जिसमें तेरह वर्ष के एक लड़के ने अपने जन्मदिन से ठीक पहले, आधी रात को फाँसी लगा ली। उसके सुसाइड नोट में लिखा था :

'जिस दुनिया में पैसा ही सब कुछ हो, उसमें जीने से फायदा?'

सोचो, तेरह साल का बच्चा लिख रहा है यह। खबर के अनुसार—लड़के के पिता एक व्यस्त डेंटिस्ट हैं और माँ दुबई की किसी मल्टीनेशनल कम्पनी में कार्यरत। चूँकि माता-पिता सेपरेट हो चुके हैं इसलिए यह लड़का और इसका बड़ा भाई, दोनों नाना-नानी के पास रहते थे। यह छोटा वाला ज्यादा परेशान था। शायद माँ-पिता दोनों का साथ चाहता था। नहीं मिल पाया, और बहुत डिस्टर्ब हुआ तो आधी रात को फाँसी लगा ली।

यह बच्चा कोई एक नहीं, उन सैकड़ों-हजारों बच्चों में एक था जो आए-दिन सुबह से शाम तक माता-पिता की यांत्रिक दिनचर्या की अस्त-व्यस्तताओं के घमासान के बीच कहीं अपने-आपको अकेले छूटा हुआ महसूस करते हैं। तब जाने किस-किस तरह की असुरक्षा, अकेलेपन, भय और घबराहट से अपने अन्दर पलते स्ट्रेस को न सँभाल पाने पर घर या स्कूल की छत से कूद जाया करते हैं। गलत संगत में नशे की लत पाल लेते हैं या फिर जाने किन-किन गिरोहों के साथ हो जाया करते हैं।...थोड़े और बड़े हुए तो प्रेम में पड़ने के नाम पर लड़की लिफ्ट नहीं देती तो उसके चेहरे पर तेजाब छिड़क दिया करते

हैं। कुछेक खुलेआम, पुलिस की जानकारी में, क्लबों से लेकर झोपड़पट्टियों तक के अड्डों में दिखाई जाती पोर्न फिल्में देखते हैं, और बाद में गैंगरेप पर निकल जाते हैं। पैसों की समस्या आड़े आई तो अपने किसी दोस्त या चचेरे, ममेरे भाई तक को किडनैप करने से बाज नहीं आते।

और ऐसा भी नहीं कि सिर्फ जरूरतमन्द और बेरोजगार ही इसमें शामिल हों, विपन्न से लेकर सम्पन्न तक, समूचा समाज इस कदर भय, असुरक्षा और आतंक के शिकंजे में हैं कि जिन्दगी तक को दाँव पर लगा देने के लिए आमादा हो जाते हैं। भय-मुक्ति को जीवन-मुक्ति से जोड़ देने की भयावह कोशिशें!

तो यह सब सभ्य युग की सौगातें हैं।

मुझे तो लगता है, अपने यहाँ के समाज को अचानक से मिला इतना खुलापन ही रास नहीं आया। सदियों से बन्द समाज में जीने का अभ्यस्त हमारे समाज का युवा सँभाल नहीं पाया इस स्वच्छंदता को।

वहाँ-यहाँ में भी अब ज्यादा अन्तर नहीं रह गया है। अच्छे स्कूलों में एडमिशन वहाँ भी मुश्किल, तो यहाँ भी। नामी स्कूलों में सीट पाने के लिए वैसी ही आपाधापियाँ और उच्च शिक्षा तो भारत से कहीं ज्यादा महँगी। इतनी कि मिडिल क्लास अभिभावक पहले ही हाथ झाड़ लेते हैं। बच्चे भी जानते हैं कि कॉलेज एज्यूकेशन कंटीन्यू करनी है तो ट्यूटरिंग, रेस्टोरेंट में वेटरगीरी और अखबार बाँटकर फीस जुटानी होगी। आरक्षण और 'कोटे' की श्रेणियों में भी नाम और शक्लें ही अलग हैं। तरतीबें नहीं। वहाँ एससी, ओसी, ओबीसी है तो यहाँ वेटरेन प्रिफरेंसेस के नाम से, या आर्म-फोर्सेस जैसी श्रेणियों के लिए सीटें आरक्षित रहती हैं। सभी कैटेगरी के बच्चों को समान अवसर प्रदान करनेवाली उदार नीति के तहत बहुत से बच्चों के साथ अन्याय भी होता ही होता है। जैसे—हर कॉलेज की अपनी संहिता में इतने प्रतिशत गोरे, इतने काले, गेहुँए, और इतने वेटरन—इतने लड़के, इतनी लड़कियाँ भी...। ऊपर से हर टाउनशिप का रिप्रेसेन्टेशन भी होना ही है, वरना जिन स्कूलों के बच्चे नहीं लिये जाएँगे, उनकी शिकायत पर अन्याय या पक्षपात का तमगा लगते कितनी देर लगती है!

और जब एडमिशन मिल जाता है तो प्रतिस्पर्धाओं की बदहवासियाँ हावी होने लगती हैं। अलग-अलग ग्रुप, पॉप्यूलर, नर्डी, ए.डी.एच.डी...। और इसी सबके बीच जरा-जरा-सी तनातनियों पर तमंचे, बन्दूकें और जमकर खून-खराबे।...कारण? अपनी शर्तों पर जीने की जिद। ऊपर-ऊपर फन, थ्रिल, एंजॉयमेंट और ग्लैमर...अन्दर-अन्दर बेचैनियाँ, बेसब्री और आक्रोश...।

तो समस्याएँ कहाँ नहीं होतीं माँ! और इस देश में तो अठारह साल के लड़के का अपना घर छोड़ना कोई समस्या ही नहीं, वह भी अपनी गर्लफ्रेंड के साथ...तो बेटू खुश ही होगा न माँ। बल्कि ज्यादा 'फ्री' महसूस करता होगा। उसकी कल्पना का स्वाधीन, मुक्तजीवन...ढेर सारी 'स्पेस' वाला (आज की यूके जीवन-शैली की पहली शर्त)...कोई रोक-टोक नहीं। पूरी मनमर्जी। माता से, पिता से, भाई से, बहन से, टीचर और बॉस से, दोस्त और कुलीग तक से भी वहीं तक का वास्ता, जहाँ तक मनमर्जी में खलल न पड़े। तो स्पेस यानी मनमर्जी! अराजक छूट और बेलौस खुदगर्जी!

लेकिन एक बात समझ में नहीं आती, ये सारी शर्तें पूरी होने के बावजूद आज विवाह या ऐसे नये प्रयोगों वाले लिविंग टिकाऊ क्यों नहीं हो पाते? जैसे काँच के घर हों—हर समय टूट जाने का खतरा! अविश्वास, अनास्था, शक और गैरएतिबारी में जीता इन्सान!

इसी से याद आया, अभी पिछले हफ्ते मेरी आस्ट्रेलियन क्लाएंट डोरोथी ने मुझे अपनी बाईं तर्जनी में पड़ी एक रिंग दिखाई, फिर गर्वपूर्वक बताया, 'जानते हो वेऽऽन, यह क्या है? यह 'इटरनिटी-रिंग' है। हमारी सोसायटी में जब कोई पति-पत्नी आठ-दस वर्ष साथ रह लेते हैं और फिर भी विवाह नहीं टूटता तब पति अपनी पत्नी को उपहारस्वरूप यह अँगूठी उसे पहनाता है।'

सोचो, आठ विवाहित वर्ष साथ क्या गुजारे, 'इटरनिटी' तक नाप आए...और एक तुम्हारा समाज है, जहाँ अभी हमारी पीढ़ी तक जन्म-जन्मान्तरों की कल्पना मामूली बात थी।

मेमरी लेन

कहाँ से कहाँ पहुँच जाता है दिमाग! अचानक ग्यारह साल पहले की बात याद आ गई। शशांक के डाइवोर्स के बाद उसे फोन करने, कुछ पूछने, कहने का साहस ही नहीं जुटा पा रहा था। तरह-तरह के बहाने ढूँढ़ता, फिर हिम्मत छूट जाती। वह तो बाद में निलय ने कहा था, तुम्हारा फोन न करना भी तो उसे बुरा लग सकता है। हमारी आज की नहीं, बरसों की शेयरिंग है।...

सचमुच शशांक पूरी निश्छलता से सब कुछ बाँट गया। अपने मन की क्षुद्रता भी नहीं छुपाई थी उसने। उल्टे पछतावे के साथ उसने कहा था, 'मैंने भी तो समझदारी नहीं बरती वेणु! देखा जाए तो मेरा दोष भी कम नहीं था। मान लेता दक्षा और उसके पिता की शर्तें। और शर्तें भी क्या थीं? यही न कि बाहर के किसी बॉस की जगह उसके पिता को बॉस मान लेना। आखिर ऑफिस में खुर्राट से खुर्राट बॉसों से एडजस्ट करके नौकरी बचाते हैं कि नहीं हम? यहाँ तो पूरे परिवार को बचाने की बात थी, लेकिन उन दिनों जैसे दिल-दिमाग के बीच पूरी जकड़ बँधी थी। अपनी लाचारगी के अहसास ने मुझे इतना कमजोर बना दिया था कि लगता था, सबकी नजरों में मैं सरेआम नकारा साबित हो गया हूँ और अब वे अपनी शर्तों पर मेरा उद्धार करने पर तुले हैं। एक पलड़े पर दक्षा, बच्चे और सारी सुविधाएँ थीं, दूसरे पर कौड़ी के मोल का मेरा इगो—शायद आहत अभिमान, जिसे सहलाने-सँभालने के लिए मेरा अवचेतन, अपनों से काफी समझदारियों की अपेक्षा कर रहा था...लेकिन यहाँ मेरा अपना था ही कौन? मेरे माता-पिता और भाई-बहनों का परिवार तो कब का इंडिया में छूट चुका है और उनके सामने तो इस स्वाभिमान का चूरा भी नहीं गिरा सकता था मैं...! तो बची कौन, दक्षा ही...तो उसी के सामने अपनी इगो बनाम सेल्फ रेसपेक्ट की छतरी ताने बैठा रहा, जैसे यही एक बचाव हो!

'और अब भी कर क्या रहा हूँ—उसी ईगों की लुगदी बना उस पर आत्मसम्मान का गाढ़ा पेंट पोते जा रहा हूँ। शायद मेरी कुंठा हर चीज को शक के दायरे में डालकर देखने लग गई थी। दक्षा और उसके पिता के हर कार्य-व्यवहार को, उनके दोस्तों द्वारा पूछे जाते सवालों से उपजी यह अन्दर की गिल्ट थी।

‘हो सकता है, दक्षा खुद मुझ जैसी ही परेशान रही हो, और उसे हम दोनों और बच्चों की खातिर यही रास्ता सबसे सुरक्षित लगा हो! इस रास्ते में बाहरी खतरे भी लगभग नहीं के बराबर थे। बेशक व्यापारी थे दक्षा के पिता, पर पिता तो थे ही। यूँ भी उद्योग-व्यापार में हर आदमी अपना सबसे बड़ा विश्वासी, सहायक ढूँढ़ता है। एक तरह से इसमें सभी का हित था...।’

‘दक्षा नहीं समझा पाई तुझे... ?’

‘मुश्किल बस यहीं थी। दक्षा का इगो मुझमें चार हाथ आगे था। सोचती, मैं कोई बच्चा हूँ। बेशुमार सुविधा-सम्पनता में पली-बढ़ी इकलौती लाडली बेटी...मुझसे शादी की उसने, यही क्या कम एडजस्ट किया? पर बाकी के अपने एटीकेट्स और कार्य-व्यवहारों में कहीं से भी गलत नहीं थी वह। सिर्फ यह फीलिंग-वीलिंग उसके बस की बात नहीं थी। होती तो शायद मेरी उन दिनों की मन:स्थिति समझती, समझाती या उन्हीं शर्तों को कुछ हेर-फेर के साथ रखकर मुझे बहला-फुसला लेती—कुछ दिनों का ही वास्ता देकर...बाद की बाद में देखी जाती...।

‘लेकिन यह सब दक्षा ही क्यों करती? सचमुच मैं बच्चा था क्या कोई? यह सारा कुछ मैं भी तो खुद को समझा-बुझा सकता था। अक्सर पत्नी से, स्त्री से, बहुत ज्यादा की अपेक्षा कर बैठते हैं हम इंडियन। खास कर वे जिन्होंने सारी आपदाएँ सँभाल ले जानेवाली स्त्रियाँ देखी होती हैं अपने घरों में। बस, अपना सारा भार उन पर डाल निश्चिन्त हो जाना चाहते हैं मेरे जैसे पुरुष...’

‘तो अब?’ मैं शशांक से पूछता हूँ।

‘सुना, बच्चे परेशान कर रहे हैं दक्षा को। गुमसुम हो गए हैं। दक्षा और उसके माता-पिता बच्चों के साथ चेंज के लिए अलास्का की ट्रिप पर गए हैं।’

‘अटैच्ड रहे होंगे तुझसे न?’

‘हाँ, जब मैं डिवोर्स के फैसले के बाद दोनों को गुडबाय कहने गया तो छोटी वाली तो (शायद यह सोचकर कि मैं कुछ दिनों के लिए कहीं बाहर जा रहा हूँ) कंचे-सी आँखें झपकाती वही लाड़ में पगा, हर बार वाला जुमला दुहरा गई—आय विल मिस यू डैडी! कब आओगे?—लेकिन बड़ा समझ रहा था। मेरे पास आ कमर में बाँहें डालकर बोला—डैड! आई डोंट वांट टु ग्रो विदाउट यू...।—उसके कहे का अक्षर-अक्षर मन में जैसे शिलालेख-सा लगातार खुदता रहता है वेणु!’

‘‘जाना होता है कभी-कभी... ?’

‘हाँ, कोर्ट के आदेशानुसार...लेकिन अब मुझे सामने देख दक्षा का इगो दहक उठता है। वह मुझे जरा भी नहीं बर्दाश्त कर पाती। सामने नहीं पड़ना चाहती।’

‘प्यार जो करती है तुझे...’

‘क्या मालूम...करती तो थी कभी।’

मैंने दिलासा दी, ‘मेरा मन करता है, सब फिर से ठीक हो जाएगा।’

...और अहसासों का दरिया

जब बेटू जा रहा था और मैं बेटू को गुडबाय कर रहा था तो जाने क्यों मन किया, मैं भी उसे बाँहों में घेरकर कहूँ—माय सन! वी कैन नॉट लिव/सरवाइव/ विदाउट यू...‘वी’, यानी

मैं और बगल में खड़ी ये तुम्हारी माँ।...क्योंकि धीरे-धीरे हम पति-पत्नी से कहीं ज्यादा माता-पिता होकर जीने लगे थे और अब वही माइनस हो रहा था हमारी जिन्दगी से यानी इस घर से, हमारी दिनचर्या से...यद्यपि हमारी दिनचर्या में तो बहुत पहले से बेटू नहीं था लेकिन पहले ऐसा लगता था कि बाहर गया है, तो आएगा भी तो। बाहर रहकर भी वह हमारे आस-पास ही हुआ करता था।

बेटू किसी-न-किसी समय में आएगा और कहीं-न-कहीं हमारे आसपास इसी घर में कुछ-न-कुछ करता होगा, यह अहसास हम दोनों के भीतर रहता ही...अब 'वी माइनस बेटू' हो गए थे हम।

शायद, शशांक का कहा वाक्य मेरे मन से कभी निकला ही नहीं। झूठ नहीं बोलूँगा, पहले जब कभी मेधा को मेरे स्वभाव के सर्वथा विपरीत बहुत ज्यादा तीखा, स्ट्रेट और सपाट दृष्टिकोण देखता और तिलमिलाकर एकबारगी घर-बार से मन उचटकर कहीं दूर जा बसने को हो आता तो छल नहीं पालूँगा, कात्या भी याद आती ही। याद नहीं, कभी दुर्निवार उद्विग्नता में उससे कहा या सोचा था मैंने, 'मेरे इस तरह खाने से चले जाने का क्या लोगी तुम कात्या? आखिर क्यों तुम धरना देकर बैठ गई हो?...मुक्त करो मुझको...' और तुरत-फुरत वापस जवाब भी आया था, 'मैं ही तो तुम्हें मुक्त करती आई हूँ वेणु—मेरे पास होकर ही तुम मुक्त हो पाते हो। याद करो, नहीं? और सोच लो, सूना तहखाना सुहाएगा नहीं तुमको भी।'

अपने मन की कह-सुन पाने को तड़प उठती वसु और सुहास की सोच भी मन में ऐंठ-सी जगाती...मैं मेधा से कहाँ वैसा कुछ बाँट पाता हूँ, जैसा वसु सुहास से? तो क्यों नहीं जा सकता मैं कात्या के पास भी—कभी न कभी ही...तन न सही, मन ही—बस, मन बाँटने के लिए?

यह भी सोचता—अच्छा, अगर मैं और मेधा यानी हम अलग हो जाएँ तो मेधा बहुत टूटेगी क्या?...जिस तरह चीजों को छोड़कर आगे बढ़ जाने की उसमें दमखम है, उससे लगता तो नहीं कि वह ज्यादा बिसूरेगी—निश्चित रूप से बहुत जल्दी वह अपनी जिन्दगी का एक नया 'पुख्ता' पैटर्न इजाद कर लेगी। वैसे भी अब कोई सम्बन्धों को ढोता नहीं। मैं बेकार अपने अन्दर दुनिया भर के फितूर पाले रहता हूँ...।

होता यह मेरे अवचेतन का खिलवाड़ ही, लेकिन यह विलास भी ज्यादा कहाँ चल पाता! अलग होने की कल्पना मात्र से जैसे बेटू और साशा मुझे अपने नन्हे हाथों में जकड़कर कह रहे होते :

'डैडी! वी कैन नॉट ग्रो विदाउट यू...'

ग्यारह वर्ष पहले कहा शशांक के बेटे का वाक्य मुझे मेरे बच्चों के मोह-पाश में और ज्यादा जकड़ता चला जाता।

मनोविलास तो था ही, वरना मेधा भी मुझे जितना प्यार करती है, मेरा जितना साथ चाहती है, क्या मैं जानता नहीं? और सच पूछें तो, पूरी तरह एक दूसरे के अनुकूल स्त्री-पुरुष ईश्वर अब तक जन्माए हैं क्या?...जो ऐसा कहते हैं, वे सबसे बड़ा ढोंग करते हैं, झूठ बोलते हैं। अनुकूल होना और खुद को दूसरे के अनुकूल बनाना दो अलग बातें हैं। अनुकूल बनना या बनाना 'दास' बनने या बनाने जैसा भी नहीं।

जाने क्यों हमेशा ऐसे प्रसंगों में मंडप के बीच लिये गए फेरे और सुनी जाती सप्तपदियाँ याद हो आतीं। लगता, जैसे हम सिर्फ जीवन के साथ नहीं, अपने धर्म, अपने ईश्वर के साथ अन्याय कर रहे हैं। अवज्ञा ईश्वर की, अनादर धर्म का।...अच्छा, तो इसीलिए कलाइयों में अक्षत, सुपारी के कलावे बाँधे जाते हैं। हथेली पर हथेली थमा पाणिग्रहण होते हैं। देहरी पर स्वास्तिक उकेरते हैं। धान-पान से वधू का आँचल भरते हैं। जल से भरा कलश सजाते हैं जिससे संग-साथ का यह जीवन-कलश हमेशा भरा-पूरा और सँवरा रहे। ऐसी यादों से सजी पिटारी साथ रहेगी, तो स्मृति कोष का पाथेय होगा...तो संकट की घड़ी में गलत कदम उठाने से पहले थोड़ा हिचकेंगे। सँभालेंगे अपने-आपको। अपनी खातिर नहीं तो अपनों की खातिर। देश-दुनिया और लोक-मर्यादा की खातिर। और बचा ले जाएँगे जीवन-सत्व को।

पैरेंटहुड के एटीकेट

अच्छा तमाशा है—हर दिन, हमेशा, बेटू के फोन की ही दिमाग में कौंध लगी रहती है। करने से पहले बहुत हिचकता हूँ। पता नहीं, कहाँ हो, कितना व्यस्त हो! नया-नया जॉब है। सुविधा हो, न हो। फिर मन को समझाता हूँ—कोई बात नहीं। उसके मोबाइल पर मेरा नम्बर तो आ जाएगा न! जब सुविधा होगी, तभी फोन कर लेगा। यह भी सोचता हूँ—कहीं उसे मेरा फोन करना अच्छा न लगता हो...लेकिन कौन-सा मैं या मेधा बार-बार फोन करते हैं? एकाध दिन छोड़कर ही तो!...अच्छा, बेटू के लिए यह जानना जरूरी भी तो है कि उसे हम याद करते रहते हैं। फोन भी ज्यादातर तभी करते हैं जब मैं और मेधा दोनों होते हैं...यह सोचकर कि दोनों अलग-अलग करेंगे तो उसे दो बार डिस्टर्ब होगा। ठहरो, एक दिन उससे पूछ लेते हैं कि क्या हम सैंड्रा को भी कभी-कभार फोन कर सकते हैं?

कमाल है, इसके लिए भी हमें बेटू से पूछना होगा?

हाँ, बिलकुल। दुनिया कितनी तेजी से बदल रही है, क्या हम जानते नहीं?...कहीं सैंड्रा इसी बात पर अपनी अनिच्छा जाहिर कर दे और बेटू झुँझला जाए... ? और तो और, कहीं इसी बात पर दोनों के बीच की टकराहटों की नौबत न आ जाए!

आए दिन कितनी खबरें, आर्टिकल तो इस तरह के पढ़ने को मिलते रहते हैं।...नहीं, हमें उनकी खुशी में बाधक नहीं बनना है।

हम कृतज्ञ हुए बेटू!

इन दिनों अपनी खुशियों पर भी शर्म आती है। बच्चों से भी गए-बीते हो गए हम दोनों।...और खुशी का कारण? सिर्फ इतना कि बेटू शायद बाथरूम में था और हमारा फोन सैंड्रा ने उठा लिया।

हम चौंके थे क्योंकि पहले तो इस पीढ़ी के समय, समाज में, कोई किसी का फोन उठाता कहाँ है! मैंने पूछा तो सैंड्रा ने कहा, 'याऽऽ।...मैंने आपका नाम देखा। ऐनी मैसेज फॉर बिट्स...(बेटू)?'

'नो-नो-नो, बस, ऐसे ही...सॉरी...सॉरी!' (क्या हम अपना आत्मविश्वास पूरी तरह खो चुके हैं?...भला इसमें सॉरी बोलने की क्या बात... ?)

शाम सचमुच बेटू का फोन आ गया, 'डैड! आपने फोन किया था?'

'हाँ-हाँ!' हम सहमे।

'कोई खास बात?'

मन किया, कहूँ—इससे ज्यादा खास बात और क्या हो सकती है कि मैं और माँ तुम्हें बहुत मिस करते हैं? लेकिन कहा सिर्फ इतना ही, 'नहीं, खास बात कुछ नहीं बेटू! बस, तुम और सैंड्रा ठीक तो हो न?...तुम्हें किसी तरह की परेशानी तो नहीं?...आर यू ओ.के. ?...'यू' मतलब—यू ऐंड सैंड्रा?...कोई प्रॉब्लम हो तो बताना।...अभी नया जॉब है न तुम्हारा...मैं तुम्हारे अकाउंट में डाल दूँगा।' कहकर मन में सहमा भी कि बेटू कहीं यह न समझ ले कि हम उसे दया का पात्र समझ रहे हैं। '...हम खुद ज्यादा डिस्टर्ब नहीं करना चाहते। जानते हैं—तुम यंग लोगों की कितनी तो आपाधापियाँ...'

'ऐसा कुछ नहीं,' बेटू नरम लहजे में कह रहा था, 'आप कभी भी फोन कर सकते हैं। बिजी रहा तो बाद में कर लूँगा।'

'लेकिन कहीं सैंड्रा को...'

'मैं अपने टाइम में फोन करूँगा। हम दोनों एक दूसरे की प्राइवेसी में दखल नहीं देते।'

'प्राइवेसी' शब्द बोलने के बाद बेटू स्वयं चौंका, समझाता-सा बोला, 'और फिर आप लोग पैरेंट्स हैं। आपका पूरा हक बनता है।'

'लेकिन हमें अपने हक का मिसयूज नहीं करना चाहिए न!...सैंड्रा के पैरेंट्स के फोन भी तो...'

'डोंट वरी, उसके पैरेंट्स के फोन आने जैसी कोई बात नहीं...' बेटू थोड़ा हिचका फिर कह गया, 'दरअसल आजकल वो थोड़ी अपसेट है...'

'अरे, क्या हुआ? कहीं तूने तो किसी तरह की लापरवाही नहीं बरती?...(मुझे तत्क्षण लोकेन्द्र अंकल की याद आ गई।) देखो, वह थोड़ी भिन्न कल्चर, एटीकेट्स की लड़की है—चीजों को ज्यादा सिस्टेमिक तरीके से लेनेवाली। हम भारतीयों को भी यह अपने में डेवलप करना चाहिए—अगर उनके साथ रहना है...(मैंने पुनः सुधारा) उन्हें साथी बनाना है तो...'

बेटू मृदुता से हँसा। (यह क्या बेटू हँस रहा है—इतनी मृदु हँसी?) लगा, उसे हमारी हड़बड़ी और घबराहट अच्छी लगी। फिर थोड़ा उदास हो आया। हिचका भी—कहे, न कहे और अन्त में कह गया :

'असल में सैंड्रा अपने पैरेंट्स को लेकर थोड़े टेंशन में है। उसे लगता है—हर पैरेंट्स आर नॉट गेटिंग अलांग दीज डेज। हर मदर स्टार्टेड ड्रिंकिंग हेविली...'

(उसके माता-पिता के सम्बन्धों में दरार आ गई है। माँ ज्यादा ही ड्रिंक करने लगी है।)

'अरे तो उससे कहो, अपने पिता से...'

'यह उसका पिता नहीं है न—स्टेप फादर है। तो उससे तो कुछ कहने का सवाल ही नहीं। और अब माँ भी...'

'कब से ज्यादा परेशान है?'

‘पता नहीं। पहले तो उसे खुद भी कहाँ मालूम था। इधर उसकी किसी फ्रेंड ने बताया, तो एक बार गई थी माँ के पास...’

‘तो तू समझाने की कोशिश कर...’

‘किसे ?...पा! आप बिलकुल बच्चों-सी बातें कर रहे हैं। आप इतने सालों से यहाँ हैं...यह भी नहीं जानते कि यहाँ सबसे बड़ी चीज आदमी की ‘प्राइवेसी’ और ‘पर्सनल’ होती है ? सैंड्रा उनके प्रॉब्लम खुद मुझसे भी नहीं डिस्कस कर रही थी—क्योंकि यह मेरे-उसके बीच की बात नहीं...वह तो मैंने उसे एक बार अपनी फ्रेंड के फोन पर फूट-फूटकर रोते सुना।’

‘ठीक है...आयम हैप्पी...तूने उसे सँभाला...तो उसने शेयर किया न! उसे जरूर अच्छा लगा होगा—इसी तरह उसके पैरेंट्स...से भी बात...’

‘देखिए, पिता वाली तो बात ही नहीं...माँ की ड्रिंकिंग छुड़वाने के लिए उसे किसी ‘अल्कोहलिक एनोमिनस’ टाइप संस्था के पास ले जाने की बात वह किसी फ्रेंड से कर रही थी...कह रही थी—उसे लगता है, माँ इस पिता को और ज्यादा नहीं बर्दाश्त कर पाएगी।...लेकिन हम कौन होते हैं उनके बीच दखल देनेवाले ?...सोचा भी नहीं जा सकता।...एनी-वे, थैंक्स डैड...!’

बात खत्म हो गई, लेकिन मैं अन्दर-अन्दर सहमा हुआ हूँ—बेटू कहीं इरीटेट तो नहीं हुआ न ?

वरना हमें मिलनेवाली इन छोटी-छोटी खुशियों का क्या होगा... ?

रेनबो-रॉकर्स...साशा

आज साशा का कॉन्सर्ट है। शहर के सबसे प्रेस्टीजियेस, एमरल्ड-हॉल में होनेवाले एक वेरायटी प्रोग्राम के बीच उसके बैंड ‘रेनबो-रॉकर्स’ को आधे घंटे का स्लॉट मिल गया है। पूरा बैंड ग्रुप बला का एक्साइटेड है। मेरे और मेधा के टिकेट्स दो दिन पहले ही लाकर दे गई। एकदम नये-नये टीन यंगस्टर्स के इस बैंड ने देखते-देखते शहर में काफी लोकप्रियता हासिल कर ली है। दस लड़कों और सात लड़कियों के इस ग्रुप में साशा सबसे छोटी है—माइनर। लेकिन सबसे ज्यादा सोलोलाइनें साशा ही गाती है। कमरे से उसकी ‘हमिंग’ सुनाई दे रही है।

चूँकि माइनर होने की वजह से अभी साशा को ड्राइविंग की अनुमति नहीं इसलिए मैं और मेधा ही उसे ले जाते। मैं खुश और रोमांचित था... । लेकिन सुबह साशा ने बताया कि वे सब कॉन्सर्ट से दो घंटे पहले रिहर्सल के लिए इकट्ठे हो रहे हैं। इसलिए बैंड ग्रुप का सिमॉन उसे पिक करता जाएगा।

हमें उसका सूचित कर देना ही अच्छा लगा। न सूचित करती, अपने टाइम पर निकल जाती तो भी हम माइंड नहीं करते।

‘ओ.के. डैड!’ साशा सीढ़ियाँ उतर आई थी।

उसने सुर्ख लाल टॉप और काली स्कर्ट पहन रखी है। लाख रोकते न रोकते, मैं और मेधा चौंके हैं। साशा ने काफी लो-नेकलाइन वाली टॉप और घुटनों से बहुत ऊँची स्कर्ट

पहनी है। एकदम हिप तक। मेरा मन सख्ती से डपटना चाहता है, 'यह क्या बेहूदी ड्रेस पहन रखी है तुमने ? सुन्दर दिखने के बजाय भद्दी दिख रही हो...' लेकिन सारे शब्द मेरे गले तक आकर, कुछ देर फँसे रहकर, वापस नीचे उतर गए हैं। जैसे कहते गए हों, 'सब कुछ तुम्हारे हाथों से छूट चुका है।...पढ़ते नहीं हो दुनिया भर की स्त्रियों के बगावती स्टेटमेंट ?

'हू आर दे टू टेल अज, व्हाट शुड वी वियर... ? यह हमारा शरीर है...इस पर हमारा अधिकार है...हम जो चाहेंगे, पहनेंगे...हम अपने लिबास चुनने के लिए किसी के मोहताज नहीं।'

साशा जैसी लड़कियाँ अपनी सीनियर 'टॉर्च बियरर' के ऐसे ही बगावती स्टेटमेंट्स की गिरफ्त में हैं।

अचानक मेधा को सूझा है, 'बाहर माइनस-टेन है हनी ! मुझे डर है, तुम ठंड न खा जाओ...इस वेदर में, तुम क्या सोचती हो, फुल स्लीव और जरा छोटी या 'टरटल-नेक' ज्यादा ठीक नहीं होती ?'

मेधा कितनी बेचारगी से अपने-आपको बचा रही है ! उसकी डेस्परेट कोशिश मुझे अच्छी लगी है।

'डोंट वरी मॉम !' साशा ने बेफिक्री जताई है, 'सिर्फ कार से अन्दर जाने तक की बात है। हॉल में तो हीटिंग सिस्टम है ही...बट डू कम इन टाइम...बोथ ऑफ यू। लेट एंट्री बिलकुल नहीं अलाउ करते इस हॉल में—ओके ?'

'ओके बेटे !'

'बाय डैड ! बाय मॉम !'

हमारे 'ऑल द बेस्ट' कहते-कहते ड्राइव-वे में सिमॉन की कार दाखिल हो गई है।

'एक दिन साशा के साथ बैठकर बात करने की कोशिश करूँगी...' मेधा जैसे मेरे सन्तोष के लिए अपने-आपमें बुदबुदाती है।

बैंजनी पैंजी का गीत

स्टेज पर, माइक हाथ में थामे, पैरों की थाप के साथ झूम-झूमकर गाती हुई साशा सचमुच बहुत प्यारी लग रही थी। पहली बार मैंने महसूस किया, उसकी आवाज में जितनी मिठास है, उतनी ही थरथराहट भी। लहर पर लहर लेती उसकी आवाज नदी की धारा की तरह पूरे हॉल में बह रही थी। सुननेवाले उसके जादुई सम्मोहन की गिरफ्त में थे।

बैंड ने हर गाने की एक मासूम-सी कहानी बनाई थी—किशोरों के मन में पलते अहसासों की कहानियाँ। वे गाने भी थे, कहानियाँ भी—काले बच्चों की, गोरे बच्चों की, अकेले बच्चों की; शोषित, निर्धन और सताए हुए बच्चों की। उन सारे वंचितों की कहानियाँ, जो इतने सारे सुख-सुविधाओं की जगर-मगर और चकाचौंधों के बीच भी वंचित हैं—जीने के लिए अभिशप्त भी। इन कहानियों, इन गानों में सिर्फ पैसों के अभाव की नहीं, सारे ऐश-आरामों के बीच पलनेवाले बच्चों की भी कहानियाँ हैं जो खूब सारी सुविधाओं के बीच बेबी-सिटर या नैनी की गोद में पलते हैं, फ्रिज में रखा माँ का फ्रोजेन दूध बोतल से पीते हैं और डे-केयर्स में बड़े होते हैं...थोड़े और बड़े होकर बोर्डिंग स्कूलों में पढ़ते हैं, और पूरा जीवन एक असम्भव प्रतीक्षा में बिता देते हैं...और उन बच्चों की भी कहानियाँ,

जिन्हें आँखें खुलने के साथ ही वेलफेयर और फॉस्टर होम ही जाना होता है। 'रिश्ता' शब्द उनके लिए एक अजूबा होता है—अपरिचित, अजनबी।

किशोरों के इस बैंड में काले, गोरे, गेहुएँ, पीले—हर रंगत के समृद्ध और विपन्न लड़के-लड़कियाँ शामिल थे। गाने का हर टुकड़ा कभी कोई एक लड़की या लड़का गाता और अपनी कहानी सुनाता। कभी दूसरा साथ हो लेता—कभी दो-तीन मिलते और फिर सारे एक साथ हो जाते, जैसे एक पतली-सी लहर देखते-देखते समन्दरी तूफान में बदल जाए...!

ये कहानियाँ ऊपर से हँसोड़ और अन्दर-अन्दर अवसाद से सिंझी थीं। एक बेहद गरीब भूखे बच्चे की कहानी के साथ एक अति धनाढ्य घर का बच्चा अपनी कहानी सुनाने लगता है कि उसका बचपन कितना उदास और अकेला है। उसे लगता है, शायद वह अन-वांटेड है, लेकिन फिर ले आए उसे उसके माँ-बाप इस दुनिया में! आश्चर्य, उसकी कहानी भी लोगों की आँखों में आँसू ला देती। ऐसे एक गाने में, गरीब भूखे बच्चे की कहानी सुनने के बाद जब अमीर बच्चा अपनी कहानी सुनाता है, तो गरीब बच्चा मुँह खोले, आँखें फाड़े सुनता चला जाता है और अन्त में जब अमीर बच्चा गरीब बच्चे को केक और पेस्ट्री देने के लालच में अपनी उस अकेली सन्नाटी हवेली में थोड़ी देर उसके साथ रहने का निमंत्रण देता है, (जहाँ पंखे से लटककर उसकी माँ ने पिछली गर्मियों में सूसाइड किया था) तो गरीब भयातुर बच्चा विपरीत दिशा में भागता चला जाता है। गरीब बच्चे के भागने का अन्दाज ऐसा है कि लोग बरबस हँस पड़ते हैं लेकिन बाद में स्टेज पर खड़े बहुत उदास और अकेले छुटे अमीर बच्चे को देखकर अपनी आँखें पोंछ लेते हैं।

तो यह एक अलग प्रयोग था। कुछ ऐसा लगता था—उन सब अमीर, गरीब बच्चों ने जो कुछ अपने घर-बाहर महसूस किया, अपने चारों तरफ देखा, सुना और जाना और सबसे बढ़कर आतंक के जिस भयावह साये को बड़ों के साथ आज बच्चे भी महसूस कर रहे हैं, वही सब अपनी कहानियों में गा रहे थे वे।

पीछे की पंक्ति में कतारबद्ध खड़े लड़कों की काली शर्टों के कॉलर पर सुर्ख लाल बो-टाई थी और लड़कियों के बालों में लाल गुलाब टँके थे। एक छोटा-सा दुबला, काला लड़का अपनी तीखी चिरचिरी आवाज में गा रहा था :

हमें हमारे बड़ों ने सिखाया
कि नफरत हमारा सबसे बड़ा हथियार है।
बिना नफरत किये, हम विश्व-विजय नहीं कर सकते...
बस, मैं ताबड़-तोड़ नफरत करने लगा।
नफरत और गाली, घृणा और आक्रोश
यह गाली, वह गाली
काली गाली, गोरी गाली
ब्राउन गाली और पीली गाली
बेशुमार गालियों...कतार की कतार,
गालियों का सजा बाजार।
नफरत की लहलहाती फसलें

और खुश-खुश उन्हें काटते लोग
गोले-बारूदों का जश्न...
हाँ-हाँ-हाँ-हाँ!

गाते हुए काले लड़के की अगली लाइनें जैसे ही साशा आहिस्ते से उठा लेती है, उसकी मिठबोली आवाज पूरे हॉल में तैरने लगती है :

एक दिन रास्ते में खड़े एक बच्चे ने पूछा—
तुम लोग कहाँ जा रहे हो?
हमने गरूर से सीना तानकर बताया—
हम विश्व-विजय के अभियान पर निकले हैं।
अच्छा! बच्चा खुश होकर अपनी क्यारी से
एक बैंजनी पैंजी का फूल तोड़ लाया।
फूल मेरे हाथों में थमाकर बोला—
तुम विश्व-विजय करने जा रही हो
तो मेरी यह सौगात लेती जाओ।
तुम विश्व को इस पैंजी की पँखुरियों से बहुत आहिस्ते से छूना...
सारी दुनिया तुम्हारी गिरफ्त में आ जाएगी।
दुनिया को दुआओं से भरा एक 'टच' चाहिए...
तो, हम निकले हैं—
दुआओं के सौदागर।
जो भी चाहे, हमारे साथ आ सकता है...।

यह अन्तिम गीत था। लोग अपनी सीटों से खड़े होकर, एक लय में देर तक क्लैप करते रहे थे। बैंड के सारे बच्चे स्टेज पर एक साथ खड़े, सिर झुका-झुकाकर तालियाँ स्वीकार रहे थे।

विलीव मी, आई लव सैंड्रा!

उफ! ये सैंड्रा के पैरेंट्स भी...

अपनी-अपनी पर ही अड़े हुए हैं।

समझते क्यों नहीं कि बच्चे परेशान हो जा रहे हैं उनकी वजह से?

बच्चे? कौन से बच्चे?

अरे सैंड्रा और बेटू...और कौन?

लो भला, बेटू क्यों परेशान होने लगा? वह कब से उनका बच्चा होने लगा? उनके अपने बच्चे ही उनके एक्स-स्पाउसेस (भूतपूर्वो) के साथ पल रहे हैं। हाँ, सैंड्रा जरूर...!

क्या?...सैंड्रा डिस्टर्ब होगी तो बेटू नहीं डिस्टर्ब होगा? और बेटू परेशान होता है तो यहाँ मैं, मेधा परेशान नहीं हो जाते?

क्यों न चलकर हम दोनों एक दिन उनसे मिलें? उन्हें समझाएँ? उनके बच्चों, सॉरी, उनकी बच्ची सैंड्रा का वास्ता दें कि वह किस तरह अपनी सहेली से फोन पर फूट-फूटकर

रो रही थी, और कह रही थी—देयर इज नो वन लेफ्ट फॉर मी इन द होल वर्ल्ड? हमउम्रों की बात हमउम्र ही समझ, महसूस कर सकते हैं। बच्चे बड़ों के दु:ख-तकलीफ को महसूस ही नहीं कर पाएँगे तो समझा क्या पाएँगे... ?

लेकिन किन्हीं क्षणों का सोचा हुआ यह सारा भावावेग एकदम दूसरी शक्ल अख्तियार कर लेता। सब कुछ हद दरजे का अहमकाना, बेवकूफी-भरा और हास्यास्पद। कल्पना में खुद हम, एक इंडियन अजनबी, कभी के न दिखे सैंड्रा के पैरेंट्स के अपार्टमेंट की कॉलबेल दबा रहे हैं और वे नितांत अजूबी निगाहों से हमें देखकर दरवाजे पर ही हमारे आने का मकसद पूछ रहे हैं। वे जरा भी यह स्पष्ट करने के हक में नहीं हैं कि उनकी कोई समस्या है और हो भी तो हम जैसे अजनबियों को उस समस्या के आस-पास चक्कर मारने का कोई हक बनता है क्या? कौन हैं भाई हम? और क्या चाहते हैं?...क्या समझाना चाहते हैं उनकी कॉलबेल बजाकर?

मैं स्वयं अपनी कल्पना में अपने-आपको बौड़म-सा महसूस करने लगता हूँ। सबसे पहले तो बेटू ही बिगड़ जाएगा और सैंड्रा को ही कहाँ पसन्द आएगा कि हम उसकी और उसके माता-पिता के बीच की पर्सनल बातों में दखलअन्दाजी करें! कल्पना में सैंड्रा की माँ एकदम सपाट मुखमुद्रा के साथ कह रही हैं, 'थैंक्स...! हमें जरूरत महसूस होगी तो हम प्रोफेशनल काउंसलिंग के लिए अप्रोच कर लेंगे।'

उनके लिए यह कोई इतनी बड़ी समस्या भी नहीं होगी। उनके आस-पास के लोगों के साथ यह सब होता रहता है।...यह सब तार्किक है और रेशनल है। समझदारी-भरा भी। यदि दो व्यक्ति एक साथ नहीं रह पा रहे हों तो अलग रहकर उन दोनों को एक बेहतर जीवन जीने का हक है।...सैंड्रा का यह सौतेला पिता भी अब तक तो एक अच्छा (सौतेला) पिता और पति साबित हुआ है न! सब कुछ ठीक-ठाक ही चला लेकिन इधर जब से ऑफिस में यह नई सहकर्मी मार्था आई और उसके साथ ऑफिस के काम की खातिर काफी ज्यादा वक्त गुजारना पड़ा, तो इस बीच अगर धीरे-धीरे डेविड (पिता) मार्था की ओर खिंचता चला गया तो क्या उसे सचमुच अक्षम्य कहा जा सकता है? नहीं न!

अब इन चीजों को नैतिक-अनैतिक के खानों में फिट करना आज के आदमी के साथ ज्यादती ही हुई न! पिछड़ेपन की निशानी भी। और फिर सही या गलत हो ही गया, रिलेशन बन ही गया तो डेविड क्या कर सकता है—सिवा इसके कि ईमानदारीपूर्वक सैंड्रा की माँ से कह दें कि वह भी अब अपने लिए कोई दूसरा पार्टनर तलाश कर सकती हैं!...हर की अपनी जरूरत, अपनी स्पेस का सवाल है भई।

थोड़े समय की बात है। सैंड्रा की माँ कभी भी एक फ्रेश, ताजे रिश्ते की शुरुआत कर सकती है। करना ही उचित होगा। सैंड्रा एक तरह से सेट ही हुई। तो बस, माँ-पिता और सैंड्रा अपनी तीन अलग जिन्दगियाँ नये रिश्तों के साथ सुभीते से बसर कर ले जाएँगे।

इस नये बनते समाज के साथ यह सुविधा है कि रिश्तों में दाग-वाग लग जाए तो उसे धोने-सुखाने-मिटाने की जहमत भला क्यों उठाई जाए—क्यूँ? एक वस्त्र फटने पर दूसरा नहीं पहना जाता क्या? तो फिर रिश्तों को लेकर इतनी हाय-तौबा क्यों? उन्हें भी क्यों नहीं सुविधानुसार पहना, उतारा और तहा कर रखा जा सकता? तर्कपूर्ण और सुविधाजनक दोनों,

साथ में जरा-सी कोशिश और अभ्यास।...बेटू समझा तो रहा था पिछली बार कि यह ठीक है कि सैंड्रा डिस्टर्ब है लेकिन वह यह भी मानती है, उसकी माँ बेहद जिद्दी है। सैंड्रा का पहला वाला अपना पिता भी कम जिद्दी नहीं था। तभी तो बात नहीं बन पाई। दोनों के इगो और आइडेंटिटी टकराते रहते थे। इस लिहाज से यह दूसरा पिता माँ को ज्यादा टोका-टोकी नहीं किया करता था...लेकिन अब यह दुर्घटना घट गई।...बहरहाल, सैंड्रा को साफ लगता है कि अब इस पति को बर्दाश्त नहीं कर पाएगी उसकी माँ। उसे एक ज्यादा सुकून-भरी जिन्दगी और साथी चाहिए।

अचानक मन में एक बुरा खयाल-सा आता है—अच्छा, ऐसे ही सैंड्रा भी तो कुछ ही वर्षों बाद कभी भी बेटू के लिए कह सकती है कि मैं एक ज्यादा सुकून-भरी जिन्दगी जीना चाहती हूँ...? (यूँ भी बेटू इंडियन ठहरा...!)

मैं उसी रौ में फोन पर घबराकर हकला जाता हूँ, 'ऐसा करो बेटू, सैंड्रा से कहो, माँ को कुछ दिनों के लिए अपने पास ले आए।...देखना, तुम दोनों के केयर और कन्सर्न से उनका दु:ख जरूर...'

'कैसी बात करते हैं डैड आप! उसकी ड्रंकन माँ को मैं अपने घर में लाकर एक नई आफत मोल लूँ?...एक सैंड्रा कम है क्या मेरे लिए?'

'क्याऽऽ...वह बेचारी लड़की इतने विश्वास से तुम्हारे पास आई है और तुम...'

'सॉरी डैड! मुझे उसकी माँ पर खीझ हो आई थी...बिलीव मी...आई...आई...लव सैंड्रा...'

साशा का फ्लैश बैक

चार हफ्ते होने को आए लेकिन मेरे अन्दर अभी भी 'रेन बो-रॉकर्स' का कॉन्सर्ट चल रहा है। पाइप, ड्रम, गिटार से सजे मंच पर साशा की आवाज गूँज रही है। ग्रुप के सारे बच्चे पैरों की थाप के साथ झूम रहे हैं। लोग खड़े होकर लगातार क्लैप कर रहे हैं, जैसे गरजते-घुमड़ते बादलों के बीच झमाझम बारिश हो रही हो और सारी दुनिया सराबोर हो! सात दिनों बाद भी साशा की क्लिप पर लगा हुआ सुर्ख गुलाब जरा भी नहीं मुरझाया है।

मुझे चौथी-पाँचवीं में साशा के साथ पढ़ने वाले वे काले, सफेद व पीले बच्चे याद आए जिनकी बातें वह मेरी गोद में बैठकर बताया करती थी। खास कर वह काला बच्चा जिसके लिए एक दिन भयातुर साशा ने धीमे से मुझसे राज की बात खोली थी, 'पा! वह न, अपने पास नाइफ रखता है।...कहता है, उसकी माँ जब नाराज होती है...और वह अक्सर नाराज होती है तो चीख-चीखकर कहती है कि कोई जरूरत नहीं पढ़ाई-लिखाई करने की। हमें कभी वह सब हासिल नहीं होगा जो हमारा हक है।...जो हमें मिलना चाहिए।...हम तो इस दुनिया से नफरत करके ही जिन्दा रह सकेंगे और अपनी हिफाजत कर सकेंगे। जरूरी है कि हम प्यार और सद्भावना का नाटक रखनेवालों की असलियत को पहचानें। उनसे नफरत और विद्रोह करें। इसलिए मैं अपने बच्चों को प्यार नहीं, नफरत करना सिखाती हूँ। तुम्हारी सरवाइवल के लिए ये जरूरी है। तभी लोग तुमसे डरेंगे और तुम इस दुनिया में बसर कर सकोगे...।

'पाऽऽ ! उसने अपनी माँ को यह सब बताया नहीं है। उल्टे एक दिन वह मुझसे हँसते हुए कह रहा था कि अब जिस दिन उसकी माँ उसे गुस्से में मारने को दौड़ेगी, वह उस पर भी चाकू चला देगा...क्योंकि माँ जब उसके डैडी से लड़ती है तो खूब सारा खाना लाने की फरमाइश करती है और उसके ढेर सारे भाई-बहनों को दौड़ा-दौड़ाकर मारती है...'

'तोऽऽ ?' मैंने मृदुता से उसके बालों में लगा रिबन सहलाते हुए पूछा था, 'तुम्हें क्या लगता है, हमें सचमुच नफरत करनी चाहिए ?'

'नोऽऽ...' साशा ने झटके से सिर हिलाते हुए कहा था, 'नफरत करते हुए हम एक दूसरे को 'हग' कैसे कर सकते हैं ? 'किस' कैसे कर सकते हैं... ?'

शायद इसलिए, साशा के बैंड में एक कहानी उस काले बच्चे जैक्सन की भी है और दूसरी गोरी लिंडा की, जिसके माता-पिता को दक्षिण अफ्रीका में—अच्छी-खासी आरामदेह जिन्दगी बिताते हुए—एक रात अचानक 'रिबलो' के आतंक के साए में अपना सब कुछ वहीं छोड़कर, दोनों बच्चों को अपने सीने से चिपकाए, ट्रकों में भेड़-बकरियों की तरह लदकर वह देश छोड़ना पड़ा था।

एक दिन साशा के साथ अपना लंच शेयर करती लिंडा बोली थी, 'मेरी मॉम न, कालों से बहुत नफरत करती है...वह अभी तक डरी हुई है।...यू ब्राउन्स आर फार बेटर दैन ब्लैक्स...'

मुझे लगता है, कॉन्सर्ट में सबसे ज्यादा कहानियाँ साशा ने ही जोड़ी होंगी।

पा! योर सन इज जॉबलेस अगेन...

'हाय पा! जस्ट टू इन्फार्म यू, योर सन इज 'जॉब-लेस' अगेन...'

यानी बेटू ने यह चौथा जॉब भी छोड़ दिया।...पाँच वर्षों में अब तक का अन्तिम।

बताते हुए वह उत्तेजित लगा।

क्योंकि मेरे 'इट्स ओके, कोई बात नहीं' कह देने के बाद भी (जिसका मैं अब तक खासा अभ्यस्त हो चला हूँ) वह नॉन-स्टॉप बोले जा रहा था, 'आप सोच रहे होंगे कि हर बार की तरह मैंने खुद छोड़ा जॉब...लेकिन इस बार मैंने छोड़ा नहीं, हटा दिया गया। सिर्फ मैं ही नहीं, कम्पनी के पूरे चालीस प्रतिशत एम्प्लॉइज रातोंरात अपने केबिनों, वर्कशॉपों से खुले फुटपाथ पर आ गए। सबके बीच सर्कुलर घूम गया कि विश्वस्तर पर आए जबरदस्त उतार-चढ़ावों और तीन-चार हाई प्रोफाइल प्रोजेक्ट्स कैंसिल हो जाने की वजह से कम्पनी इज फोर्स्ड टू 'ले-ऑफ' सिक्स हन्ड्रेड एंड फिफ्टी एमप्लॉइज ऑफ प्रोडक्शन एंड मार्केटिंग। ऊपर से नीचे तक, पूरे चार ग्रेड के कर्मचारी निकलेंगे तो इमारत फैक्टरी कम, 'हांटेड हाउस' ज्यादा नजर आएगी न! कम्पनी खुद ही आलमोस्ट जॉबलेस हो गई—हा-हा-हा!

'आपको बताया नहीं था, सोचा था, इकट्ठे बताऊँगा। मार्केटिंग की लेटेस्ट स्ट्रेटजी वाले जिस प्रोजेक्ट के लिए मुझे लिया गया था, पिछले दिनों उसका टीम 'लीडर' भी मुझे ही नियुक्त किया गया था। मैंने जी-जान से, खुश-खुश झोंक दिया था अपने-आपको। पिछले तीन महीने पूरी रफ्तार से काम चला भी। प्रोजेक्ट्स की मेरी तीनों रिपोर्ट्स से बॉस खुश थे...।

'इन दिनों एक साथ बहुत-सी चीजें बेहतर होने लगी थीं। सैंड्रा को टाउन-लाइब्रेरी में बुक-टैकिंग का जॉब मिल गया था। उसकी माँ भी रिहैब-सेंटर में अपने डिप्रेशन से काफी उबर ली थीं। पिछले दिनों उन्हें एक सहृदय स्पैनिश साथी भी मिल गया था जो उनसे काफी हमदर्दी रखने के साथ-साथ उनकी केयर भी ले रहा था। यूँ सैंड्रा की मानें तो उसका यह स्टेप-फादर भी कुछ खास बुरा नहीं, ठीक-ठाक ही आदमी है, ओनली ही लॉस्ट इन्टेरेस्ट इन हर मदर। सैंड्रा का कहना है ही...(आपके सामने तो हँस लूँ) कि अब इसके लिए उसे ब्लैम भी कैसे किया जा सकता है?...और जबरदस्ती का तो सवाल ही नहीं...यह नितांत पर्सनल चीजें हैं—आदमी की अपनी स्पेस से जुड़ी...हा-हा-हा! सॉरी, मैं आपके चेहरे पर आए खिंचावों को फोन के थ्रू देख सकता हूँ...।

'बहरहाल किया कुछ नहीं जा सकता पा, सिवा अगली जॉब पॉसिबिलिटी तलाशने के...।

'नहीं, मॉम और आपको ज्यादा परेशान होने की जरूरत नहीं है। मैं अकेला नहीं। सिर्फ इस कम्पनी के ही चार सौ साठ एम्प्लॉइज और बाकी पूरे अमेरिका, पूरे विश्व के छँटे हुए लोगों की तो बात ही क्या...'सरवाइवल ऑफ द फिटेस्ट' की थ्योरी को एक बार फिर प्रमाणित करने में लग जाएँगे, बस। नेचर खुद भी नहीं छाँटती चलती सुनामी, प्लेन-क्रैशों और भूकम्पों के बहाने...?

'सुना, एक आदमी लिफाफा हाथ में थामते-थामते बेहोश हो गया था। इंडियन ही था। एक-डेढ़ साल पहले ही अपनी वाइफ और डेढ़ वर्ष की बच्ची को भी यहाँ बुला लिया था। और ऐसे लोगों का यहाँ कोई सपोर्ट तो होता नहीं। तो चारों तरफ सोसाइटी के बीच मूव करते हुए इनसिक्योरिटी, इनफीरियोरिटी.. अपने देश से दूर...पत्नी के सामने...अपनी लाचारगी...इंडियन कौम की कुछ खासियतें भी तो होती हैं। इसके उलट यहाँ वाले, अन्दर चाहे जो महसूस करते हों, ऊपर-ऊपर खिलन्दड़े अन्दाज में कहेंगे—'आई हैव बीन 'चक्ड-आउट' फ्रॉम द जॉब—लांग लिव डोल एंड सोशल सिक्योरिटी।'

''रेस्ट' इज 'रेस्ट'—यह आराम का मामला है—हा-हा-हा...!

'आप हैरत में होंगे कि आपका बेटा होते हुए मैं यह क्या अनाप-शनाप बके जा रहा हूँ! बेशर्म की तरह हँस भी रहा हूँ। लेकिन पा! जब हमें इसी फ्लॉप समय में सरवाइव करना है तो जैसा समय, वैसा ही आदमी को भी होना पड़ेगा न! अब इन तेलियों को देखिए! नहीं समझे? अरे, इन तेलों के सौदागर-देशों को...इन्होंने भी तो अपने दाँव आजमाने शुरू कर दिये। जान-बूझकर ऑयल की एक तयशुदा कीमत पर राजी नहीं होंगे—एक दूसरे को पटकनी देने की अपनी हठधर्मिता के फेर में। कभी इन देशों ने सोचा है कि ये दुनिया भर के हजारों-लाखों कर्मचारियों की जीविका से खिलवाड़ कर रहे हैं? शतरंज ये खेलते हैं, मात मोहरे खाते हैं। पर आप और मॉम घबराइए नहीं। मैं बेहोश होनेवाला नहीं। अमेरिकन जो ठहरा—हा-हा-हा...!'

मेधा अवाक् मेरा मुँह देखती खड़ी है।

यह बेटू कुछ ज्यादा नहीं हँस रहा था क्या?

शफल इट + शेक इट = जिन्दगी की हाउज़ी

एकदम शुरुआत में मैंने कभी कहा है न, कि हम घर नहीं, एक सपने में रहा करते थे।...यानी हमारे पास ढेर के ढेर सपने हुआ करते थे—माँ के पास, पिता के पास, बहनों के पास, बाद में बहनोइयों के पास भी...और उनसे भी ज्यादा उनके बच्चों के पास।

हमारे घर की लें तो एक बहुत बड़ा सच यह भी कि उन सबके सपनों के केन्द्र में मैं हुआ करता था :

हमारा वेणु इतना पढ़ेगा, इतनी दूर, देश-विदेश, कहीं भी जाएगा, इतना कमाएगा। वह सम्पन्न होगा तो हम भी सम्पन्न होंगे। हमारे सारे दुःख-दलिद्दर दूर होंगे। हमारे पास सुख-सुविधाओं और ऐश-आराम के वे सारे साधन होंगे (जो चुपचाप हमारे अवचेतन में पलते रहते हैं...) जैसे वेणु के दोस्त मयंक की मोटरकार...

एक बार कहा तो था वसु ने, 'दादा! तुम सिर्फ एक बार अपनी कार यहाँ इस गली में नहीं ला सकते?...' बाद में पता चला, तीन नम्बर की गली वाले चड्ढा साहब का लड़का तो बिना अमेरिका गए, होजरी की एजेंसी में ही कार ले आया, 'हुँह! उसकी कार और हमारे वेणु दादा की अमेरिका वाली कार की बराबरी?' वसु हुमककर बोली थी।

कार के अलावा, सिविल लाइन के ढेर सारे बँगलों जैसा कोई एक बँगला। बहनों की सम्पन्न घरों में शादियाँ...बरखास्त बहनोइयों की आला दरजे की नौकरियाँ...और उनके बच्चों के लिए विदेशों में पढ़ाई की व्यवस्था...यानी वह सारा कुछ जो दिन-रात, चौबीसों घंटे सीरियलों और विज्ञापनों के फ्लैशेज में देखा जाता रहता है।

पता नहीं, उन सपनों का क्या हुआ...लेकिन कोई आज देखे कि वह घर ही सपना हो गया। लगता है, वह घर कभी हकीकत था ही नहीं यानी वह घर जिसमें हम सपने देखा करते थे, आज खुद सपना हो गया। यानी सपनों से कभी पिंड छूटता ही नहीं।

पहले वे सपने जिन्हें सच करने के लिए हम सारी जिन्दगी उधार खाते पर रख देते हैं...और-और ज्यादा पाने, पा-पाकर अघाने का। और जब सब कुछ पा, अघा जाओ तो उसका सपना यह सब पाने की दौड़ में हमसे छिटककर बहुत दूर जा चुका होता है। तो इन दिनों अक्सर मैं उसी छिटककर दूर हो गए सपने की गिरफ्त में होता हूँ।

एक सच तो यही कि हमारा जो कुछ छूट जाता है, उसका सपना हमेशा हमारे साथ जुड़ा होता है।

और दूसरा सच यह कि हमसे हमारे सपने छूट जाएँ तो शायद हम मनुष्य भी न रह जाएँ।

अन्ततः जीते हम सपनों में ही हैं—चाहे वह भविष्य का सपना हो, या अतीत का...और एक समय आता है जब अतीत के, सारे साथ जिये सच भी, सपने हो जाया करते हैं...।

बेटू 'घर' आ रहा है!

हाय डैड!

बहुत कुछ घटा इधर।

आपको और मॉम को बताना चाहता था...

पर फोन नहीं कर पाया।

(इट्स ओके सन!)

लम्बी कहानी है।

(तो अभी कहानी बाकी ही है?...)

सुना सकता हूँ, फोन पर ही। लेकिन नहीं, ठहरिए, वीकेंड पर घर आया जाता हूँ।

क्या? घर??...घर?? घर???

बेटू 'घर' आ रहा है?

सैंड्रा के साथ?

हजार आशंकाओं के बीच भी हम उद्वेलित हैं—बेटू के कहे अन्तिम वाक्य के साथ कि वह सैंड्रा के साथ वीकेंड पर घर आ रहा है।

बेटू आ रहा है...

अच्छा! ऐसा ही मेरा इन्तजार, बहुत पहले माँ, पापा और बहनों ने भी किया होगा न!

बेटू ने अचानक घर, सपना, सच—सबको 'हाउजी' के नम्बरों की तरह एक साथ गड्डमड्ड, शफल कर दिया।

हाउजी में यही तो होता है। जब खेलने वालों के नम्बर नहीं कटते तो वे बेसब्र होकर 'शफल इट', 'शेकइट' का शोर मचाने लगते हैं और नम्बर बोलने वाला, थैली में रखी गोटियों को एक साथ जोर से हिला देता है।

योगी बॉस

चिल्ड बियर के झाग-भरे गिलास के साथ, सामने काउच पर पालथी मारकर बैठा यह क्या बेटू ही है?

यानी पिछले ढाई महीनों में बैठने-बोलने का ढंग तक बदल गया?

'हाँ-हाँ, एकदम ऐसे ही पालथी मारकर, सॉरी, 'पद्मासन' में बैठता है डैड—मेरी इस नई कम्पनी का 'योगी बॉस'...। बिलीव मी, मेरा इंटरव्यू लेते समय भी वह ठीक ऐसे ही बैठा था—पैंट-सूट के फॉर्मल में नहीं, सैफ्रन कुर्ते और जींस में।...नहीं, यह मेरा दिया हुआ नाम है...उसका असली नाम तो जॉन मार्टिन है।'

अब मेरी झुँझलाहट साफ-साफ मेरी आवाज में उतर आती है, 'एक डच कम्पनी का मार्केटिंग डाइरेक्टर, पालथी मारकर गेरुए कुर्ते में (इंडियन लड़के का इंटरव्यू लेते हुए)—इतनी बेतुकी गप्प सुनाने के लिए तुम्हें मैं और मम्मी ही मिले थे?'

'नो...ही इज राइट...' सैंड्रा बड़ी समझदारी से अपनी नीली आँखें झपकाती है।

आश्वस्त हुआ बेटू अपनी रौ में बोलता जा रहा है, 'मैं खुद हैरान था उसके लिबास को लेकर, लेकिन बाद में पता चला, वह तो बोर्ड-मीटिंग्स तक में सैफ्रन कुर्ता ही पहनता है। शुरू में लोगों ने आपत्ति जताई तो उसने बड़ी शान्ति से 'मैट्मा गाँधी' की मिसाल दे दी थी कि वे राउंड टेबल—कॉन्फेरेंस तक में घुटनों तक ऊँची धोती ही पहनकर गए थे। अब 'मैट्मा गाँधी' के नाम से कौन सवाल उठाने की हिमाकत करता? तो सारी आपत्तियाँ

दम के दम ठंडे बस्ते में चली गईं। और वैसे भी, यह कम्पनी जॉन मार्टिन के किसी डिसीजन पर उँगली नहीं उठा सकती क्योंकि एक तरह से उसी का दिया खा रही है। कहा यह जाता है कि पिछले ग्यारह महीनों की मन्दी में, कम्पनी का टर्न-ओवर सँभाल रखने की नब्बे प्रतिशत क्रेडिट उसी को जाती है। पिछले वर्ष की तुलना में ऑलमोस्ट सेम। वैसे भी कम्पनी का स्टार-बॉस है वह...'

गाँधी, गेरुआ, गोलमेज...बियर का सिर्फ आधा खत्म हुआ गिलास...बेटू को इस कदर खब्त भी कर सकता है क्या?...जो मन आया, बहके चला जा रहा है...मैंने और मेधा ने एक दूसरे की ओर सवालिया निगाहों से देखा।

'ओह-हो, अब भी नहीं मान रहे? मुझे सिनिक समझ रहे हैं न आप लोग, तो सैंड्रा से पूछ लीजिए...'

सैंड्रा ने वापस आँखें झपकाईं, 'इया...मैं खुद नहीं बिलीव करती थी...बट व्हाट 'बिट्स' (बेटू) सेज, इज राइट...ही कैन टॉक इन हिन्दी आलसो जबकि बिट्स गेट्स नर्वस...'

'अरे ये हिन्दी बोलने की कहती है! उसने तो जयपुर के हवामहल से लेकर ताजमहल तक की खाक छान डाली है। फिर वाराणसी के अस्सी घाट पर एक कोठरी किराए पर लेकर पूरे सात महीने नियमित गंगा में डुबकी लगाई है...अब तक के देखे सारे दृश्यों के ऊपर उसके लिए गंगा की आरती है...यानी आग और पानी की हारमनी की कल्पना...और-और सबसे बड़ी परेशानी, एम्बैरेसमेंट तो मुझे तब होता है जब वह मुझसे 'वुमन-इशु' पर मनुसंहिता और महाभारत की द्रौपदी डिस्कस करने लगता है।'

'मनु संहिता?' मैं सातवें आसमान से चारों खाने चित गिरा था, 'ये नाम तूने जाना कैसे?'

'कर्टसी जॉन मर्टिन बनाम 'योगी बॉस' और कैसे?...एक दिन तो मैंने उसे हिचकते-हिचकते बता दिया कि सॉरी जॉन! अमेरिका में रहते-रहते मैं इन चीजों के बारे में ठीक-ठीक जानकारी नहीं रखता...'

'अरे...' मेधा की घबराहट गले तक आ गई, 'ऐसा नहीं करना था बेटू—सोचना था तुझे, इतनी मुश्किल से लगे जॉब पर कहीं बन आती तो...कि इंडियन होकर भी...'

'बट...माँ, सुनो तो...ही एप्रीशियेटेड माई ऑनेस्टी...बोला—दैट्स ओके...अपने अज्ञान को स्वीकार लेना सबसे बड़ा ज्ञान है और तुम्हारे तो उपनिषदों में लिखा है—कुछ जाना तो यही जाना कि कुछ नहीं जाना...'

'क्याऽऽ? उसने उपनिषद् भी पढ़ रखे हैं?' मेधा आसमान से गिरी।

'और अष्टांग-योग की नियमित प्रैक्टिस करता है...तभी तो उसे सामने देखते ही मेरी सिट्टी-पिट्टी गुम हो जाती थी कि आज यह 'अष्टांग-योग', पद्मासन लगाकर मेरी कौन-सी शामत बुलाने वाला है।...क्योंकि सॉफ्टवेयर और मार्केटिंग के सारे प्रॉब्लम्स डिस्कस हो जाने के बाद वह थोड़ी देर मेरे साथ 'इंडिया' जरूर डिस्कस करता है—जिसमें कभी एक फुलमून (पूर्णमासी), राखी के रक्षा बन्धन पर, 'अस्सी घाट' पर स्नान करके निकला

तो दो दर्जन हँसती-खिलखिलाती महिलाओं ने उसकी कलाई पर राखी बाँध दी थी। कभी वह दशाश्वमेध घाट पर सुनी बिस्मिल्लाह खान की शहनाई याद करता है और कभी सिर पर पूरी पाँच मटकियों वाला कालबेलियाँ नृत्य।...यह सब वह हमेशा खुले में टहलते हुए डिस्कस करता है मुझसे।

'कम्पनी मैटर्स तो मैं आराम से सुनता हूँ पर प्रॉब्लम तब होता है जब वह मुझसे 'इंडियननेस' डिस्कस करने लगता है।'

'फिर? फिर क्या?'

'अपने सरवाइवल के लिए आखिर रास्ता तो निकालना ही था, तो लाइब्रेरी के इंडियन-सेक्शन से आसान माइथॉलोजी और 'पंचतंत्रा' उठा लाया...और अब ठाठ से रट्टा मारता हूँ। बट जैसा कि मार्टिन कहता है, क्वाइट इंटरेस्टिंग डैड! और इन दिनों तो मुझसे ज्यादा सैंड्रा को मजा आ रहा है, उन किताबों में।

'अरे, एक बात तो बताना भूल ही गया था। जॉइन करने के दो हफ्ते बाद, अपनी टीम-मीटिंग के लंच में देखता क्या हूँ कि बाकी सब तो छुरी-काँटे से खा रहे हैं, सिर्फ वह अकेला हाथ से।'

'जो भी हो, चल, तूने इम्प्रेस तो किया ही जॉन मार्टिन को।'

'नो—नो, ऐसा कुछ नहीं। दरअसल उसे इंडियन ही चाहिए था। मेरी जगह कोई दूसरा इंडियन इंटरव्यू के लिए आया होता तो शायद उसे ही सलेक्ट कर लेता।'

'हो सकता है, अपने इंडिया प्रवास के दौरान कुछ ऐसे लोगों के सम्पर्क में आया हो जिन्होंने अपने रहन-सहन, बातचीत से उसे कुछ अच्छा महसूस कराया हो!'

'बिलकुल...अरे एकदम अजूबा है पा! स्ट्रेंज! एक तरफ पुरानी इंडियन फिलॉसफी के 'आ नो भद्रा...' और 'सन्तोषं परम सुखम्...' कोट करता रहता है तो दूसरी तरफ, 'इंडियन-वे ऑफ मगिंग', 'इंडियन-वे ऑफ लर्निंग' से लेकर लिविंग तक विश्लेषित करते हुए कहता है—'नॉउ इज द टाइम' जब 'वेस्ट' को 'ईस्ट' से जूझकर काम करना सीखना होगा। सारा का सारा अच्छा, और इफीशिएंट वर्क फोर्स हमें इंडिया से ही तो मिलता है। धुन कर काम करते हैं, इंडियन्स। देख लो, इलेक्ट्रॉनिक से लेकर हेल्थ, हाइजीन, इंश्योरेंस और बैंकिंग तक दुनिया की पाँच सौ बड़ी कम्पनियों में टॉप अमेरिकनों के बाद इंडियंस का ही बोलबाला है। एक तरह से इंडिया का सबसे बड़ा क्वालिटी एक्सपोर्ट इंडियन टैलेंट्स ही हैं। तभी तो प्रेसीडेंट ओबामा जैसों को ललकारना पड़ता है अमेरिकन युवाओं को कि अपने प्रतिस्पर्द्धी (इंडियंस) से स्वस्थ प्रतिस्पर्द्धा के लिए तैयार रहना है उन्हें। 'टाइम्स' मैग्जीन ने ठीक लिखा है कि 'इस कांटीनेंट (इंडिया) को' ग्लोबल बॉसेस तैयार करने का ट्रेनिंग-सेंटर कहा जा सकता है यानी प्रतिभाओं का कारखाना...सिर्फ लोगों को चलाना नहीं आता—हा...हा...!

'और तो और, मार्टिन योगी के हिसाब से बचपन में ही बच्चों से रट्टा मरवाने वाली इंडियन टेक्निक, यूँ ही मखौल में उड़ा देनेवाली चीज नहीं है। वाराणसी के मारवाड़ियों के गादी वालों ने उसे बताया था कि हमारी पिछली पीढ़ियाँ सिर्फ दो-चार के टेबल्स (पहाड़े) नहीं, अद्धा, पौना तक रट्टा मारकर बड़ी होती थीं। नतीजा, कैलकुलेटर से

ज्यादा तेज दिमाग चलता था उनका। आज की तरह नहीं कि फोर, थ्री, नाइन भी जोड़ना हुआ तो कैलकुलेटर तलाशने लगे। पाँच मिनट भी नहीं मिला तो चेहरे पर हवाई उड़ने लगती है। और सबसे बढ़कर, बचपन की रटी-रटाई चीजें कभी भूलतीं नहीं बल्कि धीरे-धीरे जीवन में उतरती चली जाती हैं—पहाड़ों से परम्पराओं तक...'

अचानक बेटू कुछ लम्हों को रुका। फिर थोड़े नाटकीय अन्दाज में अपने को तैयार करता हुआ सा बोला :

'और सुनिए मॉम-पॉ! मार्टिन की बातों का मतलब साफ हुआ, इस हफ्ते की शुरुआत में। बाकायदे अपने केबिन में बुलाकर उसने मुझे बताया कि यह कम्पनी अपने एफ.एम.सी.जी. (फास्ट मूविंग कंज्यूमर गुड्स) का ब्रांच ऑफिस खोलने के लिए सबसे प्रॉमिसिंग कंट्री इंडिया को पा रही है और शुरुआती स्पीड-वर्क के साथ पूरा प्लान वर्क आउट करने के लिए जो टीम वहाँ भेजी जा रही है, उसके रिप्रेजेंटेटिव के रूप में मार्टिन की पहली चॉयस मैं हूँ। क्या समझे?'

मैं और मेधा खुले मुँह, विस्फारित आँखों से बौड़म की तरह बेटू की तरफ देखे जा रहे थे और बेटू अपनी रौ में चालू था :

'असल में अमेरिकन लड़के अव्वल तो जाएँगे नहीं, उनकी बीवियाँ और गर्लफ्रेंड हर्गिज तैयार नहीं होंगी। कोई देश घूमना अलग बात है, वहाँ रहकर काम करना अलग।

'लेकिन अगर सम्भव हो भी, तो भी मार्टिन के अनुसार किसी देश के साथ व्यापारिक सम्बन्ध बनाने से पहले, उसकी वर्क-कल्चर, सोचने और काम करने के ढंग, लोगों के चरित्र की पूरी समझ और जानकारी जरूरी है। इसे समझे बिना हम उनकी ऊर्जा और योग्यता का सही और सर्वश्रेष्ठ इस्तेमाल नहीं कर पाएँगे।...और यह काम कोई इंडियन ही कर सकता है।'

'क्याऽऽ! तू और इंडियन?' मेरे होंठ व्यंग्य से तिरछे हो आए, 'मार्टिन ने अपने उद्देश्य की पूर्ति के लिए तुम्हारे जैसे इंडियन को ही छाँटा?' मन को एक बचकाने ओछेपन में मजा आ रहा था कि देख ले, तू लाख प्रचारित करता रहा अपने-आपको अमेरिकन लेकिन मार्टिन जैसों की नजर में तू ठहरा इंडियन ही।

बेटू शान्त रहा, 'बिलकुल ठीक कहते हैं आप। मैंने खुद मार्टिन से यही कहा—आप मुझे लेकर किसी (इंडियन के) भ्रम में मत पड़िए। कोई चांस भी मत लीजिए। अच्छा हो, एक सच का इंडियन तलाशिए—इस महत्त्वाकांक्षी प्रोजेक्ट के लिए। क्योंकि मैं तो, गलत या सही, अपने-आपको अमेरिकन ही मानता रहा हूँ। सच में क्या हूँ, नहीं जानता। मार्टिन हँसा। डच है न! खुला, साफ बोलता है—यह स्वीकारोक्ति भी तुम्हारे ब्लड में प्रवाहित 'हिन्दुस्तानियत' की पुष्टि करती है। और सबसे बड़ा प्लस पॉइंट, इंडिया जाने के लिए सैंड्रा तुमसे ज्यादा उतावली है। तुम उसे फोर्स नहीं कर रहे हो, तो तुम रिलैक्स होकर काम कर सकोगे।...मुझे मालूम है, अपनी पिछली कम्पनी के प्रोजेक्ट में तुमने बहुत मेहनत की थी। इसलिए मुझे तुम पर विश्वास है और तुम्हारे लिए भी यही कहूँगा—यू शुड नॉट मिस दिस ऑपरचुनिटी...।'

अभी-अभी बेटू और सैंड्रा की कार मेरे घर के ड्राइव-वे से निकल गई है।

मैंने और मेधा ने लिविंग रूम में टीवी का रिमोट ऑन कर दिया है। सामने 'सारेगामा' के भजन राउंड में एक लड़की गा रही है :

'सिर धरे मटुकिया डोले रे
कोई श्याम मनोहर ले ले...'

बहुत सुरीला कंठ है लड़की का।

कैसा संयोग...बाइस साल पहले अँधेरी रात को चीरता जब इंडिया में मेरा हवाई जहाज उड़ा था तो भी माँ के ट्रांजिस्टर में छन्नू लाल मिश्र 'राग भैरवी' का यही भजन गा रहे थे।...

तो अब ? और क्या कहूँ माँ, मैं सिवा इसके कि पिछले आँगन के सीताफल और अमरूद के पेड़ों के चारों तरफ थाले बँधवाकर, अच्छे से खाद-पानी देना शुरू कर दो...शायद बेटू और सैंड्रा बहू के पहुँचने तक उनमें फल आ जाएँ।...यहाँ सैंड्रा ने अपने फ्लैट की खिड़की पर गमलों में लाल स्ट्रॉबरीज लगाई थी।

नहीं, मैं कोई गलतफहमी नहीं पाल रहा। तुम भी मत पालना कि बेटू-सैंड्रा वहाँ रहने, बसने जा रहे हैं या वे पलक झपकते, बदलकर इंडिया को पसन्द करने लगे हैं। मुझे तो सिर्फ एक धुँधले, आनन्द का आभास भर हो रहा है...जैसे बर्फबारी से ढँके मुँदे रास्तों की बर्फ थोड़ी ही सही, पिघली हो और उस पर रोशनी की नर्म किरणें पड़ रही हों।...बस, इतना काफी है।

तो यह खुशी मैं तुमसे बाँट रहा हूँ माँ! बहुत छोटी ही सही, पर इस खुशी में मैं और मेधा बराबर से शरीक हैं।

तुम्हीं ने तो सिखाया है, किसी एक पल का भी साथ, किसी एक पल की भी खुशी, नगण्य नहीं हुआ करती। कभी-कभी तो ये उम्र भर उजाला किये रहती है। हमारे मन की दुनिया आलोकित रहती है—इन कन्दीलों से।

तो बस, इतना काफी है। बाकी न कोई उम्मीद, न तैयारी, न कोशिश ही करनी है उन्हें बाँधे रखने या लुभाने-बहलाने की भी।

इस पूरे विश्व में हम कहीं रहें—किसी जाति, धर्म, वर्ण के नाम से—क्या फर्क पड़ता है, सिवा इसके कि हम कितने मनुष्य बने रह पाए हैं... !